LESTAT LE VAMPIRE

OUVRAGES DE LA COLLECTION « TERREUR »

COLLECTION TERREUR
dirigée par Patrice Duvic

ANNE RICE

LESTAT
LE VAMPIRE

Traduit de l'anglais
par Béatrice Vierne

ALBIN MICHEL

Titre original

THE VAMPIRE LESTAT

© 1985 by Anne O'Brien Rice
Traduction française :
© Éditions Albin Michel S.A., 1988

ISBN : 2-266-03211-9

ISSN : 1144-7214

Je dédie ce livre
avec toute mon affection
à
Stan Rice, Karen O'Brien,
et Allen Daviau

AVANT-PROPOS

LE CENTRE VILLE UN SAMEDI SOIR AU VINGTIÈME SIÈCLE 1984

AVANT-PROPOS

Je suis Lestat le vampire. Je suis immortel. Ou peu s'en faut. La lumière du soleil, la chaleur soutenue d'un feu intense risqueraient peut-être de me détruire, mais rien n'est moins sûr.

Je mesure un mètre quatre-vingts, taille qui sortait de l'ordinaire il y a deux siècles, lorsque j'étais un jeune mortel. Ce n'est encore pas si mal aujourd'hui. Mon épaisse chevelure blonde et bouclée me descend presque aux épaules et paraît blanche à la lumière artificielle. J'ai les yeux gris, mais ils absorbent aisément les teintes bleues ou violettes des surfaces qui m'entourent. Mon nez est plutôt court et fin ; ma bouche bien dessinée, mais un peu grande pour mon visage. Elle peut prendre un pli fort méchant ou extrêmement généreux, en tout cas toujours sensuel. Cela dit, mes émotions et mes attitudes se reflètent dans mon expression tout entière. J'ai un visage constamment mobile.

Ma nature vampirique transparaît dans ma peau excessivement blanche et réflectrice, qu'il faut poudrer pour son exposition à tous les objectifs, quels qu'ils soient.

Et si je suis en manque de sang, je suis à faire peur : la peau fripée, les veines saillant comme des serpents autour de mes os. Mais ça ne m'arrive plus à présent. Le seul indice permanent de ma non-humanité, ce sont mes ongles. Comme chez tous les vampires, d'ailleurs.

Nos ongles ont l'air d'être en verre. Et certaines personnes le remarquent, alors que tout le reste leur échappe.

Actuellement, je suis ce qu'on appelle en Amérique une superstar du rock. Mon premier album s'est vendu à quatre millions d'exemplaires. Je suis connu dans le monde entier.

Je suis aussi l'auteur d'une autobiographie sortie en librairie la semaine dernière.

Ce livre, je l'ai écrit en anglais, langue que j'ai d'abord apprise voici deux siècles, auprès des bateliers qui descendaient le Mississippi sur leurs plates, jusqu'à La Nouvelle-Orléans. Je me suis perfectionné par la suite en lisant les grands écrivains de la littérature anglaise, de Shakespeare à H. Rider Haggard, en passant par Mark Twain. Et j'ai peaufiné ma culture à l'aide de romans policiers du début du xxe siècle. Les aventures de Sam Spade, par Dashiell Hammett, ont été mes dernières lectures avant de sombrer, littéralement et figurativement, dans une retraite clandestine et souterraine.

C'était à La Nouvelle-Orléans, en 1929.

Mon langage dérive entre celui du marinier du xixe siècle et Sam Spade — ajoutez à ça mon accent français! Alors si mon style littéraire vous semble parfois incohérent, si je fais par moments se percuter les époques, soyez indulgents.

J'ai quitté ma retraite souterraine l'an dernier.

Deux choses m'y ont poussé.

D'abord, les informations que me faisaient parvenir des voix amplifiées dont la cacophonie avait déjà commencé à troubler les airs à l'époque où je me suis endormi.

Je parle ici, bien sûr, des voix retransmises par les appareils de radio, les phonographes et, plus tard, les postes de télévision.

Or, quand un vampire se terre, comme nous disons — quand il cesse de s'abreuver de sang et se contente de rester étendu sous terre —, il devient vite trop faible pour ressusciter et sombre dans un état onirique.

C'est dans cet état que j'ai absorbé paresseusement ces voix, les habillant d'images qu'elles faisaient naître en moi, comme il arrive à un mortel dans son sommeil. Seulement, à un moment donné durant le demi-siècle écoulé, je me suis mis à « me rappeler » ce que j'entendais, à suivre les émissions de variétés, à écouter les bulletins d'actualités, les paroles et les rythmes des chansons à la mode.

Et, très progressivement, j'ai commencé à entrevoir la portée des transformations qu'avait subies le monde. Commencé à guetter certaines informations spécifiques concernant les guerres ou les inventions, les nouvelles façons de parler.

Alors, j'ai repris conscience de moi-même. Je me suis rendu compte que je ne rêvais plus. Je réfléchissais à tout ce que j'avais entendu. Je gisais en terre et j'étais assoiffé de sang. J'ai commencé à croire que toutes mes anciennes blessures étaient à présent cicatrisées. Peut-être mes forces m'étaient-elles revenues. Peut-être étaient-elles même plus grandes qu'elles ne l'eussent été si je n'avais pas été blessé. Je voulais m'en assurer.

Je ne pensais plus qu'à boire le sang d'un homme.

La deuxième raison de mon réveil — la raison décisive, en fait — a été la soudaine présence, tout près de moi, d'un groupe de jeunes chanteurs de rock qui se faisaient appeler Satan Sort En Ville.

Ils sont venus s'installer à moins d'un pâté de maisons de l'endroit où je sommeillais — sous ma propre demeure, non loin du Cimetière Lafayette — et ils ont commencé à répéter leur musique dans le grenier au cours de l'année 1984.

J'entendais les gémissements de leurs guitares électriques, leurs accents frénétiques. Cela valait largement ce qui passait à la radio. La batterie n'enlevait rien aux qualités mélodiques. Le piano électrique sonnait comme un clavecin.

Et captant les pensées de ces musiciens, j'ai su à quoi ils ressemblaient, ce qu'ils voyaient quand ils se regardaient les uns les autres ou qu'ils se contemplaient dans une glace. Ils étaient minces, musclés et beaux, agréablement androgynes et même un peu sauvages dans leur mise et dans leurs gestes : deux garçons et une fille.

Le bruit qu'ils faisaient couvrait la plupart des autres voix amplifiées qui m'entouraient, mais ça m'était égal.

J'avais envie de sortir de terre pour me joindre au groupe Satan Sort En Ville. Envie de chanter et de danser.

Au début, cependant, nulle véritable réflexion ne sous-tendait cette envie. C'était plutôt un brusque élan, assez puissant pour me pousser hors de mon trou.

Le monde du rock m'enchantait, la façon dont les chanteurs invoquaient en hurlant le Bien et le Mal, se proclamaient anges ou démons, et celle dont les autres mortels les acclamaient. On les eût pris parfois pour de pures incarnations de la démence. Pourtant, la complexité de leur exécution était technologiquement éblouissante. Les hommes n'avaient encore jamais connu, me semble-t-il, ce mélange de barbarie et de cérébralité.

Évidemment, leurs élucubrations n'étaient que des métaphores. Ils ne croyaient pas plus aux anges qu'aux démons, même s'ils simulaient à merveille. A vrai dire, les acteurs de l'ancienne Commedia dell'Arte avaient été jadis aussi scandaleux, aussi inventifs, aussi paillards.

Pourtant les excès de ces jeunes étaient entièrement nouveaux : leur brutalité, leur insolence et aussi la façon dont ils étaient accueillis à bras ouverts par le public, des plus riches aux plus pauvres.

La musique rock avait quelque chose de vampirique. Elle devait paraître surnaturelle même à ceux qui ne croyaient pas à ces choses. Cette façon dont la musique électrique pouvait prolonger indéfiniment une note, accumuler les harmonies jusqu'à tout dissoudre dans le son, permettait de traduire éloquemment la terreur. C'était quelque chose qu'on n'avait encore jamais entendu.

14

Oui, je voulais m'en rapprocher. Participer. Rendre célèbre peut-être le petit groupe Satan Sort En Ville. J'étais prêt à reparaître.

Il m'a fallu une semaine pour revenir à la surface. Je me suis nourri du sang frais des petites bêtes qui vivent sous terre. Puis j'ai commencé à me frayer un chemin vers le haut, où les rats étaient disponibles. De là, je n'ai pas eu trop de mal à passer aux félins et enfin à l'inévitable victime humaine, quoique j'aie dû attendre longtemps l'espèce particulière que je recherchais : un homme qui avait déjà tué d'autres mortels et qui n'en éprouvait aucun remords.

Il a fini par en venir un, qui a longé ma grille ; un homme jeune, malgré sa barbe grisonnante, qui avait assassiné quelqu'un à l'autre bout du monde. Un vrai tueur. Ah, la saveur incomparable du premier corps à corps, du premier sang humain !

Aucun problème pour voler quelques oripeaux dans les maisons voisines et récupérer une partie de l'or et des bijoux que j'avais cachés dans le Cimetière Lafayette.

Bien sûr, j'avais peur parfois. Les émanations de produits chimiques et d'essence m'écœuraient. Le vrombissement de l'air conditionné et le couinement strident des avions à réaction dans le ciel me blessaient les oreilles.

Au bout de trois nuits, cependant, je sillonnais La Nouvelle-Orléans dans un rugissement de Harley-Davidson, à la recherche d'autres tueurs pour me nourrir. J'étais somptueusement vêtu de cuir noir, pris à mes victimes, et un petit walkman Sony, dans ma poche, me distillait en pleine tête *l'Art de la fugue* de Bach, tout au long de mes folles équipées.

J'étais redevenu Lestat le vampire, prêt à repasser à l'action sur mon ancien terrain de chasse, La Nouvelle-Orléans.

Et mes forces avaient triplé. Depuis la rue, je pouvais bondir en haut d'un immeuble de trois étages. Je pouvais arracher les barreaux des fenêtres. Plier en deux une pièce de monnaie. Entendre, si j'en avais envie, les voix et les pensées des hommes à plusieurs lieues à la ronde.

Dès la fin de la première semaine, j'avais une jolie avocate, dans un gratte-ciel en verre et acier du centre ville ; elle m'a aidé à me procurer un acte de naissance légal, une carte de la Sécurité sociale et un permis de conduire. Une bonne partie de mon ancienne fortune était en route pour La Nouvelle-Orléans, prélevée sur des comptes codés à l'immortelle Bank of London et à la Banque Rothschild.

Mieux encore, je savais que tout ce que les voix amplifiées m'avaient raconté sur le xxe siècle était vrai.

Voici ce que je voyais en arpentant les rues de La Nouvelle-Orléans, en 1984 :

Le monde industriel, noirâtre et sinistre, dans lequel je m'étais endormi avait fini par se consumer ; la vieille pudibonderie, le vieux conformisme bourgeois avaient perdu leur emprise sur les esprits américains.

Les gens étaient redevenus aventureux et érotiques, comme jadis, avant les révolutions bourgeoises du xviiie siècle. Ils avaient même retrouvé l'aspect de ces temps anciens.

Les hommes ne portaient plus l'uniforme Sam Spade : chemise, cravate, costume gris et chapeau assorti. Ceux qui en avaient envie étaient revenus au velours, à la soie, aux couleurs vives. Ils n'étaient plus obligés de se raser le crâne comme des légionnaires romains : ils portaient les cheveux aussi longs qu'ils le désiraient.

Et les femmes... ah ! les femmes étaient divines, aussi nues dans la chaleur printanière qu'elles avaient pu l'être sous les pharaons égyptiens, en minuscules jupes ou robes-tuniques ; ou bien elles enfilaient des pantalons et des chemises d'homme qui moulaient leurs corps sinueux comme une seconde peau. La figure peinte, elles se paraient d'or et d'argent pour aller tout simplement à l'épicerie voisine, mais elles pouvaient aussi bien sortir le visage fraîchement lavé et sans aucun ornement. Ça n'avait aucune importance. Elles se bouclaient les cheveux comme Marie-Antoinette ou bien les coupaient court et les laissaient libres.

Pour la première fois de l'Histoire, peut-être, elles étaient aussi fortes et intéressantes que les hommes.

Et il s'agissait là d'Américains moyens. Pas seulement des riches qui ont toujours su parvenir à une certaine androgynie, une certaine joie de vivre que les révolutionnaires bourgeois appelaient décadence.

Désormais la vieille sensualité des aristocrates était l'apanage de tous. Elle était liée aux promesses de la révolution des classes moyennes et chaque citoyen avait droit à l'amour, au luxe, au raffinement.

La misère et la saleté qui, depuis des temps immémoriaux, s'étalaient partout dans les grandes cités du monde avaient presque totalement disparu.

On ne voyait plus d'immigrants tomber morts de faim dans les allées. Plus de taudis où les gens dormaient à huit ou dix par pièce. Personne ne jetait plus ses ordures dans le caniveau. Les légions de mendiants, d'infirmes, d'orphelins, de malades incurables étaient si décimées que leur présence ne se faisait plus sentir dans les rues immaculées.

Mais ce n'était là que la surface des choses. J'étais stupéfait par les changements plus profonds qui propulsaient cet impressionnant courant.

Le temps, par exemple, avait subi une métamorphose qui relevait de la magie.

L'ancien n'était plus automatiquement remplacé par le neuf. Au contraire, l'anglais que l'on parlait autour de moi était celui que j'avais entendu au XIXe siècle. Les vieilles expressions à la mode avaient toujours cours. Pourtant tout le monde avait à la bouche un nouveau jargon fascinant : « On t'a bourré le crâne. » « Ça, c'est freudien » ou : « Je ne suis pas branché. »

Dans le monde des arts et du spectacle, on était en train de « recycler » tous les siècles passés. Les musiciens jouaient du Mozart tout autant que du jazz ou du rock ; les gens allaient voir du Shakespeare un soir et le dernier film français le lendemain.

Dans d'immenses magasins, on pouvait acheter des cassettes de madrigaux du Moyen Âge et se les passer dans sa voiture, en fonçant à cent trente à l'heure sur l'autoroute. Dans les librairies, les poètes de la Renaissance côtoyaient les romans de Dickens ou d'Ernest Hemingway. Les manuels d'éducation sexuelle se partageaient la vitrine avec *le Livre des Morts* égyptien.

Parfois, j'avais l'impression que la richesse et la propreté qui m'entouraient n'étaient qu'une hallucination. Il me semblait devenir fou.

Je m'attardais devant les devantures, dans un état second, pour contempler des ordinateurs et des téléphones aux formes et aux couleurs aussi pures que les coquillages les plus exotiques. De gigantesques limousines argentées sillonnaient les rues étroites du vieux Quartier français, telles d'indestructibles monstres marins. Des tours étincelantes perçaient le ciel nocturne comme des obélisques égyptiens, par-dessus les vieux bâtiments de brique affaissés de Canal Street. D'innombrables émissions de télévision déversaient leur flot ininterrompu d'images dans chaque chambre d'hôtel rafraîchie à l'air conditionné.

Ce n'était pourtant pas une succession d'hallucinations. Ce siècle avait hérité de notre planète dans tous les domaines.

Et la moindre part de ce miracle inattendu n'était pas *la curieuse innocence* de ces gens au milieu même de leur liberté et de leur abondance. Le dieu chrétien était aussi mort qu'il avait pu l'être au XVIIIe siècle, mais *nulle mythologie religieuse nouvelle n'était venue remplacer l'ancienne.*

Au contraire même, les gens les plus simples des temps modernes étaient animés par une vigoureuse moralité profane, aussi puissante que toutes les convictions religieuses. C'étaient les intellectuels qui brandissaient les étendards, mais des individus parfaitement ordinaires à travers tout le pays se préoccupaient avec passion de « la paix », des « pauvres » et de « la planète », comme habités par un zèle mystique.

Ils comptaient bien éliminer la famine dès la fin du siècle. La maladie, ils la détruiraient à n'importe quel prix. L'exécution de criminels condamnés, l'avortement étaient matière à de véhémentes discussions. Et ils luttaient contre les menaces de « la pollution » et de « l'holocauste militaire » aussi farouchement que leurs ancêtres avaient pu lutter jadis contre la sorcellerie et l'hérésie.

Quant à la sexualité, elle n'était plus en proie à la superstition ni à la peur. On lui arrachait ses derniers lambeaux de religion. C'était d'ailleurs pour ça que les gens se promenaient à demi nus. Qu'ils s'embrassaient et s'étreignaient en pleine rue. A présent ils parlaient d'éthique, de responsabilité, de la beauté du corps. La procréation et les maladies vénériennes étaient jugulées.

Dans la lumière ambrée d'une vaste chambre d'hôtel, j'ai regardé sur mon petit écran le film *Apocalypse Now,* qui raconte la lutte séculaire du monde occidental contre le Mal. « Il faut apprivoiser l'horreur et la peur de la mort », déclare le commandant fou au Cambodge. Et l'homme occidental de répondre, comme il l'a toujours fait : « Non. »

Non. Jamais on ne pourra chiffrer l'horreur et la peur de la mort. Elles n'ont pas de véritable valeur. Le Mal à l'état pur n'a pas sa place ici-bas.

Ce qui signifie, n'est-ce pas, que je n'y ai pas ma place, moi non plus.

Sinon peut-être dans l'art qui répudie le Mal — les bandes dessinées de vampires, les romans d'horreur, les contes gothiques — ou bien dans les rugissements des vedettes du rock, chantant les batailles que chaque mortel livre intérieurement au Mal.

C'en était assez pour renvoyer sous terre un monstre de l'Ancien Monde, ce stupéfiant décalage avec la grandiose ordonnance des choses ; assez pour le faire s'effondrer en larmes. Assez pour le transformer en chanteur de rock, si l'on y songe...

Mais les autres monstres de l'Ancien Monde, où étaient-ils ? Comment existaient les autres vampires, dans un univers où chaque mort était enregistrée par de colossaux ordinateurs électroniques, où les cadavres étaient emportés vers des cryptes réfrigérées ? Sans doute, tels d'immondes insectes, se dissimulaient-ils dans l'ombre, comme ils l'avaient toujours fait, malgré toutes leurs tirades philosophiques et leurs réunions sabbatiques.

Ma foi, quand j'unirais ma voix à celle du petit groupe Satan Sort En Ville, je les ferais bien assez vite surgir à la lumière.

J'ai poursuivi mon éducation. J'ai bavardé avec des mortels aux arrêts d'autobus, dans des stations-service et dans des bars élégants. J'ai lu des livres. J'ai revêtu les costumes chatoyants des magasins chics : les chemises blanches à col Mao, les vestes de safari kaki, les somptueux blazers de velours gris avec des écharpes en cachemire. Je me suis poudré le visage afin de ne pas me faire remarquer sous les éclairages fluorescents.

J'apprenais. J'étais amoureux.

Mon unique difficulté était que je n'avais guère de meurtriers à me mettre sous la dent. Dans ce monde où régnaient l'innocence et l'abondance, la bonté, la gaieté et les estomacs bien garnis, les détrousseurs de jadis, qui n'hésitaient pas à vous trancher la gorge pour une pièce d'argent, et leurs dangereux repaires du bord de l'eau avaient quasiment disparu.

Je devais donc me donner du mal pour gagner ma subsistance, mais j'étais un chasseur-né. J'apprenais de jour en jour à mieux connaître mes tueurs : les trafiquants de drogue, les maquereaux, les assassins qui se joignaient aux bandes de motards.

Plus que jamais, j'étais bien résolu à ne jamais boire le sang d'un innocent.

Le moment était enfin venu de rendre visite à mes chers voisins, le groupe qui se faisait appeler Satan Sort En Ville.

A six heures et demie du soir, un samedi étouffant et moite, j'ai sonné à la porte de leur studio. Les beaux jeunes mortels étaient affalés, en chemises de soie irisées et salopettes moulantes, en train de fumer du haschisch et de pester contre la malchance qui s'acharnait sur eux.

Avec leurs longues chevelures et leurs mouvements félins, on aurait dit les anges de la Bible ; leurs bijoux étaient égyptiens. Même pour répéter, ils se maquillaient le visage et les yeux.

Rien qu'à les voir, je me suis senti gagné par l'excitation et l'amour : Alex et Larry et la délectable petite Dure-à-cuire.

Au cours d'un instant irréel, durant lequel le monde a paru s'immobiliser sous moi, je leur ai révélé qui j'étais. Le mot « vampire » n'avait rien de nouveau pour eux. Dans la galaxie où ils brillaient, mille autres chanteurs avaient porté les crocs de théâtre factices et la cape noire.

Qu'il était étrange, pourtant, de la dire ainsi à des mortels, cette vérité interdite. En deux siècles, je ne l'avais jamais confiée à quiconque n'était pas d'ores et déjà destiné à devenir des nôtres. Je ne la faisais même pas connaître à mes victimes avant que leurs yeux ne se fermassent.

Et voilà soudain que je la révélais clairement, distinctement, à ces beaux jeunes mortels, en leur annonçant que je voulais chanter avec eux et que, s'ils me faisaient confiance, nous serions tous riches et célèbres.

Ils fixaient sur moi des yeux embués. Et leurs éclats de rire ravis ont résonné dans le petit grenier miteux.

J'ai été très patient. Pourquoi pas, d'ailleurs ? Je savais que j'étais un démon capable de singer à peu près tous les sons et les gestes que font les hommes. Mais comment auraient-ils pu comprendre ? Installé au piano électrique, je me suis mis à jouer et à chanter.

J'ai d'abord imité des airs de rock et puis des vieilles chansons me sont revenues en mémoire — d'anciennes ballades françaises, profondément enfouies dans mon âme, mais jamais oubliées — et je les ai adaptées à des rythmes brutaux. J'ai senti sourdre en moi une dangereuse passion. Elle menaçait mon équilibre. Pourtant j'ai continué à marteler les touches blanches et dans mon âme une brèche s'est ouverte. Tant pis si ces tendres créatures rassemblées autour de moi n'en sauraient jamais rien.

C'était bien assez de les voir jubiler, tous les trois, de sentir qu'ils adoraient cette musique irréelle et décousue, de les entendre hurler, en s'imaginant un avenir de prospérité parce qu'ils avaient enfin trouvé l'élan qui leur avait manqué jusque-là. Ils ont branché leurs machines et nous nous sommes mis à jouer et à chanter ensemble. L'odeur de leur sang et nos chansons tonitruantes ont déferlé sur le studio.

C'est alors que j'ai subi un choc que je n'avais pas prévu, même dans mes rêves les plus étranges ; un choc assez violent, au demeurant, pour me chasser de l'univers de ces mortels et me refouler sous terre.

Je ne veux pas dire par là que j'aurais sombré à nouveau dans un profond sommeil, mais j'aurais pu renoncer à faire partie de Satan Sort En Ville pour errer à l'aveuglette pendant quelques années, en m'efforçant, hébété, de reprendre mes esprits.

Quand je leur ai dit que je m'appelais Lestat, les deux hommes — Alex, élégant et délicat jeune batteur, et son frère, Larry, plus grand et plus blond — ont reconnu mon nom.

Ils l'ont non seulement reconnu, mais associé à tout un ensemble de données me concernant qu'ils avaient lues dans un livre.

D'ailleurs, ils étaient enchantés de constater que je ne prétendais pas être un vampire anonyme. Ni le comte Dracula : tout le monde en avait par-dessus la tête de celui-là. Ils s'extasiaient de me voir faire semblant d'être Lestat le vampire.

« *Faire semblant ?* » me suis-je étonné.

Ils ont ri de ma surprise exagérée, de mon accent français.

Je les ai regardés un long moment, en essayant de sonder leurs pensées. Certes, je ne m'attendais pas à ce qu'ils crussent que j'étais un véritable vampire, mais comment avaient-ils pu lire les aventures d'un vampire fictif portant un nom aussi inhabituel que le mien ?

J'ai senti ma confiance m'abandonner. Il me semblait discerner une menace jusque dans les instruments de musique, les antennes, les fils électriques.

« Montrez-moi ce livre », ai-je dit.

C'était un petit livre bon marché qui tombait en lambeaux. La reliure avait été arrachée, la couverture déchirée, les pages étaient réunies par un élastique.

J'ai senti un frisson glacé, surnaturel, me parcourir. Dans le livre que j'avais entre les mains, un jeune mortel était censé avoir persuadé un des non-morts de raconter son histoire.

Je leur ai demandé la permission de me retirer dans leur autre pièce, où je me suis allongé sur leur lit pour lire. Arrivé à la moitié, j'ai quitté leur maison en emportant le livre. Planté sous un réverbère, j'ai terminé ma lecture. Puis j'ai soigneusement placé le volume dans ma poche de poitrine.

Sept nuits durant, je me suis abstenu d'aller retrouver le groupe.

Pendant une grande partie de ce temps, j'ai recommencé à vagabonder à travers les ténèbres sur ma Harley-Davidson, en faisant hurler à plein volume les *Variations Goldberg* de Bach. Et je me demandais : Lestat, que veux-tu savoir ?

Le reste du temps, j'ai étudié avec un renouveau d'acharnement tout ce qui concernait le rock.

Et quand la nuit était vide et silencieuse, j'entendais chanter pour moi les voix du livre, comme si elles sortaient de la tombe. Je l'ai relu à d'innombrables reprises. Et puis, dans un élan méprisable de colère, je l'ai mis en pièces.

Finalement, j'ai pris ma décision.

Je suis allé trouver Christine, ma jeune avocate.

« Il ne suffit plus que mon petit groupe ait du succès, lui ai-je dit. Il faut lui donner une célébrité qui portera mon nom et ma voix jusque dans les endroits les plus reculés du globe. »

Tranquillement, intelligemment, elle m'a mis en garde, comme ont l'habitude de le faire les avocats, contre les risques que je faisais courir à ma fortune. Mais je la sentais déjà séduite.

« Pour les clips vidéo, il faut les meilleurs réalisateurs français, ai-je dit. Trouvez le moyen de les faire venir de New York et Los Angeles. Nous avons largement de quoi les payer. Et il y a sûrement ici même des studios où nous pourrons travailler. Le directeur artistique mixera le son ensuite... Là encore, il nous faut le meilleur. Ça coûtera ce que ça coûtera. Ce qui compte, c'est que tout soit orchestré, que nous fassions notre travail dans le plus grand secret jusqu'au moment de la révélation où nous sortirons nos disques et nos clips en même temps que le livre que je me propose d'écrire. »

Des rêves de richesse et de puissance tournoyaient dans la tête de Christine. Elle prenait des notes à toute vitesse.

Et moi, à quoi songeais-je en lui parlant ? A une rébellion sans précédent, à un immense et terrible défi lancé à mon espèce à travers le monde entier.

« Pour ces clips vidéo, ai-je continué, il faut trouver des cinéastes capables de réaliser mes visions. Ils doivent raconter l'histoire du livre que je veux créer. Et les chansons sont déjà en grande partie écrites. Il faut vous procurer des instruments de première qualité, des synthétiseurs, les meilleurs systèmes de sonorisation, des guitares électriques, des violons. Nous réglerons les autres détails plus tard. Les costumes de vampire, la façon de nous présenter aux chaînes de télévision spécialisées, l'organisation de notre première apparition en public à San Francisco, tout cela peut attendre. L'important à présent, c'est de passer des coups de téléphone afin d'obtenir les renseignements dont vous avez besoin pour mettre l'affaire en train. »

Je ne suis retourné auprès de Satan Sort En Ville qu'une fois les premiers accords conclus et les signatures obtenues. Nous avons fixé des dates, loué des studios, échangé des lettres d'engagement.

Et puis avec Christine à mes côtés, j'ai frété une limousine aussi monstrueuse que le Léviathan pour mes trois petits chéris, Alex, Larry et Dure-à-cuire. Nous avions à notre disposition des sommes d'argent mirobolantes.

Sous les chênes endormis d'une rue paisible, je leur ai versé du champagne dans des coupes étincelantes : « A Lestat le vampire! » avons-nous entonné à l'unisson au clair de la lune. C'était le nouveau nom du groupe, le titre du livre que je devais écrire. Dure-à-cuire a jeté ses adorables petits bras autour de mon cou. Nous nous sommes tendrement embrassés parmi les rires et les vapeurs d'alcool. Ah, l'odeur du sang innocent !

Quand ils ont été partis, je me suis mis en route tout seul, dans la nuit embaumée, en direction de St. Charles Avenue, en songeant au danger qui les menaçait, mes petits amis mortels.

Il ne venait pas de moi, bien sûr. Mais lorsque la longue période des préparatifs secrets aurait pris fin, ils se dresseraient en toute innocence, en toute ignorance, sous les feux de la gloire internationale avec leur sinistre et téméraire vedette. Eh bien, je les environnerais de gardes du corps et de parasites en tout genre. Je les protégerais de mon mieux contre les autres immortels. Et si ces derniers étaient toujours tels que je les avais connus jadis, jamais ils ne risqueraient un vulgaire affrontement avec une force humaine.

En remontant l'avenue pleine d'animation, j'ai protégé mon regard à l'aide de lunettes-miroirs. Sur les rayonnages d'une librairie, j'ai contemplé un exemplaire du livre que m'avaient prêté mes amis, en collection de poche.

Je me suis demandé combien des nôtres avaient « remarqué » ce livre. Peu importaient les mortels qui le prenaient pour un ouvrage de fiction. Mais les autres vampires ? Car, s'il est une loi que les vampires tiennent pour sacro-sainte, c'est bien qu'*on ne doit pas parler de nous-mêmes aux mortels.*

Il ne faut jamais leur transmettre nos « secrets », à moins d'avoir l'intention de leur octroyer aussi le Don ténébreux de nos pouvoirs. Jamais il ne faut nommer les autres immortels. Ni dire où pourrait se trouver leur tanière.

Or, tout cela, mon bien-aimé Louis, le narrateur du livre en question, l'avait fait. Il était allé bien au-delà de ma petite indiscrétion auprès de mes chanteurs de rock. Il avait révélé la vérité à des centaines de milliers de lecteurs. C'était tout juste s'il ne leur avait pas dessiné une carte de La Nouvelle-Orléans, avec une croix à l'endroit exact où je sommeillais, même si l'étendue de son savoir et ses intentions à mon égard n'étaient pas très clairs.

Néanmoins, pour cette transgression, les autres allaient sûrement le prendre en chasse. Et il y a des façons très simples de détruire les vampires, surtout de nos jours. Si Louis existait encore, il était désormais mis au ban de notre espèce et elle faisait peser sur lui un danger qui n'était à la portée d'aucun mortel.

Raison de plus pour rendre célèbre au plus tôt le livre et le groupe portant le nom de Lestat Le Vampire. Il fallait retrouver Louis. Lui parler. Maintenant que j'avais lu sa version de notre histoire, j'avais envie de lui jusqu'à la souffrance, envie de ses illusions romanesques et même de sa malhonnêteté. J'éprouvais le besoin cuisant de sentir sa malveillance distinguée et sa présence physique, d'entendre sa voix trompeusement douce.

Bien sûr, je lui en voulais de ses mensonges à mon sujet, mais mon amour était plus fort que ma haine. Il avait partagé avec moi les sombres et romantiques années du XIXe siècle ; il avait été, comme nul autre immortel, mon compagnon.

Désormais, je ne me souciais plus, moi non plus, des vieux règlements.

Je voulais tous les enfreindre. Et je voulais que mon groupe et mon livre fissent sortir de l'ombre non seulement Louis mais tous les démons que j'avais jamais connus et aimés. Je voulais retrouver ceux que j'avais perdus, réveiller ceux qui dormaient comme je l'avais fait.

Débutants et vétérans, beaux, mauvais, fous et sans cœur, quand ils verraient nos clips et entendraient nos disques, quand ils apercevraient mon livre dans les vitrines, ils se lanceraient tous à mes trousses et ils sauraient exactement où me trouver. Vous n'avez qu'à venir à San Francisco pour ma première apparition en public. J'y serai.

Toute cette aventure avait une autre raison d'être, cependant ; encore plus dangereuse, plus délicieuse, plus folle.

Et je savais que Louis comprendrait. C'était cela que devaient cacher son entretien, sa confession. Je voulais mettre les mortels *au courant* de notre existence. Le proclamer à la face du monde comme je l'avais fait devant Alex, Larry et Dure-à-cuire, et devant ma douce Christine.

Et tant pis s'ils ne me croyaient pas. Tant pis s'ils prenaient cela pour de l'art. Après deux siècles de mensonge, j'étais enfin visible aux yeux des mortels ! Je disais mon nom tout haut. Je révélais ma nature. J'étais là !

J'allais plus loin que Louis, cependant. En dépit de toutes ses étrangetés, son histoire passait pour imaginaire. Dans l'univers des mortels, elle n'était pas plus dangereuse que les tableaux du vieux Théâtre des Vampires à Paris, où les esprits malins avaient feint d'être des acteurs jouant le rôle d'esprits malins, sur une scène lointaine éclairée au gaz.

Moi, j'allais m'avancer sous les projecteurs devant des caméras ; je tendrais mes doigts glacés pour toucher un millier de mains chaudes et avides. Je leur flanquerais une frousse de tous les diables, si c'était possible, et, avec un peu de réussite, je les ensorcellerais et je les conduirais jusqu'à la vérité.

Or, supposons — supposons simplement — que lorsque les cadavres commenceraient à apparaître en nombre croissant, lorsque les gens les plus proches de moi ne pourraient s'empêcher de nourrir des soupçons inévitables — supposons alors simplement que l'artifice cesse d'être artifice pour devenir réalité!

Je veux dire: s'ils allaient vraiment y croire, vraiment comprendre que ce bas monde abritait encore ce démon des temps anciens, le vampire. Ah, quelle grandiose, quelle merveilleuse guerre nous pourrions alors avoir!

Nous serions connus, traqués, combattus, dans cet étincelant désert urbain, comme aucun monstre mythique ne l'a encore été par l'homme.

Comment n'aurais-je pas adoré cette seule idée? Comment ne pas croire que cela valait tous les dangers, la pire et la plus atroce défaite? A l'instant même de la destruction, je serais plus vivant que je ne l'avais jamais été.

Mais, à vrai dire, je ne pensais pas que les choses en arriveraient là, que les mortels pourraient croire à notre existence. Jamais les mortels ne m'ont fait peur.

C'était l'autre guerre qui allait éclater, celle dans laquelle nous allions tous être réunis, ou dans laquelle ils viendraient tous m'affronter.

C'était cela, la vraie raison de Lestat le Vampire. C'était là le jeu que je jouais.

Pourtant, cette délicieuse autre possibilité, celle d'une véritable révélation et d'un désastre... Ma foi, elle corsait diablement les choses!

J'ai regagné ma paisible chambre d'hôtel, dans le vieux Quartier français. Je me suis passé une cassette du superbe film de Visconti, *Mort à Venise*. Un des personnages y disait que le Mal était une nécessité. Qu'il alimentait le génie.

Ça, je n'y croyais pas. Mais j'aurais voulu que ce fût vrai, car j'aurais pu n'être alors que Lestat le Monstre.

28

Moi qui suis si doué pour jouer les monstres ! Ah ! bah...

J'ai mis une disquette neuve dans mon ordinateur et j'ai commencé à écrire l'histoire de ma vie.

L'ÉDUCATION
ET
LES AVENTURES
DE JEUNESSE
DE
LESTAT LE VAMPIRE

PREMIÈRE PARTIE
L'ÉVEIL DE LÉLIO

1

Durant l'hiver de ma vingt et unième année, je partis seul à cheval pour exterminer une bande de loups.

Cela se passait sur les terres de mon père, en Auvergne, quelques années avant la Révolution française.

Je ne me rappelais pas avoir connu un hiver aussi rigoureux ; les loups ravageaient les troupeaux de nos paysans et rôdaient même parfois la nuit dans les rues du village.

Pour moi, ces années étaient remplies d'amertume. Mon père était marquis et j'étais son septième fils, le plus jeune des trois qui avaient survécu à l'enfance. Je ne pouvais prétendre ni au titre ni au patrimoine et n'avais donc aucun avenir. Même dans une famille riche, un dernier-né n'avait rien à espérer, et la nôtre avait depuis longtemps déjà dissipé tout son bien. Mon frère aîné, Augustin, héritier légitime de tout ce que nous possédions, avait dépensé la maigre dot de sa femme à peine épousée.

Le château de mon père, son domaine et le village tout proche bornaient mon univers. Or, j'étais né agité ; j'étais le visionnaire, le coléreux, le protestataire. Pas question pour moi de rester assis au coin du feu à parler des guerres anciennes et du temps du Roi-Soleil. L'Histoire n'avait pour moi aucun sens.

J'étais donc devenu le chasseur. C'était moi qui rapportais le faisan, le gibier et la truite des ruisseaux de montagne — tout ce que je parvenais à occire — pour nourrir ma famille. Cette tâche occupait désormais toute mon existence et je ne la partageais avec personne ; c'était une bonne chose d'ailleurs, car, sans le produit de ma chasse, nous aurions risqué, certaines années, de mourir de faim.

C'était bien sûr une noble occupation que de chasser sur les terres de ses ancêtres et nous seuls en avions le droit. Le bourgeois le plus fortuné des environs n'était pas même habilité à épauler son fusil dans nos forêts. Cela dit, il n'en avait aucun besoin : il avait de quoi payer.

Deux fois déjà, j'avais tenté d'échapper à cette vie et l'on m'avait ramené chez nous, les ailes brisées. Nous verrons comment plus loin.

Pour le moment, je songe à la neige qui recouvrait nos montagnes et à ces loups qui terrorisaient les villageois et volaient nos moutons.

Or, puisque j'étais le seigneur, et le seul de surcroît capable de monter à cheval et de tirer au fusil, il était tout naturel que les villageois vinssent se plaindre à moi des ravages qu'exerçaient les loups et s'attendissent à me voir y remédier. C'était mon devoir.

D'ailleurs, je n'avais pas la moindre peur des loups. Jamais, à ma connaissance, ils ne s'étaient attaqués à l'homme. Je les aurais empoisonnés si je l'avais pu, mais la viande était trop rare chez nous pour aller la truffer de poison.

C'est pourquoi, très tôt, par un froid matin de janvier, je m'armai de façon à exterminer les loups, un par un. J'avais trois pistolets à pierre et un excellent fusil, à pierre lui aussi, que je pris avec moi, en plus de mes mousquets et de l'épée de mon père. Et puis, juste avant de quitter le château, j'ajoutai à ce petit arsenal une ou deux armes anciennes dont je n'avais jamais fait cas auparavant.

Notre château était plein de vieilles armures, car, depuis l'époque des Croisades, mes ancêtres avaient été de grands batailleurs. On voyait aux murs bon nombre de lances, de haches, de fléaux et de masses d'armes.

Ce matin-là, j'emportai une énorme masse d'armes — c'est-à-dire une lourde massue hérissée de pointes — ainsi qu'un fléau de bonne taille, composé d'un boulet de fonte attaché à une chaîne, qu'un combattant pouvait faire tournoyer pour frapper avec une force considérable.

Qu'on se rappelle que nous étions au XVIIIe siècle et qu'à la même époque des Parisiens en perruque poudrée déambulaient à petits pas dans leurs souliers de satin à talons hauts, prisaient du tabac et portaient à leur nez des mouchoirs de dentelle.

Et moi, je sortais chasser en bottes de cuir et veste de peau, avec ces armes antiques attachées à ma selle et mes deux plus grands dogues à mes côtés, le cou enserré dans un collier hérissé de pointes.

Telle était ma vie et j'aurais aussi bien pu la vivre au Moyen Âge ; j'avais vu passer des voyageurs élégamment vêtus en assez grand nombre pour en avoir une conscience aiguë.

En escaladant la montagne, je me sentais malheureux et féroce.

J'avais envie d'une bonne bataille avec les loups. Selon les villageois, la meute comptait cinq bêtes ; j'avais mes armes à feu et deux chiens aux mâchoires si solides qu'ils pouvaient briser l'échine d'un loup d'un seul coup de dents.

Au bout d'une heure, je débouchai dans un petit vallon que je connaissais suffisamment pour l'identifier malgré la neige. Au moment où je commençais à traverser un vaste champ vide vers un bois dénudé, j'entendis les premiers hurlements.

En l'espace de quelques secondes plusieurs plaintes se succédèrent et très vite l'harmonie fut telle que je n'aurais su dire combien de bêtes y mêlaient leur voix ; mais je savais qu'elles m'avaient vu et se donnaient le signal du rassemblement. C'était justement ce que j'espérais.

Je n'éprouvais encore aucune peur. Le vaste paysage était tout à fait vide. J'armai mes pistolets et ordonnai à mes chiens de cesser de gronder et de me suivre. J'avais le vague sentiment qu'il valait mieux quitter le champ et m'enfoncer dans le bois au plus vite.

Mes chiens donnèrent soudain l'alarme de leur voix profonde. Un regard par-dessus mon épaule me fit découvrir les loups à cent pas derrière moi ; ils me fonçaient droit dessus sur la neige, trois gigantesques loups gris, courant sur la même ligne.

Je partis au galop vers la forêt.

Il me semblait que je n'aurais aucun mal à l'atteindre avant d'être rejoint par le trio, mais les loups sont des animaux pleins d'astuce. Tandis que j'éperonnais ma monture en la guidant vers les arbres, je vis surgir devant moi, sur ma gauche, le reste de la meute, soit cinq bêtes de bonne taille. C'était une embuscade ; jamais je ne pourrais gagner la forêt à temps. Et il y avait huit loups au lieu de cinq, comme l'avaient cru les villageois.

Même alors, j'étais trop insensé pour avoir peur. Pas un instant je ne réfléchis au fait évident que ces animaux étaient morts de faim, sans quoi jamais ils ne se seraient approchés du village. Leur méfiance naturelle envers les hommes avait totalement disparu.

Je me préparai au combat. Après avoir passé le fléau à ma ceinture, je visai avec mon fusil, abattant un grand mâle à quelques mètres de moi. J'eus le temps de recharger pendant que mes chiens et la meute se livraient un premier assaut.

Les loups ne pouvaient saisir mes chiens à la gorge à cause des colliers à pointes et au cours de la première escarmouche les puissantes mâchoires de mes deux molosses eurent raison d'un autre loup, tandis que je tuais mon second d'un coup de fusil.

La meute avait entouré mes chiens, cependant. Tandis que je lâchais coup après coup, en rechargeant au plus vite et en m'efforçant de laisser mes chiens hors de ma ligne de mire, je vis le plus petit des deux tomber, les pattes arrière brisées. Le sang se mit à couler à flots sur la neige. Son compagnon repoussa la meute qui s'efforçait de dévorer l'animal agonisant, mais en moins de deux minutes, les loups parvinrent à lui déchirer le ventre et à le tuer à son tour.

Or, comme je l'ai dit, ces dogues étaient des bêtes puissantes que j'avais élevées et dressées moi-même. Ils pesaient plus de deux cents livres chacun. En les voyant expirer, je mesurai pour la première fois l'étendue de ma tâche et j'entrevis ce qui pourrait bien m'arriver.

Il ne s'était écoulé que quelques minutes.

Quatre loups gisaient, morts. Un cinquième était fatalement atteint. Il en restait trois, cependant, dont un avait cessé de se repaître sauvagement du sang des chiens pour fixer sur moi ses yeux obliques.

J'épaulai mon fusil et fis feu, mais je le manquai ; je tirai alors un coup de mousquet, sans plus de succès, et mon cheval se cabra au moment où le loup se ruait sur moi.

Comme mus par des ficelles, les deux autres loups abandonnèrent aussitôt leurs proies. Je laissai ma monture jaillir à bride abattue, droit vers le refuge de la forêt.

Je n'eus pas un regard en arrière, même en entendant les grondements et les mâchoires qui claquaient tout près de moi. Mais bientôt, je sentis des crocs me frôler la cheville. Empoignant mon autre mousquet, je tirai sur ma gauche. Il me sembla que le loup se dressait sur ses pattes arrière, mais il disparut presque immédiatement de mon champ de vision et ma jument se cabra derechef. Je manquai de tomber et sentis son arrière-train se dérober sous mon poids.

Nous avions presque atteint la forêt et je réussis à sauter de ma selle avant qu'elle ne s'abattît. J'avais encore un pistolet chargé. En le maintenant des deux mains, je fis volte-face et visai le loup qui me fonçait dessus. Le projectile lui fit sauter le haut du crâne.

Plus que deux ennemis à présent. Ma jument poussa un râle profond qui se transforma en hurlement aigu. Jamais je n'avais entendu une créature vivante émettre un son aussi horrible. Les deux loups la tenaient.

Je courus à toutes jambes sur la neige, sentant sous

mes pieds la dureté du sol rocheux, et j'atteignis les arbres. Si je parvenais à recharger mon arme, je pourrais leur tirer dessus d'en haut, mais pas une seule branche n'était assez basse pour que je pusse m'en saisir.

Je bondis pour tenter de m'accrocher, mes pieds glissèrent sur l'écorce glacée et je retombai au moment où les loups avançaient sur moi. Plus le temps de recharger mon unique pistolet à présent. Il ne me restait plus que le fléau et l'épée, car j'avais perdu la masse depuis longtemps déjà.

En me relevant au plus vite, je savais que j'allais sans doute mourir, mais l'idée ne me vint pas un instant d'abandonner la lutte. J'étais comme fou, complètement hors de moi. Les lèvres retroussées, grondant presque, je fis face aux deux attaquants et regardai le loup le plus proche droit dans les yeux.

Me campant solidement sur mes jambes, le fléau dans ma main gauche, je tirai mon épée. Les loups s'immobilisèrent. Après avoir soutenu mon regard, le plus proche de moi baissa la tête et fit quelques pas de côté. L'autre semblait attendre un signal imperceptible. Le premier posa de nouveau sur moi ce regard d'un calme surnaturel, puis il plongea dans ma direction.

Je me mis à faire tournoyer le fléau. J'entendais le bruit rauque de ma propre respiration et je sais que mes genoux ployèrent, comme si je voulais à mon tour bondir vers mon adversaire ; avec le boulet de mon fléau, je visai de toutes mes forces la mâchoire du loup, mais je ne fis que l'effleurer.

Il fila un peu plus loin, tandis que l'autre courait en rond autour de moi, s'avançant, puis reculant par petits sautillements. Ils se jetèrent tous les deux dans ma direction, assez près pour m'inciter à faire tournoyer le fléau et pourfendre l'air de mon épée, puis ils s'éloignèrent en courant.

Je ne sais pas combien de temps dura leur manège, mais je comprenais fort bien leur stratégie. Ils comptaient m'épuiser et ils étaient assez résistants pour y parvenir. Pour eux, c'était devenu un jeu.

Et moi, je pivotais, je me fendais, je reprenais mon équilibre et j'en tombais presque à genoux. Cette petite danse se prolongea pendant peut-être une demi-heure, mais comment mesurer de tels moments ?

Et puis, sentant que mes jambes allaient me trahir, je risquai un pari désespéré. Je restai totalement immobile, les armes pendant le long du corps. Et aussitôt, exactement comme je l'escomptais, les loups se précipitèrent à la curée.

A la dernière seconde, je fis tournoyer mon fléau ; je sentais les os craquer sous la fonte et vis la tête hirsute projetée vers le haut et la droite. Du tranchant de mon épée, j'ouvris la gorge du loup.

L'autre était tout proche. Je sentis ses crocs déchirer ma culotte de peau. Encore un peu et c'était ma cuisse qu'ils feraient jaillir hors de la cavité de la hanche. D'un coup d'épée, je lui fendis un côté de la gueule, lui crevant l'œil. Le boulet du fléau s'abattit et le loup lâcha prise. Je fis un bond en arrière, ce qui me donna suffisamment de recul pour lui enfoncer mon épée dans le poitrail jusqu'à la garde.

C'était fini.

La meute était anéantie. J'étais vivant.

Les seuls bruits au fond du vallon enfoui sous la neige étaient ma respiration et les râles perçants de ma jument mourante qui gisait à quelques pas de moi.

Je ne suis pas sûr d'avoir agi alors sous l'empire de la raison. Étaient-ce vraiment des pensées qui me traversaient l'esprit ? J'aurais voulu me laisser tomber dans la neige, mais au lieu de cela je me dirigeai vers le cheval agonisant.

En me sentant approcher, la bête tendit le cou et tenta de se relever, en poussant une nouvelle plainte aiguë qui se répercuta contre les montagnes et parut monter jusqu'au ciel. Je contemplai son pauvre corps brisé qui se détachait sur la blancheur de la neige et ses yeux innocents qui roulaient dans leurs orbites. Elle faisait penser à un insecte à demi écrasé contre le sol d'un coup de talon, cette infortunée jument qui se débattait et souffrait. Elle essaya encore une fois de se relever.

Je pris mon fusil toujours accroché à la selle, le rechargeai et abattis ma monture d'une balle dans le cœur.

Je fus soulagé de la voir se vider de son sang, enfin apaisée par la mort. Le calme régnait à nouveau dans le vallon. Je tremblais de tous mes membres. J'entendis un vilain bruit étranglé qui venait de ma gorge et vis le vomi jaillir sur la neige avant de comprendre qu'il sortait de mes lèvres. J'étais imprégné de l'odeur des loups et de celle du sang. Je faillis tomber en me mettant en route.

Pourtant, sans même m'arrêter, je m'avançai parmi les loups morts jusqu'à celui qui avait bien failli me tuer, le dernier de tous, et je le chargeai sur mes épaules avant de commencer la longue marche jusqu'au château.

Je dus mettre deux heures.

Là encore, je ne sais pas vraiment comment s'effectua mon retour, mais je me rappelle que tout ce que j'avais appris, tout ce que j'avais pensé durant ma lutte contre les loups continuait à s'agiter dans mon esprit. A chaque fois que je trébuchais et tombais, quelque chose en moi se durcissait, se dégradait.

Quand j'atteignis enfin les grilles du château, je crois bien que je n'étais plus vraiment conscient. J'avais franchi les bornes de l'épuisement.

En voyant mes frères bondir de leurs sièges et ma mère rassurer mon père qui était déjà aveugle et qui voulait savoir ce qui causait un tel tumulte, je commençai à parler, mais je ne sais pas ce que je dis. D'une voix monocorde, je m'efforçai de décrire très simplement ce qui s'était passé.

Ce fut mon frère Augustin qui me sortit brutalement de ma transe. Il s'approcha de moi, se découpant sur la lueur du feu qui brûlait dans la cheminée, et m'interrompit d'un ton cinglant :

« Espèce de petit gredin ! lança-t-il. Tu mens : tu n'as pas pu tuer huit loups ! » Une vilaine expression de dégoût s'était peinte sur son visage.

Il se passa alors une chose remarquable : à peine

eut-il proféré ces paroles qu'il se rendit compte, Dieu sait comment, qu'il se trompait.

Peut-être était-ce ce qu'il lut dans mes yeux. Ou bien le murmure de protestation indigné de ma mère. Ou encore le mutisme total de mon autre frère. Sans doute était-ce mon expression. En tout cas, sa réaction fut instantanée et il parut curieusement gêné.

Il se mit à jacasser pour masquer son embarras, en disant que tout cela était incroyable et que j'avais dû frôler la mort ; il ordonna aux domestiques de m'apporter immédiatement du bouillon, mais c'était inutile. Il avait accompli l'irréparable et, sans savoir comment, je me retrouvai tout seul dans ma chambre. Les chiens, qui l'hiver ne me quittaient pas d'une semelle, n'étaient pas avec moi, parce qu'ils étaient morts. Sans me préoccuper de l'absence de feu dans ma cheminée, je me mis au lit, tout sale et sanglant que j'étais, et m'endormis profondément.

Je gardai la chambre plusieurs jours.

Je savais que les villageois étaient montés jusqu'au vallon dans la montagne, qu'ils avaient trouvé les loups et les avaient rapportés au château, parce qu'Augustin était venu me le dire, mais je n'avais pas répondu.

Une semaine dut s'écouler ainsi. Quand je pus supporter d'avoir d'autres chiens auprès de moi, je descendis jusqu'au chenil et fis monter chez moi deux chiots, déjà fort imposants, qui me tinrent compagnie. La nuit, je dormais entre eux.

Les serviteurs allaient et venaient, mais personne ne s'avisait de me déranger.

Et puis ma mère entra silencieusement, presque subrepticement dans ma chambre.

2

C'était le soir. J'étais assis sur mon lit avec un chien allongé à côté de moi et l'autre étendu sous mes genoux. Un feu vrombissait dans la cheminée.

Et ma mère était enfin venue, comme j'aurais dû m'y attendre.

À toute autre personne, j'aurais crié « Dehors », mais à elle je ne dis rien du tout.

J'éprouvais pour elle un immense et inébranlable amour. J'étais le seul, je crois. Une des choses qui m'avaient toujours séduit chez elle, c'était qu'elle ne disait jamais rien d'ordinaire.

Elle passait son temps à lire ; elle était d'ailleurs la seule de notre famille qui eût quelque éducation et quand elle parlait, c'était toujours à bon escient. De ce fait, sa présence ne m'incommodait point.

Au contraire, elle suscitait ma curiosité. Que pourrait-elle bien trouver à dire, qui ferait pour moi la moindre différence ? Toutefois, n'ayant pas souhaité sa visite, ni même songé à elle, je ne me détournai pas du feu pour l'accueillir.

Il y avait néanmoins une puissante entente entre nous. Lorsque j'avais tenté par deux fois de fuir le château paternel et qu'on m'avait rattrapé, c'était elle qui m'avait aidé à m'en consoler. Elle avait accompli là un vrai miracle, bien que personne ne s'en fût aperçu.

La première fois j'avais douze ans et le vieux curé de la paroisse, qui m'avait appris quelques poèmes à réciter par cœur, ainsi qu'un ou deux cantiques en latin, avait proposé que je partisse étudier au monastère voisin.

Mon père avait refusé net, déclarant que j'en apprendrais toujours assez long au château, mais ma mère s'était arrachée pour une fois à ses livres afin de lui opposer de véhémentes protestations. J'irais si je le désirais, avait-elle décrété, et elle avait vendu un de ses bijoux pour m'acheter des livres et quelques habits. Tous ses bijoux lui venaient d'une aïeule italienne et chacun avait son histoire ; il lui était donc pénible de s'en séparer, mais elle l'avait fait sans hésiter.

Mon père, furieux, avait protesté que n'eût été la cécité dont il était frappé, il aurait su imposer sa volonté et mes frères aînés lui avaient assuré que ce caprice ne durerait guère, car à la première contrariété, je m'empresserais de regagner le château.

Ils se trompaient ; j'avais adoré la vie au monastère.

J'aimais la chapelle et les cantiques, la bibliothèque avec ses milliers de vieux volumes, les sonneries de cloches qui ponctuaient nos journées, les rituels sans cesse répétés. J'aimais la propreté des lieux, le plaisir de voir les choses bien entretenues, le labeur ininterrompu qui se poursuivait dans tout le grand bâtiment et ses dépendances.

Lorsque j'étais corrigé, ce qui arrivait rarement, j'éprouvais un bonheur intense à l'idée qu'on s'efforçait enfin, pour la première fois de ma vie, de m'améliorer.

En moins d'un mois, ma vocation s'était déclarée. Je voulais entrer dans les ordres, passer ma vie dans ces cloîtres immaculés, au milieu d'hommes qui croyaient que je pouvais être bon si je m'y employais.

Ici, les gens m'appréciaient. Contrairement à mon habitude, je n'excitais ni leur désolation, ni leur courroux.

Aussitôt le Supérieur avait écrit à mon père pour lui demander sa permission et je croyais, dans ma candeur naïve, que ce dernier serait enchanté d'être débarrassé de moi.

Trois jours plus tard, cependant, j'avais vu arriver mes frères pour me ramener chez nous. En pleurant, j'avais supplié qu'on me laissât rester au monastère, mais le Supérieur était impuissant à m'y garder.

A peine rentrés au château, mes frères m'avaient confisqué tous mes livres et enfermé à clef. Je ne comprenais rien à leur fureur. On me laissait entendre que je m'étais couvert de ridicule. Je ne pouvais pas m'arrêter de pleurer. Je tournais en rond dans ma chambre en frappant les objets du poing et en donnant des coups de pied dans la porte.

Et puis, mon frère Augustin était venu me parler. Au début, il tournait autour du pot, mais j'avais fini par comprendre qu'il n'était pas question qu'un membre d'une noble famille comme la nôtre devînt un pauvre moine. Comment avais-je pu à ce point me méprendre ? On m'avait simplement envoyé chez les frères pour apprendre à lire et à écrire. Pourquoi tomber toujours dans de pareils excès ?

Quant à devenir prêtre, avec un avenir ecclésiastique devant moi, ma foi, j'étais le cadet de la famille. Je devais songer avant tout à mes neveux et nièces.

Ce qui signifiait en clair : nous n'avons pas d'argent pour faire de toi un cardinal ou pour le moins un évêque, comme il siérait à ton rang. Par conséquent, tu passeras au château une vie de mendiant illettré. Et maintenant, descends jouer aux échecs avec ton père.

Une fois que j'eus enfin compris la teneur de son discours, je m'étais mis à pleurer à table, en marmonnant que personne chez nous n'avait conscience du « chaos » dans lequel nous vivions et l'on m'avait renvoyé dans ma chambre.

Ma mère était venue m'y trouver.

« Tu ne sais même pas ce que c'est que le chaos. Pourquoi te servir d'un tel mot ?

— Si, je le sais. » Et j'avais aussitôt établi un parallèle entre la saleté et la décrépitude qui nous environnaient et la propreté bien ordonnée du monastère, où l'on pouvait espérer accomplir quelque chose si l'on s'appliquait.

Elle n'avait pas discuté. Tout jeune que j'étais, je l'avais sentie séduite par la qualité de mes propos.

Le lendemain, nous nous étions rendus tous les deux jusqu'au superbe château d'un seigneur voisin, qui nous avait accompagnés, ma mère et moi, jusqu'à son chenil et m'avait dit de choisir mes deux préférés parmi une portée de petits dogues.

Jamais je n'avais rien vu d'aussi adorable et affectueux que ces chiots, et les chiens adultes nous contemplaient comme de grands lions endormis. Ils étaient magnifiques.

Au comble de l'excitation, j'avais fini par choisir, sur les conseils de notre voisin, un mâle et une femelle qui avaient fait le trajet du retour dans un panier sur mes genoux.

Peu après, ma mère m'avait acheté mon premier mousquet à pierre et mon premier cheval de race.

Jamais elle ne m'avait dit pourquoi elle avait fait tout cela, mais j'avais compris sa leçon. J'avais dressé mes chiens et fondé mon propre élevage. Grâce à eux et à mon cheval, j'étais devenu un chasseur accompli et à seize ans, je passais toutes mes journées dehors.

Le soir, au château, cependant, j'étais toujours aussi indésirable. Personne n'avait envie de m'écouter expliquer qu'il fallait remettre nos vignobles et nos champs en état et empêcher nos fermiers de nous voler comme ils le faisaient.

J'allais à l'église les jours de fête pour rompre la monotonie de mon existence, et les jours de foire, je descendais toujours au village, avide de voir les petits spectacles qui nous étaient offerts. Tous les ans, c'étaient les mêmes jongleurs, mimes et acrobates que l'on voyait revenir, mais que m'importait ? C'était toujours plus distrayant que les changements de saison et les propos oiseux sur notre gloire d'antan.

L'année de mes seize ans, une troupe de comédiens italiens était passée dans le pays, dans un grand chariot recouvert de toile peinte, à l'arrière duquel ils avaient dressé une véritable scène. Ils avaient donné une de ces vieilles comédies italiennes où l'on voit Pantalon et Polichinelle et les deux jeunes amoureux, Lélio et Isabelle, et le vieux docteur et toutes les farces habituelles.

J'étais aux anges. Jamais je n'avais vu un spectacle aussi spirituel, aussi vif, aussi brillant. Je le savourais même quand les acteurs parlaient si vite que je n'arrivais pas à suivre.

Dès qu'ils avaient eu terminé et fait la quête parmi les spectateurs, je les avais accompagnés à l'auberge pour leur offrir à boire, bien que je n'en eusse pas vraiment les moyens, afin d'avoir le plaisir de converser avec eux.

Ils m'avaient expliqué que chaque acteur était titulaire à vie de son rôle et qu'au lieu d'apprendre leur texte par cœur, ils l'improvisaient en scène. Chacun connaissait son personnage à fond et le faisait s'exprimer comme il convenait. C'était là tout le génie de la chose.

Cela s'appelait la Commedia dell'Arte.

Dans mon enthousiasme, je m'étais amouraché de la jeune femme qui tenait le rôle d'Isabelle et par jeu, j'avais voulu m'essayer à improviser celui de Lélio, son amoureux. Les comédiens avaient applaudi, en s'écriant que j'étais doué.

Au début, j'avais cru qu'ils disaient cela pour me flatter, mais cela m'était égal. Aussi, le lendemain matin, quand leur chariot avait quitté le village, j'étais caché à l'intérieur avec le peu d'argent que j'avais réussi à mettre de côté et mon balluchon. J'avais décidé de devenir acteur.

Il faut savoir que dans la comédie italienne, Lélio, l'amoureux, ne porte pas de masque. Donc, s'il est joli garçon, naturellement gracieux, digne et noble dans son maintien, cela n'en est que mieux pour le rôle. La troupe me trouvait pourvu de toutes ces qualités et l'on m'avait aussitôt fait répéter pour la représentation suivante dans une vraie bourgade, beaucoup plus grande et intéressante que notre village.

Je jubilais, mais ni les répétitions, ni la camaraderie de mes nouveaux compagnons ne m'avaient préparé à l'état d'extase qui s'était emparé de moi dès que je m'étais retrouvé sur cette petite scène en bois, chichement éclairée.

Je m'étais jeté à corps perdu à la poursuite d'Isabelle, me découvrant pour les vers et les traits d'esprit une fertilité dont je ne soupçonnais pas l'existence. Grisé par les rires de la foule, j'avais quasiment dû être traîné hors de scène, mais mon succès ne faisait aucun doute.

Cette nuit-là, mon Isabelle m'avait accordé ses faveurs les plus intimes et je m'étais endormi dans ses bras en l'écoutant faire des projets d'avenir: nous monterions à Paris, où nous jouerions à la Foire Saint-Germain, avant de quitter la troupe pour le boulevard du Temple et de là, pour la Comédie-Française, et nous finirions par jouer devant le roi et la reine.

Quand je m'étais réveillé, le lendemain, Isabelle était partie, ainsi que tous les comédiens, et mes frères étaient là.

Jamais je n'ai su s'ils avaient soudoyé ou terrorisé mes nouveaux amis pour me récupérer. Sans doute les avaient-ils menacés. En tout cas, ils m'avaient ramené au château.

Ma famille était horrifiée. Vouloir devenir moine à douze ans, c'était excusable, mais le théâtre était la voie du diable. Le grand Molière lui-même ne reposait pas en terre consacrée.

J'avais reçu une sévère correction, renouvelée pour avoir accablé mes bourreaux d'injures.

Mais le châtiment le plus dur avait été l'expression du visage de ma mère. Je ne lui avais même pas dit que je partais. Je l'avais blessée, ce qui ne m'était encore jamais arrivé.

Elle ne m'avait fait aucun reproche, cependant.

Les larmes aux yeux, elle m'avait écouté pleurer et m'avait posé la main sur l'épaule, geste rarissime chez elle. Sans aucune explication de ma part, elle avait paru comprendre la magie de ces quelques journées, envolée à jamais. Défiant encore une fois le courroux de mon père, elle avait mis fin aux récriminations, aux corrections, aux restrictions qui me frappaient et n'avait eu de cesse qu'elle n'eût dissipé la rancœur de notre famille.

Finalement, elle avait vendu un autre de ses bijoux pour m'acheter le superbe fusil de chasse dont je m'étais muni pour aller affronter les loups. Malgré mon chagrin, j'avais eu hâte d'essayer cette arme extraordinaire. Elle y avait ajouté un autre présent : une splendide jument alezane dont la force et la rapidité, inconnues jusque-là, me ravissaient. Ces dons n'étaient rien, toutefois, à côté du réconfort moral qu'elle avait su m'apporter.

Pourtant, au fond de moi, l'amertume s'était installée.

Jamais je n'avais oublié ce que j'avais ressenti en jouant Lélio. Je commençai à me dire que je ne pourrais jamais quitter le château et, curieusement, à mesure que mon désespoir grandissait, je devenais de plus en plus indispensable aux miens.

A dix-huit ans, j'étais le seul à pouvoir vraiment tenir nos gens. C'était moi, et moi seul, qui pourvoyais à la subsistance de ma famille. J'y prenais, chose étrange, une profonde satisfaction. Dieu sait pourquoi, j'étais content en m'asseyant à table de me dire que c'était grâce à moi que l'assiette de chacun était pleine.

Ces moments m'avaient lié indissolublement à ma mère. Ils nous avaient insufflé un amour mutuel qui n'était ni remarqué, ni partagé par notre entourage.

Et voici qu'elle venait me trouver en ces instants presque irréels où, pour des raisons que je ne comprenais pas moi-même, j'étais incapable de supporter la compagnie de quiconque.

Hypnotisé par la flambée, je la vis à peine se hisser sur le matelas de paille, à mes côtés.

Il y eut un long silence, à peine troublé par le crépitement du feu et la respiration profonde des chiens endormis près de moi.

Un bref regard à ma mère me laissa vaguement surpris.

Tout l'hiver, je l'avais entendue tousser et elle me parut soudain vraiment malade. Sa beauté, qui comptait tant pour moi, me sembla pour la première fois vulnérable.

Son visage était anguleux, avec des pommettes parfaites, larges et haut placées, mais délicates. La mâchoire, quoique d'une exquise féminité, était fermement dessinée. Les yeux, d'un clair bleu de cobalt, s'ourlaient d'une épaisse frange de cils blond cendré.

Son seul défaut, si c'en était un, était peut-être la trop grande finesse de ses traits qui lui donnait l'air d'une enfant, presque d'un chaton. Ses yeux rapetissaient quand elle était en colère et sa bouche tendrement épanouie, comme une petite rose, avait souvent une expression de dureté — de méchanceté presque —, inexplicable dans son visage trop sérieux.

A présent, son visage s'était légèrement creusé,

mais je la trouvais encore très belle et je la contemplais avec plaisir. Elle possédait une chevelure blonde et fournie dont j'avais hérité.

En fait je lui ressemble, mais j'ai les traits moins fins et ma bouche est plus mobile, même si elle peut prendre par moments un pli cruel. On lit sur mon visage mon sens de l'humour, mon naturel malicieux, les éclats de rire presque hystériques qui m'ont toujours secoué, tout malheureux que je fusse. Ma mère ne riait guère. Elle pouvait même sembler d'une extrême froideur, ce qui ne l'empêchait pas d'avoir toujours une grâce de fillette.

Sous mon regard, elle se mit à parler.

« Je sais ce que tu ressens. Tu les hais. Ils n'ont pas assez d'imagination pour comprendre ce qui t'est arrivé dans la montagne. »

Ces mots me comblèrent. Elle m'avait parfaitement compris.

« J'ai ressenti la même chose lors de mes premières couches, continua-t-elle. Pendant douze heures, j'ai souffert le martyre, prise au piège de ma douleur, sachant que ma seule délivrance serait la naissance ou la mort. Quand tout a été fini, j'avais ton frère Augustin dans les bras et je ne pouvais supporter personne auprès de moi. Je ne leur en voulais pas, mais j'avais souffert pendant des heures, j'étais descendue jusqu'au cœur de l'enfer et j'en étais revenue. Cet acte si commun, celui de donner le jour, m'avait fait comprendre ce qu'était la solitude totale.

« Oui, c'est cela », répondis-je, profondément ému.

Sans poursuivre davantage, elle posa la main sur mon front — encore un geste inhabituel chez elle — et lorsque son œil s'attarda sur mes habits de chasse couverts de sang, que je portais encore, depuis tout ce temps, j'en pris conscience à mon tour et ils me parurent doublement repoussants.

Elle garda un moment le silence.

Les yeux rivés sur le feu, j'aurais voulu lui dire combien je l'aimais, mais je me méfiais. Elle savait comme personne me rabrouer quand ce que j'avais à dire l'importunait et un puissant ressentiment se mêlait à mon amour pour elle.

Toute ma vie, je l'avais regardée lire ses livres italiens et écrire à ses amis de Naples, où elle avait grandi ; et pourtant, elle n'avait pas eu la patience d'apprendre l'alphabet à ses propres enfants. Pas même à moi, après qu'on m'eut ramené du monastère. A vingt ans, je ne savais ni lire ni écrire en dehors de quelques prières et de mon nom. Je haïssais ses livres, la façon dont elle s'absorbait dans leur lecture.

Je haïssais aussi, plus vaguement, le fait qu'il lui fallût me voir au comble du désespoir pour me manifester enfin un peu de chaleur ou d'intérêt.

Pourtant, c'était à elle que je devais mon salut. Il n'y avait personne d'autre avec qui communiquer et j'étais aussi las de la solitude que pouvait l'être un jeune homme de mon âge.

Finalement, comprenant qu'elle n'avait pas l'intention de se retirer, je me mis à lui parler.

« Mère, dis-je à voix presque basse, il n'y a pas que cela. Avant même l'épisode des loups, j'ai éprouvé parfois des sentiments terribles. » Son expression ne changea pas. « Quelquefois, je rêve que je les tue tous. Mes frères et mon père. Je vais de pièce en pièce et je les massacre comme j'ai massacré les loups. Je sens chez moi un désir de meurtre...

— Moi aussi, mon fils, dit-elle. Moi aussi. » Et son visage était illuminé par un sourire des plus étranges.

Je me penchai pour mieux la regarder, en poursuivant d'une voix encore plus basse :

« Dans mon rêve, je hurle en les tuant. Mon visage est tordu par des grimaces et j'entends des beuglements sortir de ma gorge. Ma bouche forme un O parfait et je ne cesse de crier, de hurler. »

Elle acquiesça, avec ce même regard de compréhension ; on eût dit qu'une lampe jetait des éclairs au fond de ses yeux.

« Et dans la montagne, quand je me suis battu avec les loups... c'était un peu la même chose.

— Un peu seulement ? »

52

Je fis signe que oui.

« J'avais l'impression d'être quelqu'un d'autre quand j'ai tué les loups. Et à présent je ne sais plus qui est là à vos côtés. Est-ce votre fils, Lestat, ou bien cet autre homme, le tueur? »

Elle resta un long moment silencieuse.

« Non, finit-elle par dire. C'est toi qui as tué les loups. C'est toi le chasseur, le guerrier. Tu es plus fort que tous les autres hommes de la famille, c'est bien là le drame. »

Je secouai la tête. C'était vrai, mais ce n'était pas le plus important. Cela ne pouvait expliquer un désespoir aussi profond que celui que j'éprouvais. Mais à quoi bon le dire?

« Tu as de multiples facettes, reprit-elle. Tu n'en as pas qu'une. Tu es à la fois le tueur et l'homme. Ne cède pas au tueur qui est en toi uniquement parce que tu les hais. Il n'y a aucune raison que tu endosses le fardeau du meurtre ou de la folie pour sortir d'ici. Il doit y avoir d'autres moyens. »

Ces deux dernières phrases me frappèrent vivement. Elle était allée droit au cœur du problème. J'étais ébloui par ce qu'elle me laissait entrevoir.

J'avais toujours pensé qu'il m'était impossible de bien agir en luttant contre eux. Bien agir, c'était forcément me soumettre à leur volonté. A moins, évidemment, d'adopter une autre notion du bien, une notion plus intéressante.

Nous restâmes quelques instants immobiles, unis par une inhabituelle intimité. Elle regardait le feu.

« Sais-tu ce que j'imagine, moi? demanda-t-elle en tournant les yeux vers moi. Ce n'est pas un meurtre, mais une liberté si totale qu'elle ne tient pas le moindre compte d'eux. Je rêve que je bois du vin jusqu'à en être si saoule que je me mets toute nue pour aller me baigner dans les ruisseaux de montagne. »

Je faillis rire. Je levai les yeux vers elle, car je n'étais pas sûr d'avoir bien entendu. Mais elle avait réellement prononcé ces paroles et elle continuait:

« Et puis, je m'imagine que je descends au village,

que j'entre à l'auberge et que j'accueille dans mon lit tous les hommes qui se présentent — les rustres, les colosses, les vieux, les gamins. Je reste couchée là et je les prends, les uns après les autres, et j'éprouve un sentiment de triomphe magnifique, de libération totale, sans songer un instant à ton père ni à tes frères. Je suis purement moi-même. Je n'appartiens à personne. »

J'étais trop stupéfait pour répondre, mais en même temps à l'idée de ce qu'en auraient pensé ma famille et les pompeux marchands bien-pensants du village, je trouvais la chose irrésistible.

Au début, je n'osai pas rire, parce que l'image de ma mère toute nue semblait me l'interdire, mais je fus incapable de me retenir complètement. Je pouffai et elle hocha la tête, avec un petit sourire. Elle haussa les sourcils comme pour dire : Nous nous comprenons, tous les deux.

Brusquement, mon hilarité éclata dans un violent accès. Ma mère semblait sur le point de rire elle aussi. Peut-être même riait-elle à sa manière.

Curieux moment. J'avais soudain un sentiment presque brutal de son isolement par rapport à tout ce qui l'entourait. Nous nous comprenions en effet et mon ressentiment ne comptait plus vraiment.

Nous restâmes ainsi pendant une heure, sans rien ajouter. Plus un rire, plus un mot, rien que le feu et elle, à mes côtés.

Elle s'était tournée pour mieux contempler l'âtre et de profil la délicatesse de son nez et de ses lèvres était d'une grande beauté. Puis elle se retourna vers moi et dit d'une voix égale, que ne teintait aucune émotion particulière :

« Jamais je ne partirai d'ici. Je suis déjà mourante. »

J'étais abasourdi.

« Je passerai le printemps, peut-être aussi l'été. Mais je ne passerai pas un nouvel hiver, je le sais. Mes poumons sont trop atteints. »

J'émis un petit bruit angoissé. Je me penchai en murmurant :

« Mère !

— N'ajoute rien », répondit-elle.

Je crois qu'elle avait horreur de ce nom de mère, mais il m'était sorti des lèvres malgré moi.

« Je voulais simplement en parler à quelqu'un, dit-elle. Le dire tout haut. Cette idée m'horrifie. J'ai peur. »

J'aurais voulu lui prendre les mains, mais je savais qu'elle n'y consentirait jamais. Elle détestait les contacts. Ce furent nos regards qui s'accrochèrent l'un à l'autre. Mes yeux étaient brouillés de larmes.

« N'y pense pas trop. Fais comme moi. Je n'y pense que de temps en temps. Mais sois prêt à vivre sans moi, le moment venu. Tu auras peut-être plus de mal que tu ne l'imagines. »

Je voulus parler, mais les mots refusaient de sortir. Elle me quitta sans un mot, comme elle était venue.

Et bien qu'elle n'eût pas fait, durant sa visite, la moindre réflexion sur mon aspect, elle m'envoya les domestiques avec des vêtements propres, de l'eau chaude et un rasoir. Sans rien dire, je me laissai faire.

3

Je commençai à me sentir un peu mieux. Je cessai même de penser aux loups pour penser plutôt à ma mère.

Ses mots me revenaient : « Cette idée m'horrifie. » Ils me déroutaient, certes, mais je les devinais parfaitement vrais. Une mort à petit feu m'eût horrifié, moi aussi. Plutôt mourir dans la montagne sous les crocs des loups.

Ce n'était pas tout, cependant. Elle avait toujours souffert en silence, haï l'inertie de l'existence sans espoir que nous menions et à présent, après huit enfants, trois vivants et cinq morts, elle allait mourir à son tour. Sa fin était proche.

J'aurais voulu aller la réconforter, mais j'en étais incapable. J'arpentais interminablement ma chambre, mangeais ce qu'on m'apportait, mais je ne pouvais me résoudre à quitter ma solitude pour me rendre auprès d'elle.

Il fallut des visiteurs pour me tirer de ma tanière.

Ma mère vint me dire que je devais recevoir les bourgeois du village qui voulaient me remercier pour les avoir débarrassés des loups.

« Qu'ils aillent au diable ! grommelai-je.

— Non, il faut descendre. Ils t'ont apporté des présents. Allons, fais ton devoir. »

Une fois descendu, je trouvai les riches marchands qui m'attendaient dans leurs plus beaux atours. Je les connaissais tous, sauf un jeune homme à peu près de mon âge dont l'aspect me surprit.

Il était assez grand et quand nos regards se croisèrent, je reconnus soudain Nicolas de Lenfent, fils aîné du drapier, que l'on avait envoyé faire ses études à Paris.

Il portait un superbe habit de brocart rose et or, des souliers à talons dorés et des flots de dentelle italienne au menton. Seuls ses cheveux bruns et bouclés, comme ceux d'un petit garçon, n'avaient pas changé, malgré le beau ruban de soie qui les retenait.

C'était la mode parisienne, celle qu'arboraient les gens qui passaient sans s'attarder par notre relai de poste.

Et moi, j'accueillais ce jeune homme en habits de laine élimés, bottes de cuir avachies et dentelle jaunie, reprisée de partout.

Nous nous saluâmes, car il semblait être le porte-parole du village, et il sortit d'une modeste housse de serge noire une immense cape de velours rouge doublée de fourrure. C'était une vraie splendeur. Il tourna vers moi deux yeux qui brillaient comme s'il se fût adressé à un roi.

« Monseigneur, nous vous supplions d'accepter cette cape, dit-il, avec un accent de sincérité. Elle est garnie de la fourrure des loups que vous avez tués et nous avons pensé qu'elle vous rendrait service l'hiver, quand vous sortez chasser.

— Et aussi ces bottes, Monseigneur. Pour la chasse », ajouta son père en me tendant une fort belle paire de bottes en daim noir, fourrées elles aussi.

Assez ému par cet hommage, je pris la cape et les bottes en les remerciant comme je n'avais encore jamais remercié personne.

Derrière moi, j'entendis Augustin dire tout haut : « A présent, il va être vraiment impossible ! »

Le rouge me monta au front. Comment osait-il dire une chose pareille devant ces gens ? Mais un bref regard à Nicolas de Lenfent me permit de constater que son visage ne reflétait qu'une franche affection.

« Moi aussi, Monseigneur, je suis impossible, chuchota-t-il pendant que nous échangions une dernière accolade. Peut-être un jour me permettrez-vous de venir entendre comment vous les avez tués ? Seul un être impossible peut accomplir l'impossible. »

Jamais les marchands ne me parlaient ainsi. Nous étions redevenus deux enfants et j'éclatai de rire. Monsieur de Lenfent parut déconcerté, mes frères cessèrent leurs messes basses, mais Nicolas conserva le sourire avec un sang-froid tout parisien.

A peine les visiteurs s'étaient-ils retirés que je montais faire voir mes cadeaux à ma mère.

Elle lisait, comme toujours, en se brossant paresseusement les cheveux. Sous la lumière blafarde du soleil, j'y vis pour la première fois un peu de gris. Je lui répétai ce qu'avait dit Nicolas.

« Pourquoi est-il impossible ? voulus-je savoir. Il a dit ça d'un ton lourd de signification. »

Elle rit.

« Tu ne crois pas si bien dire. Il est en disgrâce. » Elle interrompit un instant sa lecture pour me regarder. « Tu sais qu'on n'a rien négligé pour tenter de faire de lui la parfaite imitation d'un noble. Or, dès les premiers mois qu'il a passés à Paris, il est tombé amoureux fou du violon. Il semble qu'il ait entendu un virtuose italien, un de ces génies de Padoue, si prodigieux qu'on dit qu'il a vendu son âme au diable. Nicolas a tout lâché pour prendre des leçons avec Wolfgang Mozart, il a vendu ses livres et raté ses examens. Et à présent, il veut être musicien. Tu te rends compte?

— Et son père est hors de lui?

— Évidemment. Il a même poussé la colère jusqu'à détruire son violon et pourtant, tu sais combien il respecte tout ce qui a une valeur marchande. »

Je souris.

« Alors Nicolas n'a plus de violon?

— Mais si. Il a aussitôt filé à Clermont et vendu sa montre pour en acheter un autre. Il est impossible, c'est certain, et le pire, c'est qu'il joue fort bien.

— Vous l'avez entendu? »

Élevée à Naples, elle avait l'oreille musicienne.

« Je l'ai entendu dimanche, en allant à la messe. Il jouait dans sa chambre au-dessus de la boutique. Tout le monde l'entendait et son père menaçait de lui briser les mains. »

J'étais fasciné! Je crois que je l'aimais déjà, ce garçon qui n'en faisait qu'à sa tête.

« Bien sûr, il ne fera jamais rien, reprit ma mère.

— Pourquoi cela?

— Parce qu'il est trop âgé. On ne commence pas le violon à vingt ans. Mais, après tout, qu'en sais-je? Il est vraiment ensorcelant à sa façon. Et puis peut-être pourra-t-il vendre son âme au diable, lui aussi. »

Je ris, du bout des lèvres. Je trouvais cela tragique.

« Pourquoi n'irais-tu pas au village en faire ton ami?

— Et pourquoi diantre le ferais-je?

— Voyons, Lestat. Tes frères seront furieux. Et le vieux marchand sera fou de joie. Son fils et celui du marquis.

— Ce ne sont pas d'assez bonnes raisons.

— Il a vécu à Paris », ajouta-t-elle. Elle m'observa un long moment, puis elle reprit sa lecture.

Je la regardai lire, ulcéré. J'aurais voulu lui demander comment elle se sentait, mais il m'était impossible d'aborder ce sujet avec elle.

« Va donc lui parler, Lestat », répéta-t-elle sans me regarder.

4

Il me fallut une semaine pour me décider à rechercher la compagnie de Nicolas de Lenfent.

Vêtu de ma cape et de mes bottes neuves, je descendis jusqu'à l'auberge du village en face de laquelle se trouvait la boutique du drapier, mais je ne vis, ni n'entendis le jeune rebelle.

J'avais à peine de quoi me payer un verre de vin, mais dès mon entrée dans la salle, l'aubergiste vint me saluer bien bas, avant de m'offrir une bouteille de son meilleur cru.

Certes, ces gens m'avaient toujours traité comme le fils du seigneur, mais depuis l'histoire des loups, leur respect s'était accru et, curieusement, cela ne faisait que renforcer mon sentiment d'isolement.

À peine m'étais-je versé un verre que Nicolas paraissait à la porte de l'auberge, richement vêtu de soie, de velours et de cuir neuf. Son visage était coloré, comme s'il avait couru, ses cheveux étaient ébouriffés par le vent et ses yeux brillaient d'animation. Il s'inclina devant moi, attendant que je l'invitasse à s'asseoir.

« Racontez-moi, Monseigneur, votre combat contre les loups, me demanda-t-il, les yeux fixés sur moi.

— Dites moi plutôt, vous, Monsieur, à quoi ressemble Paris. » Aussitôt, j'eus conscience de ce que ma réponse pouvait avoir de moqueur et de grossier. « Excusez-moi, mais j'aimerais vraiment le savoir. Vous fréquentiez l'université ? Vous avez vraiment étudié avec Mozart ? Que fait-on à Paris ? De quoi parle-t-on ? A quoi pense-t-on ? »

Il rit de ce bombardement de questions et je ne pus qu'en rire moi-même.

« Dites-moi, êtes-vous allé au théâtre ? A la Comédie-Française ?

— Souvent, répondit-il. Écoutez, la diligence va arriver et on ne pourra plus s'entendre parler ici. Permettez-moi de vous inviter à dîner dans une des salles privées au premier étage... »

Sans me laisser le temps de protester, il donna des ordres à cet effet et nous nous trouvâmes très vite installés dans une petite pièce rustique, mais propre, dont l'intimité me plut aussitôt. A travers les épais carreaux de la fenêtre, on discernait le ciel hivernal, très bleu, par-dessus les montagnes couronnées de neige.

« Et maintenant, je vais tout vous dire, déclara Nicolas en attendant que j'eusse pris place. Eh oui, j'ai fréquenté l'université. » Il eut un petit sourire méprisant. « Et en effet j'ai étudié avec Mozart qui m'aurait sûrement dit que je perdais mon temps, s'il n'avait eu besoin d'élèves. Bien, par où voulez-vous que je commence ? Par la puanteur de la ville ou par le bruit infernal qui y règne ? Par les foules affamées qui vous environnent en tout lieu ? Par les voleurs prêts à vous couper la gorge au détour de chaque ruelle ? »

Je fis signe que non.

« Par un grand théâtre parisien, dis-je. Décrivez-m'en un. »

Nous restâmes sûrement quatre bonnes heures à boire et à parler. Nicolas me décrivit les pièces qu'il avait vues, les acteurs célèbres, les petits théâtres de boulevard. Bientôt il commença à me décrire tout Paris, en oubliant d'être cynique : l'île de la Cité, le quartier Latin, la Sorbonne, le Louvre...

Puis nous passâmes sur un plan plus abstrait : les journaux qui rapportaient les événements, les réunions d'étudiants dans les cafés. Les Parisiens étaient agités et ne supportaient plus la monarchie. Ils voulaient des changements et ne se tiendraient pas long-temps tranquilles. Il me parla des philosophes, Diderot, Voltaire, Rousseau.

Je ne comprenais pas tout, mais ses propos souvent teintés de sarcasme me dressaient un tableau merveilleusement complet.

Je n'étais pas surpris, tant s'en fallait, d'apprendre que les gens éduqués avaient délaissé Dieu pour la science, que l'aristocratie et l'Église étaient fort mal vues. Nous vivions à l'âge de la raison et non plus de la superstition.

Bientôt, il m'expliqua ce qu'était l'*Encyclopédie*. Puis il passa aux salons qu'il avait fréquentés, à ses beuveries, à ses soirées avec des actrices. Il me décrivit les bals publics du Palais-Royal, où Marie-Antoinette en personne côtoyait le bas peuple.

« Laissez-moi vous dire, conclut-il, que tout cela est nettement plus agréable en paroles qu'en réalité.

— Je n'en crois rien », répondis-je doucement. Je ne voulais pas qu'il se tût. Je ne me lassais pas de l'entendre.

« Nous vivons une époque séculière, Monseigneur, reprit-il en remplissant nos verres. Une époque fort dangereuse.

— Pourquoi cela, dangereuse ? murmurai-je. Que pourrait-il y avoir de plus souhaitable que la fin des superstitions ?

— Vous parlez en véritable homme du XVIIIᵉ siècle, Monseigneur, dit-il avec un sourire mélancolique. Mais personne ne croit plus à rien. La mode est tout. L'athéisme lui-même est une mode. »

J'étais moi-même athée, mais pas pour des raisons philosophiques. Personne chez moi ne croyait en Dieu. Nous allions à la messe, mais c'était par devoir. Le véritable sentiment religieux était depuis longtemps éteint dans notre famille comme chez des milliers d'aristocrates. Même au monastère, ce n'était pas en Dieu que j'avais cru, mais dans les moines qui m'entouraient.

Je tentai de l'expliquer à Nicolas en termes simples qui ne risqueraient pas de le choquer, car sa famille à lui, même son grippe-sou de père, était profondément croyante.

« Mais les hommes peuvent-ils vivre sans la foi ? demanda-t-il d'une voix presque triste. Comment affronter le monde sans elle ? »

Je compris alors d'où venaient ses sarcasmes et son cynisme. Il avait tout récemment perdu la foi et son amertume était grande.

Il dégageait néanmoins une grande énergie, une passion irrépressible, qui m'attiraient. Encore deux verres de vin et je risquais de me ridiculiser en lui déclarant que je l'aimais.

« J'ai toujours vécu sans la foi, remarquai-je.

— Je sais. Vous rappelez-vous le jour où vous avez pleuré sur le sort des sorcières?

— Le sort des sorcières? » Je sentis se réveiller en moi un souvenir douloureux, cuisant. « Non, je ne m'en souviens pas.

— Nous étions encore petits. Le curé nous apprenait nos prières et il nous a emmenés jusqu'au lieu où l'on brûlait les sorcières dans le temps. Le sol était encore tout calciné.

— Ah, cet endroit-là. » Je frissonnai. « Cet endroit atroce.

— Vous vous êtes mis à pleurer et à hurler. Il a fallu aller chercher Madame la Marquise, car personne ne pouvait vous calmer.

— J'étais un enfant insupportable », dis-je d'un ton faussement dégagé. Je me revoyais à présent en train de hurler. Je me rappelais les cauchemars et quelqu'un qui m'essuyait le front en disant: « Lestat, réveille-toi. »

J'avais oublié mes propres angoisses. C'était l'endroit lui-même que j'évoquais à chaque fois que je passais à proximité, les taillis calcinés, les visions d'hommes, de femmes et d'enfants brûlés vifs.

Nicolas m'observait. « Quand votre mère est venue vous chercher, elle était furieuse contre le curé. »

J'acquiesçai.

Le pire avait été d'apprendre qu'ils étaient tous morts pour rien, ces anciens habitants de notre village, qu'ils étaient tous innocents. « Victimes de superstitions, avait dit ma mère. Ils n'étaient absolument pas sorciers. »

« Ma mère à moi, reprit Nicolas, disait au contraire

qu'ils avaient été de mèche avec le diable, qu'ils avaient gâté les récoltes et que, sous forme de loups, ils tuaient les moutons et les enfants...

— Le monde n'en sera-t-il pas meilleur si personne n'est plus jamais brûlé vif au nom de Dieu? S'il n'y a plus de foi religieuse pour passer les hommes à commettre de telles horreurs? »

Nicolas se pencha, avec une petite grimace malicieuse.

« Les loups vous auraient-ils blessé, dans la montagne, Monseigneur? Seriez-vous devenu un loup-garou à notre insu? » Il caressa la doublure de ma cape. « Avez-vous oublié que d'après notre saint homme de curé, on a brûlé bon nombre de loups-garous dans le temps? Ils étaient devenus un véritable fléau. »

Je ris.

« Si je me transforme en loup, répondis-je, je puis vous garantir que je ne m'attarderai pas ici à tuer les enfants. Je quitterai au plus vite ce misérable trou et je ne m'arrêterai pas avant d'avoir aperçu les murs de Paris.

— Comme ça, vous pourrez constater que Paris aussi est un misérable trou, où l'on rompt les os des voleurs sur la roue pour distraire les badauds de la place de Grève.

— Non, protestai-je, c'est un endroit superbe où naissent de grandes idées qui illumineront les coins les plus sombres du globe.

— Ah, vous êtes un rêveur! » s'écria-t-il, mais il était ravi. Quand il souriait, il était mieux que beau.

« Et vous, vous faites partie de ces penseurs à la langue bien pendue qui se réunissent dans les cafés. Nous allons nous heurter violemment en paroles et passer le reste de nos vies à discuter. »

Il passa son bras autour de mon cou pour m'embrasser. Nous étions si divinement ivres que nous manquâmes renverser la table.

« Monseigneur le Tueur de loups », murmura-t-il.

A la troisième bouteille, je commençai à lui parler,

comme je ne l'avais encore jamais fait auparavant, de ma vie et de ma solitude.

Les mots coulaient de mes lèvres, comme ils avaient tantôt jailli des siennes. Bientôt, nous en étions à nous confier tout ce que nous ressentions et dès que l'un de nous exprimait ses désirs et ses insatisfactions, l'autre faisait chorus avec enthousiasme : « Oui, oui » ou « Exactement » ou « je comprends fort bien ce que vous voulez dire ».

Nouvelle bouteille, nouvelle flambée dans la cheminée et je demandai à Nicolas de me jouer un morceau de violon. Il courut chez lui chercher son instrument.

L'après-midi touchait à sa fin, le soleil frappait obliquement les carreaux. Nous avions oublié de commander à dîner. Jamais je n'avais été aussi heureux. Allongé sur le petit lit de la chambre d'auberge, je le regardai sortir son violon de l'étui.

Il le coinça sous son menton et se mit à l'accorder.

Puis il leva son archet et le passa vigoureusement sur les cordes pour en tirer la première note.

Aussitôt, je m'assis pour le regarder fixement. Je n'en croyais pas mes oreilles.

On eût dit qu'il arrachait une à une les notes à son instrument, chacune merveilleusement translucide et vibrante. Les yeux fermés, la bouche légèrement tordue, il semblait s'appuyer de tout son corps sur la musique, presser son âme comme une oreille contre son violon.

Jamais je n'avais entendu une musique aussi crue, aussi intense que l'étincelant torrent de notes qui jaillissait sous ses coups d'archet. Il jouait du Mozart et je retrouvai la gaieté, la vélocité et la parfaite beauté de tout ce que ce grand musicien avait écrit.

Quand il eut terminé, je m'aperçus que je me tenais la tête à deux mains.

« Qu'avez-vous, Monseigneur ? » s'inquiéta-t-il. Je bondis pour le serrer dans mes bras et l'embrasser, puis je baisai le violon.

« Cesse donc de m'appeler Monseigneur, criai-je. Appelle-moi par mon nom. » Puis, me jetant sur le lit, j'enfonçai mon visage entre mes bras et me mis à pleurer.

Nicolas s'assit près de moi, un bras passé autour de mes épaules, et me demanda pourquoi je sanglotais ainsi. Je ne pus répondre, mais je sentis qu'il était bouleversé par l'effet que sa musique avait produit sur moi.

Je crois qu'il me ramena au château ce soir-là.

Dès le lendemain matin, j'étais planté devant la boutique du drapier, en train de lancer des cailloux contre la fenêtre de mon nouvel ami.

Quand il ouvrit, je lui criai:

« Veux-tu descendre continuer notre entretien? »

5

A dater de ce jour, lorsque je ne chassais pas, j'étais entièrement absorbé par Nicolas et par « notre entretien ». Le printemps approchait, de larges taches vertes envahissaient les montagnes, dans le verger les pommiers renaissaient à la vie.

Nicolas et moi arpentions les pentes rocheuses, en profitant pour explorer les ruines d'un vieux monastère. Ou bien nous traînions dans ma chambre et grimpions parfois jusqu'au faîte du château. Et quand notre tapage indisposait ma famille, nous allions nous réfugier dans la petite chambre de l'auberge.

Au fil des semaines, nous commençâmes à ne plus avoir de secret l'un pour l'autre. Un soir, nous étions encore une fois à l'auberge, ivres comme à l'accoutumée. Nous avions atteint en fait le degré d'ébriété que nous appelions entre nous le Moment d'Or, où tout paraissait avoir un sens. Nous tentions toujours de le prolonger indéfiniment, mais l'un de nous deux finissait toujours par avouer: « Ça y est, je ne peux plus suivre. Le Moment d'Or est passé. »

Ce soir-là, contemplant la lune par la fenêtre, j'observai que quand venait le Moment d'Or, il était somme toute moins terrible de ne pas être à Paris, à l'Opéra ou à la Comédie, attendant le lever du rideau.

« Toi et tes théâtres ! s'écria Nicolas. Quel que soit le sujet, tu en reviens toujours au théâtre et aux acteurs... »

Ses grands yeux bruns étaient pleins de confiance et, même ivre, il avait fière allure dans son habit de velours rouge.

« Les acteurs et les actrices sont des magiciens. Ils font arriver des choses sur scène, ils inventent, ils créent.

— Attends donc d'avoir vu la sueur mouiller leurs figures peintes sous les feux de la rampe, lança-t-il.

— Ah, t'y revoilà ! Toi qui as renoncé à tout pour jouer du violon. »

Il se rembrunit brusquement.

« C'est vrai », reconnut-il avec lassitude.

Le village entier savait qu'il était en plein conflit avec son père. Il refusait de retourner finir ses études à Paris.

« Quand tu joues, tu crées quelque chose. Tu fais le bien. Et pour moi, c'est sacré.

— Je fais de la musique et ça me rend heureux. Qu'y a-t-il de bien ou de sacré là-dedans ? »

Mais son cynisme ne m'impressionnait plus.

« J'ai vécu toute ma vie avec des gens qui ne savaient rien créer, rien changer. Pour moi, les acteurs et les musiciens sont des saints.

— Des saints ? Sacré ? Le Bien ? Lestat, ton langage me dépasse. »

Je souris et secouai la tête.

« Tu ne me comprends pas. Je parle des caractères et non des croyances. Je parle de ceux qui n'acceptent pas de mener une vie futile, qui veulent s'améliorer. Ils travaillent, ils font des sacrifices, ils agissent... »

Ces propos l'émurent et j'étais d'ailleurs un peu étonné de les avoir tenus. Pourtant j'avais l'impression de l'avoir blessé.

« Cela, c'est sacré, c'est saint, poursuivis-je. Que

Dieu existe ou non, c'est bien. Je le sais comme je sais qu'il y a des montagnes autour de nous et que les étoiles brillent.

— Mais le crois-tu vraiment ? insista Nicolas.

— Peut-être que oui, peut-être que non. »

Sa tristesse m'était insupportable et je crois que ce fut pour cela que je lui racontai comment je m'étais enfui avec la troupe italienne. Je lui confiai sur ces quelques jours de bonheur intense des choses que je n'avais jamais dites, même à ma mère.

« Se peut-il qu'il ne soit pas bien de donner et de recevoir tant de bonheur ? demandai-je. En jouant notre pièce, nous avons enrichi l'existence de ces gens. C'est magique, te dis-je. »

Il secoua la tête et je savais bien qu'il aurait voulu dire des choses qu'il taisait par respect pour moi.

« Tu ne comprends pas, hein ? demandai-je.

— Lestat, le péché semble toujours bon, dit-il gravement. Pourquoi crois-tu que l'Église a toujours condamné les acteurs ? Tu t'es senti heureux sur cette scène, parce qu'il y régnait une atmosphère déréglée et lascive et que tu prenais plaisir à défier ton père...

— Non, Nicolas. Non, mille fois non.

— Lestat, nous sommes deux pécheurs, dit-il avec un sourire. Nous l'avons toujours été. Nous nous sommes tous les deux mal conduits. C'est ce qui nous lie. »

A présent c'était mon tour d'être triste et blessé. J'avais l'impression que le Moment d'Or s'était envolé à jamais.

« Écoute, dis-je brusquement, va chercher ton violon et allons jouer dans les bois où la musique ne réveillera personne. On verra bien si elle n'a rien de bon.

— Tu es fou ! » s'exclama-t-il, mais aussitôt, sans se faire prier, il se dirigea vers la porte en empoignant une bouteille. Je le suivis.

En ressortant de chez lui avec son violon, il dit :

« Allons jusqu'au bûcher des sorcières ! Regarde donc ce clair de lune. Nous allons jouer la danse du diable pour les esprits des sorcières mortes. »

J'éclatai de rire. Il fallait que je fusse bien ivre pour me prêter à ce jeu. « Nous allons reconsacrer le lieu par notre musique bonne et pure. »

Cela faisait des années que je n'y étais pas retourné.

La lune brillait suffisamment pour nous permettre de distinguer le sinistre cercle de piquets calcinés se dressant hors d'un sol où plus rien ne poussait depuis un siècle. Les jeunes arbres de la forêt gardaient leurs distances.

Un vague frisson me secoua, mais ce n'était que l'ombre de l'angoisse éprouvée enfant, en entendant les mots « brûlés vifs ».

La dentelle blanche au cou de Nicolas brillait sous la pâle clarté ; il se mit à jouer un air de Bohémiens et à danser en rond tout en jouant.

Assis sur une souche noircie, je bus à la bouteille et comme toujours je sentis mon cœur se serrer en écoutant sa musique. Quel autre péché pouvait-il y avoir que de passer ma vie dans ce sinistre trou ? Bientôt je me mis à pleurer silencieusement.

Il me semblait que la musique n'avait pas cessé et pourtant Nicolas, assis à côté de moi, me consolait. Il me dit que le monde était un puits d'iniquité et que pour le moment nous étions prisonniers de cet affreux coin de France, mais qu'un jour, nous nous évaderions. Je pensai à ma mère, enfermée entre les murs de notre château, et la tristesse m'engourdit de façon insupportable. Nicolas se remit à jouer, en me disant de danser pour tout oublier.

Oui, cela fait oublier, aurais-je voulu dire. Est-ce un péché ? Je l'imitai, tandis qu'il reprenait sa danse. Les notes donnaient l'impression de s'envoler du violon comme autant de perles d'or. Je me mis à danser autour de mon compagnon et sa musique se fit plus grave et plus frénétique. Écartant les pans de ma cape, je rejetai la tête en arrière pour contempler la lune. La musique s'élevait autour de moi comme une fumée et je ne voyais plus que le ciel par-dessus les montagnes.

Le souvenir de cette nuit nous rapprocha pendant plusieurs jours.

Mais bientôt, il se passa quelque chose d'extra-ordinaire.

Il était fort tard et nous étions de nouveau à l'auberge. Brusquement, Nicolas exprima la pensée qui nous taraudait tous deux depuis déjà longtemps.

Il fallait nous enfuir à Paris. Même sans un sou, ce serait mieux qu'ici. Même réduits à la mendicité.

« Dans ce cas, nous mendierons dans la rue, Nicolas, dis-je, car je veux bien être pendu si je consens à jouer les cousins de province démunis et à mendier dans les grandes maisons.

— Crois-tu vraiment que c'est cela que je veux ? Moi, je veux leur échapper, Lestat. Les faire enrager, tous autant qu'ils sont ! »

Nous savions, bien sûr, que notre fuite serait mille fois plus grave que nos précédentes escapades. Nous n'étions plus des petits garçons, mais des hommes, et nos pères nous maudiraient certainement, ce qui ne prêtait guère à rire.

Nous étions en âge de savoir ce que c'était que la misère.

« Que ferai-je à Paris quand nous aurons faim ? demandai-je. Irai-je abattre des rats pour le dîner ?

— Je jouerai du violon sur le boulevard du Temple, s'il le faut, et toi tu pourras essayer les théâtres. » Cette fois, il me mettait réellement au défi : « Allons, Lestat, assez de paroles ! Agis ! Avec ton physique, tu ne devrais pas avoir de mal à te faire engager. »

J'adorais le tour que prenait « notre entretien » ! J'aimais à voir Nicolas croire que nous étions capables de tout cela.

L'idée des existences stériles que nous menions nous faisait bouillir.

J'en revins à la notion que la musique et le théâtre étaient bons parce qu'ils repoussaient le chaos, lequel n'était autre qu'une existence vide de sens. Soudain, je me dis que la mort imminente de ma mère n'avait aucun sens et je confiai à Nicolas ce qu'elle m'avait dit : « Cette idée m'horrifie ! »

S'il y avait eu ce soir un Moment d'Or, il s'était enfui et quelque chose de très différent lui succédait.

Je pourrais l'appeler le Moment des Ténèbres, n'était la lumière irréelle dont il était baigné. Je me rendis soudain compte, alors même que je prononçais ces mots, que la mort elle-même ne nous révèle pas pourquoi nous avons vécu. L'athée le plus convaincu ne s'imagine-t-il pas qu'à sa mort il verra bien s'il y a Dieu ou s'il n'y a rien du tout ?

« Mais voilà, m'exclamai-je, nous ne découvrons rien du tout au moment suprême. Nous nous arrêtons, tout simplement. Nous passons dans la non-existence sans nous apercevoir de rien. » Je me mis à rire. « Tu te rends compte ! Nous nous arrêtons, tout simplement. Nous ne saurons jamais pourquoi tout est arrivé, ni même que c'est fini ! Nous allons mourir sans rien savoir. Tout ce chaos dépourvu de sens, qui nous entoure, continuera et nous ne serons plus là pour en être témoins. Nous n'aurons même plus cette parcelle de pouvoir pour lui donner une signification dans notre esprit. Nous serons partis, morts, morts sans le savoir ! »

Je ne riais plus. Je comprenais parfaitement ce que je disais !

Pas de jugement dernier, pas d'ultime explication, pas de moment lumineux durant lequel les torts les plus affreux seraient redressés.

Les sorcières brûlées vives ne seraient pas vengées.

Jamais personne ne nous dirait rien !

Non, je ne le comprenais pas, je le *voyais* ! Je ne pus proférer qu'un seul son : « Oh ! » Je le répétai, encore et encore, de plus en plus fort, en me prenant la tête à deux mains. Et je voyais ma bouche former cet O que j'avais décrit à ma mère.

C'était comme un hoquet incoercible. Je ne pouvais plus m'arrêter. Nicolas se mit à me secouer :

« Lestat ! Arrête ! »

Impossible. Je courus ouvrir la fenêtre pour regarder les étoiles. Insupportable ! Je ne pouvais plus endurer ce vide absolu, ce silence, cette absence totale de réponse. Je me mis à rugir, tandis que Nicolas me tirait à l'intérieur et fermait la fenêtre.

« Tout ira bien », me répétait-il. On cogna à la porte. C'était l'aubergiste, alerté par mon tapage.

« Tout ira bien demain matin, insista Nicolas. Il faut dormir. »

Nous avions réveillé toute la maisonnée. Incapable de me contrôler, je partis en courant jusqu'au château, avec Nicolas sur mes talons, et je montai droit dans ma chambre.

« Tu as besoin de dormir », répéta-t-il. Allongé sur mon lit, les mains sur mes oreilles, je continuai : « Oh, oh, oh. »

« Demain matin, tout ira mieux. »

Le lendemain matin, rien n'allait mieux.

Ni le lendemain soir. Cela empira même avec la nuit.

Extérieurement, j'avais l'air normal, mais j'étais écorché vif. Je frissonnais. Je claquais des dents. L'obscurité me terrifiait. Je regardais tous les objets, tous les gens qui m'entouraient comme si je ne voyais derrière chacun qu'une seule chose : ma mort. Seulement, ce n'était plus la mort telle que je l'avais imaginée auparavant, mais telle que je l'imaginais maintenant. La véritable mort, la mort totale, inévitable, irréversible, qui ne résolvait rien !

Dans l'état d'agitation intolérable où je me trouvais, pour la première fois de ma vie, je me mis à questionner les autres.

« Crois-tu en Dieu ? demandai-je à Augustin. Comment peux-tu vivre si tu n'y crois pas ? »

« Croyez-vous vraiment à quelque chose ? disais-je à mon père aveugle. Si vous saviez que vous êtes sur le point de mourir, croiriez-vous voir Dieu ou les ténèbres ? Dites !

— Tu es fou ! Tu l'as toujours été ! Sors d'ici, tu vas nous faire perdre la tête ! » hurlait-il.

Je ne pouvais plus regarder ma mère, ni même être près d'elle. Je ne voulais pas l'affliger par mes questions. Je ne pouvais pas supporter de penser au bûcher des sorcières. « Allez-vous-en ! » disais-je en pensant à tous ceux qui étaient morts ainsi, sans rien comprendre à rien.

A la fin de la semaine, j'étais toujours dans le même état.

Je mangeais, buvais, dormais, mais chaque instant était envahi par la panique et la douleur. J'allai demander au curé du village s'il croyait vraiment que le corps du Christ était présent sur l'autel au moment de la consécration. En l'entendant bafouiller, en croisant son regard effrayé, je repartis plus désespéré que jamais.

« Mais comment peut-on continuer à vivre, quand on sait qu'il n'y a pas d'explication ? » tempêtai-je, et Nicolas me proposa de jouer du violon, car la musique m'apaiserait.

J'avais peur d'être trop ému, mais nous descendîmes dans le verger où Nicolas me joua tous les airs qu'il connaissait. Je restai assis à l'écouter, recroquevillé sur moi-même, claquant des dents bien que nous fussions en plein soleil. Les sons pleins de pureté semblaient emplir le verger et toute la vallée comme par magie. Finalement, Nicolas me serra dans ses bras et nous restâmes silencieux, puis il dit très doucement : « Lestat, crois-moi, ça va passer.

— Continue à jouer, dis-je. La musique est innocente. »

Il sourit et acquiesça. Dorlotons le fou.

Je savais, moi, que ça ne passerait pas, mais j'éprouvai une profonde gratitude à l'idée qu'il existait néanmoins quelque chose d'aussi beau que cette musique. On ne pouvait rien comprendre, rien changer, mais on pouvait créer un peu de beauté.

M'étant aventuré à l'intérieur de l'église, je m'agenouillai contre un mur et je ressentis la même gratitude en contemplant les statues anciennes, leurs doigts, leurs nez, leurs oreilles, si finement sculptés, et l'expression de leurs visages, les plis de leurs vêtements.

Il nous reste au moins ces belles choses, me dis-je. Quel réconfort !

Mais la nature sous toutes ses formes n'avait plus de beauté à mes yeux. La seule vue d'un grand arbre seul dans un pré me faisait trembler.

Je vais vous confier un secret : *ça n'est jamais passé.*

6

Quelle en était la cause ? Nos soirées prolongées de beuveries et de palabres ou bien le fait que ma mère m'avait dit qu'elle allait bientôt mourir ? Les loups peut-être ? Un sort jeté sur mon imagination par le bûcher des sorcières ?

Je n'en sais rien. J'avais été comme visité de l'extérieur. Brutalement une simple idée était devenue réalité. On peut s'offrir à ce genre de phénomène, mais non le provoquer.

L'horreur allait s'atténuer, bien sûr, mais plus jamais le ciel ne fut du même bleu qu'avant. Même dans les moments de bonheur exquis, les ténèbres étaient tapies, le sentiment de notre fragilité et de la vanité de nos espoirs.

Peut-être était-ce un pressentiment, mais je ne crois pas. C'était plus grave et, honnêtement, je ne crois pas aux pressentiments.

En tout cas, aux moments de véritable désespoir, je pris soin d'éviter ma mère, car je ne voulais rien dire d'irréparable en sa présence. Mais les autres se chargèrent de lui dire que j'étais devenu fou.

Finalement, le premier dimanche de Carême, ce fut elle qui vint me trouver.

J'étais seul dans ma chambre. Tout le monde était parti voir le grand feu de joie que l'on avait coutume d'allumer ce soir-là.

Je haïssais ce rituel qui avait un côté effrayant : le vrombissement des flammes, les danses et les chants, les paysans qui défilaient dans les vergers avec des flambeaux, en proférant de curieuses mélopées.

Un des curés que nous avions eus trouvait ces coutumes païennes, mais on s'était très vite débarrassé de lui. Les paysans tenaient à leurs cérémonies séculaires, garanties de bonnes récoltes, et ce soir-là, entre tous les autres, je reconnaissais en eux les descendants des brûleurs de sorcières. Assis dans ma chambre, je luttais contre l'envie d'aller jusqu'à la fenêtre contempler le grand feu qui m'attirait autant qu'il m'effrayait.

Ma mère entra, fermant la porte derrière elle, et m'annonça qu'elle devait me parler. Elle n'était que tendresse.

« C'est parce que je me meurs que tu es dans cet état ? demanda-t-elle. S'il en est ainsi, dis-le-moi. Et donne-moi tes mains. »

Elle alla même jusqu'à m'embrasser. Elle était si frêle dans son peignoir défraîchi, les cheveux défaits. Elle me parut décharnée.

Je lui dis la vérité : je ne savais pas ce que j'avais. Puis je tentai de lui expliquer l'angoisse qui me tenaillait sans répit, en atténuant néanmoins l'horreur de cette logique irréfutable.

Après m'avoir écouté, elle dit : « Tu es un lutteur-né, mon fils. Jamais tu n'acceptes. Puisque tel est le sort de toute la race humaine, ne veux-tu pas te soumettre ?

— Je ne peux pas ! dis-je lamentablement.

— C'est pour cela que je t'aime. Il n'y a que toi qui sois capable d'avoir une pareille vision dans le décor sordide d'une chambre d'auberge et capable aussi de te mettre en rage contre cette vision, comme tu t'y mets contre tout le reste. »

Je me mis à pleurer, tout en sachant qu'elle ne songeait nullement à me critiquer. Elle sortit de sa poche un mouchoir qu'elle ouvrit pour me révéler plusieurs pièces d'or.

« Tu t'en remettras, dit-elle. En attendant, la mort te gâche la vie qui est pourtant autrement importante. Tu t'en apercevras vite. Écoute-moi bien. J'ai fait venir le médecin et la vieille guérisseuse du village, qui en sait encore plus long que lui. Ils disent tous deux que ma fin est proche.

— Arrêtez, ma mère, dis-je, conscient de mon égoïsme, mais incapable de le maîtriser. Et cette fois, je ne veux point de présents. Cachez cet argent.

— Assieds-toi. » Du doigt, elle m'indiqua le petit banc près de l'âtre. J'obéis à contrecœur et elle prit place à côté de moi.

« Je sais que vous complotez de fuir, Nicolas et toi.

—. Je ne partirai pas, ma mère...

— Tant que je ne serai pas morte, c'est cela ? »

Je ne répondis point. Je ne saurais représenter mon état d'esprit. J'avais encore les nerfs à vif et il me fallait envisager le fait que cette femme qui bougeait, qui respirait à mes côtés, allait cesser de vivre pour se putréfier et se désagréger, que son âme allait sombrer dans un abîme, que toutes les souffrances endurées au cours de sa vie se réduiraient au néant. Son petit visage semblait peint sur un voile.

« Je veux que tu ailles à Paris, Lestat, me dit-elle. Prends cet argent, qui est tout ce qui me reste de ma famille. Je veux te savoir à Paris, Lestat. Je veux mourir en le sachant. »

Je la regardai un long moment sans rien dire, très étonné. Dans son désir de me convaincre, elle paraissait presque en colère.

« La mort me terrifie, poursuivit-elle, et je te jure que je deviendrai folle si je ne te sais pas à Paris et libre quand elle viendra enfin. »

Je la questionnai du regard : C'est bien vrai ?

« C'est moi qui t'ai retenu ici tout autant que ton père, continua-t-elle. Pas par orgueil, mais par égoïsme. Mais je vais me racheter. Je veux te voir partir. Et je ne veux pas savoir ce que tu feras une fois à Paris. Tu peux bien chanter dans les rues, accompagné au violon par Nicolas, ou faire des cabrioles à la foire Saint-Germain. Mais pars et quoi que tu fasses, fais-le de ton mieux. »

Je voulus la prendre dans mes bras. Elle se raidit d'abord, puis je sentis sa résistance s'affaiblir et elle s'abandonna si complètement que je compris aussitôt les raisons de sa réserve habituelle. Elle se mit à pleurer. Et je savourai la douleur exquise de ce moment. J'avais honte d'y prendre un tel plaisir, mais je ne pouvais plus la lâcher. Je la serrai très fort et l'embrassai pour toutes les fois où elle ne m'avait pas permis de le faire. Nous étions comme les deux moitiés d'un tout.

Puis elle se calma et me repoussa, d'une main douce mais ferme.

Elle me parla longuement, me dit des choses que je ne compris point sur le moment. Elle m'expliqua que j'étais comme une partie secrète de son anatomie, un organe que les femmes ne possèdent pas.

« Tu es l'homme qui sommeille en moi et c'est pour cela que je t'ai gardé ici, redoutant de devoir vivre sans toi. »

J'étais un peu pris de court. Je ne pensais pas qu'une femme était capable de ressentir, ni d'exprimer de telles choses.

« Le père de Nicolas est au courant de vos projets, continua-t-elle. L'aubergiste vous a entendus en parler. Il faut partir immédiatement. Prenez la diligence demain à l'aube et écris-moi dès que tu seras à Paris. Il y a des écrivains publics au cimetière des Innocents, près du marché Saint-Germain. Tâche d'en trouver un qui sache écrire l'italien. Comme cela, personne d'autre que moi ne pourra lire ta lettre. »

Après son départ, je restai un long moment plongé dans mes pensées. Et puis, l'obscurité, le désespoir s'écartèrent pendant un précieux instant et aussitôt je descendis comme un fou jusqu'au village, à la recherche de Nicolas, pour lui dire que nous partions à Paris ! Cette fois, rien ne pourrait nous en empêcher.

Je le trouvai en train de regarder le feu avec sa famille et je l'attirai à l'écart, au bout du pré. L'air était chargé des senteurs fraîches et vertes du printemps. Je me mis à esquisser quelques pas de danse.

« Va chercher ton violon ! lançai-je. Joue un air sur le thème de notre voyage à Paris. Nous partons demain à l'aube.

— Et comment ferons-nous pour manger à Paris ?

chantonna-t-il, en faisant semblant de jouer sur un violon imaginaire. Tu as toujours l'intention de tuer des rats pour notre dîner?

— Ne me demande pas ce que nous ferons une fois là-bas! L'important, c'est d'y arriver. »

7

Moins de deux semaines plus tard, je me tenais au milieu de la foule dans le vaste cimetière des Innocents, avec ses galeries voûtées, ses charniers et ses fosses communes ; assailli par la puanteur et le bruit, je me penchais sur l'épaule d'un écrivain public italien à qui je dictais ma première lettre à ma mère.

Nous étions arrivés à bon port, après avoir voyagé jour et nuit, et nous logions dans l'île de la Cité. Nous étions follement heureux et Paris était d'une beauté et d'une magnificence qui passaient l'imagination.

J'aurais voulu pouvoir écrire moi-même. Expliquer ce que je ressentais en voyant les rues sinueuses pleines de mendiants, de colporteurs, de grands seigneurs ; les maisons de quatre et cinq étages qui bordaient les boulevards. Décrire les carrosses qui se frayaient un passage en force sur le Pont-Neuf et le pont Notre-Dame, en route vers le Louvre ou le Palais-Royal. Dépeindre les gens, les beaux messieurs en bas à baguettes et souliers de satin de couleur tendre, qui cheminaient dans la boue en brandissant des cannes à pommeau d'argent ; les dames avec leurs perruques ornées de perles et leurs robes à paniers en soie et mousseline. Raconter que j'avais aperçu la reine elle-même, qui se promenait dans les jardins des Tuileries.

Ma mère avait vu tout cela, bien sûr, avant ma naissance, car elle avait vécu, jeune fille, à Naples, Londres et Rome, avec son père. Mais je rêvais de partager avec elle ce qu'elle m'avait donné, les chœurs de Notre-Dame, les cafés bondés où nous allions deviser avec les amis de Nicolas, les soirées à la Comédie-Française où, vêtu — sur son ordre exprès — des superbes costumes de mon ami, je couvais d'un regard plein de vénération les acteurs sur la scène.

Au lieu de quoi, ma lettre se réduisait à deux informations, mais qui seraient sûrement les bienvenues : l'adresse des mansardes où nous étions installés et la nouvelle suivante :

« Je suis engagé par un véritable théâtre pour apprendre le métier d'acteur et j'y jouerai sans doute très bientôt. »

Je ne lui parlai pas des six étages qu'il fallait monter, des gens qui braillaient, se battaient sous nos fenêtres, ni du fait qu'à cause de mon désir de courir les théâtres, nous étions déjà à court d'argent. Je ne dis pas non plus que le théâtre qui m'avait engagé était un petit établissement de boulevard où je cumulais les fonctions d'habilleur, caissier, homme de peine et concierge.

J'étais pourtant au septième ciel et Nicolas aussi, bien qu'aucun des bons orchestres de la capitale ne voulût l'engager. Il était soliste au petit théâtre où je travaillais et les jours de grande disette, il jouait dans la rue et moi, je faisais la quête. Nous étions sans vergogne.

Tous les soirs, nous grimpions jusqu'à notre mansarde avec une bouteille de mauvais vin et une miche de ce délicieux pain parisien, si supérieur à ce que j'avais connu en Auvergne. A la lumière de notre unique chandelle, notre petite pièce me faisait l'effet d'un palais. Murs et plafond étaient en plâtre et le sol garni de parquet.

Nous passions des heures à courir les rues, à lécher les vitrines de magasins remplis de bijoux et d'argenterie, de tapisseries et de statues, d'une richesse inouïe. Il n'y avait pas jusqu'à l'odeur écœurante des marchés à la viande qui ne me ravît. Le tumulte de la ville, l'agitation de milliers de travailleurs, employés, artisans, tout me fascinait.

Le jour, j'oubliais presque ma terrible vision de l'auberge, sauf lorsque j'apercevais, dans quelque allée immonde, un cadavre qu'on n'avait pas encore ramassé ou que je tombais sur une exécution en place de Grève.

Je quittais l'endroit secoué de frissons, en gémissant presque. Le souvenir aurait pu m'obséder, mais Nicolas veillait.

« Lestat, ne parlons plus de l'éternel, de l'immuable, de l'insondable ! » Et si j'insistais, il me menaçait.

Quand tombait la nuit — le moment que je détestais le plus, que la journée eût été bonne ou mauvaise — je sentais la panique monter en moi. Une seule chose m'en protégeait : la chaleur et l'animation du théâtre brillamment éclairé. Je prenais soin d'y arriver bien avant la venue des ténèbres.

Dans le Paris de cette époque, les théâtres du boulevard étaient presque clandestins. Seuls la Comédie-Française et le Théâtre des Italiens avaient la bénédiction des autorités et tout le répertoire sérieux leur appartenait de droit, c'est-à-dire la tragédie et la comédie, les pièces de Racine, Corneille et du génial Voltaire.

Cependant, la vieille Commedia que j'aimais tant — celle de Pantalon, Arlequin, Scaramouche et consorts — avait poursuivi son existence en compagnie de funambules, d'acrobates, de jongleurs et de montreurs de marionnettes, sur les estrades des foires Saint-Germain et Saint-Laurent.

Et les théâtres de boulevard étaient issus des foires. De mon temps, ils étaient déjà devenus des établissements permanents qui se côtoyaient tout le long du boulevard du Temple. A leur clientèle peu fortunée, qui n'avait pas les moyens de fréquenter les théâtres plus huppés, se mêlaient bon nombre de membres de l'aristocratie et de la bourgeoisie aisée, lesquels s'entassaient dans les loges de nos théâtres, pour goûter l'entrain de nos spectacles et le talent de nos artistes.

Nous donnions la Commedia dell'Arte, telle que je

la connaissais, avec ses improvisations grâce auxquelles chaque représentation se distinguait de toutes les autres. Nous chantions et faisions les pitres, pas seulement parce que le public aimait ça, mais pour ne pas être accusés d'empiéter sur le monopole des théâtres officiels.

« Mon » théâtre était un vieux bâtiment branlant qui ne pouvait accueillir plus de trois cents personnes, mais le petit plateau et les accessoires étaient élégants, le rideau de velours bleu luxueux, et les loges privées pouvaient être isolées du reste de la salle. Quant aux comédiens, je les trouvais chevronnés et talentueux.

Même sans ma peur de l'obscurité, j'aurais pris un immense plaisir à franchir tous les jours l'entrée des artistes.

Soir après soir, je pénétrais dans un petit univers peuplé de cris, de rires, de querelles auxquelles chacun se trouvait mêlé bon gré mal gré ; nous n'étions peut-être pas de vrais amis, mais nous étions tous de bons camarades.

Nicolas était, naturellement, moins enthousiaste que moi, et il devenait même carrément sarcastique lorsque ses amis fortunés venaient le voir. Ces derniers se demandaient s'il n'était pas fou pour mener pareille existence. Et quand ils me voyaient, moi, un fils de marquis, aider les actrices à enfiler leurs robes ou vider des seaux d'eau sale, ils restaient sans voix.

Évidemment, tous ces jeunes bourgeois ne rêvaient que d'une chose : accéder à la noblesse en achetant leurs titres ou en les épousant. Je n'éprouvais envers eux guère d'attirance. Les autres comédiens, pour leur part, ignoraient tout de mes origines, car j'avais abandonné mon nom véritable, Lestat de Lioncourt, pour adopter comme nom de scène Lestat de Valois.

J'apprenais le plus de choses possibles sur l'art dramatique ; je retenais par cœur, je singeais les autres, je questionnais interminablement mon entourage. Je ne m'interrompais que pour écouter Nicolas jouer son solo chaque soir, le plus souvent une petite sonate qui enchantait le public.

Et pendant tout ce temps, j'attendais mon heure, le moment où les vieux acteurs que j'importunais, imitais et servais comme un domestique me diraient : « Fort bien, Lestat, ce soir tu vas jouer Lélio. Tu sais ce que tu dois faire. »

J'attendis jusqu'au mois d'août.

Paris était accablé de chaleur. Dans notre salle bondée, le public impatient s'éventait avec des mouchoirs ou des programmes. Le fard blanc coulait à mesure que je l'appliquais sur mon visage.

Je portais le plus bel habit de velours de Nicolas, agrémenté d'une épée de carton, et avant d'entrer en scène, je tremblais de tous mes membres. Mais dès que je me retrouvai face au public, ma peur s'évapora.

J'adressai à la salle un sourire rayonnant et je saluai, très lentement. Puis, je contemplai la ravissante Flaminia comme si je la voyais pour la première fois. Je devais conquérir cette jeune personne.

La scène m'appartenait. Tandis que nous foulions les planches avec un fol entrain — alternant querelles, étreintes et pitreries — les spectateurs croulaient de rire.

Je sentais avec une intensité presque physique l'attention du public concentrée sur nous. Chacun de nos gestes, chacune de nos répliques lui arrachait un rugissement et nous aurions pu continuer ainsi encore une demi-heure, si nos camarades, impatients de faire leur effet, comme ils disaient, n'avaient fini par nous refouler en coulisse.

La foule était debout pour nous ovationner. Or, ce n'était plus comme jadis un petit groupe de campagnards, mais une assemblée de Parisiens qui réclamait Lélio et Flaminia.

Dans la pénombre des coulisses, je vacillais. Je ne voyais plus rien que les visages des spectateurs levés vers moi de l'autre côté des feux de la rampe. Je voulais retourner sur scène. J'embrassai Flaminia qui me rendit mon baiser avec passion.

Et puis Renaud, notre vieux directeur, nous sépara.

« C'est bien, Lestat, dit-il sans enthousiasme, tu ne

t'en es pas mal sorti. Dorénavant, je te ferai jouer à l'occasion. »

Sans me laisser le temps de manifester ma joie, Luchina, une des actrices, s'écria :

« Il n'est pas question de l'avoir au rabais ! C'est le plus bel acteur de tout le boulevard et tu vas le payer à sa juste valeur. Et il ne touchera plus un balai ni un seau. » J'étais affolé. Ma carrière risquait de tourner court avant même d'avoir commencé, mais, à ma grande stupéfaction, Renaud céda sans barguigner.

J'étais, bien sûr, très flatté qu'on me trouvât beau et je compris que même à Paris, Lélio, l'amoureux, était censé avoir fière allure et qu'un noble, chez qui l'élégance du maintien était une seconde nature, était idéal pour le rôle.

Cependant, si je voulais m'imposer au public parisien, faire parler de moi à la Comédie-Française, il me fallait être autre chose qu'un ange déchu aux cheveux d'or. Je devais devenir un grand acteur et j'y étais fermement décidé.

Nous fêtâmes l'événement, Nicolas et moi, par une beuverie monstre. Toute la troupe monta jusqu'à nos mansardes et je grimpai jusque sur le toit glissant pour ouvrir les bras à la capitale, tandis que Nicolas, assis sur le rebord de la fenêtre, m'accompagnait au violon.

Notre tumulte éveilla tout le quartier ; les injures montaient de toutes parts, mais nous n'en avions cure. Nous continuâmes à chanter et à danser jusqu'au petit matin.

Le lendemain, dans la chaleur nauséabonde du cimetière des Innocents, je dictai toute l'histoire à mon scribe italien, et la lettre partit aussitôt. J'aurais voulu embrasser tous les gens que je croisais. J'étais Lélio. J'étais acteur.

En septembre, j'avais mon nom sur les programmes. Je les envoyai à ma mère.

Nous ne jouions plus désormais la vieille commedia. Nous donnions une farce d'un auteur réputé, que la grève des dramaturges empêchait de faire représenter à la Comédie-Française.

Son nom n'était mentionné nulle part, bien entendu, mais tout le monde savait que l'œuvre était de lui et tous les soirs la moitié de la cour s'entassait dans le théâtre de Renaud.

Je n'avais pas le rôle principal, mais j'incarnais le jeune amoureux, ce qui était presque préférable, et je remportai un véritable triomphe à chacune de mes apparitions. C'était Nicolas qui m'avait seriné mon rôle, tout en me reprochant sans cesse de ne pas apprendre à lire. Dès le quatrième soir, l'auteur m'avait rajouté plusieurs répliques.

Nicolas remportait lui aussi un joli succès durant l'intermède, en interprétant une pétillante sonate de Mozart qui rivait les spectateurs à leur siège. Nous étions invités dans le monde. Plusieurs fois par semaine, je courais aux Innocents écrire à ma mère et je pus bientôt lui envoyer un court article paru dans un journal anglais, *The Spectator;* il faisait l'éloge de notre petite troupe et tout spécialement du chenapan blond qui gagnait tous les cœurs féminins aux troisième et quatrième actes. J'étais incapable de le lire, bien sûr, mais l'homme qui me l'avait apporté m'assurait qu'il était flatteur et Nicolas le confirmait.

Quand vinrent les premiers froids, je pris l'habitude de porter en scène ma cape doublée de loup, qui fit beaucoup d'effet. J'étais désormais plus habile à manier les fards et les spectatrices m'envoyaient des billets doux.

Le matin, Nicolas étudiait la musique avec un maestro italien et il nous restait encore de quoi faire bonne chère et bien nous chauffer. Les lettres de ma mère arrivaient régulièrement, deux fois par semaine, et elle m'assurait que son état de santé s'était amélioré. Elle toussait moins que l'hiver précédent et elle ne souffrait pas. Elle m'annonçait, cependant, que nos pères à tous deux nous avaient reniés et refusaient même que l'on prononçât notre nom devant eux.

Nous étions bien trop heureux pour nous en soucier. Mais avec les frimas de l'hiver, ma peur morbide de l'obscurité s'aggrava considérablement.

Le froid était dur à supporter à Paris. Les pauvres se blottissaient sous les porches, tremblant de froid et de faim ; les rues en terre battue devenaient de véritables bourbiers. Je voyais des enfants, pieds nus, souffrir sous mes yeux et il y avait de plus en plus de cadavres abandonnés. Je bénissais plus que jamais ma cape doublée de fourrure. Quand nous sortions ensemble, Nicolas et moi, je le serrais contre moi, sous ses plis accueillants, et nous avancions étroitement enlacés sous la neige et la pluie.

Malgré le froid, cependant, je nageais dans un bonheur indicible. Ma vie était telle que je l'avais rêvée. Je savais que je ne moisirais pas chez Renaud. Tout le monde me l'assurait. Je me voyais déjà sur les plus grandes scènes de Paris, en tournée à Londres, en Italie et jusqu'en Amérique, à la tête d'une troupe de premier ordre. Je n'avais, toutefois, aucune raison de vouloir brûler les étapes. La coupe de ma félicité était pleine.

8

Au mois d'octobre, cependant, Paris étant déjà sous l'emprise d'un froid glacial, je commençai à voir, très régulièrement, parmi le public, un étrange visage qui me faisait invariablement perdre le fil de mon rôle. Parfois, j'en oubliais presque que j'étais sur scène. Et puis, il disparaissait comme si j'avais rêvé. Au bout d'une bonne quinzaine de jours, j'en parlai à Nicolas.

J'eus du mal à m'expliquer, tant je me trouvais sot.

« Il y a quelqu'un dans la salle qui me regarde, dis-je.

— Tout le monde te regarde. C'est ce que tu veux, non ? » répliqua sèchement mon ami. Il était triste ce soir-là.

Un peu plus tôt, il m'avait confié que, malgré son

oreille et sa dextérité, il ne serait jamais un grand violoniste. Il avait commencé trop tard, ignorait trop de choses. Moi, en revanche, je serais un grand acteur. Je m'étais récrié, bien sûr, mais mon cœur s'était serré. Ma mère ne m'avait-elle pas dit la même chose au sujet de Nicolas ?

Il n'était pas envieux, m'avait-il assuré, mais malheureux.

Je préférai donc renoncer à lui parler du mystérieux visage et je m'efforçai plutôt de le réconforter et de l'encourager. Je lui rappelai qu'il parvenait toujours à émouvoir profondément ses auditeurs et jusqu'à nos camarades en coulisse. Son talent était indéniable.

« Mais je veux être un grand virtuose, protesta-t-il. Et je sais que c'est impossible. Là-bas, chez nous, je pouvais du moins me raconter des histoires.

— Tu n'as pas le droit de renoncer !

— Lestat, je vais te parler franchement. Tout est facile pour toi. Tu n'as qu'à vouloir pour avoir. Tu vas m'objecter que tu t'es morfondu chez ton père pendant des années, mais même alors tu obtenais ce que tu désirais vraiment. Et nous sommes partis pour Paris le jour où tu l'as décidé.

— Mais tu ne le regrettes pas, si ?

— Non, bien sûr que non. Je veux simplement dire que tu rends l'impossible possible. Comme quand tu as tué les loups... »

A ces mots, un frisson me parcourut et je revis le mystérieux visage qui m'épiait depuis la salle. Qu'avait-il à voir avec les loups ? C'était absurde. Je chassai son souvenir.

« Si tu avais décidé de jouer du violon, tu te produirais sans doute devant la cour à l'heure qu'il est, déclara mon ami.

— Nicolas, cette façon de penser te mine. Que faire d'autre sinon essayer d'obtenir ce qu'on désire ? Tu savais dès le départ que tu étais désavantagé par ton regard. Pourtant, il n'y a rien d'autre... sauf...

— Je sais ! » Il sourit. « Sauf le néant. La mort.

— C'est vrai, dis-je. Tout ce qu'on peut faire, c'est de donner un sens à sa vie, de faire le bien...

— Ah, non ! Tu ne vas pas recommencer avec le bien. » Il se détourna du feu pour m'adresser un regard de mépris. « Nous sommes une bande d'acteurs et de saltimbanques qu'on ne peut même pas enterrer en terre consacrée. Des réprouvés !

— Ah, si seulement du pouvais croire que nous faisons le bien quand nous aidons les autres à oublier leurs chagrins, à oublier que...

— Que quoi ? Qu'ils vont mourir ? » Il eut un sourire cruel. « Lestat, je m'imaginais que tu changerais de chanson quand tu serais à Paris.

— Eh bien, tu as eu tort, Nicolas. » Je commençais à me fâcher. « Je fais le bien sur le boulevard du Temple, je le sens... »

Je m'arrêtai net, en repensant au visage qui me hantait. Oui, cette physionomie étrange souriait le plus souvent, en me regardant. Souriait de plaisir...

« Lestat, je t'aime, dit Nicolas d'un ton grave. Je t'aime comme j'ai aimé peu de gens dans ma vie, mais permets-moi de te dire que tu n'es qu'un sot avec ton bien. »

Je ris.

« Nicolas, je peux vivre sans Dieu. Je peux même vivre avec l'idée qu'il n'y a rien après la vie. Mais je ne crois pas que je pourrais continuer, sans être soutenu par l'idée du bien. Au lieu de te moquer de moi, dis-moi donc à quoi tu crois.

— Moi je crois à la force et à la faiblesse. Je crois à l'art réussi et à l'art raté. Et pour le moment, nous faisons de l'art plutôt raté et cela n'a *rien* à voir avec le bien. »

Notre conversation aurait pu très mal tourner si j'avais dit alors tout ce que j'avais sur le cœur concernant les bourgeois qui se prenaient au sérieux. J'étais convaincu, pour ma part, que les spectacles donnés chez Renaud valaient largement ceux des théâtres plus élégants et que seul le cadre faisait moins d'effet. Pourquoi les bourgeois ne voyaient-ils que le cadre ? Comment les persuader de ne pas s'attarder à la surface des choses ?

Je respirai à fond.

« Si le bien existe, continua Nicolas, moi, je suis à l'opposé. Je suis le mal et je m'en flatte. Le bien, je lui fais un pied de nez. Et si tu veux le savoir, je ne joue pas pour faire plaisir aux crétins qui viennent chez Renaud. Je joue pour moi. »

Je ne voulais plus rien entendre. D'ailleurs, il était temps de dormir. Mais notre entretien m'avait meurtri et il le savait. Pendant que j'ôtais mes bottes, il vint s'asseoir près de moi.

« Je te demande pardon », dit-il d'une voix brisée, si différente des accents méprisants que je venais d'entendre que je levai les yeux vers lui. Il me parut si jeune, si malheureux que je ne pus me retenir de lui passer le bras autour des épaules pour le consoler.

« Tu dégages un rayonnement, Lestat, continua-t-il. Il attire tout le monde, même quand tu es fâché ou découragé...

— Tu fabules, coupai-je. Nous sommes fatigués.

— Non, c'est vrai. Il y a chez toi une lumière presque aveuglante, mais je n'ai en moi que des ténèbres. Et parfois mes ténèbres t'envahissent, comme le soir de l'auberge. Tu étais sans défense contre elles. J'essaie de t'en protéger, parce que j'ai besoin de ta lumière. Désespérément besoin. Alors que toi, tu n'as pas besoin de mon obscurité.

— C'est toi qui es fou, dis-je. Si tu pouvais te voir, entendre ta musique, ce ne sont pas des ténèbres que tu verrais, Nicolas, mais une illumination qui n'appartient qu'à toi. Chez toi, la lumière et la beauté s'unissent de mille façons différentes. »

Le lendemain, la représentation fut particulièrement réussie. Le public, prompt à réagir, nous inspirait. Mon nouveau pas de danse que je n'avais jamais réussi aux répétitions remporta un vif succès. Et Nicolas joua avec un extraordinaire brio une de ses propres compositions.

Vers la fin de la soirée, cependant, j'aperçus le visage mystérieux et j'eus comme un éblouissement.

Dès que je me retrouvai seul avec Nicolas, je ne pus m'empêcher de lui parler.

Assis au coin du feu, un verre de vin à la main, mon compagnon semblait aussi las et déprimé que la veille.

Je m'en voulais d'insister ainsi, mais ce visage me hantait.

« A quoi ressemble-t-il, cet homme ? » demanda Nicolas en se chauffant les mains. Par-dessus mon épaule, j'apercevais, par la fenêtre, les toits enneigés. L'entretien me déplaisait.

« C'est ça qui m'effraie, répondis-je. Je ne vois qu'un visage. Il doit porter une cape et même une capuche. On dirait un masque, très blanc et étrangement net. Les rides qui le marquent sont si profondes qu'on les dirait soulignées au crayon noir. Je l'entrevois brièvement. On dirait qu'il luit. Et puis à mon prochain regard, il n'est plus là. Non, j'exagère. C'est un phénomène plus subtil, mais pourtant... »

Ma description parut frapper Nicolas. Il ne dit rien, mais son visage s'adoucit, comme s'il chassait sa tristesse.

« Écoute, je ne voudrais pas te donner de faux espoirs, dit-il, mais c'est peut-être effectivement un masque. Quelqu'un de la Comédie-Française qui vient te voir jouer incognito. »

Je secouai la tête. « Je voudrais bien, mais personne ne porterait un masque pareil. Et puis, il y a autre chose. »

Il attendit en silence, mais je sentais que mon angoisse le gagnait.

« Qui que soit cet homme, il connaît l'épisode des loups.

— Qu'est-ce que tu dis ?

— Il connaît l'épisode des loups. » J'osais à peine articuler, j'avais l'impression de raconter un rêve presque oublié. « Il sait que j'ai tué tous ces loups, là-bas, en Auvergne. Il sait que la cape que je porte est doublée de leur fourrure.

— Tu lui as donc parlé ?

— Mais non, c'est ça le plus terrible. » Tout était si

confus dans ma tête, si flou. J'eus un nouvel éblouissement. « C'est ce que j'essaie de t'expliquer. Je ne lui ai jamais parlé, je ne l'ai même jamais approché. Mais il sait.

— Voyons, Lestat ! » Nicolas se renversa en arrière, en me regardant avec un sourire plein d'affection. « Tu ne vas pas tarder à voir des fantômes. Jamais je n'ai connu quelqu'un de si prompt à se faire les idées les plus saugrenues !

— Les fantômes n'existent pas », soufflai-je, boudeur.

Nicolas se rembrunit aussitôt.

« Mais enfin, comment diable veux-tu qu'il connaisse l'histoire des loups ? Et toi, comment sais-tu...

— Je n'en sais rien, te dis-je ! » Je restai un long moment pensif, sans rien dire, furieux de me sentir aussi ridicule.

Et alors, tandis que nous restions ainsi, silencieux, j'entendis les mots *Tueur de loups,* aussi distinctement que si quelqu'un les avait proférés dans la pièce.

Mais il n'y avait personne.

Je regardai Nicolas et je sentis le sang se retirer de mon visage. J'éprouvai non pas mon habituelle peur morbide de la mort, mais un sentiment qui m'était étranger : la frayeur.

Je restai assis sans bouger, incapable de dire un mot. Finalement, Nicolas se pencha pour m'embrasser.

« Allons nous coucher », dit-il très doucement.

DEUXIÈME PARTIE

LE LEGS DE MAGNUS

1

Il devait être trois heures du matin. J'avais entendu sonner l'horloge de l'église dans mon sommeil.

Comme tous les Parisiens raisonnables, nous avions calfeutré notre porte et nos fenêtres. Ce n'était pas très sain avec un feu dans l'âtre, mais le toit offrait un chemin jusqu'à notre chambre.

Je rêvais des loups. Ils m'entouraient dans la montagne et je faisais tournoyer mon fléau médiéval. Et puis les loups étaient morts et j'avais un long chemin à faire dans la neige. Ma jument poussait des hennissements aigus et se transformait en un immonde insecte à demi écrasé contre la neige.

Une voix dit : « Tueur de loups » ; c'était un long chuchotis, qui tenait à la fois de la sommation et de l'hommage.

J'ouvris les yeux. Ou crus le faire. Quelqu'un se tenait dans la pièce. Une haute silhouette voûtée se découpait contre l'âtre, où rougeoyaient encore quelques braises. La faible lueur s'estompait avant d'atteindre les contours de la tête, mais je savais pourtant que j'avais devant moi le propriétaire du visage aperçu au théâtre, alors même que mon esprit, plus éveillé à présent, mieux aiguisé, me disait que la chambre était fermée à clef, que Nicolas dormait à mes côtés et que cette silhouette était penchée sur notre lit.

Je levai les yeux vers le visage blême.

« Tueur de loups », répéta la voix mais les lèvres

n'avaient pas remué. De près, je voyais bien que ce n'était pas un masque. Je discernais deux yeux noirs, vifs et calculateurs, le teint blafard et une odeur infecte vint frapper mes narines, celle de vêtements moisis oubliés dans une pièce humide.

Je dus me lever ou être soulevé, car en un clin d'œil, je me retrouvai debout, acculé contre le mur, tandis que le sommeil me quittait comme un vêtement qu'on enlève.

La silhouette tenait à la main ma cape rouge. Je songeai désespérément à mon épée, à mes mousquets, hors d'atteinte sous le lit. La chose s'avança vers moi et à travers le velours de ma cape je sentis sa main m'agripper.

Je fus happé vers l'avant et traîné à travers la pièce. Mes jambes ne touchaient plus terre. Je hurlai : « Nicolas, Nicolas ! » de toutes mes forces. Je vis la fenêtre entrouverte et puis brusquement les vitres et la charpente en bois semblèrent exploser et je me retrouvai en train de voler par-dessus les toits.

Je criai, donnai des coups de pied à la créature qui m'emportait ainsi. Empêtré dans les plis de la cape rouge, je me débattis sans pouvoir me dégager.

Nous escaladions à présent le flanc lisse d'une haute muraille. Je pendais inerte entre les bras de mon ravisseur qui me déposa soudain sans douceur au faîte d'un bâtiment élevé.

Paris s'étendait sous mes yeux en un gigantesque cercle : la neige immaculée sur laquelle se détachaient les cheminées et les clochers d'église, le ciel menaçant. Je me relevai tant bien que mal en trébuchant et partis en courant. J'atteignis le bord de l'espèce de terrasse où je me trouvais et regardai au-dessous de moi. Une paroi à pic de plusieurs centaines de pieds ! Je gagnai un autre rebord. La même chose. Je manquai tomber.

Je me retournai, affolé, haletant. Nous étions au sommet d'une tour carrée large de plus de cinquante pieds ! Et, où que je regardasse, je n'apercevais aucun bâtiment plus haut. La créature me contemplait sans bouger et je l'entendis pousser un petit rire grinçant.

« Tueur de loups, répéta-t-elle.

— Allez au diable ! hurlai-je. Qui êtes-vous ? » Fou de rage, je me ruai sur elle, les poings levés.

La créature ne fit pas un geste. J'eus l'impression de me heurter à un mur de pierres. Je rebondis littéralement en arrière, glissai dans la neige, perdis pied, mais me relevai aussitôt pour repartir à l'attaque.

Le rire de mon adversaire s'enflait, délibérément moqueur, mais j'y discernais aussi une évidente note de plaisir qui ne faisait qu'exciter ma rage. Je courus à nouveau jusqu'au bord de l'abîme et fis face à mon tortionnaire.

« Que me voulez-vous ? Qui êtes-vous ? » N'obtenant pour toute réponse que ce rire exaspérant, je l'attaquai derechef, visant cette fois le visage et le cou en recourbant mes mains comme des serres ; j'arrachai la maudite capuche et vis la chevelure noire de la créature et la pleine rondeur de sa tête parfaitement humaine d'aspect. Sa peau semblait douce.

Elle fit un pas en arrière en levant les bras pour s'amuser de moi, pour me pousser en tous sens comme un homme le fait avec un petit enfant. Mon regard ne parvenait pas à suivre ses mouvements trop rapides qui ne trahissaient pourtant aucun effort. Malgré toute ma volonté de lui faire mal, je ne sentais que sa peau douce qui glissait sous mes doigts et une ou deux fois, peut-être, ses fins cheveux noirs.

« Quel courageux petit tueur de loups ! » reprit la voix, à présent plus charnue et plus grave.

Je m'immobilisai, haletant et couvert de sueur, pour étudier plus attentivement son visage. Les deux rides profondes de chaque côté de la bouche se relevèrent en un sourire moqueur.

« Ah, que Dieu me protège... », balbutiai-je en reculant. Il semblait impossible qu'un tel visage me contemplât avec autant d'affection. « Mon Dieu !

— Quel dieu invoques-tu donc, Tueur de loups ? »

Je lui tournai le dos en poussant un rugissement. Je sentis ses mains se refermer sur mes épaules comme deux étaux ; bien que je me débattisse comme un forcené, la créature me retourna sans peine. Ses grands yeux noirs plongèrent dans les miens, sa bouche fermée continuait à sourire. Soudain, elle se pencha et je sentis la morsure de ses dents dans mon cou.

Son nom remonta du fond de tous les contes que j'avais entendus enfant, comme un noyé revient à la surface des eaux noires pour apparaître en pleine lumière.

« Vampire ! » Je lançai un dernier cri affolé en repoussant la créature de toutes mes forces.

Puis ce fut le silence. L'immobilité.

Je savais que nous étions toujours au sommet de la tour, que cet être malfaisant me tenait dans ses bras, mais j'avais l'impression que nous ne pesions plus rien et que nous nous déplacions sans effort à travers les ténèbres.

Une immense rumeur résonnait tout autour de moi, comme celle d'une cloche à la voix profonde, parfaitement rythmée, dont l'écho faisait couler un plaisir infini à travers mes membres.

Mes lèvres remuèrent, mais sans produire le moindre son. Aucune importance. Tout ce que j'aurais voulu dire était clair dans mon esprit, c'était le principal. Et puis, j'avais tout le temps, toute une délicieuse infinité, pour dire ou faire tout ce qu'il me plairait. Rien ne pressait.

Ravissement. Le mot me parut limpide, même sans pouvoir bouger mes lèvres. Je me rendis compte que je ne respirais plus. Pourtant, quelque chose me permettait de respirer quand même et les respirations suivaient le rythme de la cloche, qui n'avait rien à voir avec celui de mon corps. Il m'enchantait, ce rythme qui se prolongeait interminablement et m'épargnait le besoin de respirer, de parler et même de savoir quoi que ce fût.

Ma mère me sourit et je lui dis : « Je vous aime... — Oui, répondit-elle, tu m'as toujours aimé, toujours aimé... » Et j'étais dans la bibliothèque du monastère, j'avais douze ans ; j'ouvrais tous les livres et je pouvais tout lire, le latin, le grec, le français. Les enluminures étaient d'une beauté indescriptible. Je me retournai et me trouvai face au public dans le théâtre de Renaud. Les gens, debout, m'acclamaient et la femme qui cachait son visage derrière son éventail n'était autre que la reine Marie-Antoinette. « Tueur de loups », dit-elle. Nicolas courait vers moi en pleurant et me suppliait de revenir. Son visage était tordu par la douleur, sous sa chevelure en désordre, et ses yeux injectés de sang. Il tentait de se saisir de moi et je criais : « Nicolas, ne m'approche pas ! » Brusquement je me rendis compte que le tintement de la cloche s'estompait et je me sentis gagné par une véritable panique.

Je hurlai : « Ne l'arrêtez pas, je vous en prie. Je ne veux pas... non... je vous en prie. »

« Lélio, le Tueur de loups », dit la créature. Elle me tenait toujours dans ses bras et je pleurais de sentir que l'enchantement touchait à sa fin.

« Non, non ! »

J'étais lourd de partout, j'avais regagné mon corps avec ses douleurs et ses cris étranglés. Je me sentis soulevé jusqu'à ce que je retombasse par-dessus l'épaule de la créature, tandis que son bras m'encerclait les genoux.

J'aurais voulu invoquer Dieu, de toutes les fibres de mon corps, mais pas un mot ne put franchir mes lèvres. Je vis à nouveau le vide au-dessous de moi et Paris qui s'inclinait de façon terrifiante. Et puis il n'y eut plus que la neige et la morsure du vent glacé.

2

En me réveillant, je mourais de soif.

J'avais envie de beaucoup de vin blanc très frais, comme il est quand on le remonte de la cave à l'automne. J'avais envie de manger quelque chose de croquant et de sucré, une pomme.

L'idée me vint, sans savoir pourquoi, que j'avais perdu la raison.

J'ouvris les yeux. Le soir tombait. La lumière crépusculaire aurait pu être celle du matin, mais trop de temps s'était écoulé. Non, c'était le soir.

A travers une large fenêtre munie de lourds barreaux, je voyais des collines et des bois enfouis sous la neige, avec au loin le vaste enchevêtrement de minuscules toits et clochers de la capitale, tel que je l'avais vu le jour où j'étais arrivé à Paris par la diligence. Je refermai les yeux, mais la vision resta gravée sur ma rétine comme si je ne les avais jamais ouverts.

Ce n'était point une vision cependant. La pièce où je me trouvais était chaude. On venait d'y faire un feu. Il était éteint à présent, mais ses effluves imprégnaient encore l'atmosphère.

Je m'efforçai de raisonner, mais je ne pouvais détacher mon esprit de cette idée de vin blanc bien frais et d'une corbeille de pommes. Je me sentis glisser jusqu'au sol à travers les branches d'un pommier, environné par des senteurs d'herbe coupée.

Le soleil était aveuglant sur le vert des champs. Il faisait briller les cheveux bruns de Nicolas et le bois verni de son violon. La musique s'élevait jusqu'aux nuages floconneux. Contre le bleu du ciel se détachaient les créneaux du château de mon père.

Je rouvris les yeux.

Je me trouvais dans une tour à quelques lieues de Paris.

Devant moi, sur une grossière petite table en bois, une bouteille de vin blanc bien frais, telle que je l'avais rêvée.

Je la contemplai un long moment, sans parvenir à croire que je n'avais qu'à tendre la main pour la prendre et boire.

Jamais je n'avais tant souffert de la soif. Tout mon corps était desséché. Je me sentais si faible. J'avais froid.

La tête me tournait. Le ciel luisait par la fenêtre.

Quand j'eus enfin saisi la bouteille, fait sauter le

bouchon et humé le délicieux arôme acidulé, je bus sans pouvoir m'arrêter, sans me soucier de ce qui m'arriverait, sans me demander où j'étais ni pourquoi cette bouteille était là.

Ma tête retomba sur ma poitrine. La bouteille était presque vide et la ville, au loin, s'engloutissait dans les ténèbres du ciel.

La couche sur laquelle je gisais n'était qu'une pierre garnie de paille. N'étais-je point dans une prison?

Mais le vin. Non, le vin était trop bon. Pareil nectar n'était pas pour un prisonnier, à moins, bien sûr, qu'il ne fût condamné.

Un nouveau parfum frappa mes narines, capiteux et puissant. Je voulus regarder autour de moi, tout faible que je fusse. Ce savoureux arôme émanait d'un grand bol de bouillon, tout près de moi, qui fumait encore.

Aussitôt, je le pris à deux mains et me mis à boire avec autant d'insouciance et d'avidité que j'avais bu le vin.

Quand le bol fut vide, je me laissai retomber, repu, presque écœuré, sur mon lit de paille.

J'eus l'impression que quelque chose bougeait dans l'obscurité, tout près de moi, mais je n'en étais pas sûr. J'entendis un tintement de verre.

« Encore un peu de vin? » Je connaissais cette voix.

Peu à peu, tout me revint. Mon rapt par la fenêtre, le sommet de la tour, le visage blême et narquois.

Un bref instant, je me dis: Non, c'est impossible, j'ai dû faire un cauchemar. Mais il n'en était rien. Tout s'était bien passé ainsi. Je me rappelai soudain mon extase, le bruit de la cloche. Je fus pris d'un vertige et crus reperdre connaissance.

Je me ressaisis. Il ne fallait plus que cela m'arrivât. Une peur abjecte m'envahit au point de ne plus oser bouger.

« Encore un peu de vin? »

Tournant légèrement la tête, j'aperçus une nouvelle bouteille, prête à boire, qui se détachait contre la fenêtre.

La soif me tenaillait à nouveau, encore avivée par le bouillon salé. Je tendis la main et me remis à boire.

Je finis par retomber contre le mur de pierre, en m'efforçant de percer les ténèbres, à demi terrorisé par ce que j'étais sûr de voir.

J'étais à présent passablement ivre.

Je vis la fenêtre, la ville. La petite table. Et quand mon regard continua jusqu'au coin le plus sombre, je le vis, lui.

Il ne portait plus sa cape, ni son capuchon et il n'était ni assis, ni debout comme aurait pu l'être un homme.

Il était appuyé contre les lourdes pierres qui encadraient la fenêtre, un genou légèrement fléchi, les bras ballants. On avait l'impression de voir un être sans force, sans vie et pourtant, son visage était toujours animé : les immenses yeux noirs qui semblaient écarter les plis de la peau, le nez long et mince, la bouche au sourire moqueur, les crocs qui effleuraient à peine la lèvre décolorée et la masse lourde et luisante de cheveux noir et argenté, qui dégageait la blancheur du front et retombait sur les épaules et jusque sur les bras.

Il eut un petit rire.

J'étais fou de terreur, incapable d'émettre un son.

J'avais lâché la bouteille qui roulait sur le sol. Au moment où je m'efforçais de bouger, pour reprendre mes esprits et ne plus être l'espèce de créature ivre et molle que je me sentais devenu, sa maigre carcasse se mit brutalement en action.

Il avança sur moi.

Au lieu d'un cri, je poussai un faible couinement de rage apeurée et quittait ma couche au plus vite, trébuchant contre la petite table dans ma hâte de le fuir.

Il me saisit, néanmoins, de ses longs doigts blancs, aussi puissants et froids que la nuit précédente.

« Lâchez-moi et allez au diable, au diable ! » balbutiai-je. Ma raison me commandait néanmoins de supplier. « S'il vous plaît, laissez-moi partir. Je vous en prie. Laissez-moi. »

Son visage émacié se dressait au-dessus de moi, les lèvres tordues par un rictus, et il se mit à rire à gorge déployée, interminablement. Je me débattis, tentant

100

vainement de le repousser, bégayant un flot de supplications décousues. Je finis par m'écrier : « Que Dieu me vienne en aide ! » Aussitôt, une de ses mains monstrueuses vint se plaquer sur mes lèvres.

« Ne dis plus jamais cela devant moi, Tueur de loups, ou je te donne en pâture aux loups de l'enfer, dit-il d'un air mauvais. C'est compris ? Réponds-moi ! »

J'inclinai la tête et il retira sa main.

Sa voix m'avait momentanément calmé. Il paraissait capable d'entendre raison, il semblait même assez évolué.

Il me caressa la tête et je me recroquevillai.

« Le soleil dans tes cheveux, murmura-t-il, et le ciel bleu fixé à jamais dans tes yeux. » Il me contemplait d'un air songeur. Son haleine était absolument dépourvue d'odeur de même que tout son corps. Seuls ses vêtements dégageaient un parfum de moisi.

Je n'osais pas bouger, bien qu'il m'eût lâché.

J'examinai ses habits : une chemise de soie en lambeaux, avec de larges manches et un col orné d'un ruché, des chausses de laine et une culotte bouffante dépenaillée.

Bref, le costume d'un homme des siècles passés. J'avais vu ce genre d'accoutrement dans des tableaux du Caravage et de La Tour, qui ornaient les murs de la chambre de ma mère.

« Tu es parfait, mon Lélio, mon Tueur de loups » me dit-il en découvrant à nouveau ses petits crocs blancs. C'étaient les seules dents qu'il possédât.

Je frissonnai et me sentis choir sur le sol. Il me releva sans peine, d'une main, et m'allongea sur le lit.

Intérieurement, je priai de toutes mes forces en levant les yeux vers lui : Que Dieu me protège, que la Vierge Marie me protège !

Que voyais-je, penché sur moi ? Le masque de la vieillesse, un sourire grimaçant profondément creusé par le temps, un visage qui paraissait gelé et dur comme la main. Ce n'était pas un être vivant. C'était un monstre. Un vampire. Un cadavre buveur de sang, sorti de la tombe et doué d'intellect !

Et ses membres ? pourquoi m'emplissaient-ils d'horreur ? Il avait l'aspect d'un être humain, mais pas les gestes. Il marchait ou rampait, se penchait ou s'agenouillait indifféremment. Pourtant, je dois l'admettre, il me fascinait. Mais je courais un danger trop pressant pour me permettre un tel état d'esprit.

Il émit un rire caverneux, une main contre ma joue.

« Eh oui, ma beauté, j'offre un spectacle peu ragoûtant ! » Sa voix n'était qu'un chuchotis et semblait toujours sur le point de s'étrangler. « J'étais déjà vieux quand j'ai été créé. Mais toi, tu es parfait, Lélio, mon jouvenceau aux yeux d'azur, encore plus beau que derrière les feux de la rampe. »

La longue main blanche remonta jouer avec mes cheveux, puis j'entendis un soupir.

« Ne pleure pas, Tueur de loups. Tu es élu et tes petits triomphes miteux au théâtre de Renaud te paraîtront dérisoires dès la fin de cette nuit. »

Il fut secoué par un nouvel accès d'hilarité étouffée.

A ce moment précis, je ne doutai point qu'il fût un envoyé du diable, que Dieu et le diable existassent, qu'au-delà de l'isolement que j'avais ressenti quelques heures seulement auparavant s'étendît un vaste royaume peuplé d'êtres ténébreux, au sein duquel je m'étais trouvé, Dieu sait comment, happé.

L'idée me vint, très clairement, que j'étais puni pour ma vie passée, mais c'était absurde. Des milliers de gens nourrissaient des convictions identiques aux miennes. Pourquoi me châtier, moi ? Une atroce possibilité commença à prendre forme : le monde n'avait vraiment aucun sens et ce n'était qu'une horreur de plus...

« Au nom de dieu, disparaissez ! » hurlai-je. J'avais besoin de croire en Dieu, à présent. Absolument besoin. C'était mon dernier espoir. J'esquissai un signe de croix.

Il me contempla, les yeux écarquillés de rage, et m'écouta invoquer Dieu inlassablement.

Et puis, un sourire illumina son visage.

Je me mis à sangloter comme un enfant. « Alors

c'est que le diable règne au ciel et que le ciel est enfer, m'écriai-je. Ô mon Dieu, ne m'abandonnez pas... » J'invoquai tous les saints que j'avais jamais aimés.

Il me frappa violemment au visage. Je faillis rouler à bas du lit. La pièce se mit à tourner et la saveur âcre du vin me remonta aux lèvres.

Je sentis à nouveau ses doigts sur mon cou.

« C'est cela, bats-toi, Tueur de loups, lança-t-il. Ne cède pas à l'enfer sans lutter. Moque-toi de Dieu.

— Je ne me moque pas », protestai-je.

Il m'attira une nouvelle fois contre lui.

Je luttai plus farouchement que je ne l'avais jamais fait contre un être vivant, fût-ce les loups. Je le frappai à coups de poing, à coups de pied, je le saisis aux cheveux, mais sa puissance était telle que j'avais l'impression de me battre contre une gargouille de pierre.

Il souriait.

Et puis son visage se vida de toute expression et sembla s'allonger démesurément, les joues creusées, les yeux profondément enfoncés dans leurs orbites. Il ouvrit la bouche et je vis ses crocs.

« Allez au diable, au diable ! » Je rugissais, je m'égosillais. Il me serra plus fort et les dents s'enfoncèrent dans ma chair.

Pas cette fois-ci, me dis-je, rageur. Cette fois-ci, je vais résister. Je vais sauver mon âme.

Pourtant, tout recommença comme la première fois.

La douceur et la tendresse, le monde lointain. La laideur même de mon bourreau me semblait extérieure, comme celle d'un insecte aperçu à travers une vitre. Et puis, le tintement de la cloche et le plaisir exquis. J'étais perdu. J'étais incorporel et ma jouissance aussi. Je n'étais que plaisir. Je me laissai glisser dans un tissu de rêves radieux.

Je vis des catacombes, lugubres, au fond desquelles un vampire blafard s'éveillait dans une tombe peu profonde. Il était lié de lourdes chaînes et le monstre qui m'avait enlevé se penchait sur lui. Je sus qu'il s'appelait Magnus et que, dans mon rêve, il était encore mortel, un grand et puissant alchimiste. Il avait

103

déterré et enchaîné ce vampire juste avant l'heure cruciale du crépuscule.

La lumière du jour s'éteignait et Magnus buvait à même la gorge de l'immortel réduit à l'impuissance le sang magique et maudit qui ferait de lui un des morts vivants. Trahison que ce vol de l'immortalité. Ce sinistre Prométhée dérobait le feu luminescent. Un rire dans les ténèbres, dont les échos résonnaient tout le long des catacombes, semblait me parvenir à travers les siècles. La puanteur de la tombe. Et puis l'extase, insondable et irrésistible, qui à présent touchait à sa fin.

Je pleurais, allongé sur la paille de mon grabat :

« Je vous en prie, n'arrêtez pas... »

Magnus ne me tenait plus, je respirais à nouveau par mes propres moyens, mon rêve s'était dissous. Je me sentis tomber vertigineusement à travers un ciel constellé d'étoiles.

L'air froid de l'hiver s'était glissé dans la pièce. Je sentis des larmes sur mon visage. La soif me dévorait.

Loin, très loin, Magnus me contemplait.

Je tentai de bouger. Toutes les fibres de mon corps brûlaient de soif.

« Tu es en train de mourir, Tueur de loups, me dit Magnus. La lueur de la vie quitte tes yeux bleus...

— Non, je vous en prie... » Ma soif était insupportable. J'ouvrais une bouche béante, je cambrais les reins. C'était donc cela l'horreur finale, la mort.

« Demande-moi le salut, mon enfant », reprit Magnus. Son visage n'était plus désormais un masque au sourire grimaçant, car la compassion le transfigurait. Il paraissait presque humain. « Demande-le et tu le recevras. »

Je voyais jaillir l'eau des ruisseaux de montagne de mon enfance : « Aidez-moi, je vous en supplie.

— Je te donnerai la meilleure eau qui soit », me murmura-t-il à l'oreille. Il n'était plus blafard. N'était-ce pas un véritable vieillard, penché sur moi ? Son visage était celui d'un être humain, empreint de tristesse.

En voyant son sourire, cependant, je sus que ce n'était pas vrai. Il était bien ce monstre séculaire, mais il était à présent gavé de mon sang.

« Le meilleur vin qui soit, souffla-t-il. Ceci est mon Corps, ceci est mon Sang. » Ses bras m'encerclèrent et il m'attira contre lui. Une vive chaleur émanait de tout son être et il me semblait rempli non pas de sang, mais d'amour pour moi.

« Demande-le, Tueur de loups et tu vivras éternellement », continua-t-il, mais sa voix était lasse et morne, son regard avait quelque chose de distant et de tragique.

Mon corps était une masse lourde, moite, que je ne parvenais pas à contrôler. Je ne demanderais rien, je mourrais sans rien demander. L'immense désespoir que j'avais tant redouté s'étalait devant moi, le vide de la mort, mais je continuai à dire Non. La pure horreur me faisait dire Non. Je ne céderais pas au chaos et à l'horreur. Je dis Non.

« La vie éternelle », chuchota-t-il.

Ma tête retomba sur son épaule.

« Opiniâtre Tueur de loups. » Ses lèvres m'effleurèrent, son haleine chaude et sans odeur sur mon cou.

« Non, pas opiniâtre » chuchotai-je. Ma voix était si faible que je doutais qu'il pût m'entendre. « Courageux, pas opiniâtre. » Pourquoi ne pas le dire ? La vanité n'était plus rien à présent. Plus rien n'était rien...

Il prit mon visage de la main droite et de l'autre s'entailla la gorge avec ses ongles.

Mon corps fut tordu par une véritable convulsion de terreur, mais il appuya mon visage contre la blessure en disant : « Bois ! »

Je m'entendis pousser un hurlement assourdissant et le sang qui jaillissait de la plaie toucha mes lèvres desséchées et craquelées par la soif.

Aussitôt, avec un sifflement presque audible, ma langue vint lécher ce sang et une gigantesque vague de sensations me submergea. Ma bouche s'ouvrit et se referma sur la blessure. Je puisai de toutes mes forces à la grande source qui allait, je le sentais, satisfaire ma soif comme jamais auparavant.

Du sang, du sang, encore du sang. Ce n'était plus seulement cette soif inextinguible que je sentais apaisée, mais tous les besoins, les désirs, les chagrins, la faim jamais endurés.

Ma bouche s'ouvrit encore, se pressa plus fort contre Magnus. Je sentais le sang couler dans ma gorge. Je sentais ses bras étroitement refermés sur moi.

Serré contre lui, je distinguais tous ses muscles, ses os, les contours de ses mains. Un engourdissement sournois m'envahissait et un délicieux picotement à chaque fois qu'une sensation nouvelle pénétrait ma torpeur.

Mais le plaisir suprême restait le goût de ce sang doux et onctueux, qui me rassasiait à mesure que je buvais.

Encore, j'en veux encore. Telle était mon unique pensée, à supposer que j'en eusse une. Et malgré sa texture épaisse, j'avais l'impression que cette substance s'infiltrait dans mes moindres vaisseaux, tant ce flot rouge me paraissait brillant, aveuglant, et tant tous mes désirs les plus fous étaient comblés.

Le corps de Magnus, cependant, l'échafaudage auquel je me cramponnais, s'affaiblissait. Je l'entendais haleter péniblement, pourtant il ne m'arrêtait pas.

Je vous aime, Magnus, mon maître irréel, aurais-je voulu dire, hideuse créature que vous êtes, je vous aime ; voici ce que j'ai toujours désiré et que je n'ai jamais pu obtenir et c'est vous qui me l'avez donné.

J'avais l'impression que j'allais mourir si cela continuait, mais l'extase se prolongea et je me mourus point.

Soudain, je sentis ses mains sur mes épaules et avec sa force incommensurable, il me repoussa.

Je laissai entendre une longue et lugubre plainte dont la désolation m'effraya. Il me tenait toujours dans ses bras et m'emporta jusqu'à la fenêtre pour me faire regarder au-dehors. Je tremblais et sentais le sang battre dans toutes mes veines. J'appuyai mon front contre les barreaux de fer.

Loin au-dessous de moi, je discernai la sombre coupole d'une colline plantée d'arbres qui semblaient scintiller doucement à la lueur incertaine des étoiles.

Au-delà, la grande-ville avec son infinité désordonnée de petites lumières, brillant non pas dans les ténèbres, mais dans une douce brume violacée. Partout la neige, lumineuse, fondait. Les toits, les tours, les murs présentaient une myriade de facettes dans un dégradé de lavande, mauves et roses.

En regardant plus attentivement, je vis un million de fenêtres éclairées et, comme si cela ne suffisait pas, j'apercevais, dans les profondeurs, sans méprise possible, des gens qui s'agitaient. Je distinguais de minuscules mortels dans des rues non moins minuscules, des têtes et des mains qui se touchaient dans l'ombre, un homme, tout seul, pas plus gros qu'un grain de poussière, qui escaladait un clocher secoué par le vent. Et l'air ambiant m'apportait la sourde et confuse rumeur d'innombrables voix humaines. Des cris, des chants, des brides de musique, le tintement assourdi de cloches.

Je gémis. La brise soulevait ma chevelure et j'entendis ma propre voix pleurer comme elle ne l'avait encore jamais fait.

La métropole s'estompait. Je perdis de vue les millions de gens qui s'abîmèrent dans de merveilleux et grandioses jeux d'ombres lilas et de lumière pâlissante.

« Ah, qu'avez-vous fait, qu'est-ce donc que vous m'avez donné ? » chuchotai-je.

J'avais l'impression que mes paroles s'enchaînaient les unes aux autres sans la moindre coupure pour former un son immense et cohérent qui traduisait parfaitement mon horreur et ma joie.

S'il y avait un Dieu, il ne comptait plus. Il appartenait à un royaume morne et sinistre, dévasté depuis longtemps. C'était ici même que se trouvait le centre palpitant de la vie, autour duquel tournait toute véritable complexité.

Derrière moi, j'entendis les pieds du monstre racler contre les pierres.

Me retournant, je le vis, blême, saigné à blanc comme une grande coquille vide, les yeux baignés de larmes rouges. Il me tendait les mains comme s'il souffrait.

Je le pressai sur mon sein. Jamais encore je n'avais éprouvé autant d'amour pour quelqu'un.

« Ah, ne vois-tu pas ? me dit l'horrible voix. Toi, l'héritier que j'ai choisi entre tous pour reprendre à ma suite le Don ténébreux, avec plus de constance et de courage que dix mortels. Ah, quel Enfant des Ténèbres tu vas faire ! »

Je lui baisai les paupières, pris ses doux cheveux noirs entre mes doigts. Il ne me paraissait plus hideux, à présent, mais simplement étrange et blême, plein de quelque enseignement plus profond que les arbres qui frémissaient loin au-dessous de moi ou que la ville qui m'appelait à travers l'espace.

« Non, mon petit vampire en herbe, soupira-t-il. Garde tes baisers pour le monde. Mon heure est venue et tu ne me dois plus qu'une seule soumission. Suis-moi. »

3

Il me fit descendre à sa suite un escalier en colimaçon. Tout me fascinait. Les pierres grossièrement taillées semblaient dégager leur propre lumière et même les rats qui détalaient sous mes pieds n'étaient pas sans une certaine beauté.

Il ouvrit une lourde porte en bois, cloutée de fer, avant de me remettre son trousseau de clefs et de me précéder dans une vaste pièce complètement nue.

« Te voici mon héritier, comme je te l'ai dit, déclara-t-il. Tu prendras possession de cette demeure et de mon trésor, mais il faudra d'abord faire ce que je vais t'ordonner. »

Par la fenêtre munie de barreaux, j'apercevais la

ville qui étincelait doucement et semblait m'ouvrir ses bras.

« Plus tard tu pourras te rassasier de tout ce que tu vois », me dit-il, en me tournant vers lui. Il se tenait devant un immense tas de bois, disposé au milieu de la pièce.

« Écoute-moi bien, car je suis sur le point de te quitter et il y a des choses que tu dois savoir. Tu es désormais immortel et ta nature te mènera bien assez tôt jusqu'à ta première proie humaine. Sois rapide et sans pitié. Mais veille à cesser ton festin, si délicieux soit-il, avant que le cœur de ta victime n'ait cessé de battre. Dans les années à venir, tu seras assez fort pour supporter ce moment suprême, mais pour le moment, aie la sagesse d'arracher la coupe de tes lèvres tant qu'elle n'est pas tout à fait vide. Sinon, ton orgueil risque de te coûter cher.

— Mais pourquoi m'abandonnez-vous ? » m'écriai-je au désespoir. Je me cramponnai à lui. Proie, pitié, festin... j'avais l'impression que ces mots me tombaient dessus comme une grêle de coups.

Il se dégagea avec une telle facilité que j'en eus mal aux mains, mais je fus ébahi par la nature de cette douleur qui n'avait rien à voir avec celles qu'éprouvent les humains.

Magnus me montrait les pierres du mur qui nous faisait face et je vis qu'un énorme bloc avait été descellé et faisait une légère saillie à la surface de la paroi bien lisse.

« Tire cette pierre hors du mur, me dit-il.

— Mais c'est impossible, protestai-je. Elle doit peser...

— Fais ce que je te dis ! » Il me menaça d'un de ses longs doigts blancs et osseux et je tentai de m'exécuter.

A ma grande surprise, je parvins à bouger aisément la pierre et j'aperçus derrière un trou sombre juste assez grand pour qu'un homme pût s'y faufiler en rampant.

Magnus poussa un gloussement de rire et hocha la tête.

« Voici, mon fils, l'accès à mon trésor. Fais-en ce qu'il te plaira, ainsi que de tous mes biens terrestres. Mais à présent, je veux des serments. »

Il prit deux bouts de bois et les frotta si violemment l'un contre l'autre qu'une flamme jaillit presque aussitôt.

Il jeta ces brandons sur le tas de bois et la poix qu'il contenait s'embrasa aussitôt, projetant une immense lueur vers le plafond et les murs de pierre.

Je reculai avec un petit cri étranglé. Cette débauche de jaune et d'orange m'enchantait et m'effrayait tout à la fois et la chaleur me causait une sensation tout à fait nouvelle et inconnue de moi. Je n'avais pas peur d'être brûlé ; au contraire la chaleur exquise me fit comprendre à quel point j'avais froid, mais ce froid n'était qu'une surface et le feu le dissipait.

Magnus fit entendre un nouveau rire caverneux, entrecoupé, et se mit à danser autour du feu. Ses longues jambes étaient si maigres qu'on avait l'impression de voir s'agiter un squelette surmonté d'un visage d'homme blafard.

« Mon Dieu ! » murmurai-je. La tête me tournait. Ce spectacle, qui m'aurait horrifié une heure auparavant, m'attirait à présent irrésistiblement. Le feu projetait des reflets chatoyants sur le satin de ses guenilles.

« Mais vous ne pouvez pas m'abandonner ! » suppliai-je, en m'efforçant de garder les idées claires, de comprendre ce qu'il m'avait dit. Ma voix sonnait de façon monstrueuse. Je tentai de la modérer, de la moduler, pour la rendre plus normale. « Où voulez-vous aller ? »

Il poussa un rire tonitruant, en se frappant la cuisse, et accéléra sa danse, les bras tendus vers le feu.

A présent, les plus grosses bûches commençaient à prendre à leur tour. La pièce, pourtant vaste, était comme un four, la fumée se déversait par la fenêtre.

« Non, pas dans le feu ! » Je bondis en arrière et me pressai contre la muraille. « Vous ne pouvez pas vous jeter dans le feu ! »

La peur s'emparait de moi, comme l'avaient fait toutes les autres sensations nouvelles. Je ne pouvais la nier, ni surtout y résister. Je gémissais et hurlais tout à la fois.

« Mais si, je le peux ! ricana-t-il. Mais si. » Il rejeta la tête en arrière et son rire s'enfla démesurément. « Mais à présent, mon vampire en herbe, je veux des promesses, continua-t-il en me menaçant à nouveau du doigt. Allons, un peu d'honneur mortel, mon courageux Tueur de Loups. Sinon, même si cela doit me crever le cœur, c'est toi que je jetterai dans le feu et j'irai me choisir un autre héritier. Allons, réponds-moi ! »

J'essayai de parler, mais ne pus qu'incliner la tête.

A la lueur du feu, je vis que mes mains étaient devenues blanches. Et j'éprouvais une douleur perçante à la lèvre inférieure, qui me fit presque crier.

Déjà, mes canines s'étaient transformées en crocs ! J'adressai à Magnus un regard de panique, mais ma terreur le divertissait.

« Écoute, reprit-il en me saisissant le poignet, une fois que je serai consumé et que le feu sera mort, tu *devras* en disperser les cendres. Tu m'entends bien, mon garçon. Disperse les cendres. Sinon, je reviendrai et sous quelle forme, je n'ose y songer. Mais attention, si tu m'obliges à revenir, plus hideux encore que je ne le suis à présent, je te traquerai et je te brûlerai jusqu'à ce que tu sois aussi défiguré que moi, entends-tu ? »

J'étais toujours dans l'incapacité de proférer un son. Ce n'était pas de la peur. C'était bien pis. Je sentais mes dents s'allonger et un frémissement parcourir tout mon corps. J'agitai frénétiquement la tête.

Il sourit. « A présent, je vais partir pour l'enfer, s'il y en a un, ou alors m'enfoncer dans une douce inconscience, que je ne mérite pas. S'il existe un Prince des Ténèbres, je le verrai enfin. Et je lui cracherai à la figure. Donc, disperse les cendres, comme je te l'ordonne, et ensuite, gagne mon antre, en prenant bien soin de replacer la pierre derrière toi. Tu y trouveras ma sépulture. Il faudra t'y enfermer hermétiquement le jour, sans quoi, le soleil te calcinera. Retiens bien cela : rien au monde ne peut te détruire, en dehors du soleil ou d'un tel feu que celui que tu vois. Et même alors, uniquement, je dis bien uniquement, si tes cendres sont dispersées après coup.

Je détournai mon visage de lui et du feu, mais il me traîna jusqu'à la pierre descellée qu'il me montra du doigt.

« Restez avec moi, je vous en conjure, le suppliai-je. Juste quelque temps, juste une nuit, je vous en prie ! » Le volume inouï de ma voix m'horrifiait. Je serrais Magnus entre mes bras. Son visage émacié me paraissait inexplicablement beau.

La lumière des flammes jouait dans ses cheveux, dans ses yeux et je revis son sourire moqueur.

« Ah, jeune glouton, il ne te suffit donc point d'être immortel, avec le monde entier pour festin ? Adieu, mon enfant. Fais ce que je t'ai dit. N'oublie pas les cendres ! Ni, derrière cette pierre, la pièce secrète. Tu y trouveras tout ce dont tu as besoin pour prospérer. »

Je luttai pour le retenir et il rit contre mon oreille, s'émerveillant de ma force. « Excellent, excellent, chuchota-t-il. Et maintenant, vis pour toujours, mon beau Tueur de Loups, avec les dons que t'a accordés la nature, et découvre tout seul les dons dénaturés que j'y ai ajoutés. »

Il me repoussa violemment et fit un tel bond pour sauter en plein milieu du brasier qu'on eût dit qu'il volait.

Je vis le feu prendre à ses vêtements.

Sa tête parut se transformer en torche, ses yeux s'agrandirent, sa bouche béa pour former un trou noir au milieu des flammes et son rire s'éleva avec une telle force que je dus me couvrir les oreilles.

Les bras et les jambes squelettiques gesticulaient et semblèrent brusquement se dissoudre. Le feu rugissait et en son centre, je ne voyais plus à présent que les flammes.

Je me mis à hurler, en tombant à genoux, les mains devant les yeux. Cependant, à travers mes paupières

fermées, je voyais toujours le feu, une explosion
d'étincelles suivant l'autre, jusqu'à ce que j'eusse appuyé mon front contre les pierres du sol.

4

J'eus l'impression de rester des lustres allongé sur le
sol, à regarder le feu se consumer.

La pièce s'était refroidie. L'air glacé entrait par la
fenêtre ouverte. Je ne pouvais m'arrêter de pleurer.
Mes sanglots se répercutaient contre mes oreilles de
façon insupportable et la pensée que, dans mon nouvel
état, toutes les sensations, jusqu'à ma désolation,
étaient décuplées, ne m'était d'aucun réconfort.

De temps en temps, je priai. Je demandai pardon,
sans bien savoir ce que j'avais à me faire pardonner. Je
marmonnai inlassablement des Ave jusqu'à ce qu'ils
devinssent une espèce de mélopée dépourvue de sens.

Mes larmes étaient des larmes de sang qui me souil-
laient les mains quand je m'essuyais les yeux.

Gisant sur le sol de pierre, ce n'étaient plus des
prières que je murmurais, mais ces supplications indis-
tinctes que nous adressons à tout ce qui est puissant, à
tout ce qui est saint : Ne me laissez pas seul ici. Ne
m'abandonnez pas. Ne permettez pas que je tombe
plus bas que je suis déjà tombé cette nuit. Faites que
tout cela ne soit pas vrai... *Réveille-toi, Lestat.*

Les paroles de Magnus me martelaient inexorablement le cerveau : *Partir pour l'enfer, s'il y en a un... S'il
existe un Prince des Ténèbres...*

Je finis par me mettre à quatre pattes. La tête me
tournait, il semblait que j'étais fou. Je contemplai le
feu et vis que je pouvais encore le ranimer pour m'y
précipiter.

Mais, alors même que je me forçais à imaginer
quelle souffrance ce serait, je savais que je n'en ferais
rien.

Pourquoi le ferais-je, d'ailleurs? En quoi méritais-je un tel châtiment? Je ne voulais pas aller en enfer, moi, et il n'était pas question que je m'y rendisse juste pour cracher à la figure du Prince des Ténèbres, quel qu'il fût.

Au contraire, si j'étais damné, c'était au Malin de venir me chercher! De me dire pourquoi je devais endurer les tourments de l'enfer. J'aurais vraiment voulu le savoir.

Quant à l'inconscience, elle pouvait attendre. Toute l'affaire méritait bien quelques moments de réflexion.

Un calme surnaturel m'envahit, presque subrepticement. Il était plein d'amertume, mais d'une fascination croissante.

Je n'étais plus humain.

Accroupi là, occupé à réfléchir, les yeux fixés sur les braises mourantes, je sentais une force immense s'amasser en moi. Mes sanglots enfantins s'apaisèrent. Je me mis à étudier le blancheur de ma peau, le fil aiguisé de mes deux vilaines petites dents pointues et la façon dont mes ongles luisaient dans l'obscurité, comme s'ils étaient vernis.

Toutes les petites douleurs familières avaient quitté mon corps. Le résidu de chaleur que dégageait le bois calciné et fumant m'enveloppait comme une couette beinfaisante.

Le temps passa... mais sans passer.

Chaque modification de l'air ambiant était une caresse. Quand un chœur de cloches assourdies, au loin, me parvenait de la ville, égrenant les heures, il ne marquait pas le passage du temps. Pour moi, qui gisais hébété, les yeux au ciel, c'était une pure musique.

Dans ma poitrine, cependant, s'éveilla une brûlure atroce.

Elle parcourut mes veines, m'enserra la tête, avant de paraître se concentrer dans mes entrailles. Je me rendis compte que cette douleur ne m'effrayait pas, que je la ressentais comme si je l'écoutais.

J'en saisis alors la cause. Mes excréments jaillissaient hors de mon corps. Je m'aperçus que j'étais incapable de me contrôler. Pourtant, en regardant les saletés souiller mes vêtements, je n'éprouvais aucune répugnance.

Même les rats qui me couraient dessus, sans bruit, pour dévorer ce qui coulait de moi ne me dégoûtaient pas. Je n'imaginais d'ailleurs aucune créature susceptible de provoquer chez moi un sentiment de répulsion.

Je ne faisais plus partie du monde que ces contacts font frémir. Lentement, avec un vif plaisir, je me mis à rire.

Pourtant, mon chagrin n'était pas entièrement dissipé. Il s'attardait en moi, comme une idée douée de vérité pure.

Je suis mort, je suis un vampire. Des créatures mourront pour que je puisse vivre, en buvant leur sang. Jamais, jamais plus je ne verrai Nicolas, ni ma mère, ni aucun des humains que j'ai connus et aimés. Je vivrai éternellement. Tel sera mon sort, tel *est* mon sort, et il ne fait que commencer !

Je me mis debout. Je me sentais léger et puissant et étrangement engourdi. Je m'approchait du feu éteint et foulai les bûches noircies.

Il n'y avait pas d'os. Le monstre semblait s'être désintégré. Je pris les cendres à pleines mains et m'approchai de la fenêtre. Lorsque le vent les emporta, je murmurai un dernier adieu à Magnus, comme s'il pouvait encore m'entendre.

Il ne resta plus enfin que le bois calciné.

Il était temps d'aller examiner la chambre secrète.

5

La pierre bougeait facilement, comme j'avais eu l'occasion de le constater, et elle était munie à l'intérieur d'un crochet qui permettait de la remettre en place après son passage.

Pour s'infiltrer dans le tunnel, cependant, il fallait ramper et, en m'agenouillant pour le sonder du regard, je ne pus discerner aucune lumière à l'autre bout. Cela ne me plaisait guère.

Eussé-je encore été mortel, rien n'aurait pu me décider, je le savais, à m'enfoncer dans cet étroit boyau.

Le vieux vampire, toutefois, m'avait clairement expliqué que le soleil me détruirait aussi sûrement que le feu. Je devais donc gagner le cercueil. La peur me submergea comme un déluge.

Je me mis à plat ventre et m'engageai dans le passage, comme un lézard. Impossible de relever la tête et a fortiori de me retourner pour atteindre le crochet dans la pierre. Je dus le manœuvrer avec mon pied.

L'obscurité totale. Et à peine assez de place pour me soulever à demi sur mes coudes.

La peur me faisait suffoquer et dans ma panique je me cognai la tête à la voûte. Mais que faire d'autre ? Je devais atteindre ce cercueil.

Je me gourmandai donc et commençai mon pénible trajet, en rampant de plus en plus vite. Mes genoux raclaient contre la pierre. Mes doigts recherchaient instinctivement les fentes et les interstices pour pouvoir me propulser le plus vite possible. Ma nuque était raidie par l'effort.

Lorsque ma main entra enfin en contact avec une pierre lisse, je poussai de toutes mes forces. L'obstacle bougea et une lumière blafarde s'insinua dans mon tunnel.

Je venais d'arriver dans une petite pièce au plafond bas et voûté, éclairée par une seule haute et étroite fenêtre, munie des barreaux désormais familiers. La douce lumière violette de la nuit me révélait une immense cheminée, percée dans le mur qui me faisait face, dans laquelle un feu était préparé, et juste à côté, sous la fenêtre, un antique sarcophage de pierre.

Ma cape de velours rouge était posée dessus et sur un banc grossier je vis un splendide habit de velours rouge rebrodé d'or, des flots de dentelle, une culotte de soie rouge, du linge de soie d'une blancheur immaculée et des souliers à talons rouges.

Je rejetai mes cheveux en arrière et essuyai la sueur qui coulait sur mon visage. Elle était sanguinolente et quand je vis les traces qu'elle laissait sur ma main, j'éprouvai une curieuse excitation.

Au bout d'un long moment, je me léchai les doigts. Un délicieux picotement de plaisir me parcourut. Il me fallut quelques instants pour me ressaisir et m'approcher de la cheminée.

Comme l'avait fait Magnus, je pris deux bouts de bois et les frottai l'un contre l'autre. La flamme jaillit. A la chaleur du feu, je me dépouillai de mes vêtements salis et me servis de ma chemise pour me nettoyer entièrement. Puis je jetai tout dans le feu avant d'enfiler mes nouveaux habits.

Quel rouge éblouissant ! Nicolas lui-même n'avait pas d'aussi somptueux atours. C'était un véritable habit de cour, dont les broderies étaient rehaussées de perles et de minuscules rubis. Les dentelles de la chemise étaient en valenciennes ; j'en avais vu sur la robe de mariée de ma mère.

Je drapai ma cape sur mes épaules. Bien que je n'eusse point froid, j'avais l'impression d'être de glace. Mon sourire lui-même me semblait dur et étincelant.

J'examinai ensuite le cercueil. Sur le lourd couvercle était gravée l'effigie d'un homme et je vis au premier regard qu'il s'agissait de Magnus.

Il avait l'air paisible, sans son sourire narquois, levant vers le plafond un doux regard, son épaisse crinière formant une toison ordonnée de boucles et d'ondulations.

Cette sculpture avait au moins trois siècles. Il avait les mains croisées sur sa poitrine, une longue robe couvrait son corps et quelqu'un avait brisé la poignée de son épée et une partie du fourreau.

Je contemplai un long moment la pierre, mutilée au prix d'un effort évident. Était-ce la forme de la croix qu'on avait tenté de faire disparaître? Je m'accroupis et, du bout du doigt, je traçai une croix dans la poussière qui couvrait le sol.

Comme lorsque j'avais prié, il ne se passa rien.

J'ajoutai quelques traits suggérant le corps du Christ et j'inscrivis au-dessus les mots: « Notre Seigneur Jésus-Christ », les seuls que je susse écrire convenablement en dehors de mon nom.

Toujours rien.

Et puis, j'essayai de soulever le couvercle. Même avec ma force nouvelle, ce ne fut pas facile. Jamais un mortel n'y serait arrivé, seul.

J'étais déconcerté d'avoir dû ainsi peiner. Ma force n'était donc pas illimitée. Elle n'égalait certainement pas celle du vieux vampire. Peut-être possédais-je désormais la force de trois hommes, ou de quatre. Difficile à dire.

Je regardai à l'intérieur de la sépulture. Un trou étroit, rempli d'ombres, où je n'avais aucune envie de m'allonger. Tout autour du bord avait été gravée une inscription en latin que je ne pouvais lire.

Cela me troubla. Sans Magnus, je me sentais à la merci de tout. Je le haïssais de m'avoir ainsi quitté! Pourtant, il était ironique de songer que je l'avais aimé avant qu'il ne bondît dans le feu. Je l'avais même aimé en voyant les habits rouges.

Les diables s'aiment-ils donc? Se font-ils de grandes déclarations, là-bas en enfer? Je me posai cette question avec un authentique détachement intellectuel, puisque je ne croyais pas à l'enfer. Il s'agissait de la conception du mal. Toutes les créatures de l'enfer sont censées se haïr, de même que les élus haïssent les damnés.

Enfant, cette idée m'avait terrifié, car je redoutais d'aller au ciel, alors que ma mère irait en enfer. Comment pourrais-je alors la haïr? Et si nous allions tous deux en enfer?

A présent, je savais que les vampires, en tout cas, peuvent s'aimer et que le fait de se dévouer au mal n'exclut pas l'amour.

Je tournai les yeux vers un volumineux coffre en bois, en partie caché derrière le tombeau. Il n'était pas fermé à clef. Le couvercle à moitié pourri faillit tomber quand je le soulevai.

Bien que le vieux maître m'eût annoncé qu'il me laissait son trésor, je fus abasourdi par ce que je vis. Le coffre était bourré de pierres précieuses, d'or et d'argent. Il y avait d'innombrables bagues ornées de pierres, des rivières de diamants, des rangs de perles, de l'argenterie, des pièces d'or et des centaines d'objets de valeur de toutes sortes.

Je puisai à pleines mains, pour voir les flammes se refléter dans le rouge des rubis, le vert des émeraudes. J'étais en présence de richesses incalculables. D'un trésor fabuleux.

Et à présent, il était à moi.

Je l'examinai plus à loisir. Éparpillés à travers les joyaux se trouvaient de nombreux objets personnels et périssables : des masques dont les ornements d'or retenaient encore quelques lambeaux de satin, des mouchoirs de dentelle et des morceaux d'étoffe auxquels étaient fixées des épingles et des broches. Il y avait même un morceau de harnais en cuir d'où pendaient des clochettes d'or, un bout de dentelle moisie passé dans une bague, des tabatières par douzaines, des médaillons sur des rubans de velours.

Magnus avait-il pris tout cela à ses victimes ?

Bien sûr, il avait pu prendre ce qu'il voulait. Pourtant lui-même était vêtu de loques et vivait cloîtré ici comme aurait pu vivre un ermite d'un autre âge. Je n'y comprenais rien.

Je découvris encore d'autres objets dans le trésor. Des chapelets composés de superbes pierres précieuses, toujours munis de leur crucifix ! Je secouai la tête, comme pour dire : Quelle honte d'avoir pris ces pieux objets ! Mais en même temps, la chose me paraissait follement drôle. Et c'était une nouvelle preuve que Dieu n'avait aucun pouvoir sur moi.

Je tombai soudain sur un ravissant miroir incrusté de perles.

Je me mirai dedans presque inconsciemment, comme on le fait en passant devant une glace, et je me vis, parfaitement normal n'eussent été l'extrême blancheur de ma peau et le fait que mes yeux, dont le bleu limpide était à présent un mélange de violet et de cobalt, semblaient légèrement iridescents. Mes cheveux brillaient comme de l'or et, en y passant la main, j'y sentis une vigueur nouvelle et inhabituelle.

Ce n'était plus vraiment Lestat que je voyais, mais sa réplique pas tout à fait exacte. Les quelques rides qui avaient marqué mon visage en vingt années de vie s'étaient estompées.

Je fermai les yeux et, en les rouvrant, je souris doucement à l'étrange créature qui me rendit mon sourire. C'était bien Lestat. Je ne discernais rien de malveillant dans son expression. En fait, son visage aurait pu être celui d'un ange, mais soudain des larmes lui montèrent aux yeux et elles étaient rouges et la vision tout entière se teinta de rouge. Et puis, il y avait les vilaines petites dents pointues qui rendaient son sourire terrifiant. Un beau visage, avec un seul, épouvantable, défaut !

Je me dis soudain que j'étais en train de contempler mon propre reflet, alors qu'on disait toujours que les fantômes, les esprits et tous ceux dont l'âme appartient au diable ne se réfléchissent pas dans les miroirs !

J'éprouvais une folle envie de savoir comment je me comporterais à présent parmi les mortels. Je voulais voir des gens, contempler la nature, écouter de la musique.

Mais désormais, plus rien ne serait ordinaire pour moi. Tout serait paré de ce lustre magnifique, même mon chagrin pour tout ce que j'avais perdu à jamais.

Je reposai le miroir et allai m'asseoir au coin du feu. La chaleur sur mes mains et mon visage était délicieuse.

Une douce somnolence s'empara de moi et je fermai les yeux. Aussitôt, je me retrouvai plongé dans l'étrange rêve de Magnus en train de voler le sang. Une sensation d'enchantement, de plaisir divin me revint en même temps: Magnus me serrant dans ses bras, absorbant mon sang. Mais j'entendais aussi les chaînes racler contre la pierre, je voyais le vampire sans défense aux mains de Magnus. Il y avait autre chose... quelque chose d'important. Une signification qui m'échappait. A propos du vol, de la trahison, du fait de ne se soumettre à personne, ni à Dieu, ni au diable et surtout pas à l'homme.

J'y réfléchis profondément, à demi assoupi, et la folle pensée me vint que, dès mon retour à la maison, j'en parlerais à Nicolas, que nous en parlerions ensemble, chercherions un sens quelconque.

A cette idée, je m'éveillai en sursaut. L'être humain qui s'attardait en moi fit le tour de la pièce d'un regard éperdu. Il se remit à pleurer et je n'étais pas encore un vampire d'assez longue date pour pouvoir me contrôler.

Magnus, pourquoi m'avez-vous abandonné? Que dois-je faire à présent? Comment survivre?

Je relevai les genoux pour y appuyer mon menton et lentement mon cerveau s'éclaircit.

C'est très amusant de penser que tu seras ce vampire, si luxueusement vêtu, me dis-je, puisant à pleines mains dans le prodigieux trésor. Mais tu ne pourras pas vivre ainsi! Te nourrir d'êtres vivants! Même si tu es un monstre, tu as une conscience, dont tu suis naturellement la voix... Le bien et le mal, le bien et le mal! Tu ne saurais vivre sans y croire... tu ne saurais tolérer les actes qui... demain tu vas... tu vas... tu vas quoi?

Tu vas boire du sang, n'est-ce pas?

L'or et les pierres précieuses luisaient comme des braises et au-delà des barreaux de la fenêtre s'élevait contre les nuages gris l'éclat violet de la ville lointaine. Quel goût a leur sang? Leur sang chaud et vivant, pas ce sang de monstre auquel j'ai goûté. Je passai ma langue entre mes crocs.

Songes-y bien, Tueur de loups.

Lentement, je me mis debout et je ramassai le trousseau de clefs que j'avais apporté avec moi, pour aller inspecter le reste de mon domaine.

6

Des pièces vides. Des barreaux aux fenêtres. La voûte infinie du ciel nocturne au-dessus des créneaux. Voilà tout ce que je trouvai au-dessus du sol.

Au rez-de-chaussée, de la tour, cependant, juste à côté de la porte qui menait au donjon, je découvris un flambeau dans une applique fixée au mur et une boîte d'amadou dans une niche voisine. Des traces de pas dans la poussière. Une serrure bien huilée qui tourna sans effort quand je découvris enfin la bonne clef.

Une fois allumé, le flambeau me révéla un petit escalier en colimaçon et je commençai ma descente, malgré la puanteur qui me parvenait de tout en bas.

Je la connaissais, cette puanteur. Elle imprégnait tous les cimetières parisiens. Aux Innocents, elle formait même une vapeur épaisse et nocive. C'était l'odeur de cadavres en décomposition.

Malgré mon écœurement, qui me fit hésiter un instant, je me rendis compte qu'elle n'était pas très forte et que l'odeur de la résine qui brûlait la couvrait quelque peu.

Je continuai ma descente.

Au premier niveau du sous-sol, je ne découvris point de cadavres. Je ne vis qu'une grande crypte très fraîche dont les grilles en fer étaient ouvertes. A l'intérieur trois sarcophages de pierre, colossaux. Le plafond voûté et l'immense cheminée me firent penser à la chambre secrète de Magnus.

Que croire sinon que d'autres vampires avaient jadis reposé là ? On n'installe pas de cheminée dans ce genre d'endroit. Chaque sarcophage portait une effigie sculptée.

Cependant tout était recouvert d'une épaisse couche

de poussière et je voyais partout des toiles d'araignées. Ce lieu devait être depuis longtemps désert. Étrange! Où donc étaient ceux qui avaient reposé en ces lieux? S'étaient-ils livrés aux flammes comme Magnus? Ou bien vivaient-ils ailleurs?

J'ouvris les sarcophages l'un après l'autre. Je n'y trouvai que poussière. Aucune trace d'autres vampires.

Je repartis dans l'escalier, malgré l'odeur de pourriture qui se faisait de plus en plus forte à mesure que je descendais. Elle devint très vite insupportable.

Elle sortait de derrière une porte que j'apercevais au-dessous de moi et je dus me faire violence pour en approcher. Déjà, du temps où je n'étais qu'un mortel cette odeur m'avait répugné, mais ce n'était rien à côté de l'aversion que j'éprouvais à présent. J'étais, toutefois, bien décidé à ouvrir cette porte pour voir ce que ce démon de Magnus avait pu faire.

Le spectacle était encore bien pire que la puanteur.

Dans un profond cachot était entassé un monceau de cadavres à tous les stades de la décomposition, autour duquel s'agitaient des myriades de vers et d'insectes. La lumière de ma torche fit détaler des rats. Une nausée me tordit le ventre. La puanteur me faisait suffoquer.

Pourtant, j'étais incapable de détacher mes yeux de ces dépouilles. Brusquement, je me rendis compte qu'il n'y avait que des hommes — leurs bottes et leurs quelques lambeaux de vêtements en témoignaient — et que chacun d'entre eux avait eu des cheveux blonds très semblables aux miens. Et le cadavre le plus récent — celui dont les bras étaient passés entre les barreaux de la fenêtre — me ressemblait tant qu'il aurait pu être mon frère.

Je m'approchai de lui et baissai mon flambeau, au bord du hurlement. Ses yeux grands ouverts, envahis par les mouches, étaient bleus!

Je reculai en trébuchant. J'étais terrorisé à l'idée que cette chose innommable allait bouger et m'agripper la cheville. Une douleur enserrait ma poitrine. Du sang me remonta aux lèvres, comme du feu liquide, et jaillit de ma bouche pour aller éclabousser le sol devant moi. Je dus m'appuyer à la porte pour ne pas tomber.

A travers le brouillard de mon malaise, cependant, je ne voyais que le sang, que ce merveilleux sang cramoisi à la lumière du flambeau. Sa douce odeur tranchait comme une lame sur la puanteur des morts. Les spasmes de la soif refoulèrent les nausées. Mon dos se voûtait. Je me penchais de plus en plus près du sang avec une étonnante élasticité.

En même temps, les pensées se bousculaient sous mon crâne : Ce jeune homme avait vécu dans ce cachot, enfermé avec tous ces cadavres, sachant qu'il irait bientôt les rejoindre.

Quelle fin atroce! Quel supplice! Et combien d'autres l'avaient enduré, parmi tous ces jeunes gens aux cheveux d'or.

Je m'agenouillai et, tenant la torche dans ma main gauche, je baissai la tête vers la flaque de sang. Ma langue jaillit d'entre mes lèvres comme celle d'un lézard. Je léchai le sang. Un frémissement d'extase. C'était divin!

Était-ce bien moi qui lapais ce sang à deux pas du cadavre d'un jeune garçon que Magnus avait dû enlever comme il m'avait enlevé moi-même? Et à qui il avait offert la mort au lieu de l'immortalité?

Pourquoi n'étais-je pas enfermé dans ce cachot? De quels obstacles avais-je donc triomphé, sans le savoir, pour ne pas être à présent en train de secouer les barreaux de la fenêtre, tandis que l'horreur entrevue à l'auberge se refermait sur moi?

Le bruit que j'entendais — ce son merveilleux, aussi ensorcelant que la nuance cramoisie du sang, que le bleu des yeux du cadavre, que l'aile luisante des mouches, que le glissement opalin des vers, que l'éclat du flambeau — c'étaient mes cris rauques.

Lâchant la torche, je reculai, toujours à genoux, puis je finis par me remettre debout pour remonter l'escalier en courant. Tandis que je claquais derrière moi la porte du donjon, mes cris s'enflèrent pour monter jusqu'en haut de la tour.

J'étais assourdi par leur réverbération contre les murs de pierre, mais je ne pouvais pas m'arrêter, j'étais incapable de fermer ma bouche ou même de la couvrir de ma main.

A travers les barreaux de la fenêtre, je vis que la blancheur de l'aube commençait à éclairer le ciel. Mes cris s'éteignirent dans ma gorge. Les premières lueurs du matin s'infiltrèrent tout autour de moi, comme une vapeur brûlante qui m'ébouillantait les paupières.

Sans même réfléchir, je partis en courant vers la chambre secrète. Lorsque j'émergeai du passage, la pièce était envahie par une lumière violette très atténuée. Je me sentais presque aveugle en soulevant le couvercle du sarcophage.

Il retomba sur moi dès que je fus allongé. La douleur cuisante qui me vrillait les mains et le visage se dissipa. J'étais en sécurité. J'étais au calme. La peur et le chagrin se fondirent dans une obscurité fraîche et insondable.

7

Ce fut la soif qui me réveilla.

Je sus aussitôt où j'étais et aussi ce que j'étais.

Plus de doux rêves de vin blanc bien frais, ni d'herbe verte sous les pommiers du verger de mon père.

Dans les ténèbres confinées de la sépulture de pierre, je tâtai mes crocs du bout du doigt et les trouvai dangereusement longs et acérés comme de petites lames.

Un mortel avait pénétré dans la tour et, bien qu'il n'eût même pas encore ouvert la porte de la pièce extérieure, j'entendais ses pensées.

Je perçus sa consternation en constatant que la porte n'était pas fermée à clef, comme à l'accoutumée. Sa peur en découvrant les bûches calcinées sur le sol. Il appela: « Maître. » C'était un serviteur.

J'étais fasciné de me sentir ainsi à l'écoute de son âme, mais autre chose me troublait encore plus. Son odeur !

Je soulevai le couvercle de pierre et sortis du sarcophage. L'odeur était faible, mais presque irrésistible. C'était le parfum musqué de la première fille de joie avec qui j'avais couché. C'était le gibier rôti en hiver, après des jours et des jours d'abstinence. C'était le vin nouveau, les pommes fraîchement cueillies, l'eau limpide d'un torrent par un jour de grosse chaleur.

Non, c'était encore bien plus capiteux que tout cela et l'envie que j'en avais était à la fois plus vive et plus simple.

Je franchis le tunnel comme une créature nageant dans l'obscurité et poussai la pierre qui ouvrait sur la chambre extérieure.

Le mortel était là, qui me regardait fixement, pâle de terreur.

C'était un vieil homme racorni et je lus, Dieu sait comment, dans son esprit, qu'il était le cocher de céans.

Et puis, aussitôt, sa malveillance à mon égard me frappa comme la chaleur d'un fourneau. Il n'y avait pas à s'y méprendre. Il me foudroyait du regard. Sa haine bouillonnait, débordait. C'était lui qui avait été chercher les somptueux vêtements que je portais, lui qui avait pourvu aux besoins des malheureux du donjon avant leur mort. Pourquoi n'y étais-je pas, moi aussi ? se demandait-il, ulcéré.

Inutile de dire que j'eus envie de l'écraser comme un insecte.

« Le maître ! Où est le maître ! » demanda-t-il d'un ton pressant.

Qui croyait-il donc servir ? Quelque magicien, me répondit sa pensée, malgré lui. A présent c'était moi qui avais le pouvoir et il ne pouvait rien m'apprendre d'utile.

Tout en réfléchissant ainsi, je fixai d'un œil concupiscent les veines de son visage et de ses mains. Son odeur m'enivrait.

Je sentais battre son cœur, je devinais par avance la saveur de son sang, je m'en croyais déjà gavé.

« Ton maître a disparu, brûlé dans le feu », murmurai-je d'une voix étrangement monocorde en m'avançant vers lui.

Il contempla le sol et le plafond noircis. « Non, c'est un mensonge ! » dit-il. Il était furieux et sa colère me brillait l'œil comme une lampe. Je sentais sa méfiance, ses tentatives désespérées de comprendre.

Que cette chair vivante était belle ! Un appétit sans remords montait en moi.

Il le savait. Intuitivement, il l'avait deviné, et avec un dernier regard torve, il partit en courant vers l'escalier.

Je l'attrapai aussitôt. Ce fut enfantin. En un clin d'œil, il fut entre mes bras, aussi vulnérable qu'un petit garçon aux mains d'un homme adulte. Un fouillis de pensées se bousculaient dans sa tête, mais il ne put se résoudre à rien pour tenter de se sauver.

Brusquement ses yeux cessèrent d'être les portes de son âme. Ce n'étaient plus que deux globes gélatineux dont la couleur me faisait saliver. Son corps n'était plus qu'une bouchée bien chaude de chair et de sang qui se tortillait entre mes mains et que je devais consommer à tout prix.

J'approchai son cou de mes lèvres, déchirai l'artère qui faisait saillie. Le sang me jaillit jusqu'au palais. Je poussai un petit cri en écrasant l'homme contre moi. Ce n'était ni le fluide brûlant bu au cou de Magnus, ni le divin élixir lapé sur le sol du cachot, mais un liquide infiniment plus voluptueux, qui avait le goût de ce cœur d'homme qui le pompait sans relâche.

Il me fallut toute ma volonté pour le repousser loin de moi avant le moment suprême. Que j'avais donc envie de sentir son cœur cesser de battre ! De sentir ses pulsations se ralentir et s'arrêter et de *savoir* que je le possédais !

Mais je n'osai pas.

Il glissa lourdement entre mes bras, s'affala comme une poupée de chiffon sur le sol. Je voyais luire le blanc de ses yeux entre les paupières mal jointes.

Je me trouvai incapable de me détourner de son agonie ; sa mort me fascinait. Aucun détail ne devait m'échapper. J'entendis sa respiration s'interrompre, je vis le corps raidi se détendre dans le trépas sans lutter davantage.

Le sang m'avait réchauffé, je le sentais battre dans mes veines. Mon visage était chaud contre mes paumes et ma vision était incroyablement aiguisée. Je me sentais plein d'une force inimaginable.

Je saisis le cadavre et descendis, en le traînant derrière moi, l'escalier en colimaçon qui menait à la puanteur du donjon. Là, je le jetai avec les autres pour qu'il y pourrît.

8

Il était temps de sortir mettre ma puissance à l'épreuve.

Je remplis ma bourse et mes poches de tout l'argent qu'elles pouvaient aisément contenir et ceignis une épée dont la poignée était incrustée de joyaux. Puis je descendis et refermai derrière moi la grille de fer de la cour.

Cette dernière était manifestement l'unique vestige d'une demeure en ruine. Le vent m'apporta une odeur de chevaux — que je captai un peu comme doit le faire un animal — et je me dirigeai sans bruit vers une écurie improvisée derrière le bâtiment.

Elle contenait non seulement un superbe vieux carrosse, mais aussi quatre magnifiques juments noires qui, miraculeusement, ne semblaient pas avoir peur de moi. Je baisai leurs longs flancs lisses et leurs naseaux veloutés.

Il y avait aussi un humain dans l'écurie, dont j'avais humé l'odeur dès mon entrée. Il dormait à poings fermés et je vis, en le réveillant, qu'il s'agissait d'un jeune demeuré dont je n'avais rien à craindre.

« C'est moi ton maître, à présent, dis-je en lui donnant une pièce d'or, mais je n'ai pas besoin de toi ce soir. Contente-toi de me seller un cheval. »

Il me comprit suffisamment pour me répondre qu'il n'y avait pas de selle dans l'écurie et retomba assoupi.

Tant pis. Je coupai les rênes qui faisaient partie de l'attelage du carrosse, les passai autour du cou de la plus belle des juments et sautai sur son dos nu.

Je ne saurais décrire la volupté ressentie quand le cheval jaillit entre mes jambes, dans le vent glacé, sous la voûte céleste. Nos deux corps ne faisaient qu'un. Je volais sur la neige, en riant et en poussant par moments des clameurs de joie. Ce ne pouvait être que de la joie. Les monstres sont donc capables d'éprouver un tel sentiment ?

J'aurais voulu aller jusqu'à Paris, bien sûr, mais je ne me sentais pas encore prêt. Je ne connaissais pas assez bien mes nouvelles capacités. Je partis donc dans la direction opposée, jusqu'aux abords d'un petit village.

En approchant de la petite église, je n'aperçus aucun être humain. Je mis rapidement pied à terre et cherchai à ouvrir la porte de la sacristie. Elle céda à ma pression et je traversai la nef pour gagner le pied de l'autel.

Je ne sais ce que je ressentais à ce moment précis. Peut-être aurais-je voulu que quelque chose arrivât. J'avais des envies de meurtre. Mais la foudre ne tomba point. Je contemplai la petite lueur rouge qui brillait sur l'autel. Rien !

En désespoir de cause, je montai les quelques marches, ouvris les portes du tabernacle et sortis le ciboire incrusté de pierreries, rempli d'hosties consacrées. Non, il n'y avait là aucun pouvoir que pussent capter mes sens monstrueux. Rien que du pain, de l'or et la cire des cierges.

Je m'inclinai jusqu'à toucher l'autel de ma tête, comme le prêtre durant l'offertoire. Puis je replaçai tout dans le tabernacle et le refermai soigneusement, afin qu'on ne soupçonnât point qu'un sacrilège avait été commis.

Je parcourus ensuite l'église, captivé par les statues et les tableaux, de piètre qualité pourtant. Je m'aperçus que j'étais capable de comprendre pleinement non seulement le miracle créateur dont ils étaient le résultat, mais aussi tout le processus technique dont ils étaient issus.

Si je pouvais apprécier ainsi ces modestes œuvres, qu'en serait-il de celles des grands maîtres, me demandai-je. Je m'agenouillai pour contempler les dessins du sol de marbre et finis allongé de tout mon long, le nez contre les dalles.

Je me relevai en frissonnant et décidai qu'il était temps de quitter cet endroit et d'explorer le village.

J'y passai deux heures, durant la majeure partie desquelles je ne fus ni vu ni entendu de quiconque.

Il m'était ridiculement aisé de sauter par-dessus les murs des jardins, de bondir sur les toits depuis le sol et d'escalader le flanc d'un édifice à la seule force de mes ongles.

Je hasardai un œil à diverses fenêtres et vis des couples endormis dans leur lit en désordre, des nourrissons dans leur berceau, des vieilles cousant à la faible lueur d'une chandelle.

Je regardai ces maisons de poupée comme si je n'avais jamais eu la moindre part à cette vie humaine. Un tablier amidonné, une paire de bottes dans l'âtre, tout me surprenait.

Et les gens... les gens m'émerveillaient.

Je captais leur odeur, bien sûr, mais j'étais repu et aucune envie ne me torturait. Au contraire, je contemplais avec ravissement leur peau rosée et leurs membres délicats, la précision de leur moindre geste, tout le processus vital, comme si je n'avais jamais été mortel. Le fait qu'ils eussent cinq doigts à chaque main me semblait remarquable. J'étais sous le charme.

Quand ils parlaient, je ne perdais pas un seul de leurs mots, malgré les murs épais qui nous séparaient.

Mais l'aspect le plus séduisant de mon exploration, c'était que *j'entendais les pensées de ces gens,* tout à fait comme celles du domestique que j'avais tué. Certaines étaient d'une violence qui faisait peur, d'autres si fugitives qu'elles s'étaient évanouies avant que j'en décelasse la source.

Mais les pensées frivoles et banales m'échappaient. Et quand je m'absorbais dans mes propres réflexions, l'expression des plus violentes passions ne pouvait m'en tirer. Bref, il fallait des sentiments intenses pour parvenir jusqu'à moi et uniquement quand j'étais disposé à les percevoir.

Ces découvertes me secouèrent, me meurtrirent presque. Je sentais bien que derrière la beauté qui m'environnait se trouvait un gouffre dans lequel je risquais à tout moment de m'engloutir.

Car je n'étais pas, moi, un de ces chauds et palpitants miracles de complication et d'innocence. Ils étaient mes victimes.

Il était temps de quitter le village, j'en savais assez à présent. Mais je me permis, toutefois, un dernier acte de défi.

Remontant bien haut le col de ma cape, j'entrai dans l'auberge, y cherchai le coin le plus éloigné du feu et commandai un verre de vin. Tout le monde me regarda, non pas parce qu'on devinait en moi un être surnaturel, mais parce que j'étais un seigneur richement vêtu. Je demeurai là vingt minutes sans que personne, pas même l'homme qui me servit, n'eût le moindre soupçon. Bien sûr, je ne touchai pas au vin, dont les seuls effluves me dégoûtaient. L'important, c'était que *je pouvais berner les mortels !* Je pouvais me mêler à eux !

Je jubilais en quittant l'auberge. Dès que j'eus gagné les bois, je me mis à courir. J'allai si vite que le ciel et les arbres devenaient flous. Je volais presque.

Je m'arrêtai pour me mettre à bondir, à danser. Je jetais des cailloux si loin que je ne les entendais même

pas tomber. Avisant une grosse branche d'arbre brisée, encore pleine de sève, je la rompis sur mon genou
comme une brindille.

Je finis par me laisser tomber dans l'herbe en riant.

Puis je bondis sur mes pieds, me débarrassai de ma
cape et de mon épée et me mis à faire des culbutes,
avec autant d'agilité que les acrobates que j'avais vus
chez Renaud. Je fis un saut périlleux parfait. Puis un
autre, et puis un à l'envers et encore un à l'endroit. Et
ensuite des doubles sauts périlleux, des triples sauts
périlleux. Je franchis d'un seul bond une hauteur de
plus de quinze pieds et retombai sans bavure sur mes
deux pieds, quelque peu essoufflé.

J'aurais voulu continuer, mais le matin approchait.

Il n'y avait eu qu'un subtil changement dans l'air,
dans le ciel, mais je le savais comme si tous les carillons
de l'enfer s'étaient mis à sonner pour rappeler à leur
sépulture tous les vampires sortis de terre. La curieuse
pensée me vint qu'en enfer, le feu éternel brûlerait
comme un soleil et que c'était l'unique soleil que je
reverrais jamais.

Qu'ai-je donc fait ? me dis-je. Je n'ai rien demandé,
je n'ai pas cédé. Même quand Magnus m'a dit que je
mourais, j'ai lutté contre lui et pourtant j'entends les
carillons de l'enfer !

Bah, qu'ils aillent tous au diable !

Lorsque j'atteignis le cimetière, prêt à enfourcher ma
monture pour regagner la tour, quelque chose attira
mon attention.

Je restai, les rênes à la main, à contempler les
tombes, sans pouvoir comprendre ce que c'était. Le
phénomène se reproduisit et je sus aussitôt. Je devinais
une *présence* dans le cimetière.

Je m'immobilisai totalement.

Cette présence n'était pas humaine ! Elle n'avait
point d'odeur. Aucune pensée n'en émanait. Au
contraire, elle était comme voilée et bien gardée et elle
savait que j'étais là. Elle me guettait.

Était-ce mon imagination ?

Sans bouger, j'écoutai, je scrutai les ténèbres. Quelques pierres tombales grisâtres perçaient sous la neige. J'apercevais au loin une rangée de cryptes en ruine.

Il me semblait que la présence s'attardait dans leur voisinage et je la sentis distinctement lorsqu'elle gagna les arbres qui bordaient le cimetière.

« Qui êtes-vous ? lançai-je d'une vois tranchante. Répondez ! »

Je devinais chez la présence un violent tumulte et j'étais certain qu'elle s'éloignait au plus vite.

Je fonçai à sa poursuite à travers le cimetière et la sentis s'éloigner. Pourtant, je ne voyais rien dans la forêt dénudée. Je compris que j'étais plus fort et qu'elle avait peur de moi !

Je n'avais aucune idée de sa nature physique. Était-ce un vampire comme moi ou un esprit sans corps ?

« En tout cas, ce qui est sûr, c'est que vous êtes un lâche ! » lui hurlai-je.

Je fus soudain envahi par un sentiment de ma propre puissance, qui couvait depuis longtemps déjà. Je n'avais peur de rien. Ni de l'église, ni de l'obscurité, ni des vers qui grouillaient dans les cadavres de mon donjon. Ni de cette étrange présence qui semblait s'être à nouveau rapprochée de moi. Ni même des hommes.

J'étais un démon extraordinaire ! Si j'avais été en enfer et que le Malin m'eût dit : « Lestat, viens choisir sous quelle forme tu souhaites parcourir le monde », jamais je n'aurais pu mieux tomber. Il me semblait soudain que la souffrance était quelque chose que j'avais connu dans une autre existence et ne connaîtrais jamais plus.

Aujourd'hui, je ne puis que rire en repensant à cette première nuit et surtout à ce moment particulier.

9

Le lendemain soir, je me précipitai à Paris, muni d'autant d'or que je pouvais en porter. Le soleil venait à peine de disparaître à l'horizon lorsque j'ouvris les yeux et une claire lumière azurée teintait encore les cieux au moment où je montai à cheval.

J'avais grand besoin de me sustenter.

Le hasard voulut que je fusse attaqué par un bandit de grand chemin avant même d'avoir atteint l'enceinte de la ville. Il sortit d'un bois au galop, en brandissant son pistolet, et je vis le projectile quitter le canon de son arme au moment où je sautai à bas de ma monture pour contre-attaquer.

C'était un homme vigoureux et je fus surpris par le plaisir que j'éprouvai à le sentir se débattre en jurant. Le serviteur que j'avais tué la veille était âgé. Cette fois, j'avais affaire à un corps jeune et musclé. Il n'y avait pas jusqu'à sa barbe hirsute qui n'excitât mon appétit et à la force de ses mains qui me frappaient. Mais il n'était pas de taille. Je ne tardai pas à plonger mes crocs dans l'artère de son cou et le goût de son sang dans ma bouche fut une pure volupté. Un plaisir si exquis, même, que j'en oubliai complètement de m'interrompre avant que le cœur ne cessât de battre.

Nous étions à genoux dans la neige et cette vie qui entrait en moi avec le sang me frappa comme un coup violent. Je restai un long moment sans pouvoir bouger. Allons, voici que j'ai déjà transgressé les règlements, me dis-je. Vais-je mourir à mon tour ? Cela semblait peu probable.

Je gardai les yeux fixés sur le ciel qui s'obscurcissait et je ne sentais en moi qu'une douce chaleur et un accroissement presque palpable de ma force.

Parfait ! Je me remis debout en m'essuyant les lèvres. Puis je jetai le corps de ma victime le plus loin possible. J'étais plus puissant que jamais.

J'avais envie de tuer encore pour prolonger mon extase, mais je n'aurais pas pu avaler une autre goutte de sang et je finis par me calmer. Un sentiment désespéré de solitude s'empara de moi, comme si mon assaillant avait été un ami ou un parent qui m'eût abandonné. La seule explication de ce phénomène me semblait être l'intimité que créait le fait de boire son sang à même sa gorge. J'étais encore imprégné de son odeur et cela me plaisait, mais lui gisait là-bas sur la neige, les mains et le visage gris au clair de lune.

Par tous les diables, le gredin s'apprêtait à me trucider, après tout !

En moins d'une heure, j'avais découvert un avocat fort capable, du nom de Pierre Roget. C'était un jeune homme ambitieux qui habitait le Marais. Je lisais en lui comme dans un livre : avide, intelligent, consciencieux. Exactement ce dont j'avais besoin. Et il croyait tout ce que je lui disais.

Il brûlait du désir d'être utile à un homme de ma condition, époux d'une richissime héritière de Saint-Domingue, et il éteignit volontiers toutes les bougies sauf une, en apprenant qu'une fièvre tropicale avait affaibli mes yeux. Quant à ma fortune en pierreries, il ne traitait, n'est-ce pas, qu'avec les joailliers les plus réputés. Des lettres de change pour ma famille en Auvergne ? Mais bien sûr, immédiatement.

C'était encore plus facile que de jouer Lélio.

J'avais beaucoup de mal à me concentrer, cependant, car tout m'était source de distraction : la flamme de la bougie, les motifs dorés du papier chinois au mur et l'étonnant petit visage de Maître Roget, avec ses yeux qui brillaient derrière de minuscules lunettes octogonales.

Les objets et les bruits les plus ordinaires me semblaient lourds de signification, mais il fallait que je m'y habituasse et me ressaisisse. Cette nuit même, je voulais qu'un courrier partît porter de l'argent à mon père et à mes frères, ainsi qu'à Nicolas de Lenfent, musicien au Théâtre de Renaud, en lui disant simplement que c'était un don de son ami Lestat de Lioncourt, lequel souhaitait le voir établi au plus vite dans un bel appartement de l'île Saint-Louis, ou d'ailleurs, et, avec l'assistance de Roget, le voir se consacrer uniquement à ses leçons de violon. Roget devait du reste lui acheter le meilleur instrument possible, de préférence un Stradivarius.

Pour finir, une lettre en italien fut dépêchée à ma mère, la marquise Gabrielle de Lioncourt, accompagnée d'une bourse particulière. Si elle se sentait la force d'entreprendre un voyage jusque dans le sud de l'Italie, où elle était née, peut-être parviendrait-elle à enrayer la consomption qui la minait.

A l'idée qu'elle allait pouvoir s'échapper, je me sentais pris de vertige. Je perdis un long moment le fil du discours de Roget. Je l'imaginais déjà parée de toilettes somptueuses, quittant le château dans un équipage digne d'une marquise. Puis je revis son visage ravagé et j'entendis la toux qui la secouait.

« Envoyez-lui la lettre et l'argent dès ce soir, ordonnai-je. Quel que soit le prix. » Et je lui remis assez d'or pour que ma mère pût vivre dans le luxe pour le restant de ses jours. S'il lui restait des jours à vivre.

« A présent, repris-je, connaissez-vous un marchand qui vende de beaux meubles, des tableaux, des tapisseries et qui accepterait de m'ouvrir sa boutique et ses entrepôts à cette heure ?

— Bien sûr, monsieur. Permettez seulement que je prenne mon manteau et allons-y de ce pas. »

Nous partîmes aussitôt vers le faubourg Saint-Denis.

Je passai les quelques heures qui suivirent à acheter tout ce qui me plaisait : canapés et fauteuils, porcelaine et argenterie, draperies et statues. Je métamorphosai mentalement le château de mon enfance à mesure que les marchandises étaient emportées pour être expédiées vers le sud.

Et pendant tout ce temps, je jouai impeccablement mon rôle d'être humain, en dehors d'un regrettable incident.

A un moment donné, tandis que nous parcourions l'entrepôt, un rat fit hardiment son apparition et se mit à courir le long du mur, tout près de nous. Je le regardai fixement. Le spectacle n'avait certes rien de rare à Paris, mais là parmi les boiseries et les riches étoffes, il était merveilleusement incongru. Mes deux compagnons, se méprenant évidemment sur ce regard, se confondirent aussitôt en excuses et tapèrent des pieds pour éloigner l'intrus.

Leurs voix n'étaient à mes oreilles qu'un bour-donnement indistinct. Je me dis soudain que les rats avaient des pattes minuscules que je n'avais encore jamais examinées de près. Je m'empressai d'attraper l'animal, avec une facilité anormale, et je m'absorbai dans la contemplation de ses pattes. J'en oubliai tout à fait les deux hommes à mes côtés.

Ce fut leur brusque silence qui me fit lever la tête. Tous deux me regardaient, les yeux exorbités.

Je leur adressai mon sourire le plus candide et lâchai le rat, avant de me remettre à acheter.

Ils ne firent aucune allusion à ma conduite, mais j'en tirai néanmoins une utile leçon. Je leur avais vraiment fait peur.

Plus tard, je confiai une dernière mission à mon avocat. Il devait faire parvenir un don de cent écus à un propriétaire de théâtre nommé Renaud, ainsi qu'un petit mot de remerciements pour ses bontés passées.

« Tâchez de découvrir quelle est la situation de son théâtre. Je voudrais savoir s'il y a des dettes à régler. »

Bien sûr, je comptais fermement éviter le théâtre. Jamais mes camarades ne devaient deviner ce qui m'était arrivé, ni être contaminés. A présent, j'avais fait tout mon possible pour ceux que j'avais aimés.

Une fois que tout fut réglé, j'entendis les horloges sonner trois fois. J'avais assez faim pour sentir une odeur de sang où que je me tournasse. Soudain, je m'aperçus que j'étais arrivé boulevard du Temple, totalement vide à cette heure.

La neige sale s'était transformée en boue sous les roues des voitures. Je contemplai le Théâtre de Renaud, avec ses murs décrépis et ses affiches déchirées. Le nom du jeune acteur Lestat de Valois y figurait encore, en lettres rouges.

10

Les nuits suivantes furent d'une sauvagerie inimagi-nable. Je saignai les Parisiens de mon mieux. Dès la tombée du jour, je faisais une descente sur les quartiers mal famés où j'avais affaire à des voleurs et à des assassins. Je leur donnai souvent, par jeu, la possibilité de se défendre avant de les soumettre à mon étreinte fatale pour m'en repaître à satiété.

Je goûtai un peu à tout : les grands maladroits, les petits coriaces, les Méditerranéens hirsutes et noirs de peau, mais je leur préférais à tous les très jeunes crapules, prêtes à vous occire pour les quelques pièces que vous aviez en poche.

J'aimais les entendre grogner et jurer. Parfois je les maintenais d'une seule main et leur riais au nez jusqu'à ce qu'ils fussent en fureur ; je jetais leurs couteaux par-dessus les toits et brisais leurs pistolets en mille morceaux contre les murs. Mais jamais je ne donnais la pleine mesure de ma force. Et je haïssais la terreur. Si ma victime avait vraiment peur, je m'en désintéressais.

Au fil des nuits, j'appris à ne pas tuer tout de suite. Je buvais un peu de sang de l'un, puis un peu d'un autre, pour n'aller jusqu'au bout qu'avec le troisième ou le quatrième. Mon plaisir était de les traquer et de lutter avec eux. Et lorsque j'avais bu de quoi combler six vampires en pleine santé, j'allais déambuler dans les autres quartiers de Paris et profiter de toutes les distractions que je n'avais pu m'offrir du temps où j'étais mortel.

Mais d'abord, je passais toujours chez Roget m'enquérir de Nicolas et de ma mère.

Les lettres de cette dernière débordaient de bonheur et elle promettait de partir pour l'Italie au printemps si elle en avait la force. Pour le moment, elle voulait des livres et de la musique pour le clavecin que je lui avais fait envoyer. Et puis elle voulait savoir si j'étais vraiment heureux. Avais-je réalisé mes rêves ? Je devais me confier à elle.

Je souffrais le martyre en entendant ces mots. Il était temps pour moi de devenir le menteur que je n'avais jamais été. Pour elle, j'en étais capable.

Quant à Nicolas, j'aurais dû savoir qu'il ne se contenterait pas de cadeaux et de vagues explications.

Il demandait sans cesse à me voir et Roget avait un peu peur de lui.

Mais ses requêtes restaient sans effet. Je redoutais si fort de le voir que je ne cherchai même pas à connaître sa nouvelle adresse. Je dis à l'avocat de veiller à ce que mon ami étudiât avec son maestro italien et eût tout ce qu'il désirait.

Pourtant, j'appris par hasard que Nicolas n'avait pas quitté le théâtre. Il y jouait toujours.

Cela me faisait enrager. Pourquoi y restait-il?

Parce qu'il aimait cette atmosphère autant que moi. Avais-je donc besoin qu'on me le dît?

Je ne devais surtout pas penser au moment où le rideau se lève, où les spectateurs applaudissent... Non. Mais j'envoyai au théâtre des caisses de vin et de champagne. Des bouquets à Jeannette et Luchina, celles avec qui je m'étais le plus chamaillé et que j'avais le plus aimées. Et je payai les dettes de Renaud.

A mesure que les dons s'accumulaient, cependant, ce dernier commença à en être gêné. Quinze jours plus tard, Roget me présenta une offre de sa part.

Ne pourrais-je acheter son théâtre et l'y garder comme directeur, avec assez de moyens pour monter des spectacles plus grandioses que ceux qu'il pouvait actuellement se permettre? Avec mon argent et son talent, tout Paris ne parlerait plus que de notre établissement.

Il me fallut un moment pour me rendre compte que je pouvais acheter le théâtre comme les vêtements que j'avais sur le dos ou les jouets que j'avais envoyés à mes neveux et nièces. Je dis non et sortis en claquant la porte.

Ce fut pour rentrer aussitôt.

« Très bien, achetez le théâtre et donnez-lui dix mille écus pour monter ce qu'il lui plaira. » C'était une fortune. Et je ne savais même pas pourquoi j'agissais ainsi.

Pour ma part, je passais mes soirées dans les plus grands théâtres. Je m'offrais les meilleurs sièges au ballet et à l'Opéra. Je contemplais d'un œil admiratif les plus grands acteurs du temps. J'avais des costumes de toutes les couleurs de l'arc-en-ciel, des bagues à tous les doigts, des perruques à la dernière mode, des boucles de diamants à mes souliers.

Et j'avais l'éternité devant moi pour me griser de poésie, de chant et de danse, pour m'enivrer des accents des grandes orgues de Notre-Dame, pour savourer les cloches qui égrenaient les heures, pour apprécier la neige qui tombait sans bruit sur les jardins des Tuileries.

Avec chaque nuit qui passait, je me sentais plus à mon aise au milieu des mortels.

Au bout d'un mois à peine, j'eus le courage de me plonger en pleine cohue, lors d'un bal au Palais-Royal. Je venais tout juste de me sustenter et je me joignis aussitôt aux danseurs sans éveiller le moindre soupçon. Au contraire, je paraissais attirer les femmes. J'adorais la chaleur de leurs doigts et le doux contact de leurs bras et de leur poitrine.

Après cela, je n'hésitai plus à me mêler à la foule des boulevards. Passant au plus vite devant chez Renaud, je m'engouffrais dans les autres théâtres pour voir les marionnettes, les mimes et les acrobates. J'entrais dans les cafés et m'en commandais des tasses uniquement pour en sentir la douce chaleur sous ma main. Et je parlais aux gens quand j'en avais envie.

Je travaillai avec acharnement pour maîtriser l'art du billard et les jeux de cartes. Parfois, je me disais que je devrais bien entrer chez Renaud pour voir Nicolas.

Mais je ne le faisais jamais. Pourquoi rêvais-je ainsi de me rapprocher de lui ? Tromper des étrangers qui ne m'avaient jamais connu, c'était une chose. Mais que verrait Nicolas s'il me regardait dans les yeux ? S'il examinait ma peau ?

J'en savais de plus en plus long sur ma nature et mes pouvoirs.

Ainsi, mes cheveux étaient plus légers et pourtant plus fournis qu'avant, mais ils ne poussaient pas du tout. Non plus que mes ongles qui brillaient beaucoup plus. Mais si je les limais, ils repoussaient dans la

140

journée à la longueur qui était la leur au moment de ma mort. Et les gens sentaient malgré tout que mes yeux avaient un éclat surnaturel, que ma peau était trop lumineuse.

Tout particulièrement lorsque j'avais faim, ce qui était une excellente raison de me nourrir.

J'appris que j'étais capable d'hypnotiser les gens en les regardant fixement et que ma voix avait besoin d'être très strictement modulée. Parfois, je parlais trop bas pour être entendu, mais si je m'avisais de parler ou de rire trop fort, je pouvais percer les tympans de ceux qui m'écoutaient.

Mes gestes aussi pouvaient devenir désordonnés et s'apparenter même à des contorsions sous l'effet de la surprise ou de l'horreur.

Mes expressions faciales elles-mêmes étaient parfois exagérées. Une fois où j'arpentais le boulevard du Temple, en pensant à Nicolas, je me surpris à m'asseoir sous un arbre, les genoux relevés, le visage dans les mains. Or, au XVIIIe siècle, les messieurs en habit de brocart et bas de soie ne se laissaient jamais aller à de tels écarts, du moins dans la rue.

Une autre fois, absorbé par des jeux de lumière, je sautai d'un bond sur le toit d'un carrosse et m'y assis en tailleur.

Or, ces agissements faisaient peur aux gens. Toutefois, la plupart du temps, même lorsque la blancheur de ma peau les mettait mal à l'aise, ils se contentaient de détourner les yeux. Ils voulaient se persuader qu'on pouvait tout expliquer. La raison n'était-elle pas le mal du siècle?

Par conséquent, s'il m'arrivait de broyer les verres de cristal en les prenant ou de faire sortir les portes de leurs gonds en les ouvrant, on s'imaginait que j'étais ivre.

Il m'arrivait quelquefois de répondre aux questions avant que les mortels ne les eussent posées. D'autres fois, je sombrais dans une véritable transe en contemplant un objet et ils finissaient par se demander si je n'étais pas malade.

Le pire de mes problèmes, c'était mon rire. J'avais des accès d'hilarité que j'étais incapable de contrôler. Et il suffisait d'un rien pour les déclencher.

Cela m'arrive encore aujourd'hui. Rien n'y fait. Lorsque quelque chose me paraît drôle, je me mets à rire et je ne peux plus m'arrêter.

Cela exaspère les autres vampires d'ailleurs.

Le lecteur aura sans doute remarqué que je n'ai pas encore mentionné les autres vampires. C'est parce que je n'en trouvai point dans toute la vaste métropole.

J'étais environné de mortels, mais de temps à autre — juste au moment où je m'étais enfin persuadé que ce devait être un effet de mon imagination — je devinais cette présence vague et insaisissable qui m'irritait tant.

Elle n'était jamais plus substantielle que la nuit de notre rencontre dans le cimetière de campagne et je la croisais toujours aux alentours d'un cimetière.

Invariablement, je m'arrêtais et je tentais de la débusquer, mais sans succès. Et la puanteur des cimetières parisiens était telle que je ne voulais pas, ne pouvais pas m'y aventurer.

Ce n'était même pas par délicatesse, ni à cause de l'affreux souvenir du donjon. La révulsion au contact de la mort semblait faire désormais partie de ma nature.

J'étais incapable d'assister aux exécutions et je me couvrais les yeux à la vue d'un cadavre, sauf lorsqu'il était de mon fait ! Et même alors, je m'éloignais toujours au plus tôt de ma victime.

Pour en revenir à la fameuse présence, je finis par me demander s'il ne s'agissait pas d'une autre espèce de monstre, incapable de communiquer avec moi. Pourtant, j'avais la nette impression que la présence m'observait et qu'elle se révélait même délibérément.

Quoi qu'il en soit, je ne rencontrai point d'autres vampires à Paris. Je commençai à me demander si nous pouvions y être plus d'un à la fois. Peut-être Magnus avait-il détruit le vampire dont il avait volé le sang. Peut-être devait-il lui-même périr après m'avoir transmis ses pouvoirs. Et peut-être mourrais-je moi aussi, si je créais un autre vampire.

Non, cela n'avait pas de sens. Magnus avait conservé sa force après m'avoir donné son sang.

Le mystère était immense et m'exaspérait, mais, pour le moment, l'ignorance était un vrai bonheur. Je découvrais des tas de choses sans l'aide de Magnus. Sans doute avait-il fait lui aussi le même apprentissage, il y avait plusieurs siècles.

Je me rappelais qu'il avait dit que dans la pièce secrète de la tour, je trouverais tout ce dont j'avais besoin pour prospérer.

Je ne voyais pas passer les heures quand je courais la ville. Et je ne quittais de mon plein gré la compagnie des humains que pour me cacher durant le jour.

Je me demandais : « Si tu peux danser avec eux, les défier au billard, leur parler, pourquoi ne peux-tu vivre parmi eux ? Pourquoi ne pourrais-tu passer pour l'un d'eux ? Et t'infiltrer à nouveau au cœur même de la vie où il y a... quoi donc ? Dis-le ! »

Le printemps était presque là. Les nuits se réchauffaient. Le théâtre de Renaud allait afficher une nouvelle pièce avec des acrobates entre les actes. Les arbres avaient retrouvé leurs feuilles et dès mon réveil, je ne pensais qu'à Nicolas.

Une nuit, en mars, je m'aperçus, tandis que Roget me lisait une lettre de ma mère, que je pouvais lire aussi bien que lui. J'avais appris sans même m'en apercevoir. J'emportai la lettre avec moi.

La pièce secrète elle-même n'était plus vraiment froide. Assis à la fenêtre, je lus pour la première fois en toute tranquillité l'écriture de ma mère. Je croyais presque entendre sa voix.

« Nicolas m'écrit que tu as acheté le théâtre de Renaud. Te voici donc propriétaire du petit établissement où tu as été si heureux. L'es-tu toujours ? Quand me répondras-tu ? »

Je repliai la lettre et la mis dans ma poche. Des larmes de sang me montèrent aux yeux. Pourquoi donc comprenait-elle tant de choses et en comprenait-elle si peu ?

Le vent avait perdu son âpreté. La ville retrouvait ses odeurs. Les marchés regorgeaient de fleurs. Sans même réfléchir, je me précipitai chez Roget pour savoir où habitait Nicolas.

Je voulais simplement l'apercevoir, m'assurer qu'il allait bien et qu'il était assez superbement logé.

Il était, comme je le souhaitais, installé dans l'île Saint-Louis, dans un fort bel hôtel, mais les volets des fenêtres qui donnaient sur le quai étaient tous clos.

Je les contemplai un long moment. Je voulais voir Nicolas.

Je commençai à escalader le mur, comme je l'avais fait au village la première nuit, et cela me parut étonnamment facile. Je franchis un étage après l'autre et finis par me retrouver sur le toit que je traversai en courant pour redescendre le long de la façade côté cour, à la recherche des appartements de Nicolas.

Je passai devant plusieurs fenêtres ouvertes avant de trouver la bonne. Soudain, Nicolas m'apparut, attablé devant un de ces soupers que nous avions eu coutume de prendre en rentrant du théâtre, en compagnie de Jeannette et Luchina.

Aussitôt, je reculai en fermant les yeux. J'aurais risqué de tomber si ma main droite ne s'était cramponnée au mur, comme douée d'une volonté propre. Ce seul bref regard m'avait permis de fixer dans mon esprit tous les détails de la pièce.

Nicolas portait un vieux costume de velours vert que je lui avais connu dans les rues de notre village d'Auvergne, mais tout autour de lui abondaient les signes de la richesse qu'il me devait : des livres reliés de cuir, un bureau en marqueterie au-dessus duquel était suspendu un fort beau tableau ovale, et surtout le merveilleux violon italien qui luisait sur le couvercle du pianoforte neuf.

Mon ami était assis, l'air sombre, les coudes sur la

table, sans rien manger de ce qui se trouvait dans son assiette. Il avait au doigt une bague que je lui avais fait envoyer.

Je rouvris les yeux avec précaution pour le regarder. Il était toujours aussi beau : des membres délicats mais puissants, de grands yeux bruns et graves et une bouche qui, malgré toutes les ironies, tous les sarcasmes qu'elle pouvait décocher, avait un pli enfantin qui appelait le baiser.

Je crus discerner chez lui une fragilité que je n'avais jamais perçue auparavant. Pourtant, il avait l'air suprêmement intelligent, mon Nicolas, plein d'un foisonnement de pensées intransigeantes, tandis qu'il écoutait Jeannette parler comme un moulin.

« Lestat s'est marié, disait-elle, sa femme est riche et il ne veut pas qu'elle sache qu'il a été acteur. C'est tout simple. » Et Luchina d'opiner.

« Laissons-le donc en paix, continuait cette dernière. Il a sauvé notre théâtre de la ruine et nous comble de présents...

— Je n'en crois rien, dit Nicolas d'un ton amer. Jamais il n'aurait honte de nous. » Il y avait dans sa voix une rage mal contenue, un chagrin qui faisait mal à entendre. « Et pourquoi m'a-t-il quitté ainsi ? Je l'ai entendu m'appeler ! La fenêtre avait volé en éclats ! Je vous assure que j'étais à demi éveillé et que j'ai entendu sa voix... »

Un silence gêné s'établit. Elles ne croyaient pas à sa version de mon départ, à ma disparition de notre mansarde, et à chaque fois qu'il y revenait, cela ne faisait que l'isoler, que l'aigrir davantage. Leurs pensées me le faisaient comprendre.

« Vous ne connaissiez pas vraiment Lestat, reprit-il d'un ton presque rogue. Lestat aurait craché à la figure de quiconque se fût avisé d'avoir honte de nous ! Il m'envoie de l'argent. Que suis-je censé en faire ? Il se joue de nous ! »

Pas de réponse des deux autres, de ces deux créatures terre à terre et pratiques, qui se refusaient à médire du mystérieux bienfaiteur. Tout cela n'était-il pas trop beau pour être vrai ?

Dans le nouveau silence, je perçus toute la profondeur de la détresse de Nicolas. Cela m'était insupportable.

Il m'était affreusement pénible de percer son âme à jour sans qu'il le sût, mais je ne pouvais manquer de constater qu'il existait au fond de lui un vaste domaine secret, plus sinistre que je ne l'eusse imaginé. N'avait-il pas dit que les ténèbres au-dedans de lui ressemblaient à celles qui m'avaient environné à l'auberge et qu'il avait toujours cherché à me les cacher?

Je le voyais presque, ce domaine secret, mais il semblait s'étendre au-delà de l'esprit de Nicolas, lequel n'était que la grille ouvrant sur un chaos extérieur à notre savoir.

Non, c'était trop effrayant. Je ne voulais pas ressentir ce qu'il ressentait.

Mais que pouvais-je pour lui? C'était là l'important. Que faire pour mettre fin à son tourment?

Et puis, j'avais une telle envie de le toucher, ses mains, ses bras, son visage. De sentir le contact de sa chair sous mes nouveaux doigts immortels. Je me surpris à chuchoter : « Vivant. Oui, tu es vivant et tu peux donc mourir. Tout ce que je vois en te regardant est absolument dépourvu de substance. Tu n'es qu'un assemblage de mouvements imperceptibles et de couleurs indéfinissables, un ensemble de chaleur et de lumière. Et moi, que suis-je à présent?

Tout éternel que je sois, je me racornis devant ton éclat. »

A présent, les deux femmes prenaient poliment leur congé. Nicolas ne leur prêtait aucune attention. Il s'était tourné vers la fenêtre, comme si une voix secrète l'appelait. Son visage était empreint d'une expression indescriptible.

Il savait que j'étais là!

Aussitôt, je bondis sur le toit.

Mais je continuais à l'*entendre*. Je vis sa main sur le rebord de la fenêtre. A travers le silence, j'entendis sa panique. Il avait senti ma présence, comme je sentais, moi, la mystérieuse présence des cimetières, mais sa raison lui opposait que je ne pouvais être là.

Je restai sans réaction, cramponné à la gouttière. Je le sentais seul à présent, les autres étaient parties. Une pensée unique m'habitait : Quelle est donc cette présence qu'il a sentie ?

Car je n'étais plus Lestat. J'étais un démon, un vampire puissant et avide, et pourtant il avait décelé la présence de son ancien compagnon, reconnu dans le monstre celui qu'il avait aimé.

Je cessai de l'écouter, mais je savais qu'il s'agitait au-dessous de moi. Je le sentis prendre son violon et s'approcher de la fenêtre.

Je couvris mes oreilles de mes mains.

Le son me parvenait quand même. Il jaillissait de l'instrument et fendait la nuit comme un rayon de lumière capable de monter jusqu'aux étoiles.

Nicolas s'acharnait sur les cordes et je croyais le voir contre mes paupières fermées, la tête penchée sur le bois luisant. Puis la vision s'éteignit et il n'y eut plus que le son.

Les longues notes vibrantes, les glissandos glaçants, le violon qui chantait dans son propre idiome et faisait de tout autre langage un mensonge. A mesure que son chant se prolongeait, il devenait l'essence même du désespoir ; on eût dit que sa beauté n'était qu'une hideuse coïncidence, une farce dépourvue de vérité.

Était-ce donc cela qu'il avait cru pendant que je discourais interminablement sur le bien ? Était-ce cela qu'il faisait exprimer à son violon ? Créait-il délibérément ce flot de notes longues et pures pour dire que la beauté n'avait aucun sens puisqu'elle émanait de son désespoir qui n'avait rien de beau ?

Je n'en savais rien. Le son, en tout cas, allait au-delà de Nicolas, comme il l'avait toujours fait. Il était plus grand que son désespoir. Il prenait sans effort la forme d'une lente mélodie, pareil à l'eau d'un torrent de montagne qui se fraye son propre chemin. Il devenait progressivement plus riche et plus sombre et semblait contenir un élément à la fois indiscipliné et modérateur, quelque chose d'immense qui vous brisait le cœur. Je m'allongeai sur le toit, les yeux levés vers les étoiles.

Je ne bougeais plus.

Je comprenais la langue que me parlait le violon. Nicolas, si seulement nous pouvions à nouveau parler ensemble... Si « notre entretien » pouvait reprendre !

La beauté n'était pas la traîtresse qu'il s'imaginait ; c'était plutôt un continent inconnu où l'on risquait de faire mille faux pas fatals, un paradis sauvage et indifférent où le bien et le mal n'étaient pas signalés.

En dépit de tous les raffinements de la civilisation qui contribuent à l'art — la perfection vertigineuse du quatuor à cordes ou la grandeur pleine d'abandon des toiles de Fragonard —, la beauté était sauvage. Elle était dangereuse et anarchique, comme l'avait été la terre bien avant que l'homme n'eût dans le crâne une seule pensée cohérente ou n'écrivît des codes de conduite sur des tablettes d'argile. La Beauté était un Jardin sauvage.

Pourquoi donc était-il blessé par le fait que la musique la plus désespérée fût aussi la plus belle ? Non seulement blessé, mais cynique, triste et méfiant ?

Peut-être qu'au fond de lui-même Nicolas avait toujours rêvé d'une harmonie que je savais pour ma part impossible. Il avait rêvé non pas du bien, mais de la justice.

Mais à présent, jamais plus nous ne pourrions en discuter. Pardon, Nicolas. Le bien et le mal existent encore, mais « notre entretien » est clos à jamais.

Pourtant, alors même que je quittais le toit sur la pointe des pieds et m'éloignais de l'île Saint-Louis, je savais bien ce que je comptais faire.

Je ne voulais pas me l'avouer, mais je le savais.

Le lendemain, il était trop tard lorsque j'arrivai boulevard du Temple. Je m'étais abondamment sustenté dans l'île de la Cité et, au théâtre de Renaud, le premier acte était déjà commencé.

12

J'étais vêtu comme pour aller à la Cour, en habit de brocart argenté, avec une roquelaure de velours lavande sur les épaules. J'avais une nouvelle épée dont la poignée était d'argent ciselé, des souliers à lourdes boucles, des flots de dentelle au menton et aux poignets, des gants et un tricorne. J'arrivai au théâtre en carrosse de louage.

Mais j'y pénétrai par l'entrée des artistes, comme avant.

Aussitôt, l'atmosphère familière, faite de l'odeur des fards, de la sueur, du parfum et de la poussière, me prit à la gorge. Derrière un fouillis d'accessoires, j'apercevais un petit bout de la scène brillamment éclairée et j'entendais des éclats de rire monter de la salle. Un groupe d'acrobates attendait de passer durant l'intermède.

Un vertige me prit et, brièvement, j'eus peur. Je me sentais à l'étroit et en danger et pourtant, c'était merveilleux d'être de retour en ces lieux. Une profonde tristesse montait en moi. Non, plus que cela, une véritable panique.

Luchina m'aperçut la première et poussa un hurlement. Aussitôt toutes les portes des loges s'ouvrirent à la volée. Renaud fonça sur moi pour me serrer la main. Brusquement, j'étais au milieu d'une mer de visages surexcités. Je m'écartai vivement d'un candélabre en m'écriant : « Mes yeux… éteignez-le !

— Éteignez donc les chandelles ! Vous ne voyez pas qu'elles lui font mal aux yeux ! » intervint Jeannette. Je sentis ses lèvres humides contre ma joue. Tout le monde m'entourait. J'entendis Luchina crier : « Allez chercher Nicolas » et je faillis hurler : Non !

Des applaudissements secouaient le petit bâtiment. On ferma le rideau. Le reste de la troupe se précipita vers moi et Renaud réclama du champagne.

J'avais mis ma main devant mes yeux, comme si je

craignais, tel un basilic, de les foudroyer d'un seul regard, et j'y sentis poindre des larmes que je devais essuyer avant que quelqu'un ne vît qu'elles étaient de sang. On me serrait de si près, cependant, que j'étais dans l'incapacité de tirer mon mouchoir. Pris d'une brutale et terrible faiblesse, je me laissai aller dans les bras de Jeannette et Luchina et enfouis mon visage dans l'épaule de cette dernière. Elles me faisaient penser à des oiseaux, avec leurs frêles ossatures et leurs cœurs qui battaient comme des ailes. Un bref instant j'écoutai couler leur sang avec mon oreille de vampire, mais cela me parut obscène. Je m'abandonnai à leur étreinte et au contact de leurs lèvres.

« Tu ne peux pas savoir à quel point nous étions inquiets ! vociférait Renaud. Et puis, quel soulagement d'apprendre ta bonne fortune ! Écoutez, vous tous ! Voici monsieur de Valois, le propriétaire de notre noble établissement… » Et il continua dans cette veine mi-pompeuse, mi-taquine. Soudain, j'entendis Nicolas et je sus qu'il n'était qu'à quelques pas de moi et me contemplait, trop content pour être plus longtemps blessé.

Je n'ouvris pas les yeux, mais je sentis sa main sur mon visage d'abord, puis agrippée à ma nuque. On avait dû lui laisser le passage jusqu'à moi et quand il me serra contre lui, j'éprouvai une petite convulsion de terreur. Heureusement, l'endroit était chichement éclairé et je m'étais gavé avant de venir, afin de ne pas être trop blême.

Je le regardai enfin.

Comment décrire à quoi ressemblent les humains à nos yeux ? J'ai tenté de le traduire en expliquant que la beauté de Nicolas, la veille au soir, m'était apparue comme un mélange de mouvements et de couleurs. Mais il est difficile d'imaginer ce que la chair vivante peut représenter pour nous, car à ce rayonnement visuel se mêle étroitement l'odeur charnelle. Tous les humains nous semblent beaux, même les vieux et les malades, même les épaves qu'on ne « voit » pas vraiment en les croisant dans la rue. Tous sont comme des fleurs sur le point d'éclore, des papillons émergeant de leur chrysalide.

Tout cela, je le vis en regardant Nicolas et en humant l'odeur de son sang ; pendant un bref mais grisant instant, je sentis mon amour, et lui seul, effacer tout souvenir des horreurs qui avaient fait de moi un monstre. Peut-être aussi étais-je profondément heureux de savoir que je pouvais encore aimer.

Quelque chose d'autre, cependant, palpitait au fond de moi et s'affirmait à une telle vitesse que mon esprit dut se précipiter pour le rattraper et l'empêcher d'échapper à tout contrôle. Je sus aussitôt ce qu'était ce désir immense et monstrueux qui m'était aussi naturel que le soleil m'était étranger. Je voulais Nicolas. Je le voulais aussi intensément que toutes mes précédentes victimes. Je voulais sentir son sang couler en moi, connaître son goût, son odeur, sa chaleur.

La petite salle était pleine de cris et de rires. Renaud ordonnait aux acrobates d'assurer l'intermède. Mais nous étions isolés dans notre étreinte, mon ami et moi.

Je me raidis et reculai en sentant la dure chaleur de son corps. Cela me rendait fou de me dire que cet être que j'aimais autant que ma mère ou mes frères, cet être qui m'avait arraché les seuls élans de tendresse que j'eusse jamais éprouvés, était une citadelle imprenable, qui résistait, dans son ignorance, à ma soif de sang, alors que tant de victimes s'étaient soumises si aisément.

C'était pour cela que Magnus m'avait créé, c'était là le chemin que je devais suivre. Que m'importaient à présent les autres, les voleurs et les assassins que j'avais saignés à blanc dans les rues de Paris ? C'était cela que je voulais. La redoutable possibilité de la mort de Nicolas explosa dans mon cerveau. Derrière mes paupières fermées, l'obscurité avait viré au rouge sang. Au moment suprême, l'esprit de Nicolas se viderait totalement, abandonnerait sa complexité en même temps que la vie.

Je ne pouvais plus bouger. Je sentais son sang comme s'il fût déjà entré en moi et je laissai mes lèvres reposer sur son cou. Chaque particule de mon corps semblait crier : « Prends-le, sors-le d'ici et repais-toi de son sang jusqu'à... jusqu'à... » Jusqu'à quoi ? Jusqu'à ce qu'il soit mort !

Je me dégageai et le repoussai. La foule autour de nous faisait un bruit d'enfer. Renaud houspillait les acrobates qui nous contemplaient bouche bée. Le public réclamait son intermède par de lents applaudissements scandés. L'orchestre jouait le petit air guilleret qui devait accompagner les acrobates. Le contact de toute cette chair, l'odeur de tous ces gens prêts pour la curée me donnaient la nausée.

Nicolas semblait avoir perdu son calme et lorsque nos regards se croisèrent, je lus dans le sien une accusation. J'y lus sa détresse et pis encore, son désespoir.

Je me frayai un passage parmi la presse, mais, sans trop savoir pourquoi, je me dirigeai vers les coulisses au lieu de la sortie. Je voulais voir la scène, le public. Pénétrer plus profondément à l'intérieur de quelque chose pour quoi je n'avais ni nom, ni mot.

J'étais comme fou, à vrai dire.

Ma poitrine se soulevait convulsivement et ma soif était comme un chat qui griffe pour pouvoir sortir. Nicolas, blessé et se méprenant sur mes sentiments, me suivit.

Je laissai la soif faire rage, me déchirer les entrailles. J'évoquai en un seul vaste souvenir toutes mes victimes, la lie de la société, et je compris la folie de la voie que j'avais choisie et son mensonge. Quelle sublime imbécillité que d'avoir emporté avec moi ma moralité mesquine, que de ne frapper que ceux qui étaient déjà condamnés, comme pour assurer mon salut en dépit de tout ! Pour qui m'étais-je pris ? Pour l'acolyte bien pensant des juges et des bourreaux parisiens qui frappent les pauvres pour des crimes que les riches commettent tous les jours ?

J'avais bu un vin corsé, dans des flacons ébréchés, et à présent le prêtre était devant moi, le calice d'or à la main, et le vin qu'il m'offrait était le sang de l'agneau.

Nicolas me parlait avec volubilité :

« Lestat, qu'est-ce donc ? Dis-le-moi ! Où as-tu été ? Que t'est-il arrivé ? Lestat !

— Filez en scène ! » tonna Renaud aux acrobates. Ils passèrent devant nous au petit trot et commencèrent aussitôt leurs culbutes et leurs sauts.

Luchina vint m'embrasser et je contemplai sa gorge blanche, ses mains d'albâtre. Je distinguais toutes les veines du visage de Jeannette et le renflement pulpeux de sa lèvre inférieure qui se rapprochait. Le champagne coulait à flots. Renaud était en train de prononcer un vague discours concernant notre « association », assurant que la petite farce de ce soir n'était qu'un début et que notre théâtre serait bientôt le joyau du boulevard. J'entendis dans ma tête la petite chanson que j'avais chantée à deux genoux à Flaminia du temps où j'étais Lélio.

Sur le plateau, les mortels s'agitaient lourdement et le public glapit d'aise lorsque le chef des acrobates exécuta une petite danse obscène en agitant l'arrière-train.

Avant même d'en avoir eu l'intention, j'étais en scène.

Je m'avançai jusqu'au centre du plateau, sous la chaleur des feux de la rampe. Je contemplai le balcon bondé, les loges grillagées et les rangées de spectateurs alignées au parterre. Et je m'entendis ordonner aux acrobates de vider les lieux.

Les rires étaient assourdissants, les lazzis et les cris me semblaient autant de spasmes et je distinguais sans peine, derrière les visages, le crâne au sourire grimaçant. Je fredonnais ma petite chanson, inlassablement.

Des insultes tranchaient sur le brouhaha.

Des interpellations fusèrent : « Continuez le spectacle ! — Eh, tu es très joli, mais maintenant remue-toi un peu ! » Un morceau de pomme jaillit du balcon et s'écrasa presque contre mes pieds.

J'ôtai ma roquelaure violette et mon épée.

La chanson n'était plus qu'un murmure incohérent, mais une folle poésie se déversait dans ma tête. Je voyais la sauvagerie de la beauté, telle que me l'avait révélée la musique de Nicolas la veille.

« Il est très joli, l'impitoyable fossoyeur, chantonnai-je, qui peut éteindre toutes ces courtes chandelles, toutes les âmes palpitantes qui respirent dans cette salle. »

Les paroles étaient hors de ma portée. Elles flottaient dans une immensité où existait peut-être un Dieu capable de comprendre les huit merveilleuses notes qui constituaient la musique créée par Nicolas, mais ignorant tout du principe : « Tu ne tueras point », qui se situait au-delà de la laideur et de la beauté.

Des centaines de visages luisants me scrutaient, depuis la pénombre de la salle. Perruques crasseuses, faux bijoux, dentelles loqueteuses, des peaux coulant comme de l'eau sale sur des squelettes difformes. Au balcon, une bande de mendiants en haillons sifflait et conspuait, bossus et borgnes, béquilles puantes, dents de la couleur de celles des crânes dans les cimetières.

Brusquement, je me mis à pirouetter sur un pied, comme un danseur, de plus en plus vite, avant de me lancer dans une série de culbutes, puis de sauts périlleux.

Les applaudissements crépitèrent aussitôt. J'étais aussi agile que je l'avais été cette première nuit dans le village, mais l'exiguïté du plateau me gênait et j'avais l'impression d'être écrasé par le plafond. Je me mis à chanter ma chanson à Flaminia, tout en recommençant à bondir et à tournoyer puis, levant les yeux au plafond, je ployai les genoux et expédiai mon corps le plus haut possible.

En un clin d'œil, je touchai les cintres, puis retombai gracieusement au sol, sans faire le moindre bruit.

Des « Oh ! » de stupéfaction s'élevèrent parmi le public. Dans la coulisse, tout le monde était abasourdi. Les musiciens dans la fosse échangeaient des regards éperdus. Ils voyaient bien, eux, qu'il n'y avait pas de fil pour me soutenir.

Je repris mon envol, pour la plus grande joie des spectateurs, mais cette fois, je montai propulsé par une série de sauts périlleux et redescendis en sauts carpés, exécutés au ralenti.

Le public me fit une ovation, mais mes camarades étaient muets. Nicolas se tenait tout au bord de la scène.

« C'est un tour, une illusion », entendait-on de toutes parts. Les gens se prenaient à témoin. J'entrevis la grosse figure de Renaud, bouche bée, les yeux exorbités.

Mais j'avais déjà repris ma danse et cette fois, le public ne se souciait plus de ma grâce, car je m'ingéniais à amplifier chaque geste, à prolonger chaque attitude au-delà de ce qu'aurait pu faire n'importe quel danseur humain.

Il y eut des exclamations parmi les musiciens et les spectateurs des premiers rangs. Les gens commençaient à être mal à l'aise et à chuchoter, sauf la racaille du balcon qui continuait à applaudir.

Je fonçai brusquement vers la rampe, comme pour admonester le public pour sa grossièreté. Sous l'effet de la surprise, quelques personnes se levèrent et cherchèrent à s'enfuir. L'un des cornistes lâcha son instrument et grimpa hors de la fosse.

Je percevais l'agitation, la colère sur les visages. Quels étaient donc ces procédés ? Brusquement, mon numéro ne les amusait plus, car ils n'en comprenaient pas le fonctionnement et mon air grave leur faisait peur. Je sentis un bref instant leur impuissance.

Je levai lentement les mains pour réclamer leur attention et d'une voix très forte, je chantai la chanson à Flaminia, un couplet suivant l'autre, en laissant ma voix s'enfler jusqu'à ce que les gens se levassent en hurlant, toujours plus fort jusqu'à ce que ma voix eût couvert tous les autres bruits. Sous l'effet de cet intolérable rugissement, je les vis tous se lever en renversant leurs sièges et s'enfuir, les mains collées contre leurs oreilles.

Leurs bouches poussaient des cris inaudibles.

Ce fut un chaos indescriptible, ponctué de hurlements et de jurons ; une ruée désordonnée vers les portes. Des hommes sautèrent du balcon pour être plus vite dans la rue.

Je cessai de chanter.

Je restai à les regarder, dans un silence encore tout vibrant, ces corps faibles et couverts de sueur qui filaient maladroitement dans toutes les directions. Le vent entrait en rafales par les portes ouvertes. Un froid étrange envahit mes membres et j'avais l'impression que mes yeux étaient en verre.

Sans même regarder, je rattachai mon épée et passai un doigt recourbé dans le col en velours de ma roquelaure froissée et poussiéreuse. Il me semblait sans importance que Nicolas fût en train de se débattre en hurlant mon nom, entre les mains de deux camarades qui craignaient pour sa vie.

Un élément retint mon attention, au milieu du désordre ambiant, et me parut soudain d'une importance extrême : un seul personnage, debout dans une des loges ouvertes, n'avait pas fait le moindre effort pour se sauver, ni même pour bouger.

Lentement, je me tournai pour le contempler fixement, comme pour le mettre au défi de rester sur place. C'était un vieil homme dont les yeux d'un gris terne semblaient vriller les miens avec une expression d'opiniâtreté outragée. Je lâchai un rugissement tonitruant qui s'enfla jusqu'à ce que les quelques personnes qui demeuraient encore se couvrissent les oreilles et même Nicolas, qui s'élançait vers moi, tomba à genoux, les deux mains crispées autour de son visage.

Pourtant l'homme de la loge continuait à me dévisager, de son air hargneux et renfrogné, les sourcils froncés sous sa perruque grise.

Je pris un pas d'élan et bondis directement dans sa loge. Sa mâchoire s'affaissa malgré lui et ses yeux s'arrondirent.

Il était déformé par l'âge, les épaules voûtées, les mains tordues, mais une lueur exempte de vanité et de faiblesse brillait dans ses yeux. Sa bouche se durcit, il avança le menton. De sous son lourd habit, il tira un pistolet et me visa en le maintenant des deux mains.

156

« Lestat ! » hurla Nicolas.

Le coup partit et le projectile me frappa de plein fouet. Je ne bougeai pas. La douleur me parcourut et se dissipa, laissant dans son sillage un terrible tiraillement dans toutes mes veines.

Le sang jaillit à flots. Il coulait comme je n'avais encore jamais vu de sang couler. Ma chemise en était imbibée et je le sentais se déverser dans mon dos. Le tiraillement s'accentua et j'éprouvai une sensation de chaleur et un picotement dans tout mon torse.

L'homme me contemplait, abasourdi. Le pistolet lui échappa des doigts. Ses yeux se révulsèrent et il s'écroula comme une baudruche dégonflée.

Nicolas s'était rué dans l'escalier et fit irruption dans la loge, avec un murmure incohérent, certain de me trouver mort.

Je restai ferme comme un roc, isolé par la terrible solitude qui était mienne depuis que Magnus avait fait de moi un vampire. Je savais que ma plaie avait déjà disparu.

Le sang séchait sur mon gilet de soie et dans le dos de mon habit déchiré. Je sentais une violente vibration là où la balle m'avait transpercé et ce tiraillement ininterrompu dans mes veines, mais il n'y avait plus la moindre trace de blessure.

Nicolas, reprenant ses esprits, comprit que je n'avais rien, alors même que sa raison lui disait que c'était impossible.

Je passai devant lui et me dirigeai vers l'escalier. Il se jeta sur moi, mais je l'envoyai bouler, violemment. Je ne pouvais supporter sa vue, son odeur.

« Ne m'approche pas ! » grondai-je.

Il revint à la charge, pourtant, et noua ses bras autour de mon cou. Son visage était gonflé par l'effort et un bruit atroce sortait de ses lèvres.

« Lâche-moi, Nicolas ! » dis-je d'un ton menaçant. Si je le repoussais trop violemment, je risquais de l'estropier ou de le tuer...

Il gémit, balbutia. Pendant une épouvantable seconde, il émit un bruit qui ressemblait à celui de ma pauvre jument, déchiquetée par les loups dans la neige.

Sans trop savoir ce que je faisais, je parvins à m'arracher à son étreinte.

La foule s'écarta en hurlant quand je sortis sur le boulevard.

Renaud accourut vers moi, bien qu'on cherchât à le retenir.

« Monsieur ! » Il s'arrêta net en voyant tout le sang.

« Ce n'est rien, mon cher Renaud ! » lui dis-je, tout étonné d'entendre ma voix si ferme, si douce. J'eus l'impression fugitive que j'aurais dû prêter attention à quelque chose de spécial.

« N'y pensez plus, mon ami, poursuivis-je. C'est du sang de théâtre, tout cela n'était qu'illusion. C'est une idée que j'ai eue. Un drame grotesque, voilà tout. »

A nouveau, cette sensation que dans la foule qui se pressait autour de moi à une distance respectueuse se trouvait quelque chose d'inhabituel.

« Continuez donc votre œuvre, repris-je, presque incapable de me concentrer sur ce que je disais. Avec vos acrobates, vos tragédies, vos ouvrages plus civilisés, si vous le préférez. »

Je sortis de ma poche une liasse de billets que je mis dans sa main tremblante et je jetai une poignée de pièces d'or sur le trottoir. Plusieurs acteurs se précipitèrent pour les ramasser. Je scrutai la foule, pour découvrir la source de mon curieux malaise. *Qu'était-ce donc ?* Ce n'était pas Nicolas qui me contemplait depuis la porte du théâtre désert, l'âme brisée.

Non, c'était autre chose, à la fois familier et inconnu, qui avait un rapport avec les ténèbres.

« Engagez les meilleurs mimes, continuai-je au bord du délire, les meilleurs musiciens, les plus grands décorateurs. » Ma voix redevenait trop forte, la voix du vampire ; je voyais les visages grimacer, les mains se lever, mais ils n'osaient pas se boucher les oreilles devant moi. « Il n'y a aucune limite ! »

Je me dégageai et m'engouffrai dans la première allée où je me mis à courir. Ce qui m'avait distrait ainsi, sans aucune erreur possible, c'était *la présence* au milieu de la foule !

Je le savais pour une raison très simple : je courais plus vite que n'aurait pu courir aucun mortel et la présence restait dans mon sillage. Et la présence était celle de plus d'un seul être.

Lorsque j'en fus sûr, je m'arrêtai net.

La ruelle obscure où je me trouvais n'était guère éloignée du boulevard. Je les entendis avant qu'ils n'eussent le temps de faire silence de façon abrupte.

J'étais trop angoissé et malheureux pour me prêter à leurs petits jeux ! « Qui êtes-vous ? Répondez-moi ! » hurlai-je, d'une voix à faire trembler les vitres des fenêtres voisines. Il n'y avait pas de cimetière par ici. « Répondez-moi, bande de lâches. Dites quelque chose, si vous en êtes capables, ou bien disparaissez une fois pour toutes ! »

Je sus aussitôt — mais comment, je serais bien en peine de le dire — qu'ils m'entendaient et auraient pu me répondre s'ils l'avaient voulu. Ce que j'avais toujours perçu était la preuve irrépressible de leur proximité et de leur intensité, qu'ils étaient incapables de déguiser. Ils pouvaient en revanche voiler leurs pensées et ils ne s'en privaient pas. Mais, incontestablement, ils avaient un intellect et pouvaient s'exprimer.

Leur silence me piquait au vif, mais il n'était rien à côté de tout ce qui venait d'arriver et, comme je l'avais déjà fait tant de fois, je leur tournai le dos.

Ils me suivirent. Cette fois-ci, ils me suivirent et j'eus beau poursuivre mon chemin le plus vite possible, ils ne décollèrent pas.

Je ne perdis l'étrange vibration qu'ils dégageaient qu'en arrivant devant Notre-Dame, où j'entrai sans hésiter.

Je passai le reste de la nuit dans la cathédrale, blotti dans un coin sombre vers le mur de droite. La soif me torturait après tout le sang que j'avais perdu et à chaque fois qu'un mortel s'approchait, je sentais un violent tiraillement et un picotement à l'endroit de ma blessure.

J'attendis, cependant.

En voyant arriver une jeune mendiante, portant un petit enfant, je sus que le moment était venu. Apercevant le sang séché sur mes vêtements, elle voulut absolument m'aider à gagner l'Hôtel-Dieu, tout proche. Son visage était amaigri par la faim, mais elle tenta pourtant de me soulever à la seule force de ses deux bras frêles.

Je la regardai droit dans les yeux jusqu'à ce que son regard se révulsât. Je sentis la chaleur de ses seins qui gonflaient les haillons. Son corps doux et succulent s'affala mollement contre moi, s'abandonnant tout à fait, tandis que je la nichais tendrement au milieu de mon brocart et de mes dentelles rouges de sang. Je l'embrassai, grisé par sa chaleur, tout en écartant le tissu crasseux qui lui couvrait la gorge, puis je me penchai pour boire avec tant d'adresse que l'enfant à demi endormi ne s'aperçut de rien. Ensuite, je défis d'une main tremblante la chemise en loques du petit. Ce jeune cou tendre était à moi, lui aussi.

Il n'existe pas de mots pour décrire mon ravissement. Jusque-là, j'avais connu l'extase que peut procurer le viol, mais ces deux victimes, je les avais prises avec un parfait semblant d'amour. Il me semblait que leur innocence rendait ce sang plus chaud, que leur bonté le rendait plus onctueux.

Je les contemplai longuement, endormis dans la mort. Cette nuit, la cathédrale n'avait pas su leur offrir le sanctuaire dont ils avaient besoin.

Je sus alors que ma vision du jardin de la beauté sauvage avait été vraie. Le monde avait un sens, oui, un sens et des lois et une inévitabilité, mais tout n'était qu'une affaire d'esthétique. Et dans ce Jardin sauvage, les innocents étaient faits pour les crocs des vampires.

J'étais prêt, à présent, à rentrer chez moi. En ressortant de Notre-Dame, aux premières heures du matin, je savais que la dernière barrière entre mon appétit et le monde venait de céder.

A présent, plus personne n'était à l'abri de mon désir, si grande fût son innocence. Et cette vérité s'appliquait à mes chers amis de chez Renaud et jusqu'à mon bien-aimé Nicolas.

13

Je voulais les savoir loin de Paris. Je voulais que les affiches fussent retirées, les portes closes ; je voulais que le silence et l'obscurité envahissent le petit théâtre miteux où j'avais connu le plus grand et le plus constant bonheur de ma vie de mortel.

Une douzaine de victimes innocentes par nuit ne suffisaient pas à m'empêcher de penser à eux, à dissoudre la sourde douleur qui me tenaillait. Chaque rue de Paris menait à leur porte.

J'avais honte lorsque je pensais à la peur que je leur avais faite. Comment avais-je pu agir ainsi ? Pourquoi m'affirmer avec une violence telle qu'elle m'avait coupé d'eux à jamais ?

Non, décidément. Le théâtre était à moi. Je voulais le fermer.

Ils ne me soupçonnaient pas, pourtant. Ils avaient cru les sottes explications que leur avait données Roget : je revenais tout juste d'un voyage aux colonies, le bon vin parisien m'était monté à la tête. Un nouveau magot avait permis de réparer les dégâts.

Dieu seul sait ce qu'ils pouvaient penser par-devers eux. En tout cas, ils reprirent leurs représentations dès le lendemain et la foule blasée du boulevard du Temple trouva au désordre que j'avais semé une bonne douzaine d'explications, toutes plus vraisemblables les unes que les autres. Il y avait la queue sous les marronniers pour entrer chez Renaud.

Seul Nicolas était rebelle. Il s'était mis à boire et refusait de retourner au théâtre ou d'étudier sa musique. Il insultait Roget lorsque ce dernier lui rendait visite. Il hantait les tavernes les plus infâmes et errait la nuit à travers les rues mal famées de la capitale, sans se soucier du danger.

Voilà au moins un point commun entre nous, me dis-je.

« L'argent ne compte guère pour notre jeune homme, monsieur, m'expliqua Roget, qui me tenait au courant des frasques de mon ami. Il en a toujours eu beaucoup, comme il ne s'est pas fait faute de me le rappeler. Il dit des choses qui me troublent, monsieur. Qui me hérissent. »

En chemise de nuit et bonnet de coton, pieds nus, car je l'avais, une fois de plus, réveillé au beau milieu de la nuit, sans lui laisser le temps d'enfiler ses pantoufles ou de se peigner, l'avocat avait l'air sorti tout droit de quelque ronde enfantine.

« Que dit-il ? voulus-je savoir.

— Il parle de sorcellerie, monsieur. Il dit que vous possédez des pouvoirs surnaturels.

— Qui croit à de pareilles sornettes de nos jours ? » Je feignais la plus totale stupéfaction, mais en vérité j'avais les cheveux qui se dressaient sur la nuque.

« Il s'exprime avec beaucoup d'amertume, continuait l'avocat. Il dit que votre race — ce sont ses mots — a toujours eu accès à de grands secrets.

— Ma race !

— Vous êtes un aristocrate, monsieur, expliqua Roget, quelque peu gêné. Quand un homme est aussi en colère que monsieur de Lenfent, tout paraît important. Mais il ne confie ses soupçons à quiconque en dehors de moi. Il dit que vous comprendrez pourquoi il vous méprise. Vous avez refusé de partager vos découvertes avec lui ! Oui, monsieur, vos découvertes. Il parle de phénomènes qui n'ont pas d'explication rationnelle. »

Pendant un bref instant, il me fut impossible d'affronter le regard de Roget. Quelle merveilleuse perversion de toute l'affaire ! Et pourtant il avait donné en plein dans la vérité.

« Monsieur, vous êtes le meilleur homme qui soit…, reprit Roget.

— Je vous en prie, épargnez-moi…

— Mais M. de Lenfent raconte des choses invraisemblables, des choses qu'on ne devrait pas dire, même de nos jours. Il raconte qu'il a vu une balle de pistolet vous traverser le cœur.

— La balle m'a manqué, dis-je. Voyons, Roget, il faut mettre fin à tout cela. Expédiez-les loin de Paris, tous autant qu'ils sont.

— Les expédier au loin ? Mais, vous qui venez de mettre tant d'argent dans leur petite entreprise...

— Et alors ? Qui s'en soucie ? interrompis-je. Envoyez-les à Londres, à Drury Lane. Que Renaud s'achète un théâtre là-bas. Et de là, ils pourront partir pour l'Amérique, Saint-Domingue, La Nouvelle-Orléans, New York. Pourvoyez-y, Monsieur. Cela coûtera ce que cela coûtera. Qu'on ferme mon théâtre et qu'ils partent ! »

Et avec eux partira ma douleur. Et tous mes souvenir de Lélio, le petit provincial qui vidait leurs seaux d'eau sale et qui en était fort aise.

Roget me paraissait si timoré. Quel effet cela faisait-il de travailler pour un élégant forcené qui vous payait le triple de ce que n'importe qui d'autre vous aurait offert pour agir contre votre raison ?

Je n'en saurais jamais rien. Jamais plus je ne saurais ce que c'était que d'être humain.

« Quant à Nicolas, continuai-je, vous allez le persuader de partir pour l'Italie et je m'en vais vous expliquer comment.

— Monsieur, ne fût-ce que pour le persuader de changer de vêtements, il faudrait un foudre d'éloquence.

— Je vais vous faciliter les choses. Vous savez que ma mère est gravement malade. Demandez à Nicolas de l'accompagner jusqu'en Italie. Ce sera parfait. Il peut fort bien étudier la musique au conservatoire de Naples et c'est là que ma mère doit se rendre.

— Il lui écrit, en effet... Il lui est très attaché.

— Justement. Convainquez-le qu'elle ne saurait accomplir un tel voyage sans lui. Prenez toutes les dispositions. Il le faut absolument, monsieur Roget. Il doit quitter Paris. Je vous donne jusqu'à la fin de la semaine. »

Certes, j'exigeais beaucoup de Roget, mais je ne voyais aucun autre moyen d'obtenir le départ de mon ami. Personne n'irait ajouter foi à ses histoires de sorcellerie, ce n'était pas cela qui m'inquiétait. Seulement je savais, à présent, que si Nicolas ne quittait pas Paris, il deviendrait fou.

Chaque nuit, je luttais contre moi-même durant toutes mes heures de veille pour ne pas partir à sa recherche, risquer une ultime entrevue.

Mais j'attendais, conscient du fait que je le perdais définitivement et qu'il ne connaîtrait jamais la raison de tout ce qui s'était passé. Moi, qui m'étais naguère emporté contre l'absurdité de la vie, je l'exilais au loin sans un mot d'explication, sachant pourtant qu'une telle injustice le tourmenterait peut-être jusqu'à la fin de ses jours.

Cela vaut pourtant mieux que la vérité, Nicolas. Peut-être suis-je désormais mieux à même de comprendre les illusions. Et si tu peux emmener ma mère jusqu'en Italie, si seulement il lui reste encore un peu de temps...

En attendant, je pouvais constater que le théâtre de Renaud avait fermé ses portes. Dans le café voisin, on parlait du départ de la troupe pour l'Angleterre. Cela du moins était réglé.

La huitième nuit, l'aube approchait lorsque j'arrivai enfin devant la porte de Roget et tirai la sonnette.

Il vint ouvrir plus vite que je ne l'aurais cru, l'air hagard et inquiet, toujours en chemise de nuit.

« Je commence à affectionner votre costume, Monsieur, lui dis-je d'une voix lasse. Je ne crois pas que je me fierais autant à vous si je vous voyais en habit et culotte de soie...

— Monsieur, interrompit-il. Un événement tout à fait imprévu...

— Répondez d'abord à mes questions. Renaud et sa troupe ont été heureux de s'embarquer ?

— Oui, Monsieur. Ils sont déjà arrivés à Londres, mais...

— Et Nicolas ? Parti retrouver ma mère en Auvergne ? Dites-moi que j'ai raison. Que c'est fait.

— Mais, Monsieur... », commença-t-il. Puis, il s'interrompit net et à ma grande surprise, je vis l'image de ma mère dans son esprit.

Si j'avais pris le temps de réfléchir, j'aurais compris ce que cela signifiait. Pour autant que je susse, jamais cet homme n'avait porté les yeux sur ma mère, donc comment l'image de cette dernière aurait-elle pu meubler ses pensées ? Mais je ne fis point appel à ma raison. Ma raison s'était envolée.

« Elle n'est pas... ne me dites pas qu'il est trop tard, balbutiai-je.

— Monsieur, permettez-moi de prendre mon manteau... », dit-il inexplicablement. Il tendit la main vers la sonnette.

Et je vis à nouveau l'image de ma mère, le visage pâle, les traits tirés, mais trop nette pour que je pusse le supporter.

J'empoignai Roget par les épaules.

« Vous l'avez vue ! Elle est là.

— Oui, Monsieur. Elle est à Paris. Je vous emmène la voir de ce pas. Le jeune de Lenfent m'a annoncé son arrivée, mais je ne savais pas où vous joindre, Monsieur ! Je ne sais jamais où vous trouver. Elle est arrivée hier. »

J'étais trop abasourdi pour répondre. Je me laissai tomber sur une chaise et ma propre image intérieure était devenue assez éclatante pour éclipser tout ce qui émanait de lui. Elle était vivante et à Paris. Et Nicolas était toujours là, lui aussi, auprès d'elle.

« Monsieur, prenez les devants pendant que je m'habille. Elle est dans l'île Saint-Louis, la troisième porte à droite de M. Nicolas. Partez tout de suite. »

Je le dévisageai d'un air hébété. Je ne le voyais même pas. Je la voyais elle. Dans moins d'une heure, le soleil se lèverait et il me fallait trois bons quarts d'heure pour regagner ma tour.

« Demain... demain à la tombée de la nuit, murmurai-je.

— Mais, Monsieur, vous ne m'avez pas compris. Jamais Madame votre mère ne partira pour l'Italie. Elle vient de faire son ultime voyage pour venir vous retrouver. »

Comme je ne répondais pas, il m'attrapa par les revers de mon habit et voulut me secouer. Jamais je ne l'avais vu ainsi. Pour lui je n'étais qu'un enfant et il devait m'aider à reprendre mes esprits.

« Je lui ai trouvé ces appartements, continua-t-il, des gardes-malades, des médecins, tout ce que vous auriez souhaité. Mais ils ne peuvent pas la maintenir en vie. C'est vous qui la prolongez, Monsieur. Elle veut vous voir avant de fermer les yeux pour toujours. Alors, oubliez l'heure tardive et courez la voir. La volonté humaine, fût-elle aussi forte que la sienne, ne saurait faire des miracles. »

J'étais incapable de répondre. Incapable de formuler une pensée cohérente.

Je me levai et gagnai la porte, en entraînant l'avocat à ma suite. « Allez la trouver immédiatement, lui ordonnai-je, et dites-lui que je serai auprès d'elle demain à la tombée de la nuit. »

Il secoua la tête. Il était furieux et dégoûté. Il voulut me tourner le dos, mais je l'en empêchai.

« Allez-y sans perdre un instant, Roget, insistai-je. Restez assis à son chevet toute la journée, c'est compris, et veillez à ce qu'elle attende... à ce qu'elle attende ma venue ! Surveillez-la si elle s'assoupit. Si vous avez l'impression qu'elle risque de s'éteindre, réveillez-la et parlez-lui. Mais ne la laissez pas mourir avant que je puisse aller la trouver ! »

166

TROISIÈME PARTIE

VIATIQUE POUR LA MARQUISE

1

Dans le langage vampirique, je suis ce qu'on appelle un lève-tôt. Je sors du tombeau dès que le soleil s'est abîmé derrière l'horizon, alors que le ciel est encore teinté de rouge. Beaucoup de vampires attendent une complète obscurité, si bien que je suis extrêmement avantagé par rapport à eux. De même, ils doivent regagner leur sépulture une bonne heure avant moi.

La nuit suivante, cependant, je pris la route de Paris alors que le ciel était encore tout embrasé.

Je m'étais habillé avec soin avant de me glisser dans le sarcophage, si bien qu'à peine levé je bondis à cheval et filai vers l'ouest, droit sur la capitale.

En remontant au galop le pont qui menait à l'île Saint-Louis, j'avais l'impression qu'un incendie ravageait la ville, tant la lumière du couchant me semblait vive et terrifiante.

Je ne voulais pas penser à la scène qui m'attendait, ni à la façon dont je pourrais cacher la vérité à ma mère, mais je savais que je devais la voir, la serrer contre moi et rester auprès d'elle tant que j'en avais encore la possibilité. Je ne parvenais pas à envisager sa mort. Peut-être me conduisais-je comme le commun des mortels, persuadé que si j'exauçais son dernier souhait, je serais, Dieu sait comment, à même de contrôler l'horreur de sa disparition.

Le crépuscule achevait tout juste de saigner le ciel de toute lumière, lorsque je trouvai sa maison sur le quai.

C'était une demeure fort élégante. Roget m'avait bien servi et un de ses clercs m'attendait à la porte pour m'indiquer le chemin. A mon entrée, deux servantes et une garde-malade occupaient le vestibule.

« Monsieur de Lenfent est avec elle, Monsieur, me dit la garde-malade. Elle a tenu à s'habiller pour vous accueillir. Elle a voulu s'asseoir à la fenêtre et contempler les tours de la cathédrale et elle vous a vu passer sur le pont.

— Éteignez toutes les bougies de la chambre sauf une, ordonnai-je. Et priez M. de Lenfent et mon avocat de bien vouloir sortir. »

Roget apparut sans tarder, bientôt suivi de Nicolas. Lui aussi s'était mis en frais pour elle. Il était vêtu de velours d'un rouge éclatant, accompagné de dentelles superbement ouvragées et de gants blancs. Ses récentes beuveries l'avaient laissé plus maigre, presque émacié, mais cela ne faisait que rehausser sa beauté. Lorsque nos regards se croisèrent, sa malveillance jaillit et me brûla le cœur.

« Mme la marquise est un peu plus vaillante aujourd'hui, Monsieur, me dit Roget, mais elle rejette beaucoup de sang. Le médecin dit qu'elle ne... »

Il s'interrompit, avec un coup d'œil vers la chambre. Sa pensée me parvint clairement : elle ne passera pas la nuit.

« Persuadez-la de se recoucher au plus tôt, Monsieur.

— A quoi bon ? murmurai-je d'une voix morne. Peut-être a-t-elle envie de mourir à la fenêtre. Pourquoi l'en empêcher ?

— Monsieur ! » m'admonesta Roget d'un ton implorant.

J'aurais voulu lui dire de s'en aller et d'emmener Nicolas.

Je jetai un regard vers la chambre. Je sentais s'opérer en moi une spectaculaire transformation physique. J'étais incapable de bouger ou de parler. Elle était là et se mourait, réellement.

Tous les petits bruits de l'appartement s'amalgamaient en un sourd bourdonnement. A travers la porte à double battant, j'apercevais une fort jolie chambre : un lit blanc orné de tentures dorées, des rideaux dorés aux fenêtres par lesquelles je discernais le ciel nocturne, où s'attardaient encore quelques bribes de nuages d'or. Mais ce luxe que j'avais voulu lui donner avait quelque chose d'horrible, à présent qu'elle était sur le point de s'éteindre. Je me demandai s'il l'exaspérait ou s'il la faisait rire.

Le médecin parut, puis la garde-malade vint me dire qu'il ne restait plus qu'une bougie. L'odeur des médicaments combattait une senteur de roses et *je me rendis compte que j'entendais les pensées de ma mère.*

C'était la morne vibration de son esprit, tandis qu'elle attendait à la fenêtre et que tout son corps, malgré le confort du fauteuil tendu de velours et de la couverture qui l'enveloppait, la faisait souffrir de façon presque intolérable.

A quoi pensait-elle, sous sa folle impatience ? Lestat, Lestat, Lestat, cela, je l'entendais, certes. Mais au-dessous :

« Que la douleur s'accentue, car ce n'est que quand elle est vraiment atroce que j'ai envie de mourir. Comme cela j'aurai moins peur de disparaître. »

« Monsieur, me dit le médecin, elle ne veut pas faire venir le prêtre.

— Non... cela ne m'étonne pas. »

Elle avait tourné la tête vers la porte. Si je n'entrais pas tout de suite, elle se lèverait, malgré sa souffrance, pour venir à ma rencontre.

J'avais l'impression de ne pouvoir bouger, pourtant je passai devant le médecin et la garde-malade, entrai dans la chambre et fermai la porte derrière moi.

Un parfum de sang.

Elle était assise dans la pâle lumière violette qui entrait par la fenêtre, somptueusement vêtue de taffetas bleu sombre, une main sur ses genoux, l'autre sur l'accoudoir du fauteuil, son épaisse crinière blonde relevée derrière les oreilles.

Pendant un bref instant, qui me parut irréel, je crus

être redevenu petit garçon. Qu'elle était jolie ! Ni le temps ni la maladie n'avaient altéré la parfaite symétrie de ses traits, ni la splendeur de sa chevelure. Un bonheur poignant m'envahit, la chaleureuse illusion d'être à nouveau mortel, à nouveau innocent, auprès d'elle. J'étais en sécurité.

Il n'y avait plus ni mort, ni terreur ; simplement elle et moi, dans sa chambre, et elle allait me prendre dans ses bras. Je m'arrêtai.

J'étais arrivé tout près d'elle et elle leva vers moi deux yeux mouillés de larmes. Son corset la serrait trop et la peau de sa gorge et de ses mains était si transparente que je ne pouvais supporter de la regarder. Autour de ses yeux la chair était comme meurtrie. Je sentais la mort en son sein. La pourriture.

Elle était radieuse, pourtant, et elle m'appartenait. Elle était telle qu'elle avait toujours été et je le lui dis silencieusement, de toutes mes forces : vous êtes aussi ravissante que dans mes premiers souvenirs, où, vêtue de vos plus beaux atours, vous me preniez sur vos genoux, dans notre carrosse, pour aller à l'église.

Et en cet étrange moment où je lui faisais savoir à quel point je la chérissais, je compris qu'elle *m'entendait* et elle me répondit qu'elle aussi m'aimait de tout son cœur.

Elle répondait à la question que je n'avais même pas posée. Et elle en appréciait toute l'importance ; son regard était limpide, serein.

Si elle avait conscience de ce que cet entretien sans paroles avait d'insolite, elle n'en laissait rien paraître. Elle ne s'en rendait sûrement pas pleinement compte. Sans doute avait-elle simplement senti mon amour.

« Viens par ici, que je te voie tel que tu es à présent », me dit-elle.

La seule bougie allumée était posée sur le rebord de la fenêtre. Je l'éteignis d'un geste délibéré. Je vis ses sourcils blonds se froncer très légèrement et ses yeux bleus s'agrandir tandis qu'elle examinait le superbe brocart de mon habit, la dentelle mousseuse et la poignée de mon épée, ornée de pierreries.

« Pourquoi ne veux-tu pas que je te voie ? demanda-t-elle. C'est justement pour cela que je suis venue à Paris. Rallume cette bougie. » Mais il n'y avait aucune sévérité dans sa voix. J'étais auprès d'elle et cela suffisait.

Je m'agenouillai devant elle. J'avais l'intention de lui dire qu'elle devait partir pour l'Italie avec Nicolas, mais avant que je n'eusse prononcé un seul mot, elle déclara d'un ton net :

« Trop tard, mon chéri. Jamais je ne pourrais achever un tel voyage. Je n'irais pas plus loin. »

Un spasme de souffrance l'interrompit, lui comprimant la poitrine, et pour me le cacher, elle vida son visage de toute expression. Cela lui donnait l'air d'une petite fille et je sentis à nouveau la maladie qui la minait, ses poumons rongés, les caillots de sang.

La panique ravageait son esprit. Elle aurait voulu me hurler qu'elle avait peur. Me supplier de la serrer dans mes bras et de rester avec elle jusqu'à la fin, mais elle ne pouvait s'y résoudre et, à ma grande surprise, je sus qu'elle redoutait un refus de ma part. Elle me croyait trop jeune et trop frivole pour comprendre.

Je souffrais le martyre.

Sans même m'en rendre compte, j'avais traversé la pièce, m'éloignant d'elle. De sots détails s'incrustaient dans mon esprit : les nymphes qui folâtraient sur le plafond peint, les poignées de porte en bronze doré et les stalactites de cire fondue le long des bougies blanches, que j'avais envie de briser et de rouler entre mes doigts. L'endroit était hideux, prétentieux. Le haïssait-elle ? Regrettait-elle ses murs de pierre nue ?

Je me retournai pour la regarder, élégante silhouette agrippée au rebord de la fenêtre. Derrière elle, le ciel s'était obscurci et la lumière des carrosses qui passaient éclairaient doucement, par intervalles, le triangle émacié de son visage.

« Ne peux-tu donc me parler ? murmura-t-elle. Ne peux-tu me dire comment c'est arrivé ? Tu nous as donné tant de bonheur à tous. » Le seul fait de parler la faisait souffrir. « Comment vas-tu, toi ? Toi ! »

Je m'apprêtais à la tromper, à créer autour de moi, avec toutes les forces dont je disposais, une puissante aura de satisfaction. Je raconterais des mensonges mortels avec une habileté d'immortel. Je veillerais à peser chaque mot pour que mon récit sonnât parfaitement vrai. Mais un étrange phénomène survint.

Le silence ne se prolongea guère plus d'un instant, mais je sentis quelque chose changer à l'intérieur de moi. Un effrayant glissement. En un éclair, j'entrevis une immense et terrible possibilité et aussitôt, sans hésitation, je pris ma décision.

Elle n'était sous-tendue par aucun dessein, aucun plan, aucun mot même. Si l'on m'avait questionné sur le moment, j'aurais nié. Je me serais écrié : « Non, jamais ! Qu'allez-vous donc imaginer ? Pour quelle espèce de monstre me prenez-vous ?... » Et pourtant, mon choix était fait.

Je comprenais quelque chose d'absolu.

Elle était à nouveau en proie à la peur et à la souffrance, mais malgré la douleur, elle se mit debout.

Je vis la couverture glisser à ses pieds ; je savais qu'elle s'avançait vers moi et que j'aurais dû l'arrêter, mais je n'en fis rien. Je vis ses mains toutes proches, qui se tendaient vers moi, mais aussitôt elle bondit en arrière, comme repoussée par un souffle puissant.

Elle recula en trébuchant pour aller s'écrouler contre le mur, au-delà du fauteuil. Mais elle se calma aussitôt, au prix d'un terrible effort de volonté. Son visage ne trahissait aucune peur, bien que son cœur battît la chamade. On y lisait plutôt un vif étonnement et un calme empreint de perplexité.

Si des pensées s'agitaient sous mon crâne, je les ai oubliées. Je marchai vers elle d'un pas aussi ferme qu'elle était venue vers moi. Jaugeant chacune de ses réactions, je m'avançai jusqu'à être aussi proche que je l'avais été avant qu'elle n'eût bondi en arrière. Elle contemplait fixement ma peau et mes yeux. Soudain, elle tendit à nouveau la main et me toucha.

« Tu n'es pas vivant ! » Telle fut l'atroce perception qu'elle me répercuta silencieusement. « Métamorphosé en quelque chose. MAIS PAS VIVANT. »

Je lui dis doucement que non, que ce n'était pas vrai. Et je lui adressai un froid torrent d'images, une succession d'aperçus de ce qu'était devenue mon existence. Des bribes, des échantillons du tissu de la vie nocturne à Paris, le sentiment d'une lame tranchant sans bruit à travers le monde.

Elle poussa un profond soupir. La souffrance se serra comme un poing au-dedans d'elle, ouvrit ses griffes. Elle déglutit, pinçant les lèvres pour lui résister, fixant sur moi un regard véritablement brûlant. Elle savait à présent que nos communication n'étaient pas des sensations, mais des pensées.

« Alors comment ? » voulut-elle savoir.

Sans m'interroger sur mes intentions, je lui narrai chaque étape de mon périple : la fenêtre brisée à travers laquelle j'avais été happé par le monstre fantomatique qui m'avait traqué au théâtre, la tour et l'échange de nos sangs. Je lui révélai la crypte où je dormais et son trésor, mes errances, mes pouvoirs et surtout, la nature de ma soif. Le goût du sang, son contact ; comment toutes les passions, toutes les envies s'aiguisaient en cet unique désir, comblé inlassablement en tuant pour s'abreuver.

La douleur la rongeait, mais elle ne la sentait plus. Toute sa sensibilité était concentrée dans son regard. Je n'avais pas eu l'intention de lui révéler tout cela, mais je m'aperçus que je l'avais empoignée et que je m'orientais de façon que la lumière des voitures qui passaient tombât en plein sur mon visage.

Sans la quitter des yeux, je saisis le candélabre d'argent sur le rebord de la fenêtre et je me mis à tordre lentement le métal.

Les bougies tombèrent par terre.

Ses yeux se révulsèrent. Elle tomba à la renverse, sa main gauche se raccrochant aux tentures du lit, et le sang jaillit d'entre ses lèvres.

Ses poumons le faisaient gicler en une grande toux silencieuse. Elle était à genoux et un flot carmin souillait le côté du lit.

Je lâchai le morceau de métal tordu que j'avais à la

main. Je la regardai sans ciller lutter contre l'inconscience et la douleur et s'essuyer maladroitement la bouche avec le drap, comme un ivrogne qui vient de vomir. Puis elle se laissa glisser au sol, incapable de se soutenir davantage.

Je me dressai au-dessus d'elle pour mieux l'observer et sa souffrance momentanée n'était rien en comparaison du serment que j'étais en train de prononcer. Sans parler, bien sûr; toujours cette énonciation silencieuse, plus forte que tous les mots: *Voulez-vous venir avec moi à présent? VOULEZ-VOUS VENIR AVEC MOI A PRÉSENT?*

Je ne vous cache rien, ni mon ignorance, ni ma peur, ni le risque d'échec. Je ne sais même pas si je puis offrir plus d'une fois ce Don ténébreux, ni quel prix il me faudra payer, mais je suis prêt à courir ce risque pour vous et nous le découvrirons ensemble, quels que soient le mystère et la terreur, comme j'ai découvert seul tout le reste.

De tout son être, elle répondit Oui.

« Oui! » hurla-t-elle soudain tout haut, d'une voix pâteuse que je ne lui avais jamais entendue. Ses yeux se fermèrent, sa tête dodelinait: « Oui! »

Je me penchai pour baiser le sang sur ses lèvres entrouvertes. Une vibration fulgurante parcourut mes membres et ma soif jaillit, cherchant à faire d'elle un simple tas de chair. Je glissai les bras autour de son corps frêle et la soulevai; je l'emportai jusqu'à la fenêtre, ses longs cheveux pendant derrière elle. Le sang jaillit à nouveau du fond de sa poitrine, mais ça n'avait plus d'importance.

Tous mes souvenirs de notre vie ensemble nous environnaient, tissant autour de nous leur linceul et nous isolant du monde, les doux poèmes et les chansons de l'enfance, son odeur qui m'imprégnait, sa voix qui apaisait mes pleurs, et puis ma haine pour elle et mon besoin d'elle, et sa disparition derrière des milliers de portes fermées, de réponses cruelles, et puis la terreur qu'elle m'inspirait et sa complexité et son indifférence et sa force indéfinissable.

Portée par ce courant jaillit ma soif, qui au lieu de noyer chaque souvenir l'intensifia, jusqu'à ce que celle que je serrais ainsi contre moi devînt, sous la cruelle pression de mes doigts et de mes lèvres, une créature de chair et de sang, à la fois mère et amante, objet de tous mes désirs. J'enfonçai mes crocs dans son cou. Je la sentis se raidir et suffoquer et ma bouche s'ouvrit avidement pour recueillir le flot brûlant quand il surgit.

Son cœur et son âme s'ouvrirent en deux. Elle n'avait plus d'âge. Mon savoir s'obscurcit, vacilla et il n'y eut plus de mère, plus de terreur et de besoins mesquins ; elle était qui elle était. Elle était Gabrielle.

Sa vie entière se porta à sa défense, les années de souffrance et de solitude, le dépérissement auquel elle avait été condamnée dans ces vastes chambres vides et humides, les livres qui la consolaient, les enfants qui la dévoraient puis l'abandonnaient, la douleur et la maladie, sa dernière ennemie, qui avait feint d'être son amie en lui promettant la délivrance. Au-delà des mots et des images, venaient le battement secret de sa passion, sa folie apparente, son refus de désespérer.

Je la tenais, la serrais entre mes bras qui se croisaient derrière son dos étroit, tandis que ma main soutenait sa tête sans force ; et je grondais si fort contre son sein, à chaque gorgée de sang, que ma chanson était au rythme de son cœur. Ce dernier, cependant, ralentissait déjà sa cadence. La mort venait et de toutes ses forces, elle luttait contre elle. Dans un dernier accès d'abnégation, je la repoussai sans cesser de la soutenir.

J'étais presque pâmé. Ma soif voulait son cœur. Ma soif n'était pas alchimiste. Sans la lâcher, les lèvres béantes, les yeux vitreux, je la maintenais à distance, le plus loin possible, comme s'il y avait en moi deux êtres, l'un qui cherchait à l'éloigner et l'autre à la ramener tout contre moi.

Ses yeux grands ouverts semblaient aveugles. Pour le moment, elle séjournait dans un univers au-delà de la souffrance, où tout n'était que douceur et même peut-être compréhension. Mais je l'entendis soudain dire mon nom.

Je portai mon poignet droit à ma bouche et m'ouvris la veine avant de l'avancer vers ses lèvres. Elle ne bougea pas lorsque mon sang vint les éclabousser.

« Mère, buvez ! » criai-je frénétiquement en pressant mon bras contre sa bouche, mais déjà la métamorphose s'opérait.

Ses lèvres frémirent et se refermèrent avidement sur mon poignet ; une brusque douleur vrilla tout mon être et m'encercla le cœur.

Le corps de ma mère s'allongeait, se crispait ; sa main gauche me saisit le poignet lorsqu'elle avala la première gorgée. Ma douleur allait s'amplifiant, m'amenant au bord du hurlement ; je la voyais comme s'il se fût agi d'un métal fondu parcourant tous mes vaisseaux, s'infiltrant jusqu'aux tréfonds du moindre muscle. Ce n'était pourtant qu'elle qui aspirait, qui suçait, qui me reprenait le sang que j'avais bu à même sa gorge. Elle se tenait à présent sur ses pieds, la tête à peine appuyée contre ma poitrine. Un engourdissement m'envahit, traversé à chaque aspiration par de cuisants élancements ; mon cœur battait à tout rompre et nourrissait ma souffrance à chaque battement, en même temps qu'il la nourrissait, elle.

Elle aspirait de plus en plus violemment, de plus en plus vite ; sa main me serrait comme un étau, son corps se durcissait. J'avais envie de lui arracher mon bras de force, mais je ne voulais pas ; lorsque les jambes me manquèrent, ce fut à son tour de me soutenir. Je vacillais et la pièce tournoyait autour de moi, mais elle continuait sa besogne et un vaste silence nous environnait de toutes parts. Puis, sans volonté, ni conviction, je la repoussai loin de moi.

Elle trébucha et s'immobilisa devant la fenêtre, ses longs doigts pressés contre sa bouche ouverte. Avant de m'écrouler dans le fauteuil tout proche, je contemplai un instant son visage blême, les formes nouvelles qui semblaient gonfler le taffetas bleu sombre et ses yeux qui brillaient comme deux globes de cristal, emprisonnant la lumière.

Comme un nigaud de mortel, je crois que je dis:
« Mère », puis je fermai les yeux.

2

J'étais assis dans le fauteuil. J'avais l'impression
d'avoir dormi une éternité et pourtant je n'avais pas
dormi du tout. J'étais chez nous, au château de mon
père.

Je cherchai du regard le tisonnier et mes chiens, tout
en me demandant s'il restait un peu de vin, et ce fut
alors que je vis les tentures d'or le long des fenêtres et
l'arrière de Notre-Dame, se découpant, au loin, sur le
ciel étoilé. Et je la vis, elle.

Nous étions à Paris et nous allions vivre éternellement.

Elle tenait quelque chose entre ses mains. Un candélabre et une boîte d'amadou. Elle se tenait très droite
et ses gestes étaient extrêmement vifs. Ayant obtenu
une étincelle, elle alluma les bougies une à une. Les
petites flammes s'élevèrent, les fleurs peintes sur les
murs jaillirent vers le plafond, les nymphes là-haut
s'agitèrent un bref instant avant de reformer leur
cercle figé.

Elle se tenait devant moi, le candélabre posé à sa
droite. Son visage blanc était parfaitement lisse. Les
meurtrissures sous ses yeux avaient disparu, de même
que les quelques défauts et flétrissures dont je me
rappelai vaguement l'existence. A présent, elle était
parfaite.

Les rides dues à l'âge s'étaient estompées et curieusement creusées pour former de minuscules rides d'expression au coin de ses yeux et un sillon presque
imperceptible de chaque côté de sa bouche. Il restait à
chaque paupière un très léger pli de peau superflue, ce
qui rehaussait la symétrie triangulaire de son visage.
Ses lèvres étaient du rose le plus doux. Elle paraissait
aussi délicate qu'un diamant tourmenté par la lumière.

Je fermai les yeux, les rouvris : ce n'était pas une illusion, non plus que son silence en était une. Son corps avait subi des changements encore plus profonds. Elle avait retrouvé les formes épanouies d'une jeune femme, les rondeurs de sa poitrine, que la maladie avait fait fondre, gonflaient à présent le taffetas bleu et la tendre roseur de sa peau semblait due à quelque subtil jeu de lumière. Quant à sa chevelure, on l'eût dite vivante. On y voyait bouger tant de nuances diverses que chaque cheveu paraissait se détacher des autres, des milliards de fils d'une extrême finesse s'agitant autour de ce visage et de cette gorge sans défaut.

Plus trace de blessure à son cou.

Il ne me restait plus à présent qu'un dernier acte de courage. La regarder droit dans les yeux.

Plonger mon regard de vampire dans celui d'un de mes semblables pour la première fois depuis la disparition de Magnus.

Je dus émettre un son, car elle réagit très légèrement. Gabrielle, c'était le seul nom que je pouvais lui donner désormais. « Gabrielle », lui dis-je et je la vis presque sourire.

Je baissai les yeux vers mon poignet. Plus de blessure là non plus, mais la soif faisait rage en moi. Mes veines me répondaient comme si je leur avais parlé. Je la regardai à nouveau et vis un imperceptible rictus de faim lui déformer les lèvres. Son expression, étrange et lourde de signification, semblait me dire : « Alors, ne comprends-tu pas ? »

Mais elle ne fit aucun bruit. Le silence régnait. Certes, il y avait la beauté de ses yeux tournés vers moi et peut-être l'amour que nous discernions l'un chez l'autre, mais le silence s'étendait dans toutes les directions, sans rien ratifier. J'étais incapable de le sonder. M'avait-elle fermé son esprit ? Je le lui demandai sans parler, mais elle ne parut pas saisir.

« Maintenant », dit-elle et sa voix me surprit. Elle était plus douce, plus sonore qu'avant. Un bref instant, nous fûmes de retour en Auvergne, il neigeait et elle me chantait une chanson dont les échos se répercutaient comme dans une immense grotte. Non, tout cela était fini. Elle continua : « Va... révolues, toutes ces choses, vite — maintenant ! » Elle s'approcha et me tira par la main. « Regarde-toi dans la glace », chuchota-t-elle.

Mais je savais déjà. Je lui avais donné plus de sang que je n'en avais pris. J'étais exsangue. D'autant plus que je ne m'étais pas sustenté avant de venir auprès d'elle.

J'étais si absorbé par la sonorité de ces syllabes, par cette impression de neige qui tombait, par le souvenir de sa chanson que je mis un moment à réagir. Je regardai ses doigts qui touchaient les miens. Notre chair était identique. Je me levai de mon fauteuil et lui pris les deux mains, puis je lui touchai les bras, le visage. C'était donc fait et je vivais toujours ! A présent, elle était *avec* moi. Elle avait franchi les bornes de ma terrible solitude pour me rejoindre et ma seule pensée était de la prendre dans mes bras, de la serrer à la broyer, pour ne plus jamais la lâcher.

Je l'enlevai du sol et je me mis à tournoyer comme un toton.

Elle rejeta la tête en arrière et un éclat de rire jaillit de ses lèvres et s'enfla jusqu'à ce que je posasse la main sur sa bouche.

« Ta voix est capable de briser toutes les vitres de la pièce », lui chuchotai-je. Je jetai un coup d'œil à la porte. Nicolas et Roget étaient dans la pièce voisine.

« Qu'elles volent en éclats ! » lança-t-elle, et son expression n'avait rien d'espiègle. Je la reposai à terre, mais nous ne pouvions nous détacher l'un de l'autre. C'était plus fort que moi.

Dans l'appartement, les mortels commençaient à s'agiter ; le médecin et la garde-malade estimaient qu'ils devaient regagner le chevet de la mourante.

Elle regarda la porte. Elle les entendait aussi. Mais pourquoi ne l'entendais-je pas, elle ?

Elle s'écarta de moi, lançant de brefs regards un peu partout. Saisissant le candélabre, elle s'approcha de la glace pour se contempler.

Je comprenais ce qu'elle éprouvait. Elle avait besoin d'un peu de temps pour apprendre à voir avec ses nouveaux yeux. Mais nous devions quitter l'appartement au plus vite.

J'entendais la voix de Nicolas, de l'autre côté du mur, qui exhortait le médecin à frapper à la porte.

Comment la faire sortir d'ici, me débarrasser d'eux ?

« Non, pas par là », lança-t-elle en suivant mon regard.

Elle regardait le lit, les objets sur la table de chevet. Elle courut chercher ses bijoux, cachés sous l'oreiller, dans un étui de velours élimé qu'elle assujettit à sa ceinture.

Chaque petit geste semblait d'une extrême importance. Bien que je fusse incapable de capter sa pensée, je savais que c'était tout ce qu'elle désirait emporter d'ici. Elle abandonnait volontiers les objets, les vêtements qu'elle avait apportés, son nécessaire de toilette en argent et les livres posés à côté du lit.

On frappa à la porte.

« Passons donc par là », suggéra-t-elle en gagnant la fenêtre pour l'ouvrir. La brise s'engouffra dans les plis des tentures dorées et souleva les longues mèches blondes de sa nuque. Je frissonnai en la regardant, les cheveux ébouriffés autour de son visage, les yeux pleins d'une infinité de fragments multicolores qu'éclairait une lueur presque tragique. Elle n'avait peur de rien.

Je la saisis et refusai un instant de la laisser partir. J'enfonçai mon visage dans ses cheveux, incapable d'aller au-delà de la pensée que nous étions enfin réunis et que plus rien ne pourrait jamais nous séparer. Je ne comprenais pas son silence, pourquoi j'étais incapable de l'*entendre*, mais je savais qu'elle n'en était pas responsable. Peut-être cela passerait-il. Elle était avec moi. La mort était mon général et je lui donnais des milliers de victimes, mais cette proie, je la lui avais soufflée sous le nez. Je le dis tout haut, ainsi que de nombreuses autres divagations absurdes. Nous étions deux êtres de la même trempe, effrayants et meurtriers, nous déambulions à travers le Jardin sauvage, et je m'efforçai de lui représenter la réalité de ce Jardin, même s'il n'était pas vraiment important qu'elle comprît.

« Le Jardin sauvage », répéta-t-elle avec révérence, tandis qu'un doux sourire arquait ses lèvres.

Tout cela me martelait le cerveau. Je sentis qu'elle m'embrassait en chuchotant quelques mots.

« Aide-moi, à présent. Je veux te voir *à l'œuvre,* tout de suite, et nous avons une éternité pour nous étreindre. Viens ! »

La soif. J'aurais dû être consumé. J'étais vraiment en manque de sang et elle avait une envie folle d'en connaître le goût, je le savais. Je me rappelais encore l'envie que j'en avais eu, moi aussi, la toute première nuit. L'idée me vint que les affres de sa mort physique — au moment où tous les fluides quitteraient son corps — seraient peut-être moindres si elle pouvait boire auparavant.

On frappa derechef. La porte n'était pas fermée à clef.

Je grimpai sur le rebord de la fenêtre et lui tendis les bras. Elle s'y blottit aussitôt. Elle ne pesait rien, mais je sentais sa force, la ténacité de sa poigne. Pourtant en apercevant le quai, loin au-dessous de nous, elle parut hésiter un instant.

« Mets tes bras autour de mon cou, dis-je, et cramponne-toi. »

J'escaladai les pierres, avec mon précieux fardeau dont le visage était tourné vers le mien, jusqu'aux ardoises glissantes du toit.

Arrivé là, je lui pris la main et la tirai à ma suite, courant de plus en plus vite par-dessus les gouttières et les cheminées, franchissant d'un bond les allées, jusqu'à l'autre bout de l'île. Je m'attendais à l'entendre crier ou à la sentir se cramponner à moi, mais elle n'avait pas peur.

Elle regardait en silence les toits de la rive gauche et, tout bas sur le fleuve, les innombrables petits bateaux sombres pleins de pauvres êtres loqueteux, et pour le

183

moment elle semblait se contenter de sentir la caresse du vent dans ses cheveux. J'aurais pu rester des heures à la contempler, détaillant tous les aspects de sa transformation, mais en même temps j'étais tenaillé par le désir plein d'excitation de l'emmener à travers toute la ville, de tout lui révéler, de lui enseigner tout ce que j'avais appris. Pas plus que moi, elle ne savait ce qu'était l'épuisement physique à présent. Et elle n'avait pas été comme moi assommée par l'horreur de la vision de Magnus bondissant dans le feu.

Un carrosse s'engagea, dans un roulement de tonnerre, sur le quai au-dessous de nous. Le cocher était recroquevillé sur sa haute banquette. Du doigt, je montrai à ma compagne le véhicule qui approchait et je lui pris la main.

Au moment où il passait au-dessous de nous, nous sautâmes et atterrîmes sans un bruit sur le toit de cuir. Le cocher, tout à son attelage, ne se retourna même pas. Je serrai Gabrielle dans mes bras, pour l'aider à trouver son équilibre, et nous nous tînmes prêts à bondir à bas du carrosse à la première occasion.

C'était infiniment excitant de faire tout cela avec elle.

Nous franchîmes un pont, longeâmes la cathédrale et traversâmes en direction de la rive droite. J'entendis à nouveau le rire de Gabrielle. Je me demandai ce que pensaient les gens qui nous voyaient passer de leur fenêtre, cramponnés au toit de notre carrosse comme deux enfants désobéissants embarqués sur un frêle esquif.

Le carrosse fit un écart. Nous nous dirigions à vive allure vers Saint-Germain-l'Auxerrois et passâmes en trombe devant la puanteur du cimetière des Innocents.

Pendant une brève seconde, je sentis comme une émanation de la *présence*, mais elle disparut si vite que je doutai de mes sens. En me retournant, je n'en discernai pas la moindre trace. La pensée me frappa avec une extraordinaire acuité que Gabrielle et moi allions pouvoir parler ensemble de cette présence, et de tout le reste, que nous ferions front ensemble quoi qu'il arrivât. A sa façon, cette nuit était pour moi un cataclysme aussi violent que celle où Magnus avait fait de moi un vampire et elle ne faisait que commencer.

Nous avions atteint à présent un quartier qui se prêtait à la chasse. Je lui repris la main et nous sautâmes dans la rue.

Elle fixa d'un regard hébété les roues qui tournaient si vite, mais elles disparurent presque aussitôt. Elle n'était même pas échevelée, mais elle n'avait pas l'air vraie ; c'était une femme arrachée à son lieu et à son temps, vêtue en tout et pour tout d'une robe et de fins souliers, libre de s'envoler.

Nous tournâmes dans une étroite allée et nous mîmes à courir en nous tenant par la taille ; de temps en temps je baissais les yeux pour voir son regard scrutant les murs qui nous cernaient, les dizaines de fenêtres aux volets clos, par où filtraient de minces rais de lumière.

Je savais ce qu'elle voyait, les sons qui s'imposaient à son oreille. Pourtant, je n'entendais toujours pas sa pensée et j'avais un peu peur à l'idée qu'elle m'en excluait peut-être délibérément.

Elle s'était arrêtée. C'était le premier spasme de sa mort qui l'avait saisie, je le lisais sur son visage.

Je la rassurai et lui rappelai en peu de mots la vision que je lui avais dévoilée un peu plus tôt.

« C'est une douleur brève, qui ne peut se comparer à ce que tu as déjà enduré. Elle disparaîtra d'ici quelques heures, peut-être moins si nous buvons dès à présent. »

Elle opina, plus impatientée qu'effrayée.

Nous débouchâmes sur une petite place. Devant l'entrée d'une vieille demeure, un jeune homme semblait attendre quelqu'un ; le col relevé de sa cape grise masquait son visage.

Était-elle assez forte pour le prendre ? Aussi forte que moi ? Il était temps de le découvrir.

« Si la soif ne t'entraîne pas à agir, c'est qu'il est encore trop tôt », lui dis-je.

Je lui jetai un bref regard qui me glaça. L'intensité,

la fixité de sa concentration étaient presque purement humaines et dans ses yeux planait comme une ombre cette même lueur tragique que j'avais déjà aperçue. Rien ne lui échappait. Lorsqu'elle se mit en route vers l'homme, cependant, elle n'avait plus rien d'humain; elle était devenue une véritable bête de proie. Pourtant, elle n'était qu'une femme se dirigeant vers un homme, ou plus exactement une dame, échouée en ce lieu désert sans cape, sans chapeau, sans compagnons, allant demander son aide à un galant homme.

Que c'était donc atroce à observer, la façon dont elle se mouvait sur les pavés inégaux qu'elle paraissait à peine effleurer du pied, celle dont toute la personne, jusqu'aux mèches floconneuses de sa chevelure que le vent agitait, semblait parfaitement contrôlée! Elle donnait l'impression de pouvoir traverser les murailles de ce pas inexorable.

Je me dissimulai dans l'ombre.

L'homme tressaillit, se tourna vers elle avec un léger crissement du talon de sa botte, tandis qu'elle se dressait sur la pointe des pieds pour lui parler tout bas. Il me sembla qu'elle hésitait un bref instant. Peut-être était-elle légèrement horrifiée. Dans ce cas, la soif n'avait pas encore eu le temps de s'affirmer suffisamment. Son doute ne dura qu'une seconde, cependant. Presque aussitôt, je vis qu'elle était en train de le prendre et qu'il était à sa merci. J'étais trop fasciné pour détourner les yeux.

Je me rendis soudain compte que je ne l'avais pas prévenue du fait qu'il fallait cesser de boire avant que le cœur ne s'arrêtât. Comment avais-je pu oublier une chose pareille? Je me précipitai vers elle, mais elle l'avais déjà lâché. Il était tombé en tas contre le mur, la tête de travers, le chapeau à ses pieds. Mort!

Elle restait là à le contempler et je voyais le sang courir en elle, la réchauffer et colorer sa peau et le rouge de ses lèvres. Elle m'adressa un fulgurant regard violet, presque exactement de la couleur du ciel lorsque j'étais entré dans sa chambre. Je l'observai en silence, tandis qu'elle regardait sa victime avec un curieux étonnement, comme si elle n'en croyait pas tout à fait ses yeux. J'écartai de son visage ses cheveux emmêlés.

Elle se glissa dans mes bras et je l'éloignai du cadavre. Elle jeta un ou deux regards en arrière, puis fixa ses yeux droit devant elle.

« C'est assez pour cette nuit. Il faut regagner la tour », lui dis-je. Je voulais lui montrer le trésor, me retrouver seul avec elle dans cette retraite sûre, la serrer dans mes bras et la réconforter si les événements égaraient sa raison. Elle était à nouveau secouée par les spasmes de la mort. Là-bas, elle pourrait se reposer devant le feu.

« Non, je ne veux pas encore y aller, protesta-t-elle. La douleur ne durera guère, tu me l'as promis. Je veux être ici une fois qu'elle sera passée. » Elle leva les yeux et me sourit. « C'est à Paris que je suis venue mourir, vois-tu », souffla-t-elle.

Tout détournait son attention, le jeune mort derrière nous, affalé dans sa cape grise, le reflet chatoyant du ciel dans une flaque d'eau, un chat bondissant jusqu'en haut d'un mur. Le sang était encore tout chaud au-dedans d'elle et circulait.

Je lui pris la main et la pressai de me suivre. « Il faut que je boive, expliquai-je.

— Oui, je le vois bien, chuchota-t-elle. Tu aurais dû le prendre, toi. J'aurais dû y penser... Ah, tu es encore d'une parfaite galanterie.

— Une galanterie d'affamé, dis-je en souriant. N'allons pas nous décarcasser à instituer une étiquette pour les monstres. » Je me mis à rire. J'allais l'embrasser, lorsqu'un phénomène attira mon attention. Je lui serrai la main à la broyer.

Très loin, dans la direction des Innocents, j'entendais la présence, plus forte que jamais.

Elle aussi s'était immobilisée, la tête légèrement inclinée.

« Tu entends ? » lui demandai-je.

Elle leva les yeux vers moi. « C'en est *un autre* ? » Ses yeux se rétrécirent et elle lança un nouveau regard dans la direction d'où était venue cette émanation.

« Hors-la-loi ! jeta-t-elle à voix haute.

— Quoi ? » *Hors-la-loi, hors-la-loi, hors-la-loi.*
J'éprouvai un brusque vertige, comme le souvenir d'un
rêve oublié, d'un fragment de rêve. Je ne parvenais
plus à penser. J'avais présumé de mes forces en la
créant à mon image. Il fallait que je boive.

« Elle nous a traités de hors-la-loi, dit-elle. N'as-tu
pas entendu ? » Elle prêta l'oreille à nouveau, mais la
présence avait fui et nous ne l'entendions plus, ni l'un
ni l'autre.

« Ne t'en occupe donc pas, qui qu'elle soit, dis-je.
Elle ne s'approche jamais davantage. » Tout en prononçant ces mots, cependant, je savais qu'elle avait été
plus virulente cette fois-ci. Je voulais me mettre hors
de portée des Innocents. « Elle vit dans les cimetières,
murmurai-je. Peut-être ne saurait-elle vivre ailleurs...
bien longtemps. »

Avant même d'avoir terminé ma phrase, je la sentis
derechef ; elle semblait s'amplifier et exhaler la pire
malveillance que j'eusse jamais perçue de sa part.

« Elle rit ! » chuchota Gabrielle.

Je l'observai. Sans aucun doute, elle entendait la
présence plus clairement que moi.

« Défie-la ! dis-je. Traite-la de lâche ! Dis-lui de se
montrer ! »

Elle me regarda, sidérée.

« C'est vraiment ce que tu souhaites ? » me
demanda-t-elle tout bas. Elle tremblait légèrement et
je la soutins. Elle serra ses bras autour de sa taille,
comme si les spasmes avaient repris.

« Pas cette fois-ci, alors, dis-je. Il n'est pas encore
temps. Mais nous la réentendrons, juste au moment où
nous l'aurons oubliée.

— Elle est partie, dit Gabrielle. Elle nous hait,
cette chose...

— Éloignons-nous d'elle », dis-je d'un ton méprisant, en passant mon bras autour de la taille de ma
compagne.

Je ne lui dis pas ce que je pensais, ce qui me pesait
bien plus que la présence et ses habituelles agaceries.

Si elle pouvait entendre la présence aussi bien que moi, et même mieux, c'était donc qu'elle jouissait de tous mes pouvoirs, y compris la faculté d'envoyer et de recevoir les images et les pensées. Et pourtant, nous ne parvenions plus à nous *entendre* l'un l'autre !

3

Je trouvai une victime dès que nous eûmes franchi le fleuve.

A peine eus-je jeté mon dévolu sur l'homme que la pensée me frappa avec d'autant plus d'intensité que tout ce que j'avais fait seul, je le ferais à présent avec elle. Elle allait m'observer, en tirer des enseignements.

Tandis que j'attirais ma victime hors de la taverne, la tourmentais, l'exaspérais et, pour finir, la prenais, je savais bien que je cherchais à briller aux yeux de Gabrielle, en me montrant plus cruel, plus joueur que jamais. Quand vint le moment suprême, il fut d'une violence qui me laissa épuisé.

Elle jubilait. Elle ne me quittait pas des yeux, comme si elle pensait pouvoir aspirer cette vision comme elle aspirait le sang. Dès que je l'eus rejointe, je la pris dans mes bras et je sentis sa chaleur tandis qu'elle sentait la mienne. Le sang m'irriguait le cerveau. Nous restâmes cramponnés l'un à l'autre, dans l'obscurité, comme deux statues brûlantes, et il n'y avait pas jusqu'à la mince pellicule de nos vêtements qui ne nous parût étrangère.

Après cela, la nuit perdit toute dimension ordinaire. Elle reste d'ailleurs une des nuits les plus longues que j'aie connues dans ma vie immortelle.

Elle fut infinie, insondable et vertigineuse ; il y eut des moments où j'aurais voulu posséder des défenses contre ses plaisirs et ses surprises, mais je n'en avais point.

Et j'avais beau répéter inlassablement le nom de ma compagne, elle n'était pas encore Gabrielle pour moi. Elle était *elle*, tout simplement, celle que j'avais désirée toute ma vie, de tout mon être. La seule femme que j'eusse jamais aimée.

Sa mort ne fut pas longue.

Nous nous réfugiâmes dans une cave vide jusqu'à ce que tout fût terminé. Je la gardai dans mes bras et lui parlai pendant tout le temps que cela dura. Je lui redis, avec des mots, cette fois, tout ce qui m'était arrivé.

Je lui décrivis la tour, lui répétai tous les propos de Magnus, lui expliquai les manifestations de la présence, comment je m'y étais habitué, combien je la méprisais et répugnais à la traquer dans ses derniers retranchements. J'essayai à de multiples reprises de lui envoyer des images, mais sans succès. Je ne fis, cependant, aucune remarque sur cet échec et elle non plus. Mais elle m'écouta très attentivement.

Je lui contai les soupçons de Nicolas, dont il ne lui avait pas fait part, évidemment, et je lui révélai que désormais je craignais encore plus pour sa raison. Une autre fenêtre ouverte, une autre pièce vide, avec cette fois plusieurs témoins pour attester ces étranges événements, il y avait de quoi l'ébranler.

Tant pis. J'inventerais bien quelque histoire assez plausible pour satisfaire Roget. Et je trouverais moyen de venir en aide à Nicolas, de rompre la chaîne de soupçons qui le liait à moi.

Tout cela semblait vaguement la fasciner, mais sans vraiment compter pour elle. Ce qui lui importait, c'était le présent.

On eût dit qu'elle ne croyait pas à sa propre immortalité ; elle semblait plutôt convaincue qu'elle ne disposait que de cette unique nuit d'énergie surnaturelle et devait tout connaître et tout accomplir avant de s'engloutir à l'aube dans l'abîme de la mort.

Je tentai à plusieurs reprises de la persuader de regagner la tour. Au fil des heures, un épuisement spirituel s'empara de moi. J'avais besoin d'être au calme, de réfléchir à tout ce qui s'était passé. J'ouvrais les yeux et ne voyais momentanément que les ténèbres. Mais elle ne rêvait que d'expériences, d'aventures.

Elle me proposa de pénétrer chez les mortels, en quête de vêtements pour elle. Elle rit quand je lui dis que j'achetais toujours mes habits à des marchands...

« Nous entendrons bien si la maison est vide, dit-elle, en arpentant rapidement les rues, les yeux levés vers les fenêtres. Nous entendrons dormir les domestiques. »

Je n'y avais jamais songé, mais c'était tout à fait logique. Je montai bientôt à sa suite d'étroits escaliers de service et longeai des couloirs, stupéfait de la facilité de l'entreprise et fasciné par les détails de ces appartements intimes. Je m'aperçus que j'aimais toucher les objets personnels : éventails, tabatières, même le journal qu'avait lu le maître de maison, ses bottes devant la cheminée. C'était aussi amusant que de mettre le nez aux fenêtres.

Elle poursuivait son propre but, cependant. Elle dénicha dans un boudoir de somptueux vêtements, mieux adaptés à ses nouvelles formes plus épanouies. Je l'aidai à troquer son taffetas bleu pour du velours rose et à ordonner ses boucles sous un chapeau garni de plumes d'autruche. Je n'arrivais pas à m'habituer à sa présence à mes côtés et à l'étrange sensation qu'éveillait en moi ce passage dans une demeure pleine d'odeurs humaines. Elle ramassa de menus objets sur la coiffeuse, un flacon de parfum, une paire de petits ciseaux en or. Puis elle se mira dans la glace.

Je l'embrassai à nouveau et elle se laissa faire. Nous étions deux amants aux visages blêmes.

Nous regagnâmes la rue, fîmes un tour à l'Opéra, puis à la Comédie-Française, avant la fermeture, et poussâmes ensuite jusqu'au bal du Palais-Royal. Elle était enchantée de constater que les mortels nous voyaient sans nous voir, que nous les attirions et les bernions totalement.

Après cet épisode, nous eûmes une conscience très aiguë de la présence, en visitant des églises, puis elle disparut à nouveau. Nous escaladâmes des clochers pour contempler notre royaume, puis nous courûmes nous réfugier dans des cafés bondés, pour le seul plaisir de goûter le contact et l'odeur des humains tout autour de nous, d'échanger des regards furtifs, de rire doucement entre nous.

Elle tombait dans de profondes rêveries en regardant la fumée monter de nos tasses de café.

Elle adorait plus que tout les rues vides et obscures et le grand air. Elle voulait grimper aux arbres pour regagner les toits. Elle s'étonnait que je ne parcourusse pas toujours la ville par les toits ou perché sur un carrosse.

A minuit passé, nous nous retrouvâmes au milieu d'un marché désert, la main dans la main.

Nous venions une fois de plus d'entendre la présence, mais nous n'avions ni l'un ni l'autre pu discerner son état d'esprit, ce qui me laissait perplexe.

Tout ce qui nous entourait était encore pour Gabrielle source d'étonnement : les ordures, les chats qui chassaient la vermine, la bizarre immobilité, le fait que les recoins les plus obscurs de la métropole fussent sans danger pour nous. Elle m'en fit la remarque. Peut-être était-ce cela qui l'enchantait le plus : cette faculté de passer devant les repaires de brigands sans être entendus et d'être aisément à même de châtier quiconque serait assez sot pour s'attaquer à nous ; cette faculté d'être à la fois visibles et invisibles, palpables et parfaitement insaisissables.

Je ne la pressai pas de recommandations, ni de questions, me contentant de suivre le gré de son caprice, parfois absorbé dans mes propres pensées.

Lorsqu'un beau et frêle jeune homme s'avança à cheval parmi les éventaires, je le contemplai comme une apparition venue du royaume des vivants jusqu'à celui des morts. Ses cheveux et ses yeux sombres me firent penser à Nicolas, ainsi que l'expression à la fois innocente et tourmentée de son visage. Jamais il n'aurait dû venir seul en ce lieu. Il était plus jeune que Nicolas et d'une folle inconscience.

192

Je ne mesurai toutefois toute l'étendue de sa folie que lorsqu'elle bondit comme un grand félin rose et le jeta presque sans bruit à bas de sa monture.

J'étais bouleversé. L'innocence de ses victimes ne la troublait nullement. Elle ignorait tout de mes affres morales. Cela dit, je les ignorais moi-même à présent, alors pourquoi la juger ? Pourtant, l'aise avec laquelle elle occit ce jeune homme — lui rompant gracieusement le cou lorsqu'elle s'aperçut qu'elle n'avait plus assez soif pour le tuer — me mit en rage, malgré tout l'intérêt que j'avais pris à la voir faire.

Elle était plus froide que moi. Elle s'y prenait mieux. Magnus m'avait dit : « Sois sans pitié », mais avait-il voulu que l'on tuât lorsque ce n'était pas nécessaire ?

Je compris presque aussitôt pourquoi elle avait agi ainsi, en la voyant arracher sa robe rose pour revêtir les habits du jouvenceau. Elle l'avait choisi parce qu'il était frêle.

Et à vrai dire, avec ses vêtements — bas de soie crème, culotte écarlate, chemise de dentelle, gilet jaune, habit écarlate et jusqu'au ruban rouge qui retenait ses cheveux — elle sembla enfiler l'aspect de sa victime.

Je sentis quelque chose en moi se rebeller contre son charme, contre la hardiesse avec laquelle elle assumait ce costume masculin ; à présent sa chevelure éparse ressemblait davantage à la crinière d'un lion qu'à des cheveux de femme. J'eus envie de lui faire mal. Je fermai les yeux.

Quand je les rouvris, je sentis la tête me tourner. Je ne pouvais supporter le voisinage du jeune mort.

Elle s'attacha les cheveux en catogan, avec le ruban écarlate. Puis, après avoir couvert le cadavre de sa robe rose, elle ceignit l'épée de sa victime, la tira du fourreau et la rengaina, et se pencha enfin pour ramasser sa roquelaure crème.

« Allons-y, mon chéri », me dit-elle en m'embrassant.

J'étais changé en pierre. Je ne voulais qu'une chose :

regagner ma tour avec elle. Elle me pressa la main pour m'inciter à la suivre et se mit aussitôt à courir.

Elle avait besoin de goûter sa nouvelle liberté de mouvements et je dus me donner du mal pour la rattraper, ce qui n'arrivait jamais avec les mortels, bien sûr. Elle semblait voler entre les éventaires du marché et les tas d'ordures. Je m'arrêtai.

Elle me rejoignit aussitôt et m'embrassa. « Voyons, je n'ai plus aucune raison de porter des robes, me dit-elle du ton qu'on emploie avec un enfant rétif.

— Non, je le sais bien », convins-je. Peut-être valait-il mieux qu'elle ne pût lire dans mes pensées. Je ne pouvais détacher les yeux de ses jambes parfaites, dans leurs bas crème, de ses cuisses fuselées et de son ventre plat sous la culotte de soie écarlate.

Qu'on se rappelle qu'à cette époque, les jambes des femmes restaient invisibles. Mais elle n'était plus vraiment une femme à présent. Un bref instant, l'horreur s'infiltra dans mon âme.

« Viens, je veux retourner sur les toits, dit-elle. Je veux aller boulevard du Temple voir le petit théâtre que tu as acheté. Tu veux bien me le montrer ?

— Bien sûr, répondis-je. Pourquoi pas ? »

Il nous restait encore deux heures d'obscurité lorsque nous regagnâmes enfin l'île Saint-Louis. Au loin, sur le quai pavé que baignait le clair de lune, j'apercevais ma jument, attachée au mur, là où je l'avais laissée. Sans doute ne l'avait-on pas remarquée dans le tumulte qui avait dû suivre notre disparition.

Nous guettâmes attentivement les signes de la présence de Nicolas et de Roget, mais la demeure était obscure et déserte.

« Ils ne sont pas loin, pourtant, chuchota Gabrielle.

— Chez Nicolas, soufflai-je. Et de ses fenêtres, il se peut très bien qu'un serviteur ait été posté pour surveiller ma jument.

— Alors, il vaut mieux la laisser et en voler une autre !

— Non, elle est à moi », m'obstinai-je. Soudain je sentis sa main se crisper sur la mienne.

C'était de nouveau notre vieille amie, la présence ; cette fois, elle longeait la Seine de l'autre côté de l'île et se dirigeait vers la rive gauche.

« Disparue ! dit Gabrielle. Partons. Nous volerons une autre monture.

— Attends, je vais tâcher d'attirer la jument jusqu'ici. »

Je concentrai toute ma volonté sur l'animal, lui enjoignant silencieusement de rompre ses rênes et de venir. Elle se mit aussitôt à caracoler en tirant sur la lanière de cuir. Puis elle se cabra et le lien se brisa net.

Elle vint vers nous en galopant sur les pavés et nous bondîmes sans hésiter sur son dos. J'empoignai ce qui restait des rênes et nous partîmes à bride abattue.

En traversant le pont, je discernai derrière nous un grand désordre, le tumulte dans les esprits des mortels.

Mais déjà, nous nous étions engloutis dans les ténèbres pleines d'échos de l'île de la Cité.

Lorsque nous fûmes enfin dans la tour, j'allumai le flambeau de résine et entraînai Gabrielle à ma suite vers le donjon. Il ne restait plus assez de temps pour lui montrer la salle du haut.

Les yeux vitreux, elle regardait mollement autour d'elle en descendant l'escalier en colimaçon. Son costume écarlate luisait contre le noir des pierres.

La puanteur qui montait du cachot la troubla, mais une fois que nous eûmes refermé sur nous la lourde porte de l'immense crypte, elle ne nous dérangea plus.

A la lumière de la torche, elle examina le plafond voûté et les trois grands sarcophages avec leurs couvercles sculptés.

Elle ne paraissait pas effrayée. Je lui dis d'essayer de bouger le couvercle de celui qu'elle aurait choisi, car je serais peut-être obligé de l'aider.

Elle observa les trois gisants. Après avoir réfléchi un instant, elle choisit non pas le tombeau marqué d'une effigie féminine, mais celui du chevalier en armure. Lentement, elle en écarta le couvercle pour regarder à l'intérieur.

Sa force ne valait peut-être pas la mienne, mais elle était suffisante.

« N'aie pas peur, lui dis-je.

— Non. Surtout, ne t'inquiète pas pour cela », répondit-elle doucement. Sa voix était empreinte d'une imperceptible tristesse. Elle semblait rêvasser en passant la main sur la pierre.

« A l'heure qu'il est, observa-t-elle, peut-être lui aurait-on déjà fait sa toilette mortuaire, à ta mère. La pièce serait pleine de sales odeurs et de la fumée de centaines de bougies. Songe à quel point c'est humiliant, la mort. Des inconnus l'auraient dévêtue, lavée, rhabillée ; ils auraient vu son corps émacié et sans défense dans le dernier sommeil. Et dans les couloirs, les vivants auraient parlé par murmures de leur excellente santé : dans leur famille, il n'y a pas de poitrinaires, ça non ! Cette pauvre marquise ! auraient-ils dit pieusement. Ils se seraient demandé si elle avait de la fortune personnelle, léguée à ses fils, peut-être ? Et la vieille femme venue chercher les draps souillés aurait volé les bagues de la main de la morte. »

J'acquiesçai. Nous voici donc dans notre crypte, avais-je envie de dire, prêts à nous étendre sur nos couches de pierre, avec les rats pour toute compagnie. Pourtant, cela vaut infiniment mieux, n'est-ce pas ? Arpenter à jamais le royaume des cauchemars n'est pas sans une certaine ténébreuse splendeur.

Elle était pâle et paraissait glacée. D'un geste endormi, elle tira un objet de sa poche.

C'étaient les ciseaux d'or volé sur la coiffeuse. Ils étincelaient à la lumière de notre flambeau.

« Non, ma mère », m'écriai-je. Ma voix me surprit moi-même, tant elle résonna avec force sous le plafond voûté. Sur les sarcophages, les gisants me faisaient l'effet de deux témoins impitoyables. Mon cœur se serra douloureusement.

Quel bruit atroce que celui de ces ciseaux tondant, coupant ! Ses cheveux churent en longues ondulations tout autour d'elle.

« Ooh, ma mère ! »

Elle baissa les yeux vers les mèches sacrifiées, les dispersa, sans rien dire, du bout de sa botte, et quand elle releva la tête pour me regarder, elle était vraiment devenue un jeune homme au visage encadré de courtes boucles blondes. Ses yeux se fermaient, cependant. Elle tendit la main vers moi, laissant échapper les ciseaux.

« Le repos, à présent, murmura-t-elle.

— Ce n'est que le soleil qui se lève », dis-je pour la rassurer. Elle défaillait plus tôt que moi. Elle se détourna pour se diriger vers le tombeau. Écartant encore un peu le couvercle du sarcophage, je la déposai à l'intérieur, les yeux clos, laissant ses membres souples retomber avec toute leur grâce naturelle.

Son visage reflétait déjà la sérénité du sommeil.

Elle semblait morte, partie à jamais, la magie envolée.

Je ne pouvais détacher d'elle mon regard.

J'enfonçai les crocs dans ma langue jusqu'à ce que je sentisse poindre le sang. Puis, m'inclinant tout près d'elle, je laissai le sang vermeil filtrer, goutte à goutte, sur ses lèvres. Ses yeux se rouvrirent. Leur éclat bleu violet se fixa sur moi. Le sang coula à l'intérieur de sa bouche entrouverte et lentement, elle avança la tête pour accueillir mon baiser. Ma langue s'insinua entre ses lèvres aussi froides que les miennes. Le sang était chaud, cependant, et circulait entre nous.

« Bonne nuit, ma bien-aimée, lui dis-je. Gabrielle, mon ange des ténèbres. »

Elle retomba dans son immobilité dès que je l'eus lâchée. Je refermai sur elle le couvercle de pierre.

4

Il me fut désagréable de m'éveiller dans la crypte souterraine. L'air glacé me déplut, de même que la faible puanteur qui me parvenait du cachot à l'étage inférieur et l'idée de toutes les créatures mortes qui s'y trouvaient.

Une angoisse me saisit. Et si elle n'allait pas se réveiller ? Si ses yeux restaient fermés à jamais ? Savais-je seulement ce que j'avais fait ?

Pourtant il me paraissait arrogant, obscène d'écarter à nouveau le couvercle du sarcophage pour la contempler dans son sommeil. Une honte de mortel m'envahit. Au château, jamais je n'eusse osé ouvrir la porte de ses appartements sans frapper et encore bien moins tirer les rideaux de son lit.

Elle allait s'éveiller. Il le fallait. Et il valait beaucoup mieux qu'elle soulevât elle-même le couvercle de pierre. La soif l'y inciterait au moment voulu, comme elle m'y avait incité naguère.

J'allumai le flambeau à son intention et je sortis un instant au grand air. Puis, sans refermer la grille ni les portes derrière moi, je montai dans la chambre de Magnus pour regarder les ténèbres chasser les feux du couchant.

Une heure s'écoula. La lumière azurée s'estompa, les étoiles firent leur apparition et Paris, à l'horizon, s'éclaira de sa multitude de minuscules fanaux. Je quittai la fenêtre pour aller choisir quelques bijoux pour elle dans le coffre.

Car elle avait sûrement gardé son amour des bijoux. N'avait-elle pas emporté les siens en s'enfuyant avec moi ? J'allumai les bougies, non que j'en eusse besoin pour voir, mais parce que leurs flammes embrasaient les pierreries. Je lui dénichai de ravissants et délicats joyaux : des épingles incrustées de perles et des bagues suffisamment masculines pour son nouvel accoutrement.

De temps à autre, je tendais l'oreille et un frisson me glaçait le cœur. Si elle n'allait point s'éveiller ? Si elle n'avait eu droit qu'à une seule nuit ? L'horreur me battait aux tempes. La mer de bijoux, les flammes qui dansaient sur leurs facettes, les montures d'or — cela ne voulait plus rien dire.

Je ne l'entendais pas. J'entendais le vent dehors, le vaste et doux bruissement des arbres, le lointain sifflotement de mon garçon d'écurie et le hennissement des chevaux.

Au loin, un clocher de village égrenait les heures.

Brusquement, j'eus le sentiment qu'on m'observait. La chose était pour moi si inaccoutumée que la panique me prit. Je fis volte-face pour regarder l'entrée du passage secret. Personne.

Puis je regardai droit devant moi, à travers les barreaux de la fenêtre.

Et je croisai son regard.

Elle semblait flotter dans l'air, cramponnée aux barreaux des deux mains, et elle me souriait.

Je faillis hurler. Je reculai instinctivement et une brusque poussée de sueur m'inonda. J'étais gêné d'être pareillement pris en défaut, si manifestement surpris.

Elle restait immobile, cependant, souriant toujours, et son expression passa progressivement de la sérénité à la malice. Son regard était presque incandescent à la lueur des bougies.

« Ce n'est pas bien de faire peur aux autres immortels », dis-je d'un ton faussement grondeur.

Elle rit plus joyeusement qu'elle ne l'avait jamais fait de son vivant.

Quel soulagement de la voir bouger, de la voir rire ainsi !

« Comment es-tu arrivée jusqu'ici ? demandai-je. Gagnant la fenêtre, je passai les mains par les barreaux pour lui aggriper les poignets.

Sa petite bouche rieuse n'était que douceur. Son épaisse crinière cernait son visage d'une mousse chatoyante.

« J'ai escaladé le mur, pardi, répondit-elle. Que croyais-tu ?

— Eh bien, redescends. Tu ne peux pas passer à travers les barreaux. Je viens à ta rencontre.

— Non, retrouve-moi plutôt sur le chemin de ronde, là-haut. C'est plus près. »

Et reprenant son ascension, elle disparut à mon regard.

Lorsque nous redescendîmes l'escalier, elle n'était qu'exubérance, comme elle l'avait été la veille.

« Pourquoi nous attarder ici ? s'impatienta-t-elle. Filons donc à Paris ! »

Elle était ravissante, mais pourtant quelque chose me dérangeait dans son aspect, quelque chose clochait... Qu'était-ce donc ?

Pour le moment, elle n'avait envie ni de baisers, ni même de bavarder, ce qui n'était pas sans me piquer un peu au vif.

« Je voudrais te montrer la chambre secrète, lui dis-je, et ses bijoux.

— Ses bijoux ? »

Elle n'avait pu les voir de la fenêtre, car ils étaient masqués par le couvercle du coffre. Elle me précéda dans la pièce où avait brûlé Magnus, puis elle dut s'accroupir pour se glisser dans le tunnel.

A la vue du coffre, elle resta muette de saisissement.

Rejetant impatiemment ses cheveux par-dessus ses épaules, elle se pencha pour examiner les broches, les bagues, les petits ornements si semblables à ceux qu'elle avait dû vendre jadis, l'un après l'autre.

« Il a dû les amasser pendant des siècles ! s'exclamat-elle. Que d'objets exquis ! Il a choisi avec discernement, n'est-ce pas ? Quel être singulier ce devait être. »

A nouveau, d'un geste presque irrité, elle repoussa sa chevelure rebelle, qui me paraissait plus pâle, plus lumineuse, plus fournie. Une splendide parure.

« Regarde donc ces perles, lui dis-je. Et ces bagues. » Je lui fis voir celles que j'avais choisies pour elle et j'en glissai plusieurs à ses doigts. Son rire joyeux résonna à nouveau.

« Ma foi, nous faisons de magnifiques démons, me semble-t-il !

— Les chasseurs du Jardin Sauvage, renchéris-je.

— Alors partons pour Paris ! » lança-t-elle. Une légère crispation de douleur traversa son visage ; c'était la soif. Elle se passa la langue sur les lèvres. Étais-je à moitié aussi fascinant pour elle qu'elle l'était pour moi ?

Elle continua, le regard assombri par l'intensité de ce qu'elle éprouvait :

200

« Cette nuit, je veux me sustenter au plus vite, puis sortir de la ville pour gagner les bois. Aller là où il n'y a plus d'humains. Où il n'y a que le vent dans les sombres ramures des arbres et les étoiles au-dessus de nos têtes. Où règne un silence béni. »

Elle regagna la fenêtre. Sa fine silhouette était droite comme un jeune peuplier et des bagues brillaient à tous ses doigts. Ses mains, sortant des lourdes manches de son habit d'homme, paraissaient d'autant plus fines et exquises. Elle contemplait les nuages indistincts tout là-haut et les étoiles qui luisaient à travers la gaze violette du brouillard nocturne.

« Il faut que je passe chez Roget, dis-je tout bas. Je dois m'occuper de Nicolas, raconter Dieu sait quel mensonge pour expliquer ton départ. »

Elle se retourna et son visage me parut soudain plus petit et glacé, comme il l'était au château lorsqu'elle me désapprouvait.

« Pourquoi faut-il leur parler de moi ? s'enquit-elle. Et d'ailleurs, pourquoi diable te soucier d'eux ? »

Cette question me scandalisa, mais sans me surprendre outre mesure. Peut-être m'y étais-je attendu. Peut-être avais-je deviné chez elle, dès le début, ces muettes interrogations.

J'aurais voulu dire : Nicolas est resté à ton chevet lorsque tu étais mourante, n'est-ce donc rien ? Mais ces mots sonnaient de façon tellement sentimentale, tellement mortelle, tellement niaise.

Et pourtant, ce n'était pas niais.

« Je ne porte aucun jugement sur toi », dit-elle. Elle s'appuya contre la fenêtre les bras croisés. « Je ne comprends pas, voilà tout. Pourquoi nous as-tu écrit ? Pourquoi nous as-tu envoyé tous ces cadeaux ? Pourquoi ne pas plutôt garder tes richesses et suivre ta propre route ?

— Mais pour aller où ? m'écriai-je. Loin de tous ceux que j'ai connus et aimés ? Je ne voulais pas cesser de penser à toi, à Nicolas, et même à mon père et à mes frères. J'ai fait ce que j'ai voulu.

— Alors ta conscience n'y a eu aucune part ?

— Si l'on suit sa conscience, on fait ce qu'on veut, déclarai-je. Mais c'était plus simple, en fait. Je voulais que tu eusses la richesse que je t'ai donnée. Je voulais... que tu fusses heureuse. »

Elle réfléchit un long moment.

« Aurais-tu préféré que je t'oubliasse ? » continuai-je. Je me sentais méchant, furieux.

Elle ne répondit pas tout de suite.

« Non, bien sûr que non. Et si nos rôles avaient été inversés, je ne t'aurais pas oublié, moi non plus. J'en suis sûre. Mais les autres ? Je ne m'en soucie pas plus que d'une guigne. Jamais plus je n'aurai le moindre échange avec eux, jamais je ne les reverrai. »

J'opinai, mais ce qu'elle disait me révoltait. Elle me faisait peur.

« Je ne parviens pas à me débarrasser de l'idée que je suis morte, poursuivit-elle. Radicalement coupée de tout ce qui vit. Je sais que j'ai gardé le goût, la vue, le toucher, que je peux boire du sang. Mais j'ai l'impression d'être invisible, impalpable.

— Il n'en est rien, dis-je. Et combien de temps crois-tu que cela pourra te soutenir, de sentir et de voir, de toucher et de goûter, s'il n'y a pas d'amour ? personne avec toi ? »

Nouvelle mimique d'incompréhension.

« Oh, et puis pourquoi diable vais-je t'ennuyer avec tout ça ? repris-je. Je suis avec toi. Nous sommes ensemble. Tu ne peux pas savoir comment c'était, quand j'étais tout seul.

— Je te perturbe et pourtant je n'en ai pas l'intention, dit-elle. Dis-leur ce que tu voudras. Peut-être parviendras-tu à fabriquer quelque histoire crédible. Si tu veux que je vienne avec toi, je viendrai. Je ferai tout ce que tu voudras, mais j'ai une dernière question à te poser. » Elle baissa le ton. « Tu n'as quand même pas l'intention de partager ce pouvoir avec eux ?

— Ça non, jamais. » Je secouai la tête, comme si cette seule pensée me paraissait invraisemblable.

« Pas même avec Nicolas ?

— Grands dieux, non ! » Je la regardai.

Elle hocha légèrement la tête, comme si elle approuvait ma réponse. Puis elle repoussa ses cheveux d'une main nerveuse.

« Pourquoi pas avec Nicolas ? » voulut-elle savoir.

Cet interrogatoire m'était pénible.

« Parce qu'il est jeune et qu'il a sa vie devant lui, dis-je. Il n'est pas au seuil de la mort. » A présent, j'étais pis que mal à l'aise. J'étais malheureux. « Le temps aidant, il nous oubliera...

— Il peut mourir demain, objecta-t-elle. Écrasé par un carrosse dans la rue...

— Tu veux donc que je lui dise ? » Je la foudroyai du regard.

« Non, je ne le veux pas du tout. Mais qui suis-je pour te dire ce qu'il faut faire ? J'essaie seulement de te comprendre. »

Ses longs cheveux lui retombèrent dans la figure et elle les empoigna à deux mains.

Brusquement, elle émit une sorte de long sifflement et tout son corps se raidit. Elle regardait fixement sa chevelure.

« Mon Dieu ! » chuchota-t-elle. Prise d'un véritable spasme, elle lâcha ses cheveux et se mit à hurler.

Ce bruit me paralysa. Une douleur blanche fulgurante me vrilla le cerveau. Jamais je ne l'avais entendue hurler. Elle continuait son tapage, renversée contre la fenêtre. Elle leva de nouveau la main vers ses cheveux et la retira comme s'ils la brûlaient. Elle se débattait cramponnée à la fenêtre, elle hurlait et se tordait ; on aurait dit qu'elle cherchait à échapper à sa propre chevelure.

« Arrête ! » criai-je. Je l'empoignai par les épaules et la secouai. Elle suffoquait. Soudain je réalisai. Ses cheveux avaient repoussé ! Ils avaient repoussé pendant son sommeil et ils étaient encore plus épais, encore plus brillants qu'avant. C'était cela qui m'avait paru bizarre, que j'avais remarqué sans pouvoir mettre le doigt dessus.

« Arrête maintenant, ça suffit ! » lançai-je encore plus fort. Son corps tremblait si violemment que j'avais du mal à la tenir. « Ils ont repoussé, voilà tout ! C'est leur longueur naturelle, comprends-tu ? Ce n'est rien. »

Elle s'étranglait à moitié, en cherchant à reprendre son calme. Elle voulut s'échapper de mes bras pour s'arracher les cheveux à pleines mains.

Je la secouai de toutes mes forces.

« Gabrielle ! Comprends-tu ce que je dis ? Ils ont repoussé et ils repousseront à chaque fois que tu les couperas ! Cela n'a rien de maléfique, pour l'amour du diable. Assez ! » J'avais l'impression que si elle ne se taisait pas, j'allais céder moi aussi à la panique. Je tremblais presque aussi violemment qu'elle.

Elle cessa de hurler, mais sa respiration était saccadée. Jamais je ne l'avais vue dans un tel état. Elle se laissa conduire jusqu'au banc près de l'âtre où je la fis asseoir.

Je cherchai une paire de ciseaux dans la pièce. Il n'y en avait pas. Les petits ciseaux d'or étaient restés dans la crypte, en bas. Je sortis un couteau.

Elle sanglotait doucement, la tête dans les mains.

« Veux-tu que je les recoupe ? » demandai-je.

Pas de réponse.

« Gabrielle, écoute-moi. » Je lui relevai la tête. « Si tu veux, je vais les recouper. Toutes les nuits, je les couperai et je les brûlerai. C'est tout. »

Elle me dévisagea, plongée soudain dans une telle immobilité que je ne savais plus quoi faire. Son visage était maculé du sang de ses larmes et son jabot lui-même était tout taché.

« Alors, je les coupe ? » demandai-je.

On aurait dit qu'on l'avait frappée jusqu'à la faire saigner. De ses yeux écarquillés, les larmes de sang glissaient sur ses joues lisses. Tandis que je la contemplais, elles se tarirent et le sang sécha pour former une croûte sombre sur sa peau blanche.

Je lui essuyai soigneusement le visage avec mon mouchoir de dentelle, puis j'allai fouiller parmi les vêtements que j'avais rapportés de Paris à la recherche d'une chemise propre.

Je lui enlevai son habit. Elle ne fit aucun geste ni pour m'aider, ni pour m'arrêter. Je dégrafai sa chemise de lin.

Ses deux petits seins étaient parfaitement blancs, à l'exception du rose très pâle des mamelons. En m'efforçant de ne pas les regarder, je fis glisser la chemise propre par-dessus sa tête et la fermai au plus vite. Puis, je lui brossai longuement les cheveux ; n'ayant aucune envie de les massacrer avec mon couteau, j'en fis une longue tresse que je nouai d'un ruban. Pour finir, je lui remis son habit.

Je sentais qu'elle retrouvait son calme et sa force. Elle ne semblait pas avoir honte de sa conduite, ce qui me réjouit fort. Elle ne dit rien, cependant, ne bougea pas.

Ce fut moi qui me mis à parler.

« Quand j'étais petit, tu me racontais des tas de choses sur les endroits où tu avais vécu. Tu me montrais des images de Naples et de Venise, tu te rappelles ? Les vieux livres ? Et tu avais des bibelots, des souvenirs de Londres et de Saint-Pétersbourg, tous les endroits où tu étais allée. »

Elle ne répondit point.

« Je voudrais que nous allions dans toutes ces villes. A présent, j'ai envie de les voir. De les voir et d'y vivre. Je voudrais même aller plus loin, dans des lieux où je n'avais jamais rêvé d'aller de mon vivant. »

Son expression changea.

« Savais-tu qu'ils allaient repousser ? souffla-t-elle.

— Non. Enfin, oui. C'est-à-dire que je n'y ai pas pensé. J'aurais dû savoir qu'ils repousseraient. »

Pendant un long moment, elle me contempla de ce regard morne.

« Il n'y a donc rien dans tout ça qui... qui te fasse peur... parfois ? » demanda-t-elle. Sa voix était gutturale, méconnaissable. « Rien qui... t'arrête... quelquefois ?

— Je ne sais pas, répondis-je d'un ton impuissant. Je ne vois pas pourquoi. » Mais j'étais troublé à présent. Je lui redis que je voulais bien les couper et les brûler chaque nuit. C'était tout simple.

« Oui, brûle-les, soupira-t-elle. Sinon, ils finiraient par remplir toutes les pièces de la tour, n'est-ce pas ? Ils seraient comme les cheveux de Rapunzel dans le conte de fées. Comme l'or que la fille du meunier devait filer avec de la paille, dans le conte du méchant nain, Rumpelstiltskin.

— Nos contes de fées, nous les écrivons nous-mêmes, mon amour, lui dis-je. La leçon à tirer de tout cela, c'est que rien ne peut détruire ce que tu es à présent. Toutes tes blessures se cicatriseront. Tu es une déesse.

— Et la déesse a soif », répondit-elle.

Plusieurs heures plus tard, tandis que nous déambulions, bras dessus, bras dessous comme deux étudiants, parmi la foule des boulevards, tout était déjà oublié. Nos visages étaient incarnats, notre peau bien chaude.

Je ne la quittai pas pour aller voir mon avocat, cependant. Et elle ne chercha pas à gagner la campagne, comme elle en avait manifesté le désir. Nous restâmes tout près l'un de l'autre ; de temps à autre, une imperceptible émanation de la présence attirait notre attention.

5

A trois heures, lorsque nous regagnâmes les écuries où nous avions laissé la jument, nous savions que nous étions traqués par la *présence*.

Il se passait des demi-heures, même des heures entières où nous ne l'entendions plus. Et puis le sourd murmure reprenait. Cela me rendait fou.

Nous avions beau faire de puissants efforts pour capter quelques pensées compréhensibles émanant d'elle, nous ne parvenions à discerner que de la malveillance et un occasionnel tumulte semblable au spectacle de feuilles mortes désintégrées dans le rugissement d'un brasier.

Gabrielle fut contente de rentrer chez nous. Ce n'était point que le phénomène l'agaçât, mais comme elle me l'avait confié plus tôt, elle avait envie de la solitude, du calme de la campagne.

Une fois sortis de la ville, nous filâmes comme le vent qui nous sifflait aux oreilles ; je crois l'avoir entendue rire, mais je n'en étais pas sûr. Elle aimait comme moi la sensation du vent sur la peau, le vif éclat des étoiles sur les collines sombres.

Je me demandais pourtant si à certains moments, cette nuit, elle n'avait pas pleuré sans que je le susse. Par instants, je l'avais trouvée obscure et silencieuse, ses yeux frémissaient comme ceux de quelqu'un qui pleure, mais sans verser de larmes.

J'étais plongé dans mes pensées lorsque la jument, brutalement, se cabra et fit un écart à l'orée du bois épais qui bordait un petit cours d'eau.

Pris par surprise, je faillis vider les étriers. Gabrielle se cramponna à mon bras droit.

Toutes les nuits, je m'enfonçais dans ce petit bosquet, traversant à grand bruit l'étroit pont de bois qui enjambait le ruisseau. Ma jument connaissait donc bien ce chemin, mais à présent elle refusait absolument de l'emprunter.

Renâclant, menaçant à tout moment de se cabrer à nouveau, elle fit volte-face et repartit au galop vers Paris. Il me fallut user de toute ma volonté pour l'arrêter.

Gabrielle s'était retournée pour contempler la grande masse sombre du bosquet dont les branches ondulantes cachaient le cours d'eau. Par-dessus le ululement strident du vent et le doux bruissement des feuilles, nous sentîmes distinctement battre le pouls de la présence dans les arbres.

Nous dûmes l'entendre au même instant, car mon bras se crispa autour de la taille de Gabrielle et elle acquiesça, en me serrant la main.

« C'est plus fort ! jeta-t-elle très vite. Et ils sont plus d'un.

— Oui, dis-je furibond, et ils se dressent entre moi

et ma tanière ! » Je tirai mon épée, retenant Gabrielle de mon bras gauche.

« Tu ne vas pas traverser le bois ! s'écria-t-elle.

— Bien sûr que si ! rétorquai-je en m'efforçant de calmer notre monture. Il nous reste à peine deux heures avant le lever du soleil. Tire ton épée ! »

Elle voulut se retourner pour me parler, mais j'étais déjà en train d'éperonner la jument. Elle tira son épée et sa petite main se referma sur la poignée aussi solidement que celle d'un homme.

J'étais sûr que l'ennemi s'enfuirait dès que nous atteindrions le bois. N'avait-il pas immanquablement détalé jusqu'ici ? J'étais furieux qu'il eût effrayé ma monture et fait peur à Gabrielle.

Je dirigeai la jument droit vers le pont, serrai mon épée de toutes mes forces et m'inclinai très bas, Gabrielle coincée sous mon poids. J'avais l'impression de cracher du feu comme un dragon et lorsque mon cheval enfila le pont dans un crépitement de sabots, je vis les démons pour la première fois !

Des visages et des bras blancs au-dessus de nous, entrevus une brève seconde ; leurs bouches proféraient d'atroces hurlements, tandis qu'ils agitaient les branches pour faire pleuvoir les feuilles sur notre passage.

« Allez au diable, bande de harpies ! » hurlai-je tandis que nous escaladions le talus de l'autre côté, mais Gabrielle poussa un cri.

Quelque chose venait de se laisser tomber en croupe, derrière moi, et la jument glissait dans la terre humide. La chose m'avait saisi l'épaule et le bras qui brandissait mon épée.

Faisant tournoyer celle-ci par-dessus la tête de Gabrielle et mon épaule gauche, je frappai de mon mieux la créature et la vis rouler à bas du cheval, tache de blancheur floue dans l'obscurité. Une autre nous bondit dessus, tendant les mains comme des griffes, mais la lame de Gabrielle trancha ses deux bras qui jaillirent dans les airs, tandis que le sang giclait. Les cris se transformèrent en plaintives lamentations. J'aurais voulu les mettre tous en pièces. Je serrai la bride à mon cheval si brutalement qu'il se cabra et faillit tomber.

Gabrielle, cependant, avait empoigné sa crinière et le dirigea irrésistiblement vers la route.

Tout en fonçant vers la tour, nous les entendions glapir à notre poursuite et lorsque la jument s'écroula, nous l'abandonnâmes et courûmes, en nous tenant la main, vers la grille.

Je savais que nous devions gagner la chambre secrète par notre tunnel avant que nos poursuivants n'eussent escaladé le mur extérieur. Ils ne devaient pas nous voir bouger cette pierre.

Ayant barricadé grille et portes derrière nous aussi vite que je le pouvais, j'emportai Gabrielle dans l'escalier.

Le temps d'atteindre notre pièce secrète et de remettre la pierre en place, je les entendais déjà hurler et brailler en bas de notre retraite, puis leurs pieds raclèrent contre la muraille.

J'attrapai une brassée de bûches que je jetai devant la fenêtre.

« Vite, le petit bois ! » lançai-je.

Mais déjà, il y avait une demi-douzaine de visages blêmes derrière les barreaux. Leurs hurlements soulevaient de monstrueux échos dans notre petite cellule. Je restai un instant pétrifié.

Ils se cramponnaient aux barres de fer comme des chauves-souris, mais c'étaient des vampires, des vampires tels que nous, sous forme humaine.

Des yeux de braise nous contemplaient sous des chevelures hirsutes et pouilleuses, les glapissements gagnaient en volume et en férocité, les doigts agrippés aux barreaux étaient noirs de crasse. Le peu de vêtements que j'apercevais n'était que des haillons décolorés. Et la puanteur qui émanait d'eux était celle des cimetières.

Gabrielle jeta du petit bois sur les bûches et bondit en arrière lorsqu'ils cherchèrent à la saisir. Ils nous montraient leurs crocs, en hurlant. Des mains s'efforçaient d'attraper les bûches pour les renvoyer vers nous. Ils tiraient tous ensemble sur les barreaux comme pour les arracher de la pierre.

« La boîte d'amadou ! » hurlai-je. Empoignant une des plus grosses bûches, je la poussai violemment contre le visage le plus proche pour déloger la créature de son perchoir. Je l'entendis crier en tombant, mais d'autres avaient saisi mon arme improvisée et luttaient contre moi tandis que je faisais choir un autre démon. Entre-temps, Gabrielle avait allumé le petit bois.

Les flammes jaillirent. Les hurlements cédèrent la place à une volée de propos intelligibles :

« C'est du feu, reculez, descendez, poussez-vous, tas de sots ! Plus bas, plus bas. Les barreaux brûlent ! Vite, déguerpissez ! »

Du bel et bon français ! Qui devint d'ailleurs moins bon à mesure que les jurons se multipliaient.

J'éclatai de rire, en regardant Gabrielle.

« Maudit sois-tu, blasphémateur ! » m'en cria un, mais au même instant le feu lui lécha les doigts et il tomba en hurlant.

« Maudits soient les profanateurs, les hors-la-loi ! » nous glapissait-on d'en bas. Les cris s'enflèrent en un véritable chœur : « Maudits soient les hors-la-loi qui ont osé pénétrer dans la maison de Dieu ! » A présent le feu montait jusqu'au plafond.

« Retournez donc dans votre cimetière, bande de pitres ! » leur criai-je à mon tour. Je leur aurais volontiers lancé des bûches enflammées si j'avais pu approcher de la fenêtre.

Gabrielle restait immobile, les yeux plissés, de toute évidence à l'écoute.

En bas, les glapissements se prolongeaient. Un nouveau concert de malédictions s'éleva. Ils s'efforçaient de desceller les barreaux des fenêtres, lançaient des pierres contre les murs.

« Ils ne peuvent pas entrer, dit Gabrielle d'une voix monocorde, la tête penchée. Ils ne peuvent pas briser la grille. »

Je n'en étais pas si sûr. Elle était très vieille, très rouillée. En tout cas, nous ne pouvions qu'attendre.

Je me laissai tomber sur le sol, adossé au sarcophage, les bras croisés. Je ne riais même plus.

Gabrielle s'assit contre le mur, les jambes allongées devant elle. Sa poitrine se soulevait convulsivement et sa longue tresse était presque défaite. Ses habits étaient couverts de suie.

Le feu dégageait une chaleur presque insoutenable. Dans notre petite pièce, les émanations étaient quasiment palpables et les flammes nous cachaient le ciel nocturne. Nous avions assez d'air pour respirer, cependant, et seuls la chaleur et l'épuisement nous faisaient souffrir.

Assez vite, je m'aperçus qu'elle avait raison pour la grille. J'entendais nos ennemis s'éloigner, incapables de la forcer.

« Que le courroux de Dieu punisse les mécréants ! »

Il y eut un vague tumulte du côté des écuries. J'eus la vision du pauvre idiot qui me servait, traîné hors de sa cachette, fou de terreur, et ma rage redoubla. Ils me faisaient connaître par la pensée leur intention de le tuer. Les monstres !

« Reste calme ! ordonna Gabrielle. Il est trop tard. »

La mort du pauvre misérable m'apparut sous la forme d'un petit oiseau noir s'élevant soudain de l'écurie. Gabrielle se pencha brusquement en avant comme si elle la sentait aussi, puis elle se renversa contre le mur. On aurait pu la croire inconsciente, mais ce n'était pas le cas. Elle murmura deux mots tout bas ; je crus entendre « velours rouge », mais sans en être sûr.

« Je vous châtierai pour ce crime, espèces d'assassins ! lançai-je tout haut à leur intention. Je jure que vous me le paierez cher ! »

Je sentais mes membres s'alourdir de plus en plus. La chaleur du feu était comme une drogue. Toutes les étranges mésaventures de la nuit commençaient à me peser.

Dans l'état d'épuisement où je me trouvais, face à l'éclat du feu, j'étais incapable de deviner l'heure qu'il pouvait être. Je dus sombrer un instant dans un rêve et me réveillai en frissonnant, sans savoir combien de temps s'était écoulé.

Levant les yeux, j'aperçus un jeune homme à l'aspect irréel, exquis, qui arpentait le sol de notre pièce.

C'était Gabrielle, bien sûr.

6

Elle dégageait une impression de force, presque de violence, contenue pourtant par une grâce sans faille. Elle donna un coup de pied dans les braises et regarda le feu jeter ses dernières flammes. Je voyais le ciel, à présent. Il nous restait peut-être une heure.

« Mais qui sont-ils ? » Elle se dressait devant moi, jambes écartées, mains tendues. « Pourquoi nous traitent-ils de hors-la-loi et de blasphémateurs ?

— Je t'ai dit tout ce que je savais, répondis-je. Jusqu'à cette nuit, je ne pensais pas qu'ils eussent des visages, des membres, des voix mêmes. »

Je me levai pour épousseter mes habits.

« Ils nous ont maudits pour être entrés dans les églises ! continua-t-elle. As-tu reçu toi aussi les images qu'ils nous envoyaient ? Eux n'oseraient pas y pénétrer. »

Je m'aperçus qu'elle tremblait. D'autres petits signes trahissaient son alarme : l'imperceptible tressaillement de ses paupières, le geste nerveux dont elle repoussait ses cheveux.

« Gabrielle, dis-je en m'efforçant de prendre un ton autoritaire, rassurant. L'important est de nous sauver d'ici, tout de suite. Nous ne savons pas si ces créatures se lèvent aussitôt après le coucher du soleil. Il faut trouver une autre cachette.

— La crypte du donjon ?

— Si jamais ils parviennent à forcer la grille, c'est un piège encore pire que cette pièce-ci. » Après un nouveau regard vers le ciel, je dégageai l'entrée du passage. « Viens !

— Mais pour aller où ? » Pour la première fois, elle donnait une impression de fragilité.

« Dans un village à l'est d'ici. Il est évident que l'endroit le plus sûr est à l'intérieur de l'église.

— Y songes-tu ? Dans l'église ?

— Mais bien sûr. Tu viens de dire toi-même que ces démons n'osent pas y pénétrer. Et les cryptes creusées sous les autels sont aussi profondes et obscures que des tombeaux.

— Voyons Lestat, veux-tu donc que nous reposions sous l'autel même ?

— Tu me surprends, ma mère. J'ai déjà pris des victimes dans la nef même de Notre-Dame. » Une autre idée me vint. J'allai fouiller dans le trésor de Magnus et en tirai deux chapelets, un de perles et l'autre d'émeraudes. Elle me regardait faire, le visage blême, hagard.

« Tiens, prends celui-ci, dis-je en lui tendant le chapelet d'émeraudes. Garde-le sur toi. Si jamais nous les retrouvons, montre-leur le crucifix. Cela devrait les mettre en fuite.

— Mais qu'adviendra-t-il si nous ne trouvons pas de retraite sûre dans l'église ?

— Comment veux-tu que je le sache ? Nous reviendrons ici ! »

Je sentais la peur s'amonceler en elle et irradier ; elle hésitait, en regardant par la fenêtre les étoiles pâlissantes.

Très vite, je lui repris le chapelet et le glissai dans la poche de son habit, puis je lui baisai les lèvres.

« Les émeraudes sont signe de vie éternelle », lui dis-je.

Elle était redevenue un jeune garçon, la joue et la bouche rougies par les dernières lueurs du feu mourant.

« Je l'avais bien dit, murmura-t-elle. Tu n'as vraiment peur de rien, n'est-ce pas ?

— Quelle importance ? » Je haussai les épaules, puis je lui pris le bras pour l'entraîner vers le passage. « C'est nous qui sommes ce dont les autres ont peur. Ne l'oublie pas ! »

Lorsque nous atteignîmes l'écurie, je vis que le pauvre petit demeuré avait été sauvagement assassiné. Son corps brisé gisait sur la paille, comme projeté là par quelque Titan. L'arrière de sa tête était en bouillie. Et par dérision, pour lui ou pour moi, on l'avait revêtu d'un superbe habit de velours. De velours rouge. Les mots qu'elle avait murmurés au moment du meurtre. Je détournai les yeux avec dégoût. Tous les chevaux avaient disparu.

« Ils me le paieront ! » dis-je.

Je pris la main de Gabrielle, mais elle gardait les yeux fixés sur le pauvre corps mutilé, comme s'il l'hypnotisait.

« J'ai froid, chuchota-t-elle. Je sens mes membres se vider de leur force. Il faut que j'aille là où il fait noir. Je le sens. »

Je l'entraînai au plus vite jusqu'à la route.

Aucun monstre glapissant ne se cachait dans le cimetière du village. Je ne m'y attendais pas du reste. Gabrielle n'était plus désormais en état de m'aider de ses conseils.

Je la traînai jusqu'à la petite porte, sur le côté de l'église, que je forçai sans faire de bruit.

« J'ai froid partout. Les yeux me brûlent, murmura-t-elle plaintivement. Je veux le noir. »

Au moment où j'entrai, cependant, elle m'arrêta.

« Et s'ils avaient raison, dit-elle, et que notre place ne soit point dans la maison de Dieu ?

— Sornettes et balivernes que tout cela ! Dieu lui-même n'est pas dans la maison de Dieu.

— Tais-toi », gémit-elle.

Je l'entraînai à travers la sacristie jusqu'à l'autel. Elle se cacha le visage dans ses mains, puis elle leva les yeux droit vers le crucifix au-dessus du tabernacle. Elle laissa échapper un cri étranglé, mais ce fut des vitraux qu'elle chercha à protéger son visage, en l'enfouissant contre mon épaule. Les feux du soleil levant que je n'avais pas encore sentis la brûlaient déjà !

Je la pris dans mes bras, comme la nuit précédente,

214

et me mis en quête de quelque crypte ancienne, abandonnée depuis longtemps. Je gagnai l'autel consacré à la Sainte-Vierge, dont les inscriptions étaient presque effacées. M'agenouillant, j'enfonçais mes ongles dans une large dalle et la soulevai pour révéler un profond sépulcre qui n'abritait qu'un cercueil de bois pourri.

Je tirai Gabrielle à l'intérieur auprès de moi et remis la dalle en place.

Il faisait un noir d'encre et le cercueil s'effrita sous mes doigts, si bien que ma main se referma sur un crâne friable rongé par la vieillesse. Je sentais sous ma poitrine le contour d'autres os. Gabrielle dit d'une voix extasiée :

« Oui. Loin de la lumière.

— Nous sommes en sécurité », soufflai-je.

J'écartai les ossements de mon mieux et nous fis une sorte de nid au milieu du bois desséché et de la poussière trop ancienne pour avoir gardé l'odeur de la pourriture humaine.

Je mis pourtant une bonne heure ou plus à m'endormir.

Je ne pouvais détacher ma pensée du malheureux garçon d'écurie massacré et abandonné là dans le bel habit rouge. Cet habit, je l'avais déjà vu, mais je ne savais plus où. Était-ce donc un des miens ? L'avaient-ils pris dans la tour ? Non, impossible, ils n'avaient pas pu entrer. En auraient-ils fait faire un identique à l'un des miens ? Juste pour se moquer de moi ? Non, c'était peu vraisemblable de la part de telles créatures. Pourtant... cet habit. Il avait quelque chose de spécial...

7

En ouvrant les yeux, j'entendis le chant le plus doux, le plus beau qui fût. Comme souvent avec les sons, il me ramena à mon enfance, par une nuit d'hiver où toute ma famille était descendue jusqu'à l'église du village pour regarder, sous l'éclat de centaines de cierges, au milieu du parfum entêtant et sensuel de l'encens, le prêtre menant une procession en levant bien haut son ostensoir.

Je croyais revoir la ronde blancheur de l'hostie derrière la lourde vitre, l'auréole d'or et de pierrerie qui l'entourait et au-dessus le dais brodé, maladroitement porté par deux enfants de chœur en surplis de dentelle blanche.

Des centaines de bénédictions après celle-là avaient gravé dans ma mémoire les paroles du vieux cantique :

> *Ô salutaris Hostia*
> *Quae caeli pandis ostium*
> *Bella premunt hostilia,*
> *Da robur, fer auxilium...*

Allongé au milieu des vestiges du cercueil brisé, sous la dalle de marbre blanc de cette vaste église de campagne, avec Gabrielle cramponnée à moi, toujours en proie à la paralysie du sommeil, je pris très lentement conscience du fait qu'au-dessus de nous se tenaient des centaines d'êtres humains justement en train de chanter le cantique en question.

L'église était pleine de monde ! Impossible de quitter ce damné nid d'ossements avant qu'ils n'eussent tous vidé les lieux !

Tout autour de moi, dans les ténèbres, je sentais bouger des créatures vivantes. L'odeur du squelette à demi réduit en poussière, de la terre et de l'humidité montait jusqu'à mes narines. J'étais transi de froid.

Les mains de Gabrielle étaient celles d'une morte. Son visage était dur comme de l'os.

Je m'efforçai de ne penser à rien et de rester parfaitement immobile.

Des centaines d'humains respiraient au-dessus de moi. Un millier de personnes peut-être. Ils entonnaient à présent un nouveau cantique.

Qu'est-ce qui vient ensuite ? me demandai-je, accablé. La litanie ? La bénédiction ? Ce n'était pourtant pas le moment de rester inactif. Il fallait à tout prix sortir de ce trou. L'image de l'habit rouge s'imposa à mon esprit, accompagnée d'un sentiment irrationnel d'urgence et d'un éclair de souffrance inexplicable.

Tout à coup, Gabrielle ouvrit les yeux. Je ne le vis pas, bien sûr, l'obscurité était totale, mais je le sentis. Je sentis ses membres revenir à la vie.

Aussitôt, elle se raidit de terreur. Je posai la main sur ses lèvres.

« Tais-toi », murmurai-je, mais je percevais sa panique.

Toutes les horreurs de la nuit précédente avaient dû lui revenir en mémoire ; elle savait qu'elle se trouvait à présent dans une sépulture, sous une dalle qu'elle aurait eu peine à soulever.

« Nous sommes dans l'église, soufflai-je. Nous ne risquons rien. »

Les chants pieux continuaient à déferler : « *Tantum ergo Sacramentun, Veneremur cernui.* »

« C'est une bénédiction », dit Gabrielle d'une voix étranglée. Elle s'efforçait de se tenir tranquille, mais soudain la peur fut la plus forte et je dus la maintenir solidement des deux mains.

« Il faut que nous sortions, chuchota-t-elle, Lestat, pour l'amour de Dieu, le saint sacrement est sur l'autel ! »

En se débattant, elle faisait craquer les restes du cercueil contre la pierre et je dus m'allonger de tout mon long sur elle pour l'immobiliser.

« Et maintenant, ne bouge plus, tu m'entends ! grommelai-je. Nous n'avons pas le choix, il faut attendre. »

Sa panique me gagnait, cependant. Je sentais des morceaux d'os s'effriter sous mes genoux et l'odeur de tissu pourri me prenait à la gorge. J'avais l'impression qu'une puanteur de charnier s'insinuait dans notre sépulcre et je savais que nous ne pourrions pas la supporter.

« Impossible, haleta-t-elle. Nous ne pouvons pas rester ici. Il faut que je sorte ! » Elle geignait presque. « Lestat, je n'en peux plus. » Elle tâtait les murs des deux mains, puis la dalle au-dessus de nous. Un gémissement de pure terreur lui échappa.

Là-haut les chants s'étaient tus. Le prêtre devait monter les trois marches de l'autel, prendre l'ostensoir à deux mains et se tourner vers sa congrégation, levant bien haut l'hostie consacrée pour les bénir. Gabrielle le savait bien sûr et elle devint brusquement folle, se débattant sous mon poids comme une forcenée.

« Bon, très bien, écoute-moi ! lançai-je à voix basse, comprenant que je ne pouvais plus la contrôler. Nous allons sortir, mais comme deux vampires dignes de ce nom, tu m'entends ! Il y a un millier de personnes dans cette église et nous allons leur faire la plus belle peur de leur vie. Je vais soulever la dalle et nous allons nous lever tous les deux ensemble, en agitant les bras et en faisant les plus hideuses grimaces de notre répertoire. Essaie aussi de crier. Cela les fera reculer, au lieu de nous bondir dessus et de nous traîner en prison ; nous en profiterons pour gagner la porte. »

Incapable de me répondre, elle cherchait déjà à se relever.

Poussant de toutes mes forces sur la dalle, je sautai hors de notre refuge en agitant ma cape.

J'atterris au milieu du chœur brillamment éclairé, en lâchant un rugissement tonitruant.

Toute l'assistance se leva, des centaines de bouches s'ouvrirent pour hurler de terreur.

Avec un autre cri terrible, je saisis la main de Gabrielle et fonçai droit sur eux en bondissant par-dessus la balustrade qui entourait l'autel. Gabrielle poussa un extraordinaire gémissement suraigu, tandis que je la traînais le long de l'allée centrale. Autour de nous, c'était la panique ; les fidèles empoignaient leurs enfants, en hurlant, et tombaient à la renverse.

Les lourdes portes ouvraient directement sur le ciel enténébré, où le vent soufflait par rafales. Propulsant Gabrielle à l'extérieur, je me retournai pour pousser un dernier hurlement et montrer mes crocs à la congrégation éperdue. Puis je plongeai la main dans ma poche et fis pleuvoir des pièces d'or sur le marbre blanc du sol.

« Le diable nous jette de l'or ! » hurla quelqu'un.

Nous traversâmes le cimetière comme des flèches et partîmes à travers champs.

En quelques secondes nous eûmes gagné les bois et l'odeur des écuries d'une vaste demeure du voisinage vint frapper mes narines.

Je m'immobilisai et concentrai toute ma volonté pour appeler les chevaux. Tout en courant vers eux, nous entendions le sourd tonnerre de leurs sabots contre les parois de bois.

Bondissant par-dessus une haie assez basse, Gabrielle sur mes talons, j'arrachai la porte de ses gonds juste au moment où un superbe hongre sortait de sa stalle et nous sautâmes sur son dos, Gabrielle devant moi, à sa place habituelle.

J'enfonçai les talons dans les flancs de l'animal et piquai des deux vers le sud, en direction des bois et de Paris.

8

En approchant de la ville, je m'efforçais de concevoir un plan d'action, mais en vérité je ne savais trop quoi faire.

Impossible d'éviter ces immondes petits monstres. Nous courions à la bataille. Et notre situation ressemblait assez à celle que j'avais connue le jour où j'étais parti tuer les loups, comptant sur ma rage et ma volonté pour m'imposer.

A peine étions-nous à la hauteur des premières fermes éparpillées de Montmartre que nous entendîmes, le temps d'une seconde, leur vague murmure, aussi nocif qu'une vapeur nauséabonde.

Nous savions tous deux qu'il fallait nous sustenter au plus vite, afin d'être prêts à les affronter.

Nous mîmes pied à terre près d'une ferme, traversâmes le verger à pas de loup, jusqu'à la porte de derrière et trouvâmes à l'intérieur un couple somnolant devant un âtre vide.

Une fois repus, nous ressortîmes et restâmes un moment à contempler le ciel gris perle. Aucun bruit en provenance de l'ennemi. Rien que l'immobilité, la clarté du sang frais et une menace de pluie dans les nuages qui s'amoncelaient.

J'ordonnai silencieusement au hongre de venir. Saisissant les rênes, je me tournai vers Gabrielle.

« Je ne vois qu'une solution, dis-je. Entre dans Paris pour affronter ces monstres. En attendant qu'ils se montrent et reprennent les hostilités, j'ai des affaires à régler. Je dois songer à Nicolas, parler à Roget.

— Ces sornettes ne sont plus de mise », protesta-t-elle.

La crasse du tombeau souillait encore son habit et ses boucles blondes. On aurait dit un ange traîné dans la poussière.

« Je ne veux pas les laisser s'immiscer entre moi et mon dessein », déclarai-je.

Elle prit une profonde inspiration.

« Veux-tu donc mener ces créatures jusqu'à ton cher M. Roget ? » demanda-t-elle.

Cette seule idée m'était insupportable.

Je sentis les premières gouttes de pluie et frissonnai en dépit du sang dont j'étais gorgé.

« Fort bien, dis-je, je ne puis rien faire tant que je n'aurai pas réglé mes comptes avec eux. » J'enfourchai le cheval et tendis la main à ma compagne.

« Le mal qu'on te fait ne sert qu'à t'aiguillonner, n'est-ce pas ? demanda-t-elle en scrutant mon visage. Quoi qu'on te fasse ou qu'on tente de te faire, cela te rend plus fort.

— A présent, c'est toi qui dis des sornettes ! Allons, viens !

— Lestat, reprit-elle gravement. Cet habit qu'ils ont enfilé au garçon d'écurie après sa mort, l'as-tu remarqué ? Ne l'avais-tu pas déjà vu ? »

Ce maudit habit de velours rouge...

« Moi, je l'ai vu, continua-t-elle. Je l'ai eu pendant

des heures à mon chevet, à Paris. C'est celui de Nicolas. »

Je la regardai un long moment, mais sans la voir. La rage qui s'enflait en moi était parfaitement silencieuse. Et ce sera de la rage tant que je n'aurai pas la preuve que ce doit être du chagrin, pensai-je. Puis je cessai de penser.

Je sentais vaguement qu'elle ne se rendait pas encore compte de la violence de nos passions, de la paralysie dont elles pouvaient nous frapper. Je voulus parler, mais aucun son ne franchit mes lèvres.

« Je ne crois pas qu'ils l'aient tué, Lestat », dit-elle.

J'aurais voulu demander : Pourquoi dis-tu cela ? mais j'en étais incapable.

« Je crois qu'il est vivant, poursuivit-elle, et qu'il est leur prisonnier. Sinon, c'est son cadavre qu'ils auraient laissé au lieu d'aller tuer ce pauvre idiot.

— Peut-être que oui, peut-être que non. » Je dus faire un effort pour prononcer ces mots.

« L'habit était un message. »

C'était plus que je n'en pouvais supporter.

« Je vais les provoquer, annonçai-je. Veux-tu regagner la tour ? Si jamais j'échouais…

— Il n'est pas question que je te quitte ! »

La pluie tombait dru lorsque nous passâmes boulevard du Temple et les pavés mouillés réfléchissaient les lumières.

Mes pensées s'étaient cristallisées en stratégies plus instinctives que raisonnées. Jamais je n'avais été aussi prêt au combat, mais nous devions savoir où nous en étions. Combien étaient-ils ? Que voulaient-ils exactement ? Nous capturer et nous détruire ou bien nous effrayer pour nous forcer à fuir ? Je dus tempérer ma rage, me rappeler qu'ils étaient puérils, superstitieux, faciles à mettre en déroute ou à terrifier.

Aux environs de Notre-Dame, je les *entendis* non loin de nous ; la vibration me parvint comme un éclair argenté aussitôt évanoui.

Gabrielle se redressa et je sentis sa main gauche sur mon poignet. La droite était sur la garde de son épée.

Nous venions de pénétrer dans une ruelle tortueuse qui serpentait dans les ténèbres et seul le tintement des sabots de notre monture rompait le silence. Je dus lutter pour ne pas me laisser impressionner par ce bruit.

Nous les vîmes au même instant.

Gabrielle se renversa contre moi et je ravalai le cri étranglé qui aurait pu sembler un signe de peur.

Loin au-dessus de nos têtes, de chaque côté de l'étroit goulet, leurs visages blêmes se détachaient sur les gouttières des maisons, luisant faiblement contre le ciel menaçant et les silencieuses rafales de pluie argentée.

Je lançai le cheval au galop et je les vis là-haut qui détalaient comme des rats le long des toits. Leurs voix lançaient de faibles glapissements, inaudibles des oreilles mortelles.

Gabrielle étouffa un cri en voyant leurs bras et leurs jambes si blancs se laisser glisser le long des murs devant nous et j'entendais derrière le sourd martèlement de leurs pieds sur les pavés.

« Droit devant nous ! » criai-je en tirant mon épée et j'envoyai mon cheval en plein sur deux silhouettes dépenaillées qui s'étaient mises en travers de notre route. « Écartez-vous, maudites créatures ! » Je les entendis brailler sous nos pieds.

Je discernai brièvement des visages affolés ; ceux d'au-dessus disparurent, les poursuivants semblaient se fatiguer et nous fonçâmes droit devant nous, l'écart grandissant entre nous et nos assaillants, pour déboucher finalement sur le parvis désert.

Ils se rassemblaient aux abords du parvis, cependant, et cette fois j'entendais distinctement leurs pensées ; l'un d'eux voulait savoir quel était notre pouvoir et pourquoi ils devaient avoir peur de nous, un autre insistait pour nous poursuivre.

Une force quelconque dut alors émaner de Gabrielle, car je les vis reculer nettement lorsqu'elle tourna les yeux vers eux et serra plus fort la garde de son épée.

« Arrête et repousse-les ! me dit-elle tout bas. Ils sont terrifiés. » Puis, je l'entendis jurer entre ses dents. Jaillissant de l'ombre de l'Hôtel-Dieu, six nouveaux démons volaient vers nous, leurs maigres carcasses à peine cachées par des haillons, les cheveux au vent, poussant des glapissements atroces. Ils encourageaient les autres. La malveillance s'intensifiait autour de nous.

Le cheval se cabra et nous faillîmes tomber. Ils lui lançaient des ordres contraires aux miens.

Saisissant Gabrielle par la taille, je sautai à terre et partis à toutes jambes vers les portes de Notre-Dame.

Un vacarme épouvantable et moqueur vint frapper silencieusement mes oreilles, des cris, des gémissements, des menaces.

« Vous n'oserez pas, vous n'oserez pas ! » La malveillance nous frappa comme la chaleur d'un haut fourneau, tandis que leurs pieds se lançaient à nos trousses ; je sentais leurs mains qui tentaient d'agripper mon épée, mon habit.

J'étais certain de mon affaire dès que nous aurions atteint la cathédrale. Je fis un ultime effort, projetant Gabrielle devant moi, si bien que nous glissâmes ensemble entre les portes du saint édifice, franchissant le seuil pour nous étaler sur les dalles de l'intérieur.

Nouveaux hurlements, plus effrayants que jamais, puis un silence de mort comme si toute la meute avait été foudroyée.

Je me relevai aussitôt, en riant tout fort, mais je n'avais pas l'intention de m'attarder près du portail pour les écouter. Gabrielle était sur pied et m'entraînait dans la pénombre de la nef, jusqu'aux cierges de l'autel. Ayant trouvé un recoin obscur et vide, à côté d'une petite chapelle, nous tombâmes à genoux.

« Exactement comme ces maudits loups ! maugréai-je. Ils étaient en embuscade.

— Chut, tais-toi un instant, murmura-t-elle en se cramponnant à mon habit. Sinon mon cœur immortel risque d'éclater. »

9

Au bout d'un long moment, je la sentis se raidir. Elle regardait vers la porte.

« Ne pense pas à Nicolas, me lança-t-elle. Ils attendent et ils écoutent. Ils entendent tout ce que nous pensons.

— Mais eux, que pensent-ils? » chuchotai-je.

Je sentais son intense concentration.

Je la serrai contre moi, les yeux fixés sur le rai de lumière argentée qui entrait par les battants ouverts. Moi aussi je les entendais à présent, toujours la même vibration.

Je fus soudain envahi par un immense sentiment de paix, presque sensuel dans sa puissance. Il me semblait que je devais céder, qu'il était sot de résister davantage. Tout serait résolu si nous acceptions de nous rendre. Ils ne tortureraient pas Nicolas qui était en leur pouvoir, ils ne le mettraient pas en pièces.

Je le vis entre leurs mains, je l'entendis hurler tandis qu'on lui arrachait les bras. J'étouffai mon propre cri avec ma main, pour ne pas attirer l'attention des mortels autour de nous.

Gabrielle posa ses doigts sur mes lèvres.

« Ce n'est qu'une menace, souffla-t-elle, ils ne l'ont pas mise à exécution. N'y pense pas.

— Alors il est toujours vivant?

— C'est ce qu'ils ont l'air de dire. Écoute! »

A nouveau ce sentiment de paix, cette invitation — car c'en était une — à les rejoindre, cette voix qui disait: *Sortez de l'église, rendez-vous, nous ne vous ferons pas de mal.*

Je me levai et me tournai vers la porte. Gabrielle, inquiète, m'imita. Elle semblait même redouter de me parler.

Vous mentez, dis-je. *Vous n'avez aucun pouvoir sur nous!* Le courant de défi franchit les portes entrouvertes. *Nous rendre? Et pourquoi donc? Dans l'église,*

*nous sommes en sécurité; nous pouvons nous cacher
dans les tombeaux souterrains, nous abreuver au cou
des fidèles sans les tuer, si habilement qu'on ne nous
découvrira point. Que ferez-vous alors, vous qui ne
pouvez franchir ces portes? D'ailleurs, détenez-vous
vraiment Nicolas? Amenez-le sur le seuil que je le voie.*

Le plus grand désordre régnait dans l'esprit de Gabrielle. Elle me dévisageait anxieusement, sans savoir
ce que je disais, mais elle les entendait clairement, ce
qui n'était pas mon cas lorsque j'envoyai mon message.

Leur émanation était plus faible, mais elle n'avait
pas cessé. Elle continuait à nous promettre une trêve ;
elle parlait même d'extase, à présent, de réunion. Elle
avait retrouvé sa sensualité, sa beauté.

« Misérables poltrons, tous tant que vous êtes, sou-
pirai-je, tout haut pour que Gabrielle aussi pût entendre. Montrez-moi Nicolas. »

La vibration se fit plus stridente, sous-tendue par un
silence profond, comme s'il ne restait plus qu'une ou
deux voix.

L'expression de Gabrielle se durcit.

Le silence. Il n'y avait plus dehors, sur le parvis, que
des mortels, luttant contre le vent. Je n'avais pas cru
qu'ils battraient ainsi en retraite. Comment sauver
Nicolas à présent?

Je me sentais soudain bien las, presque désespéré.
Ridicule, me dis-je confusément, je ne désespère jamais! Je me bats jusqu'au bout, quoi qu'il advienne.
Toujours. Je revis Magnus bondissant dans le feu, son
visage déformé par une hideuse grimace avant d'être
consumé par les flammes. Était-ce là le désespoir?

Cette pensée me paralysa, m'horrifia comme l'avait
fait, sur le moment, la réalité de la chose. J'avais la
curieuse impression qu'on me parlait de Magnus, ce
qui m'avait fait penser à lui!

« N'écoute pas! dis-je à Gabrielle. Ils jouent avec
nos pensées. »

Mais mon regard, fixé au-delà d'elle, vers la porte,
vit apparaître une petite silhouette. C'était celle d'un
jeune garçon et non d'un homme.

J'aurais voulu que ce fût Nicolas, mais je sus aussitôt que ce n'était pas lui. La silhouette était plus petite et plus massive de carrure. Et la créature n'était pas humaine.

Elle portait non pas un costume contemporain, mais une gracieuse tunique, serrée à la taille par une ceinture et des chausses qui moulaient le galbe parfait de ses jambes. De larges manches pendaient à ses côtés. Le même costume que Magnus.

Mais celui qui le portait était presque un enfant. Il avait de longs cheveux bouclés et s'avançait très droit dans la lumière argentée de l'église. Il hésita un instant et sembla regarder les hautes voûtes. Puis il traversa la nef dans notre direction. Ses pieds ne faisaient aucun bruit sur les dalles.

A la lueur des cierges, je vis que sa tunique était de velours noir, jadis superbe, mais à présent rongé par le temps et incrusté de crasse. Son visage était d'un blanc brillant et d'une rare perfection. Un Cupidon du Caravage, à la fois séducteur et éthéré. Il avait les cheveux couleur d'acajou, les yeux brun foncé.

Je serrai Gabrielle contre moi en le regardant, surpris avant tout par la façon dont cette créature inhumaine nous contemplait. Il étudiait chaque détail de nos personnes, puis il tendit la main pour toucher la pierre du petit autel. Il le regarda fixement, examina le crucifix, les images de saints, puis ses yeux revinrent vers nous.

Il n'était qu'à quelques pas et son air doucement inquisiteur laissa place à une expression sublime. La voix que j'avais déjà entendue jaillit de cette créature, nous demandant une nouvelle fois de céder, de nous rendre. Nous étions faits pour nous aimer, tous les trois.

Cette sommation, en ce lieu, avait quelque chose de naïf.

Instinctivement, je lui résistai. Je sentis mes yeux s'opacifier comme si les fenêtres de ma pensée avaient été murées. Pourtant, un puissant élan me portait vers lui, je désirais plus que tout le suivre et me laisser mener par lui. Il était pour moi un mystère aussi total que Magnus. Et il était beau en plus, d'une beauté ineffable, et semblait posséder une complexité et une profondeur infinies que je n'avais pas décelées chez Magnus.

L'angoisse de ma vie immortelle m'oppressait. Il me dit : *Viens à moi, viens car moi seul et mes semblables pouvons mettre fin à ta solitude.* Ces mots firent sourdre en moi une tristesse inexprimable. Ma gorge se serra, un petit nœud rigide se forma là où aurait dû être ma voix. Pourtant je résistai.

Non, nous sommes deux, répondis-je en serrant la main de Gabrielle. Puis je lançai : *Où est Nicolas ?* et je restai cramponné à ma question, sans rien entendre, sans rien voir.

Il s'humecta les lèvres, à la manière d'un humain. Silencieusement, il s'approcha tout près de nous et nous regarda tour à tour. Puis d'une voix très humaine, il dit :

« Magnus. » Le ton était neutre, caressant. « Il s'est jeté dans le feu comme tu l'as dit ?

— Je ne l'ai pas dit », répondis-je. La note humaine de ma propre voix me surprit. Je savais, toutefois, qu'il me parlait de ma pensée récente. « C'est vrai, continuai-je. Il s'est jeté dans le feu. » Pourquoi ne pas le dire franchement à qui voulait savoir ?

Je m'efforçai de pénétrer son esprit, mais, le sachant, il éleva entre nous un écran d'images si bizarres que je faillis crier.

Qu'avais-je donc vu le temps d'un éclair ? Je n'en savais rien. Une espèce de paradis infernal où des vampires buvaient le suc de fleurs gonflées de sang qui pendaient aux arbres.

Une vague de dégoût me submergea. J'avais l'impression qu'il s'était insinué dans mes rêves secrets comme un succube.

Il cessa, foudroyé par mon dégoût. Il n'avait pas prévu une telle réaction. Une telle... quoi ? Une telle force ?

Oui et il me le faisait savoir de façon presque courtoise.

Je lui rendis la politesse en envoyant l'image de la salle dans la tour où je me trouvais avec Magnus. Je me rappelais les paroles de ce dernier avant de bondir dans le feu. Je révélai tout.

Il opina et lorsqu'il apprit les derniers mots de Magnus, son expression changea, son visage devint plus lisse. Mais il ne me révéla rien de lui-même en échange.

Au contraire, à ma grande surprise, il se détourna de nous pour contempler le maître-autel. Il nous dépassa, nous tournant le dos comme s'il n'avait rien à redouter de nous et nous avait oubliés.

Il s'avança vers l'allée centrale, mais sa démarche n'était pas humaine. Il passait si rapidement d'un coin d'ombre à un autre qu'il semblait disparaître et repa-raître. Jamais on ne le voyait en pleine lumière et les quelques fidèles qui vaquaient dans la cathédrale n'avaient qu'à tourner les yeux vers lui pour qu'il s'évanouît instantanément.

Son habileté, car ce n'était rien de plus, m'émerveil-la. Curieux de voir si je pouvais en faire autant, je le suivis dans le chœur et Gabrielle nous imita sans faire un bruit.

C'était plus simple que nous ne l'eussions cru, pour-tant notre visiteur fut visiblement surpris en nous retrouvant à ses côtés.

Or, par le biais de cet étonnement, il me révéla sa grande faiblesse, l'orgueil. Il était humilié que nous eussions pu le suivre aussi légèrement en lui cachant totalement nos pensées.

Pis encore, lorsqu'il comprit que j'avais perçu son orgueil — en une fulgurante révélation — sa rage redoubla.

Gabrielle émit un petit bruit méprisant. Le temps d'une seconde, ses yeux lui adressèrent un vibrant éclair de communication dont j'étais exclu. Il parut perplexe.

Il était, toutefois, en proie à une lutte intérieure plus féroce que je m'efforçai de comprendre. Il contemplait les fidèles tout autour de lui, l'autel, les emblèmes du

Tout-Puissant et de la Sainte Vierge. On eût dit un jeune dieu ; la lumière des cierges jouait sur la dure blancheur de son visage innocent.

Il passa son bras autour de ma taille sous ma cape. Le contact était si étrange, si doux et séduisant, la beauté de son visage si enchanteresse que je ne m'écartai point. Il passa son autre bras autour de la taille de Gabrielle. Je crus voir deux anges, côte à côte.

Il faut venir, dit-il.

« Pourquoi, où cela ? » demanda Gabrielle. Je sentis une immense pression. Il tentait de me faire bouger contre ma volonté, mais n'y parvenait point. Le visage de Gabrielle se durcit en le regardant. Il fut une nouvelle fois stupéfait, hors de lui et incapable de nous le cacher.

Il avait donc sous-estimé notre force physique tout autant que notre force mentale. Intéressant.

« Il faut venir à présent, dit-il en déployant toute la force de sa volonté que je percevais trop clairement pour m'y laisser prendre. Sortez, mes adeptes ne vous feront pas de mal.

— Tu nous mens, répondis-je. Tu as congédié tes adeptes et tu veux que nous sortions avant leur retour pour ne pas qu'ils te voient sortir de l'église. »

Je posai la main sur sa poitrine et tentai de le faire reculer. Il me parut aussi fort que Magnus. Je refusai de me laisser impressionner. « Pourquoi ne veux-tu pas qu'ils voient cela ? » chuchotai-je en le dévisageant.

Il s'opéra en lui un changement saisissant et atroce. Sa contenance angélique parut se flétrir, ses yeux s'agrandirent et sa bouche se tordit de consternation. Tout son corps devint difforme et on eût dit qu'il s'efforçait de ne pas grincer des dents et serrer les poings.

Gabrielle s'écarta. Je ris. Je n'en avais pas vraiment l'intention, mais je ne pus me contenir. C'était à la fois horrifiant et follement drôle.

L'illusion, si c'en était une, cessa aussitôt et il redevint lui-même. Je vis même reparaître la sublime expression. Un flot régulier de pensées me dit que j'étais infiniment plus fort qu'il ne l'avait supposé. Toutefois, les autres auraient peur de le voir sortir de l'église, dont il fallait passer dehors au plus tôt.

« Encore des mensonges », chuchota Gabrielle.

Or, je savais qu'un tel orgueil ne pardonnerait rien. Dieu vienne en aide à Nicolas si nous ne parvenions pas à berner cette créature !

Faisant demi-tour, je pris la main de Gabrielle et nous remontâmes l'allée centrale en direction du grand portail. Ma compagne, pâle et tendue, m'adressa un regard interrogateur.

« Patience », lui soufflai-je. Je me retournai pour regarder notre ennemi là-bas, près de l'autel ; il me parut horrible, repoussant, comme un hideux fantôme.

Ayant atteint le vestibule, je sommai silencieusement, de toutes mes forces, les autres démons de revenir. Je leur dis qu'ils pouvaient même entrer dans la cathédrale s'ils le désiraient ; il ne leur arriverait rien. Leur chef se trouvait en ce moment même sain et sauf au pied du maître-autel.

Gabrielle joignit sa volonté à la mienne et nous répétâmes notre invocation à l'unisson.

Je le sentis foncer vers nous, puis brusquement, je le perdis. Je ne savais plus où il était.

Tout d'un coup, il m'empoigna, se matérialisant à mes côtés et envoyant Gabrielle rouler à terre. Il s'efforçait de me soulever pour me projeter par la porte entrouverte.

Mais je me débattais. Me raccrochant désespérément à mes souvenirs de Magnus et de sa curieuse façon de bouger, que je retrouvais chez cet être, je le lançai le plus loin possible, à travers les airs. Il s'écrasa contre un mur.

Les mortels s'agitaient. Ils voyaient des mouvements confus, entendaient des bruits. La créature avait disparu, cependant, et Gabrielle et moi ne nous distinguions pas des autres jeunes gens qui priaient dans l'ombre.

Je vis soudain reparaître notre ennemi, lancé vers moi comme une flèche, et je fis un pas de côté. Il alla s'écraser sur les dalles, à quelque vingt pieds de moi, et leva vers moi un regard empreint de terreur respectueuse. Ses longues boucles acajou étaient en désordre. Et, contrastant avec la douce innocence de son visage, sa volonté impérieuse déferlait sur moi, m'assurant que j'étais une créature faible, imparfaite et sotte, que ses adeptes me mettraient en pièces dès leur arrivée et qu'ils feraient mourir mon amant mortel à petit feu.

Je ris silencieusement. On aurait dit une de nos grotesques batailles de la commedia dell'arte.

Gabrielle nous regardait tour à tour, sans rien dire.

J'envoyai à nouveau mon message au reste de la troupe et cette fois je les entendis répondre, interroger.

« Entrez dans l'église ! » répétais-je inlassablement. Leur chef se releva et se précipita sur moi, ivre de rage. Gabrielle et moi le saisîmes au même instant et l'immobilisâmes.

Pendant un bref instant d'horreur, il tenta de m'enfoncer ses crocs dans la gorge, les yeux exorbités. Je l'envoyai une nouvelle fois rouler au sol et il disparut.

Les autres se rapprochaient.

« Votre chef est dans la cathédrale, venez le voir ! reprisje. Chacun de vous peut y entrer. Il n'y a aucun danger. »

J'entendis Gabrielle pousser un avertissement. Trop tard. Il parut jaillir du sol, juste devant moi, et me frappa à la mâchoire. Je perdis l'équilibre et avant que je n'eusse pu me ressaisir, il m'expédia d'une violente bourrade entre les deux battants du portail et jusque sur les pavés du parvis.

QUATRIÈME PARTIE

LES ENFANTS DES TÉNÈBRES

QUATRIÈME PARTIE

LES ENFANTS DES TÉNÈBRES

1

Je ne voyais rien que la pluie, mais je les entendais tout autour de moi. Et lui, qui donnait ses ordres.

« Ils n'ont guère de pouvoir, ces deux-là, disait-il, s'exprimant par pensées curieusement simples, comme s'il s'adressait à des enfants des rues. Emparez-vous d'eux. »

Gabrielle me dit : « Lestat, abandonne la lutte. Il est inutile de la prolonger. »

Je savais qu'elle avait raison, mais jamais je n'avais cédé à quiconque. L'entraînant à ma suite, je courus vers le pont.

Nous fonçâmes à travers la presse de gens et de voitures, mais les autres gagnaient du terrain, courant si vite qu'ils étaient à peine visibles aux yeux des mortels. Ils ne nous craignaient plus.

La chasse s'acheva dans les étroites ruelles de la rive droite.

Je vis apparaître de toutes parts des visages blêmes, semblables à ceux de chérubins démoniaques, et lorsque je tentai de tirer mon épée, des dizaines de mains m'immobilisèrent. Je ne lâchai pas mon arme, mais je ne pus les empêcher de me soulever dans leurs bras, ni de s'emparer pareillement de Gabrielle.

Une brusque flambée d'atroces images m'apprit qu'ils nous emmenaient au cimetière des Innocents, à quelques pas de là. J'apercevais déjà le scintillement des brasiers qui brûlaient chaque nuit dans la puanteur des charniers, dont ils étaient censés disperser les effluves nauséabonds.

Cramponné au cou de Gabrielle, je hurlai que l'odeur de pourriture m'était insupportable, mais ils nous emportaient à toute allure à travers les ténèbres. Nous eûmes bientôt franchi les grilles et dépassé les galeries de marbre blanc.

« Cette odeur doit vous dégoûter aussi ! hurlai-je en me débattant. Pourquoi vivre parmi les morts, quand vous êtes faits pour boire le sang des vivants ? »

Ma répulsion était telle, cependant, qu'elle m'empêchait de parler et même de lutter. Nous étions environnés de cadavres en voie de décomposition.

Tandis que nous nous dirigions vers le coin le plus sombre du cimetière pour pénétrer à l'intérieur d'un immense sépulcre, je me rendis compte qu'eux aussi redoutaient cette puanteur. Et pourtant, ils lui ouvraient leurs bouches et leurs poumons comme s'ils voulaient la dévorer. Gabrielle tremblait contre moi.

Après avoir franchi une autre grille, nous nous enfonçâmes sous terre, par un escalier en terre battue, chichement éclairé aux flambeaux.

L'odeur s'intensifiait, semblait suinter des murs. Détournant la tête, je vomis un mince filet de sang vermeil.

« Comment peut-on vivre parmi les tombes ? repris-je, furieux, Pourquoi subir de votre plein gré les tourments de l'enfer ?

— Silence, me chuchota un vampire femelle dont les yeux noirs étincelaient sous une tignasse de sorcière. Blasphémateur ! Maudit profanateur !

— Ne sois donc pas le jouet du diable, ma jolie ! persiflai-je. A moins qu'il ne te traite beaucoup mieux que le Tout-Puissant ! »

Elle rit. Ou plutôt, elle se mit à rire, mais s'arrêta aussitôt comme si elle n'en avait pas le droit. Joyeuse réunion de famille en perspective !

Nous nous enfoncions dans les entrailles de la terre.

Lueur vacillante des flambeaux, raclements de pieds nus, haillons repoussants me frôlant le visage… J'aperçus un crâne hilare, puis un autre, puis tout un tas dans une niche pratiquée dans le mur.

Je tentai de me libérer, mais les vampires resserrèrent leur étreinte. L'atroce spectacle de momies fixées au mur dans leurs langes pourris frappa mon regard.

« Tout ceci est immonde ! » lançai-je, les dents serrées.

Nous avions terminé notre descente et traversions à présent de vastes catacombes. J'entendais au loin de sourds et rapides roulements de tambours et je vis briller des flambeaux devant nous. Et, par-dessus le chœur de lugubres gémissements, s'élevaient d'autres cris, plus lointains mais infiniment plaintifs. Soudain, une sensation nouvelle attira mon attention.

Je sus qu'un mortel était proche. C'était Nicolas ; il était vivant et je l'entendais, je percevais le courant chaud et vulnérable de sa pensée mêlé à son parfum. Le plus grand tumulte régnait dans son esprit désorienté.

Je ne savais pas si Gabrielle l'avait senti, elle aussi.

Tout à coup, on nous jeta brutalement dans la poussière et tout le monde s'écarta de nous.

Je me relevai aussitôt, aidant Gabrielle à en faire autant. Nous nous trouvions sous une immense coupole, fort mal éclairée par trois flambeaux formant un triangle, au centre duquel on nous avait placés.

Vers le fond de cette pièce se dressait une énorme masse noire qui sentait le bois et la résine, le tissu humide et moisi et l'homme. Nicolas s'y trouvait.

Gabrielle, les cheveux épars, se serrait contre moi, promenant autour d'elle un regard calme et circonspect.

Des supplications s'élevaient tout autour de nous, mais les cris les plus perçants sortaient des profondeurs de la terre. Je compris que c'étaient des vampires ensevelis qui hurlaient pour réclamer du sang, pour implorer le pardon et la liberté, pour appeler même les feux de l'enfer. Le vacarme qu'ils faisaient était aussi épouvantable que la puanteur qui nous environnait.

De Nicolas n'émanait aucune pensée cohérente. Était-il fou ?

Le roulement des tambours était tout proche, couvert parfois par d'imprévisibles glapissements. J'avais l'impression que ces tambours résonnaient à l'intérieur de mon crâne.

Je regardai tout autour de moi.

Un vaste cercle s'était formé autour de nous et je voyais parmi les vampires des jeunes et des vieux, des hommes et des femmes, et même un adolescent, tous vêtus de loques raides de crasse et de terre séchée, pieds nus, les cheveux embroussaillés. Je vis la femme à qui j'avais parlé dans l'escalier ; son corps ravissant était caché sous des nippes repoussantes de saleté et ses yeux noirs et vifs brillaient comme deux onyx dans son visage crasseux tandis qu'elle nous observait. Un peu en retrait, dans la pénombre, deux vampires frappaient sur des tambours.

Rassemblant silencieusement mes forces, je m'efforçai d'entendre Nicolas sans penser à lui. Je fis un vœu solennel : *Je ne sais pas encore comment, mais je nous tirerai d'ici.*

Le rythme des tambours se ralentit pour adopter une déplaisante cadence ; je sentis ma gorge se nouer malgré moi. L'un des porteurs de flambeaux s'approcha.

Je sentis poindre chez les autres une excitation, un plaisir anticipés lorsqu'il brandit les flammes dans ma direction.

Je lui arrachai son flambeau, lui tordant le bras jusqu'à lui faire ployer les genoux. Un rude coup de pied l'envoya rouler dans la poussière. Comme les autres faisaient mine de se précipiter sur moi, je décrivis avec le flambeau un ample geste qui les fit reculer.

Puis, d'un air de défi, je l'éteignis en le jetant à terre.

Pris par surprise, ils firent brusquement silence. Leur excitation semblait momentanément retombée.

Ils ne semblaient même plus écouter le martèlement insistant des tambours. Ils contemplaient fixement les boucles de nos souliers, nos cheveux et nos visages propres, avec une telle détresse qu'ils avaient l'air menaçants et avides. L'adolescent, grimaçant de douleur, tendit la main pour toucher Gabrielle.

« Arrière ! » lançai-je, et il obéit.

Je savais à présent que nous étions pour eux des objets d'envie et de curiosité et que c'était notre principal avantage.

Mes yeux allaient de l'un à l'autre. Lentement, je me mis à brosser de la main la poussière qui souillait mon habit et ma culotte de soie. Je défroissai ma cape, puis je passai une main dans mes cheveux et restai ensuite à les observer, les bras croisés, personnifiant le bon droit et la dignité.

Gabrielle eut un léger sourire. Elle était sereine, la main sur la poignée de son épée.

Autour de nous, c'était une stupéfaction universelle. La femme vampire aux yeux noirs était sous le charme. Je lui adressai un clin d'œil. Elle aurait été exquise si on l'avait maintenue une bonne demi-heure sous une chute d'eau et je le lui dis silencieusement. Elle recula de quelques pas, serrant sa robe contre ses seins. Intéressant. Très intéressant.

« Quelle est l'explication de tout ceci ? » m'enquis-je en les regardant un à un comme des bêtes curieuses. Nouveau sourire imperceptible de Gabrielle.

« Qu'êtes-vous censés être ? continuai-je. De ces fantômes qui hantent les cimetières et les vieux châteaux ? »

Ils se regardaient mal à l'aise. Les tambours s'étaient tus.

« Ma nourrice m'a souvent fait trembler avec des contes de revenants. Elle disait qu'ils risquaient à tout moment de jaillir des armures qui encombraient notre demeure pour m'emporter dans leurs bras. » Je frappai du pied et fondis sur eux.

« C'EST DONC CELA QUE VOUS ÊTES ? »

Ils reculèrent en piaillant.

Seule mon amie aux yeux noirs ne bougea point.

Je ris doucement.

239

« Vos corps sont exactement comme les nôtres, n'est-ce pas ? Et je lis dans vos yeux le reflet de mon propre pouvoir. Étrange... »

La confusion régnait dans leurs esprits et les hurlements lointains s'étaient affaiblis comme si les vampires prisonniers écoutaient aussi malgré leur souffrance.

« C'est donc si amusant de vivre dans la crasse et dans la puanteur ? » poursuivis-je.

La peur. Et l'envie à nouveau. Comment avionsnous échappé à leur sort ?

« Satan est notre maître, dit sèchement la créature aux yeux noirs, d'une voix cultivée. Et nous le servons.

— Pourquoi ? » demandai-je courtoisement.

Consternation générale.

Faible émanation en provenance de Nicolas. M'entendait-il ?

« Tu vas faire tomber sur nous tous les courroux de Dieu avec tes défis, lança l'adolescent qui n'avait pas dû avoir plus de seize ans lorsqu'il avait été créé. Dans ta vanité et ton vice, tu méprises les Voies ténébreuses pour vivre parmi les mortels !

— Pourquoi n'en faites-vous pas autant ? Croyezvous que le ciel soit au bout de la pénitence que vous vous imposez ? Est-ce là ce que vous promet Satan ? Le salut ? A votre place, je n'y compterais pas.

— Tu disparaîtras dans le gouffre infernal avec tes péchés ! assura une vieille femme ratatinée.

— Quand cela ? persiflai-je. Voilà six mois que je suis tel que tu me vois et ni Dieu, ni Satan ne m'ont inquiété ! »

Mes propos les paralysaient. Pourquoi n'avionsnous pas succombé dès notre entrée dans l'église ? Comment pouvions-nous braver ainsi l'ordre établi ?

Sans doute aurais-je pu les mettre en fuite, mais il y avait Nicolas. J'ignorais tout de sa situation derrière cet énorme pan de tissu moisi.

Je sentais du bois, de la poix, un bûcher très certainement.

La femme aux yeux noirs se rapprocha. Elle n'était

240

plus malveillante mais fascinée. L'adolescent l'écarta violemment, cependant, et me lança de tout près :

« Gredin ! Tu as été créé par ce réprouvé de Magnus, pour défier notre clan et les Voies ténébreuses. Et, dans ton imprudence et ta vanité, tu as transmis le Don ténébreux à cette femme, comme il t'avait été transmis.

— Si Satan ne châtie pas, dit la vieille ratatinée, c'est nous qui châtierons comme nous en avons le devoir et le droit ! »

L'adolescent pointa le doigt vers le bûcher drapé de noir et fit signe aux autres de s'écarter.

Les tambours résonnèrent à nouveau, rapides et assourdissants. Le cercle s'élargit et les deux porteurs de flambeaux s'approchèrent de l'immense tenture de serge noire que deux autres vampires abattirent dans un suffocant nuage de poussière.

Je vis un bûcher aussi grand que celui de Magnus, au sommet duquel Nicolas était agenouillé, dans une grossière cage de bois, affalé contre les barreaux. Il tourna vers nous un regard aveugle.

Les vampires levaient bien haut leurs torches pour mieux l'éclairer. Je sentais se ranimer l'excitation du début.

Gabrielle me pressa la main pour m'inciter à la prudence. Son expression restait impénétrable.

Des traces bleuâtres marquaient la gorge de Nicolas. Sa chemise et sa culotte déchirées étaient aussi sales que les guenilles des vampires. Il était couvert de contusions et vidé de la presque totalité de son sang.

La peur explosa silencieusement dans ma poitrine, mais je savais que c'était ce qu'ils attendaient et je la contins.

La cage serait facilement disloquée, mais il y avait les flambeaux. Il faudrait jouer serré. Nous ne pouvions pas périr ainsi, non, pas ainsi.

Je parvins à contempler froidement Nicolas et son bûcher. La vague de colère reflua. Le visage de Gabrielle était un véritable masque de haine.

Soudain, le cercle parut se resserrer autour de nous.

Gabrielle me toucha le bras : « Voici leur chef ! »
dit-elle.

Quelque part, une porte s'était ouverte. Les tambours redoublèrent de violence et les vampires captifs
des profondeurs se mirent à hurler de plus belle,
réclamant le pardon et la liberté. Les démons qui nous
entouraient leur firent écho, frénétiquement. J'eus du
mal à ne pas me boucher les oreilles.

Un puissant instinct me disait de ne pas regarder
leur chef, mais je ne pus résister. Lentement, je me
tournai pour le dévisager et mesurer à nouveau tout
son pouvoir.

2

Il gagna le centre du cercle, tournant le dos au
bûcher, avec à ses côtés une étrange créature.

En le contemplant à la lumière des flambeaux,
j'éprouvai le même saisissement qu'à son entrée dans
Notre-Dame.

Ce n'était pas seulement sa beauté, c'était l'étonnante innocence de son visage juvénile. Il avançait
d'un pas si léger et rapide qu'on ne voyait pas bouger
ses pieds. Ses yeux immenses nous dévisageaient sans
colère. Des reflets fauves luisaient dans ses cheveux,
malgré la crasse.

Je tentai de sonder son esprit, de savoir pourquoi un
être aussi sublime s'attardait en compagnie de ces
tristes fantômes, alors qu'il avait le monde entier à sa
disposition. Si je le découvrais, peut-être serais-je en
mesure de le vaincre et je ne m'en priverais pas.

Je crus déceler une réaction de sa part, une réponse
muette, un éclair céleste dans le gouffre infernal de
son innocent visage, comme si le Malin avait conservé
sa forme angélique après la chute.

Il se passait quelque chose de grave, cependant. Le
chef ne parlait pas. Les tambours prolongeaient leur

vacarme angoissé, mais sans conviction. La jeune femme aux yeux noirs s'abstenait de joindre sa voix aux lamentations générales et d'autres suivirent son exemple.

La femme qui était entrée avec le chef, curieuse personne, vêtue de haillons, mais de haillons de reine, se mit à rire.

Le clan tout entier des vampires semblait abasourdi. L'un des tambours se tut.

La créature aux allures de reine riait de plus en plus fort. Ses dents blanches étincelaient à travers le voile immonde de ses cheveux emmêlés.

Elle avait été belle jadis et ce n'était pas l'âge qui avait ravagé sa beauté. C'était plutôt la démence : sa bouche n'était qu'une hideuse grimace, ses yeux avaient une fixité terrifiante. Sous l'effet du rire, son corps se tordait, comme celui de Magnus dansant autour de son bûcher.

« Ne vous avais-je pas avertis ? » lança-t-elle, triomphante.

Nicolas remua dans sa cage. Je sentais que le rire strident le brûlait, mais il soutenait mon regard à présent et l'ancienne sensibilité avait envahi ses traits où la peur luttait avec la malveillance, mêlée d'incrédulité et de désespoir.

Le chef tourna vers la vieille reine un regard indéchiffrable et l'adolescent s'avança pour ordonner à cette dernière de se taire sans tarder.

Lui tournant le dos, elle nous fit face et lança d'une voix rauque et asexuée qui éclatait par moments en rires galopants :

« Mille fois, je l'ai répété, mais vous n'avez pas voulu m'entendre. Vous m'avez traitée de folle, de martyre du temps, de Cassandre vagabonde, corrompue par une trop longue veille en ce bas monde. Eh bien, voyez-vous à présent ? Chacune de mes prédictions s'est réalisée »

Le chef ne lui accorda pas un regard.

« Et il a fallu cette créature » — elle approcha de moi son visage qui, comme celui de Magnus, faisait penser à un hideux masque comique —, « ce fringant gentilhomme, pour vous le prouver une fois pour toutes ! »

Elle se redressa de toute sa taille et, pendant un bref instant de parfaite immobilité, sa beauté me fut révélée. J'aurais voulu coiffer ses cheveux, les laver de mes propres mains, la vêtir d'atours modernes pour la contempler dans le miroir de mon époque.

Une seconde, je crois, le concept de l'éternité brûla en moi. Je sus alors ce qu'était l'immortalité. Avec cette femme tout était possible, du moins en eus-je la fugitive impression.

Son regard posé sur moi capta mes visions et sa beauté s'intensifia, mais l'humeur démente revenait.

« Il faut les châtier, tempêtait l'adolescent. Invoquons le jugement de Satan. Allumons le bûcher ! »

Personne ne bougea dans la vaste pièce.

La vieille reine chantonnait à bouche fermée une mélodie irréelle. Le chef gardait les yeux fixés droit devant lui.

Le garçon hors de lui s'avança vers nous, dénudant ses crocs, levant la main comme une griffe.

Je lui assenai en pleine poitrine un coup qui l'envoya rouler hors du cercle, jusqu'au petit bois empilé contre le bûcher.

La reine poussa un éclat de rire strident qui parut terrifier les autres, mais le visage du chef resta impassible.

« Je n'ai aucune intention d'accepter le jugement de Satan, déclarai-je, à moins que Satan lui-même ne vienne rendre son arrêt.

— Oui, c'est cela, mon enfant ! Oblige-le à te répondre ! » lança triomphalement la vieille reine.

L'adolescent s'était relevé.

« Vous connaissez leurs crimes », tonna-t-il en revenant dans le cercle. Il était furieux à présent et son pouvoir irradiait. Je compris qu'il ne fallait pas les juger selon leur apparence physique. Il était sans doute un de leurs sages, alors que la vieille femme ratatinée n'était qu'une novice et le jeune chef le plus âgé de tous.

« Écoutez, continua mon adversaire », une lueur
féroce dans ses yeux gris, « ce démon n'a pas été
novice, pas plus ici qu'ailleurs, et il n'a pas demandé à
être reçu parmi nous. Il n'a prêté aucun serment à
Satan. Il n'a pas renoncé à son âme sur son lit de mort
et d'ailleurs, il n'est pas mort! Il n'est pas sorti de la
tombe comme tous les Enfants des Ténèbres. Et il ose
parcourir le monde sous la forme d'un être vivant! Et
en plein cœur de Paris, il vaque à ses affaires comme
n'importe quel mortel! »

Des cris lui répondirent des profondeurs, mais les
vampires du cercle gardèrent le silence. Sa mâchoire
trembla. Il leva les bras en gémissant. Un ou deux
autres l'imitèrent. Son visage était défiguré par la
rage.

La vieille reine émit un rire frémissant et m'adressa
un sourire de maniaque.

Mais le jeune garçon ne renonçait pas.

« Il recherche les joies du foyer, ce qui est strictement interdit! Il pénètre dans les temples du plaisir et
s'y mêle aux mortels et à leurs jeux!

— Cesse donc de délirer! » lançai-je, mais j'avais
envie de l'entendre jusqu'au bout.

Il bondit vers moi, agitant un doigt sous mon nez.

« Aucun rite ne saurait le purifier! Il est trop tard
pour les Serments ténébreux, les Bénédictions ténébreuses...

— Les Serments ténébreux? » Je me tournai vers la
reine. « Que dis-tu à cela? Tu es aussi vieille que
Magnus quand il s'est jeté dans le feu... Pourquoi
tolères-tu de telles choses? »

Ses yeux seuls semblaient vivre dans son visage, puis
le rire jaillit à nouveau de ses lèvres.

« Jamais je ne te ferai de mal, mon petit. Non plus
qu'à elle. » Elle regarda Gabrielle avec amour. « Vous
êtes sur la Voie du Diable en route pour une grande
aventure. De quel droit interviendrais-je dans ce que
les siècles vous réservent? »

La Voie du Diable. C'était la première fois qu'un
d'eux prononçait des mots qui sonnaient dans mon

âme, comme un clairon. Je sentis une profonde exaltation rien qu'à la regarder. A sa façon, elle était la sœur jumelle de Magnus.

« Oh, oui, je suis aussi vieille que ton créateur ! » Elle sourit, dévoilant un instant ses crocs, et jeta un regard au chef, qui l'observait sans manifester le moindre intérêt. « J'étais déjà ici, membre de ce clan, quand Magnus, ce rusé compère, l'alchimiste Magnus, a volé nos secrets... Quand il a bu le sang qui allait lui donner la vie éternelle d'une façon dont le Monde des Ténèbres n'avait jamais été témoin auparavant. Et à présent, trois siècles ont passé et il t'a transmis, pur et inaltéré, le Don ténébreux, mon bel enfant ! »

Son visage redevint le masque comique au sourire narquois et grimaçant, si semblable à celui de Magnus.

« Fais-moi voir, mon enfant, la force qu'il t'a donnée, me dit-elle. Sais-tu bien ce que cela signifie que d'être créé vampire par un être aussi puissant, qui n'a jamais auparavant accordé le Don ? C'est interdit ici, mon petit, nul vampire de cet âge ne transmet ses pouvoirs ! Car s'il le faisait, le novice qu'il engendrerait n'aurait aucune peine à terrasser le gracieux chef que voici et tout son clan.

— C'est assez de démence mal avisée ! » interrompit le jeune garçon.

Mais tout le monde écoutait. Ma jolie protégée aux yeux noirs s'était rapprochée pour mieux voir la vieille reine, oubliant totalement de nous craindre ou de nous haïr.

« Tu en as dit assez voici cent ans, gronda le garçon, levant la main pour imposer silence à la reine. Tu es aussi folle que tous les autres vieux. C'est votre façon de mourir. Je vous dis, moi, que ce hors-la-loi doit être puni. L'ordre sera rétabli quand lui-même et la femme qu'il a créée auront été détruits devant nous tous. Je vous répète, continua-t-il en se tournant vers les autres, que vous parcourez la terre comme les représentants du mal, afin de faire souffrir les mortels pour la plus grande gloire de Dieu. Et par sa volonté, vous risquez la destruction et l'enfer si vous blasphémez, car vous êtes des âmes damnées et vous devez payer votre immortalité au prix de mille tourments. »

Quelques lamentations hésitantes s'élevèrent.

« Ainsi, voici donc toute votre philosophie, fondée sur un mensonge, m'écriai-je. Et vous tremblez comme des manants, vous endurez de votre propre gré les supplices de l'enfer, plus soumis que le plus vil mortel, et vous voudriez nous punir parce que nous refusons ! Mais vous feriez mieux de suivre notre exemple. »

Les vampires étaient à présent au comble de l'agitation et ils ne cessaient de solliciter du regard leur chef et la vieille reine. Mais le chef se refusait à intervenir.

L'adolescent les fit taire.

« Non content d'avoir profané les lieux sacrés, non content de se mêler aux mortels, il a cette nuit, dans un village proche de Paris, terrifié toute une congrégation de fidèles. Toute la capitale parle à présent de cette horreur, des goules sorties du tombeau au pied même de l'autel. Il n'est question que de lui et de ce vampire femelle à qui il a fait le Don ténébreux, sans le consentement de quiconque, sans aucun rite, tout comme il a été créé lui-même. »

Il y eut des murmures scandalisés, mais la vieille reine glapit de joie.

« Ce sont des crimes graves qui ne peuvent rester impunis. Et qui de vous ignore encore ses pitreries dans un théâtre de boulevard où, devant des centaines de Parisiens, il a fait étalage de ses pouvoirs d'Enfant des Ténèbres, trahissant pour s'amuser et amuser le vulgaire le secret que nous gardons depuis des siècles ? »

La vieille reine se frottait les mains en me regardant.

« Est-ce bien vrai, mon enfant ? demanda-t-elle. Tu es allé à l'Opéra, à la Comédie-Française ? Vous avez dansé aux Tuileries, toi et cette beauté que tu as si parfaitement créée ? »

Elle fut prise d'un rire inextinguible, tournant de temps à autre les yeux vers les autres pour dompter leurs élans.

247

« Et je te vois si élégant, si digne ! Que s'est-il passé dans la cathédrale quand tu es entré ? Dis !

— Absolument rien, Madame !

— Crime suprême ! hurla le vampire adolescent. Il y a de quoi dresser la ville entière contre nous, sinon le royaume. Depuis des siècles que nous saignons la ville en cachette, sans éveiller autre chose que les plus faibles rumeurs concernant nos pouvoirs ! Nous sommes des créatures de la nuit, faites pour profiter de la peur des hommes.

— Ah, tout cela est trop sublime, entonna la vieille reine, les yeux au plafond. Sur mon oreiller de pierre, j'ai rêvé du monde mortel au-dessus de nous, ses voix et ses musiques m'ont bercée, j'ai eu la vision de ses fantastiques découvertes, l'intuition de son courage, dans le sanctuaire éternel de mes pensées. Et bien que ses formes éblouissantes me soient impénétrables, j'ai ardemment souhaité la venue d'un être assez fort pour le parcourir sans crainte, pour en traverser le cœur, le long de la Voie des Ténèbres.

— Allumons le bûcher sans tarder ! » hurla le jeune garçon hors de lui, en foudroyant le chef du regard.

Il tendit la main vers le flambeau le plus proche, mais je fondis sur lui pour le lui arracher et je le projetai en direction du plafond, cul par-dessus tête. Puis j'éteignis la flamme.

Il ne restait plus qu'un flambeau. Le désordre régnait parmi les vampires. Certains coururent relever le garçon, d'autres échangeaient des murmures, le chef restait immobile comme s'il était en transe.

J'en profitai pour escalader le bûcher et arracher la porte de la petite cage.

Nicolas avait l'air d'un cadavre ambulant, l'œil glauque, la bouche tordue par un rictus de haine. Je le traînai hors de sa prison et le fis descendre jusqu'à la terre battue du sol. Il tremblait de fièvre, se débattait et m'injuriait tout bas.

La vieille reine nous contemplait, fascinée. Je jetai un regard à Gabrielle qui nous observait, impavide. Tirant de ma poche le chapelet de perles, je le plaçai autour du cou de mon ami. Il baissa des yeux hébétés vers le petit crucifix et se mit à rire, d'un rire métallique, où ne transparaissaient que du mépris et de la méchanceté. C'était pourtant un bruit qui n'avait rien à voir avec ceux des vampires. On y entendait toute la riche épaisseur du sang humain, dont les échos se répercutaient contre les murs. Nicolas me parut soudain chaud, rubicond et étrangement inachevé, le seul mortel de l'assemblée, comme un enfant au milieu de poupées de porcelaine.

Le tumulte était à son comble.

« A présent, vos propres lois vous interdisent de le toucher, dis-je. Et pourtant c'est un vampire qui vient de lui donner cette protection surnaturelle. Qu'en dites-vous, hein ? »

Je poussai Nicolas devant moi et Gabrielle tendit les bras pour le recevoir.

Il se laissa faire, mais il la regarda comme s'il ne l'avait jamais vue et leva la main pour lui toucher le visage. Elle lui prit la main, comme on prend celle d'un bébé, gardant les yeux fixés sur le chef et sur moi.

« Si votre chef reste sans voix, ce n'est pas mon cas, repris-je. Allez vous laver dans les eaux de la Seine, habillez-vous comme des humains et promenez-vous parmi les hommes, car c'est pour cela que vous existez. »

L'adolescent, vaincu, rejoignit le cercle, repoussant brutalement ceux qui l'avaient aidé à se relever.

« Armand, lança-t-il à son chef silencieux d'une voix implorante, rappelle le clan à l'ordre ! Armand, sauve-nous !

— Au nom du diable, criai-je pour couvrir sa voix, pourquoi le diable vous a-t-il créés beaux, agiles, visionnaires, doués de pouvoirs d'hypnose ? Vous gaspillez vos dons. Pis encore, vous gaspillez votre immortalité ! Il n'est rien au monde de plus absurde et contradictoire que vous, sinon les mortels qui vivent en proie aux superstitions du passé ! »

Il régnait un silence total. J'entendais la lente respiration de Nicolas. Je sentais sa chaleur. Je devinais sa fascination engourdie, luttant contre la mort.

« N'avez-vous donc aucune ruse ? poursuivis-je. Aucune habileté ? Comment donc un orphelin tel que moi a-t-il pu découvrir tant de possibilités, alors que vous, sous l'égide de ces incarnations du mal » — je m'interrompis pour désigner le chef et le jeune furieux — « vous végétez à tâtons sous la terre, comme des taupes ?

— Le pouvoir de Satan saura bien t'expédier en enfer, beugla le garçon, rassemblant ses dernières forces.

— Voici je ne sais combien de fois que tu répètes cette menace, contrai-je, et pourtant je suis toujours là ! »

Il y eut un net murmure d'assentiment.

« D'ailleurs, si tu y avais cru, tu ne te serais même pas donné la peine de m'amener jusqu'ici. »

Nouveaux murmures, plus prononcés.

Je tournai les yeux vers la petite silhouette pathétique du chef. Tous les regards suivirent le mien, même celui de la reine démente.

Dans le silence, je l'entendis chuchoter : « C'est fini ! »

Même les vampires des profondeurs se taisaient.

Le chef reprit : « Partez tous, c'est fini !

— Non, Armand, non ! » supplia le jeune garçon.

Mais tous les autres vampires reculaient déjà, se cachant le visage derrière leurs mains pour chuchoter. Les tambours furent abandonnés, le flambeau remis dans la gaine accrochée au mur.

Je ne quittai pas le chef des yeux. Je savais que ses paroles n'avaient pas été prononcées pour nous libérer.

Après avoir congédié tout le monde, pour ne garder auprès de lui que la vieille reine, il tourna lentement son regard vers moi.

3

Sous son immense dôme, la grande pièce vide où ces deux seuls vampires nous observaient paraissait d'autant plus effrayante. L'unique flambeau dissipait à peine les ténèbres.

Je réfléchissais silencieusement : les autres vont-ils quitter le cimetière ou guetter en haut de l'escalier ? Me laissera-t-on emmener Nicolas vivant de cet endroit ? L'adolescent restera à proximité, mais il est faible, la vieille reine ne fera rien. En fait, cela ne laisse que le chef, mais surtout, ne soyons pas trop impulsif.

Il continuait à me dévisager sans rien dire.

« Armand, dis-je d'un ton de respect. Puis-je t'appeler ainsi ? »

Je m'approchai de lui pour mieux observer son expression. « Tu es manifestement le chef, donc celui qui peut tout nous expliquer. »

Ces mots, cependant, couvraient bien mal ma pensée. Je lui demandai comment il avait pu guider ses adeptes dans cette voie, lui qui paraissait aussi âgé que la vieille reine. Je le revis devant l'autel de Notre-Dame, le visage empreint d'une pureté éthérée. Je m'aperçus que j'avais foi dans les possibilités que recelait cet être jusqu'à présent muré dans son silence.

Je crois que je tentais à présent de discerner chez lui un peu d'émotion humaine, si fugitive fût-elle ! C'était là la révélation que j'attendais de sa sagesse. Le mortel en moi, celui que la vision du chaos avait fait pleurer à l'auberge, demanda :

« Armand, que signifie tout ceci ? »

Je crus lire une hésitation dans les yeux bruns, mais la rage envahit si brusquement le pur visage que je reculai.

Je n'en croyais pas mes sens. La transformation dont j'avais été témoin dans la cathédrale n'était rien à côté de celle-ci. Jamais je n'avais vu une aussi parfaite incarnation de la malveillance. Gabrielle elle-même s'écarta. Elle leva la main pour protéger Nicolas et je courus les rejoindre.

Cependant, cette haine fondit aussi miraculeusement qu'elle était apparue. Je retrouvai le doux visage du jeune mortel.

« C'est à moi que tu demandes une explication ? »
dit enfin le chef.

Ses yeux se portèrent sur Gabrielle, puis sur le
visage éperdu de Nicolas contre son épaule avant de
revenir vers moi.

« Je pourrais parler jusqu'à la fin du monde,
déclara-t-il, sans parvenir à te faire comprendre ce que
tu viens de détruire. »

Je crus discerner chez la vieille reine un sourire de
dérision, mais j'étais obnubilé par Armand, par la
douceur de sa parole et l'immense colère rageuse qui
bouillonnait en lui.

« Ces mystères existent depuis la nuit des temps,
continua-t-il. Dès l'aube de l'humanité, notre race a
hanté les cités des hommes, les pourchassant dans les
ténèbres comme nous l'ordonnaient Dieu et le diable.
Nous étions les élus de Satan et pour être admis dans
nos rangs, les mortels devaient d'abord faire leurs
preuves en commettant des centaines de crimes, avant
de recevoir le Don ténébreux de l'immortalité. »

Il se rapprocha très légèrement et je vis le flambeau
se refléter dans ses yeux.

« Aux yeux des autres mortels, ils paraissaient mourir et ils ne recevaient qu'une infime infusion de notre
sang pour endurer les tourments du cercueil en attendant notre venue. Alors seulement le Don ténébreux
leur était accordé, après quoi ils étaient à nouveau
hermétiquement enfermés dans la tombe jusqu'à ce
que la soif leur donnât la force de briser les étroits
confins de leur sépulture et de la quitter. Ils connaissaient ainsi la mort. Ils comprenaient la mort et la
puissance du mal en sortant par la force de leur
tombeau. Et malheur aux faibles, à ceux qui ne parvenaient pas à s'échapper de la fosse. Nous n'avions pour
eux aucune pitié.

Mais ceux qui se relevaient, ah, ceux-là étaient les
vampires qui parcouraient la terre, mis à l'épreuve,
purifiés, les Enfants des Ténèbres, nés du sang d'un
novice et non de la vaste puissance d'un vieux maître,
afin que le temps leur apportât la sagesse nécessaire

avant qu'ils ne fussent en pleine possession du Don ténébreux. Nous imposions à ces Enfants les Lois des Ténèbres. Vivre parmi les morts, car nous sommes morts, et retourner toujours reposer dans notre sépulture. Éviter les lieux où règne la lumière et attirer les victimes loin des autres mortels pour les mettre à mort dans des endroits impies et hantés. Honorer à jamais le pouvoir de Dieu, le crucifix, les sacrements. Ne jamais pénétrer dans la maison de Dieu, de peur d'être frappé d'impuissance et jeté dans l'abîme infernal pour y brûler dans le feu éternel. »

Il se tut. Pour la première fois, il regarda la vieille reine et il me sembla que ce qu'il lut sur son visage l'exaspérait.

« Tu méprises tout cela, lui dit-il, et Magnus le méprisait aussi ! Telle était la nature de sa folie et telle est la nature de la tienne, mais je te dis, moi, que tu ne comprends point ces mystères ! Tu les brises comme du verre, mais tu n'as d'autre force, d'autre pouvoir que l'ignorance. Tu détruis, voilà tout. »

Il se détourna, hésitant à poursuivre, et j'entendis soudain la vieille reine chanter tout doucement. Elle fredonnait à voix basse, en se balançant, la tête penchée, les yeux perdus dans le vague. Elle était redevenue belle.

« Tout est fini pour mes enfants, murmura Armand. Tout est terminé, car ils savent à présent qu'ils peuvent braver les Lois, braver tout ce qui nous unissait, tout ce qui donnait aux damnés que nous sommes la force d'endurer les mystères qui nous protégeaient. »

Son regard revint vers moi.

« Et tu me demandes une explication, comme si c'était inexplicable ! Toi, pour qui les Pratiques ténébreuses sont un acte de gloutonnerie éhontée ! Toi qui as donné le Don ténébreux aux entrailles dont tu es le fruit ! Et pourquoi pas à celui-ci, au violoneux du diable, que tu vénères de loin, chaque nuit ?

— Ne l'avais-je pas dit ? chantonna la vieille reine. N'avons-nous pas toujours su qu'il n'y a rien à redouter du signe de la croix, ni de l'eau bénite, ni même du saint sacrement? Non plus que des rites anciens, et de l'encens, et du feu des cierges, des vœux prononcés lorsque l'on croit voir le Malin dans l'ombre, venu nous chuchoter...

— Silence! » dit le chef à mi-voix. Il faillit se boucher les oreilles, en un geste étrangement humain. On eût dit un petit garçon, un enfant perdu. Que nos corps immortels nous fournissent donc des prisons variées, que nos visages immortels masquent bien la réalité de nos âmes!

En voyant son regard revenir vers moi, je crus que nous allions assister à une nouvelle horrible métamorphose ou être témoins de quelque violence incontrôlable contre laquelle je me cuirassai de mon mieux.

Mais il me suppliait silencieusement.

Pourquoi cela est-il arrivé? Sa voix faillit s'étrangler dans sa gorge lorsqu'il répéta ces mots tout haut en s'efforçant de maîtriser sa rage. « Explique-moi donc! Pourquoi toi? Toi qui possèdes la force de dix vampires et le courage de tous les démons de l'enfer, foulant le monde aux pieds, vêtu de brocart et de soie! Lélio, l'acteur du Théâtre de Renaud, qui nous donne en spectacle sur les boulevards! Dis-moi! Dis-moi pourquoi?

— C'était la force de Magnus, le génie de Magnus, chantonna la reine avec un sourire plein de nostalgie.

— Non! hurla-t-il. Je te dis qu'il va au-delà des comptes à rendre! Ne connaissant aucune limite, il ne s'en fixe aucune. Mais pourquoi? »

Il se rapprocha encore un peu plus.

« Pourquoi toi? Toi qui as l'audace de courir leurs rues, de briser leurs serrures, de les appeler par leur nom. Tu les trompes, tu les étreins, tu bois leur sang à quelques pas, à peine, des lieux où d'autres mortels rient et dansent. Toi qui fuis les cimetières et te caches dans les cryptes des églises. Pourquoi toi? Insensé, arrogant, ignorant et dédaigneux! A toi de me fournir des explications. Réponds! »

Mon cœur battait à tout rompre. Mon visage était

brûlant. Je ne le craignais plus à présent, mais je sentais en moi une immense colère dont je ne comprenais pas pleinement la raison.

J'avais voulu connaître sa pensée intime et voilà ce que j'avais entendu : cet amas de superstitions et d'absurdités ! Il n'avait rien d'un esprit sublime qui comprenait ce qui échappait à ses adeptes. Il n'avait pas gobé toutes ces sornettes, il avait foi *en* elles, ce qui était mille fois pis.

Je saisissais clairement, à présent, ce qu'il était. Ni ange, ni démon, mais une sensibilité forgée dans une période d'obscurantisme où l'homme croyait encore être le centre de ce grand univers où nous errons, où toute question avait eu une réponse. Voilà tout ce qu'il était, un enfant des temps anciens où les sorcières avaient dansé au clair de lune et où les preux chevaliers s'étaient battus contre les dragons.

Un pauvre enfant perdu, errant parmi les catacombes, sans rien comprendre à ce siècle. Peut-être sa forme immortelle lui convenait-elle mieux que je ne le supposais.

Je n'avais pas le temps de le plaindre, cependant. Les suppliciés des profondeurs souffraient sur son ordre. Ceux qu'il avait congédiés pouvaient être rappelés.

Il me fallait trouver une réponse qui le satisfît. La vérité ne suffisait point. Il fallait la présenter de façon poétique, comme l'eussent fait les penseurs anciens, avant l'avènement de l'âge de la raison.

« Tu veux ma réponse ? » dis-je doucement. Tout en mettant de l'ordre dans mes pensées, je devinais la mise en garde de Gabrielle, la peur de Nicolas. « Je ne suis ni un faiseur de mystère, ni un fervent de la philosophie, mais ce qui s'est passé est aisé à comprendre. »

Il me dévisageait avec une étrange avidité.

« Puisque tu redoutes tant le pouvoir de Dieu, repris-je, les enseignements de l'Église ne te sont sûrement pas inconnus. Tu dois donc savoir que les formes du bien changent selon les époques et que chaque siècle a ses saints. »

Visiblement, mes propos flattaient son oreille.

« Jadis, il y a eu des martyrs et des mystiques, capables des plus grands miracles. Mais à mesure que le monde se transformait, les saints changeaient, eux aussi. Aujourd'hui ils ont pris la forme des nonnes et des prêtres ; ils font le bien autour d'eux, mais ils n'accomplissent plus de miracles. Or, il est bien évident que le mal suit un cours analogue. Il change de forme. Combien d'hommes, de nos jours, croient encore au ciel et à l'enfer ? Ce qui les intéresse, ce sont la philosophie et la science ! Se soucient-ils de savoir que des fantômes blafards errent dans les cimetières à la nuit tombée ? Que leur importent quelques meurtres de plus ou de moins ? Ils ne croient plus à Dieu ni diable ! »

J'entendis rire la vieille reine, mais Armand restait muet.

« Ton terrain de chasse lui-même va t'être ravi, poursuivis-je. Ce cimetière où vous vous cachez va être démoli. Les ossements de tes ancêtres ne sont même plus sacrés en cet âge séculier. »

Son visage s'adoucit soudain, sous le choc.

« Ils vont détruire les Innocents ! chuchota-t-il. Tu mens...

— Je ne mens jamais, dis-je, désinvolte. En tout cas, pas à ceux que je n'aime pas. Le peuple de Paris ne veut plus de la puanteur des charniers. Les emblèmes des morts ne leur importent pas autant qu'à toi. D'ici quelques années, des marchés, des rues et des maisons couvriront cet endroit. Le commerce. Le sens pratique. Tel est le monde du XVIIIᵉ siècle.

— Arrête ! souffla-t-il. Les Innocents existent depuis aussi longtemps que moi ! » Son visage trahissait son désarroi, mais la vieille reine restait sereine.

« Tu ne vois donc pas ? murmurai-je. Nous vivons une autre époque à laquelle convient une autre incarnation du mal. Et cette incarnation, c'est moi. Je suis le vampire des temps modernes. »

Il n'avait pas prévu cette conclusion. Pour la première fois, je discernai chez lui une lueur de compréhension, un éclair de peur. Je fis un petit geste résigné.

« L'incident de cette nuit, dans l'église de village, dis-je prudemment, était des plus vulgaires, je le concède. Et mon numéro sur la scène du théâtre encore bien pis. Mais ce sont des erreurs de jeunesse et je sais qu'elles ne sont pas la source de ta rancœur à mon égard. Oublie-les un instant et tâche d'appréhender ma beauté et ma puissance. Vois donc le mal que j'incarne. Je parcours le monde sous les traits d'un humain, je suis le pire démon qui soit, le monstre qui ressemble au commun des mortels. »

La vieille reine rit tout bas, mélodieusement. D'Armand n'émanait que de la souffrance, d'elle un chaud courant d'amour.

« Réfléchis, Armand, insistai-je doucement. Pourquoi la mort devrait-elle rester tapie dans l'ombre ? Attendre dehors. Moi, toutes les chambres à coucher, toutes les salles de bal me sont ouvertes. Je suis la mort qui longe les couloirs de la maison sur la pointe des pieds. Tu me parles des Dons ténébreux ; je les mets à profit. Je suis la Mort qui vient, vêtue de soie et de dentelles, moucher les chandelles. Je suis le ver au cœur de la rose. »

Nicolas gémit tout bas et je crus entendre soupirer Armand.

« Ils n'ont pas de sanctuaire où se réfugier pour m'échapper, ces mécréants qui veulent détruire les Innocents. Pas de serrure assez forte pour m'empêcher d'entrer. »

Il me dévisageait en silence, triste et calme. Son regard s'était rembruni, mais je n'y voyais ni malveillance ni rage. Au bout d'un long moment, il finit par dire :

« C'est une noble mission que de les traquer sans pitié en vivant parmi eux. Mais c'est toi qui ne comprends toujours pas.

— Comment cela ? demandai-je.

— On ne peut pas partager indéfiniment l'existence des hommes, on ne peut pas survivre parmi eux.

— Mais si, on le peut, protestai-je. Les mystères anciens ont cédé le pas à de nouvelles habitudes. Qui sait ce qui en sortira? Ton personnage n'a rien de romantique, le mien l'est totalement.

— Personne n'est assez fort, déclara-t-il. Tu ne sais pas ce que tu dis, tu viens à peine de naître, tu es trop jeune.

— Il est très fort, cependant, cet enfant, intervint la vieille reine d'un ton songeur, de même que sa belle compagne. Ce sont des démons aux idées grandioses et à la forte intelligence.

— Tu ne pourras pas vivre parmi les hommes! » répéta Armand.

Son visage se colora brièvement. Il n'était plus mon ennemi à présent, mais un ancien sage cherchant à me faire comprendre une vérité cruciale. Mais en même temps, il ressemblait à un enfant implorant et c'était dans cette dualité que résidait son essence, parent et enfant, me suppliant de l'écouter.

« Mais pourquoi pas? Je te dis que ma place est parmi les hommes. C'est leur sang qui me rend immortel.

— Immortel, certes, mais tu n'as pas encore commencé à comprendre ce mot. Pour toi, ce n'est encore qu'un mot. Songe au sort de ton créateur. Pourquoi Magnus s'est-il livré aux flammes? C'est une vérité séculaire parmi nous, dont tu n'as pas encore eu le moindre aperçu. Si tu vis parmi les hommes, les années qui passent te mèneront à la folie. Voir les autres vieillir et mourir, les royaumes s'élever et s'effondrer, perdre tout ce que tu comprends et chéris, comment le supporter? Cela te conduira droit au délire et au désespoir. Ta propre race, immortel, est ta protection, ton *salut*. »

Il se tut soudain, tout saisi d'avoir prononcé le mot salut, qui se répercutait contre le dôme du plafond.

« Armand, chanta doucement la vieille reine, la folie peut s'emparer des plus anciens de nous, qu'ils s'en tiennent aux pratiques d'antan ou les abandonnent. J'ai respecté les vieilles coutumes aussi bien que toi et pourtant je suis folle, n'est-ce pas? Peut-être est-ce pour cela que je les ai si bien respectées. »

Il secoua la tête avec colère, mais sans lui prêter attention, elle s'approcha de moi et tourna mon visage vers elle.

« Magnus ne t'a donc rien dit, mon enfant? »

Je sentais une immense puissance émaner d'elle.

« Tandis que les autres hantaient ces lieux, continua-t-elle, j'ai traversé, seule, les champs couverts de neige pour aller trouver Magnus. Je suis montée dans sa chambre, puis, ensemble, nous avons parcouru le chemin de ronde de sa tour, sous le seul regard des étoiles. »

Sa main se crispa sur mon menton.

« Magnus savait bien des choses. Ce n'est pas la folie que tu dois craindre, si tu es assez fort. Le vampire qui quitte son clan pour résider parmi les hommes doit affronter un supplice infernal, bien avant de devenir fou. Il en vient, irrésistiblement, à aimer les mortels! Il finit par tout *comprendre* par amour.

— Lâche-moi! dis-je doucement, mais son œil me tenait aussi sûrement que sa main.

— Au fil du temps, il en vient à connaître les mortels comme ils ne se connaissent même pas eux-mêmes, continua-t-elle sans se laisser impressionner, et pour finir vient le moment où il ne supporte plus de tuer, de faire souffrir, et seules la folie ou la mort peuvent dompter sa souffrance. Voici le sort des anciens tel que Magnus me l'a décrit, Magnus qui a péri de cette façon. »

Ayant dit, elle me lâcha enfin.

« Je ne crois pas à ce que tu dis, sifflai-je. Tu prétends que Magnus aimait les mortels?

— Bien sûr que tu n'y crois pas », dit-elle avec un sourire narquois.

Armand non plus ne semblait pas la comprendre.

« Pour le moment, mes paroles n'ont pas de sens pour toi, reprit-elle, mais tu as *l'éternité* pour les comprendre! »

Et ses éclats de rire déments montèrent jusqu'au sommet du dôme, dont ils semblaient brûler les pierres.

« Non, c'est un mensonge, une hideuse simplification ! » m'écriai-je. Le sang battait contre mes tempes, contre mes yeux. « C'est un concept jailli de l'imbécillité morale, cette idée de l'amour ! »

Je plaquai mes deux mains contre mes tempes. Une douleur mortelle les tenaillait, obscurcissant ma vision, aiguisant mon souvenir du donjon de Magnus, des mortels prisonniers qui avaient péri au milieu des cadavres pourrissants de ceux condamnés avant eux à l'horreur du cachot.

Ma souffrance semblait torturer Armand autant que le rire de la vieille reine, qui continuait à fuser, irrépressiblement. Il tendit les mains vers moi, mais sans oser me toucher.

Tout le ravissement et la douleur des derniers mois s'unirent au-dedans de moi. Je sentis que j'allais me mettre à rugir comme je l'avais fait, ce fameux soir, sur la scène de Renaud. Ces sensations m'horrifiaient. Je marmonnais des mots sans suite.

« Lestat ! chuchota Gabrielle.

— Aimer les mortels ? répétai-je, en regardant la vieille reine. T'a-t-il donc fallu trois cents ans pour y parvenir ? Mais dès les premières nuits où je les ai serrés contre moi, je les ai aimés. En buvant leur vie, leur mort, je les aime. Grand Dieu, n'est-ce donc pas l'essence même du Don ténébreux ? »

Ma voix s'enflait démesurément. « Mais comment êtes-vous donc faits pour ne pas les aimer ? Quels êtres immondes êtes-vous pour que ce soit la somme de votre sagesse, cette simple faculté de sentir ? »

Je reculai, jetant des yeux éperdus tout autour de ce tombeau géant qui me semblait une hallucination.

« Perdez-vous donc la raison avec les pratiques ténébreuses, les rites, l'emprisonnement des novices dans la tombe ? Ou bien étiez-vous déjà des monstres de votre vivant ? Comment ne pas aimer les mortels avec chaque souffle de vie ? »

Pas de réponse, sinon les cris insensés des emmurés. Sinon le battement engourdi du cœur de Nicolas.

« Écoutez-moi bien, poursuivis-je. Jamais je n'ai

promis mon âme au diable ! Et quand je l'ai créée, elle, c'était pour la sauver des vers qui dévorent les cadavres. Si aimer les mortels est l'enfer que vous décrivez, j'y suis déjà plongé. Laissez-moi donc, nous sommes quittes. »

Ma voix se brisa, je suffoquai. Armand s'approcha, tournant vers moi un visage miraculeusement pur et respectueux.

« Créatures de mort, ne m'approchez pas ! clamai-je. Vous qui parlez de folie et d'amour dans ce lieu puant ! Et Magnus, ce vieux monstre, qui les enfermait dans son donjon. Comment les aimait-il, ses pauvres captifs ? Comme un enfant aime les papillons dont il arrache les ailes ?

— Non, mon enfant, tu crois comprendre, mais tu te trompes, chanta la vieille reine, impassible. Tu viens tout juste de commencer à aimer. Tu as de la peine pour eux, voilà tout. Et pour toi-même, de ne pouvoir être à la fois humain et inhumain. N'est-ce pas la vérité ?

— Mensonges ! hurlai-je, en passant mon bras autour de Gabrielle.

— Tu finiras par tout comprendre par amour, continua la vieille reine, quand tu seras devenu un être méchant et haineux. Voilà quelle est ton immortalité, mon enfant. Une compréhension de plus en plus profonde.

— Va au diable ! » lançai-je. Empoignant Gabrielle et Nicolas, je les emportai vers la porte à reculons. « Vous êtes déjà en enfer et je compte bien vous y laisser ! »

Et entraînant les deux autres à ma suite, je traversai les catacombes en courant pour gagner l'escalier.

La vieille reine poussait des éclats de rire frénétiques.

Tel un moderne Orphée, je m'arrêtai pour me retourner.

« Lestat, dépêche-toi » chuchota Nicolas, tandis que Gabrielle me faisait des signes désespérés.

Armand n'avait pas bougé et la vieille à ses côtés continuait à rire.

« Adieu, courageux enfants, cria-t-elle. Suivez bravement la Voie du Diable. Suivez-la le plus longtemps possible ! »

En nous voyant surgir hors du sépulcre, les membres du clan se dispersèrent comme des fantômes effrayés sous la pluie glacée. Hébétés, ils nous regardèrent quitter au plus vite le cimetière des Innocents pour gagner les rues avoisinantes.

Presque aussitôt, nous pûmes voler un équipage et prîmes au grand galop la route de notre tour.

Malgré mon épuisement, je ne permis pas aux chevaux de souffler un instant. A chaque bosquet, à chaque détour de la route, je m'attendais à nous voir rejoints par les démons.

Je pris néanmoins le temps d'acheter dans une auberge de campagne de quoi nourrir Nicolas et des couvertures pour lui tenir chaud.

Bien avant d'arriver à la tour, il avait perdu connaissance et je dus le porter jusqu'à la vaste pièce où Magnus m'avait enfermé la première nuit.

On voyait encore sur sa gorge les traces noires et boursouflées qu'avaient laissées les crocs des vampires. Il dormait profondément lorsque je le déposai sur son lit de paille, mais je sentais qu'il était tenaillé par la soif qui m'avait torturé après que Magnus eut bu mon sang.

Ma foi, il avait amplement de quoi boire et de quoi manger à son réveil. Je savais — inexplicablement — qu'il ne mourrait pas.

Comment il passerait sa journée, je ne parvenais pas à l'imaginer, mais il serait en sécurité une fois que j'aurais tourné la clef dans la serrure. Car, quoi qu'il eût été pour moi, quoi qu'il fût destiné à être à l'avenir, je ne pouvais laisser un mortel parcourir librement ma tanière pendant mon sommeil.

J'étais encore occupé à le contempler, à écouter ses rêves incohérents — peuplés des horreurs subies aux mains de nos récents ennemis — lorsque Gabrielle entra dans la pièce. Elle avait enterré l'infortuné garçon d'écurie et elle était couverte de poussière. Ses cheveux emmêlés avaient des reflets délicats.

Elle baissa un long moment les yeux vers Nicolas, puis elle m'entraîna hors de la pièce. Une fois que j'eus fermé la porte à clef, nous descendîmes jusqu'à la crypte. Là elle me prit dans ses bras et me serra contre elle, comme si elle était, elle aussi, au bord de l'épuisement.

« Écoute, dit-elle enfin, en me prenant le visage dans ses mains. Dès notre lever, nous le ferons sortir de France. Personne ne croira jamais ses contes à dormir debout. »

Je ne répondis pas. Je comprenais à peine son raisonnement, ses intentions. La tête me tournait.

« Tu peux le manipuler comme tu as manipulé la troupe de Renaud, continua-t-elle. L'envoyer dans le nouveau monde.

— Dormir », soufflai-je. Je baisai ses lèvres entrouvertes. Je la serrai contre moi, les yeux clos.

« Une fois qu'il sera parti, nous pourrons parler de ces autres, dit-elle calmement. Peut-être vaudra-t-il mieux quitter Paris pendant quelque temps... »

Je la lâchai pour gagner mon sarcophage, restant un instant appuyé contre le couvercle de pierre. Pour la première fois de mon existence immortelle, j'avais envie du silence de la tombe, besoin de sentir que je ne contrôlais plus rien.

Je crus entendre Gabrielle ajouter : *Ne fais pas cela !*

4

À mon réveil, j'entendis ses cris. Il frappait contre la porte de chêne, en me maudissant de le tenir ainsi captif. Le bruit qu'il faisait emplissait la tour et son odeur me parvenait à travers les murailles : succulente, délectable, l'odeur de la chair et du sang frais, de la chair et du sang de Nicolas.

Gabrielle dormait toujours.

Ne fais pas cela.

Une symphonie de méchanceté, une symphonie de démence m'étaient transmises à travers les murs, la philosophie multipliant ses efforts pour servir de véhicule aux images atroces, à la torture, pour les vêtir de mots...

Lorsque je commençai à gravir l'escalier, j'eus l'impression d'être happé dans le tourbillon de ses cris, de son odeur de mortel, à laquelle se mêlaient tous mes souvenirs olfactifs : le parfum du soleil sur une table de bois, celui du vin rouge, de la fumée du petit bois dans l'âtre.

« Lestat, m'entends-tu ? Lestat ! » Grêle de coups de poing contre la porte.

Souvenirs de contes de fées : le géant disant qu'il sentait l'odeur du sang humain dans son repaire. Horreur ! Je savais que le géant allait découvrir l'être humain. Je l'entendais arriver, pas à pas. L'être humain, c'était moi.

Non, ce n'était pas moi !

La fumée, le goût salé de la chair et du sang palpitant.

« C'est le bûcher des sorcières, ici. Tu m'entends, Lestat ! Le bûcher des sorcières ! »

La sourde vibration des vieux secrets qui nous unissaient, de l'amour, de choses que nous seuls avions senties, connues. Notre danse devant le bûcher des sorcières. Peux-tu la nier ? Peux-tu nier tout ce qui s'est passé entre nous ?

Fais-le sortir de France. Envoie-le dans le Nouveau-Monde. Et puis quoi ? Toute sa vie, il sera un de ces mortels vaguement intéressants, mais le plus souvent assommants, qui ont vu des esprits et en parlent sans cesse sans que personne ne les croie. Sa démence s'aggravera. Finira-t-il dans la peau d'un de ces fous comiques, de ceux que même les bandits et les assassins protègent, raclant son violon, en habit crasseux, dans les rues de Port-au-Prince ?

« Tu peux le manipuler », avait-elle dit. *Personne ne croira jamais ses contes à dormir debout.*

Mais il connaît l'endroit où nous reposons, mère. Il connaît nos noms, notre famille, trop de choses à notre sujet. Il ne voudra pas partir discrètement pour l'étranger. Et puis, peut-être le poursuivront-ils ; jamais ils ne le laisseront en vie à présent.

Où sont-ils ?

Je gravis l'escalier, dans le tourbillon de ses hurlements et regardai dehors à travers les barreaux de la petite fenêtre. Ils allaient revenir. C'était inévitable. D'abord, j'avais été seul. Puis je l'avais eue, elle. Et maintenant, je les avais tous les deux !

Était-ce là le nœud du problème ? Le fait qu'il me reprochât inlassablement de lui avoir refusé mon pouvoir ?

N'était-ce pas plutôt que j'avais à présent tous les prétextes voulus pour le prendre avec moi comme je l'avais désiré dès le début ? Mon Nicolas, mon amour. L'éternité nous attend. Tous les grandioses, les splendides plaisirs de la mort.

Je continuai mon ascension vers lui et la soif chantait au-dedans de moi. La soif chantait et j'étais l'instrument de son chant.

Les cris étaient à présent incohérents ; ils étaient la pure essence de ses injures, la morne ponctuation de sa souffrance qui me parvenait sans aucun support sonore. Il y avait quelque chose de divinement charnel dans les syllabes sans suite qui sortaient de ses lèvres ; elles me faisaient penser au sourd jaillissement du sang à travers son cœur.

En entendant la clef dans la serrure, il se tut, ses pensées refluèrent à l'intérieur de lui, comme si l'océan pouvait être aspiré dans les mystérieuses sinuosités d'un seul coquillage.

Je m'efforçai de le voir, *lui,* dans la pénombre de la pièce ; lui et non mon amour pour lui, les mois pénibles, douloureux, passés à soupirer après lui, l'hideux et irrépressible besoin humain de le voir, la concupiscence. Je m'efforçai de ne voir que le mortel qui parlait à tort et à travers, tout en me foudroyant du regard.

« Toi et tes grandes tirades sur le bien » — la voix basse débordant de fureur inextinguible, les yeux étincelaient —, « tes tirades sur le bien et le mal, sur la mort, oh oui, la mort, l'horreur, la tragédie... »

Des mots. Portés par le courant toujours plus violent de sa haine.

« ...et tu l'as partagé avec elle, le fils du seigneur offre son don précieux à la femme du seigneur, le Don ténébreux. Les habitants du château ont droit au Don ténébreux ; jamais on ne les a traînés jusqu'au bûcher des sorcières, où la graisse humaine fait des flaques par terre, au pied des bûchers consumés. Non, tuons plutôt la vieille qui n'y voit plus assez pour coudre et le demeuré incapable de labourer les champs. Et que nous donne-t-il à nous, le fils du seigneur, le Tueur de loups, celui qui a pleuré devant le bûcher des sorcières ? Quelques sous ! C'est assez bon pour nous ! »

Frissonnant. La chemise trempée de sueur. Des éclairs de peau bien lisse à travers la dentelle déchirée. Quel supplice de Tantale que de simplement poser les yeux sur lui, sur son torse mince et musclé, tel que les sculpteurs aiment à en représenter, sur les mamelons roses contre la peau brune.

« Ce pouvoir » — il postillonnait, comme s'il avait répété ces mots toute la journée avec la même intensité et que ma présence importât peu désormais —, « ce pouvoir qui a retiré à tous les mensonges leur raison d'être, ce pouvoir ténébreux qui s'élève par-dessus toutes choses, cette vérité qui a détruit... »

Non. C'étaient des mots. Pas la vérité.

Les bouteilles de vin étaient vides, la nourriture dévorée. Ses bras minces étaient durcis, tendus pour la lutte — mais quelle lutte ? —, ses cheveux bruns s'étaient échappés du ruban, ses yeux immenses étaient vitreux.

Soudain, il se plaqua contre le mur, comme s'il voulait s'y enfoncer pour me fuir — un souvenir flou des autres vampires suçant son sang, la paralysie, l'extase — mais ce fut pour être aussitôt projeté vers l'avant, en trébuchant, tendant les mains pour se rattraper à des objets inexistants.

266

Sa voix s'était tue.

Une lueur sur son visage.

« Comment as-tu pu me le cacher ? » chuchota-t-il. Des pensées d'ancienne magie, de légendes lumineuses, de quelque contrée irréelle où prospérait tout ce qui venait de l'ombre ; se griser de savoir défendu grâce auquel tout ce qui est naturel perd son importance. Les feuilles tombant des arbres à l'automne, le soleil dans le verger n'avaient plus rien de miraculeux.

Non.

L'odeur émanait de lui comme un encens, comme la chaleur et la fumée des cierges à l'église. Son cœur battait sous la peau nue de sa poitrine. Son ventre musclé luisait de sueur, elle tachait même son épais ceinturon de cuir. Son sang au goût de sel… J'avais du mal à respirer.

Or, nous respirons. Nous respirons, nous sentons le goût des choses, leur parfum, leur texture et nous avons soif.

« Tu t'es mépris sur tout. » Était-ce bien Lestat qui parlait ? On eût dit quelque autre démon, quelque immonde créature dont la voix était une imitation de la voix humaine. « Tu t'es mépris sur tout ce que tu as vu et entendu.

— Moi, j'aurais partagé avec toi tout ce que je possédais ! » La rage s'accumulait à nouveau. Il tendit les mains. « C'est toi qui n'as jamais compris ! soufflat-il.

— Garde la vie sauve et fuis. Cours !

— Ne vois-tu pas que c'est la confirmation de tout ? Que ta seule existence en est la confirmation — du Mal pur, du Mal sublime ! » Le triomphe dans ses yeux. Brusquement, il lança la main et la referma sur mon visage.

« Ne me provoque pas ! » dis-je. Je le frappai si fort qu'il tomba à la renverse, maté, réduit au silence. « Quand on me l'a offert, j'ai dit non. Je te jure que j'ai dit non. Avec mon dernier souffle, j'ai dit non !

— Tu as toujours été le roi des imbéciles, répondit-il. Je te l'ai souvent dit. » Il était au bord de l'effondrement, cependant. Il frissonnait et sa rage se distillait en désespoir. Il tendit à nouveau les bras, puis les laissa retomber. « Tu croyais à des choses qui n'avaient aucune importance, dit-il presque gentiment. Mais il y a quelque chose que tu n'as jamais su voir. Est-il possible que tu ne saches pas ce que tu possèdes désormais ? » De ses yeux vitreux jaillirent des larmes.

Son visage se tordit. Des mots d'amour sortaient de son cœur, silencieusement.

Muet et meurtrier, je me sentis inondé par le pouvoir que j'avais sur lui et par la conscience qu'il en avait ; mon amour attisait mon sens de mon propre pouvoir, le poussant vers une gêne brûlante qui se transforma soudain en autre chose.

Nous étions de nouveau dans la coulisse du théâtre, dans la petite auberge de notre village d'Auvergne. Je sentais non seulement l'odeur de son sang, mais de sa terreur. Il avait fait un pas en arrière. Ce seul mouvement suffit à déclencher en moi un brasier, au même titre que la vue de son visage affolé.

Il parut devenir plus petit, plus fragile, et pourtant jamais il ne m'avait semblé aussi fort, aussi séduisant qu'en ce moment.

A mon approche, son visage se vida de toute expression. Ses yeux étaient merveilleusement limpides. Et son esprit s'ouvrait comme s'était ouvert celui de Gabrielle ; en un éclair je vis passer la vision de lui et moi dans notre mansarde, devisant interminablement, tandis que la lune éclairait les toits couverts de neige, ou encore déambulant dans les rues de Paris, en nous repassant une bouteille de vin, la tête baissée contre les premières rafales de pluie hivernale, alors que nous avions devant nous l'éternité pour mûrir et vieillir. Que de joie, alors, au milieu même de notre misère — la véritable éternité, le véritable toujours — dans le mystère mortel de toutes ces choses. Mais ce moment s'évanouit dans la vibrante expression de son visage.

« Viens à moi, Nicolas, chuchotai-je, en lui tendant les deux mains. Si tu veux l'avoir, il faut venir... »

Je vis un oiseau sortir d'une grotte au-dessus de la haute mer. Il y avait chez ce volatile et dans les vagues infinies par-dessus lesquelles il volait quelque chose de terrifiant. Il s'élevait de plus en plus haut dans un ciel argenté, progressivement englouti par l'obscurité. Les ténèbres du soir, rien à craindre, vraiment rien. L'obscurité bienheureuse. Mais elle tombait peu à peu, inexorablement, sur cette unique petite créature qui croassait dans le ciel par-dessus l'immensité déserte du monde. Grottes vides, sables vides, mer vide.

Tout ce que j'avais jamais aimé regarder, écouter, toucher de mes mains avait disparu ou n'avait jamais existé et l'oiseau, décrivant des cercles et planant, continuait son vol, s'élevait au-dessus de moi, ou plutôt au-dessus de personne, contenant tout le paysage, sans histoire ni signification, dans la plate noirceur d'un œil minuscule.

Je hurlai sans faire de bruit. Je sentais ma bouche pleine de sang et chaque gorgée avalée franchissait ma gorge pour sombrer dans une soif insondable. J'aurais voulu dire, oui, je comprends à présent, je comprends combien cette obscurité est terrible, insupportable. Je ne savais pas. Je ne pouvais pas savoir. L'oiseau poursuivait son chemin à travers les ténèbres, par-dessus la côte aride, la mer infinie. Dieu bien-aimé, cessez. C'est pire que l'horreur à l'auberge. Pire que les plaintes stridentes de la jument agonisant dans la neige. Mais le sang n'était que du sang après tout, et le cœur — le cœur succulent — était là, tout proche, dressé sur la pointe des pieds contre mes lèvres.

Nous y sommes, mon amour, c'est le moment. Je puis avaler la vie qui bat dans ton cœur et t'expédier dans l'inconscience éternelle, où rien ne sera jamais ni compris, ni pardonné, ou bien je puis te garder avec moi.

Je le repoussai loin de moi, puis je le serrai contre moi, comme un pauvre être écrasé, mais la vision persistait.

Ses bras se nouèrent autour de mon cou, son visage

était trempé, ses yeux révulsés. Puis sa langue jaillit pour lécher avidement la plaie que j'avais ouverte pour lui dans ma propre gorge.

Par pitié, que cette vision cesse. Arrêtez cet essor interminable, faites disparaître ce paysage incolore couché à l'oblique, interrompez ce croassement qui ne veut rien dire par-dessus les hurlements du vent. La douleur n'est rien comparée à cette obscurité. Je ne veux pas... je ne veux pas...

Mais elle se dissolvait. Lentement, elle se dissolvait.

Enfin, c'était terminé. Le voile du silence s'était abattu, comme avec Gabrielle. Le silence. Nicolas était distinct de moi. Je le maintenais à distance et il manquait tomber, portant les mains à sa bouche, le sang dégoulinant le long de son menton. Sa bouche était ouverte et il en sortait un son sec, en dépit du sang, un cri sec.

Et derrière lui — au-delà de la vision inoubliable de la mer métallique et de l'oiseau solitaire qui était son unique témoin — je la voyais, elle, dans l'embrasure de la porte, et ses cheveux tombaient comme le voile d'or de la Sainte-Vierge sur ses épaules et elle me dit, d'un air de profonde tristesse :

« C'est un désastre, mon fils. »

Dès minuit, il était clair qu'il refusait de parler ou de répondre à n'importe quelle voix, qu'il refusait de bouger de son propre gré. Il restait immobile et sans expression là où on le mettait. Si sa mort le faisait souffrir, il n'en donnait aucun signe. Si la nouvelle vision l'enchantait, il le gardait pour lui. La soif elle-même ne pouvait le remuer.

Ce fut Gabrielle qui, après l'avoir étudié paisiblement pendant plusieurs heures, le prit en main, le nettoya et le vêtit d'habits propres. Elle choisit un costume de laine noire, l'un des rares vêtements sombres que je possédasse, et du linge blanc sans ornements, ce qui lui donnait l'air d'un jeune séminariste, un peu trop sérieux, quelque peu naïf.

Dans le silence de la crypte, je sus sans le moindre

doute, en les observant, qu'ils entendaient mutuellement leurs pensées. Elle lui fit sa toilette, sans dire un seul mot, et le renvoya, toujours en silence, s'asseoir sur le banc près du feu.

Finalement, elle déclara : « Il faudrait qu'il chasse à présent », et lorsqu'elle tourna les yeux vers lui, il se leva sans même la regarder, comme une marionnette actionnée par un fil.

Hébété, je les regardai partir. J'entendis leurs pas décroître dans l'escalier. Puis je montai tout doucement derrière eux, en tapinois et, cramponné aux barreaux de la grille, je les regardai traverser le champ, légers comme deux félins.

Le vide de la nuit était un froid indissoluble qui m'engourdissait, m'emprisonnait. Le feu dans l'âtre fut impuissant à me réchauffer quand je rentrai rechercher sa chaleur.

Là aussi, c'était le vide. Et le calme que je croyais désirer, le besoin de me retrouver seule après la lutte atroce que nous avions dû livrer à Paris. Le calme et la découverte que je n'avais pu me résoudre à avouer à Gabrielle, la découverte qui rongeait mes entrailles comme un animal affamé : désormais, la seule vue de Nicolas m'était insupportable.

5

La nuit suivante, lorsque j'ouvris les yeux, je savais ce que je comptais faire. Peu importait que j'eusse ou non le courage de jeter les yeux sur lui. C'était moi qui l'avais créé et c'était à moi de le tirer de son hébétude.

La chasse n'avait opéré aucun changement, bien qu'il se fût, semblait-il, montré tout à fait capable de boire et de tuer. A présent, je devais le protéger de ma révulsion et aller à Paris chercher le seul objet susceptible de le faire réagir.

De son vivant, il n'avait jamais aimé qu'une seule

chose : le violon. Peut-être celui-ci saurait-il le réveiller, à présent. Je le lui mettrais dans les mains et il aurait envie d'en jouer, d'en jouer avec toute son habileté nouvelle. Aussitôt, tout changerait, le froid qui me glaçait le cœur fondrait enfin.

Dès le réveil de Gabrielle, je la mis au courant de mes intentions.

« Et ces autres vampires, voyons, dit-elle. Tu ne peux pas aller seul à Paris.

— Mais si, lui dis-je. Il a besoin de moi. Dans l'état où il est, si les démons revenaient, ils pourraient le persuader de sortir. De toute façon, je dois découvrir ce qui se passe sous les Innocents. Si la trêve est réelle, je veux le savoir.

— Je n'aime pas te voir partir, répondit-elle en secouant la tête. Permets-moi de te dire que si je ne croyais pas que nous devions avoir un nouvel entretien avec le chef, que nous pouvions apprendre beaucoup de lui et de la vieille femme, je serais d'avis de quitter Paris dès cette nuit.

— Que peuvent-ils bien nous apprendre ? demandai-je froidement. Que le soleil tourne autour de la terre et que celle-ci est plate ? » J'eus aussitôt honte de mon amertume.

Peut-être sauraient-ils me dire pourquoi les vampires que j'avais créés pouvaient communiquer entre eux par la pensée, alors que c'était impossible avec moi. Mais ma nouvelle haine envers Nicolas me pesait trop pour que je pusse penser à toutes ces choses.

En la regardant, je me dis qu'il avait été merveilleux de voir le Don ténébreux exercer sa magie sur elle, lui rendre tout l'éclat de sa jeunesse. Alors qu'en voyant Nicolas changer, j'avais cru le voir mourir.

Peut-être ne le comprenait-elle que trop bien, même sans lire dans ma pensée.

Nous nous étreignîmes. « Sois prudent », dit-elle.

J'aurais dû me rendre immédiatement chez lui pour y prendre le violon. Et puis, il fallait m'occuper du malheureux Roget, lui raconter quelque mensonge. Et enfin préparer notre départ de Paris. Que de choses à faire !

Au lieu de cela, je passai plusieurs heures à suivre ma fantaisie. J'allai chasser aux Tuileries et sur les boulevards, en me racontant qu'il n'y avait pas de clan de vampires sous les Innocents et que Nicolas était encore vivant et en sécurité.

Je ne cessai, cependant, de guetter leur venue. Je songeais à la vieille reine. Mais ce fut à l'endroit où je m'y attendais le moins, sur le boulevard du Temple, en approchant du Théâtre de Renaud, que je les entendis.

Je sus presque aussitôt que plusieurs d'entre eux se cachaient derrière l'édifice, mais je ne discernais aucune malveillance, seulement une fébrile excitation à mon approche.

Puis, j'aperçus le visage blême de la jolie femme aux yeux noirs. Elle se tenait dans l'allée où donnait l'entrée des artistes et elle se précipita pour me faire signe.

Je ne répondis pas tout de suite. Le boulevard était noir de promeneurs, comme à l'accoutumée, les théâtres ouvraient toutes grandes leurs portes. Pourquoi abandonner tout cela pour aller trouver ces créatures ? J'écoutai. Ils étaient quatre et ils m'attendaient désespérément. Ils avaient atrocement peur.

Fort bien. Je m'enfonçai dans l'allée et la remontai jusqu'au bout. Ils étaient tapis tous ensemble, contre le mur.

L'adolescent aux yeux gris était là, ce qui me surprit, l'air désemparé, et derrière lui un grand homme blond et une belle femme, tous deux vêtus de haillons comme des lépreux. Ce fut la belle aux yeux noirs qui prit la parole.

« Il faut nous aider ! chuchota-t-elle.

— Qui ? moi ? » Je m'efforçai de calmer ma jument à qui leur compagnie déplaisait. « Pourquoi cela ?

— Il est en train de détruire le clan, dit-elle.

— De nous détruire… », précisa le garçon, mais sans me regarder. Il gardait les yeux fixés sur le mur et son esprit m'adressait des images: le bûcher allumé, Armand obligeant ses adeptes à sauter dans le feu.

Je tentai de chasser ces visions, mais à présent tous quatre me les envoyaient. Mon amie fixa ses yeux noirs droit dans les miens pour essayer d'aiguiser ma perception: Armand brandissant une grande poutre noircie pour pousser les autres dans le brasier, puis les enfonçant au milieu des flammes lorsqu'ils cherchaient à se sauver.

« Grand Dieu, mais vous étiez douze, m'écriai-je. Ne pouviez-vous vous défendre?

— Nous nous sommes défendus et nous voici, répondit la femme. Il en a brûlé six ensemble et nous nous sommes sauvés, terrifiés. Nous avons dormi loin de nos tombes, ce qui ne nous était encore jamais arrivé, sans savoir ce qu'il adviendrait de nous. A notre réveil, il était là et il a pu en détruire encore deux. Nous quatre sommes les seuls survivants. Il a même ouvert les profondeurs et brûlé les captifs. Détruit notre lieu de réunion. »

L'adolescent leva lentement les yeux.

« C'est de ta faute, dit-il. C'est toi qui nous as perdus. »

La femme s'interposa, en lui jetant un regard impatienté.

« Il faut nous aider. Forme un nouveau clan avec nous. Aide-nous à vivre comme tu vis.

— Mais la vieille reine, qu'a-t-elle dit? demandai-je.

— C'est elle qui a commencé, répondit amèrement le garçon. Elle s'est jetée dans le feu en disant qu'elle allait rejoindre Magnus. C'est alors qu'il a poussé les autres à sa suite. »

Je baissai la tête. Elle avait disparu, avec tout son savoir et son expérience, ne laissant derrière elle que cet être simple, vindicatif, cet enfant cruel qui croyait à ce qu'elle savait être faux. »

« Il faut nous aider, répéta la femme aux yeux noirs. Il a le droit, en tant que maître du clan, de détruire les faibles, ceux qui ne sauraient survivre.

— Il ne pouvait pas laisser le clan sombrer dans le chaos, dit l'autre femme. Privés de leur foi dans les Pratiques ténébreuses, les autres auraient risqué d'alarmer les mortels. Mais si tu nous aides à former un nouveau clan, à nous perfectionner dans les nouvelles pratiques...

— Nous sommes les plus forts du clan, expliqua l'homme, et si nous parvenons à le déjouer assez longtemps et à survivre sans lui, peut-être nous laissera-t-il tranquilles.

— Il nous détruira, marmonna le garçon. Il nous épiera...

— Il n'est pas invincible, coupa l'homme, et rappelle-toi qu'il n'est plus soutenu par ses convictions.

— Toi, tu as la tour de Magnus comme refuge..., commença le garçon en levant vers moi des yeux implorants.

— Non, je ne puis la partager avec vous, dis-je. Il faut gagner seuls votre lutte.

— Mais tu peux nous conseiller..., dit l'homme.

— Vous n'avez pas besoin de moi. Qu'avez-vous retenu de mon exemple jusqu'ici ? De ce que j'ai dit la nuit dernière ?

— Nous avons surtout appris ce que tu lui as dit ensuite, dit ma belle amie. Quand tu lui as expliqué qu'à présent le mal parcourait le monde sous forme humaine.

— Eh bien, prenez cette forme, dis-je. Prenez les vêtements de vos victimes, l'argent qu'ils ont en poche. Et déambulez parmi les mortels comme je le fais. Vous amasserez vite de quoi vous édifier votre propre forteresse, votre petit sanctuaire. Vous ne serez plus alors des mendiants, ni des fantômes. »

Malgré leur terreur, ils m'écoutaient attentivement.

« Mais notre peau, le timbre de nos voix... »

— Vous pouvez berner les mortels. Rien n'est plus facile. Il suffit d'un peu d'adresse.

— Quelle espèce de mortels devons-nous contrefaire ? demanda le garçon d'un ton morne.

— A vous de choisir ! Regardez autour de vous. Faites semblant d'être des acteurs.

— Des acteurs ! s'écria la femme aux yeux noirs.

— Mais oui, ou mieux encore des acrobates. Vous avez dû en voir. Comme cela vous pourrez peindre vos visages trop blancs et on ne remarquera même pas vos gestes et vos expressions outrés. C'est le déguisement parfait pour vous. »

Elle se mit à rire et regarda les autres. L'homme était plongé dans ses pensées, la femme rêvassait, le garçon hésitait.

« Avec des pouvoirs comme les vôtres, vous n'aurez aucun mal à faire des cabrioles. Personne ne devinera ce que vous êtes.

— Pourtant, quand tu t'es produit sur la scène de ce petit théâtre, dit le garçon froidement, tu as terrifié le public.

— Parce que je l'ai voulu, dis-je. Mais je peux duper tout le monde, quand je le veux, et vous aussi. »

Je tirai de ma poche une poignée de pièces d'or que je donnai à la femme aux yeux noirs. Elle les regarda comme si elles lui brûlaient les mains, puis elle leva les yeux vers moi et je m'y vis, en train de faire mes diaboliques culbutes sur le plateau du théâtre de Renaud.

Une autre pensée me parvint. Elle savait que le théâtre était abandonné, que j'avais envoyé la troupe à l'étranger.

Je réfléchis un instant, sentant ma douleur s'éveiller et me demandant si les autres s'en apercevaient.

« Je t'en prie, dit-elle, en prenant ma main dans ses doigts blancs glacés. Laisse-nous nous installer dans le théâtre ! »

Entrez-y donc et dansez sur ma tombe.

J'étais tout engourdi, incapable d'y réfléchir froidement, ne voulant surtout pas me reporter en arrière et revoir tout ce qui s'était passé sous ce toit.

« Très bien, dis-je en détournant les yeux, avec une distraction affectée. Installez-vous là, si cela vous plaît. Et servez-vous de tout ce que vous trouverez. »

La jeune femme s'approcha et pressa ses lèvres contre ma main.

« Nous n'oublierons pas, dit-elle. Je m'appelle Éleni, ce garçon est Laurent, cet homme Félix et sa compagne Eugénie. Si Armand cherche à te nuire, il est notre ennemi.

— Puissiez-vous prospérer », dis-je et, étrangement, je le pensais. Je me demandais si un seul d'entre eux, en dépit des Voies ténébreuses et des Rites ténébreux, avait vraiment voulu ce cauchemar que nous partagions tous. A présent, pour le meilleur et pour le pire, nous étions tous des Enfants des Ténèbres.

« Mais agissez ici avec sagesse, les avertis-je. N'y amenez jamais de victime et ne tuez jamais près d'ici. Faites preuve d'intelligence et gardez une retraite sûre. »

Trois heures avaient sonné lorsque je m'engageai sur le pont qui menait à l'île Saint-Louis. J'avais assez perdu de temps. A présent, il me fallait le violon.

Dès que je fus près de la demeure de Nicolas, cependant, je sus que quelque chose clochait. Les fenêtres étaient nues, tous les rideaux avaient été arrachés et pourtant on discernait une vive lumière, comme si des centaines de bougies brûlaient à l'intérieur. Étrange. Il était encore trop tôt pour que l'on sût que Nicolas ne reviendrait plus.

Je bondis sur le toit et descendis le mur côté cour, jusqu'à la fenêtre de derrière, nue elle aussi.

Dans les appliques fixées au mur, toutes les bougies étaient allumées. D'autres étaient fichées dans leur propre cire à même le pianoforte et le bureau. La pièce était un capharnaüm.

Tous les livres gisaient à terre, certains en lambeaux, les pages arrachées. Il n'y avait pas jusqu'aux morceaux de musique qui n'eussent été éparpillés sur le sol et tous les tableaux avaient été décrochés des murs.

Peut-être les démons avaient-ils saccagé l'endroit quand ils avaient capturé Nicolas. Mais alors qui avait allumé toutes ces bougies ? C'était incompréhensible.

Je tendis l'oreille. Personne dans l'appartement. Du moins me semblait-il. Soudain, j'entendis non pas des pensées, mais de très légers bruits. Je me concentrai et sus que j'entendais tourner des pages, puis un objet chut à terre. On tournait d'autres pages, en épais parchemin, puis un autre livre tomba.

J'ouvris la fenêtre, sans faire de bruit. La faible rumeur continuait, mais aucune odeur humaine ne me parvenait, je ne sentais palpiter aucune pensée.

Il y avait une odeur pourtant, plus forte que celle du tabac froid et de la cire fondue. L'odeur de cimetière des vampires.

L'entrée était illuminée, de même que la chambre à coucher, plongée dans le même désordre : les livres ouverts jetés sur le sol, les draps arrachés, les tableaux en tas, les commodes vidées, leurs tiroirs sortis.

Et pas de violon, où que ce fût, notai-je machinalement.

Le bruit des pages tournées très vite émanait d'une autre pièce.

Qui que fût le visiteur — et ce ne pouvait être qu'une seule personne —, il se moquait bien de ma venue ! Il ne s'était même pas interrompu.

Je m'avançai jusqu'à la porte du bureau pour le contempler fixement, tandis qu'il poursuivait sa tâche.

C'était Armand, bien sûr, mais je ne m'attendais guère au spectacle qu'il m'offrait.

La cire des bougies coulait sur le buste en marbre de César, pour s'étaler sur les continents bariolés d'une grosse mappemonde. Les livres formaient un énorme tas sur le tapis, à l'exception de ceux d'une dernière étagère près de laquelle il se tenait dans ses haillons, les cheveux pleins de poussière, sans me prêter la moindre attention ; sa main parcourait inlassablement les pages, ses yeux semblaient absorber les mots, ses lèvres étaient entrouvertes. Son expression appliquée faisait penser à celle d'un insecte occupé à dévorer une feuille.

Il me parut horrible. Il suçait la moelle de ces livres.

Il lâcha celui qu'il tenait et en prit un autre, l'ouvrit

et se mit à le dévorer à son tour, son doigt suivant les lignes à une vitesse surnaturelle.

Je compris que tout ce que contenait l'appartement avait été soumis au même examen, mais qu'il tirait des livres un savoir concentré. Tout, depuis *la Guerre des Gaules* jusqu'à des romans anglais contemporains, gisait à terre.

La pagaille qu'il laissait derrière lui, son mépris total des choses qui lui avaient servi étaient horribles à voir.

Sans parler de son mépris total à mon égard.

Ayant terminé sa lecture, il se dirigea vers une pile de vieux journaux, posée sur une étagère assez basse.

Je reculai instinctivement pour m'éloigner de lui, les yeux rivés à sa petite silhouette crasseuse. Le roux sombre de sa chevelure luisait malgré la poussière, ses yeux brillaient comme deux lampes.

Il paraissait grotesque, au milieu de toutes ces bougies, ce petit abandonné d'outre-tombe, repoussant de saleté, et pourtant sa beauté était souveraine. Et sous le brillant éclairage, je discernai chez lui une férocité nouvelle.

J'étais profondément troublé. Il était à la fois dangereux et irrésistible. J'aurais pu le regarder indéfiniment, mais un tout-puissant instinct me disait : Laisse-lui cet endroit s'il le veut.

Le violon. Je m'efforçai désespérément de songer au violon. De détacher mon attention des mains d'Armand, de ses yeux.

Mais la vue de sa concentration me mettait en transe.

Lui tournant le dos, je passai au salon. Mes mains tremblaient, sa présence m'était presque insupportable. Je cherchai partout sans pouvoir trouver ce maudit violon. Où Nicolas avait-il bien pu le mettre ? Je n'arrivais pas à le deviner.

Pages tournées, crissement du papier, bruit doux d'un journal heurtant le sol.

Retourne immédiatement à la tour.

Au moment où je passai rapidement devant le bureau, sa voix silencieuse en jaillit et m'arrêta. On eût dit qu'une main m'avait pris à la gorge. Je me tournai et croisai son regard.

Les aimes-tu, tes enfants silencieux ? Et eux, t'aiment-ils ? Ses deux questions se dégagèrent des échos indistincts.

Le sang me monta au visage, sa chaleur se diffusa sur mes joues comme un masque, tandis que je le regardais.

On eût dit un fantôme dans ce bureau vandalisé, un envoyé de ce diable auquel il croyait. Pourtant son visage était si tendre, si juvénile.

Le Don ténébreux n'apporte jamais l'amour, vois-tu, il n'apporte que le silence. Sa voix muette semblait plus douce, plus claire, les échos s'estompaient. *Nous disions que c'était la volonté de Satan qui interdisait au maître et au novice de se réconforter mutuellement. Il ne fallait servir que lui.*

Chacune de ses paroles me pénétrait, accueillie en moi par une curiosité et une vulnérabilité secrètes et honteuses, mais je refusais de le lui montrer. Je dis, avec colère :

« Que veux-tu de moi ? »

En ce moment, j'avais plus peur de lui que durant nos luttes et nos discussions précédentes ; or, je hais ceux qui me font peur, ceux qui savent des choses que je dois savoir, qui ont sur moi cet avantage.

« C'est comme de ne pas savoir lire, n'est-ce pas ? dit-il tout haut. Ton maître, Magnus le proscrit, se souciait-il de ton ignorance ? Il t'a tu les choses les plus simples. »

Son visage restait impassible.

« N'en a-t-il toujours été ainsi ? Qui s'est jamais préoccupé de t'apprendre quoi que ce soit ?

— Tu prends tout cela dans mon esprit... », protestai-je, éperdu. Je revoyais les rangées de livres de mon enfance, que je ne savais pas lire, Gabrielle penchée sur ses livres, nous tournant le dos. « Arrête ! » grinçai-je.

Il me semblait qu'un temps infini s'était écoulé. J'étais désorienté. Il reprit silencieusement :

Jamais ils ne te satisfont, ceux que tu crées. Dans le silence, l'isolement et le ressentiment ne font que croître.

Je voulus bouger, mais je restai cloué sur place.

Tu me désires et je te désire, car nous seuls dans ce royaume sommes dignes l'un de l'autre. Ne le sais-tu pas ?

Les paroles atones semblaient se prolonger, s'amplifier, comme une note de violon tenue le plus longtemps possible.

« C'est de la folie », murmurai-je. Je songeai à tout ce dont il m'avait accusé, à toutes les horreurs dont il était coupable, à ses adeptes précipités dans le feu.

« Est-ce vraiment de la folie ? demanda-t-il. Alors retourne vers tes enfants silencieux. En ce moment même, ils se disent ce qu'ils ne peuvent te dire à toi.

— Tu mens…, dis-je.

— Et le temps ne fera que renforcer leur indépendance. Fais ta propre expérience, toutefois. Tu me trouveras sans peine quand tu voudras bien venir à moi. Où puis-je aller ? Que faire ? Tu as refait de moi un orphelin.

— Ce n'est pas vrai !

— Si, c'est vrai. Tout est de ta faute. C'est toi qui as causé notre perte. » Point de colère, pourtant. « Mais je puis attendre que tu viennes à moi, pour me poser les questions auxquelles moi seul saurai répondre. »

Je le dévisageai un long moment. J'avais l'impression de ne pouvoir bouger, de ne rien voir d'autre que lui et le profond sentiment de paix que j'avais éprouvé à Notre-Dame, le charme qu'il exerçait sur moi opérait à nouveau. Les lumières de la pièce étaient trop vives. Il était environné de clarté et semblait se rapprocher de moi et moi de lui sans qu'aucun de nous deux ne bougeât. Il m'attirait à lui, m'attirait à lui.

Je me détournai en trébuchant, perdis l'équilibre. J'étais hors de la pièce, je courus le long du vestibule, m'engouffrai par la fenêtre de derrière et grimpai jusqu'au toit.

Je parcourus au galop l'île de la Cité, comme s'il

était à mes trousses, et les battements affolés de mon cœur ne se ralentirent que lorsque j'eus laissé la ville derrière moi.

Les cloches de l'enfer tintaient.

La tour dressait sa masse obscure contre les premières lueurs du matin. Mon petit clan reposait déjà dans la crypte.

Je n'ouvris pas les tombeaux pour les regarder, malgré l'envie désespérée qui me tenaillait de voir Gabrielle, de lui toucher simplement la main.

Je montai, solitaire, jusqu'au chemin de ronde pour contempler le brûlant miracle de l'aube naissante, que je ne reverrais plus jamais s'accomplir jusqu'au bout. Les cloches de l'enfer, ma musique secrète...

Un autre son arrivait jusqu'à moi et je m'émerveillai qu'il eût la puissance de m'atteindre. C'était comme un chant faible et doux, venant de très loin.

Jadis, en Auvergne, j'avais entendu un petit paysan chanter sur la route. Il se croyait seul et sa voix possédait une force et une pureté presque irréelles. C'était la même voix qui m'appelait à présent. Une voix solitaire qui couvrait tous les autres bruits.

J'eus peur, une fois de plus. Pourtant je restai sur ma haute plate-forme. La brise matinale était soyeuse contre ma peau. Le ciel n'était plus un dais, c'était une brume illimitée au-dessus de moi, dans laquelle montaient se perdre les dernières étoiles.

La voix lointaine se fit plus acérée et vint me frapper la poitrine, là où j'avais posé ma main.

Elle me perça comme un rayon lumineux troue les ténèbres, chantant : *Viens à moi, tout sera pardonné si tu viens. Je suis plus seul que je ne l'ai jamais été.*

Et au fil des minutes, me parvint avec la voix un sentiment de possibilités illimitées, d'émerveillement et d'espérances, qu'accompagnait la vision d'Armand, seul, dans l'encadrement du portail de Notre-Dame. Le temps et l'espace n'étaient que des illusions. Il se dressait, dans un pâle lavis de lumière, devant le maître-autel, gracieux dans ses haillons superbes, la patience au fond des yeux. Il n'y avait plus de crypte, désormais, sous les Innocents, plus de fantôme grotesque chez Nicolas, occupé à jeter les livres comme des coquilles vides, une fois qu'il en avait absorbé la substance.

Je m'agenouillai et appuyai ma tête contre la pierre rugueuse. Je vis la lune s'évanouir comme une apparition et le soleil devait la toucher, car elle me fit mal et je fermai les yeux.

Je sentais en moi, cependant, une intense exaltation, une extase, comme si mon esprit était capable d'éprouver la jouissance des Pratiques ténébreuses sans que le sang coulât dans ma gorge. L'intimité de la voix me fendait en deux pour aller chercher la partie la plus tendre et secrète de mon âme.

Que veux-tu de moi ? avais-je envie de dire. Comment une telle miséricorde est-elle possible, alors qu'une si amère rancœur t'habitait tout à l'heure ? Ton clan détruit, des horreurs que je ne veux même pas imaginer...

Mais les mots ne voulaient toujours pas sortir. Et cette fois, je savais que si j'osais insister, la félicité se dissiperait à jamais, laissant la place à une détresse plus atroce encore que la soif du sang.

Pourtant, alors même que je me taisais, baignant dans le mystère de ce sentiment, j'étais envahi d'images et de pensées qui m'étaient étrangères.

Je me voyais redescendre jusqu'au donjon et soulever les corps inanimés de mes deux monstrueux semblables que j'aimais pour les rapporter sur cette plateforme et les y abandonner, impuissants, à la merci du soleil levant. Les cloches de l'enfer sonnaient en vain le tocsin pour les avertir et le soleil s'emparait d'eux pour les réduire en cendres.

Mon esprit révulsé chassa cette vision, la chassa avec un sentiment d'amère et douloureuse désillusion.

« Tais-toi, enfant, chuchotai-je, meurtri par la déception. Es-tu vraiment assez sot pour croire que je pourrais faire une chose pareille ? »

La voix s'estompa, se retira de moi et je sentis ma

solitude par tous les pores de ma peau. J'avais l'impression de me trouver à jamais privé de toute couverture, d'être condamné à rester aussi nu et malheureux qu'en ce moment.

Et je sentis au loin une convulsion de pouvoir, comme si l'esprit d'où émanait la voix se recourbait sur lui-même à la façon d'une grande langue.

« Trahison ! dis-je plus fort. Quelle tristesse, cependant, quel faux calcul ! Comment peux-tu dire que tu me désires ? »

Enfui ! Il avait totalement disparu. Et j'avais désespérément envie qu'il revînt, même si c'était pour se battre avec moi. Je voulais retrouver ce sentiment que de grandes choses étaient possibles, éprouver encore ce délicieux embrasement.

Je revis son visage à Notre-Dame, juvénile et doux, comme celui d'un saint du Vinci. Une affreuse impression de fatalité me parcourut.

6

Dès le réveil de Gabrielle, je l'attirai à l'écart de Nicolas, dans la quiétude de la forêt, et lui appris tout ce qui s'était passé la nuit précédente. Tout ce qu'Armand avait suggéré et dit. Non sans embarras, je lui parlai du silence qui existait entre nous et dont je savais à présent qu'il était irrévocable.

« Il faut quitter Paris au plus tôt, conclus-je. Cette créature est trop dangereuse. Ceux à qui j'ai donné le théâtre ne savent que ce qu'ils ont appris de lui. Eh bien, soit, je leur livre Paris. Quant à nous, lançons-nous sur la Voie du Diable, pour parler comme la vieille reine. »

Je m'étais attendu à de la colère de sa part, à de la haine envers Armand, mais elle resta parfaitement calme.

« Lestat, trop de questions restent sans réponse, me

dit-elle. Je veux savoir comment ce vieux clan a commencé, je veux savoir tout ce qu'Armand sait de *nous*.

— Mère, j'aimerais mieux m'en aller. Peu m'importe comment tout cela a commencé. Peut-être ne le sait-il pas lui-même.

— Je comprends, Lestat, crois-moi. Au bout du compte, je me soucie moins de toutes ces créatures que des arbres de cette forêt ou des étoiles dans le ciel. Je préférerais étudier les courants du vent ou le dessin des feuilles mortes sur le sol, mais ne nous précipitons pas. L'important, pour le moment, est de rester ensemble, tous les trois. Allons à Paris et préparons posément notre départ. Et tâchons aussi de tirer Nicolas de sa torpeur grâce au violon. »

J'aurais voulu lui parler de Nicolas, lui demander ce que cachait son silence obstiné, ce qu'elle devinait, mais les mots se coincèrent dans ma gorge. Je repensai à son exclamation : « C'est un désastre mon fils ! »

Passant son bras autour de ma taille, elle m'entraîna vers la tour.

« Je n'ai point besoin de lire dans ton esprit, dit-elle, pour savoir ce que tu as dans le cœur. Emmenons-le à Paris chercher son Stradivarius. » Elle se dressa sur la pointe des pieds pour m'embrasser. « Nous étions déjà lancés sur la Voie du Diable, toi et moi, avant que tout ceci ne survienne. Nous pourrons bientôt la reprendre. »

Il fut enfantin d'emmener Nicolas jusqu'à Paris. Comme un fantôme, il se mit à cheval et nous suivit ; seuls ses cheveux et sa cape, fouettés par le vent, semblaient doués de vie.

Lorsque nous nous sustentâmes dans l'île de la Cité, je m'aperçus que je ne supportais pas de le voir chasser ni tuer.

Il n'était pas encourageant de le voir accomplir ces actes simples avec une léthargie de somnambule. Cela prouvait tout au plus qu'il pourrait rester indéfiniment notre complice silencieux, mais sans valoir mieux qu'un cadavre ressuscité.

Pourtant, en arpentant les ruelles, j'éprouvai une émotion inattendue : nous n'étions plus deux, à présent, mais trois. Un clan. Et si je parvenais à secouer Nicolas...

Mais la visite à Roget passait en premier. Je devais me rendre seul chez l'avocat et, laissant mes deux compagnons à quelques portes de là, j'allai actionner le heurtoir, en me préparant à jouer la scène la plus difficile de ma carrière.

J'appris sans tarder, cette nuit-là, une importante leçon concernant les mortels et leur besoin de se convaincre que le monde est un endroit sûr. Roget fut enchanté de me voir, si heureux de me retrouver « en parfaite santé » et toujours prêt à l'employer, qu'il me donna sa bénédiction avant même que j'eusse commencé à m'empêtrer dans mes ridicules explications.

Je compris très vite qu'il croyait sincèrement que Gabrielle et moi avions quitté l'appartement par une petite porte de service, qui donnait dans la chambre, explication commode à laquelle je n'avais point songé. Quant au candélabre tordu, je le mis sur le compte de mon chagrin, ce qu'il parut trouver tout naturel.

Il voulut bien croire, enfin, que nous nous étions éclipsés ainsi, parce que Gabrielle avait éprouvé le désir soudain de se réfugier dans un couvent où elle séjournait à l'heure actuelle.

« Son rétablissement est un vrai miracle, monsieur, lui dis-je. Si vous la voyiez... mais abrégeons. Nous allons partir en Italie, avec Nicolas de Lenfent, et nous avons besoin d'argent liquide, de lettres de crédit et d'un carrosse, un très grand carrosse avec un attelage d'au moins six chevaux. Pouvez-vous me procurer tout cela ? Il faudrait que tout soit prêt vendredi soir. Et écrivez je vous prie à mon père pour lui annoncer ce départ. Il va bien, je suppose ?

— Oui, oui, bien sûr. Je n'ai pas voulu l'alarmer...

— Bravo, mon cher Roget. Je savais que je pouvais vous faire confiance. Que ferais-je sans vous ? A présent, parlons de ces rubis, pourriez-vous les vendre au plus vite ? »

Il notait mes instructions à toute vitesse, ses doutes et ses soupçons fondant à la chaleur de mes sourires. Qu'il était donc content d'avoir quelque chose à faire !

« Pour le moment, le théâtre du boulevard du Temple restera vide et je compte sur vous, bien entendu, pour le gérer en mon nom. Et ainsi de suite. »

Mon théâtre, qui abritait à présent une bande de vampires en haillons, à moins qu'Armand ne les eût déjà découverts et brûlés comme des vieux costumes. Cela, je le saurais bien assez tôt.

Je redescendis les marches de sa maison en sifflotant, ravi d'être débarrassé de cette corvée, et m'aperçus soudain que Gabrielle et Nicolas semblaient avoir disparu.

Je m'arrêtai pour scruter les alentours.

Je vis un jeune garçon sortir d'une ruelle, comme s'il venait de se matérialiser. C'était Gabrielle.

« Lestat, il est parti, il a disparu », lança-t-elle.

Interdit, je répétai sottement : « Comment cela, disparu ? » Mais ma raison avait déjà sombré. Si j'avais cru ne plus l'aimer, je m'étais menti.

« Pourtant, je l'ai à peine quitté des yeux. Il a fait vite. » Elle était moitié désolée, moitié furieuse.

« As-tu entendu un autre...

— Non. Rien. Il a été trop vif pour moi.

— Oui, s'il a agi de son propre chef, s'il n'a pas été enlevé...

— Si Armand s'était emparé de lui, j'aurais entendu sa peur, insista-t-elle.

— Mais éprouve-t-il de la peur ? Éprouve-t-il quoi que ce soit ? » J'étais au comble de la terreur et de l'exaspération. Il s'était évanoui dans une obscurité qui roulait tout autour de nous, comme une roue géante sur son axe. Je serrai les poings.

« Écoute-moi, dit-elle. Il n'y a que deux pensées qui tournent en rond dans son esprit...

— Quoi donc ? Dis-moi !

— Il y a le bûcher sous le cimetière des Innocents, où il a failli mourir brûlé vif. Et puis un petit théâtre...

— C'est celui de Renaud », m'écriai-je.

Ensemble, nous étions des archanges, elle et moi. Il ne nous fallut pas un quart d'heure pour gagner l'agitation du boulevard et de là, l'entrée des artistes du théâtre de Renaud.

Les planches qui la condamnaient avaient été arrachées et les serrures brisées, mais, en traversant rapidement le vestibule qui menait aux coulisses, je n'entendis ni Éleni, ni aucun des autres.

Peut-être Armand était-il venu reprendre ses enfants. C'était de ma faute, car j'avais refusé de les accueillir auprès de moi.

Rien d'autre ici qu'une jungle d'accessoires et les grandes toiles peintes représentant la nuit et le jour, la forêt et les champs, rien d'autre que les loges ouvertes comme autant de petits placards où un miroir captait parfois le peu de lumière qui filtrait par la porte restée ouverte derrière nous.

La main de Gabrielle se crispa sur ma manche. Elle m'indiqua la coulisse proprement dite et son visage me dit que ce n'était pas la bande de vampires. Nicolas était ici.

Je m'avançai jusqu'à la petite scène. Le rideau de velours était ouvert et je voyais très nettement sa silhouette dans la fosse d'orchestre. Il était assis à son ancienne place, les mains croisées sur les genoux. Bien qu'il me fît face, il ne me voyait pas. Il avait toujours les yeux dans le vague.

Je me remémorai alors l'étrange réflexion de Gabrielle, après que je l'eus créée, m'expliquant qu'elle avait l'impression d'être morte et de ne plus pouvoir agir dans le monde mortel.

Nicolas paraissait inanimé et translucide. Il était devenu un de ces spectres immobiles et sans expression, tapis dans la pénombre d'une maison hantée, presque soudés au mobilier poussiéreux ; de ceux qui vous effraient peut-être plus que tout.

Je me penchai pour voir s'il avait son violon, par terre contre sa chaise ; ayant constaté que non, je me dis qu'il restait encore une petite chance.

288

« Surveille-le un instant », dis-je à Gabrielle et, le cœur battant, je repartis vers les loges, absorbant enfin toutes les anciennes odeurs. Pourquoi nous avoir ramenés ici, Nicolas? Mais baste! pouvais-je récriminer? N'y étais-je pas revenu, moi aussi?

J'éclairai une chandelle dans la loge de la jeune première. Des pots de fard ouverts un peu partout, des costumes suspendus au mur. Je passai successivement dans toutes les loges, remplies de vêtements abandonnés, de peignes et brosses oubliés, de fleurs fanées, de poudre renversée par terre.

Je songeai à Éleni et à ses compagnons et je me rendis compte qu'il flottait dans l'air un très léger parfum des Innocents, puis je discernai la trace d'un pied nu dans la poudre renversée. Oui, ils étaient venus.

En tout cas, ils n'étaient pas entrés dans mon ancienne loge, celle que j'avais partagée avec Nicolas. Elle était encore fermée à clef et j'eus un instant de saisissement lorsque j'eus fracturé la porte. Tout était exactement comme je l'avais laissé.

La minuscule pièce était bien rangée, le miroir astiqué, et je vis toutes mes affaires telles que je les avais laissées le dernier soir. Mon vieil habit à son crochet, une paire de bottes usagées, mes pots de fard soigneusement alignés et ma perruque de théâtre sur sa tête en bois. Les lettres de Gabrielle, nouées par un ruban, quelques journaux où l'on parlait de moi et une bouteille de vin à moitié pleine.

Et là, dans l'obscurité, sous la table de maquillage, je vis luire, à moitié enfoui sous une cape noire, un étui à violon. Ce n'était pas celui qu'il avait apporté d'Auvergne. Non, celui-ci devait contenir le précieux cadeau que je lui avais fait après, avec mes « quelques sous », le Stradivarius.

Je me penchai pour ouvrir l'étui. L'instrument avait une délicatesse, un éclat sombre, qui ne trompaient pas. Posant un instant ma chandelle, je le sortis soigneusement de sa boîte, ainsi que l'archet dont je tendis les crins, comme je l'avais vu faire tant de fois à

Nicolas. Puis je regagnai la scène avec mon butin et ma lumière et je me mis en devoir d'allumer la longue rangée de chandelles de la rampe.

Gabrielle, impassible, m'observait, puis elle vint m'aider. Il me sembla que Nicolas s'agitait, mais peut-être n'était-ce qu'un jeu de lumières. Les plis profonds du velours s'étaient éclairés dans toute la salle, les petits miroirs fixés un peu partout donnaient l'impression que le théâtre entier était illuminé.

Qu'elle était belle notre petite salle ! Du temps où nous étions mortels, elle nous avait ouvert les portes du monde pour déboucher finalement sur les portes de l'enfer.

Quand j'eus fini, je restai un moment sur les planches pour contempler les dorures de la salle, le nouveau lustre qui pendait du plafond et le grand frontispice au-dessus de moi, avec les masques de la comédie et de la tragédie, deux visages prolongeant un même cou.

La salle semblait toujours plus petite quand elle était vide, mais pleine c'était la plus grande de Paris.

Du dehors, nous parvenait la rumeur du boulevard, de faibles éclats de voix s'élevant parfois comme des étincelles par-dessus le sourd brouhaha. Le passage d'un lourd véhicule déclencha une vibration dans tout le théâtre : les flammes des chandelles vacillèrent, le rideau frémit et je vis onduler la toile peinte représentant un beau jardin surmonté d'un ciel nuageux.

Nicolas ne leva pas la tête vers moi, lorsque je m'engageai dans le petit escalier qui descendait dans la fosse.

Gabrielle me regardait depuis la coulisse, le visage froid, mais patient, adossée au portant dans la posture nonchalante d'un jeune homme étrange, aux cheveux longs.

Je m'avançai derrière Nicolas et posai le violon sur ses genoux par-dessus son épaule. Il bougea enfin. Sa nuque vint s'appuyer contre moi et lentement il leva la main gauche pour saisir le manche du violon tandis que sa main droite empoignait l'archet.

Je m'agenouillai, les mains sur ses épaules, et lui baisai la joue. Plus d'odeur, ni de chaleur humaines. C'était une statue de mon Nicolas.

« Joue, murmurai-je. Joue pour nous. »

Lentement, il se retourna pour me faire face et, pour la première fois depuis l'octroi du Don ténébreux, il me regarda droit dans les yeux. Un petit bruit sortit de sa gorge, mais si étranglé que j'eus l'impression qu'il ne pouvait plus parler, que ses organes de la parole étaient paralysés à jamais. Pourtant, il se passa la langue sur les lèvres et dit si bas que je l'entendis à peine :

« L'instrument du diable.

— Oui. » Si c'est là ce que tu veux croire, crois-le, mais joue.

Ses doigts hésitaient au-dessus des cordes. Il frappa le bois creux du bout des ongles, puis d'une main tremblante, il pinça les cordes pour les accorder, tournant les chevilles avec une lenteur et une concentration extrêmes, comme s'il venait tout juste de découvrir que la chose était possible.

Quelque part sur le boulevard, des rires d'enfants s'élevèrent, des roues de bois claquèrent contre les pavés inégaux. Les cordes pincées produisaient un son aigre, dissonant, qui rendait plus pénible encore la tension ambiante.

Nicolas pressa l'instrument contre son oreille et il me sembla qu'il restait ainsi une éternité. Puis, lentement, il se leva. Je quittai la fosse pour gagner la salle où je m'installai sur un banc, sans quitter des yeux sa silhouette sombre se découpant sur les lumières du plateau.

Il se tourna face à la salle, comme il l'avait fait tant de fois au moment de l'intermède, nicha le violon sous son menton, puis, avec un mouvement rapide comme l'éclair, il passa l'archet sur les cordes.

Les premiers accords pleins et voluptueux vibrèrent dans le silence et se prolongèrent interminablement dans les graves. Puis, les notes s'élevèrent, riches, sombres et stridentes, comme si le violon les distillait par quelque étrange alchimie, jusqu'à ce qu'un impétueux torrent mélodique déferlât sur la salle.

J'eus l'impression d'être englouti, de sentir la musique me percer jusqu'à l'os.

Je ne voyais ni ses doigts agiles, ni son archet ; je ne distinguais que les oscillations de son corps, que ses attitudes torturées à chaque fois que la musique le tordait, le projetait en avant, le renversait en arrière.

La mélodie devenait plus aiguë, plus stridente, plus rapide, pourtant chaque note était une perfection. Pas le moindre effort dans cette exécution dont la virtuosité excédait de très loin tous les rêves des mortels. Le violon parlait, il ne se contentait pas de chanter, il insistait. Il contait une histoire.

La musique était une lamentation, une fugue terrifiée qui s'enroulait autour de rythmes dansants et hypnotiques, lesquels lançaient Nicolas d'un côté puis de l'autre, avec une violence croissante. Sa chevelure étincelait sous les lumières. Son visage était baigné de sueur rougeâtre. L'odeur du sang parvenait jusqu'à moi.

Moi aussi, cependant, je me contorsionnais. Je m'écartais de lui, affalé sur mon banc, comme si j'en avais peur, de la même façon que les mortels naguère avaient eu peur de moi.

Et je sus, je sus avec une certitude entière et simultanée, que le violon m'expliquait tout ce qui était arrivé à Nicolas. Les ténèbres avaient explosé, avaient fondu, et leur beauté faisait songer à l'éclat de charbons rougeoyants, à cette intense illumination qui n'est là que pour faire ressortir l'obscurité sur laquelle elle se détache.

Gabrielle aussi luttait pour ne pas succomber à cet assaut, le visage crispé, les poings contre les tempes. Sa crinière lui retombait jusqu'à la taille, elle avait fermé les yeux.

Un autre son perçait à présent sous ce déluge mélodique. *Ils* étaient là. Ils venaient d'entrer dans le théâtre et se dirigeaient vers nous.

La musique atteignait des sommets impossibles, le

son s'étranglait brièvement avant de reprendre son vol. Un mélange d'émotion et de logique pure le propulsait au-delà des limites du supportable. Et il continuait, encore et toujours.

Les quatre vampires parurent lentement sur la scène, d'abord la majestueuse silhouette d'Éleni, puis le jeune Laurent, puis Eugénie et Félix. Ils portaient à présent des costumes d'acrobates, de baladins des rues, les hommes en maillot blanc et tunique d'Arlequin, les femmes en culotte bouffante et robe à fanfreluches, de légers chaussons aux pieds. Le fard rouge se détachait sur leurs joues blanches, leurs yeux de vampire, étincelants, étaient ourlés de noir.

Ils s'avancèrent silencieusement vers Nicolas, comme attirés par un aimant, leur beauté s'épanouissant sous les lumières, soulignée par l'auréole scintillante de leur chevelure, leurs mouvements agiles et félins, leur expression recueillie.

Lentement, Nicolas leur fit face, sans cesser de se contorsionner, et son chant devint une frénétique supplication, qui suivait péniblement les détours et les accidents du terrain mélodique.

Éleni le contemplait, les yeux écarquillés par l'horreur... ou par le ravissement. Puis ses bras se levèrent en un geste lent et spectaculaire, son corps se tendit, son cou s'allongea gracieusement. Eugénie avait pivoté et levé la jambe, le genou plié, esquissant le premier pas d'une danse. Félix, cependant, fut le premier à saisir brusquement le rythme de Nicolas, remuant la tête de droite à gauche et agitant ses membres comme une immense marionnette contrôlée depuis les cintres par quatre câbles.

Les autres s'en aperçurent. Ils avaient tous vu les marionnettes sur le boulevard et ils adoptèrent à leur tour leurs attitudes mécaniques, leurs mouvements brusques et spasmodiques, tandis que leurs visages restaient totalement inexpressifs.

Un rafraîchissant courant de bonheur me traversa, comme une bouffée d'air glacé au milieu de la chaleur infernale de cette musique, et je gémis de plaisir en les regardant culbuter et tournoyer comme des êtres invertébrés au bout de leurs ficelles imaginaires.

Ils avaient découvert l'essence grotesque de la musique, su trouver l'équilibre entre ses hideuses supplications et son chant insistant, et c'était Nicolas qui tirait les ficelles.

A présent, il jouait pour eux et eux dansaient pour lui.

Il fit un pas vers le plateau et bondit par-dessus les feux de la rampe pour atterrir au milieu des danseurs. La lumière glissait sur le bois verni du violon, sur son visage ruisselant.

Un nouvel élément moqueur s'était introduit dans l'interminable morceau, un rythme syncopé qui hachait la ligne mélodique et la rendait tout à la fois d'autant plus amère et d'autant plus douce.

Les marionnettes dansaient une ronde saccadée tout autour de lui. Les doigts écartés, la tête ballante, elles se tordirent maladroitement jusqu'au moment où le chant de Nicolas se fondit en une expression de tristesse poignante ; aussitôt leur danse se fit fluide et lente, la danse d'êtres au cœur brisé.

On eût dit qu'un seul esprit les animait tous, comme s'ils dansaient sur les pensées de Nicolas en même temps que sur sa musique, et il se mit à danser avec eux tout en jouant, le rythme s'accélérant pour trouver les accents rustiques d'une danse populaire, les danseurs formant aussitôt deux couples de jeunes paysans dont chaque posture exprimait le plus tendre amour.

Glacé, je contemplai cette vision surnaturelle, les amoureux vampiriques, le violoniste monstrueux, se mouvant tous avec une lenteur surhumaine, une grâce ensorcelante. La musique nous consumait comme un feu.

A présent elle hurlait de douleur, d'horreur, elle clamait la pure rébellion de l'âme contre l'univers. Et une fois encore, les cinq exécutants traduisirent visuellement son message, leurs traits déformés par la souffrance, comme ceux du masque de la tragédie au-dessus d'eux. Si je ne leur tournais pas le dos, j'allais me mettre à pleurer.

Je ne voulais plus rien voir, plus rien entendre. Nicolas se balançait dangereusement, comme si le violon était une bête sauvage qu'il ne parvenait plus à maîtriser. Il martelait les cordes de brefs et violents coups d'archet.

Les danseurs passaient devant lui, derrière lui, l'étreignaient. Soudain, alors qu'il levait les bras pour brandir le violon loin au-dessus de sa tête, ils l'arrachèrent du sol.

Un rire perçant s'échappa de ses lèvres, qui fit frémir sa poitrine et trembler ses bras et ses jambes. Puis, il baissa la tête et posa les yeux sur moi, avant de hurler de toutes ses forces :

« JE TE PROPOSE LE THÉÂTRE DES VAMPIRES ! LE THÉÂTRE DES VAMPIRES ! LE MEILLEUR SPECTACLE DU BOULEVARD ! »

Surpris, les autres le regardèrent, mais aussitôt, toujours avec le même ensemble, ils se mirent à applaudir bruyamment et à bondir de joie. Jetant leurs bras autour de son cou, ils l'embrassèrent tendrement avant de le faire tournoyer sur lui-même tandis qu'ils dansaient une ronde autour de lui. Leurs éclats de rire s'élevaient comme des bulles. Il les serra dans ses bras et leur rendit leurs baisers ; de leurs langues roses, ils léchèrent la sueur sanglante qui coulait sur son visage.

« Le Théâtre des Vampires ! » Ils coururent sur le devant de la scène pour hurler ces mots au public inexistant, au monde entier. Ils se mirent à saluer, à sautiller et à crier, bondissant jusqu'aux cintres et retombant bruyamment sur les planches.

La dernière vibration de la musique s'était éteinte, remplacée par cette cacophonie de cris, de battements de pieds et de rires.

Sans m'en rendre compte, je dus remonter sur scène et passer devant eux pour gagner ma loge, car tout à coup, je me retrouvai acculé dans un coin de la petite pièce, le visage contre la fraîcheur d'un miroir, Gabrielle à mes côtés.

Ma respiration était rauque et son bruit me troublait. Les objets qui m'entouraient éveillaient en moi de puissantes émotions. Je suffoquais. J'étais incapable de penser.

Puis Nicolas vint s'encadrer dans le chambranle de la porte et il écarta Gabrielle avec une force qui nous surprit, elle et moi, pour lancer en me menaçant du doigt :

« Alors, ça ne te plaît pas, cher seigneur et mécène ? Tu n'admires pas la splendeur, la perfection de notre art ? Tu ne veux pas faire profiter le Théâtre des Vampires de ces richesses que tu possèdes en si grande abondance ? Voir ton théâtre atteindre enfin son magnifique objectif ? Comment as-tu dit, l'autre jour : la nouvelle incarnation du mal, le ver au cœur de la rose, la mort au milieu même de la vie... »

Du mutisme absolu, il était passé à une faconde de maniaque et lorsqu'il cessa de parler, des bruits sourds continuèrent à s'échapper de ses lèvres comme l'eau jaillit d'une source. Son visage était crispé, dur, luisant de gouttelettes de sang qui tachaient son linge en tombant.

Derrière lui s'élevaient les rires incohérents des autres, à l'exception d'Éleni qui regardait par-dessus son épaule, en s'efforçant de saisir ce qui se passait entre nous.

Il s'approcha de moi avec un large sourire, m'enfonçant le doigt dans la poitrine.

« Eh bien, parle donc. Ne vois-tu pas la sublime moquerie, le génie de la chose ? Ils viendront voir nos spectacles, rempliront nos coffres d'or et ne soupçonneront jamais ce qu'ils abritent ainsi parmi eux, ce qui prospère sous le nez des Parisiens. Dans les ruelles obscures, nous sucerons leur sang et eux viendront nous acclamer derrière les feux de la rampe... »

Laurent s'esclaffa. Tintement de tambourin, son aigrelet du chant d'Eugénie. Long ruban du rire de Félix, se déroulant à sa suite parmi les toiles peintes des décors.

Nicolas s'approcha encore plus près, me cachant la lumière et le visage d'Éleni.

« Le mal dans toute sa splendeur ! » Il était menaçant, ses mains blanches ressemblaient aux pinces de quelque monstre marin prêt à me déchiqueter. « Servir le dieu du bois obscur, comme il ne l'a encore jamais été, ici même, au centre de la civilisation. C'est pour cela que tu as sauvé notre théâtre de la ruine. C'est de ta noble protection que va naître notre sublime offrande.

— C'est mesquin ! dis-je. C'est de l'astuce et rien de plus. »

Je n'avais pas parlé très fort, mais ma voix les réduisit au silence, lui et les autres. Mon saisissement se fondit en une autre émotion, non moins douloureuse, mais plus aisée à contenir.

Rien que les bruits du boulevard. Une colère farouche émanait de Nicolas qui me foudroyait du regard.

« Tu es un menteur, un méprisable menteur, dit-il.

— Ton projet n'a aucune grandeur, rétorquai-je, rien de sublime. Berner d'impuissants mortels, te moquer d'eux et sortir d'ici la nuit, pour tuer de la même façon mesquine, une mort suivant l'autre dans toute leur laide cruauté, pour que tu puisses vivre. N'importe quel homme peut en tuer un autre ! Joue éternellement du violon, danse si cela te plaît, donne-leur-en pour leur argent si cela t'occupe et grignote ainsi l'éternité. C'est de la simple astuce. Un bosquet dans le Jardin sauvage. Rien de plus.

— Vil menteur ! lança-t-il entre ses dents. Tu es le fou de Dieu, voilà ce que tu es. Toi qui possédais le secret ténébreux qui s'élève au-dessus de toutes choses et leur enlève toute signification, qu'en as-tu fait, durant les mois où tu as régné seul sur la tour de Magnus, sinon de t'efforcer de vivre en homme de bien ? En homme de bien ! »

Il était assez près pour m'embrasser. Sa salive sanguinolente mouillait ma joue.

« Protecteur des arts ! railla-t-il. Dispensateur de dons à ta famille, à tes amis ! » Il fit un pas en arrière, baissant vers moi un regard lourd de mépris.

« Eh bien, nous allons prendre ce petit théâtre que

tu as paré de dorures et de velours et il servira les forces du diable plus superbement que n'a su le faire l'ancien clan. » Il se retourna pour regarder Éleni et les autres. « Nous tournerons en dérision tout ce qui est sacré. Nous les entraînerons dans des abîmes de vulgarité et d'avilissement. Nous surprendrons. Nous séduirons. Mais surtout, nous nous gaverons de leur or et de leur sang et au milieu d'eux, nous deviendrons forts.

— Oui, fit le garçon derrière lui, nous deviendrons invincibles. » Son visage avait pris l'expression démente du fanatique, tandis qu'il contemplait Nicolas. « Nous aurons un nom et une place à l'intérieur de leur monde.

— Et ils seront en notre pouvoir, s'écria Eugénie. Et nous pourrons les étudier ici même, apprendre à les connaître et perfectionner notre méthode pour les détruire à notre convenance.

— Je veux ce théâtre, me dit Nicolas. Je veux l'acte de vente et assez d'argent pour le rouvrir. Mes associés, ici présents, sont prêts à me suivre.

— Il est à toi, si tu le désires, répondis-je. Il est à toi, pourvu qu'il me débarrasse de toi, de ta méchanceté et de ta raison fêlée.

Je quittai mon coin pour m'avancer vers lui et je compris qu'il avait l'intention de me barrer la route ; alors, constatant qu'il refusait de bouger, mon courroux jaillit de moi comme un poing invisible et je vis Nicolas projeté en arrière, comme si ce poing l'avait frappé, pour aller percuter le mur.

J'aurais pu en profiter pour m'éclipser. Gabrielle était, je le savais, prête à me suivre, mais je restai. Je m'arrêtai pour le regarder, plaqué contre le mur, incapable de bouger. Il me contemplait lui aussi et sa haine était aussi pure que jamais, aucun souvenir d'amour ne venait la diluer.

Je voulais comprendre, cependant, je voulais savoir ce qui s'était passé. Je m'approchai de lui en silence et cette fois, c'était moi qui menaçais, les mains brandies comme des serres, et je sentais sa peur. Ils avaient tous peur, sauf Éleni.

Je m'arrêtai tout contre lui et il me regarda droit dans les yeux comme s'il savait exactement ce que je voulais savoir.

« Il y a eu méprise, mon amour », dit-il d'un ton acide. La sueur sanglante coulait à nouveau et ses yeux brillaient comme s'il allait pleurer. « C'était pour blesser les autres, vois-tu, que je voulais jouer du violon, pour les mettre en colère, pour m'assurer la possession d'une île où moi seul régnerais. Je voulais qu'ils assistassent à ma ruine, sans rien pouvoir faire pour me sauver. »

Je ne répondis rien. Qu'il continuât !

« Et quand nous avons décidé de partir pour Paris, j'ai cru que nous allions y mourir de faim, tomber de plus en plus bas, rouler jusqu'au fond de l'abîme. Voilà ce que je voulais, moi, au lieu de m'élever, comme ils le désiraient, moi, le fils préféré. Je croyais que nous allions sombrer. Nous aurions dû sombrer.

— Oh, Nicolas…, murmurai-je.

— Mais tu n'as pas sombré, Lestat. La faim, le froid, rien ne t'a arrêté. Tu as fait un triomphe ! » La rage étranglait à nouveau sa voix. « Au lieu de rouler ivre mort dans quelque caniveau, tu as renversé tous mes projets. Chaque aspect de la damnation que j'avais prévue a été pour toi une planche de salut ! Impossible de juguler ton enthousiasme et la passion qui jaillissait de toi. Et la lumière, cette lumière inextinguible ! Or, dans la proportion exacte où la lumière émanait de toi, les ténèbres s'étendaient en moi ! Chacune de tes exubérances me transperçait et créait chez moi une mesure égale d'obscurité et de désespoir ! Et le pouvoir magique, lorsque tu l'as détenu, ironie profonde entre toutes, tu m'as protégé de lui. Et qu'en as-tu fait, sinon de te servir de ton pouvoir satanique pour simuler les actions d'un homme de bien ! »

Je me détournai. Je les voyais tous, dispersés dans la pénombre, Gabrielle se tenant le plus loin de moi. Je vis dans la lumière sa main qui me faisait signe de la suivre.

Nicolas me prit par les épaules. Je percevais sa haine à travers ce contact. C'était immonde.

« Comme un rayon de lumière incapable de penser, tu as mis en fuite les chauves-souris de l'ancien clan, chuchota-t-il. Et dans quel but ? Que représente tout cela pour le monstre meurtrier, empli de lumière ? »

Me retournant, je le frappai, l'envoyant rouler à l'autre bout de la loge ; son poing fracassa le miroir, sa tête cogna avec force le mur du fond.

Pendant un bref instant, il resta comme un objet brisé contre le tas de vieux vêtements, puis son regard retrouva sa détermination, un sourire adoucit son visage. Il se releva et lentement, comme aurait pu le faire un mortel indigné, il remit de l'ordre dans sa toilette chiffonnée et ses cheveux ébouriffés.

Ses gestes me firent penser aux miens, sous le cimetière des Innocents, lorsque mes ravisseurs m'avaient jeté dans la poussière. Il s'avança vers moi avec la même dignité et le plus affreux sourire que j'eusse jamais vu.

« Je te méprise, dit-il, mais tout est fini entre nous. J'ai reçu de toi le pouvoir et je sais m'en servir, ce qui n'est pas ton cas. J'évolue enfin dans un royaume où je choisis de réussir ! Nous voici à présent égaux dans les ténèbres. Et tu me donneras ce théâtre, parce que tu me dois bien ça et que tu aimes donner, n'est-ce pas ? — donner de l'or aux enfants qui ont faim. Et désormais, jamais plus je ne contemplerai ta lumière. »

Il me contourna et tendit les bras aux autres.

« Venez, mes beautés, venez, nous avons des pièces à écrire, des affaires à régler. J'ai des choses à vous apprendre. Je sais, moi, comment sont vraiment les mortels. Nous devons sérieusement nous atteler à la tâche d'inventer notre art, sombre et splendide. Nous formerons un clan supérieur à tous les autres. Nous ferons ce qui n'a encore jamais été fait. »

Les autres me regardaient, apeurés, hésitants. La tension était encore extrême. Je respirai à fond et ma vision s'élargit. Je vis à nouveau les coulisses, les cintres, les toiles peintes du décor et au-delà l'éclat des feux de la rampe, la salle plongée dans l'ombre. Et, en un seul immense souvenir, je vis tout ce qui s'était jamais déroulé en ces lieux. Et je vis un cauchemar en engendrer un autre, je vis une histoire s'achever.

« Le Théâtre des Vampires, chuchotai-je. Nous avons soumis cet endroit aux Pratiques ténébreuses. » Personne n'osa répondre. Nicolas se contenta de sourire.

Au moment de sortir, je leur fis signe de le rejoindre. C'était mon adieu.

A peine avions-nous fait quelques pas sur le boulevard que je m'arrêtai net. Silencieusement, mille horreurs m'assaillaient : Armand allait venir détruire Nicolas ; ses nouveaux frères et sœurs allaient se lasser de sa frénésie et l'abandonner ; la lumière du matin le surprendrait errant dans les rues, incapable de trouver une cachette sûre pour échapper au soleil. Je levai les yeux au ciel, sans pouvoir parler, ni respirer.

Gabrielle m'entoura de ses bras et je la serrai fort, enfouissant mon visage dans ses cheveux. Sa peau, son visage, ses lèvres étaient frais comme du velours. Son amour m'environnait avec une monstrueuse pureté qui n'avait rien à voir avec les cœurs humains, la chair humaine.

Je l'étreignis, et dans la pénombre nous devions ressembler à un couple d'amoureux sculptés dans le même bloc de marbre, n'ayant aucun souvenir de vies séparées.

« Il a fait son choix, mon fils, dit-elle. Ce qui est fait est fait et te voici libre.

— Mère, comment peux-tu dire une chose pareille ? Il ne savait pas. Il ne sait toujours pas...

— Ne pense plus à lui, Lestat. Ils s'en occuperont.

— Mais à présent, je dois retrouver ce démon d'Armand, dis-je d'une voix lasse. Je dois le persuader de les laisser en paix. »

La nuit suivante, en arrivant à Paris, j'appris que Nicolas était déjà allé trouver Roget.

Il était arrivé une heure auparavant, tambourinant à

301

la porte comme un dément, pour réclamer à grands cris l'acte de propriété du théâtre et l'argent que je lui avais promis. Il avait menacé l'avocat et sa famille et il avait ordonné d'écrire à Renaud pour le faire revenir de Londres avec sa troupe. Roget ayant refusé, il avait exigé qu'il lui communiquât leur adresse et avait mis son bureau à sac.

La nouvelle m'emplit de fureur silencieuse. Ainsi, il voulait faire d'eux des vampires, ce démon en herbe, ce monstre sans foi ni loi ?

Il n'en serait rien.

J'ordonnai à Roget d'envoyer illico un courrier dans la capitale anglaise, pour faire savoir à Renaud que Nicolas de Lenfent avait perdu la raison et que personne ne devait revenir à Paris.

Après quoi, je me rendis au théâtre et trouvai Nicolas en pleine répétition, aussi surexcité que la veille. Il portait un superbe habit et les bijoux reçus du temps où il était le préféré de son père, mais son jabot était défait, ses bas de travers et ses cheveux hirsutes.

En présence d'Éleni et des autres, je lui annonçai qu'il n'aurait rien de moi si je n'avais pas la promesse qu'aucun acteur, aucune actrice de la capitale ne serait tué ou débauché par le nouveau clan, que jamais Renaud et sa troupe ne remettraient les pieds au Théâtre des Vampires et que, dans les années à venir, Roget, qui tiendrait les cordons de la bourse, ne subirait jamais le moindre mal.

Il recommença à se moquer de moi, mais Éleni le fit taire. Elle était horrifiée d'apprendre quels desseins il avait en tête et ce fut elle qui me fit les promesses requises et persuada les autres de l'imiter. Ce fut elle qui parvint à intimider Nicolas, grâce à d'anciennes et obscures formules, et qui le fit céder.

Et ce fut finalement à Éleni que je confiai la direction du Théâtre des Vampires et les fonds nécessaires à toutes ses dépenses, que Roget était chargé de gérer pour elle.

Avant de la quitter, cette nuit-là, je lui demandai de

me dire tout ce qu'elle savait d'Armand. Gabrielle était avec nous.

« Il nous guette, me dit-elle. Parfois, il se laisse voir. » Son visage douloureux me troublait. « Mais Dieu seul sait ce qu'il fera quand il découvrira ce qui se passe ici. »

CINQUIÈME PARTIE

LE VAMPIRE ARMAND

1

Pluie printanière. Pluie de lumière qui saturait chacune des feuilles fraîchement écloses aux arbres des boulevards, chaque petit pavé. Rafales de vent faisant courir des fils de clarté à travers le vide de l'obscurité.

Cette nuit-là, il y avait bal au Palais-Royal.

Le roi et la reine y assistaient, au milieu du peuple. Dans les coins sombres, on parlait d'intrigues, mais qui s'en souciait? Les royaumes s'élevaient et retombaient.

Noyé de nouveau dans une mer de mortels: teints frais et joues rougeaudes, montagnes de cheveux poudrés sur les têtes des femmes, surmontées de couvre-chefs absurdes, parmi lesquels des trois-mâts miniatures, des arbres minuscules et de petits oiseaux. Paysages de perles et de rubans. Des hommes au torse puissant se pavanaient comme des coqs dans leurs habits de satin luisants comme des plumes. Les diamants me blessaient les yeux.

Parfois, les voix effleuraient mon épiderme, les rires faisaient écho à des rires sacrilèges, les couronnes de bougies m'aveuglaient, une écume de musique venait lécher les murs.

Des rafales de pluie entraient par les portes ouvertes.

Une odeur humaine flattait doucement ma faim. Des épaules blanches, des cous diaphanes, des cœurs puissants qui scandaient ce rythme éternel. Que de degrés divers parmi ces enfants nus, cachés sous leurs richesses, ces sauvages qui peinaient sous leurs langes de velours incrustés de broderies, les pieds arqués sur leurs talons hauts, des masques entourant leurs yeux comme les croûtes de récentes blessures !

L'air qui sortait d'un corps était aspiré par un autre. Et la musique ? sortait-elle aussi d'une oreille pour entrer par l'autre ? Nous avalions la lumière et la musique et le moment qui passait.

De temps à autre, un regard se posait sur moi plein d'une vague espérance. La blancheur de ma peau faisait hésiter, mais n'avaient-ils pas coutume de se saigner pour préserver leur délicate pâleur ? (Que ne pouvais-je tenir la cuvette et la vider ensuite !) Quant à mes yeux, leur éclat s'estompait dans cet océan de bijoux.

Pourtant, leurs chuchotements dérapaient autour de moi. Et ces odeurs, dont pas une n'était pareille à l'autre ! Quelquefois, aussi clairement que s'ils parlaient tout haut, des mortels m'appelaient, devinant ma nature et ma concupiscence.

La mort, ils la souhaitaient, la désiraient de tout leur être et la mort traversait la pièce. Mais le savaient-ils vraiment ? Bien sûr que non. Et moi non plus ! C'était cela, la véritable horreur ! Et qui étais-je pour supporter un tel secret, pour brûler aussi vivement de l'envie de le partager, pour vouloir prendre cette mince jeune femme là-bas et sucer le sang à même les rondeurs de ses petits seins bombés ?

La musique suivait son cours, musique humaine. Les couleurs de la pièce s'embrasaient un instant comme si tout allait fondre. Ma faim s'aiguisait. Ce n'était plus une idée. Mes veines battaient douloureusement. Quelqu'un allait mourir. Vidé de son sang en un instant. Je ne pouvais plus supporter d'y penser, d'imaginer mes doigts sur une gorge, de sentir le sang courir dans les veines, de sentir la chair céder sous mes crocs !

Que ton pouvoir jaillisse, Lestat, comme une langue de reptile, pour cueillir en un clin d'œil le cœur qui t'est destiné !

Petits bras dodus à souhait, visages d'homme sur lesquels étincelle un duvet blond rasé de près, muscles qui ondulez sous mes doigts, vous n'avez pas la moindre chance!

Et sous cette divine chimie, soudain je voyais les os! Des crânes sous ces perruques ridicules, deux trous béants lançant leurs œillades par-dessus un éventail. Une pièce pleine de squelettes vacillants qui n'attendaient que le glas. L'horreur de la mort guettait tous les autres membres de l'assistance.

Il fallait que je sorte. Je m'étais affreusement trompé dans mes calculs. La mort, c'était cela, et je pouvais lui échapper, si je parvenais à sortir d'ici! Mais j'étais empêtré parmi tous ces mortels, à croire que cette salle monstrueuse était un piège à vampires. Si je tentais de passer en force, ce serait la panique générale. Le plus doucement possible, je me frayai un passage vers les portes ouvertes.

Contre le mur du fond, garni d'une tenture de satin et filigrane, j'aperçus, du coin de l'œil, tel un produit de mon imagination, Armand.

Armand.

S'il y avait eu sommation, je n'avais rien entendu. S'il y avait un salut, je ne le sentais pas. Il se contentait de me regarder, radieux dans ses dentelles ornées de bijoux. Le pur éclat de sa beauté me frappa comme un coup de poing.

Oui, une parfaite enveloppe mortelle et pourtant, il n'en paraissait que plus surnaturel; son visage était trop éblouissant, ses yeux bruns insondables, lançant parfois des éclairs qui donnaient l'impression de voir brûler au fond les feux de l'enfer. Sa voix me parvint, basse et presque taquine, m'obligeant à me concentrer pour l'entendre: *Tu m'as cherché toute la nuit et me voici, je t'attends. Je t'attends depuis le début.*

A ce moment précis, incapable de détacher mon regard de lui, je sentis que je n'aurais plus jamais une aussi riche révélation de la véritable horreur que nous sommes.

Il était d'une innocence poignante au milieu de la foule.

Or, en le contemplant, je voyais des cryptes, j'entendais battre des tambours, je sentais la chaleur du feu sur mon visage. Et ces visions n'émanaient pas de lui. C'était moi qui allais les chercher au fond de son esprit.

Pourtant jamais Nicolas, mortel ou immortel, ne m'avait paru aussi séduisant. Jamais Gabrielle ne m'avait captivé à ce point.

C'était donc cela l'amour, cela le désir. Toutes mes amours passées n'avaient été que l'ombre de ce que je ressentais.

Qui saurait nous aimer, *toi et moi, comme nous pouvons nous aimer?* chuchota-t-il et je crus voir bouger ses lèvres.

D'autres le regardaient. Je les voyais passer avec une lenteur ridicule, je voyais leurs yeux s'attarder sur sa tête baissée dont la lumière soulignait les contours.

Je m'avançai vers lui et crus le voir me faire signe de la main ; il s'était retourné pour sortir et je voyais devant moi la silhouette d'un jeune garçon, la taille élancée, les épaules bien droites, les mollets haut placés sous les bas de soie. Arrivé à la porte, il se tourna pour m'inviter à le suivre.

Une folle pensée me vint.

En le suivant, il me semblait que j'avais rêvé les catacombes sous les Innocents et sa malveillance à mon égard. J'étais en sécurité avec lui.

Nous étions la somme de nos désirs mutuels et c'était là notre salut. L'horreur immense et inconnue de mon immortalité ne s'étendait plus devant moi. Nous voguions sur des mers paisibles et il était temps de nous retrouver dans les bras l'un de l'autre.

Nous étions dans une pièce sombre, froide, très loin de la rumeur du bal. Il était tout chaud du sang qu'il avait bu et je sentais la force de son cœur. Il m'attira contre lui et par les hautes fenêtres me parvenaient les lumières et les bruits rassurants de la ville.

Je n'étais pas mort. Le monde recommençait. Ouvrant les bras, je sentis son cœur contre ma poitrine. Invoquant mon Nicolas, je m'efforçai de l'avertir, de lui faire comprendre que nous étions tous condamnés. La vie filait entre les doigts et en voyant les pommiers dans le verger baigné de soleil, j'avais peur de devenir fou.

« Non, mon bien-aimé, murmura-t-il, rien que la paix et la douceur et tes bras dans les miens.

— Sais-tu que ce fut un comble de malchance ! chuchotai-je soudain. Je suis un démon récalcitrant. Je pleure comme un enfant perdu. Je veux rentrer chez moi. »

Oui, oui. Ses lèvres avaient le goût du sang, mais pas du sang humain. C'était l'élixir que m'avait fait boire Magnus et je reculai avec dégoût. Cette fois-ci, je ne boirais pas. J'avais une seconde chance. La boucle était bouclée.

Au moment où je hurlais que je ne voulais pas boire, je sentis deux pointes brûlantes s'enfoncer brutalement dans mon cou et me percer jusqu'à l'âme.

Je ne pouvais plus bouger. L'extase revenait comme cette première nuit, mille fois plus forte que ce que j'éprouvais quand je serrais des mortels entre mes bras. Je savais ce qu'il était en train de faire ! Il voulait me saigner à blanc !

Tombant à genoux, je le sentais cramponné à moi et le sang s'échappait de moi par une volonté monstrueuse que je ne contrôlais plus.

« Démon ! » voulus-je crier. Je forçai le mot à remonter jusqu'à ce qu'il jaillît de mes lèvres pour mettre fin à la paralysie de mes membres. « Démon ! » Avec un rugissement, je le saisis en pleine pâmoison et le renversai sur le sol.

Aussitôt, je l'empoignai et, fracassant la porte-fenêtre, je l'entraînai avec moi dans la nuit.

Ses talons raclaient contre le sol, son visage n'était que fureur. L'attrapant par le bras droit, je le secouai violemment pour qu'il ne pût ni se repérer, ni se raccrocher à quoi que ce fût, et de ma main droite, je le frappai à coups redoublés jusqu'à ce que le sang coulât de ses oreilles, ses yeux, son nez.

Je le traînai à travers les arbres loin des lumières du

Palais-Royal. Il se débattait, me criait qu'il allait me tuer parce qu'il avait absorbé ma force avec mon sang et qu'ajoutée à la sienne, elle le rendait invincible.

Fou furieux, je le saisis par le cou, pressant sa tête contre le sol. Le coinçant sous moi, je me mis à l'étrangler et le sang jaillit à flots de sa bouche ouverte.

Il ne pouvait même pas crier. Mes genoux pesaient sur sa poitrine. Son cou se gonflait sous mes doigts et le sang giclait en bouillonnant. Il agitait la tête désespérément, ses yeux aveugles s'exorbitaient. Soudain je le sentis faiblir, puis devenir mou comme une chiffe entre mes mains. Je le lâchai.

Je me remis à le rouer de coups, puis je tirai mon épée pour lui couper la tête.

Qu'il passât donc son immortalité ainsi ! Je levai l'épée et, baissant les yeux vers lui, je vis que la pluie lui battait le visage et que son regard était levé vers moi comme celui d'un être à demi mort qui ne peut plus ni implorer, ni même remuer.

J'attendis. Je voulais qu'il me suppliât, je voulais entendre cette voix rusée et mensongère qui m'avait, fugitivement, fait croire que j'étais à nouveau vivant et en état de grâces. Mensonge infâme et impardonnable, que je n'oublierais jamais. Je voulais que ma rage me fît franchir le seuil de ma tombe.

Mais pas un son ne sortit de ses lèvres.

En ce moment de profonde détresse, sa beauté lui revint.

Il gisait comme un enfant meurtri sur le sentier gravelé, à quelques pas de la rue où passaient les chevaux et les carrosses.

Et cet enfant meurtri renfermait des siècles de maux et de savoir, mais il ne sortait de lui nulle supplication ignominieuse ; simplement le sentiment de son identité.

Je le lâchai et me relevai en rengainant mon épée.

M'éloignant de quelques pas, je m'écroulai sur un banc de pierre. Là-bas, des silhouettes s'agitaient autour de la fenêtre fracassée par où nous étions sortis, mais la nuit s'étendait entre nous et ces mortels affolés. Je le regardai tristement.

Sa tête était tournée vers moi, mais pas à dessein, et ses boucles étaient toutes poisseuses de sang. Les yeux fermés, les mains ouvertes à ses côtés, il paraissait aussi malheureux que moi.

Qu'avait-il donc fait pour devenir ce qu'il était ? Un être aussi jeune avait-il pu comprendre la portée d'une décision quelconque, sans parler du serment de devenir un pareil être ?

Je me levai et m'approchai lentement de lui pour le contempler, regarder le sang qui imbibait sa chemise et lui souillait le visage.

Je crus l'entendre soupirer.

Il n'ouvrit pas les yeux, cependant, et peut-être un mortel n'aurait-il décelé aucune expression sur ses traits, mais moi, je sentais son chagrin. Je devinais son immensité et cela me désolait. Un bref instant, j'eus conscience du gouffre qui nous séparait, qui séparait sa tentative de me terrasser et la défense assez simple que je lui avait opposée.

Désespérément, il avait voulu vaincre ce qu'il ne comprenait pas. Et impulsivement, presque sans effort, c'était moi qui l'avais battu.

Toute la souffrance que m'avait causée Nicolas me revint en mémoire et les paroles de Gabrielle et les accusations de Nicolas. Ma colère n'était rien à côté de la désolation d'Armand, de son désespoir.

Ce fut pour cette raison peut-être que je me penchai pour le prendre dans mes bras. Ou peut-être était-ce à cause de son exquise beauté et de son air perdu. Et puis n'étions-nous pas de la même race ?

Il était bien naturel qu'un de ses semblables l'emportât loin de cet endroit où les mortels l'auraient tôt ou tard débusqué.

Il ne m'opposa aucune résistance. Très vite, il put se tenir debout, puis il se mit en route à mes côtés d'un pas incertain, mon bras autour de ses épaules pour le soutenir, en direction de la rue Saint-Honoré.

Je n'accordais qu'une attention distraite aux silhouettes que nous croisions, jusqu'au moment où mon œil fut attiré par une forme familière sous les arbres,

313

de laquelle n'émanait aucune odeur de mortalité. Gabrielle nous attendait depuis un moment déjà.

Elle vint à notre rencontre sans rien dire, d'un air hésitant, et son visage se rembrunit en apercevant la dentelle trempée de sang et les blessures sur la peau blanche.

Quelque part au fond des jardins obscurs se tenaient les autres. Je les entendis avant de les voir. Nicolas était là, lui aussi.

Ils étaient venus comme Gabrielle, attirés, semblait-il, par le tumulte ou par de vagues messages que je ne pouvais imaginer, mais ils se contentèrent de nous regarder partir, sans rien faire.

2

Nous l'emmenâmes jusqu'à l'écurie de louage, où je le mis sur le dos de ma jument. Comme il menaçait de tomber à terre à tout instant, je sautai en selle derrière lui et nous nous mîmes en route.

Tout le long du trajet, je me demandai quoi faire. Que risquais-je en l'introduisant dans mon refuge ? Gabrielle ne protestait pas. Quant à lui, il restait muet, replié sur lui-même, assis devant moi, léger comme l'enfant qu'il n'était pas.

Certes, il avait toujours su où se trouvait la tour, mais les barreaux lui en avaient interdit l'accès que j'allais bientôt lui ouvrir. Pourquoi Gabrielle ne me disait-elle rien ? Cette rencontre nous l'avions voulue, attendue, mais elle devait bien savoir ce qu'il venait de tenter contre moi.

A notre arrivée, il mit pied à terre et me précéda jusqu'à la grille. La clef à la main, je l'observais. Quelles promesses fallait-il arracher à un pareil monstre ? Les anciennes lois de l'hospitalité avaient-elles un sens pour les créatures de la nuit ?

Ses grands yeux bruns étaient ceux d'un vaincu. Il

me dévisagea un long moment en silence, puis il tendit la main gauche et ses doigts se refermèrent sur la grille de fer.

Impuissant, je regardai la grille s'arracher de la pierre avec un lourd grincement. Il se contenta cependant de la tordre légèrement. J'avais compris. Il aurait pu pénétrer dans la tour quand il le voulait.

J'examinai le fer tordu. Moi qui venais de le battre, aurais-je pu en faire autant ? Je n'en savais rien. Incapable d'évaluer ma propre puissance, comment pourrais-je jamais évaluer la sienne ?

« Viens », dit Gabrielle impatiemment et elle descendit l'escalier la première, jusqu'à la crypte du donjon.

Il y faisait froid, comme toujours. L'air frais du printemps n'y pénétrait pas. Elle prépara une grande flambée dans l'âtre, pendant que j'allumai les bougies. Assis sur un banc de pierre, Armand nous regardait et je perçus l'effet de la chaleur sur lui, la façon dont son corps semblait s'épanouir, la façon dont il l'absorbait goulûment, ainsi que la lumière que reflétait son regard à présent limpide.

Il est impossible de surestimer l'effet de la chaleur et de la lumière sur les vampires et pourtant l'ancien clan avait renoncé à l'une comme à l'autre.

Prenant place sur un autre banc, je regardai autour de moi comme il le faisait.

Gabrielle s'approcha de lui, un mouchoir à la main, et lui tamponna doucement le visage.

Il la regarda fixement, avec autant d'intérêt qu'il avait regardé le feu, les bougies ou les ombres qui bondissaient contre les voûtes du plafond.

Je frissonnai en constatant que les meurtrissures qui avaient défiguré son visage avaient désormais presque disparu ! A peine semblait-il un peu émacié d'avoir perdu tant de sang.

Contre mon gré, mon cœur se gonfla, comme il l'avait fait au son de sa voix, sur la plate-forme au sommet de la tour.

Je songeai à ma souffrance un peu plus tôt, à Paris,

lorsque son mensonge m'avait transpercé en même temps que ses crocs enfoncés dans mon cou.

Je le haïssais.

Pourtant, je ne pouvais en détacher les yeux. Gabrielle le nettoya, le repeigna et il semblait impuissant entre ses mains. Quant à elle, on lisait dans son expression moins de sollicitude ou de compassion que d'intense curiosité, un désir de l'examiner de près, de le toucher. A la lueur vacillante des bougies, ils se dévisagèrent longuement.

Il se pencha en avant, détournant enfin son regard rembruni et expressif vers le feu. N'eût été le sang qui souillait ses dentelles, on aurait pu le croire humain...

« Que vas-tu faire à présent ? lui demandai-je à voix haute, pour que Gabrielle pût entendre. Vas-tu rester à Paris et laisser Éleni et les autres tranquilles ? »

Pas de réponse. Son regard s'attarda sur moi, puis se porta sur les bancs de pierre, les sarcophages. Trois sarcophages.

« Tu dois bien savoir ce qu'ils font, continuai-je. Vas-tu quitter Paris ou rester ? »

Je crus qu'il allait m'expliquer encore une fois l'ampleur du mal que je leur avais fait, à lui et aux autres, mais cette pensée s'estompa. Une désolation fugitive se peignit sur ses traits. Son visage était vaincu, chaleureux, plein de détresse humaine. Quel âge avait-il ? me demandai-je. A quelle époque avait-il été le jeune homme que je voyais ?

Il m'entendit, mais ne répondit point. Son regard allait de Gabrielle, debout devant le feu, à moi. Silencieusement, il dit : *Aime-moi. Tu as tout détruit ! Mais si tu m'aimes, tout peut m'être rendu sous une autre forme. Aime-moi.*

Ce muet plaidoyer possédait une ineffable éloquence.

« Que puis-je faire pour que tu m'aimes ? chuchota-t-il. Que puis-je donner ? Te faire connaître tout ce dont j'ai été témoin, les secrets de notre pouvoir, le mystère de ce que je suis ? »

Toute réponse semblait un blasphème. Je me sentais

316

une nouvelle fois au bord des larmes. Ses communications silencieuses étaient d'une grande pureté, mais quand il parlait, sa voix était l'écho ravissant de ses sentiments.

La pensée me vint qu'il parlait comme doivent parler les anges, s'ils existent.

Je fus arraché à ces réflexions oiseuses par sa soudaine présence à mes côtés. Il m'entourait de son bras et pressait son front contre mon visage. Une nouvelle sommation me parvint, non plus par l'entremise de la voix ensorcelante du Palais-Royal, mais par celle qui m'avait retrouvé au sommet de la tour. Il me dit qu'ensemble nous saurions et comprendrions comme aucun mortel ne pouvait le faire. Que si je m'ouvrais à lui et lui donnais ma force et mes secrets, il me livrerait les siens. Une puissance inconnue l'avait poussé à me détruire et son échec n'avait fini qu'augmenter son amour pour moi.

L'idée était séduisante, mais je sentais le danger. Deux mots s'imposèrent d'eux-mêmes à mon esprit: Prends garde !

Je ne sais ce que voyait ou entendait Gabrielle, ce qu'elle ressentait.

Instinctivement, mon regard évitait celui d'Armand. J'avais l'impression de ne rien désirer au monde tant que de le regarder droit dans les yeux, pour le comprendre, et pourtant je *savais* qu'il ne fallait pas. J'évoquai les catacombes sous le cimetière des Innocents, les feux de l'enfer entrevus au Palais-Royal. Tous les velours et les dentelles du XVIIIe siècle ne pouvaient lui donner un visage humain.

Impossible de lui cacher ces pensées, mais je souffrais de ne pouvoir les révéler à Gabrielle. En cet instant, l'affreux silence qui nous séparait m'était presque insupportable.

Avec lui, je pouvais parler, faire des rêves. Une révérence, une terreur incontrôlables m'incitèrent à tendre les bras pour l'étreindre. Je le serrai contre moi, luttant contre mon trouble et mon désir.

« Quitte Paris, oui, murmura-t-il, mais emmène-moi

avec toi. Je ne sais plus exister ici. Je patauge au milieu d'un carnaval d'horreurs. Je t'en prie… »

Je m'entendis répondre : « Non.

— N'ai-je donc aucune valeur à tes yeux ? » demanda-t-il. Il se tourna vers Gabrielle qui le regardait, immobile, d'un air douloureux. Je ne pouvais deviner ce qui se passait dans son cœur et je compris, avec tristesse, qu'il lui parlait et m'excluait de leur échange. Que répondait-elle ?

Mais à présent, il nous suppliait tous les deux : « N'y a-t-il donc rien en dehors de vous que vous respectiez ?

— J'aurais pu te détruire tout à l'heure, lui dis-je. C'est le respect qui m'en a empêché.

— Non. » Il secoua la tête en un geste singulièrement humain. « Cela tu n'aurais jamais pu le faire. »

Je souris. Sans doute était-ce vrai. Pourtant nous le détruisions complètement d'une autre manière.

« Oui, fit-il, cela aussi c'est vrai. Vous me détruisez. Aidez-moi. Accordez-moi tous les deux quelques brèves années sur toutes celles que vous avez devant vous, je vous en supplie. C'est tout ce que je demande.

— Non », répétai-je.

Il me regardait tout près de moi et je vis encore une fois son visage se pincer et s'assombrir horriblement sous l'effet de la rage. On eût dit qu'il était dépourvu de substance, que seule sa volonté le gardait robuste et beau. Et lorsque le flux de cette volonté était interrompu, il fondait comme une poupée de cire.

Il se ressaisit instantanément et s'écarta de moi.

La volonté qui émanait de sa personne était palpable. Ses yeux brillaient d'une lueur irréelle, étrangère aux choses terrestres, et le feu, derrière lui, nimbait sa tête comme une auréole.

« Je te maudis ! » chuchota-t-il.

Je sentis une giclée de peur.

« Je te maudis, répéta-t-il en se rapprochant. Aime donc les mortels et continue à vivre ainsi, sans mesure, en désirant tout, en aimant tout, mais le temps viendra où seul l'amour de ta propre race pourra t'apporter le salut. » Il lança un bref regard à Gabrielle. « Et je ne parle pas de tes créatures ! »

Ses paroles avaient une telle force que sans pouvoir me maîtriser, je quittai mon banc pour me précipiter vers Gabrielle.

« Je ne viens pas à toi les mains vides, poursuivit-il, d'une voix volontairement radoucie. Je ne viens pas mendier sans rien à donner en retour. Regarde-moi. Dis-moi que tu n'as pas besoin de ce que tu vois chez moi, d'un être qui a la force de te guider à travers les épreuves qui t'attendent. »

Ses yeux se fixèrent un instant sur Gabrielle et je la sentis se raidir et se mettre à trembler.

« Laisse-la tranquille ! grondai-je.

— Tu ne sais pas ce que je lui dis, répliqua-t-il froidement. Je ne cherche pas à lui faire mal. Mais toi, avec ton amour des mortels, qu'as-tu donc fait, déjà ? »

Si je ne l'arrêtais pas, il allait dire quelque chose de terrible, pour nous blesser, Gabrielle ou moi. Il savait tout ce qui s'était passé avec Nicolas et si quelque part, au plus profond de mon âme, je souhaitais la fin de mon ami, il le savait aussi ! Pourquoi l'avais-je introduit ici ? Pourquoi n'avais-je pas prévu ce dont il était capable ?

« Mais ne vois-tu pas que c'est toujours un faux-semblant ? continua-t-il de sa voix douce. A chaque fois, la mort et le réveil ravagent l'esprit humain, si bien que l'un te haïra d'avoir pris sa vie, un autre se livrera à de méprisables excès, un troisième sera devenu fou, un quatrième un monstre incontrôlable, un autre encore sera jaloux de ta supériorité, un autre se fermera à toi » — il lança un nouveau coup d'œil à Gabrielle, avec un demi-sourire — « mais le voile s'abattra toujours entre vous. Crée une légion de vampires, tu n'en seras pas moins éternellement seul !

— Je ne veux pas t'écouter, tout cela ne signifie rien », m'écriai-je.

Gabrielle le regardait à présent, le visage convulsé par la haine, j'en étais sûr.

Il émit un petit bruit amer, un rire qui n'en était pas un.

« Les amants à visage humain, ricana-t-il. Ne comprends-tu pas ton erreur ? L'autre te déteste par-dessus tout et elle, ma foi, le sang ténébreux l'a rendue encore plus froide, n'est-ce pas ? Pourtant, même pour elle, malgré toute sa force, viendra le moment où elle redoutera son immortalité et qui accusera-t-elle alors de la lui avoir donnée ?

— Tu n'es qu'un sot ! gronda Gabrielle.

— Tu as cherché à protéger le violoniste, mais tu n'as pas songé à la protéger, elle.

— N'ajoute rien, lui dis-je. Tu m'obliges à te haïr. Est-ce cela que tu veux ?

— Mais je dis la vérité et tu le sais. Ce que vous ne saurez jamais, ni l'un ni l'autre, c'est l'entière profondeur de vos haines et de vos ressentiments particuliers. Et de vos souffrances. Et de votre amour. »

Il se tut et je ne trouvai rien à répondre. Il faisait précisément ce que j'avais craint et j'étais incapable de me défendre.

« Si tu me laisses à présent, si tu pars avec elle, continua Armand, tu recommenceras. Tu n'as jamais possédé Nicolas et elle se demande déjà comment se libérer de toi. Or, tu n'es pas comme elle, tu ne supportes pas d'être seul. »

Je ne savais que répondre. Les yeux de Gabrielle se rétrécirent, sa bouche prit un pli cruel.

« Le moment viendra donc forcément où tu recher-cheras d'autres mortels, en espérant que le Don ténébreux t'apportera l'amour dont tu es sevré. Et tu tenteras de faire de ces créatures mutilées et imprévisibles des citadelles à l'épreuve du temps. Je te préviens que si elles durent plus d'un demi-siècle, elles deviendront des prisons. Ce n'est qu'avec quelqu'un d'aussi puissant et sage que toi que tu pourras édifier cette citadelle. »

Une citadelle à l'épreuve du temps. Ces mots exer-çaient un sortilège et je sentis croître ma peur.

Il me paraissait distant et incroyablement beau, à la lumière des flammes, ses cheveux acajou cernant son front pur, ses lèvres ouvertes en un sourire de béati-tude.

« Pourquoi ne pas rester ensemble, toi et moi ? » C'était à nouveau la voix de la sommation. « Qui d'autre comprendra ta souffrance ? Qui d'autre sait ce que tu avais en tête quand tu es revenu terroriser tous ceux que tu avais aimés sur la scène de ton petit théâtre ?

— Ne parle pas de ça ! » chuchotai-je. Je me sentais mollir, je m'abandonnais à ses yeux, à sa voix. Tout proche de l'extase ressentie sur la plate-forme l'autre nuit. De toute ma volonté, j'appelai Gabrielle.

« Qui d'autre a connu tes pensées quand les renégats de mon clan, charmés par les accents de ton cher violoniste, ont conçu leur immonde entreprise ? » insista-t-il.

Je ne répondis pas.

« Le Théâtre des Vampires ! En comprend-elle toute l'ironie, toute la cruauté ? Sait-elle ce que tu as éprouvé sur ce plateau en entendant la foule t'acclamer, du temps où tu étais un jeune mortel ? Lorsque le temps était encore ton ami ? Quand ceux que tu aimais venaient se réfugier dans tes bras en coulisse...

— Arrête, je t'en prie ! Je te le demande.

— Qui d'autre connaît la pointure de ton âme ? »

De la sorcellerie. En avait-on jamais mieux usé ? Que disait-il vraiment, sous ce flot jaillissant de belles paroles : *Venez à moi et je serai le soleil autour duquel vous tournerez ; mes rayons dévoileront les secrets que vous avez l'un pour l'autre et moi qui possède des charmes et des pouvoirs dont vous n'avez pas le moindre aperçu, je vous contrôlerai, vous posséderai, vous détruirai.*

« Je t'ai déjà demandé ce que tu voulais, dis-je. Réellement.

— Toi ! lança-t-il. Toi et elle ! Que nous soyons trois désormais ! »

Ne veux-tu pas plutôt nous soumettre ?

Je secouai la tête et je devinai la même méfiance, le même recul chez Gabrielle.

Il n'y avait plus chez lui ni colère ni malveillance, mais il redit avec le même accent de séduction :

« Je te maudis ! » Il me parut théâtral.

« Je me suis offert à toi au moment où tu m'as vaincu, dit-il. Rappelle-toi cela quand tes enfants ténébreux te frapperont, se soulèveront contre toi. Rappelle-toi cela. »

J'étais bouleversé, beaucoup plus qu'au cours de la triste scène de ma rupture avec Nicolas, au théâtre. Je n'avais pas eu peur dans les catacombes, mais depuis notre arrivée dans cette pièce, j'avais tremblé à plusieurs reprises.

La colère se remit à bouillonner en lui, une hideuse émotion qu'il ne parvenait pas à maîtriser.

Je le regardai baisser la tête et se détourner, devenir tout petit et léger, tandis qu'il imaginait des menaces susceptibles de me blesser, que j'entendais avant même qu'elles ne franchissent ses lèvres.

Quelque chose détourna mon attention, une fraction de seconde, et aussitôt il disparut, ou plutôt il tenta de disparaître et je le vis bondir loin du feu, comme un trait noir et flou.

« Non ! » Fonçant sur une forme que je ne voyais même pas, je le saisis à bras-le-corps, l'obligeant à se rematérialiser.

J'avais été plus rapide que lui et nous nous fîmes face, à la porte de la crypte. Je refusai de le lâcher.

« Non, nous ne pouvons nous séparer ainsi. Nous quitter dans la haine. » Je sentis ma volonté se dissoudre et le serrai de toutes mes forces entre mes bras pour l'empêcher de se dégager et même de bouger.

Peu importait qu'il fût mauvais, qu'il m'eût menti, qu'il eût cherché à me terrasser. Peu m'importait de n'être plus mortel.

Je voulais seulement qu'il restât, être avec lui. Tout ce qu'il avait dit était vrai et pourtant, jamais je ne pourrais lui donner ce qu'il désirait. Lui donner ce pouvoir sur nous. Le laisser semer la discorde entre Gabrielle et moi.

Je me demandais, cependant, s'il comprenait lui-même ce qu'il réclamait. Croyait-il vraiment à ses propos les plus innocents ?

322

Sans rien dire, je le ramenai jusqu'au banc de pierre, près du feu. Je sentais à nouveau le danger, un danger terrible, mais cela n'avait aucune importance. Sa place était ici, avec nous.

Gabrielle marmonnait tout bas. Elle faisait les cent pas et paraissait presque avoir oublié notre présence.

Armand l'observait. Brusquement, avec une vivacité inattendue, elle se tourna vers lui et lança tout fort :

« Tu viens le trouver et lui dire : Emmène-moi avec toi. Tu lui dis : Aime-moi, et tu laisses entendre que tu possèdes des pouvoirs supérieurs, des secrets. Mais tu ne nous as rien donné, ni à l'un ni à l'autre, si ce n'est des mensonges.

— J'ai montré ma faculté de comprendre, dit-il doucement.

— Non, tu nous as fait des tours de passe-passe, rétorqua-t-elle. Tu as créé des images, assez puériles d'ailleurs. Depuis le début, tu cherches à séduire Lestat au moyen de délicieuses illusions pour mieux l'attaquer. Et ici, au lieu de profiter de ces instants de répit, tu cherches à semer la zizanie entre nous...

— Oui, je reconnais que j'ai cherché à vous tromper avant, dit-il, mais tout ce que j'ai dit ici était vrai. Tu méprises déjà chez ton fils cet amour des mortels, son besoin de rester près d'eux, sa soumission au violoniste. Toi, tu savais que le Don ténébreux le rendrait fou et qu'il finira par le détruire. Et tu désires être libre de tous les Enfants des Ténèbres. Tu ne saurais me le cacher.

— Mon Dieu, que tu es simple ! s'exclama-t-elle. Tu vois, mais sans rien voir. Combien d'années mortelles as-tu vécu ? T'en est-il resté le moindre souvenir ? Ce que tu as perçu est loin d'être la somme de mon amour pour mon fils. Je l'ai aimé comme je n'ai jamais aimé personne. Dans ma solitude, mon fils est tout pour moi. Comment se fait-il que tu ne puisses interpréter ce que tu vois ?

— C'est toi qui ne sais pas interpréter, dit la voix douce. Si tu avais vraiment désiré quelqu'un d'autre, tu saurais que ce que tu éprouves pour ton fils n'est rien du tout.

— Tous ces propos sont futiles, interrompis-je.

— Non, lui répondit-elle sans hésiter. Mon fils et moi sommes liés par plus d'une attache. Dans ces cinquante années de vie, je n'ai vu que lui qui fût aussi fort que moi. Même si nous différons, nous pouvons nous réconcilier. Mais comment veux-tu que nous t'acceptions, si tu te sers de tout cela pour alimenter ton feu? Comprends, cependant, mon principal objectif: que peux-tu nous donner de toi-même pour que nous ayons envie de toi?

— Vous avez besoin que je vous guide, répondit-il. Votre aventure commence à peine et vous n'êtes soutenus par aucune croyance. Vous ne pouvez vivre sans mes conseils...

— Des millions de gens vivent sans croyances et sans conseils. C'est toi qui ne peux vivre sans eux », contra-t-elle.

Je sentis qu'il souffrait, mais elle continua d'une voix ferme, inexpressive, comme si elle monologuait.

« Je me pose des questions. Il y a des choses que je dois savoir. Je ne puis vivre sans une philosophie globale, mais qui n'a rien à voir avec les anciennes croyances à Dieu ou diable. »

Elle se remit à faire les cent pas, en lui jetant de brefs coups d'œil.

« Je veux savoir, par exemple, pourquoi la beauté existe, pourquoi la nature la crée, quel est le lien entre la vie d'un arbre et sa beauté, ce qui rattache l'existence de la mer ou d'un orage aux sentiments qu'ils nous inspirent? Si Dieu n'existe pas, si ces phénomènes ne participent pas tous d'un système unique, pourquoi conservent-ils pour nous ce pouvoir symbolique? Lestat parle du Jardin sauvage, mais cela ne me suffit pas. Et j'avoue que c'est cela, cette curiosité maladive ou ce qu'il te plaira, qui m'entraîne loin de mes victimes humaines, vers la nature, loin de toute création des hommes. Et qui m'éloignera peut-être de mon fils, car il est sous le charme de tout ce qui est humain. »

Elle s'approcha de lui, n'ayant plus à présent rien de féminin.

« Telle est la lanterne à la lumière de laquelle j'aperçois la Voie du diable, continua-t-elle. Mais toi, à la lumière de quoi l'as-tu foulée ? Qu'as-tu appris sinon le culte du diable et les superstitions ? Que sais-tu de nous et de la façon dont nous avons commencé à exister ? Si tu nous révélais cela, tes mots auraient peut-être de la valeur. Mais peut-être aussi n'en auraient-ils pas. »

Il restait muet, incapable de dissimuler sa stupéfaction.

Il la contemplait, totalement dépassé dans son innocence, et il se leva comme pour lui échapper.

Un silence s'abattit sur nous et je me sentis curieusement protecteur à l'égard d'Armand. Elle avait dit la vérité brutale sur ce qui l'intéressait, comme elle l'avait toujours fait, et, comme toujours, il y avait dans cette façon d'agir une sorte de violente indifférence. Elle ne semblait pas se soucier de ce qu'il avait subi.

Élève-toi donc jusqu'à moi, semblait-elle dire, et il se sentait rapetissé, impuissant. Il paraissait même incapable de se remettre de cette brusque attaque.

Il se tourna vers les bancs, puis vers les sarcophages, puis vers les murs, comme s'il était repoussé de toutes parts, puis il gagna l'étroite cage d'escalier pour revenir ensuite dans la pièce.

Son esprit était hermétiquement clos, ou, pis encore, tout à fait vide !

On n'y voyait que le reflet enchevêtré des objets matériels qu'il avait sous les yeux, la porte cloutée, les chandelles, le feu, auxquels s'ajoutaient de vagues réminiscences des rues de Paris, avec leurs marchands ambulants, leurs carrosses, le son indistinct d'un orchestre et une affreuse macédoine de mots et de phrases empruntés aux livres qu'il venait de lire.

Je souffrais pour lui, mais Gabrielle me fit péremptoirement signe de rester où j'étais.

Un changement s'opérait dans l'atmosphère de la crypte.

Armand se tenait dans l'encadrement de la porte voûtée et il me semblait que des heures avaient passé, bien que ce ne fût point le cas. Gabrielle me paraissait très loin dans son coin de la pièce, froide dans sa concentration même, les yeux petits mais radieux.

Armand allait nous parler, mais sans nous fournir d'explication. Aucun fil conducteur ne sous-tendait ses propos. C'était un peu comme si on l'avait coupé en deux pour laisser les images couler hors de lui comme du sang.

Armand n'était plus qu'un jeune garçon dans l'encadrement de la porte. Je savais ce que j'éprouvais. Une monstrueuse intimité avec un de mes semblables, une intimité qui rendait l'extase ressentie en buvant le sang des mortels floue et prosaïque. Il était béant et ne pouvait plus désormais retenir le flot éblouissant d'images à côté desquelles son ancienne voix muette paraissait aigre et fabriquée.

Était-ce là le danger pressenti depuis le début, cette gâchette de ma peur ? Au moment même où je la reconnaissais, je me soumettais et il me semblait que les grandes leçons de ma vie avaient été apprises à travers le renoncement à la peur. La peur brisait encore une fois la coquille qui m'entourait pour permettre à quelque chose d'autre de naître.

Jamais de ma vie, mortelle et immortelle, je n'avais été menacé par une semblable intimité.

L'HISTOIRE D'ARMAND

3

La pièce s'était estompée, les murs avaient disparu.

Des cavaliers surgirent, nuage de poussière s'épaississant à l'horizon. Puis des cris de terreur. Un enfant aux cheveux roux sombre, en grossiers habits de paysan, courait comme un forcené. La horde des cavaliers déferla et l'enfant se débattit en vain contre les mains qui l'empoignaient et le jetaient en travers d'une selle. Le cavalier l'emporta au bout du monde. Cet enfant, c'était Armand.

Le pays que nous venions de voir se situait dans les steppes de la Russie méridionale, mais Armand ne savait pas que c'était la Russie. Il connaissait sa mère et son père, l'Église, Dieu et Satan, mais il ne savait pas ce que c'était que son foyer, il ne savait pas quelle langue il parlait, ni que les cavaliers qui l'avaient capturé étaient des Tartares et qu'il ne reverrait plus jamais tout ce qu'il connaissait et qu'il aimait.

L'obscurité, les mouvements tumultueux du navire, le malaise interminable et puis, émergeant de ce cauchemar de peur et de désespoir engourdissant, la vaste et somptueuse étendue d'invraisemblables édifices qu'était Constantinople aux derniers jours de l'empire byzantin, avec ses foules fantasques et ses marchés aux esclaves. Le babil effrayant des langues étrangères, les menaces formulées dans l'idiome universel du geste et, tout autour de lui, les ennemis qu'il ne pouvait ni distinguer, ni apaiser, ni fuir.

Il lui faudrait d'innombrables années pour apprendre à les connaître : les fonctionnaires de la cour de Byzance qui auraient voulu le châtrer et les gardiens des sérails de l'Islam prêts à en faire autant ; les fiers mamelouks égyptiens qui l'auraient volontiers emmené au Caire, s'il avait été plus blond et plus fort ; et enfin les radieux Vénitiens, avec leurs voix douces, leurs chausses et leurs pourpoints de velours. C'étaient les plus ensorcelants de tous, des chrétiens comme lui, mais qui riaient pourtant entre eux en l'examinant, tandis qu'il se tenait devant eux, muet, incapable de répondre, de supplier, d'espérer même.

La mer à nouveau, les grandes vagues bleues de la mer Égée et de l'Adriatique, le mal de mer dans l'entrepont et son vœu solennel de ne pas vivre.

Les grands palais mauresques de Venise surgissant à la surface de la lagune polie comme un miroir. La maison où on le conduisit, avec ses dizaines de chambres secrètes, ses fenêtres grillagées et les autres garçons qui lui parlaient dans cette langue étrange et douce ; les menaces et les cajoleries pour le convaincre, malgré sa peur et ses superstitions, des péchés qu'il devait commettre avec un interminable défilé d'étrangers, dans cet univers de marbre et de flambeaux, chaque chambre ouvrant sur un nouveau tableau de tendresse qui aboutissait au même rite, au même désir inexplicable et finalement cruel.

Et enfin la nuit où, après des jours et des jours d'insoumission, de faim et de brutalités, muré dans son silence, on vint le tirer, tout sale et à demi aveugle, de son obscur cachot, pour le pousser dans une pièce où l'attendait un être immense, vêtu de velours rouge, au visage ascétique et presque lumineux, qui le toucha si doucement de ses doigts frais qu'il crut rêver et ne pleura pas en voyant l'argent changer de mains. Il y avait beaucoup d'argent, cependant. Trop. On était en train de le vendre. Et ce visage, il était trop lisse, on aurait dit un masque.

Au dernier moment, il se mit à hurler. Il promit d'obéir, de ne plus résister. Où l'emmenait-on ? Il obéirait, c'était promis, juré. Mais alors même qu'on le traînait dans l'escalier, vers l'odeur fade du canal, il sentit à nouveau les doigts fermes et délicats de son nouveau maître et sur son cou les lèvres fraîches et douces qui jamais, jamais ne pourraient lui faire de mal, et ce premier baiser meurtrier et irrésistible.

Que d'amour dans le baiser du vampire ! Il baignait Armand et le purifiait, tandis qu'on le portait dans la gondole et que celle-ci s'ébranlait comme un sinistre scarabée pour remonter l'étroit canal et aller s'enfoncer dans les égouts d'une autre maison.

Ivre de plaisir. Grisé par les soyeuses mains blanches qui lui caressaient les cheveux et par la voix qui lui disait qu'il était beau ; grisé par le visage qui, dans les moments d'émotion, était comme inondé d'expression avant de redevenir, au repos, aussi serein et éblouissant qu'un masque d'albâtre orné de pierreries.

Ivre, dans la lumière du matin, au souvenir de ces

baisers, lorsqu'il se retrouva seul et ouvrit d'innombrables portes pour découvrir des livres, des cartes, des statues de granit et de marbre. Et puis, les autres apprentis vinrent le trouver et lui montrèrent patiemment son travail — réduire en poudre les pigments multicolores, diluer la couleur pure avec du jaune d'œuf, étaler cette laque sur les panneaux, monter sur les échafaudages pour travailler avec le plus grand soin au bord de l'immense toile. Ils lui firent admirer les visages, les mains, les ailes des anges, auxquels seul le pinceau du maître toucherait.

Grisé par les mets succulents qu'il partageait avec les autres apprentis et par le vin qui coulait généreusement.

Et s'endormant enfin, pour se réveiller au crépuscule et apercevoir le maître debout près de l'énorme lit, aussi superbe qu'un être imaginaire dans son velours rouge, avec son épaisse chevelure blanche luisant sous la lampe et le bonheur dans ses yeux de cobalt étincelants. Le baiser meurtrier.

« Ah oui, ne jamais vous quitter, oui... ne plus avoir peur.

— Bientôt, mon bien-aimé, bientôt nous serons vraiment unis. »

Des flambeaux dans toute la maison. Le maître en haut des échafaudages, le pinceau à la main : « Mets-toi-là, sous la lumière, ne bouge plus. » Des heures et des heures dans la même position, puis avant l'aube, il vit au milieu de la toile le visage d'un ange qui était le sien et le maître souriait en longeant l'interminable corridor...

« Non, Maître, ne me laissez pas, je veux rester avec vous, ne partez pas... »

Il faisait à nouveau jour. Il avait de l'or dans ses poches et allait, bras dessus, bras dessous avec les autres apprentis, au milieu de la splendeur de Venise, savourant l'air frais et le ciel bleu de la place Saint-Marc, pour regagner le palais à la tombée du jour. Et le maître venait, se penchait sur les panneaux plus petits, travaillant de plus en plus vite sous le regard mi-horrifié, mi-fasciné des apprentis. Le maître levait les yeux, le voyait, posait son pinceau et l'entraînait hors de l'immense atelier où les autres travailleraient jusqu'à minuit. Les mains du maître emprisonnant son visage, seuls dans la vaste chambre, et ce baiser secret dont il ne fallait parler à personne.

Deux ans? Trois ans? Il n'existait point de mots pour recréer, pour saisir la beauté de cette époque bénie : les flottes de navires qui partaient à la guerre, les cantiques qui s'élevaient devant les autels byzantins des églises, les passions et les mystères représentés sur les places, les superbes mosaïques sur les murs de San Marco et San Zanipolo, le Palais des Doges et les peintres qui arpentaient ces rues, Giambono, Uccello, les Vivarini et les Bellini. Et toujours, aux petites heures du matin, il se retrouvait seul avec le maître, pendant que les autres dormaient. Le pinceau du maître courait sur la toile comme s'il dévoilait la peinture plutôt que de la créer : le soleil, le ciel, la mer sous le vaste dais que formaient les ailes des anges.

Et ces moments, terribles et inévitables, où le maître bondissait en hurlant, expédiant les pots de peinture à travers la pièce, les mains contre les yeux comme s'il voulait les arracher de leurs orbites.

« Pourquoi ne puis-je pas voir? Voir mieux que les mortels? »

Serré entre les bras du maître, attendant l'extase du baiser. Le secret ténébreux qu'il fallait taire. Le maître quittant le palais, quelque temps avant l'aube.

« Laissez-moi vous accompagner, Maître.

— Bientôt, mon bien-aimé, mon amour, mon petit, quand tu seras assez fort et assez grand et qu'il n'y aura plus chez toi la moindre faille. Va à présent et jouis de tous les plaisirs qui t'attendent. Connais l'amour d'une femme et celui d'un homme aussi, au cours des nuits qui vont suivre. Oublie l'amertume du bordel et savoure ces choses pendant qu'il en est encore temps. »

Et la nuit s'achevait rarement sans que la haute silhouette ne revînt, juste avant le lever du jour, la peau vermeille et chaude, pour se pencher sur lui et lui accorder l'étreinte qui le soutiendrait pendant la journée jusqu'au baiser meurtrier du crépuscule.

Il apprit à lire et à écrire. Il livrait les peintures aux églises et aux chapelles des nobles palais, se les faisait payer et marchandait les pigments et les huiles. Il grondait les serviteurs lorsque les repas n'étaient pas prêts, les lits pas faits. Et, adoré des apprentis, c'était lui qui les envoyait, en pleurant, prendre leurs nouvelles fonctions, une fois leur apprentissage terminé. Il lisait des poèmes au maître tandis que ce dernier peignait et il apprit à jouer du luth et à chanter.

Et durant les tristes journées où le maître quittait Venise pour de nombreuses nuits, c'était lui qui gouvernait en son absence, cachant sa détresse aux autres, sachant qu'elle ne prendrait fin qu'avec le retour du maître.

Une nuit, enfin, au petit matin, alors que Venise dormait :

« Le moment est venu, ma beauté, où tu vas me rejoindre et devenir mon semblable, le souhaites-tu ?

— Oui.

— Tu te nourriras à jamais, en secret, du sang des malfaiteurs, comme je le fais, et tu garderas ces secrets jusqu'à la fin du monde.

— J'en fais le serment, je me soumets... pour être avec vous, mon Maître, toujours, vous qui êtes le créateur de tout ce que je suis. Jamais désir ne fut plus fort que le mien. »

Le pinceau du maître indiqua l'immense toile.

« Voici l'unique soleil que tu reverras jamais. Toutefois des milliers de nuits t'appartiennent pour voir la lumière comme jamais mortel ne la vit, pour arracher, tel Prométhée, aux lointaines étoiles une éternelle illumination afin de tout comprendre. »

Combien de mois y eut-il après cela, à jouir du pouvoir du Don ténébreux ?

Vinrent alors une vie nocturne, passée à errer ensemble parmi les ruelles et les canaux, sans plus redouter les dangers de l'obscurité, et le plaisir séculaire de tuer, mais jamais, jamais l'innocent. Non, toujours le coupable, en lui perçant le cerveau pour révéler en lui Typhon, l'assassin de son frère, avant de boire le mal à même le cou de la victime et de le transmuer en extase, sous l'égide du maître, partageant son festin.

Et ensuite, les heures passées à peindre ensemble, furieusement, l'immense triptyque. Un seul mystère troublait cette sérénité : comme par le passé, le maître devait de temps à autre quitter Venise pour un voyage qui paraissait interminable à ceux qui l'attendaient.

La séparation était d'autant plus atroce à présent. Chasser seul, sans le maître, reposer seul dans la cave profonde. Ne plus entendre son rire sonore, les battements de son cœur.

« Mais où allez-vous ? Pourquoi ne puis-je vous accompagner ? » suppliait Armand. Ne partageaient-ils pas le Secret ténébreux ? Le mystère n'était-il pas expliqué ?

« Non, ma beauté, tu n'es pas encore prêt à supporter ce fardeau. Pour le moment, je dois l'assumer seul, comme je le fais depuis plus de mille ans. Un jour tu m'aideras dans ma tâche, mais seulement quand tu seras prêt à recevoir mon savoir, quand tu auras montré que tu désires vraiment apprendre et quand tu seras assez puissant pour que personne ne puisse t'arracher ton savoir contre ton gré. Jusque-là, comprends bien que je n'ai d'autre choix que de te quitter. Je vais m'occuper de Ceux Qu'il Faut Garder comme je l'ai toujours fait. »

Ceux Qu'il Faut Garder.

Armand en avait peur, lorsqu'il y songeait, mais uniquement parce qu'ils lui prenaient le maître et ce ne fut qu'en le voyant revenir fidèlement, après chaque départ, qu'il apprit à ne plus les redouter.

« Ceux Qu'il Faut Garder sont en paix ou se taisent, disait le maître en ôtant sa cape de velours rouge. Peut-être n'en saurons-nous jamais plus. »

Et la chasse reprenait, la chasse au malfaiteur dans le dédale des ruelles de Venise.

Combien de temps cela aurait-il continué ? Le temps d'une vie humaine ? De cent vies humaines ?

Un soir au crépuscule, au bout de dix mois à peine de ces délices ténébreuses, le maître se dressa auprès du cercueil où Armand reposait dans le profond cellier, juste au-dessus de l'eau.

« Lève-toi, Armand, il faut partir. Ils sont là !

— Qui donc, Maître ? Ceux Qu'il Faut Garder ?

— Non, mon bien-aimé, les autres. Viens. Il faut faire vite !

— Mais que peuvent-ils nous faire ? Pourquoi faut-il partir ? »

Des visages blafards aux fenêtres, des coups violents contre la porte, les vitres qui volaient en éclats. Une âcre odeur de fumée, de poix enflammée. Il en montait de la cave, il en descendait des étages.

« Cours, nous n'avons pas le temps de prendre quoi que ce soit. » L'escalier, quatre à quatre, jusqu'au toit.

Des formes encapuchonnées de noir lançaient des torches par toutes les portes, le feu rugissait déjà au rez-de-chaussée, faisant exploser les vitres, bouillonnant dans l'escalier. Toutes les peintures brûlaient.

« Sur le toit, Armand. Viens ! »

Des créatures de notre espèce sous ces maudites guenilles noires ! Dans sa ruée vers le toit, le maître les dispersa dans toutes les directions. On entendait craquer les os lorsqu'elles heurtaient le plafond ou les murs.

« Blasphémateur ! Hérétique ! » glapissaient les voix étrangères. Des bras se saisirent d'Armand et l'immobilisèrent. Là-haut, tout en haut de l'escalier, le maître se retourna pour l'appeler :

« Armand ! Aie confiance en ta force. Viens ! »

Mais les assaillants grouillaient derrière lui. Ils le cernaient. A chaque fois qu'il en précipitait un dans le plâtre, trois autres surgissaient, jusqu'au moment où cinquante torches plongèrent dans les habits de velours du maître, dans ses longues manches rouges, ses cheveux blancs. Le feu monta jusqu'au plafond avec un rugissement et le consuma, le transformant en torche vivante, alors même qu'il se servait de ses bras enflammés pour mettre le feu à ses adversaires.

Quant à Armand, on l'emportait hors de la maison en feu, avec les autres apprentis au comble de l'épouvante. Il quitta Venise, au milieu des pleurs et des lamentations, dans les entrailles d'un grand navire aussi terrifiant que celui des marchands d'esclaves. On le débarqua enfin dans une vaste clairière à ciel ouvert.

« Blasphémateur, blasphémateur ! » Le bûcher était immense et une multitude de silhouettes encapuchonnées dansaient autour en chantant : « Au feu, l'hérétique !

— Non, ne me brûlez pas, non ! »

Pétrifié de terreur, il les regarda traîner jusqu'au bûcher les apprentis mortels, ses frères, hurlant de terreur à mesure qu'on les précipitait dans la fournaise.

« Non... arrêtez, ils sont innocents ! Pour l'amour de Dieu, arrêtez, innocents !... », implorait-il. Et puis ce fut son tour. Des mains le saisirent, malgré sa résistance, et il fut projeté dans les airs pour retomber au milieu des flammes.

« Maître, au secours ! » Et puis les mots cédèrent la place à une longue plainte horrifiée.

Il se débattait, hurlait, fou de terreur et de douleur.

Mais on l'avait sorti du feu. Arraché à la mort. Il gisait à terre, les yeux au ciel. Les flammes semblaient lécher les étoiles, mais il en était loin à présent et ne sentait même plus leur chaleur. Il sentait l'odeur de brûlé de ses vêtements et de ses cheveux. C'était au visage et aux mains que la douleur était la plus cuisante, le sang coulait de son corps et il avait du mal à remuer les lèvres...

« ... Toutes les vaines créations de ton maître, exécutées au milieu des mortels grâce à ses Pouvoirs ténébreux ont été détruites ! Veux-tu être détruit, toi aussi, ou servir Satan ? A toi de choisir ! Tu as tâté du feu et le feu t'attend pour te dévorer. L'enfer t'attend. Choisis-tu ?

— ... oui...

— Servir Satan comme il doit être servi ?

— Oui...

— ... Toutes les choses de ce monde ne sont que vanité et tu n'useras jamais de tes Pouvoirs ténébreux pour autre chose que pour le service de Satan, pour séduire, pour terrifier, pour détruire, uniquement pour détruire...

— Oui...

— Tu te consacreras à ton seul et unique maître, Satan, à tout jamais... tu serviras ton véritable maître dans les ténèbres et la souffrance, tu lui soumettras ton esprit et ton cœur...

— Oui.

— Et tu n'auras point de secrets pour tes frères en Satan, tu leur révéleras tout ce que tu sais du blasphémateur et de son fardeau... »

Silence.

« Tu révéleras tout ce que tu sais du fardeau, enfant! Prends garde, les flammes te guettent.

— Je ne comprends pas...

— Ceux Qu'il Faut Garder. Parle!

— Pour dire quoi? Je ne sais rien, sinon que je ne veux pas souffrir. J'ai si peur.

— La vérité, Enfant des Ténèbres. Où sont-ils? Où sont Ceux Qu'il Faut Garder?

— Je n'en sais rien. Lisez dans mon âme si vous en avez le pouvoir. Je ne puis rien vous dire.

— Mais que sont-ils, enfant, que sont-ils? Ne te l'a-t-il donc jamais dit? Que sont Ceux Qu'il Faut Garder? »

Ainsi, eux non plus ne comprenaient pas. Ce n'était qu'une phrase pour eux comme pour lui. *Quand tu seras assez puissant pour que nul ne puisse t'arracher ton savoir contre ton gré.* La sagesse du maître avait été grande.

« Qu'est-ce que cela signifie? Où sont-ils? Il nous faut une réponse!

— Je vous jure que je n'en ai pas. Je vous le jure sur ma peur qui est tout ce qui me reste, je ne sais rien! »

Des visages blafards apparaissaient au-dessus de lui, un par un. Des lèvres insipides lui donnaient des baisers violents et doux, des mains le caressaient et de

leurs poignets tombaient des gouttelettes de sang étincelantes. Ils voulaient que la vérité sortît dans le sang.
Mais qu'importait ? Le sang était le sang.

« Tu es l'enfant du diable, à présent.

— Oui.

— Ne pleure pas ton maître, Marius. Marius est à sa
place, en enfer. A présent, bois le sang qui guérit,
lève-toi et danse avec ta race pour la gloire de Satan !
Et l'immortalité sera tienne !

— Oui ! » Le sang lui brûlait la langue, le comblait
avec une tortueuse lenteur. « Oh, je vous en prie. »

Tout autour de lui des psalmodies en latin, des
roulements de tambours. Ils étaient satisfaits. Ils savaient qu'il avait dit la vérité. Ils n'allaient pas le tuer
et l'extase de cette certitude éclipsa toute autre consi-
dération. La douleur qui le tenaillait là où le feu l'avait
brûlé se fondit dans l'extase...

« Lève-toi, jeune homme, viens rejoindre les Enfants des Ténèbres.

— Oui, me voici ! » Des mains blêmes saisirent les
siennes. Les notes stridentes des cors et des luths
s'élevèrent par-dessus les tambours, le pincement hyp-
notique des harpes se mit à scander les pas des danseurs qui s'ébranlaient, dans leurs longues robes
noires.

Ils sautaient, bondissaient, retombaient, tournoyaient comme des toupies et leur mélopée sortait
avec une force croissante de leurs bouches fermées.

Le cercle accéléra son rythme. Le chant n'était
qu'une immense vibration mélancolique sans forme ni
continuité et pourtant on eût dit l'écho même de la
pensée. Elle continua à s'enfler comme un gémissement incapable de se transformer en cri.

Le même son sortait de sa bouche, la ronde folle lui
faisait tourner la tête. Des mains l'empoignaient, des
lèvres le baisaient, il était entraîné par les autres au
son de mystérieuses phrases en latin, qui se répondaient.

Il volait, en état d'apesanteur, enfin libéré de la
terre et de l'atroce douleur de la mort de son maître et

336

des mortels qu'il avait aimés. Le vent sifflait à ses oreilles, mais les chants étaient si beaux qu'il ne s'inquiétait pas d'en ignorer les mots et d'être incapable de prier Satan.

La musique déferlait sur eux. Un rythme barbare éclata tout autour de lui, scandé par les tambours et tambourins. Les voix entonnèrent une mélodie lancinante, les vampires se contorsionnaient en plein délire, agitant les bras, cambrant le dos, frappant des pieds. La jubilation des démons de l'enfer. Il était à la fois horrifié et attiré et lorsque des mains s'emparèrent de lui pour le faire tournoyer, il se mit à se tordre et à hurler comme les autres, laissant libre cours à sa douleur.

Avant l'aube, il délirait et une douzaine de frères autour de lui le caressaient pour l'apaiser avant de l'entraîner dans un escalier qui descendait jusqu'aux entrailles de la terre.

Au cours des mois qui suivirent, Armand rêva, sembla-t-il, que son maître n'était pas mort.

Il rêva qu'il était tombé du toit, telle une comète embrasée, dans les eaux salvatrices du canal. Et qu'il avait survécu, au plus profond des montagnes du nord de l'Italie. Son maître l'appelait. Il se trouvait dans le sanctuaire de Ceux Qu'il Faut Garder.

Parfois, dans ses rêves, son maître était toujours aussi puissant et radieux, paré de toute sa beauté. Et d'autres fois, il était calciné et racorni, noir comme un charbon, avec d'immenses yeux jaunes. Seuls ses cheveux blancs avaient conservé leur opulence. Il rampait tant sa faiblesse était grande, suppliant Armand de l'aider. Derrière lui, une chaude lumière se déversait du sanctuaire, accompagnée d'un parfum d'encens, et semblait promettre quelque ancienne magie, quelque splendeur froide et exotique, au-delà du mal et du bien.

Mais ce n'étaient que vaines chimères. Son maître lui avait dit que le feu et la lumière du soleil pouvaient les détruire et il l'avait vu de ses yeux dévoré par les flammes. Rêver ainsi, c'était comme de vouloir redevenir mortel.

Et quand ses yeux s'ouvraient sur la lune et les étoiles et le vaste miroir de la mer devant lui, il ne connaissait ni espoir, ni chagrin, ni joie. Tout cela lui était venu de son maître et son maître n'était plus.

« Je suis l'enfant du diable. » C'était de la poésie. Toute volonté était éteinte en lui ; il n'y avait plus rien que la ténébreuse fraternité et il tuait à présent les innocents aussi bien que les coupables. Ce qui comptait, c'était la cruauté.

A Rome, au sein du grand clan des catacombes, il s'inclina devant Santino, le chef, qui descendit les degrés de pierre pour le serrer dans les bras qu'il lui ouvrait. Ce grand personnage avait été Créé pour les Ténèbres à l'époque de la Grande Peste et il raconta à Armand la vision qu'il avait eue en l'an de grâce 1349, alors que la peste faisait rage : notre race devait être un fléau analogue, un tourment sans explication, destiné à faire douter l'homme de la miséricorde de Dieu.

Santino emmena Armand dans le sanctuaire garni de crânes, pour lui apprendre l'histoire des vampires.

Nous avons existé de toute éternité, comme les loups, pour décimer les mortels. C'est dans le clan de Rome, ombre ténébreuse de l'Église romaine, que réside notre suprême perfection.

Armand connaissait déjà les rites et les principaux interdits ; il devait apprendre à présent les grandes lois :

Premièrement, chaque clan doit avoir un chef qui seul peut octroyer le Don ténébreux à un mortel selon les méthodes et les rites prescrits.

Deuxièmement, le Don ténébreux ne peut être donné aux infirmes, aux estropiés, aux enfants, ni à tous ceux qui ne peuvent survivre seuls, même doués de Pouvoirs ténébreux. Il est destiné aux mortels les plus beaux, afin que l'insulte à Dieu n'en soit que plus grande.

Troisièmement, le Don ténébreux ne doit jamais être le don d'un vampire ancien, de peur que le sang du novice ne soit trop fort. Nos talents, en effet, croissent avec l'âge et les anciens ont trop de force à transmettre. Les blessures, les brûlures, si elles ne détruisent pas l'Enfant de Satan, décupleront ses forces après sa guérison. Mais Satan protège son troupeau des anciens car ils deviennent presque tous fous.

Armand pouvait d'ailleurs observer qu'il n'existait pas un vampire de plus de trois cents ans. Le diable rappelle souvent ses enfants auprès de lui.

Armand devait bien comprendre, cependant, que l'effet du Don ténébreux était de toute façon imprévisible. Sans qu'on sût pourquoi, certains mortels Créés pour les Ténèbres devenaient forts comme des Titans, alors que d'autres n'étaient que des cadavres animés. Il fallait donc éviter de choisir des mortels très passionnés ou doués d'une volonté indomptable tout autant que les faibles.

Quatrièmement, aucun vampire ne peut en détruire un autre, hormis le maître du clan qui a droit de vie et de mort sur son troupeau. Il doit en outre précipiter les vieux et les fous dans le feu quand ils ne sont plus capables de servir Satan comme il doit l'être. Il doit détruire les vampires trop grièvement blessés pour survivre seuls, ainsi que tous les renégats et ceux qui ont transgressé les lois.

Cinquièmement, jamais un vampire ne révélera sa vraie nature à un mortel qu'il n'a pas l'intention de tuer, ni ne lui dévoilera l'histoire des vampires, ni ne la couchera sur le papier de peur que des mortels ne la découvre et n'y croient. Il ne faut pas non plus faire connaître aux mortels le nom d'un autre vampire, ni l'endroit où se trouve son repaire.

Tels étaient les grands commandements que devaient suivre tous les vampires. C'était à ce prix que les non-morts avaient le droit d'exister.

Armand devait savoir, cependant, qu'il y avait toujours eu des légendes de vampires hérétiques, qui ne se soumettaient à aucune autorité, pas même celle du diable, et qui avaient survécu pendant des milliers d'années. On les appelait parfois les Enfants des Millénaires. Dans le nord de l'Europe, il y avait Mael, qui vivait dans les forêts d'Angleterre et d'Écosse ; et en

Asie Mineure, c'était la légende de Pandore. En Égypte enfin, l'ancien conte du vampire Ramsès.

Ces légendes existaient dans toutes les parties du monde et on pouvait les traiter de chimères, à l'exception d'une seule. L'ancien hérétique Marius avait été découvert à Venise et puni par les Enfants des Ténèbres. La légende de Marius était vraie, mais Marius n'était plus.

Armand ne répondit rien à cela. Il ne parla pas de ses rêves. D'ailleurs, les rêves s'étaient obscurcis au-dedans de lui, tout comme les couleurs des tableaux de Marius. Ils n'étaient plus dans l'esprit, ni dans le cœur d'Armand où d'autres auraient pu les surprendre.

Lorsque Santino lui parla de Ceux Qu'il Faut Garder, Armand répéta qu'il en ignorait tout en dehors du nom. Personne, pas même Santino, ne savait ce qu'ils étaient.

Le secret était mort. Mort avec Marius. Abandonnons donc au silence l'ancien et inutile mystère. Satan est notre seigneur et maître. En lui, tout est compris et connu.

Santino fut satisfait d'Armand. Il apprit les commandements, se perfectionna dans les rites, les cérémonies, les prières. Il fut l'élève des vampires les plus habiles et les plus beaux qui fussent. Il fit de tels progrès qu'il devint un missionnaire, envoyé pour rassembler les Enfants des Ténèbres errant au sein de clans et superviser l'octroi du Don ténébreux lorsque le diable l'ordonnait.

En Espagne, en Allemagne, en France, il avait enseigné les Rites ténébreux et il avait connu des Enfants des Ténèbres sauvages et tenaces, dont la compagnie l'avait parfois vaguement enflammé.

Il s'était perfectionné dans l'art de tuer mieux que tout autre Enfant des Ténèbres. Il avait appris à appeler ceux qui désiraient réellement mourir. Il n'avait qu'à se tenir près de leurs demeures et appeler silencieusement et sa victime apparaissait aussitôt.

Les vieux, les jeunes, les malheureux, les malades, les laids et les beaux, point d'importance, il ne choisissait pas. Il leur faisait miroiter de merveilleuses visions, mais n'allait pas vers eux et ne les prenait pas dans ses bras. Inexorablement attirés vers lui, c'étaient eux qui l'étreignaient. Et lorsque leur chair chaude et vivante le touchait et qu'il ouvrait la bouche pour y laisser couler le sang, il connaissait le seul apaisement à sa détresse qu'il fût en mesure de connaître.

A ses meilleurs moments, il lui semblait que sa méthode était profondément spirituelle, qu'elle n'était pas contaminée par les appétits du monde, malgré l'extase charnelle qui en découlait.

Lorsqu'il tuait, le spirituel et le charnel se rejoignaient et il était convaincu que le spirituel l'emportait. Il lui semblait que le sang des Enfants du Christ ne servait qu'à introduire dans sa compréhension, durant la seconde où survenait la mort, l'essence même de la vie. Seuls les grands saints de Dieu pouvaient rivaliser avec lui dans le domaine de la spiritualité, se targuer d'affronter ainsi le mystère, de mener une existence de méditation et d'abnégation.

Pourtant, il avait vu ses compagnons disparaître, se détruire, sombrer dans la folie. Il avait vu les clans se dissoudre, vu l'immortalité triompher des Enfants des Ténèbres les plus parfaits et il avait parfois l'impression que c'était un terrible châtiment que de ne jamais succomber.

Était-il destiné à devenir un ancien ? Un Enfant des Millénaires ? Pouvait-on croire à ces contes ?

Parfois, un vampire vagabond parlait de la fameuse Pandore aperçue à Moscou, ou de Mael qui habitait la lugubre côte anglaise. Ils parlaient même de Marius que l'on aurait revu en Égypte ou en Grèce. Mais ces voyageurs n'avaient jamais vu eux-mêmes ces personnages légendaires. Ils ne savaient rien.

Leurs contes ne pouvaient distraire ni détourner de sa voie l'obéissant serviteur de Satan. Armand continuait à respecter les Rites ténébreux.

Pourtant, durant les siècles de sa longue existence, Armand garda deux secrets au plus profond de lui. Ils étaient sa propriété, son seul bien, plus précieux que le cercueil où il s'enfermait le jour ou les amulettes qu'il portait.

Le premier c'était que, quelle que fût sa solitude ou la durée de sa quête pour des frères et des sœurs en qui il pût enfin trouver un réconfort, jamais il n'octroya lui-même le Don ténébreux. Il se refusait à donner à Satan un Enfant des Ténèbres créé par lui.

Et l'autre secret, qu'il cacha à ses adeptes pour leur propre bien, c'était l'étendue de son désespoir sans cesse plus profond.

C'était qu'il ne désirait rien, ne chérissait rien, ne croyait au fond à rien et ne retirait pas le moindre plaisir de ses pouvoirs toujours plus grands et plus redoutables, qu'il existait dans un vide rempli une fois par nuit lorsqu'il tuait sa victime. Ce secret-là, il l'avait gardé aussi longtemps que les autres avaient eu besoin de l'avoir pour chef, car sa propre peur les eût infectés.

Mais c'était fini à présent.

Un grand cycle avait pris fin et l'avait senti s'achever bien des années auparavant, sans même comprendre qu'il s'agissait d'un cycle.

De Rome étaient arrivées des nouvelles confuses, déjà vieilles quand elles lui avaient été rapportées : Santino avait abandonné son troupeau. D'aucuns disaient qu'il était devenu fou, d'autres qu'il s'était jeté dans le feu, d'autres encore que « le monde » l'avait englouti.

Vinrent ensuite des récits du chaos qui régnait à Rome où une douzaine de chefs avaient endossé la robe et le capuchon noirs pour présider aux destinées du clan. Et puis, plus rien.

Depuis l'an 1700, plus aucune nouvelle en provenance d'Italie. Depuis plus d'un demi-siècle, Armand n'avait pu se fier à sa passion ou à celle de ceux qui l'entourait pour créer la frénésie du vrai sabbat. Et il s'était remis à rêver de son ancien maître, dans ses superbes robes de velours rouge, il avait revu le vieux palais plein d'œuvres de génie et il avait eu peur.

Et puis un autre était venu.

Ses enfants étaient descendus à la hâte jusqu'à la

crypte sous les Innocents pour lui décrire ce nouveau vampire, en cape de velours rouge doublée de fourrure, qui profanait les églises et se promenait sous les lumières. Du velours rouge. C'était une simple coïncidence et pourtant cela l'exaspéra ; il lui semblait que c'était une insulte, un tourment gratuit qu'il ne pouvait supporter.

Et puis le renégat avait créé la femme, avec sa longue crinière et son nom d'archange, aussi belle et puissante que son fils.

Et Armand était sorti des catacombes à la tête de ses fidèles pour nous attaquer, tout comme les autres étaient venus les détruire, son maître et lui, à Venise, jadis.

Et il avait échoué.

Il portait à présent ces étranges oripeaux de brocart et de dentelle, il avait de l'or dans ses poches. Dans son esprit flottaient des images, résidus des milliers de livres lus. Il se sentait transpercé par tout ce dont il venait d'être témoin sous les lumières de Paris et croyait entendre son maître lui murmurer à l'oreille :

Toutefois des milliers de nuits t'appartiendront pour voir la lumière comme jamais mortel ne la vit, pour arracher, tel Prométhée, aux lointaines étoiles, une éternelle illumination afin de tout comprendre.

« Tout s'est dérobé à ma compréhension, conclut-il. Je suis comme un cadavre vomi par la terre et vous, Lestat et Gabrielle, azur, carmin et or, vous semblez descendus des toiles que peignait mon maître. »

Debout dans l'encadrement de la porte, il nous contemplait et demanda silencieusement :

Qu'y a-t-il à présent ? Que puis-je donner ? Dieu nous a abandonnés. Aucune Voie du Diable ne se déroule sous mes pas, aucun carillon de l'enfer ne résonne à mes oreilles.

4

Une heure passa. Peut-être plus. Armand s'était rassis près du feu. Il ne restait plus trace de notre combat sur son visage. Dans son immobilité, il semblait aussi fragile qu'une coquille vide.

Gabrielle lui faisait face, en silence, les yeux fixés elle aussi sur les flammes. Son visage reflétait un mélange de lassitude et de compassion. Je souffrais de ne point connaître ses pensées.

Je pensais à Marius, rien qu'à Marius... le vampire qui avait peint dans son palais des triptyques, des portraits, des fresques représentant le monde des mortels.

Et jamais ce monde ne l'avait soupçonné, traqué, banni. Non, c'était la meute de démons en capuche, qui était venue brûler ses œuvres et proclamer qu'il ne pouvait vivre parmi les mortels, ceux de sa race, qui avaient eux aussi reçu en partage le Don ténébreux. Le Don ténébreux... L'appelait-il ainsi, lui aussi ?

Les triptyques de Marius se trouvaient encore dans les églises, les chapelles des couvents, peut-être même aux murs de certains palais de Venise et Padoue. Les vampires ne se seraient jamais aventurés dans des lieux sacrés pour les détruire. Elles étaient donc quelque part, signées peut-être dans un petit coin, ces œuvres du vampire qui s'était entouré d'apprentis mortels, qui avait pris un amant mortel au cou duquel il buvait une gorgée de sang pur, avant de sortir s'abreuver du sang des malfaiteurs.

Je songeai à la nuit où j'avais compris l'absurdité de la vie, dans la petite auberge d'Auvergne, et le doux et insondable désespoir de l'histoire d'Armand me faisait l'effet d'un océan où je risquais de me noyer. C'était encore pis que le rivage désert qu'était l'esprit de Nicolas. Et ces ténèbres, ce néant duraient depuis trois siècles.

Si ce radieux jeune homme, assis au coin du feu, ouvrait à nouveau la bouche, il en sortirait une obscurité noire comme de l'encre qui recouvrirait le monde.

Heureusement, il y avait l'autre protagoniste, le maître vénitien, dont l'œuvre créatrice avait eu une signification et que notre race avait voulu brûler.

Gabrielle avait-elle vu ses peintures aussi clairement que moi ? Brûlaient-elles dans son esprit aussi vivement que dans le mien ?

Marius suivait dans mon âme un chemin où il pourrait errer tout à loisir, poursuivit par les démons qui avaient replongé ses œuvres dans le chaos.

Plein d'une morne détresse, je songeai à ce qu'avaient rapporté les voyageurs : que Marius vivait en Égypte ou en Grèce.

J'aurais voulu demander à Armand : N'est-ce pas possible ? Marius devait être d'une force colossale. Mais il me semblait que ce serait lui manquer de respect.

« C'est une vieille légende », murmura-t-il. Sa voix audible était aussi précise que la voix intérieure. Lentement, il continua sans détourner les yeux du feu. « Une légende des temps anciens, avant qu'ils ne nous détruisent tous les deux.

— Peut-être que non, dis-je. Peut-être Marius est-il vivant.

— Nous sommes des miracles ou des horreurs, reprit-il, selon l'optique que l'on souhaite adopter. La première fois où l'on entend parler de nous, que ce soit à travers le sang ténébreux ou des promesses ou des visions, on croit que tout est possible. Mais ce n'est pas vrai. Le monde se referme bien assez tôt sur le miracle et l'on n'en espère plus d'autre. C'est-à-dire qu'on s'habitue à de nouvelles limites, voilà tout. Alors, quand certains disent que Marius continue, tu le crois, parce que tu veux le croire. Il ne reste personne du clan de Rome et cela fait des années qu'on n'en a plus entendu parler. Mais ils existent tous quelque part, car nous ne pouvons pas mourir, n'est-ce pas ? » Il poussa un soupir. « Aucune importance. »

Ce qui importait, c'était que le poids de son désespoir risquait d'écraser Armand. Qu'en dépit de la soif qui le tenaillait, après tout le sang qu'il avait perdu dans notre lutte, en dépit de la fournaise silencieuse de son corps qui avait guéri les meurtrissures et les lacérations de sa chair, il n'aurait pas la volonté de retourner

chasser dans le monde. Il préférerait endurer la soif et
le feu de la fournaise. Rester ici, avec nous.

Pourtant il connaissait déjà la réponse : il ne pouvait
rester avec nous.

Nous n'avions pas besoin de le dire pour qu'il le sût.
Ni même de trancher en notre for intérieur. Il savait,
comme Dieu connaît l'avenir, parce que Dieu possède
toutes les données.

Insupportable angoisse. L'expression de Gabrielle,
encore plus lasse, encore plus triste.

« Tu sais que je voudrais de toute mon âme pouvoir
t'emmener avec nous, dis-je, surpris par l'intensité de
mon émotion. Mais ce serait un désastre pour tous les
trois. »

Il ne réagit pas. Il savait. Gabrielle ne contesta pas.

« Je ne puis cesser de penser à Marius », avouai-je.

*Je sais. Et tu ne penses pas à Ceux Qu'il Faut Garder,
ce qui est fort étrange.*

« Ce n'est qu'un mystère parmi un millier d'autres,
dis-je. Je pense à Marius ! Et je suis trop facilement
l'esclave de mes obsessions. C'est épouvantable de
m'attarder à ce point sur Marius, de n'extraire de toute
ton histoire que cet unique et radieux personnage. »

*Aucune importance. Prends-le, s'il te plaît. Je ne
perds pas ce que je donne.*

« Quand un être révèle sa souffrance en un tel
torrent, on doit respecter l'ensemble de sa tragédie. Il
faut s'efforcer de comprendre. Or, ton impuissance,
ton désespoir me sont quasiment incompréhensibles.
C'est pourquoi je pense à Marius. Lui, je le
comprends. Toi, non ! »

Pourquoi ?

Silence.

Ne méritait-il pas la vérité ?

« J'ai toujours été un rebelle, dis-je. Toi, tu as été
l'esclave de tout ceux qui t'ont revendiqué.

— J'étais le chef de mon clan !

— Non. Tu as été l'esclave de Marius et celui des
Enfants des Ténèbres. Tu es tombé sous la domination
de l'un et puis des autres. Et ce qui te fait souffrir à

présent c'est l'absence de domination. Et je frissonne de ce que tu m'as ainsi fait entrevoir et comprendre, comme si je voyais par les yeux d'un autre que moi-même.

— Aucune importance, fit-il, en contemplant le feu. Tu penses trop en termes de décision et d'action. Mon récit n'est pas une explication. Je n'exige pas que tu me montres du respect dans tes pensées, ni tes paroles. Nous savons tous trois que la réponse que tu as donnée est trop immense pour être prononcée et nous savons qu'elle est définitive. Ce que j'ignore, c'est pourquoi. Soit, je suis un être fort différent de toi et tu ne me comprends pas. Pourquoi ne puis-je t'accompagner ? Si tu m'emmènes avec toi, je ferai ce que tu voudras. Je serai sous ta domination. »

Je pensai à Marius et à ses pinceaux.

« Comment as-tu pu croire ce qu'ils t'ont dit, après les avoir vus brûler les tableaux ? demandai-je. Comment as-tu pu t'offrir à eux ? »

De l'agitation, une colère montante.

De la circonspection chez Gabrielle, mais pas de peur.

« Mais toi, toi quand tu beuglais sur cette scène et que tu regardais le public fuir en courant — mes adeptes m'ont décrit le tableau —, que croyais-tu ? Que ta place n'était plus parmi les mortels, voilà ce que tu croyais. Tu le savais. Et pourtant il n'y avait pas de démons en capuche pour te le dire. Tu savais. De même, la place de Marius n'était pas parmi eux. Ni la mienne.

— Mais non, c'est différent.

— Non, absolument pas. C'est pour cela que tu méprises le Théâtre des Vampires qui empoche l'or des bourgeois du boulevard. Tu ne veux pas tromper les mortels comme l'a fait Marius. Cela t'éloigne encore plus d'eux. Tu veux bien faire semblant d'être l'un d'eux, mais tromper te met en colère et t'incite à tuer.

— La nuit dont tu parles, sur la scène, j'ai révélé *mon identité*. J'ai fait le contraire de tromper. Je voulais, Dieu sait comment, être réuni à mes frères humains en leur donnant la preuve de ma monstruosité. Plutôt être fui que n'être même pas vu ! Plutôt être connu comme un monstre que de me faufiler dans le monde à l'insu de ceux que je pourchassais.

— Mais ça ne valait pas mieux.

— Non, la méthode de Marius était supérieure. Il ne trompait pas.

— Bien sûr que si. Il dupait tout le monde !

— Non. Il avait trouvé le moyen d'imiter la vie mortelle. D'être identique aux mortels. Il ne tuait que les malfaiteurs et peignait comme un mortel : des anges, le ciel bleu, les nuages, voilà ce que j'ai vu pendant ton récit. Il créait de belles choses et je vois en lui de la sagesse et une totale absence de vanité. Il n'avait pas besoin de se révéler. Il avait vécu mille ans et il croyait plus aux perspectives des cieux qu'il peignait qu'à lui-même. »

Le trouble dans l'esprit d'Armand.

Aucune importance à présent, les diables qui peignent des anges.

« Ce ne sont que des métaphores, dis-je, et, contrairement à ce que tu crois, cela a de l'importance. Si tu dois reconstruire, retrouver la Voie du Diable, c'est crucial ! Il y a pour nous des façons d'exister. Si je pouvais seulement imiter la vie, trouver un moyen...

— Tu dis des choses qui n'ont aucun sens pour moi. Nous avons été abandonnés de Dieu. »

Gabrielle tourna brusquement les yeux vers lui. « Tu *crois* donc en Dieu ? demanda-t-elle.

— Oui, en Dieu, toujours, répondit-il. C'est Satan, notre maître, qui est imaginaire et c'est l'imaginaire qui m'a trahi.

— Alors, tu es véritablement damné, dis-je. Et tu sais parfaitement que ta retraite au sein de la fraternité des Enfants des Ténèbres était un moyen d'échapper à un péché qui n'en était pas un. »

Colère.

« Et toi, ton cœur se brise pour quelque chose que tu n'auras jamais, lança-t-il violemment. Tu as fait passer

Gabrielle et Nicolas de ton côté de la barrière, mais tu n'as pas pu revenir en arrière.

— Pourquoi ne peux-tu donc tirer la leçon de ta propre histoire? demandai-je. N'as-tu donc jamais pardonné à Marius de ne pas t'avoir averti de leur existence, de t'avoir laissé tomber entre leurs mains? N'accepteras-tu donc plus rien de lui, ni son exemple, ni son inspiration? Je ne suis pas Marius, mais je puis te dire que depuis que je me suis engagé sur la Voie du Diable, je n'ai entendu parler que d'un seul ancien capable de m'enseigner quelque chose et c'est justement lui, Marius, ton maître vénitien. En ce moment même il me parle. Il m'indique une façon d'être immortel.

— Sornettes!

— Non, ce ne sont pas des sornettes et c'est ton cœur à toi qui se brise pour quelque chose que tu n'auras jamais: un autre ensemble de croyances, une autre domination. »

Pas de réponse.

« Nous ne pouvons être pour toi un nouveau Marius, ni même Santino, le seigneur des ténèbres. Nous ne sommes ni des artistes visionnaires, ni de maléfiques maîtres de clan. Pourtant cette domination, elle t'est nécessaire. »

Je m'étais levé, malgré moi, pour m'approcher de lui.

Du coin de l'œil, je perçus le petit hochement de tête approbateur de Gabrielle et je la vis fermer brièvement les yeux, comme si elle poussait un soupir de soulagement.

Armand était parfaitement immobile.

« Il faut que tu subisses le supplice de ce vide pour découvrir ce qui t'incite à continuer, déclarai-je. Si tu viens avec nous, nous ne pourrons te contenter et tu nous détruiras.

— Comment dois-je le subir? » Il leva vers moi deux yeux pleins d'une poignante détresse. « Par où commencer? Tu te comportes comme un envoyé de Dieu, mais pour moi, le monde, le monde réel dans

349

lequel évoluait Marius, est un univers fermé. Jamais je n'y ai vécu. Je presse mon nez contre la vitre, mais comment faire pour y entrer ?

— Je ne peux pas te le dire, avouai-je.

— Il faut que tu étudies l'époque actuelle », intervint Gabrielle, d'une voix calme mais pleine d'autorité.

Il se tourna vers elle.

« Il faut que tu comprennes l'époque où nous vivons, continua-t-elle, à travers sa littérature, sa musique, ses beaux-arts. Tu as été vomi par la terre, comme tu l'as dit toi-même. A présent, vis dans le monde. »

Pas de réponse. Comme un éclair, la vision me parvint de l'appartement de Nicolas, mis à sac.

« Or, où pourrais-tu mieux commencer qu'au centre même de cette ville, sur le boulevard du Temple ? » conclut Gabrielle.

Il secoua la tête, les sourcils froncés, mais elle insista :

« Ton vrai talent, c'est de diriger un clan, et le tien existe encore. »

Il poussa une petite plainte désolée.

« Nicolas n'est qu'un novice, poursuivit-elle. Il peut leur apprendre toutes sortes de choses concernant le monde extérieur, mais ce n'est pas un chef. Éleni est d'une intelligence remarquable, mais elle te cédera la place.

— Que m'importent leurs jeux ? murmura-t-il.

— C'est une façon d'exister, dit Gabrielle. Et pour le moment, voilà la seule chose qui t'importe.

— Le Théâtre des Vampires ! Non, plutôt le feu !

— Réfléchis bien. L'entreprise possède une perfection que tu ne saurais nier. Nous sommes une illusion de ce qui est mortel et le théâtre est une illusion de ce qui est réel.

— C'est une abomination, protesta-t-il. C'est — comment donc a dit Lestat ? —, c'est mesquin !

— Il a dit cela à Nicolas, parce que Nicolas entendait édifier là-dessus une philosophie délirante. Tu dois vivre sans philosophie délirante, comme lorsque tu étais l'apprenti de Marius. Apprends à connaître cette époque. Et puis Lestat ne croit pas à la valeur du mal, mais toi tu y crois. Je le sais.

— Je suis le mal, dit-il avec un demi-sourire. Ce n'est pas une affaire de croyance. Mais crois-tu vraiment que je pourrais quitter la voie spirituelle que je suis depuis trois siècles pour plonger dans ces débauches et ces voluptés ? Nous étions les saints du mal, protesta-t-il. Je refuse d'être le mal vulgaire.

— A toi de le changer, rétorqua-t-elle impatientée. Si tu es le mal, comment la volupté et la débauche peuvent-elles être tes ennemies ? Le monde, la chair et le diable ne conspirent-ils pas tous contre l'homme ? »

Il secoua la tête avec indifférence.

« Tu te soucies davantage du spirituel que du mal, intervins-je, en l'observant attentivement. N'est-ce pas ?

— Oui, répondit-il sans hésiter.

— Mais ne vois-tu pas que la couleur du vin dans un verre de cristal peut être spirituelle ? expliquai-je. L'expression d'un visage, la musique d'un violon. Malgré son prosaïsme, un théâtre parisien peut être tout imprégné de spiritualité. Tout ce qui le compose a été conçu par l'esprit d'hommes possédant des visions spirituelles de ce qu'il pouvait être. »

Je sentis quelque chose vibrer en lui, mais il le repoussa.

« Séduis le public par la volupté, dit Gabrielle. Pour l'amour de Dieu, et du diable, use à ta guise de la magie du théâtre.

— Les tableaux de ton maître n'étaient-ils pas spirituels ? » demandai-je. Cette seule pensée me réchauffait le cœur. « Qui pourrait contempler les chefs-d'œuvre de cette époque et leur dénier la spiritualité ?

— Je me suis posé cette question, à de multiples reprises, répondit Armand. Était-ce volupté ou spiritualité ? L'ange du triptyque était-il emprisonné dans le matériel ou bien le matériel était-il transfiguré ?

— En tout cas, quoi que l'on t'ait fait subir ensuite,

jamais tu n'as douté de la beauté ni de la valeur de son œuvre, dis-je. Je le sais. Le matériel était transfiguré. Ce n'était plus de la peinture, mais de la magie. C'est comme lorsque nous tuons : le sang cesse d'être du sang pour devenir la vie. »

Ses yeux s'embuèrent, mais je ne perçus aucune vision. S'il cheminait dans sa propre pensée, c'était tout seul.

« Le charnel et le spirituel sont unis au théâtre comme dans les tableaux, reprit Gabrielle. Nous sommes de par notre nature des démons sensuels. Sers-toi de cette clef. »

Il ferma les yeux un instant, comme pour nous exclure.

« Va les retrouver et écoute la musique de Nicolas, conseilla Gabrielle. Joue avec eux, sur la scène du Théâtre des Vampires. Il faut laisser derrière toi ce qui a échoué pour trouver ce qui peut te soutenir. Sinon, il n'y a pas d'espoir. »

J'aurais préféré qu'elle ne fût pas aussi brutale, aussi directe. Il opina, cependant, un sourire amer flottant sur ses lèvres serrées.

« La seule chose importante pour toi, déclara-t-elle, c'est de suivre une voie extrême. »

Il la regarda, incapable de comprendre ce qu'elle voulait dire par là. Cette vérité me paraissait trop brutale, mais il n'y opposa aucune résistance. Son visage était redevenu pensif, lisse, enfantin.

Il resta un long moment à regarder le feu, puis il dit :

« Mais pourquoi faut-il que vous partiez ? Personne n'est plus en guerre contre vous à présent. Personne ne cherche à vous chasser. Pourquoi ne pouvez-vous la faire prospérer avec moi, cette petite entreprise ? »

Était-ce à dire qu'il acceptait de rejoindre les autres, dans le théâtre du boulevard ?

Il ne me contredit point. Il demandait à nouveau pourquoi je ne pouvais créer mon imitation de la vie — si tel était le nom que je voulais lui donner — ici même, boulevard du Temple.

En même temps, cependant, il renonçait. Il savait

que la seule vue du théâtre et de Nicolas m'était insupportable. Je n'avais même pas pu le pousser à se joindre à eux. C'était Gabrielle qui l'avait fait. Et il savait qu'il était trop tard pour insister davantage.

Gabrielle finit par dire :

« Nous ne pouvons pas vivre parmi notre race, Armand. »

Je pensais : Oui, c'est la réponse la plus vraie de toutes. Mais, Dieu sait pourquoi je ne pouvais pas le dire tout haut.

« Ce que nous voulons, c'est la Voie du Diable, continua-t-elle, et pour le moment, nous nous suffisons mutuellement. Peut-être que dans de très nombreuses années, quand nous aurons visité des milliers d'endroits et vu des milliers de choses, nous reviendrons. Nous pourrons alors reparler comme nous l'avons fait cette nuit. »

Ces paroles n'étaient pas pour le surprendre, mais il était à présent impossible de savoir ce qu'il pensait.

Nous restâmes un long moment silencieux.

Je m'efforçai de ne plus penser à Marius, ni à Nicolas. Je ne sentais plus désormais aucun danger, mais je redoutais la séparation, la tristesse qui l'accompagnerait, le sentiment que j'avais arraché à cette créature son étonnante histoire sans lui donner grand-chose en échange.

Ce fut finalement Gabrielle qui rompit le silence. Elle se leva pour aller s'asseoir à côté de lui.

« Armand, dit-elle, nous partons. Si Lestat le veut bien, demain à minuit, nous serons déjà très loin de Paris. »

Il la regarda, calme et résigné. Impossible de savoir ce qu'il préférait cacher.

« Même si tu ne te joins pas à ceux du théâtre, poursuivit-elle, accepte ce que nous pouvons te donner. Mon fils est assez riche pour te permettre d'entrer facilement dans le monde.

— Que cette tour devienne ton refuge, dis-je. Sers-t'en aussi longtemps que tu voudras. Elle était assez sûre pour Magnus. »

Au bout d'un instant, il acquiesça, grave et courtois, mais sans rien dire.

« Permets à Lestat de te donner assez d'or pour faire de toi un grand seigneur, reprit Gabrielle. En retour, nous te demandons simplement de laisser le clan en paix si tu ne choisis pas d'en devenir le chef. »

Ses yeux étaient à nouveau fixés sur le feu, son visage empreint de tranquillité me semblait d'une beauté irrésistible. Il acquiesça encore une fois sans mot dire. Cet acquiescement signifiait simplement qu'il avait entendu ; il ne faisait aucune promesse.

« Si tu ne les rejoins pas, dis-je, ne leur fais pas de mal. Ne fais pas de mal à Nicolas. »

En m'entendant dire cela, son visage subit un subtil changement. Un sourire imperceptible détendit ses traits, ses yeux se tournèrent lentement vers moi et j'y lus du mépris.

Je détournai les miens, mais ce regard m'avait fait l'effet d'un soufflet en plein visage.

« Je ne veux pas qu'il lui arrive malheur, chuchotai-je sèchement.

— Tu voudrais le savoir détruit, rétorqua-t-il à voix basse, pour ne plus jamais avoir ni peur, ni mal par sa faute. » Et le regard de mépris s'intensifia hideusement.

Gabrielle s'interposa.

« Armand, il n'est pas dangereux pour eux. La seule Éleni est tout à fait capable de le contrôler. Et si tu consens à l'écouter, il pourra t'apprendre bien des choses sur l'époque actuelle. »

Ils se dévisagèrent en silence. Le visage d'Armand s'était à nouveau radouci, il était plein de tendresse et de beauté.

Avec un geste curieusement cérémonieux, il prit la main de Gabrielle et la garda un moment dans la sienne. Puis il s'écarta d'elle et nous regarda tous les deux.

« J'irai les rejoindre, dit-il de sa voix la plus douce, et je prendrai l'or que vous m'offrez et cette tour me servira de refuge. J'apprendrai de votre novice passionné tout ce qu'il peut m'enseigner. Mais tout cela je m'y raccroche uniquement parce que c'est ce qui flotte à la surface des ténèbres dans lesquelles je me noie. Or, je ne veux pas sombrer sans avoir mieux compris. Je ne veux pas vous abandonner l'éternité sans... sans un ultime combat. »

Je l'observai, mais aucune pensée n'émanait de lui pour clarifier ces propos.

« Peut-être qu'avec le passage des ans, le désir me reviendra, poursuivit-il. Et l'appétit, et même la passion. Peut-être, si nous nous retrouvons plus tard, toutes ces choses ne seront-elles plus aussi fugitives et abstraites. Peut-être m'exprimerai-je avec une vigueur égale à la vôtre, au lieu d'être son pâle reflet. Pour le moment, sachez seulement que je désire vous revoir, je désire que nos chemins se croisent à l'avenir. Et pour cette seule raison, je ferai ce que vous demandez : j'épargnerai votre malheureux Nicolas. »

Je poussai un soupir de soulagement audible. Pourtant il parlait sur un ton si différent, si fort qu'un silencieux signal d'alarme retentit au plus profond de moi. Cet être calme et autoritaire était un maître de clan, un être fait pour survivre, malgré toutes les larmes que versait l'orphelin qu'il était aussi.

Ses lèvres s'arquèrent en un lent et gracieux sourire et son visage avait quelque chose de triste et d'adorable. Il redevint le jeune saint du Vinci ou plutôt le jeune dieu du Caravage. Il semblait absurde qu'il pût être maléfique ou dangereux. Il était trop radieux, trop plein de tout ce qui est sage et bon.

« Souvenez-vous de mes mises en garde et non de mes malédictions », nous dit-il.

Nous fîmes tous deux signe que oui.

« Et si vous avez besoin de moi, ajouta-t-il, je serai là. »

Soudain, à ma grande surprise, Gabrielle le serra dans ses bras et l'embrassa. Je l'imitai.

Il n'était que complaisance et douceur dans nos bras. Il nous fit savoir sans rien dire qu'il allait rejoindre le clan et que nous l'y trouverions la nuit suivante.

L'instant d'après, il avait disparu. Gabrielle et moi étions seuls ensemble, comme s'il n'eût jamais été avec nous, et je n'entendais aucun bruit dans la tour. Rien que le vent dans les arbres tout proches.

Je montai l'escalier et trouvai la grille ouverte. Les champs qui nous séparaient de la forêt étaient déserts.

Je l'aimais, je le savais, tout incompréhensible qu'il me fût. J'étais content, cependant, que ce fût fini. Content de pouvoir continuer ma route. Pourtant, je restai longtemps cramponné aux barreaux, les yeux fixés sur la forêt au loin et sur la lueur incertaine que la ville projetait sur les nuages, à l'horizon.

Le chagrin que j'éprouvais n'étais pas seulement dû à la perte d'Armand, mais à celle de Nicolas et de Paris et de moi-même.

5

Lorsque je regagnai la crypte, je trouvai Gabrielle en train d'alimenter le feu en y jetant les dernières bûches. Avec des gestes lents et infiniment las, elle attira les braises dont la lueur soulignait de rouge son profil.

Je m'assis sur le banc de pierre pour l'observer et regarder les étincelles jaillir contre les briques noircies.

« T'a-t-il donné ce que tu voulais ? demandai-je.

— A sa façon, oui », dit-elle. Elle s'assit en face de moi, ses longs cheveux ruisselant sur ses épaules. « Je puis te dire que je ne tiens pas particulièrement à revoir jamais un seul membre de notre race, ajouta-t-elle froidement. J'en ai soupé de leurs légendes, leurs malédictions et leurs souffrances. Et surtout de leur insupportable humanité qui reste à mon sens ce qu'ils nous ont révélé de plus étonnant. Je suis prête à courir le monde, Lestat, comme je l'étais le soir où je suis morte.

356

— Mais Marius, commençai-je avec animation. Mère, ces anciens existent, ces vampires qui ont su utiliser leur immortalité de façon toute différente.

— Crois-tu ? Tu es trop prodigue de ton imagination, Lestat. L'histoire de Marius relevait du conte de fées.

— Non, tu te trompes.

— Voyons, ton démon orphelin prétend se recommander non pas des vilains diables de paysans auxquels il ressemble, mais d'un seigneur perdu, d'un demi-dieu. Mais c'est le genre d'histoire à dormir debout qu'inventerait n'importe quel marmot crasseux qui rêvasse devant le feu de la cuisine.

— Mère, il n'aurait pas pu inventer Marius, assurai-je. Peut-être ai-je pour ma part trop d'imagination, en effet, mais Armand n'en a pour ainsi dire aucune. Jamais il n'aurait pu fabriquer toutes ces images. Je suis sûr qu'il a vu toutes ces choses...

— Je n'avais point songé à cela, à vrai dire, voulut-elle bien reconnaître avec un petit sourire, mais il aurait fort bien pu emprunter l'histoire de Marius aux légendes qu'on lui a racontées.

— Non, déclarai-je. Il y a eu un Marius et il existe encore. Et d'autres qui lui ressemblent. Ce sont ces Enfants des Millénaires qui ont su tirer du don qu'ils avaient reçu un meilleur parti que les Enfants des Ténèbres.

— Lestat, ce qui compte c'est que nous, *nous* sachions en tirer parti. Somme toute, ce que j'ai appris d'Armand, c'est que les immortels trouvent la mort séduisante, voire en dernier ressort irrésistible, et que, dans leur esprit, ils ne savent vaincre ni la mort ni l'humanité. Ce savoir je veux m'en faire une cuirasse pour parcourir le monde. Et Dieu merci, je ne parle pas du monde qui change et que ces créatures ont trouvé si dangereux, mais du monde qui reste immuable. Je rêve de montagnes aux neiges éternelles », continua-t-elle doucement, « de vastes déserts, de jungles impénétrables, des grandes forêts septentrionales d'Amérique où l'on dit que l'homme blanc n'a jamais pénétré. Songes-y bien. Point d'endroit au monde où nous ne puissions aller. Si ces Enfants des Millénaires existent, peut-être est-ce là qu'ils se sont réfugiés, loin du monde des hommes.

— Et comment vivent-ils dans ce cas ? » voulus-je savoir. Dans ma vision, leur monde regorgeait de mortels et d'objets créés par eux. « Les hommes sont notre nourriture.

— Il y a dans ces forêts des cœurs qui battent, répondit-elle d'un ton rêveur. Il y a du sang qui coule pour qui veut le prendre... A présent, je suis capable des choses que tu faisais jadis. Je pourrais affronter seule une meute de loups... » Sa voix s'éteignit tandis qu'elle s'absorbait dans ses pensées. « L'important, reprit-elle au bout d'un long moment, c'est que nous pouvons aller où nous voulons, Lestat. Nous sommes libres.

— J'étais déjà libre, répliquai-je. Ce qu'Armand avait à dire m'importe peu, mais Marius... Je sais qu'il vit. Je le sens. Je l'ai senti quand Armand en a parlé. Et Marius sait des choses, je ne veux pas dire des choses sur nous ou sur Ceux Qu'il Faut Garder et tous les anciens mystères, non, des choses sur la vie elle-même, sur la façon d'avancer à travers le temps.

— Eh bien, qu'il soit ton saint patron si tu en as besoin ! »

Cette raillerie me fâcha et je me tus. A vrai dire, ses rêves de jungles et de forêts me faisaient peur. Tout ce qu'Armand avait dit pour nous diviser me revint en mémoire, comme il l'avait fort bien su en prononçant ces paroles soigneusement pensées. Ainsi, nous avons nos différends, me dis-je, exactement comme les mortels ; peut-être même nos dissensions sont-elles exagérées, comme nos passions, comme notre amour.

« Il y avait un minuscule indice, dit-elle en contemplant le feu, une petite note qui sonnait juste dans l'histoire de Marius.

— Il y en avait des milliers, protestai-je.

— Il a dit que Marius tuait 'les malfaiteurs, continua-t-elle, et il a parlé alors de Typhon, l'assassin de son frère. T'en souviens-tu ?

— J'ai cru qu'il voulait parler de Caïn qui a tué Abel. Dans les visions c'est Caïn que j'ai vu, bien qu'il ait dit un autre nom.

— Justement. Armand ne comprenait pas lui-même ce nom de Typhon et pourtant, il l'a répété. Mais moi, je le connais.

— Explique.

— Il vient des mythologies grecque et romaine. C'est l'ancienne histoire du dieu égyptien Osiris, occis par son frère Typhon et devenu souverain des Enfers. Certes, Armand aurait pu lire cette légende dans Plutarque, mais il ne l'a pas fait. Voilà ce que je trouve étrange.

— Ah, tu vois donc que Marius a existé. Quand il a dit qu'il vivait depuis plus de mille ans, il ne mentait pas.

— Peut-être, Lestat, peut-être...

— Mère, raconte-moi, cette histoire égyptienne...

— Lestat, tu as des années devant toi pour lire tout seul ces histoires anciennes. » Elle se leva et se pencha pour m'embrasser et je sentis en elle le froid et l'engourdissement qui s'emparaient toujours d'elle avant l'aube. « Quant à moi, j'en ai fini avec les livres. Je les lisais quand je ne pouvais rien faire d'autre. » Elle prit mes deux mains dans les siennes. « Dis-moi que nous serons en route dès demain. Que nous ne reverrons plus les murs de Paris tant que nous n'aurons pas été jusqu'à l'autre bout du monde.

— Qu'il en soit comme tu le souhaites », dis-je.

Elle commença à gravir l'escalier.

« Où vas-tu donc ? » m'écriai-je en montant à sa suite. Elle ouvrit la grille et se dirigea vers les arbres.

« Je veux voir si je puis dormir à même la terre, me lança-t-elle par-dessus son épaule. Si je ne me lève point demain, tu sauras que j'ai échoué.

— Mais c'est de la folie ! » hurlai-je en me précipitant à ses trousses. Cette seule idée me révoltait. Elle s'engouffra dans un bosquet de vieux chênes et, tombant à genoux, se mit à creuser de ses mains les feuilles mortes et le sol humide. Elle faisait peur à voir. On eût dit quelque superbe sorcière blonde grattant la terre avec la vélocité d'une bête.

Puis elle se releva et m'adressa un baiser d'adieu. Ensuite, faisant appel à toutes ses forces, elle descendit comme si la terre lui appartenait et je restai seul, contemplant d'un regard incrédule le vide là où elle se trouvait un instant auparavant, les feuilles que rien ne semblait avoir dérangées.

Je quittai le bosquet, me dirigeant vers le sud, loin de la tour. Mon pas s'accéléra et je me mis à chantonner tout bas, peut-être un fragment de l'air qu'avaient joué plus tôt les violons du Palais-Royal.

Pourtant, le chagrin m'envahissait à nouveau, avec la conscience de notre départ imminent, de ma rupture définitive avec Nicolas et les Enfants des Ténèbres et leur chef ; la conscience du fait que je ne reverrais plus Paris, ni rien de ce qui m'était cher avant de très nombreuses années. Malgré mon désir d'être libre, j'avais envie de pleurer.

Mon errance semblait toutefois avoir un but que je n'avais pas voulu m'avouer à moi-même. Une demi-heure environ avant le lever du jour, j'atteignis la grand-route près des ruines d'une vieille auberge. Ce dernier avant-poste d'un village abandonné était en train de s'écrouler et seuls les lourds murs extérieurs tenaient encore debout.

Sortant mon poignard, je gravai profondément dans la pierre friable :

À MARIUS, L'ANCIEN : LESTAT TE CHERCHE. NOUS SOMMES AU MOIS DE MAI DE L'AN DE GRÂCE 1780 ET JE QUITTE PARIS VERS LE SUD EN DIRECTION DE LYON. FAIS-TOI CONNAÎTRE DE MOI.

Que ce message me parut arrogant lorsque je reculai pour le relire ! J'avais transgressé les commandements ténébreux, en révélant le nom d'un immortel et en le couchant par écrit. Ma foi, j'en tirais une merveilleuse satisfaction. D'ailleurs, je n'avais jamais été fait pour observer les règlements.

SIXIÈME PARTIE

SUR LA VOIE DU DIABLE DE PARIS AU CAIRE

1

La dernière fois où nous vîmes Armand au XVIIIe siècle, il se tenait avec Éleni, Nicolas et les autres vampires devant la porte du théâtre, regardant notre carrosse s'éloigner.

Je l'avais trouvé enfermé dans mon ancienne loge avec Nicolas, en plein milieu d'un étrange entretien, dominé par les sarcasmes et la bizarrerie de ce dernier. Armand portait un habit rouge sombre et une perruque et il me parut avoir acquis une opacité nouvelle, comme si chaque moment écoulé depuis la disparition de l'ancien clan lui donnait davantage de substance et de force.

Au cours de ces derniers moments pleins de gêne, Nicolas et moi ne trouvâmes rien à nous dire, mais Armand accepta courtoisement les clefs de la tour et une grande quantité d'argent que Roget pourrait renouveler le cas échéant.

Son esprit m'était fermé, mais il me redit qu'il ne ferait point de mal à Nicolas. Je le quittai, persuadé qu'il était mon ami et que le petit clan avait toutes les chances de survivre.

Dès la fin de cette première nuit, Gabrielle et moi étions loin de Paris et dans les mois qui suivirent on nous vit à Lyon, Turin et Vienne, puis à Prague, Leipzig et Saint-Pétersbourg, après quoi nous repartîmes vers le sud pour nous fixer de nombreuses années en Italie.

Nous passâmes ensuite en Sicile et de là en Grèce et en Turquie, d'où nous partîmes pour les antiques cités d'Asie Mineure, atteignant finalement Le Caire où nous restâmes assez longtemps.

Partout, je laissai sur les murs des messages à Marius.

Parfois, ce n'étaient que quelques mots inscrits à la pointe de mon couteau. En d'autres occasions, je gravais soigneusement de longues réflexions dans la pierre. A chaque fois, cependant, je mettais mon nom, la date et ma prochaine destination, suivis de cette invitation : « Marius, fais-toi connaître de moi. »

En différents lieux, nous découvrîmes d'anciens clans, mais de toute évidence, ils étaient en perdition et il ne restait guère que trois ou quatre vampires pour perpétuer les rites séculaires. Dès qu'ils comprenaient que nous ne voulions pas partager leur existence, ils nous laissaient en paix.

J'étais beaucoup plus intéressé par les renégats que nous apercevions parfois parmi la société, des vampires solitaires et secrets, aussi habiles que nous à se faire passer pour des mortels, mais jamais nous ne pûmes les approcher. Ils nous fuyaient, comme ils avaient dû fuir les anciens clans, et la peur que je lisais dans leurs yeux me dissuadait de les poursuivre.

Il était curieusement rassurant, cependant, de me dire que je n'étais pas le premier vampire aristocrate à aller chercher mes victimes jusque dans les salles de bal, le prototype du personnage dont les poètes et les romanciers allaient bientôt faire l'incarnation même de notre race.

Nos voyages allaient toutefois nous permettre de rencontrer des créatures des ténèbres encore plus étranges que celles-ci. En Grèce, nous vîmes des démons qui ignoraient leur nature ténébreuse et d'autres qui nous attaquèrent en nous prenant pour des mortels et s'enfuirent en hurlant lorsque nous nous mîmes à réciter des prières.

A Istanbul, les vampires habitaient de superbes demeures, hermétiquement closes, et chassaient la nuit.

Pourtant, même ceux-là furent horrifiés de nous voir vivre au milieu des Français et des Vénitiens de la ville et assister aux réceptions officielles et privées. Ils nous menacèrent de leurs incantations. Une contre-attaque les mit en fuite, mais ils revinrent assez vite à la charge.

Au Caire, les revenants qui hantaient les tombeaux des mamelouks étaient bestiaux. Des maîtres aux yeux creux, qui vivaient dans les ruines d'un monastère copte, leur imposaient les anciennes lois et des rites dérivés des magies orientales. Ils restaient à bonne distance de nous, se contentant de nous adresser d'aigres menaces, mais ils connaissaient nos noms.

Les années s'écoulèrent sans que toutes ces créatures nous apprissent la moindre chose.

Dans de nombreux endroits, pourtant, des vampires avaient entendu les légendes de Marius et d'autres anciens, mais jamais ils ne les avaient vus. Armand lui-même était pour eux un être légendaire. Nulle part je ne vis un vampire vraiment vieux. Nulle part je n'en rencontrai un qui se distinguât par sa sagesse ou chez qui le Don ténébreux eût opéré une visible alchimie, susceptible de m'intéresser.

A côté de ces créatures, Armand était un dieu. Gabrielle et moi aussi.

A notre arrivée en Italie, nous eûmes un aperçu assez complet des anciens rites. Le clan de Rome nous accueillit à bras ouverts. « Venez au Sabbat, nous dit-on, venez participer aux cérémonies dans les catacombes. »

Certes, ils savaient que nous avions détruit le clan de Paris et triomphé du maître des secrets ténébreux, Armand, mais ils ne nous en voulaient pas pour autant. Au contraire, ils s'étonnaient que le clan n'eût pas évolué avec le temps.

Chez eux, en effet, les cérémonies étaient d'une splendeur à couper le souffle. Loin de renoncer aux pratiques des hommes, les vampires les adoptaient lorsque cela leur convenait. Il en allait de même pour les autres vampires que nous rencontrâmes à Venise et Florence.

Vêtus de longues capes noires, ils se mêlaient à la foule qui se pressait à l'Opéra, assistaient aux banquets et aux bals dans les grandes demeures, fréquentaient même parfois les tavernes mal famées. Plus que partout ailleurs, toutefois, ils avaient gardé l'habitude de revêtir les costumes de l'époque où ils avaient été mortels, qu'ils cachaient sous leurs capes.

Ils retournaient, cependant, dormir dans la puanteur des cimetières, fuyaient en hurlant les signes du pouvoir divin et s'abandonnaient sauvagement à leurs terrifiants et superbes Sabbats.

En comparaison, les vampires parisiens avaient été des êtres primitifs, grossiers, puérils, mais je comprenais que c'était justement l'esprit qui régnait à Paris, qui avait ainsi coupé Armand et son troupeau des mortels et de leurs pratiques.

Dans la capitale française, les vampires s'étaient cramponnés à l'ancienne magie au milieu d'une société tout acquise à l'esprit profane, alors qu'en Italie, ils vivaient au milieu d'un peuple profondément religieux, toujours soumis à l'emprise de l'Église. Vampires et mortels observaient donc tous des rites anciens qui n'étaient pas sans se ressembler. Il était toutefois bien difficile de savoir si les vampires croyaient à ces rites. En tout cas, leurs sabbats étaient pour eux un immense plaisir.

« Revenez nous voir quand vous voudrez », nous dirent les vampires romains.

Quant à ce Théâtre des Vampires, qui scandalisait notre race dans le monde entier, ils y croiraient quand ils le verraient de leurs propres yeux. Il n'y avait que des vampires parisiens pour avoir eu l'idée de se produire sur une scène et d'éblouir des foules par leurs tours invraisemblables. C'était d'un drôle !

J'avais, bien sûr, des nouvelles plus directes du théâtre. Avant même d'avoir atteint Saint-Pétersbourg, je reçus de Roget une longue épître concernant le « talent » de ma troupe :

Ils se travestissent en gigantesques marionnettes de bois, qui paraissent actionnées par des ficelles dorées tombant des cintres pour exécuter les danses les plus charmantes. Ils ont de gros ronds rouges sur leurs joues blanches et leurs yeux écarquillés brillent comme du verre. Vous ne pouvez vous imaginer avec quelle perfection ils contrefont les objets inanimés.

L'orchestre n'est pas moins merveilleux. Le visage peint et vide d'expression, les musiciens imitent à ravir les gestes mécaniques des automates.

Le spectacle est si enchanteur que les spectateurs, parmi lesquels se trouvent toujours bon nombre de nobles dames et messieurs, se disputent pour savoir s'il s'agit de poupées ou de véritables acteurs. D'aucuns prétendent qu'ils sont tous en bois et que leurs voix sont celles de ventriloques.

Quant aux œuvres qu'ils représentent, elles seraient fort troublantes si elles n'étaient point montées avec tant de beauté et d'adresse.

L'une des plus prisées a pour protagoniste un vampire revenant, qui sort de sa tombe par une trappe pratiquée dans la scène. Créature terrifiante avec ses grands crocs sous une toison hirsute, il s'amourache d'une marionnette de bois, sans comprendre qu'elle n'est point vivante, et, ne pouvant se nourrir de son sang, il finit par périr. C'est alors que la poupée révèle qu'elle vit, bien qu'elle soit de bois, et avec un affreux sourire elle exécute une danse triomphale sur le corps du vampire vaincu.

On en a froid dans le dos, mais le public est aux anges.

Il y en a une autre où les marionnettes entourent une jeune fille humaine et la persuadent de se laisser passer des cordes aux poignets et aux chevilles, comme si elle n'était, elle aussi, qu'une simple poupée. Le triste résultat de leur ruse est que les cordes obligent la malheureuse à danser jusqu'à en mourir. Elle supplie avec des gestes touchants qu'on la délivre du sortilège, mais les poupées se contentent de rire et de faire des cabrioles en la regardant expirer.

La musique est irréelle. Elle fait songer aux Bohémiens des foires. C'est Monsieur de Lenfent qui dirige et c'est bien souvent le son de son violon qui ouvre le spectacle.

Étant votre avocat, je vous conseille de revendiquer une partie des profits réalisés par cette remarquable compagnie, car à chaque représentation, les files d'attente s'étendent fort loin sur le boulevard.

Les lettres de Roget me perturbaient toujours. Elles me laissaient le cœur battant et des questions plein la tête : Qu'avais-je donc attendu de ma troupe ? Pourquoi leur audace et leur invention me surprenaient-elles ?

Lorsque je m'installai à Venise, où je demeurai longtemps à chercher en vain les peintures de Marius, Éleni m'écrivit directement de son exquise écriture de vampire.

Notre théâtre était, me disait-elle, le plus couru de Paris. De nouveaux « acteurs » étaient venus d'Europe entière pour se joindre à la troupe qui comptait à présent une vingtaine de membres.

« Seuls les artistes les plus habiles sont admis, ceux qui possèdent un talent exceptionnel, mais la discrétion est ce que nous prisons le plus. Comme tu l'imagines aisément, le scandale ne nous plaît guère. »

Quant à leur « cher violoniste », elle en parlait avec affection, m'assurant qu'il était leur principale inspiration et qu'il leur écrivait des pièces fort ingénieuses puisées dans ses lectures.

« Lorsqu'il ne travaille point, cependant, il est impossible. Il faut le surveiller constamment pour l'empêcher de grossir nos rangs. Il se nourrit fort salement et il tient parfois des propos tout à fait scandaleux à des étrangers qui sont, heureusement, trop sensés pour y ajouter foi. »

Bref, ils faisaient du prosélytisme et ils ne se cachaient point pour chasser.

En règle générale, c'est notre Ancien Ami [Armand

368

de toute évidence] qui s'occupe de le contrôler, par des menaces fort caustiques qui n'ont, hélas, pas un effet très durable sur notre violoniste.

Je ne puis dire que nous ne l'aimons point autant pour lui-même qu'en souvenir de toi. Nous l'aimons et notre Ancien Ami nourrit envers lui une affection toute spéciale, mais je sais bien que jadis nous n'aurions pas toléré longtemps parmi nous la présence d'un tel être.

Quant à notre Ancien Ami, je ne sais si tu le reconnaîtrais à présent. Il a construit au pied de ta cour une vaste demeure où il mène une vie de reclus et d'érudit.

Chaque nuit, cependant, il se présente à la porte du théâtre et nous regarde de sa loge bien fermée.

Après la représentation, il vient en coulisse régler nos différends et nous gouverner, comme il l'a toujours fait ; il menace notre cher violoniste, mais jamais, jamais il ne consent à se produire en scène. C'est lui qui engage les nouveaux membres de la troupe lorsqu'ils viennent frapper à notre porte...

Reviens-nous [concluait-elle]. Tu nous trouveras plus intéressants que naguère. Nous sommes uniques dans l'histoire de notre race et nous n'aurions su choisir un meilleur moment dans l'histoire de cette grande métropole pour notre artifice. Tout cela, grâce à toi. Pourquoi nous as-tu quittés ? Reviens.

Je conservais ces lettres aussi soigneusement que je gardais celles de mes frères. Par l'imagination, je voyais les marionnettes, j'entendais la plainte du violon de Nicolas et il m'arrivait même de tout décrire en termes voilés et extravagants dans les messages que je gravais à l'intention de Marius, tandis que les mortels sommeillaient.

Il n'était pas question, cependant, de regagner Paris, malgré ma solitude. J'avais pour amant et pour maître le monde entier. Les cathédrales, les châteaux, les palais que je voyais me transportaient de bonheur. Dans chaque lieu, je m'insinuais au cœur même de la société, savourant le spectacle et les cancans qu'elle m'offrait, dévorant sa littérature, sa musique et ses beaux-arts.

Je pourrais remplir des volumes concernant tout ce que je m'efforçais de comprendre. J'étais charmé par les violonistes tziganes et les montreurs de marionnettes dans les rues, par les castrats dans les théâtres et les églises. Je hantais les bordels et les maisons de jeu et les antres sordides où buvaient les marins. Je me tenais au courant de tout ce qui passait et fréquentais assidûment les mortels partout où je passais.

Et lorsque je ne voyageais point, je parcourais le royaume des livres qui jadis, tout au long de ces lugubres et mortelles années au château de mon père, avait été le fief exclusif de Gabrielle.

Avant même d'arriver en Italie, je savais assez de latin pour étudier les auteurs classiques. Je me constituai une bibliothèque princière dans mon palais vénitien, où il m'arrivait parfois de passer la nuit entière à lire.

Ce qui m'enchantait c'était, bien sûr, la légende d'Osiris dans laquelle je retrouvais le charme du récit d'Armand et des paroles énigmatiques de Marius.

Elle nous parle du roi Osiris, un homme d'une vertu extraordinaire qui arrache les Égyptiens au cannibalisme et leur enseigne l'art de cultiver des récoltes et de faire du vin. Comment s'y prend son frère Typhon pour l'assassiner? Par ruse, il le persuade de s'allonger dans une boîte où son corps s'encastre exactement et aussitôt il l'y enferme en clouant le couvercle, puis il le jette à l'eau. Lorsque Isis, la fidèle épouse d'Osiris, retrouve son corps, il est à nouveau en butte aux attaques de Typhon qui le dépèce. On retrouvera toutes les parties de son corps sauf une.

Pourquoi Marius s'était-il référé à cet ancien mythe? Je ne pouvais m'empêcher de songer que les vampires reposaient dans des cercueils, c'est-à-dire des boîtes où s'encastrait leur corps. Quant à la partie du corps qu'on n'avait point retrouvée, n'y avait-il point chez les vampires une fonction que le Don ténébreux ne rehaussait nullement? Nous pouvions parler, voir, goûter, respirer, bouger exactement comme les humains, mais *nous ne pouvions procréer*. Il en allait de même pour Osiris et ce fut pour cela qu'il devint le dieu des Morts.

Était-il donc un dieu vampire?

Tant de choses, cependant, me déroutaient et me tourmentaient. Osiris était le dieu du vin, que les Grecs appelèrent par la suite Dionysos. Or, Dionysos était en même temps le « dieu ténébreux » du théâtre, dont Nicolas m'avait parlé lorsque nous n'étions encore que deux enfants. Et à présent, il y avait à Paris un théâtre plein de vampires. C'était incroyable.

Je me dépêchai de raconter tout cela à Gabrielle.

Elle ne montra que de l'indifférence, cependant, déclarant qu'il existait des centaines de vieux contes de ce genre.

« Osiris était le dieu des récoltes, dit-elle. Chez les Égyptiens, c'était un dieu bienfaisant. Qu'aurait-il à voir avec nous? » Elle jeta un coup d'œil aux livres que j'étudiais. « Tu as encore beaucoup à apprendre, mon fils. Bien des dieux anciens ont été mis en pièces et pleurés par leur déesse. Lis donc les histoires d'Actéon et d'Adonis. Les anciens adoraient cela. »

Et elle partit, me laissant seul à la lumière des bougies, au milieu de mes livres.

Je méditais sur le rêve qu'avait fait Armand du sanctuaire de Ceux Qu'Il Faut Garder, dans les montagnes. S'agissait-il aussi d'une magie remontant aux Égyptiens? Comment les Enfants des Ténèbres avaient-ils pu oublier tout cela? Peut-être ces contes n'étaient-ils pour le maître vénitien que poésie et rien de plus.

Je sortis dans la nuit avec mon ciseau pour adresser des questions à Marius, sur des pierres plus anciennes que nous deux. Il était devenu pour moi si réel que je m'entretenais avec lui, comme jadis avec Nicolas. Il était le confident de toutes mes passions, tous mes enthousiasmes et toute ma sublime perplexité devant les merveilles et les énigmes du monde.

Cependant, à mesure que mes études s'approfondissaient, que mon éducation devenait plus vaste, j'eus mon premier et confondant aperçu de ce que pourrait être l'éternité. J'étais seul parmi les mortels et les messages que j'adressais à Marius ne pouvaient m'empêcher d'avoir conscience de ma monstruosité, comme lors de ces premières nuits à Paris, il y avait déjà si longtemps. Car Marius, somme toute, n'était pas à mes côtés.

Et Gabrielle non plus.

Dès le début, ou presque, les prédictions d'Armand s'étaient réalisées.

2

Avant même d'avoir quitté la France, Gabrielle avait pris l'habitude de disparaître plusieurs nuits de suite. A Vienne, il lui arriva souvent de s'absenter pour une bonne quinzaine et lorsque je m'installai dans mon palais vénitien, elle me quittait pendant des mois entiers. Lors de ma première visite à Rome, je ne la vis plus de six mois. Et lorsqu'elle m'eut à nouveau abandonné à Naples, je regagnai Venise sans elle, furieux, la laissant retrouver seule le chemin de la Vénétie, ce qu'elle fit d'ailleurs sans peine.

Ce qui l'attirait ainsi, c'était la nature, bien sûr, les forêts, les montagnes, les îles où ne vivait nul être humain. Elle revenait toujours dans un tel état — les souliers percés, les vêtements en loques, les cheveux inextricablement embroussaillés — qu'elle faisait aussi peur à voir que les membres dépenaillés du clan de Paris, jadis. Elle faisait les cent pas dans ma chambre, dans sa piteuse défroque, observant les fissures dans le plâtre ou la lumière emprisonnée dans les défauts des vitres soufflées à la main.

Pourquoi un immortel se mêlait-il de lire les journaux, de vivre dans un palais, d'avoir de l'or dans ses poches et d'écrire des lettres à sa famille mortelle ?

D'une voix basse et précipitée, elle me parlait des falaises qu'elle avait escaladées, des congères où elle était tombée, des cavernes pleines de signes mystérieux et de fossiles qu'elle avait découvertes.

Puis elle repartait, aussi silencieusement qu'elle était venue et je restais à la guetter et à l'attendre, amer, furieux et plein de ressentiment quand elle reparaissait enfin.

Une nuit, lors de notre premier passage à Vérone, elle me surprit dans une rue sombre.

« Ton père est-il encore vivant ? » me demanda-t-elle. Elle était partie depuis deux mois, durant lesquels elle m'avait douloureusement manqué, et elle revenait pour me poser une telle question, comme si elle se souciait de lui. Pourtant, lorsque je répondis : « Oui, mais il est très malade », elle ne sembla point entendre. J'essayai de lui dire que tout allait mal en France et qu'il y aurait sûrement une révolution, mais elle me fit taire d'un geste.

« Ne pense donc plus à eux, dit-elle. Oublie-les. » Et elle disparut aussitôt.

Mais je ne voulais pas les oublier. Sans cesse, j'écrivais à Roget pour avoir des nouvelles de ma famille ; je lui écrivais plus souvent qu'à Éleni. J'avais demandé des portraits de mes neveux et nièces à qui j'envoyais des cadeaux d'un peu partout. Et je tremblais à l'idée d'une révolution, comme n'importe quel mortel.

Finalement, à mesure que les absences de Gabrielle se prolongeaient et que nos rapports devenaient plus tendus et plus incertains, nous en vînmes à nous disputer souvent à ce sujet.

« Le temps emportera notre famille, il emportera la France que nous avons connue, disais-je. Alors, pourquoi devrais-je y renoncer avant que le moment ne soit venu ? J'en ai besoin, te dis-je. Pour moi, c'est cela la vie ! »

Ce n'était que la moitié de la vérité, cependant. J'étais privé d'elle tout autant que des autres à présent et elle devait savoir que ce reproche se cachait derrière mes paroles.

Ces récriminations l'attristaient. Elle devenait plus tendre, me laissait lui fournir des vêtements propres, lui peigner les cheveux. Ensuite, nous chassions et parlions ensemble. Parfois, elle m'accompagnait même au casino ou à l'Opéra et jouait, pendant quelque temps, à la grande dame.

Ces moments nous unissaient encore. Ils perpétuaient notre sentiment de former un petit clan, un couple d'amants triomphant du monde des mortels.

Il nous arrivait même parfois de chercher ensemble des maisons hantées, nouveau passe-temps qui nous charmait tous deux. D'ailleurs, Gabrielle revenait parfois me trouver parce qu'elle avait justement entendu parler d'un lieu ainsi visité et voulait s'y rendre en ma compagnie.

Inutile de dire que notre quête se soldait le plus souvent par un échec. Au lieu d'esprits malins, nous trouvions de simples déments. Mais il y avait néanmoins des occasions où nous étions témoins de fugitives apparitions et de désordres inexplicables : objets projetés à travers les pièces, voix issues des bouches d'enfants possédés, courants d'air glacés qui éteignaient les bougies dans une pièce calfeutrée.

Nous n'apprenions rien, cependant. Nous ne faisions que constater ce que des centaines de mortels avaient vu avant nous.

Ce n'était finalement qu'un jeu et en y repensant, je sais que nous ne nous y adonnions que parce qu'il nous permettait d'être encore un peu ensemble.

Toutefois, les absences de Gabrielle ne furent pas seules à miner notre affection au fil des ans. Il y avait aussi sa façon de me traiter quand nous nous retrouvions, les idées qu'elle professait.

Elle disait toujours exactement ce qu'elle pensait.

Une nuit, elle revint dans notre petite maison de la Via Ghibellina à Florence, au bout d'un mois d'absence, et se mit aussitôt à discourir.

« Sais-tu que les créatures de la nuit sont prêtes à

accueillir un grand chef ? Non pas quelque superstitieux marmonneur d'anciens rites, mais un véritable
monarque des ténèbres qui saura nous galvaniser selon
de nouveaux principes.

— Quels principes ? demandai-je, mais elle ne
m'écoutait pas.

— Imagine donc quelque chose d'aussi grandiose
que la tour de Babel avant que Dieu ne la renversât
dans son courroux. Imagine un chef dans un palais
satanique, envoyant ses adeptes dresser le frère contre
le frère, inciter la mère à tuer son enfant, mettre le feu
aux trésors artistiques, calciner la terre elle-même
pour que tous meurent de faim, innocents et coupables ! Créer partout la souffrance et le chaos, terrasser le bien afin de faire désespérer le genre humain.
Cela au moins pourrait s'appeler le Mal. Voilà quel
devrait être l'œuvre du diable. Toi et moi ne sommes
que deux plantes vénéneuses du Jardin sauvage et le
monde des hommes est tel que je l'ai vu dans mes livres
en Auvergne, il y a bien longtemps. »

Ces propos me semblaient haïssables, pourtant
j'étais content qu'elle fût près de moi, content de ne
plus être seul avec les lettres venues de France.

« Mais alors qu'en est-il de tes questions esthé-
tiques ? fis-je observer. N'as-tu pas dit à Armand que
tu voulais savoir pourquoi la beauté existait et continuait à nous affecter ? »

Elle haussa les épaules.

« Quand le monde des hommes s'effondrera en
ruine, la beauté prendra sa place. Les arbres repousseront là où il y avait des rues, les fleurs s'épanouiront
sur l'emplacement d'anciens taudis. Ce sera là le but
du maître satanique : que l'herbe et les forêts couvrent
toute trace des anciennes cités.

— Pourquoi invoquer Satan ? objectai-je. N'est-ce
pas plutôt le chaos que tu me dépeins ?

— Parce que les hommes y verraient l'œuvre de
Satan. Ce sont eux qui l'ont inventé, si je ne m'abuse.
Est satanique, à leurs yeux, tout ce qui contribue à
ébranler l'ordre établi.

375

— Je ne te suis pas.

— Fais donc fonctionner ton cerveau surnaturel, mon beau Tueur de loups. Il est très possible que Dieu ait créé le monde comme l'a dit Armand.

— Est-ce là ce que tu as découvert dans la forêt ? » Elle se mit à rire.

« Certes, Dieu n'est pas nécessairement anthropomorphique, ni même ce que nous appellerions, avec notre confondant égocentrisme, "quelqu'un de bien", mais Dieu existe probablement. Satan, en revanche, est une invention de l'homme. L'homme qui le premier créa des lois — qu'il s'agisse de Moïse ou d'Osiris — créa aussi le diable, qui est celui qui nous incite à transgresser ces lois. Nous sommes sataniques en ce que nous n'obéissons pas aux lois établies pour protéger les hommes. Alors pourquoi pas le véritable désordre ? Pourquoi ne pas consumer toutes les civilisations dans les flammes du Mal ? »

J'étais trop atterré pour répondre.

« Ne t'inquiète pas, dit-elle en riant, je ne compte pas mettre mon projet à exécution, mais peut-être quelqu'un le fera-t-il dans les décennies à venir.

— J'espère que non ! Car si l'un de nous essaie, ce sera la guerre.

— Pourquoi ? Tout le monde le suivra.

— Pas moi. Moi, je lui ferai la guerre.

— Lestat, tu es trop drôle !

— C'est mesquin ! lançai-je.

— Mesquin ! » Son regard, tourné vers la cour, revint se poser sur moi et son visage se colora. « De faire tomber toutes les cités du monde ? Que le Théâtre des Vampires soit mesquin, passe, mais là, tu te contredis.

— Il est mesquin de détruire par pur caprice, non ?

— Tu es impossible, dit-elle. Peut-être y aura-t-il à l'avenir un tel chef. Il réduira l'homme à l'état de nudité et de peur d'où il est issu. Et nous nous en repaîtrons sans effort, comme nous l'avons toujours fait, et le Jardin sauvage couvrira la terre.

— J'en viens presque à espérer une telle tentative,

rétorquai-je, car je me dresserais contre lui et ferais tout pour le vaincre. Peut-être alors trouverais-je le salut, peut-être reviendrais-je dans la voie du bien en sauvant l'homme de ce fléau. »

Dans ma fureur, j'étais sorti jusque dans la cour.

Elle me suivit.

« Tu viens d'avancer le plus vieil argument de la chrétienté : le mal existe pour que nous puissions lutter contre lui et faire le bien.

— C'est déplorable et stupide ! dis-je.

— Ce que je ne comprends pas chez toi, c'est que tu te cramponnes à ton ancienne idée du bien avec une ténacité indéracinable. Et pourtant tu fais si bien le mal : tu chasses tes victimes comme un ange des ténèbres, tu tues sans pitié, tu festoies toute la nuit quand l'envie t'en prend.

— Et alors ? dis-je froidement. Je ne saurais mal faire le mal. »

Elle rit.

« Jeune homme, j'étais un chasseur accompli, dis-je, puis j'ai été un acteur accompli et à présent je suis un vampire accompli. Nous avons fait le tour de la question. »

Après son départ, je m'allongeai sur les dalles de la cour pour regarder les étoiles, en songeant à toutes les œuvres d'art que j'avais admirées dans la seule ville de Florence. Je haïssais la nature et la plus belle musique était pour moi le son des voix humaines. Mais qu'importait ce que je pensais et sentais ?

Elle ne m'assenait pas toujours, cependant, sa philosophie baroque. De temps à autre, elle me parlait de choses pratiques qu'elle avait apprises. Elle était plus brave et plus aventureuse que moi. Elle m'enseigna certaines choses.

Que nous pouvions dormir à même la terre. Foin des cercueils et des tombeaux ! Elle émergeait du sol au crépuscule, avant même d'être réveillée.

Que les mortels qui nous découvraient durant le jour étaient condamnés, à moins de nous exposer aussitôt à la lumière du soleil. Ainsi, juste en dehors de Palerme, elle avait dormi dans la cave profonde d'une maison abandonnée. A son réveil, ses yeux et son visage la brûlaient comme si elle avait été ébouillantée et elle tenait dans sa main droite la dépouille d'un mortel qui avait, semblait-il, voulu déranger son repos.

« Il avait été étranglé, dit-elle, et ma main était toujours crispée autour de sa gorge. C'était la lumière qui filtrait par la porte ouverte qui m'avait brûlé la figure.

— Et s'ils avaient été plusieurs ? » demandai-je, admiratif.

Elle secoua la tête, en haussant les épaules. A présent, elle ne dormait plus qu'à même la terre, où personne ne risquait de venir troubler son sommeil.

Je ne le lui dis pas, mais il me paraissait à moi infiniment plus romantique de reposer dans les cryptes, de me relever d'un tombeau. J'allai même jusqu'à me faire confectionner des cercueils, dans les endroits où notre séjour se prolongeait, afin de dormir soigneusement caché dans la maison même.

Parfois, je dois le dire, elle m'écoutait patiemment, lorsque je lui décrivais les œuvres d'art vues au Vatican, les chœurs entendus dans les cathédrales, ou bien les rêves que je faisais juste avant le réveil et que paraissaient déclencher les pensées des mortels proches de mon repaire. Mais peut-être en fait se contentait-elle de regarder remuer mes lèvres ? Comment savoir ? Et puis elle repartait, sans explication, et je courais les rues tout seul, écrivant à Marius de longs messages qui m'occupaient parfois la nuit entière.

Qu'aurais-je voulu ? Qu'elle fût plus humaine ? qu'elle fût comme moi ? Les prédictions d'Armand m'obsédaient et elle devait y songer, elle aussi. Elle devait bien savoir que le fossé se creusait entre nous, que mon cœur se brisait et que j'étais trop orgueilleux pour lui dire :

« Gabrielle, je t'en prie, je hais la solitude. Reste avec moi ! »

A l'époque où nous quittâmes l'Italie, je jouais à de dangereux petits jeux avec les mortels. Je voyais un homme ou une femme qui me paraissait incarner la perfection spirituelle et que je suivais partout. Au début, cela durait une semaine, puis un mois, parfois même plus. Je tombais amoureux de la personne en question, me représentant l'amitié, les entretiens, l'intimité que nous n'aurions jamais. J'imaginais le moment magique où je dirais : « Vois-tu ce que je suis ? » et où l'autre répondrait : « Oui, je vois, je comprends ».

C'était absurde ! C'était le conte de la Belle et la Bête, mais dans ma fable ténébreuse, je me fondais dans mon amant mortel pour ne plus faire qu'un seul être, un être de chair et de sang.

Quelle merveilleuse idée ! Je pensais de plus en plus souvent, cependant, à la mise en garde d'Armand, me disant que je risquais d'accorder encore le Don ténébreux pour les mêmes raisons que les deux premières fois. Je finis donc par abandonner ce jeu, me contentant de partir chasser avec toute mon ancienne cruauté. Et je ne tuais pas que des malfaiteurs.

A Athènes, j'écrivis à Marius le message suivant :

Je ne sais pas pourquoi je continue. Je ne cherche pas la vérité. Je n'y crois pas. Je n'espère de toi aucun secret ancien, quel qu'il soit. Mais je crois à quelque chose. Peut-être simplement à la beauté du monde où j'erre ainsi ou à la volonté de vivre. J'ai reçu le don trop jeune et je l'ai reçu sans raison valable. Déjà, à l'âge de trente années mortelles, je commence à comprendre pourquoi tant de membres de notre race l'ont gaspillé, y ont renoncé. Pourtant, je continue. Et je te cherche.

Je ne sais combien de temps j'aurais pu parcourir ainsi l'Europe et l'Asie. J'avais beau me plaindre de ma solitude, je m'y étais habitué. Il y avait le plaisir de découvrir de nouvelles cités, de nouvelles victimes, de nouveaux idiomes. Quelle que fût ma douleur, je me fixais toujours une nouvelle destination. Je voulais connaître toutes les villes du monde, même les lointaines capitales de l'Inde et de la Chine où tout me semblerait appartenir à un autre monde.

Cependant, en quittant Istanbul pour l'Asie Mineure, Gabrielle subit encore plus fortement l'emprise de ces contrées nouvelles et étranges, si bien qu'elle n'était presque plus jamais à mes côtés.

En France, une crise affreuse était en train de se nouer, non seulement dans le monde mortel que je regrettais encore, mais aussi au Théâtre des Vampires.

3

Avant même d'avoir quitté la Grèce, j'avais recueilli, auprès des voyageurs anglais et français, des nouvelles alarmantes sur la situation en France. A l'hôtellerie européenne d'Ankara, un gros paquet de lettres m'attendait.

Roget avait transféré tous mes fonds dans des banques à l'étranger. « Ne songez point à regagner Paris, m'écrivait-il. J'ai conseillé à Messieurs votre père et vos frères de se tenir à l'écart de toute controverse. Le climat est malsain pour les monarchistes. »

A leur façon, les lettres d'Éleni me disaient la même chose :

Le public veut voir les aristocrates ridiculisés. Notre pièce où l'on voit une maladroite reine des marionnettes impitoyablement foulée aux pieds par les soldats qu'elle cherche à commander est saluée par des rires et des acclamations.

Le clergé aussi est bafoué : dans un autre spectacle, un prêtre outrecuidant vient faire la morale à une troupe de marionnettes danseuses qu'il taxe d'indécence. Mais leur maître à danser — un diable à cornes rouges — transforme le malheureux en loup-garou que les filles enferment dans une cage dorée.

380

Toutes ces œuvres sont dues au génie de notre divin violoniste, mais il faut à présent le surveiller sans cesse. Pour le forcer à écrire, nous l'attachons à sa chaise, avec du papier et de l'encre devant lui, et parfois même, c'est nous qui écrivons sous sa dictée.

Dans les rues, il veut accoster les passants pour leur annoncer qu'il existe en ce bas monde des horreurs dont ils ne soupçonnent même pas l'existence. Et je t'assure que si Paris n'était pas si occupé à lire des pamphlets contre la reine, il nous aurait déjà attiré des ennuis. Notre Ancien Ami est de plus en plus courroucé contre lui.

Je lui répondis aussitôt, en la suppliant d'être patiente envers Nicolas, de l'aider à franchir le cap des premières années. « Il est sûrement possible de l'influencer », écrivis-je. Et, pour la première fois, je demandai : « Aurais-je le pouvoir d'agir sur lui, si je devais revenir ? » Je contemplai ces mots un long moment, avant de signer, d'une main tremblante. Puis je cachetai la lettre et la postai aussitôt.

C'était absurde ! Malgré sa solitude, la seule idée de revoir Paris et le petit théâtre me révoltait. Et aurais-je pu aider Nicolas ? L'ancien avertissement d'Armand retentissait avec force à mes oreilles.

Curieusement, où que j'allasse, j'avais toujours l'impression qu'Armand et Nicolas étaient auprès de moi, l'un multipliant les mises en garde et les prédictions, l'autre me jetant à la figure le miracle de son amour transformé en haine.

Jamais je n'avais eu autant besoin de Gabrielle, mais elle était partie depuis longtemps. Je n'espérais plus rien d'elle.

A Damas, la réponse d'Éleni m'attendait :

Il te méprise toujours autant. Si nous lui parlons d'aller te retrouver, il rit aux éclats. Je ne dis point cela pour te blesser, mais pour que tu saches que nous faisons tout pour protéger cet Enfant des Ténèbres qui n'aurait jamais dû être créé. Il est ivre de son pouvoir, ses visions le rendent fou. Nous avons déjà vu de tels cas et leur triste conclusion.

Pourtant il a écrit sa plus belle pièce le mois dernier. Les marionnettes, sans ficelles pour une fois, sont frappées à la fleur de l'âge par la peste et ensevelies. Le prêtre pleure sur leurs tombes, mais un jeune violoniste magicien entre dans le cimetière et les ressuscite en jouant. Elles sortent de leurs tombes transformées en vampires, vêtues de fanfreluches et rubans noirs, et partent en dansant pour Paris, à la suite du violoniste. Les spectateurs hurlent de joie et je crois que si nous buvions le sang de mortels sur la scène même, nous serions applaudis.

Il y avait aussi une missive inquiétante de Roget.

Paris était en proie à une fièvre révolutionnaire. Le roi avait dû reconnaître l'Assemblée nationale. La bourgeoisie et le peuple étaient unis contre la monarchie. Roget avait envoyé en Auvergne un messager chargé de sonder les esprits.

Je répondis avec toute la sollicitude et toute l'impuissance que l'on pouvait attendre de moi.

En expédiant mes bagages au Caire, cependant, je savais que le danger était grand. Extérieurement, je restais le noble voyageur, mais au-dedans, le démon qui hantait les ruelles sombres et tortueuses pour tuer se sentait secrètement perdu.

Je me persuadai, cependant, qu'il était important de gagner l'Égypte, contrée dont l'ancienne grandeur subsistait sous forme de merveilles intemporelles ; l'Égypte m'enchanterait et me ferait oublier les drames parisiens, auxquels je ne pouvais rien.

Dans mon esprit, pourtant, il y avait un rapport. Plus que tout autre pays, l'Égypte était amoureuse de la mort.

Gabrielle surgit, comme un esprit, du désert d'Arabie, et nous nous embarquâmes ensemble pour le Caire.

La traversée dura presque un mois en arrivant à

l'hôtellerie où mes bagages m'attendaient, je trouvai un étrange colis.

Je reconnus aussitôt l'écriture d'Éleni, mais je ne parvenais pas à imaginer la raison d'un tel envoi et je restai un grand quart d'heure à le contempler, l'esprit totalement vide.

Pas un mot de Roget.

Pourquoi n'a-t-il pas écrit, me demandai-je. Qu'y a-t-il donc dans ce paquet? Pourquoi me l'a-t-elle envoyé?

Je pris enfin conscience du fait que, depuis une heure, j'étais assis dans une pièce pleine de malles et de valises, les yeux rivés sur un colis, et que Gabrielle, qui n'avait pas encore jugé bon de repartir m'observait.

« Pourrais-tu sortir? chuchotai-je.

— Si tu veux », me répondit-elle.

Il était important d'ouvrir ce colis et de découvrir ce qu'il contenait, certes. Mais en même temps, il était important aussi de regarder autour de moi, en m'imaginant que j'étais de retour dans la petite chambre de l'auberge, là-bas en Auvergne.

« J'ai rêvé de toi, Nicolas, dis-je tout haut en regardant le paquet. Nous courions le monde ensemble, sereins et forts. Nous nous repaissions du sang de l'infâme, comme Marius, et en regardant tout autour de nous, nous étions effrayés et attristés par les mystères qui nous environnaient. Mais nous étions forts. Nous durerions éternellement. Notre entretien n'aurait jamais de fin. »

J'arrachai l'emballage et vis l'étui du Stradivarius.

Je voulus continuer à soliloquer, mais ma gorge se noua. Et mon esprit se refusait à former les mots tout seul. Je pris la lettre posée sur le bois luisant.

Comme je le craignais, le pire est arrivé. Notre Ancien Ami, exaspéré par les excès de notre violoniste, a fini par l'emprisonner dans ton ancienne résidence. Son violon l'a suivi dans son cachot, mais on lui a enlevé ses mains.

Tu n'es pas sans savoir que chez nous, ces appendices sont amovibles. Ils ont été soigneusement conservés par notre Ancien Ami qui n'a pas permis au blessé de se sustenter de cinq nuits.

Pour finir, la troupe entière est parvenue à obtenir la libération de N. et la restitution de ses mains. Mais ce dernier, rendu fou par la douleur et la faim — qui peuvent parfois radicalement transformer le tempérament —, a sombré dans un mutisme impénétrable qui s'est longtemps prolongé.

Et puis, il est venu nous trouver pour nous dire qu'il avait mis ses affaires en ordre, comme un mortel. Une pile de nouvelles pièces était à notre disposition. A présent, nous devions organiser pour lui un Sabbat, avec le brasier coutumier. Sinon, le théâtre serait son bûcher funéraire.

Notre Ancien Ami a solennellement exaucé son vœu et nous avons fait un Sabbat inoubliable en costumes noirs de vampires.

« Nous aurions dû mettre cela sur scène, a dit notre violoniste. Tiens, tu enverras ceci à mon créateur. » Et il a remis son violon entre mes mains. Nous avons repris notre danse frénétique, plus émus, plus terrifiés, plus tristes que jamais. Et il s'est avancé dans les flammes.

Je sais combien cette nouvelle t'affectera, mais sache que nous avons tous fait pour empêcher ce malheur. Notre Ancien Ami en a conçu beaucoup d'amertume et de chagrin. A notre retour à Paris, nous avons constaté que N. avait donné l'ordre qu'en notre absence le nom de Théâtre des Vampires fût peint sur le fronton de notre établissement. Comme des vampires, des loups-garous et autres créatures surnaturelles hantent toujours nos pièces, le public trouve l'idée fort amusante.

Lorsque je descendis enfin dans la rue, au bout de plusieurs heures, j'aperçus dans l'ombre un pâle et ravissant fantôme, un jeune explorateur français en costume blanc et bottes de cuir marron, un chapeau de paille incliné sur les yeux.

Je la reconnus bien sûr, celle que j'avais tant aimée, mais pour le moment j'avais peine à me souvenir d'elle et à croire en sa réalité.

J'aurais voulu lui dire une méchanceté, la blesser, la faire fuir, mais lorsqu'elle s'approcha pour m'emboîter le pas, je ne dis rien. Je lui donnai simplement la lettre, pour ne pas avoir à parler. Après l'avoir lue, elle la mit dans sa poche et passa son bras autour de ma taille, comme elle le faisait jadis quand nous chassions dans les ruelles obscures.

Une odeur de mort et de cuisine, de sable et de crottin de chameau. L'odeur de l'Égypte. L'odeur d'un pays qui n'avait pas changé depuis six mille ans.

« Que puis-je faire pour toi, mon chéri ? murmura-t-elle.

— Rien. »

C'était moi le responsable, moi qui l'avais séduit, qui avais fait de lui ce qu'il était et qui l'avais abandonné derrière moi. Moi qui avais détourné sa vie de la voie qu'elle aurait pu suivre.

Plus tard, silencieux à mes côtés, elle me regarda graver un message à Marius sur le mur d'un temple ancien. Je signalai la fin de Nicolas, violoniste du Théâtre des Vampires, gravant mes paroles aussi profondément qu'un artisan de la haute Égypte. C'était l'épitaphe de Nicolas, un repère au milieu de l'oubli, que personne peut-être ne lirait, ni ne comprendrait.

La présence de Gabrielle auprès de moi me semblait étrange.

« Tu ne vas pas retourner en France, si ? me demanda-t-elle. À cause de ce qu'il a fait ?

— Les mains ? m'enquis-je. Les mains que l'on a coupées. »

Elle tourna vers moi le visage inexpressif de quelqu'un que l'on vient de choquer. Mais elle avait lu la lettre. Qu'était-ce donc qui la choquait ? La façon dont j'avais dit cela peut-être.

« Tu croyais que je voudrais retourner me venger ? »

Elle acquiesça, d'un air hésitant, peu désireuse de me mettre cette idée dans la tête.

« Voyons, ce serait de l'hypocrisie, puisque j'ai abandonné Nicolas en comptant sur eux pour s'occuper de lui. »

Son visage reflétait un subtil mélange de sentiments. Il m'était déplaisant de la voir si émue. Cela ne lui ressemblait guère.

« Si Armand lui a retiré ses mains, c'était pour son bien, ne crois-tu pas? continuai-je. Il s'est donné beaucoup de mal, alors qu'il aurait aisément pu faire brûler Nicolas sans un instant d'hésitation. »

Elle opina, mais elle avait l'air malheureux. Je la trouvai très belle. « C'est ce que je me suis dit, convint-elle, mais je ne pensais pas que tu verrais les choses ainsi.

— Bah, je suis suffisamment monstrueux pour comprendre, dis-je. Te rappelles-tu ce que tu m'as dit, il y a bien longtemps, en Auvergne? Le jour où les marchands m'ont apporté la cape. Tu m'as dit que son père était si fâché qu'il avait menacé de lui briser les mains. Crois-tu que nous ne pouvons échapper à notre destinée, quoi qu'il advienne? Que même immortels, nous suivons un chemin tracé pour nous dès la naissance? »

Au cours des nuits qui suivirent, elle me fit clairement comprendre qu'elle ne voulait pas me laisser seul. Je sentais qu'elle serait restée pour m'aider à supporter la mort de Nicolas, où que nous fussions, mais la réalité de l'Égypte changeait bien des choses. Sa tâche lui était facilitée par le fait qu'elle aimait ces ruines et ces monuments comme aucun autre auparavant.

Peut-être fallait-il que les gens fussent morts depuis six mille ans pour qu'elle les aimât? Je songeai fugitivement à la taquiner à ce sujet. Ces monuments étaient aussi vieux que les montagnes qu'elle aimait. Le Nil coulait dans l'imagination des hommes depuis la nuit des temps.

Ensemble nous escaladâmes les pyramides, nous grimpâmes dans les bras du sphinx géant. Nous étudiâmes les hiéroglyphes, les momies que des voleurs vendaient pour une bouchée de pain. Nous plongeâmes les mains dans le fleuve et chassâmes ensemble dans les rues minuscules du Caire, avant d'entrer dans des bordels pour regarder, mollement étendus sur des coussins, danser des jeunes garçons au son d'une musique érotique qui noyait momentanément le son de ce violon qui me vrillait le cerveau.

Gabrielle regardait en souriant, son vieux chapeau blanc lui cachant les yeux. Nous ne nous parlions plus. Elle n'était qu'une pâle et féline beauté, aux joues sales, qui m'accompagnait dans la dérive de mes nuits. La taille serrée dans un épais ceinturon de cuir, les cheveux nattés dans le dos, elle alliait l'allure d'une reine à la langueur d'un vampire ; la courbe de sa joue était lumineuse dans les ténèbres, sa petite bouche rouge et indistincte. Ravissante et bientôt disparue, sans doute.

Pourtant elle resta avec moi, même une fois que j'eus loué une luxueuse demeure, dont les sols dallés aux couleurs éclatantes rivalisaient avec les riches tentures qui couvraient les murs. Elle m'aida à remplir la cour intérieure de bougainvillées, de palmiers et de plantes tropicales et dans cette petite jungle verdoyante, elle apporta des perroquets et des canaris.

Elle allait même jusqu'à m'adresser des signes de commisération lorsque je me désolais de ne pas recevoir de courrier de Paris. J'étais fou d'inquiétude.

Pourquoi Roget n'écrivait-il plus ? Paris était-il en proie aux émeutes ? Heureusement, ma famille était en sécurité au fin fond de sa province, mais qu'était-il arrivé à mon fidèle avocat ?

Elle me demanda de remonter le fleuve avec elle. J'aurais préféré attendre des nouvelles, questionner des voyageurs, mais j'y consentis. Il était rare qu'elle souhaitât ma compagnie. A sa façon, elle prenait soin de moi.

Pour me faire plaisir, elle se mit à soigner sa mise, mais cela n'avait plus d'importance à présent. Je sombrais, je le sentais bien. J'errais à travers le monde comme à travers un rêve.

Il me semblait tout naturel d'être environné d'un paysage qui n'avait pas changé depuis des millénaires, depuis que d'anciens artistes avaient décoré de leurs peintures les tombeaux royaux. De contempler les palmiers immuables et les paysans qui puisaient leur eau de la même manière pour abreuver des vaches identiques.

Visions du monde lorsqu'il était encore tout neuf.

Marius avait-il foulé ces sables ?

Nous parcourûmes l'immense temple de Ramsès, charmés par les millions de minuscules dessins gravés dans ses murs. Je songeais à Osiris, mais les personnages me semblaient étrangers. Nous déambulâmes parmi les ruines de Louqsor. Nous passâmes des nuits sous les étoiles, allongés dans des felouques.

En regagnant Le Caire, nous admirâmes les colosses de Memnon et elle me chuchota passionnément que les empereurs romains étaient venus jusqu'ici voir ces merveilles.

« Elles étaient déjà anciennes au temps des Césars », dit-elle, bercée par le roulis de son chameau sur le sable frais.

Le vent n'était pas trop pénible, cette nuit-là. Nous apercevions, contre le ciel d'un bleu profond, les immenses statues dont les visages rongés semblaient regarder droit devant eux, témoins muets du passage du temps. Ils m'attristaient et m'effrayaient.

J'éprouvais le même émerveillement que devant les pyramides. Anciens dieux, anciens mystères. Ils me donnaient froid dans le dos. Pourtant ces statues n'étaient plus que des sentinelles sans visages, surveillant un désert illimité.

« Marius, chuchotai-je, les as-tu vus ? L'un de nous durera-t-il aussi longtemps ? »

Gabrielle interrompit ma rêverie. Elle voulait mettre pied à terre et marcher jusqu'au pied des statues. J'acceptai, bien que je susse fort mal me faire obéir des grands chameaux obstinés.

« Suis-moi dans les forêts d'Afrique », me dit-elle soudain en foulant le sable. Sa voix était douce, son visage grave.

Je ne répondis pas tout de suite. Il me semblait déceler chez elle quelque chose d'alarmant.

Je ne voulais pas aller dans les forêts d'Afrique et elle le savait. J'attendais anxieusement des nouvelles des nôtres, de Roget, et je songeais à découvrir les cités de l'Orient, à gagner l'Inde et de là la Chine, puis le Japon.

« Je comprends l'existence que tu as choisie, reprit-elle, et je puis même admirer la persévérance avec laquelle tu poursuis ta voie, tu le sais bien.

— Je pourrais t'en dire autant », dis-je non sans amertume.

Elle s'arrêta.

Nous étions tout proches des colosses et seul le fait que nul objet ne se trouvât proche pour les mettre en perspective nous empêchait de ressentir une impression d'écrasement. La voûte du ciel était aussi immense qu'eux, les étendues de sable étaient illimitées, les étoiles innombrables brillaient à jamais au-dessus de nous.

« Lestat, fit-elle lentement en pensant ses mots, je te demande d'essayer une fois, une seule, de parcourir le monde à ma façon. »

La lune était pleine, mais le chapeau de Gabrielle projetait une ombre sur son visage.

« Oublie ta maison du Caire, lança-t-elle brusquement en baissant la voix. Abandonne tes richesses, tes vêtements, tout ce qui te rattache à la civilisation. Suivons le fleuve jusqu'en Afrique. Voyage avec moi, comme je le fais. »

Je ne répondais toujours pas. Mon cœur battait à tout rompre.

Très bas, elle murmura que nous verrions des tribus encore inconnues du monde, que nous affronterions à mains nues le crocodile et le lion, que nous découvririons peut-être les sources du Nil.

Je me mis à trembler comme une feuille. J'avais l'impression que la nuit était pleine des hurlements du vent et qu'il ne me restait aucun refuge.

Tu es en train de me dire que tu me quitteras pour toujours, si je ne viens pas. N'est-ce pas?

Ainsi, c'était pour cela qu'elle était restée avec moi, qu'elle m'avait entouré, avait cherché à me plaire, c'était pour cela que nous étions ensemble. Cela n'avait rien à voir avec la disparition de Nicolas. Elle songeait à une autre séparation.

Elle secoua la tête, comme si elle discutait intérieurement. D'une voix sourde, elle me décrivit la chaleur des nuits tropicales, plus moites, plus douces que celles d'ici.

« Viens avec moi, Lestat. Le jour, je dors dans le sable et la nuit, je file si vite que j'ai l'impression de voler. Je n'ai pas de nom. Je ne laisse pas de traces. Je veux descendre jusqu'au bout de l'Afrique. Je serai une déesse pour mes victimes. »

Elle me passa le bras autour des épaules et pressa ses lèvres contre ma joue. Je vis étinceler ses yeux sous le bord de son chapeau. Sa bouche luisait au clair de lune.

Je m'entendis soupirer et secouai la tête.

« Je ne peux pas et tu le sais, dis-je. Je ne peux pas te suivre, pas plus que tu ne peux rester avec moi. »

Tout le long du trajet de retour, je réfléchis à tout ce que j'avais éprouvé sans le dire durant ces pénibles moments.

Je l'avais déjà perdue ! Perdue depuis des années, en fait. Je l'avais su dès le moment où j'étais descendu de la chambre où j'avais pleuré Nicolas et où je l'avais trouvée, qui m'attendait.

Tout avait été dit jadis, dans la crypte sous la tour. Elle ne pouvait me donner ce que je voulais d'elle. Je ne pouvais la rendre telle qu'elle ne voulait pas être. Et le plus terrible de tout, c'était qu'elle ne voulait rien de moi !

Si elle me demandait de l'accompagner, c'était parce qu'elle s'y sentait tenue. Par pitié peut-être, par tristesse. Mais elle aimait infiniment mieux être libre.

Elle me raccompagna en ville, sans rien dire ni rien faire.

Je sombrai encore un peu plus, silencieux, hébété, sachant qu'un nouveau coup atroce allait s'abattre sur moi. Elle va me dire adieu et je ne pourrai rien empêcher. Quand vais-je commencer à perdre la raison ? A pleurer sans pouvoir m'arrêter ?

Pas tout de suite.

Quand j'allumai les lampes de ma petite maison, les couleurs m'assaillirent. Tapis persans aux fleurs délicates, tentures incrustées de minuscules miroirs, brillant plumage des oiseaux.

La lettre de Roget que j'avais tant espérée n'était pas là et brusquement la colère me prit. Pourquoi ce silence ? Je voulais savoir ce qui se passait à Paris ! Puis j'eus peur.

« Que diable arrive-t-il en France ? murmurai-je. Je vais aller trouver d'autres Européens. Les Anglais savent toujours tout. Ils traînent leur maudit thé et leur *Times* sous toutes les latitudes. »

J'étais excédé de la voir si passive. Il me semblait que l'atmosphère de la pièce devenait palpable, comme la nuit où Armand nous avait raconté son histoire, dans la crypte.

Tout ce qui se passait, c'était qu'elle allait me quitter pour toujours. Comment nous retrouverions-nous jamais ?

« Enfer et damnation ! tempêtai-je. J'espérais une lettre ! »

Soudain, elle rompit son immobilité. Elle se dirigea avec une délibération inaccoutumée vers la cour intérieure.

Je la regardai s'agenouiller près du bassin, soulever deux des pavés et sortir un pli dont elle fit tomber les grains de sable avant de me l'apporter.

Avant même de le voir en pleine lumière, je sus qu'il venait de Roget. Il était arrivé avant notre voyage sur le Nil et elle l'avait caché !

« Pourquoi as-tu fait cela ? » crachai-je, saisi d'une brusque fureur. Je lui arrachai le pli des mains.

Je la regardais fixement et je la haïssais comme jamais encore je ne l'avais haïe. Pas même lorsque je n'étais qu'un enfant égocentrique.

« Pourquoi m'as-tu caché cette lettre ?

— Parce que je voulais avoir ma chance! »
murmura-t-elle. Son menton tremblait, sa lèvre inférieure frémissait et je vis couler les larmes de sang.
« Mais tu as fait ton choix sans même l'avoir lue. »

Je fis sauter le cachet. La lettre contenait un article
découpé dans un journal anglais. Tenant la missive
d'une main tremblante, je me mis à lire.

Monsieur, comme vous devez le savoir à présent, les
émeutiers parisiens ont pris la Bastille le 14 juillet. La
ville est plongée dans le chaos qui a désormais gagné le
pays entier. J'ai tenté en vain de joindre votre famille
pour la mettre à l'abri à l'étranger.

Lundi dernier, cependant, m'est parvenue la nouvelle que les gens de votre père s'étaient soulevés
contre lui. Ils ont tué vos frères, leurs femmes et leurs
enfants et tous ceux qui cherchaient à les défendre,
avant de piller le château. Seul votre père a eu la vie
sauve.

De loyaux serviteurs ont pu lui faire gagner la côte
d'où il s'est embarqué pour La Nouvelle-Orléans où il
se trouve à l'heure où j'écris ces lignes. Il vous supplie
de lui venir en aide, dans son profond malheur, au
milieu d'étrangers. Il vous conjure de venir de le
retrouver.

Suivaient alors des excuses, des assurances de dévouement, des détails... je ne comprenais plus rien.

Je posai la lettre sur le bureau et gardai les yeux
rivés sur la flaque de lumière que faisait la lampe sur le
bois sombre.

« Ne va pas le retrouver », dit-elle.

Sa voix me parut faible et insignifiante dans le
silence, car le silence était comme un cri déchirant.

« Ne va pas le retrouver », répéta-t-elle. Les larmes
maculaient grotesquement son visage, deux longs filets
rouges le long de ses joues.

« Va-t'en! » chuchotai-je. Les mots s'éteignirent,
puis ma voix s'enfla brusquement: « Va-t'en! » Et ma
voix continua avec une violence effrayante: « VA-
T'EN! »

4

Je rêvais de ma famille. Nous étions tous en train de nous étreindre. Gabrielle elle-même était là, en robe de velours. Le château était noirci et brûlé, les trésors que j'y avais entreposés fondus ou réduits en cendres.

J'étais revenu pour les transformer tous en vampires et la famille de Lioncourt était désormais une famille de beautés aux visages blêmes, y compris le bébé suceur de sang dans son berceau et la jeune mère qui lui tendait le rat gris à longue queue qu'il allait téter.

Tout le monde riait, s'embrassait en foulant les cendres, mes frères blafards, leurs femmes blafardes et les petits spectres qu'ils avaient engendrés très occupés à babiller au sujet de leurs victimes. Mon père aveugle se levait, tel un personnage biblique, pour proclamer : « J'Y VOIS ! »

Mon frère aîné me passait son bras autour des épaules. Il était superbe dans son bel habit. Jamais je ne l'avais vu ainsi. Le sang vampirique l'avait affiné et lui avait donné une expression de profonde spiritualité.

« Sais-tu que c'est une excellente chose que tu sois venu avec tes dons ténébreux ? » Il éclata d'un rire jovial.

« *Le* Don ténébreux, mon cher, le Don ténébreux, corrigea sa femme.

— Sinon, conclut-il, ma foi, nous serions tous morts ! »

5

La maison était vide. Les malles étaient déjà parties. Le navire devait quitter Alexandrie d'ici deux nuits. Je n'avais gardé avec moi qu'une petite valise, car le fils du marquis devait avoir de quoi se changer. Et, bien sûr, le violon.

Gabrielle se tenait sous l'arcade qui menait au jardin. Sa fine silhouette aux longues jambes était superbement anguleuse dans ses habits de coton blanc, le chapeau sur les yeux, comme toujours, les cheveux épars.

Étaient-ils à mon intention, ces longs cheveux épars ?

Mon chagrin s'enflait en un raz de marée où toutes les pertes, celles des morts et des non-morts, étaient englouties.

Il reflua, cependant, et je me sentis sombrer à nouveau, comme dans un rêve où l'on part sans volonté à la dérive.

Je me dis soudain que sa chevelure était comme une pluie d'or, que les vieux poèmes riment à quelque chose quand on regarde quelqu'un qu'on a aimé. Qu'ils étaient beaux, les méplats de son visage, son implacable petite bouche !

« Dis-moi de quoi tu as besoin, mère ? » dis-je calmement. Les meubles seuls restaient. Tous mes oiseaux au brillant plumage avaient été donnés, vendus, même les perroquets gris qui vivaient aussi longtemps que les hommes. Nicolas avait vécu trente ans.

« Veux-tu de l'argent ? »

Son visage s'empourpra magnifiquement, ses yeux lancèrent un éclair de pure lumière, bleu et violet. Un bref instant, elle eut l'air humaine. Puis, lorsqu'elle baissa la tête, le bord de son chapeau me masqua entièrement son visage. Inexplicablement, elle demanda :

« Mais où iras-tu ?

— Dans une petite maison de la rue Dumaine à La Nouvelle-Orléans, dis-je d'un ton froid, précis. Après sa mort, une fois qu'il reposera en paix, je n'en ai pas la moindre idée.

— Ce n'est pas sérieux !

— Mon passage est retenu à bord du prochain navire qui quittera Alexandrie. Je vais à Naples, puis à

Barcelone et je m'embarquerai à Lisbonne pour le nouveau monde. »

Son visage paraissait plus étroit, ses traits plus pointus. Ses lèvres s'agitèrent sans proférer un son. Je vis les larmes lui monter aux yeux et je sentis son émotion comme si elle tendait la main pour me toucher. Je détournai les miens, feignis de ranger des papiers, puis je m'efforçai de faire tenir immobiles mes mains qui s'obstinaient à trembler. Heureusement que Nicolas a emporté ses mains avec lui dans le feu, me dis-je, sans quoi j'aurais été obligé de retourner à Paris les chercher avant de pouvoir partir.

« Tu ne peux pas aller le retrouver ! » souffla-t-elle.

Qui donc ? Ah, mon père !

« Quelle importance ? J'y vais », déclarai-je.

Elle secoua imperceptiblement la tête et s'approcha.

« Quelqu'un de notre race a-t-il jamais effectué cette traversée ? demanda-t-elle tout bas.

— Pas que je sache. A Rome, ils ont dit que non.

— Elle est peut-être impossible.

— Pas du tout. Et tu le sais fort bien. » Nous avions déjà vogué sur les ondes, dans des cercueils garnis de liège. Malheur au Léviathan qui nous eût cherché noise !

Elle me dévisagea, incapable désormais de masquer sa douleur. Elle était ravissante.

« Tu sais où me joindre, dis-je, mais mon amertume manquait de conviction. Tu connais mes banques à Londres et à Rome. Elles sont inamovibles. Tu sais tout cela...

— Arrête, jeta-t-elle tout bas. Ne me parle pas ainsi. »

Quel mensonge que tout cela, quelle farce ! C'était justement le genre d'échange qu'elle avait toujours haï. Dans mes plus folles chimères, je ne m'étais pas imaginé la scène ainsi : moi, froid comme le marbre, elle pleurant. Je croyais que c'était moi qui éclaterais en sanglots et me jetterais à ses pieds.

Nous échangeâmes un long regard. Ses yeux étaient embués de sang, ses lèvres tremblaient.

Brusquement, mes nerfs craquèrent.

Je pris son corps frêle et délicat entre mes bras, décidé à ne plus lâcher, même si elle se débattait. Mais elle resta passive et nous pleurâmes en silence, apparemment incapables de nous arrêter. Elle ne se soumit point, cependant. Je ne la sentis pas fondre sous mon étreinte.

Puis elle s'écarta. Elle me caressa les cheveux des deux mains, se pencha pour me baiser les lèvres, puis elle s'éloigna, légère, silencieuse.

« Je m'en vais, mon chéri », dit-elle.

Je secouai la tête. Que de paroles restaient en suspens ! Elle en avait toujours été avare.

De sa démarche languide et gracieuse, elle gagna la porte du jardin et leva les yeux vers le ciel nocturne avant de les tourner vers moi.

« Promets-moi quelque chose, dit-elle enfin.

— Bien sûr », répondis-je. Mais je me sentais si brisé intérieurement que je n'avais plus envie de parler. Les couleurs s'étaient estompées. La nuit n'était ni chaude ni froide. J'aurais voulu qu'elle partît et pourtant, j'étais terrifié à l'idée que le moment approchait où je ne pourrais plus la rappeler.

« Promets-moi que tu ne chercheras jamais à mettre fin à toi-même, sans que nous nous soyons d'abord réunis », dit-elle.

Je restai un instant bouche bée, puis je dis :

« Jamais, je ne chercherai à y mettre fin. » Mon ton était presque méprisant. « Tu as donc ma promesse. Elle ne me coûte rien. Mais toi, promets aussi quelque chose. Tu me feras savoir où tu es partie, où je puis te joindre... tu ne disparaîtras pas comme une créature sortie de mon imagination... »

Je m'interrompis. L'hystérie perçait dans ma voix. Je ne pouvais l'imaginer en train de m'écrire, de poster une lettre, de faire toutes ces choses habituelles aux humains. On eût dit que nous n'avions jamais été deux êtres de même nature.

« J'espère que tu ne te trompes pas sur toi-même, dit-elle.

— Je ne crois en rien, mère. Tu as dit jadis à Armand que tu croyais pouvoir trouver des réponses dans les grandes jungles et les forêts ; que les étoiles révéleraient finalement quelque profonde vérité. Mais moi, je ne crois en rien. Et cela me rend plus fort que tu ne le penses.

— Alors pourquoi ai-je si peur pour toi ? » demanda-t-elle. Sa voix était entrecoupée. Je devais presque lire sur ses lèvres.

« Tu sens ma solitude, dis-je, l'amertume que j'éprouve à être exclu de la vie. L'amertume que j'éprouve à être une créature du mal, à ne pas mériter d'être aimé alors que j'ai soif d'amour. Pourtant, ces choses ne m'arrêtent pas, mère. Je suis trop fort pour cela. Comme tu l'as dit un jour, je fais très bien le mal. Seulement, de temps à autre, ces réalités me font souffrir, voilà tout.

— Je t'aime, mon fils », dit-elle.

J'aurais voulu lui arracher quand même le serment de m'écrire. J'aurais voulu...

« Tiens ta promesse », dit-elle.

Brusquement, je sus que le moment suprême était venu et que j'étais impuissant à le différer.

« Gabrielle ! » chuchotai-je.

Mais elle était déjà partie.

La pièce, le jardin, la nuit même étaient vides et silencieux. J'ouvris les yeux avant l'aube. Je gisais sur le sol de ma maison, après avoir pleuré, puis dormi.

Je savais que j'aurais dû partir pour Alexandrie, parcourir la plus grande distance possible, avant de m'enfouir dans le sable au lever du soleil. Qu'il serait bon de sommeiller dans la terre sablonneuse ! La grille du jardin était ouverte, toutes les portes de la maison étaient béantes.

Mais j'étais incapable de bouger. Froidement, en silence, je m'imaginais en train de la chercher dans tout Le Caire, l'appelant, la suppliant de revenir. J'avais presque l'impression de m'être réellement humilié en lui courant derrière pour essayer de lui reparler de la destinée : j'étais voué à la perdre comme Nicolas à perdre ses mains. Or, il fallait, Dieu sait comment, triompher de la destinée.

Absurde ! D'ailleurs, je ne lui avais pas couru derrière. J'étais sorti chasser et j'étais rentré. Elle était à des lieues du Caire, aussi inaccessible qu'un grain de sable dans l'air.

Au bout d'un long moment, je tournai la tête : le ciel incarnait sur le jardin, une lumière cramoisie se glissant au-dessus du toit. Le soleil arrivait et la chaleur et, à travers l'écheveau des ruelles cairotes, le réveil de mille petites voix qui paraissaient sortir du sable, des arbres, de l'herbe.

Très lentement, en écoutant ces voix et en regardant la lueur éblouissante sur le toit, je sentis qu'un mortel était proche.

Il se tenait à la porte du jardin et observait ma forme immobile dans la maison vide. Un jeune Européen blond en costume arabe, plutôt beau. Dans la pâle clarté de l'aube, il apercevait cet autre Européen gisant sur le sol d'une maison abandonnée.

Je ne le quittai pas des yeux tandis qu'il s'avançait dans le jardin. Le jour naissant me chauffait les yeux, commençait même à brûler la peau tendre de leurs contours. Il me faisait penser à un fantôme dans son long burnous blanc.

Je savais que j'aurais dû fuir. Partir immédiatement m'abriter de la lumière du soleil. Je ne pouvais plus gagner la crypte souterraine avec ce mortel dans ma tanière. Je n'avais plus non plus le temps de le tuer et de m'en débarrasser.

Pourtant, je ne bougeai point. Il s'approchait, son ombre se découpant de plus en plus mince et noire sur le scintillement du ciel.

« Monsieur ! » Un chuchotis plein de sollicitude, comme celui de la mendiante jadis, à Notre-Dame. « Monsieur, qu'y a-t-il ? Puis-je vous aider ? »

Un visage hâlé sous les plis blancs du voile qui couvrait sa tête, des sourcils dorés qui brillaient, des yeux gris.

Presque sans le vouloir, je me relevai. Je sentis mes lèvres se retrousser, puis j'entendis un grondement sortir de ma bouche et je vis son visage figé de saisissement.

« Regarde ! sifflai-je, en dévoilant mes crocs. Vois-tu ? »

Me ruant sur lui, je lui pris le poignet et collai sa main ouverte contre mon visage.

« Tu me croyais humain ? » criai-je. Je le soulevai du sol et je le sentis se débattre et ruer inutilement. « Tu me prenais pour ton frère ? » braillai-je. Sa bouche s'ouvrit démesurément dans un râle, puis un hurlement s'en échappa.

Je le projetai de toutes mes forces à travers l'espace et son corps disparut en tournoyant par-dessus le chatoiement du toit.

Le soleil était un feu aveuglant.

Je sortis en courant du jardin et me lançai à corps perdu dans un dédale de ruelles inconnues. J'enfonçai des grilles et des portes, écartant brutalement les mortels de mon chemin. Je m'enfonçai à travers des murs de pierre, à demi étouffé par la poussière de plâtre qui s'en dégageait, pour ressortir dans d'autres allées puantes. Et la lumière me pourchassait comme si elle était lancée à mes trousses.

J'aperçus une maison brûlée qui tombait en ruine et j'en forçai l'entrée pour gagner le jardin où je me mis à creuser le sol, m'enfonçant de plus en plus profondément jusqu'à ce que je ne pusse plus remuer ni les bras ni les mains.

J'étais suspendu au frais, dans le noir.

J'étais en sécurité.

6

Je me mourais. Du moins le croyais-je. Je ne savais plus combien de nuits avaient passé. Je devais me lever et partir pour Alexandrie, je devais traverser les mers, mais pour cela il fallait bouger, se retourner dans la terre, céder à la soif.

Or, je ne céderais pas.

La soif vint, puis reflua. C'était une torture, une brûlure ; mon cerveau était assoiffé. Et mon cœur. Mon cœur devenait de plus en plus gros, cognait de plus en plus fort, mais je refusais toujours de céder.

Peut-être les mortels, là-haut, pouvaient-ils l'entendre ? Je les voyais de temps à autre, jaillissements de flammes contre l'obscurité, j'entendais leurs voix, un babil de langues étrangères. Le plus souvent, cependant, il n'y avait que les ténèbres.

Finalement, je ne fus plus qu'une soif gisant en terre, une soif au sommeil et aux rêves teintés de rouge. Peu à peu, je sus que j'étais désormais trop faible pour traverser les mottes de sable friables, trop faible, sans doute, pour remettre les rouages en route.

L'eussé-je voulu, je ne pouvais plus me lever. Plus bouger du tout. Je respirais, mais pas comme le font les mortels. Mon cœur retentissait à mes oreilles.

Pourtant, je ne mourus point. Je me desséchai, comme les créatures torturées au fond du cimetière des Innocents, métaphores abandonnées du malheur universel que nul ne voit, ne note, ne reconnaît.

Mes mains étaient des griffes, ma peau collait à mes os et mes yeux jaillissaient des orbites. Nous pouvions donc durer ainsi éternellement, même si nous ne buvions pas, si nous ne nous abandonnions pas au plaisir voluptueux et fatal. Ce serait intéressant, si chaque battement de cœur n'était pas une telle souffrance.

Et si je pouvais cesser de penser : Nicolas a disparu, mes frères ont disparu. « *Mais ne crois-tu pas que nous faisons le bien quand nous sommes là, que nous rendons les gens heureux ?*

— *Le bien ? Qu'est-ce que tu racontes ? Le bien !*

— *Oui, le bien, nous faisons un peu de bien ! Dieu du ciel, même si ce monde n'a aucun sens, il peut quand même y avoir un peu de bien. C'est bien de manger, de boire, de rire... d'être ensemble... »*

Rires. Musique démente. Vacarme, dissonance, interminable et perçante articulation de l'absurdité...

Étais-je endormi ? Éveillé ? Je n'étais sûr que d'une chose. J'étais un monstre. Et parce que je gisais en terre, en proie au tourment, des mortels franchissaient en paix l'étroit défilé de la vie.

Gabrielle était peut-être dans les forêts d'Afrique à présent.

Parfois, des mortels se réfugiaient dans la maison brûlée au-dessus de moi, des voleurs qui se cachaient. Le babil incompréhensible devenait trop fort. Mais je n'avais qu'à sombrer encore plus bas à l'intérieur de moi-même pour ne plus les entendre.

Suis-je vraiment coincé ici ?

Puanteur de sang, là-haut.

Peut-être étaient-ils mon dernier espoir, ces deux humains qui campaient dans le jardin à l'abandon ? Peut-être leur sang me ferait-il remonter à la surface et tendre vers eux ces hideuses griffes ?

Ils mourraient de peur avant même que je busse. Quelle honte ! Moi qui avais toujours été un si beau diable. Plus maintenant.

De temps à autre, Nicolas et moi étions plongés dans « notre entretien ». « Je suis au-delà de la douleur et du péché, disait-il. — Mais éprouves-tu encore quelque chose ? C'est donc cela être libéré, c'est ne plus rien sentir ? » Ni la détresse, ni la soif, ni l'extase ? Pourquoi notre concept du ciel était-il l'extase ? Les félicités célestes. Notre concept de l'enfer, la douleur. Les feux de l'enfer. Donc, nous préférions continuer à *sentir*, pas vrai ?

Es-tu capable de renoncer, Lestat ? Non, tu préfères lutter contre la soif au prix de tourments infernaux que de mourir et de ne plus rien sentir. En tout cas, il te reste le désir de sang, ce sang chaud et délicieux qui te remplirait à satiété. Le sang.

Combien de temps ces mortels allaient-ils rester dans mon jardin désert ? Une nuit, deux ? J'avais laissé le violon dans la maison où je vivais, il fallait retourner le chercher pour le donner à un jeune musicien mortel, quelqu'un qui...

Le silence béni. A l'exception de ce violon qui jouait. Les doigts blancs de Nicolas martelant les cordes, l'archet fusant dans la lumière et les visages des marionnettes immortelles. Un siècle plus tôt et le peuple de Paris lui aurait épargné la peine de se brûler lui-même. Peut-être m'aurait-on brûlé, moi aussi, mais cela m'eût étonné.

Non, point de bûcher des sorcières pour moi. Jamais.

A présent, il survivait dans ma mémoire, selon la pieuse formule des mortels. Était-ce une vie, cela ? Moi qui n'aimais déjà pas vivre dans ma propre mémoire ! A quoi cela ressemblait-il de vivre dans celle d'un autre ? A rien ! Tu n'y es pas vraiment, Nicolas, si ?

Des chats dans le jardin. Leur sang qui puait.

Non merci, sans façon. Je préfère encore souffrir, me dessécher comme une coquille pourvue de dents.

7

Un bruit dans la nuit. Qu'était-ce donc ?

La grosse caisse battant lentement dans les rues de mon village natal pour annoncer la représentation des Comédiens-Italiens. Celle que j'avais frappée à mon tour à travers les rues du bourg où nous avions joué, durant les quelques précieuses journées où je m'étais enfui avec eux.

Non, c'était plus fort que cela. Serait-ce le rugissement d'un canon, éveillant un tonnerre d'échos à travers des vallées et des défilés de montagne ? Le bruit me pénétrait jusqu'à l'os. J'ouvris les yeux dans le noir. Il se rapprochait.

C'était un vacarme immense et menaçant, de plus en plus proche. Pourtant, une partie de moi savait que le bruit n'existait pas vraiment, que nulle oreille humaine ne l'entendait.

L'Égypte gît, dans le silence. Il couvre le désert de part et d'autre du fleuve majestueux. On n'entend pas même un bêlement, ni un beuglement. Pas même des pleurs de femme.

Pourtant, ce bruit était assourdissant.

Pendant une brève seconde, j'eus peur. Je m'étirai dans le sol, mes doigts cherchant à se frayer un passage en force vers la surface. Je ne voyais rien, je ne pensais rien, je flottais dans le sable et brusquement, je ne pouvais plus respirer, plus crier, alors que les cris que j'aurais pu pousser auraient très certainement fracassé tout le verre des alentours.

Le bruit était plus fort, plus près. J'essayai de rouler sur moi-même pour sortir à l'air libre. Impossible.

Je crus alors voir la chose, la silhouette qui approchait. Une lueur rouge dans les ténèbres.

Ce bruit annonçait l'arrivée de quelqu'un, d'une créature si puissante que dans le silence, les arbres, les fleurs, l'air lui-même la sentaient approcher. Les bêtes qui vivaient dans la terre le savaient, la vermine s'enfuyait, les félins s'écartaient de son passage.

Peut-être était-ce la mort.

Peut-être, par quelque sublime miracle, la mort vivait-elle. Elle nous prenait dans ses bras, mais elle n'avait rien d'un vampire, elle était l'incarnation du ciel.

Et nous montions avec elle jusqu'aux étoiles. En quittant l'existence, nous dépassions les anges et les saints et la lumière elle-même pour gagner la divine obscurité, le vide. Dans l'oubli, tout était pardonné.

Je repoussai le sol, je lançai des ruades, mais mes bras et mes jambes étaient trop faibles. La terre sablonneuse m'emplissait la bouche. Pourtant le bruit m'enjoignait de me lever.

Je crus entendre rugir l'artillerie, tonner le canon.

Je compris que c'était moi qu'il cherchait, ce bruit, entre toutes les créatures. Il me cherchait comme un rayon de lumière. Je ne pouvais plus rester dans la terre. Il fallait répondre.

Je lui adressai un chaud courant de bienvenue. Je lui dis où j'étais et j'entendis ma propre respiration, pitoyable, tandis que je m'efforçais d'agiter les lèvres. Le bruit était à présent si fort qu'il battait comme un pouls dans toutes les fibres de mon corps. La terre autour de moi ondulait à son rythme.

Il avait désormais atteint les ruines de la maison brûlée.

La porte était arrachée de ses gonds, je le vis contre mes paupières fermées. Je vis quelque chose bouger parmi les oliviers, entrer dans le jardin.

Pris d'une nouvelle frénésie, je griffai le sol pour tenter de sortir, mais le bruit faible que j'entendais à présent, c'était celui de quelqu'un qui creusait le sable au-dessus de moi.

Quelque chose de velouté m'effleura le visage. Je vis tout là-haut luire le ciel obscur où glissaient des nuages, jetant un voile sur les étoiles. Jamais dans sa simplicité il ne m'avait paru aussi beau.

Mes poumons se gonflèrent d'air.

Je poussai un violent gémissement de plaisir, mais ce que je ressentais était au-delà du plaisir. Respirer, voir le ciel, quel miracle ! Et l'assourdissant battement de grosse caisse en était le parfait accompagnement sonore.

Celui qui m'avait cherché et d'où émanait ce bruit se dressait au-dessus de moi.

Le bruit soudain se désintégra pour ne plus être qu'une imperceptible vibration. Je me sentis soulevé hors de la terre et pourtant la silhouette avait les bras le long du corps.

Elle les leva enfin pour m'étreindre et je vis un visage qui ne semblait pas de ce monde. Comment imaginer tant de patience, de bonté, de compassion ? Non, ce n'était pas un de nous. Impossible. Et pourtant si. Une chair et un sang surnaturels, comme les miens.

Des yeux iridescents qui captaient la lumière, des cils d'or qui semblaient tracés par le plus fin des pinceaux.

Ce puissant vampire me soutenait, les yeux plongés dans les miens et je formulai la folle pensée que je connaissais à présent le secret de l'éternité.

« Alors, dis-le-moi », chuchota-t-il en souriant. Pure image de l'amour humain.

Je vis mes bras, secs comme deux os, mes mains comme les serres d'un oiseau de proie. Comment un pareil squelette pouvait-il vivre encore? Mes jambes n'étaient plus que deux bâtons. Je flottais dans mes habits. Je ne pouvais ni me tenir debout, ni bouger, et le souvenir du sang coulant dans ma bouche me fit défaillir.

Son costume brillait d'un sourd éclat, la longue cape rouge qui le couvrait jusqu'aux pieds, les mains gantées de rouge qui me tenaient. Les lourdes ondulations de son épaisse chevelure blanche, mêlée d'or, encadraient son visage. Les yeux bleus sous les sourcils d'or auraient pu sembler refléter de sombres ruminations, s'ils n'avaient été si grands, si adoucis par le sentiment qu'exprimait la voix.

Un homme en pleine force de l'âge au moment du Don ténébreux, avec un visage carré, aux joues légèrement creusées, aux lèvres charnues, empreint d'une douceur, d'une paix terrifiantes.

« Bois », dit-il, ses lèvres formant soigneusement le mot, comme si c'eût été un baiser.

Comme Magnus jadis, il découvrit sa gorge et la veine, sombre et violacée, s'offrit, sous la blancheur de la peau translucide. Le bruit reprit, l'irrésistible pulsation, et je me sentis happé.

Le sang, lumineux, comme un feu liquide. Notre sang.

Mes bras, dans lesquels s'éveillait une force incalculable, se nouèrent autour de son cou, mon visage se pressa contre sa peau fraîche, le sang giclant jusqu'au fond de mes reins, diffusant sa chaleur dans chaque vaisseau de mon corps. Combien de siècles avaient purifié ce sang, distillé sa puissance?

Sous le rugissement, je crus l'entendre parler.

« Bois, pauvre enfant, pauvre enfant blessé. »

Je sentis son cœur se gonfler, son corps onduler contre le mien, nous ne faisions plus qu'un.

Je murmurai :

« Marius ? »

Et il répondit :

« Oui. »

SEPTIÈME PARTIE

MAGIE ANCIENNE, ANCIENS MYSTÈRES

1

A mon réveil, j'étais à bord d'un navire. J'entendais grincer le bois, je humais l'air marin. Je sentais aussi le sang de l'équipage. Je sus qu'il s'agissait d'une galère, car j'entendais le rythme des rames sous le sourd grondement du vent dans les voiles gigantesques.

Je ne pouvais ni ouvrir les yeux ni bouger. Pourtant, j'étais calme. Je n'avais pas soif. J'éprouvais même un extraordinaire sentiment de paix. Mon corps était tout chaud, comme si je venais de me sustenter. J'étais bien. Ma rêverie était bercée par le doux balancement des vagues.

Puis mon esprit s'éclaircit.

Je savais que nous glissions très vite sur des eaux calmes. Le soleil venait de se coucher. Le ciel s'assombrissait, le vent mollissait. Le bruit des rames s'enfonçant dans l'eau et remontant était aussi apaisant qu'il était clairement perceptible.

Mes yeux étaient ouverts.

Je n'étais plus dans le cercueil. Je sortais de la cabine de poupe pour m'avancer sur le pont.

J'aspirais la brise salée en contemplant le bleu incandescent du ciel crépusculaire et la multitude des étoiles. De la terre, elles n'ont jamais cet éclat, cette proximité.

De chaque côté s'élevaient des îles montagneuses, des falaises parsemées d'un scintillement de lumières. Un parfum de verdure, de fleurs, de terre flottait dans l'air.

Le petit vaisseau effilé se dirigeait à vive allure vers un étroit passage entre deux masses de rochers.

Je me sentais inhabituellement fort, les idées claires. J'eus la tentation fugitive de chercher à comprendre comment j'étais arrivé là, si ces flots étaient ceux de la mer Égée ou de la Méditerranée, quand nous avions quitté Le Caire et si ce que je me rappelais avait réellement eu lieu.

Mais elle se fondit aussitôt dans une tranquille acceptation de mon sort.

Marius était juché au poste de commandement, devant le grand mât.

Je m'approchai et levai les yeux vers lui.

Il portait sa longue cape de velours rouge et son opulente chevelure était rejetée en arrière par la brise. Ses yeux étaient fixés sur la passe devant nous et sur ses dangereux écueils à fleur d'eau. Il se tenait à la rambarde.

Je me sentais irrésistiblement attiré vers lui et la paix qui régnait en moi s'accrut encore.

Ni son visage ni sa pose ne reflétaient une grandeur rébarbative, une hauteur susceptible de me rabaisser et de m'effrayer. Je ne voyais chez lui qu'une calme noblesse et le naturel d'une exceptionnelle douceur que trahissait le pli de la bouche.

Certes, le visage était trop lisse ; il avait presque cet aspect luisant des peaux à peine cicatrisées et il aurait pu surprendre, voire inquiéter, dans une ruelle obscure. Il dégageait une faible luminosité, mais l'expression était trop chaleureuse, trop humaine dans sa bonté pour ne pas attirer.

Armand était peut-être un dieu du Caravage et Gabrielle un de ces archanges de marbre qui montent la garde devant les églises.

Mais j'avais devant moi la contenance d'un homme immortel.

Et cet homme, la main droite tendue devant lui, pilotait le navire à travers les écueils à l'entrée de la passe.

Autour de nous, l'eau luisait avec un éclat de métal

fondu, des éclairs d'azur et d'argent zébrant sa masse noire. Là où les vagues se brisaient contre les rochers je discernais un jaillissement d'écume blanche.

Je grimpai aux côtés de Marius, en m'efforçant de ne pas faire le moindre bruit.

Sans quitter une seconde la mer des yeux, il tendit la main gauche et prit la mienne, qui pendait le long de mon corps.

Chaleur. Légère pression. Ce n'était pas le moment de parler, cependant, et j'étais même surpris qu'il m'eût accordé la moindre attention.

Ses sourcils se froncèrent et, comme s'ils obéissaient à un ordre silencieux, les rameurs ralentirent leur allure.

J'étais fasciné par ce spectacle et je m'aperçus qu'en me concentrant mieux, je pouvais sentir le pouvoir qui émanait de lui, une sourde pulsation qui suivait le rythme de son cœur.

J'entendais aussi les mortels en haut des falaises et sur les étroites grèves des îles qui s'étendaient de part et d'autre. Je les voyais rassemblés sur les promontoires, courant jusqu'au bord de l'eau, des flambeaux à la main. J'entendais leurs pensées résonner comme des voix dans les ténèbres limpides, tandis qu'ils suivaient des yeux les lanternes de notre embarcation. Ils pensaient en grec, que j'ignorais, mais le message était clair :

Voilà le seigneur qui passe. Venez voir ; le seigneur passe. Le mot « seigneur » s'accompagnait de connotations surnaturelles. Une révérence mêlée d'excitation se propageait de la côte jusqu'à nous.

Cette rumeur silencieuse me coupait le souffle ! Depuis dix ans, j'étais comme invisible aux yeux du monde et ces paysans vêtus de noir se rassemblaient pour regarder passer le navire de Marius, en sachant qu'un être surnaturel le gouvernait.

Nous avions à présent dépassé les grèves ; les falaises montaient à pic de chaque côté. Notre vaisseau glissait sur les eaux, les rames relevées. Les ténèbres s'étaient épaissies.

Bientôt, je vis s'ouvrir devant nous une grande baie argentée, avec au fond une véritable muraille de pierre, alors que de chaque côté la terre descendait en pente douce jusqu'à la mer. La face rocheuse était si haute que je n'en voyais pas le sommet.

Les rameurs ralentirent encore ; le navire dérivait imperceptiblement sur son erre. A mesure que nous avancions vers la falaise, je distinguais la forme d'un vieil embarcadère de pierre, tapissé de mousse. Les rames pointaient à présent vers le ciel.

Marius était toujours immobile, sa main pressant la mienne, tandis que l'autre m'indiquait l'embarcadère et la masse rocheuse, noire et mouillée, où se reflétaient nos lanternes.

Lorsque nous fûmes à cinq ou six pieds à peine de l'embarcadère — dangereusement près, me semblat-il, pour un bâtiment de la taille du nôtre —, je sentis le navire s'arrêter.

La main dans la main, nous traversâmes le pont et montâmes sur le plat-bord. Un serviteur plaça un sac dans la main de Marius et ensemble, nous bondîmes par-dessus les eaux jusqu'à l'embarcadère, franchissant aisément la distance.

En me retournant, je vis le vaisseau osciller doucement. Les rames se rabaissèrent et il repartit aussitôt vers les lumières d'une petite ville de l'autre côté de la baie.

Nous le suivîmes des yeux, puis Marius m'indiqua un étroit escalier pratiqué dans le roc.

« Précède-moi, Lestat », me dit-il.

Je pris plaisir à grimper, à me mouvoir rapidement le long de ces grossiers degrés, à suivre leurs nombreux détours, à sentir le vent souffler plus fort et à voir la mer s'éloigner et s'immobiliser comme si l'on avait arrêté le mouvement des vagues.

Marius me suivait de près et je sentais, j'entendais la puissante pulsation. Elle vibrait dans tous mes os.

A mi-hauteur les marches s'interrompaient et nous suivîmes un sentier à peine bon pour des chèvres. Parfois, des rochers ou des arêtes de pierre nous protégeaient d'une possible chute, mais la plupart du temps le sentier était creusé dans la falaise et à mesure que nous montions, je finis par avoir peur de regarder vers le bas.

Une seule fois, en me raccrochant à une branche d'arbre, je risquai un regard derrière moi et je vis Marius qui progressait régulièrement, son sac sur l'épaule. La baie et le petit port lointain avaient l'air de jouets. J'apercevais même, au-delà de la passe, la haute mer et les formes plus sombres des autres îles. Marius sourit et s'arrêta, puis il murmura courtoisement:

« Avance. »

Je me remis aussitôt en route et ne m'arrêtai plus avant d'avoir atteint le sommet. Je franchis les dernières projections rocheuses en rampant et me relevai dans l'herbe moelleuse.

Devant nous se dressaient d'autres rochers à pic, dans lesquels semblait taillée une immense forteresse. Je vis de la lumière aux fenêtres et en haut des tours.

Marius passa son bras autour de mes épaules et m'entraîna vers la vaste demeure.

Arrivé devant la porte massive, il s'arrêta et je sentis la pression de son bras sur mes épaules se relâcher. A l'intérieur, j'entendis qu'on tirait un verrou. La porte s'ouvrit et la pression se raffermit. Nous pénétrâmes dans un vestibule éclairé par deux flambeaux.

Je fus saisi de constater qu'il n'y avait là personne qui aurait pu tirer le verrou et nous ouvrir. Marius se tourna et regarda la porte. Elle claqua derrière nous.

« Ferme le verrou », me dit-il.

Je m'exécutai aussitôt, mais je me demandai pourquoi il n'avait pas fait agir encore une fois sa volonté.

« C'est beaucoup plus facile ainsi, dit-il malicieusement. Je vais te montrer la chambre où tu dormiras en sécurité. Viens me retrouver à ta convenance. »

Je n'entendais personne d'autre dans la demeure, mais il y avait eu des mortels. Leur odeur persistait par endroits et les flambeaux ne brûlaient pas depuis longtemps.

Nous montâmes un petit escalier sur la droite et lorsqu'il m'introduisit dans la chambre qui m'était destinée, je restai abasourdi.

Elle était immense et un côté entier ouvrait sur une terrasse bordée d'une balustrade en pierre, qui dominait la mer.

Je me retournai. Marius avait disparu, mais sur la table de pierre au centre de la pièce, je vis ma valise et le violon de Nicolas.

A sa vue, une vague de tristesse et de soulagement me submergea. Je craignais de l'avoir perdu.

La pièce était meublée de bancs de pierre. Sur un pied était posée une lampe à huile allumée. Dans une alcôve, je distinguai une lourde porte de bois à double battant.

Elle ouvrait sur un étroit couloir en forme de L. Au-delà du coude se trouvait un sarcophage dont le couvercle ne portait aucun ornement. Il était en diorite, l'une des pierres les plus dures qui fussent. Le couvercle pesait terriblement lourd et je constatai, en l'examinant de plus près, qu'il était plaqué de fer et comportait un verrou qu'on pouvait actionner du dedans.

A l'intérieur du cercueil, luisaient quelques objets. Lorsque je les soulevai pour les observer, à la lumière qui filtrait de la chambre, ils se mirent à étinceler de façon presque magique.

Il y avait un masque d'or, aux traits soigneusement moulés — les lèvres fermées, les yeux étroits, mais ouverts — rattaché à une capuche faite de plaquettes d'or martelé. Le masque était lourd, mais la capuche très légère et souple. Il y avait aussi une paire de gants de cuir recouverts de minces feuilles d'or qui faisaient penser à des écailles de poisson. Et enfin, une vaste couverture pliée, en laine rouge très douce, dont un côté était lui aussi recouvert de feuilles d'or.

Je compris que ces trois objets me protégeraient totalement de la lumière si l'on ouvrait le sarcophage pendant mon sommeil.

La chose était improbable, cependant, car les portes

du couloir étaient également plaquées de fer et munies d'un verrou intérieur.

Néanmoins, ces mystérieux objets dégageaient un charme puissant et je pris plaisir à les toucher et à m'en imaginer revêtu, dans mon sommeil. Le masque me faisait penser aux masques grecs de la comédie et de la tragédie.

L'ensemble évoquait les funérailles d'un roi de l'Antiquité.

Je regagnai la chambre, un peu à contrecœur, pour quitter les habits que j'avais portés, enfoui dans la terre du Caire, et me vêtir de frais. Je me sentais un peu ridicule, dans ce lieu intemporel, en habit de velours violet à boutons de perles, chemise de dentelle et souliers de satin à boucles de diamants, mais je n'avais rien d'autre. Je m'attachai les cheveux avec un ruban noir et partis à la recherche du maître de céans.

2

Des flambeaux brûlaient dans toute la maison. Les portes étaient ouvertes, les fenêtres béaient sur le firmament et la mer.

En descendant le petit escalier, je songeai que pour la première fois, au cours de mes pérégrinations, je me trouvais en sécurité dans le refuge d'un immortel, regorgeant de tout ce dont un tel être pouvait avoir besoin.

Dans les couloirs, je vis de superbes urnes grecques sur des piédestaux et de grandes statues orientales en bronze dans des niches. A chaque fenêtre, sur chaque terrasse s'épanouissait un foisonnement de plantes exquises. Sur le sol de marbre, s'étalaient de somptueux tapis venus d'Inde, de Perse, de Chine.

Je découvris d'énormes animaux empaillés : un ours brun, un lion, un tigre et même un éléphant, dans une immense salle, des lézards gros comme des dragons, des oiseaux de proie.

Tout cela, cependant, était éclipsé par les fresques bigarrées qui couvraient tous les murs, du sol au plafond.

Dans une pièce, c'était la représentation sombre et vibrante du désert arabique brûlé par le soleil, où une caravane de chameaux et de marchands enturbannés, reproduits avec un luxe inouï de détails, cheminait sur le sable. Ailleurs, on s'enfonçait dans une jungle fourmillant de fleurs tropicales et de feuilles merveilleusement dessinées, rendues avec une infinie délicatesse.

L'illusion était si parfaite que je fus d'abord surpris, puis séduit, et y regardant de plus près, je m'aperçus que ces peintures comportaient une infinité de choses.

La jungle regorgeait de créatures — insectes, oiseaux, vers de terre — et je voyais un million d'aspects différents de la scène, qui me donnaient l'impression de m'être glissé hors de l'espace et du temps pour pénétrer dans un univers bien au-delà du pictural. Et pourtant, tout était à plat sur le mur.

La tête me tournait. Où que mes yeux se posassent, je découvrais de nouveaux panoramas. J'ignorais jusqu'au nom de certaines des teintes et des nuances que je voyais.

Quant au style de ces œuvres, il me laissait aussi perplexe qu'enchanté. La technique semblait tout à fait réaliste, faisant appel aux proportions classiques que l'on trouvait chez les maîtres de la fin de la Renaissance : le Vinci, Raphaël, Michel-Ange, ainsi que chez des artistes plus récents, notamment Watteau et Fragonard. L'utilisation de la lumière était remarquable. Les créatures vivantes avaient l'air de respirer.

Les détails, en revanche, n'étaient ni réalistes ni en perspective. Il y avait trop de singes dans la jungle, trop d'insectes rampant sur les feuilles. Dans un ciel d'été, on aurait pu compter des milliers de minuscules créatures.

En pénétrant dans une longue galerie où des hommes et des femmes peints sur les murs me contemplaient de part et d'autre, je faillis crier. Il y avait des personnages de toutes les époques : Bédouins, Égyptiens, Grecs et Romains, chevaliers en armure, paysans, rois et reines, hommes de la Renaissance en pourpoints et chausses, le Roi-Soleil avec son immense perruque bouclée et enfin des gens de notre temps.

Là encore, les détails me donnaient l'impression d'être le jouet de mon imagination : des gouttelettes d'eau sur une cape, une balafre sur un visage, une araignée à demi écrasée sous une botte de cuir cirée.

Je me mis à rire. Ce n'était pas drôle, mais tout bonnement délicieux. Je riais à gorge déployée.

J'eus le plus grand mal à m'arracher à cette galerie, mais heureusement la vue d'une bibliothèque brillamment éclairée vint à point pour me solliciter.

Les murs étaient entièrement cachés par des livres et des parchemins roulés ; le milieu de la pièce était occupé par d'énormes globes terrestres dans leur cage de bois, par des bustes de dieux et déesses grecs et par d'immenses cartes géographiques.

Sur les tables, des piles de journaux dans toutes les langues. Et partout, une foule de curiosités. Des fossiles, des mains momifiées, des coquillages, des bouquets de fleurs séchées, des figurines, des fragments de statues antiques, des jarres d'albâtre couvertes de hiéroglyphes.

Complétant le mobilier, toutes sortes de sièges confortables — avec des petits tabourets —, de candélabres et de lampes à huile étaient éparpillés parmi les tables.

L'impression globale était celle d'un reposant désordre ; on subodorait des heures de pur contentement, au milieu du savoir humain et d'objets fabriqués par l'homme.

Je restai un long moment à déchiffrer des titres latins et grecs. Je me sentais légèrement ivre, comme si j'avais bu le sang d'un humain imbibé d'alcool.

Je devais rejoindre Marius, cependant. Je quittai la pièce pour descendre un petit escalier, franchir un autre vestibule peint et pénétrer enfin dans une immense pièce pleine de lumière.

Avant même d'entrer, j'entendis les chants d'oiseaux et sentis le parfum des fleurs. Dès la porte passée, je me trouvai perdu au milieu d'une forêt de cages où évoluaient non seulement des oiseaux de toutes tailles et couleurs, mais aussi des singes qui commencèrent à se démener dans leur prison en m'apercevant.

Les cages étaient cernées par des plantes en pots : fougères, bananiers, roses, choux, ipomées, jasmin et autres végétaux qui exhalaient leur fragrance dans l'air nocturne. Il y avait des orchidées violettes et blanches, des fleurs carnivores qu'on aurait dites en cire, des petits arbres fruitiers croulant sous le poids de pêches, de citrons et de poires.

Lorsque je sortis enfin de ce paradis de verdure, ce fut pour déboucher dans une salle emplie de superbes sculptures, d'où j'apercevais des salles attenantes regorgeant de tableaux, de meubles orientaux, de jouets mécaniques.

A présent, je ne m'attardais plus, bien sûr, sur chaque objet, chaque découverte. Il aurait fallu une vie entière pour étudier le contenu de cette demeure. Je poursuivis mon chemin.

Je ne savais pas où j'allais, mais je savais que ma curiosité n'était nullement importune.

J'entendis enfin le bruit que j'associais automatiquement à la présence de Marius, ce lent battement de cœur bien rythmé que j'avais entendu au Caire. Je me dirigeai vers lui.

3

Je pénétrai dans un salon moderne brillamment éclairé. Les murs de pierre étaient cachés derrière des boiseries en bois de rose, dans lesquelles étaient encastrés des miroirs qui montaient jusqu'au plafond. Je vis des commodes peintes, des fauteuils capitonnés, des paysages sombres et luxuriants aux murs, des pendules en porcelaine. Un certain nombre de livres derrière les vitres d'une bibliothèque ; sur une petite table, à côté d'un fauteuil à oreillettes tapissé de brocart, un journal récent.

De hautes et étroites portes-fenêtres ouvraient sur une terrasse en pierre où des parterres de lys blancs et de roses rouges dégageaient leurs capiteuses exhalaisons.

Me tournant le dos, appuyé contre la rambarde, un homme en costume moderne.

Il se retourna pour me faire signe d'approcher. C'était Marius.

Son habit était rouge et non violet comme le mien, ses dentelles de Valenciennes plutôt que de Bruxelles, mais nos costumes étaient très semblables, ses cheveux retenus par un ruban noir, comme les miens. Il ne semblait pas du tout éthéré, comme Armand, mais plutôt surnaturel. Un être d'une blancheur et d'une perfection impossibles, rattaché néanmoins à tout ce qui l'entourait : les vêtements qu'il portait, la rambarde sur laquelle était posée sa main et même l'instant présent, durant lequel un petit nuage cacha le brillant croissant de la lune.

Ce moment, je le savourai : nous allions parler lui et moi. J'avais toujours les idées aussi claires. Je n'avais pas soif. Je sentais que c'était son sang qui me soutenait ainsi. Tous les vieux mystères se rassemblaient et s'aiguisaient en moi. Ceux Qu'il Faut Garder se trouvaient-ils quelque part sur cette île ? Allais-je découvrir leur secret ?

Je gagnai la balustrade et m'y appuyai, à ses côtés, pour regarder la mer. Ses yeux étaient fixés sur une île assez proche de la côte au-dessous de nous. Il écoutait quelque chose que je n'entendais point. De profil, son visage qui se découpait sur la lumière en provenance de la pièce semblait figé comme de la pierre. Un frisson de peur me parcourut.

Aussitôt, il se tourna vers moi avec une expression enjouée, son visage lisse parut un moment incroyablement animé, puis il passa son bras autour de mes épaules pour me ramener dans la pièce.

Il marchait au même rythme qu'un mortel, d'un pas léger mais ferme, se mouvant d'une façon parfaitement normale.

Nous nous assîmes dans une paire de fauteuils en vis-à-vis, placés à peu près au centre de la salle. J'avais la terrasse à ma droite. Un lustre au-dessus de nous renforçait la lumière de la douzaine de candélabres et d'appliques dispersés à travers la vaste pièce.

Tout était naturel, raffiné. Marius se cala confortablement contre ses coussins de brocart.

En me souriant, il paraissait parfaitement humain, mais les rides et l'animation disparurent avec le sourire.

J'aurais voulu ne pas le dévisager si fixement, mais j'étais incapable de détourner les yeux.

Son visage prit une expression malicieuse.

Mon cœur battait la chamade.

« Qu'est-ce qui te paraît plus facile ? me demandat-il en français. Que je te dise pourquoi je t'ai amené ici ou que toi tu me dises pourquoi tu me cherchais ?

— Oh, je préfère que ce soit toi qui parles », dis-je.

Il eut un petit rire engageant.

« Tu es une créature remarquable, dit-il. Je ne m'attendais certes pas à ce que tu descendes en terre aussi vite. La plupart d'entre nous ne connaissent la première mort que beaucoup plus tard, au bout d'un siècle, ou même de deux.

— La première mort ? Alors, c'est donc normal, de s'enfouir dans la terre comme je l'ai fait ?

— Parmi les survivants, oui. Nous mourons et nous ressuscitons. Ceux qui ne le font pas deviennent fous, d'habitude. »

J'étais stupéfait, mais la chose était logique. L'affreuse idée me vint que si Nicolas s'était mis en terre au lieu de se jeter dans le feu... Non, je ne pouvais pas songer à lui pour le moment. Autrement je commencerais à poser des questions idiotes. Nicolas est-il quelque part ou n'existe-t-il plus ? Et mes frères ?

« Je n'aurais pas dû en être si surpris, pourtant, reprit Marius, comme s'il n'avait pas entendu ces pensées ou préférait ne pas s'y attarder. Tu avais perdu trop de ce qui t'était précieux. Tu as vu et appris beaucoup en très peu de temps.

— Comment sais-tu ce qui m'est arrivé ? »

Nouveau sourire, presque un rire. La chaleur, l'actualité qui émanaient de lui étaient étonnantes. Il s'exprimait exactement comme un Français cultivé de notre époque.

« Je ne te fais pas peur ? demanda-t-il.

— Je ne pensais pas que c'était ton but, dis-je.

— Certes non, mais ton sang-froid est néanmoins surprenant. Pour répondre à ta question, je sais ce qui arrive à notre race dans le monde entier, mais, franchement, sans toujours comprendre comment je le sais. Ce pouvoir croît avec l'âge, comme tous nos pouvoirs, mais il reste assez insaisissable. Par moments, je sais ce qui se passe à Rome ou à Paris et quand on m'appelle comme tu l'as fait, le message me parvient à travers d'énormes distances et je réussis, comme tu l'as vu, à en localiser la source. Cependant les informations m'attirent d'autres façons. J'ai lu tous les messages que tu m'as laissés à travers l'Europe, d'autres m'ont parlé de toi et parfois, nous avons été proches — plus que tu ne saurais le penser — et j'ai entendu tes pensées. Je les entends en ce moment, bien sûr, mais je préfère communiquer par la parole.

— Pourquoi ? voulus-je savoir. J'aurais cru que les anciens renonceraient complètement à la parole.

— Les pensées sont imprécises, répondit-il. Si je t'ouvre mon esprit, comment contrôler exactement ce que tu y lis ! Et quand je lis dans le tien, je puis me méprendre sur ce que je vois ou entends. Je préfère donc utiliser la parole et faire fonctionner grâce à elle mes facultés mentales. J'aime qu'un signal sonore annonce mes communications importantes, qu'on perçoive ma voix. Il m'est déplaisant de pénétrer les pensées d'un autre sans prévenir. Et, pour tout te dire, il me semble que la parole est le plus bel apanage que partagent mortels et immortels. »

Je ne sus que répondre. C'était encore une fois la

logique même et pourtant je secouai la tête. « Et ton apparence ? insistai-je. Tu ne bouges pas comme Armand ou Magnus. Je croyais que tous les anciens...

— Comme un fantôme ? Mais pour quoi faire ? » Son rire si doux me charmait. Il se renversa dans son fauteuil et plia un genou pour poser son pied sur le siège.

« Il y a eu bien sûr des moments où cela m'a passionné, de pouvoir glisser sans avoir l'air de marcher, de prendre des postures impossibles aux mortels, de faire d'immenses bonds pour atterrir sans un bruit, de déplacer des objets par ma seule volonté, mais au bout du compte, c'est assez primaire. Les gestes humains sont *élégants*. La chair humaine, le corps humain ont leur sagesse. J'aime entendre mes pieds toucher le sol, sentir les objets sous mes doigts. En plus de quoi, tout ce qui est inhabituel est épuisant. Quand il le faut, je puis le faire, mais il est beaucoup plus facile de faire les choses naturellement. »

Cette tirade me causa un plaisir que je laissai transparaître.

« Une chanteuse peut briser un verre avec une note suraiguë, dit-il, mais il est beaucoup plus simple de le jeter par terre. »

Cette fois, j'éclatai de rire.

Déjà, je m'accoutumais à voir son visage passer de la perfection figée d'un masque à l'expressivité ; d'ailleurs la constante vitalité de son regard assurait le lien. L'impression dominante était celle d'un homme d'humeur égale et ouverte, d'un homme étonnamment beau et perspicace.

Je ne pouvais, en revanche, m'habituer à sa présence et à tout ce que je sentais en lui d'incroyable puissance.

Je me sentis soudain troublé, dépassé. J'eus envie de pleurer.

Il se pencha pour poser les doigts sur le dos de ma main et un choc me parcourut. Ce contact nous unissait. Sa peau, quoique soyeuse comme celle de tous les vampires, était moins souple. J'eus l'impression d'une main de pierre dans un gant de soie.

« Je t'ai amené ici parce que je veux te confier ce que je sais, dit-il. Je veux partager mes secrets avec toi. Pour différentes raisons, tu as su me séduire. »

J'étais fasciné et je sentis la possibilité d'un amour écrasant.

« Je te préviens, cependant, que c'est dangereux. Je ne détiens pas les réponses suprêmes. Je ne saurais te dire qui a créé le monde, ni pourquoi l'homme existe. Pourquoi nous existons. Mais je puis t'en apprendre plus long sur nous que tu n'en as jamais appris. Je puis te montrer Ceux Qu'il Faut Garder et te dire ce que j'en sais. Je puis te dire pourquoi j'ai pu survivre aussi longtemps à ce qu'il me semble. Ce savoir te changera peut-être un peu. N'est-ce pas d'ailleurs le rôle du savoir ?...

— Si...

— Mais quand j'aurai donné tout ce que j'ai à donner, tu seras toujours un être immortel qui doit trouver ses propres raisons d'exister.

— Oui, dis-je, des raisons d'exister. » Ma voix était un peu amère, mais son exposé m'avait rasséréné.

J'éprouvais, toutefois, le sentiment ténébreux d'être une créature affamée et mauvaise, qui parvenait fort bien à exister sans raison aucune, un vampire puissant qui prenait toujours exactement ce qu'il voulait, sans écouter quiconque. Je me demandai s'il savait à quel point j'étais épouvantable.

La seule raison de tuer, c'était le sang. Et son extase.

« Rappelle-toi bien que je t'ai averti que les circonstances seraient les mêmes ensuite, dit-il. Toi seul auras peut-être changé. Tu seras peut-être encore plus démuni qu'à ton arrivée.

— Mais pourquoi choisir de me faire ces révélations à moi ? demandai-je. Je ne suis sûrement pas le premier à t'avoir cherché. Tu dois bien savoir où se trouve Armand.

— Comme je te l'ai dit, il y a plusieurs raisons, la plus forte étant sans doute la façon dont tu m'as cherché. Bien peu d'êtres, mortels ou immortels, sont vraiment en quête de savoir dans ce monde. Au contraire, ils tentent d'arracher à l'inconnu des réponses déjà formulées dans leur propre esprit, des justifications, des confirmations, des consolations sans lesquelles ils ne peuvent continuer. Demander vraiment, c'est ouvrir la porte à une tornade ; la réponse risque d'annihiler la question et celui qui la pose. Toi, cependant, tu demandes vraiment depuis que tu as quitté Paris il y a dix ans. »

Je comprenais, mais de façon diffuse.

« Tu n'as presque aucune idée préconçue, dit-il. En fait, tu me stupéfies parce que tu admets tes manques avec une extraordinaire simplicité. Tu veux un but, de l'amour.

— Oui, dis-je en haussant les épaules. Est-ce assez fruste ! »

Il rit doucement.

« Non, pas vraiment. J'ai l'impression que mille huit cents ans de civilisation ont accouché d'un innocent.

— Un innocent ? Moi ?

— Nous vivons en un siècle où l'on parle beaucoup du bon sauvage, de l'influence corruptrice de la civilisation, du besoin de retrouver notre innocence perdue. C'est absurde, en fait. Les peuples vraiment primitifs sont souvent monstrueux dans leurs croyances et leurs espérances. Ils sont incapables de concevoir l'innocence. De même que les enfants, d'ailleurs. De nos jours, la civilisation vient enfin de créer des hommes qui se comportent innocemment, qui regardent autour d'eux et s'exclament : Mais, où sommes-nous ?

— Certes. Mais je ne suis pas innocent, dis-je. Athée, oui. Je viens d'une longue lignée d'athées et je m'en flatte. Je sais, pourtant, ce que sont le bien et le mal au sens pratique et je suis Typhon, assassin de son frère, et non le bourreau de Typhon. Tu le sais.

— Oui, mais tu ne cherches aucun système pour justifier cette réalité, répondit-il. C'est cela que j'appelle innocence. Tu causes la mort de mortels parce que tu as été transformé en être qui se nourrit de sang et de mort, mais tu ne mens pas, tu ne crées pas à l'intérieur de toi des systèmes ténébreux et maléfiques.

— C'est vrai.

— Être athée, c'est sans doute le premier pas vers l'innocence, reprit-il. Perdre le sentiment du péché et de la subordination, le faux regret d'un paradis censément perdu.

— Donc, par innocence tu entends non pas absence d'expérience, mais absence d'illusions.

— Absence du besoin d'illusions, corrigea-t-il. Amour et respect de ce que nous avons sous le nez. »

Je soupirai, en me renversant dans mon siège, afin de réfléchir. Ces propos évoquaient Nicolas, lorsqu'il avait parlé de ma lumière. Était-ce cela qu'il avait voulu dire ?

Marius aussi semblait cogiter, les yeux tournés vers le ciel nocturne, la bouche légèrement raidie.

« Ce n'est pas seulement ton esprit qui m'a attiré, reprit-il, ou ton honnêteté, si tu préfères. C'est aussi la façon dont tu as été créé vampire.

— Tu sais cela aussi ?

— Oui, tout, répondit-il. Tu as été créé à la fin d'une époque, à un moment où le monde subissait des changements radicaux. De même, je suis né et j'ai mûri en un temps où l'Antiquité, comme on dit aujourd'hui, touchait à sa fin. Les anciennes fois étaient mortes. Un nouveau dieu commençait à poindre.

— Quand était-ce donc ? demandai-je, passionné.

— Sous le règne d'Auguste ; l'Empire romain naissait à peine ; on ne croyait plus aux dieux dans ce qu'ils ont de sublime. »

Je sentis le plaisir inonder mon visage. Je ne mettais pas ses paroles en doute, mais j'étais comme ébranlé.

Il continua :

« En ces temps-là, le commun des mortels croyait encore à la religion, comme aujourd'hui. C'était pour eux une coutume, une superstition, une magie élémentaire ponctuée de cérémonies dont l'origine se perdait dans la nuit des temps. Mais ceux qui engendraient les idées — ceux qui gouvernaient et faisaient avancer le cours de l'Histoire — étaient aussi athées et désespérément raffinés que les Européens cultivés de notre époque.

— C'est l'impression que j'ai eue en lisant Cicéron, Ovide et Lucrèce », remarquai-je.

Il acquiesça avec un petit haussement d'épaules.

« Il a fallu mille huit cents ans pour en revenir au scepticisme, au niveau de sens pratique qui étaient alors notre état d'esprit quotidien. Pourtant, l'Histoire est bien loin de se répéter. C'est cela le plus étonnant.

— Que veux-tu dire ?

— Regarde autour de toi ! Il se passe en Europe des événements entièrement nouveaux. Jamais la vie humaine n'a été aussi prisée. La sagesse et la philosophie accompagnent les nouvelles découvertes scientifiques, les nouvelles inventions qui vont complètement bouleverser le mode de vie des hommes. Cela, cependant, c'est l'avenir. L'important, pour le moment, c'est que tu es né à l'apogée d'une ancienne façon de voir les choses. Et moi aussi. Tu es parvenu à l'âge d'homme sans aucune foi et pourtant, tu n'es pas cynique. Moi non plus. Nous avons jailli, en quelque sorte, d'une fissure entre la foi et le désespoir. »

Mais Nicolas est tombé dedans et il a péri, me dis-je.

« C'est pourquoi les questions que tu poses ne sont pas celles des immortels créés sous le dieu chrétien. »

Je repensai à ma dernière conversation avec Gabrielle au Caire. Je lui avais dit que c'était ma force.

« Exactement, fit Marius. Nous avons cela en commun, toi et moi. En grandissant, nous avons appris à ne guère attendre des autres. Et le fardeau de notre conscience, quoique terrible, est tout à fait privé.

— Mais c'était pourtant sous le dieu chrétien, tout au début, que tu as été créé immortel.

— Non, protesta-t-il aussitôt, nous n'avons jamais servi le dieu chrétien, nous autres. Oublie cette idée.

— Mais les forces du bien et du mal qui se cachent derrière les noms du Christ et de Satan ?

— Encore une fois, rien à voir avec nous.

426

— Mais enfin, le concept du mal sous une forme quelconque...

— Non, nous sommes plus vieux que cela, Lestat. Les hommes qui m'ont créé adoraient des dieux et nourrissaient des croyances que je n'avais pas. Leur foi remontait toutefois à une époque bien antérieure aux temples de l'Empire romain, une époque où l'on pouvait verser le sang humain au nom du bien. Le mal pour eux c'était la sécheresse, les sauterelles et la perte des récoltes. Ces hommes ont fait de moi ce que je suis au nom du bien. »

C'était passionnant, fascinant.

Les anciens mythes me revinrent à l'esprit, en un chœur d'une poésie éblouissante. *Osiris était un dieu bénéfique, le dieu du blé.* Mes pensées tourbillonnaient. Je revis en un éclair mon ultime soirée en Auvergne, avec le feu de joie et les paysans qui chantaient. Des païens, avaient dit ma mère et le prêtre dont ils s'étaient débarrassé.

Plus que jamais, il me semblait que nous vivions l'histoire du Jardin sauvage, où la seule loi en vigueur était celle de l'esthétique. Les récoltes pousseront, le blé sera vert, puis jaune, le soleil brillera. Le pommier produira des pommes parfaites. Les paysans allumeront des feux de joie pour faire pousser les pommes.

« Oui, le Jardin sauvage, dit Marius, une lueur dans les yeux. J'ai dû quitter les cités civilisées de l'Empire pour le trouver. M'enfoncer dans les forêts profondes des provinces septentrionales, où le Jardin poussait encore dru et luxuriant, me rendre au pays des Gaules du Sud, où tu es né. J'ai dû tomber aux mains de ces barbares à qui nous devons notre stature, nos yeux bleus et nos cheveux blonds. Ils m'ont été transmis par ma mère, fille d'un chef gaulois mariée à un patricien romain, et à toi par le sang de tes pères. Et par une étrange coïncidence, nous avons été tous deux élus à l'immortalité pour la même raison — toi par Magnus et moi par mes ravisseurs —, parce que nous étions la parfaite incarnation de notre race blonde aux yeux bleus, plus grands et mieux faits que les autres.

— Ah, il faut que tu m'expliques tout ! m'écriai-je.

— C'est ce que je fais, répondit-il. Mais d'abord, je crois qu'il vaut mieux que tu voies quelque chose qui va prendre beaucoup d'importance au fil de mon récit. »

Il laissa à ses mots le temps de pénétrer.

Puis il se leva et baissa les yeux vers moi, attendant.

« Ceux Qu'il Faut Garder ? » chuchotai-je, d'une voix lamentablement faible et hésitante.

Je vis à nouveau un éclair de malice traverser son visage, ou plutôt un peu de cet amusement qui semblait latent chez lui.

« N'aie pas peur, dit-il gravement. Ça ne te ressemble pas, pourtant. »

Je brûlais du désir de les voir, de savoir ce qu'ils étaient et pourtant je restai collé à mon siège. Jamais je n'avais cru que je les verrais réellement...

« Est-ce... est-ce terrible à voir ? » demandai-je.

Il sourit avec lenteur, d'un air affectueux, et me posa la main sur l'épaule.

« Renoncerais-tu si je disais oui ?

— Non », dis-je. Mais j'avais peur.

« Ça ne devient terrible qu'avec le temps, dit-il. Au début, c'est très beau. »

Il attendait, en m'observant et en s'efforçant d'être patient. Puis il murmura :

« Viens. »

4

Un escalier s'enfonçait dans la terre.

Il était beaucoup plus ancien que la maison. Je le savais intuitivement. Les marches étaient creusées au milieu par l'usure d'innombrables pieds. Le colimaçon disparaissait au plus profond du roc.

De temps à autre, une grossière fenêtre sur la mer, ouverture trop petite pour laisser passer un homme, avec un rebord sur lequel des oiseaux avaient niché, où l'herbe jaillissait des fissures.

Et puis le froid, ce froid inexplicable que l'on ressent parfois dans les monastères, les églises en ruine, les chambres hantées.

Je me frottai les bras. Le froid s'élevait à travers les marches.

« Ce ne sont pas eux qui le causent », dit doucement Marius.

Dans la pénombre, son visage paraissait plus âgé.

« Il faisait froid bien avant leur arrivée », ajouta-t-il.

Il me fit à nouveau signe de le suivre, avec sa patience coutumière. Son regard était plein de compassion.

« N'aie pas peur », répéta-t-il en reprenant sa descente.

J'aurais eu honte de ne pas le suivre. L'escalier me paraissait interminable.

Nous passâmes devant d'autres fenêtres d'où sortait le bruit de la mer. Je sentis la fraîcheur des embruns sur mes mains et mon visage, vis les pierres luire d'humidité. Nous nous enfoncions de plus en plus bas, l'écho de nos pas résonnant contre le plafond voûté et la surface inégale des murs. C'était plus bas qu'un donjon, c'était le puits qu'on creuse, enfant, lorsqu'on assure que l'on va faire un tunnel jusqu'au centre de la terre.

Enfin, en tournant un nouveau coin, je vis de la lumière. Deux lampes brûlaient devant une grande porte à double battant.

Cette porte était barrée par un énorme madrier dont le maniement aurait sûrement exigé les efforts de plusieurs hommes, voire des leviers et des cordes.

Marius le souleva aisément et le posa à côté de la porte, puis il regarda fixement celle-ci. J'entendis bouger un autre madrier à l'intérieur. Les deux battants s'ouvrirent lentement et je sentis ma gorge se nouer.

Ce n'était pas seulement qu'il eût tout fait sans rien toucher. Ça, je l'avais déjà vu. C'était aussi que la pièce qui s'étendait devant nous regorgeait des mêmes ravissantes fleurs et des lampes allumées que j'avais vues dans la maison. Ici, dans les entrailles de la terre, il y avait des lys d'une blancheur cireuse sur lesquels étincelaient des gouttelettes d'humidité, des roses aux teintes lumineuses. Ce lieu était une chapelle, éclairée par la lueur douce et vacillante de cierges et parfumée par des milliers de bouquets.

Les murs étaient recouverts de fresques, dorées à l'or fin, comme celles des vieilles églises italiennes, mais on n'y voyait point de saints chrétiens.

Des palmiers égyptiens, le désert ocre, les trois pyramides, les eaux bleues du Nil. Des hommes et des femmes, voguant sur les eaux dans leurs gracieuses embarcations, avec au-dessous d'eux les poissons multicolores des profondeurs et au-dessus des oiseaux aux ailes pourpres.

Et l'or, qui illuminait toute la scène, l'or dans le soleil qui brillait aux cieux, dans les pyramides qui luisaient au loin, dans les écailles des poissons et les plumes des oiseaux, dans les ornements des silhouettes souples et délicates figées sur leurs longs bateaux étroits.

Je fermai les yeux un instant. Puis je les rouvris lentement et vis l'ensemble comme un grand sanctuaire.

Des gerbes de lys sur un autel de pierre assez bas où était posé un immense tabernacle d'or, entièrement gravé de dessins égyptiens. L'air nous parvenait par de profonds puits creusés dans le roc au-dessus de nous, agitant les flammes de lampes qui ne s'éteignaient jamais et faisant bruire les grandes feuilles pointues des lys qui dégageaient leur parfum capiteux dans leurs vases remplis d'eau.

Il me semblait presque entendre des cantiques, des chants et des invocations et je n'avais plus peur. Cette beauté était trop apaisante, trop grandiose.

Mes yeux s'étaient fixés sur les portes d'or du tabernacle, sur l'autel. Il était plus grand que moi et trois fois plus large.

430

Marius aussi le regardait. Je sentais le pouvoir émaner de lui, la chaleur de sa force invisible, et j'entendis bouger le verrou intérieur du tabernacle.

Si j'avais osé, je me serais peut-être rapproché de lui. Je retins mon souffle en regardant les portes d'or s'ouvrir toutes grandes pour révéler deux splendides personnages égyptiens — un homme et une femme — assis côte à côte.

La lumière effleura leurs visages blancs, minces et finement ciselés, leurs membres blancs soigneusement disposés ; elle fit luire des éclairs au fond de leurs yeux noirs.

Ils étaient aussi sévères que les statues égyptiennes, d'un parfait dépouillement, d'une grande beauté formelle, magnifiques dans leur simplicité. Seule l'expression ouverte et enfantine de leurs visages démentait l'impression de dureté et de froideur. A l'encontre des statues habituelles, cependant, leurs vêtements et leurs cheveux étaient vrais.

Leurs longues chevelures, épaisses et noires, étaient coupées en une frange bien droite au milieu du front et couronnées de fins cercles d'or. Autour de leurs bras nus des serpents d'or, à leurs doigts des bagues.

Leurs vêtements étaient en lin blanc d'une extrême finesse. L'homme, torse nu, ne portait qu'une sorte de pagne et la femme une longue tunique plissée. Tous deux avaient autour du cou de nombreux colliers d'or, certains incrustés de pierreries.

Ils étaient presque de la même taille et leurs poses étaient identiques, les mains à plat sur les cuisses. Cela m'étonna au moins autant que leur parfaite beauté et l'éclat de leurs yeux.

Jamais je n'avais vu, chez de simples statues, des poses à ce point criantes de vérité, pourtant ils ne dégageaient aucune impression de vie. Peut-être était-ce dû à leur accoutrement, au scintillement de la lumière sur leurs colliers et leurs bagues, qui se reflétait dans leurs yeux brillants.

S'agissait-il d'Isis et Osiris ? Étaient-ce de minuscules hiéroglyphes que je distinguais sur leurs colliers et leurs diadèmes ?

Marius ne disait rien. Il les contemplait comme moi et son visage était impénétrable, peut-être empreint de tristesse.

« Puis-je approcher d'eux ? chuchotai-je.

— Bien sûr. »

Je m'avançai vers l'autel, comme un enfant dans une cathédrale, d'un pas de plus en plus hésitant. Je m'arrêtai à quelques pas d'eux et les regardai droit dans les yeux. Ils étaient d'une profondeur, d'une couleur admirables, presque trop vraies.

Chaque cil, chaque sourcil noir avait été fixé avec un soin infini.

Leurs bouches entrouvertes laissaient apercevoir l'éclat nacré des dents. Leurs visages et leurs bras étaient parfaitement polis. A la manière de toutes les statues qui ont les yeux dirigés droit devant elles, ils donnaient l'impression de me regarder.

J'étais perplexe. S'ils n'étaient pas Isis et Osiris, qui d'autre ? De quelles anciennes vérités étaient-ils les symboles et pourquoi cet impératif dans leur nom : Ceux Qu'*il Faut* Garder.

Je m'abîmai dans la contemplation, la tête penchée.

Leurs yeux étaient bruns, autour du centre noir de la pupille, et la cornée blanche et humide semblait couverte d'une laque transparente. Leurs lèvres étaient du rose cendré le plus pâle.

« Est-il permis... ? » commençai-je à voix basse, en me tournant vers Marius, mais je m'interrompis, intimidé.

« Tu peux les toucher », dit-il.

Pourtant, cela me semblait sacrilège. Je les examinai de plus près, leurs mains ouvertes sur leurs cuisses, leurs ongles qui, comme les nôtres, paraissaient de verre.

Je me dis que si je touchais le dos de la main de l'homme, ce ne serait pas trop impie, mais j'avais envie, en fait, de caresser le visage de la femme. Je finis par lever une main hésitante vers sa joue, dont le bout de mes doigts effleura la blancheur. Puis, je la regardai dans les yeux.

Elle ne pouvait être en pierre, me dis-je, c'était impossible... Au toucher, c'était exactement comme... Et dans ses yeux...

J'eus un mouvement de recul instinctif.

En fait, je fis un tel bond en arrière que je renversai un vase de lys et me cognai dans la porte du tabernacle.

Je tremblais si violemment que je tenais à peine debout.

« Ils sont vivants ! dis-je. Ce ne sont pas des statues ! Ce sont des vampires, comme nous !

— Oui, dit Marius. Mais ils ne connaissent pas ce mot. »

Il se tenait juste devant moi et continuait à les regarder.

Il fit volte-face et s'approcha de moi pour me prendre la main droite.

Le sang m'était monté au visage. J'aurais voulu parler, mais j'en étais incapable. Je fixai sur eux un regard éperdu, puis mes yeux vinrent se poser sur Marius et sur la main blanche qui tenait la mienne.

« Ne t'inquiète pas, dit-il presque tristement. Je ne crois pas qu'il leur déplaise d'être touchés par toi. »

Il me fallut un instant pour comprendre. « Tu veux dire que tu... tu ne sais même pas si... ils restent assis là sans rien... Oooh, mon Dieu ! »

Les mots qu'il avait prononcés plusieurs siècles auparavant, répétés par Armand, me revinrent en mémoire : *Ceux Qu'il Faut Garder sont en paix ou se taisent. Peut-être n'en saurons-nous jamais plus.*

Je frissonnai de tous mes membres, sans pouvoir me retenir.

« Ils respirent, ils pensent, ils vivent, comme nous, balbutiai-je. Depuis combien de temps sont-ils ainsi ? Combien ?

— Calme-toi ! dit-il en me serrant la main.

— Mon Dieu ! » répétai-je, stupidement. Je ne trouvais pas d'autres mots. « Mais qui sont-ils ? finis-je par demander d'une voix qui frisait l'hystérie. Isis et Osiris ? C'est ça ?

— Je ne sais pas.

— Je ne veux plus les voir. Je veux sortir d'ici.

— Pourquoi ? demanda-t-il calmement.

— Parce qu'ils... ils sont vivants à l'intérieur de ces corps et qu'ils... ils ne peuvent ni parler, ni bouger !

— Comment le sais-tu ? » objecta-t-il. Sa voix était basse, apaisante.

« Mais ils ne bougent pas. C'est bien ça qui est horrible. Ils ne parlent pas, ils ne bougent pas...

— Je veux que tu les regardes encore un peu, dit-il. Ensuite, je te ramènerai là-haut et je te raconterai tout. C'est promis.

— Je ne veux plus les regarder. Je t'en prie, Marius », protestai-je en essayant de dégager ma main. Son emprise était aussi impitoyable que celle d'une statue, cependant, et je ne pus m'empêcher de penser que sa peau était comme la leur, qu'elle commençait à avoir le même lustre incroyable, que son visage au repos était aussi lisse que les leurs !

Il commençait à leur ressembler. Et un jour, au cours du grand bâillement de l'éternité, je commencerais moi aussi à leur ressembler. Si je vivais assez longtemps.

« Marius, je t'en prie... », répétai-je, toute honte bue. Je voulais sortir de cette pièce.

« Fort bien, attends-moi alors, dit-il patiemment. Reste ici. »

Il lâcha ma main et baissa les yeux vers les fleurs que j'avais écrasées, vers l'eau renversée. Sous mes yeux, tout rentra dans l'ordre, les fleurs regagnèrent le vase, le sol sécha.

Il regardait à nouveau les deux êtres immobiles et j'entendis ses pensées. Il les saluait, sans leur donner ni nom, ni titre ; puis il leur expliquait sa récente absence, due à un voyage jusqu'en Égypte. Il leur avait rapporté des présents qu'il leur ferait bientôt voir. Il les emmènerait très bientôt voir la mer.

Je commençai à me calmer un peu. Mon esprit disséquait à présent tout ce qui m'était devenu clair au moment de la terrible révélation. Il les aimait. Il les avait toujours aimés. Il avait voulu que la chambre où ils se trouvaient fût la plus belle possible, car cela comptait peut-être pour eux.

Il n'était sûr de rien, cependant. Quant à moi, je n'avais qu'à les regarder bien en face pour éprouver la même horreur à l'idée qu'ils étaient vivants et prisonniers au-dedans d'eux-mêmes.

« C'est trop atroce ! » murmurai-je. Je savais, sans qu'il eût besoin de me le dire, pourquoi il les gardait. Impossible de les ensevelir au plus profond de la terre, puisqu'ils étaient conscients. Impossible de les brûler puisqu'ils étaient impuissants et ne pouvaient donner leur consentement. C'était affreux !

Il les gardait donc, comme les païens de l'Antiquité gardaient leurs dieux dans des temples semblables à des maisons. Il leur apportait des fleurs.

A présent, sous mes yeux il s'apprêtait à brûler de l'encens à leur intention. Il venait de le sortir d'un mouchoir de soie et leur expliqua qu'il venait d'Égypte.

Les larmes me montèrent aux yeux et je me mis à pleurer.

Quand je relevai la tête, il leur tournait le dos et je les apercevais par-dessus son épaule. Sa ressemblance avec eux faisait peur ; il était une statue tout habillée. Je me demandai s'il ne faisait pas exprès de figer ainsi son visage.

« Je t'ai déçu, n'est-ce pas ? murmurai-je.

— Mais non, pas du tout, dit-il gentiment.

— Je te demande pardon, si...

— Mais non, je t'assure. »

Je me rapprochai un tout petit peu. Il me semblait que j'avais manqué de respect envers Ceux Qu'il Faut Garder et envers Marius lui-même. Il m'avait révélé son secret et je n'avais manifesté qu'horreur et dégoût. Moi, en tout cas, je m'étais déçu.

Je me rapprochai encore. Je voulais effacer ma faute. Il se retourna vers eux et passa son bras autour de mes épaules. L'odeur de l'encens était grisante. Le reflet des lampes conférait aux yeux sombres des deux personnages une étrange mobilité.

Pas la moindre veine ne se voyait sous leur peau blanche, pas de ride, pas de pli. Pas même les imperceptibles ridules des lèvres que l'on voyait encore chez Marius. On ne voyait pas leur poitrine se soulever ni retomber au rythme de leur respiration.

Même en aiguisant toutes mes perceptions, je n'entendais nulle pensée émaner d'eux, aucun battement de cœur, aucun flux de sang.

« Pourtant, il circule ? chuchotai-je.

— Oui, il circule.

— Et, est-ce que tu... ? »... leur amène des victimes, aurais-je voulu demander.

« Ils ne boivent plus. »

Même cela, c'était atroce ! Ils n'avaient pas même ce plaisir. Et pourtant, il était encore pire de les imaginer se mettant en mouvement le temps de boire, avant de retomber dans leur immobilité ! Non !

« Il y a longtemps, très longtemps, ils se sustentaient encore, mais seulement une fois par an. Je leur laissais des victimes, dans le sanctuaire, des malfaiteurs affaiblis et proches de la mort. A mon retour, je voyais bien qu'ils avaient été pris et Ceux Qu'il Faut Garder avaient regagné leur place. Seule la couleur de leur peau était un peu différente. Pas une goutte de sang n'était visible. Cela se passait toujours au moment de la pleine lune et d'ordinaire au printemps. Quand je laissais des victimes à d'autres moments, je les retrouvais indemnes. Et puis ces agapes annuelles ont pris fin à leur tour. J'ai continué à leur amener des victimes de temps en temps et une fois, au bout de dix ans, ils en ont pris une autre. C'était encore la pleine lune et le printemps. Ensuite, plus rien pendant au moins un demi-siècle. J'ai cessé de compter. Je croyais qu'ils avaient peut-être besoin de voir la lune, de connaître le changement des saisons, mais en fait, cela n'avait aucune importance. Ils n'ont plus jamais bu depuis avant leur arrivée en Italie, voici trois cents ans. Même dans la chaleur de l'Égypte, ils ne buvaient plus.

— Mais, de toute façon, tu ne les as jamais vus le faire, de tes propres yeux ?

« — Non, répondit-il.

— Tu ne les as jamais vus bouger ?

— Pas depuis... le début. »

Je tremblais à nouveau. En les regardant, il me semblait les voir respirer, voir remuer leurs lèvres. Ce n'était qu'une illusion, mais elle me rendait fou. Il fallait que je sortisse, sans quoi j'allais me remettre à pleurer.

« Parfois, quand je viens les trouver, dit Marius, je remarque que des choses ont changé.

— Comment ? Quoi donc ?

— Des petites choses », dit-il. Il les contempla pensivement, puis il tendit la main pour toucher le collier de la femme. « Elle aime ce collier-ci. C'est celui qui convient, semble-t-il. Il y en avait un autre que je retrouvais par terre, cassé.

— Alors, ils *peuvent* bouger.

— Au début, j'ai cru que le collier était tombé, mais après l'avoir réparé trois fois, j'ai compris que c'était une autre chose. C'était elle qui l'arrachait de son cou ou qui le faisait tomber par la force de sa volonté. »

Je poussai une exclamation étranglée ; aussitôt je fus mortifié de l'avoir fait en sa présence à elle. Je voulais m'en aller sans attendre. Le visage de cette femme était le miroir de tous mes fantasmes. Ses lèvres s'arquaient en un sourire, mais sans bouger.

« C'est arrivé avec d'autres ornements qui portaient le nom de dieux qu'ils n'aiment pas, je crois. Une fois, j'ai retrouvé un vase que j'avais pris dans une église brisé en menus morceaux. Et il y a eu d'autres changements encore plus saisissants.

— Quoi ? Dis-moi !

— En entrant dans le sanctuaire, il m'est arrivé de trouver l'un ou l'autre debout. »

C'était trop horrible. J'avais envie de lui prendre la main et de partir en courant.

« Une fois, je l'ai trouvé, lui, à plusieurs pas de son trône. Et une autre fois, la femme était à la porte.

— Elle essayait de sortir ? chuchotai-je.

— Peut-être, dit-il pensivement. Mais ils pourraient

facilement sortir, s'ils le désiraient. Quand tu auras entendu toute l'histoire, tu comprendras mieux. A chaque fois, je les ai remis à leur place, disposés dans leur posture initiale. Cela demande un effort colossal. Ils sont comme de la pierre souple, si tu peux imaginer une telle chose. Et si j'ai, moi, assez de force pour y parvenir, tu imagines sans peine ce que doit être la leur.

— Tu as dit... s'ils le désiraient. Mais peut-être désirent-ils tout faire et n'en ont-ils plus la force. Peut-être au prix d'un effort inouï, peuvent-ils tout au plus se traîner jusqu'à la porte !

— Je crois qu'elle aurait pu briser la porte si elle l'avait voulu. Si je puis, moi, tirer les verrous par la force de ma volonté, que ne saurait-elle faire ? »

Je contemplai leurs visages froids, lointains, leurs joues creuses, leurs grandes bouches sereines.

« Mais si tu te trompes ? Imagine donc qu'ils entendent chacune de nos paroles et que cela les courrouce, les outrage...

— Mais je crois qu'ils nous entendent, dit-il, en s'efforçant à nouveau de me calmer, la main sur la mienne, seulement, cela leur est égal. Sinon, ils bougeraient.

— Mais comment le sais-tu ?

— Ils font d'autres choses qui nécessitent une grande force. Ainsi, parfois je pousse le verrou du tabernacle et aussitôt ils le tirent et rouvrent les portes. Je sais que ce sont eux, parce qu'il n'y a personne d'autre. Les portes s'ouvrent à la volée et je les vois. Je les sors pour leur faire voir la mer. Et avant l'aube, quand je viens les chercher, ils sont plus lourds, moins souples, presque impossibles à bouger. Parfois, j'ai l'impression qu'ils font tout cela pour me tourmenter, pour se jouer de moi.

— Non, ils essaient et ils échouent.

— Ne sois pas si prompt à juger, dit-il. En entrant dans leur sanctuaire, j'ai parfois trouvé la preuve d'événements très étranges. Et puis, bien sûr, il y a ce qui s'est passé au début... »

Il s'interrompit. Quelque chose l'avait distrait.

« Entends-tu leurs pensées ? demandai-je, croyant le voir tendre l'oreille.

Il ne répondit point. Il les surveillait et je me dis qu'il avait dû remarquer un changement ! Par un suprême effort de volonté, je parvins à ne pas faire volte-face pour m'enfuir. Je les examinai soigneusement. Je ne voyais, n'entendais, ne sentais rien. Si Marius ne m'expliquait pas pourquoi il les regardait aussi fixement, j'allais me mettre à hurler.

« Ne sois pas aussi impétueux, Lestat, finit-il par dire avec un petit sourire, les yeux toujours rivés sur l'homme. De temps à autre, je les entends, en effet, mais c'est inintelligible, ce n'est que leur présence. Tu connais ce bruit.

— Et tu viens de l'entendre, lui ?

— Oui... Peut-être.

— Marius, je t'en prie, partons d'ici. Je t'en supplie. Pardonne-moi, mais c'est trop affreux. Partons, Marius !

— Très bien », dit-il avec bonté. Il me pressa l'épaule. « Mais d'abord, fais quelque chose pour moi.

— Tout ce que tu voudras.

— Parle-leur. Pas forcément à voix haute. Dis-leur que tu les trouves beaux.

— Ils le savent, dis-je. Ils savent que je les trouve d'une beauté ineffable. » J'en étais certain, mais il voulait que je leur en fisse la déclaration cérémonieuse. Donc, purgeant mon esprit de sa peur et de ses folles suppositions, je le leur dis.

« Parle-leur, tout simplement », m'encouragea Marius.

Je m'exécutai. Je les regardai droit dans les yeux, l'un après l'autre. Un étrange sentiment s'empara de moi. Je répétai : *Je vous trouve beaux, d'une beauté incomparable,* en formant à peine les mots et j'eus l'impression de prier Dieu, comme jadis.

A présent, je ne m'adressai plus qu'à elle, je lui dis que j'étais content d'avoir pu l'approcher, elle et ses anciens secrets. Et ce sentiment devint physique, je le sentais à la surface de ma peau, à la racine de mes cheveux. Je sentais la tension quitter mon corps. Je me sentais tout léger. L'encens et les fleurs enveloppaient mon esprit, tandis que je sondais les noirs profondeurs de ses pupilles.

« Akasha », dis-je tout haut. J'entendis le nom au moment où je le prononçai et je le trouvai ravissant. Tous mes poils se hérissèrent. Le tabernacle lui faisait une auréole de feu et l'homme n'était plus qu'une masse floue, indistincte. Je m'approchai tout près d'elle, sans le vouloir, et, me penchant, je lui baisai presque les lèvres. J'en avais envie. Je m'inclinai encore et je sentis sa bouche sous la mienne.

J'aurais voulu me faire monter du sang aux lèvres pour le déposer entre les siennes, comme je l'avais fait avec Gabrielle.

Le charme s'intensifiait. Ses yeux étaient insondables.

Je baise la déesse sur les lèvres ! Je suis devenu fou !

Je reculai. Je me cognai à nouveau contre le mur, tout tremblant, les mains crispées contre ma tête. Mais cette fois, au moins, je n'avais rien renversé. Je m'étais remis à pleurer.

Marius ferma les portes du tabernacle et tira le verrou intérieur.

Nous gagnâmes le couloir et il remit en place le madrier intérieur. Puis il replaça de ses mains le madrier extérieur.

« Viens, mon enfant, me dit-il. Remontons. »

A peine avions-nous fait quelques pas, cependant, que nous entendîmes un cliquetis sec, puis un autre. Il se retourna.

« Ils recommencent », dit-il. Et une expression de détresse parut scinder son visage en deux, comme une ombre.

« Quoi donc ? » Je me pressai contre le mur.

« Le tabernacle, ils l'ont ouvert. Viens. Je redescendrai plus tard le fermer, avant le lever du soleil. Remontons au salon, je vais te raconter mon histoire. »

Une fois dans la vaste pièce illuminée, je m'écroulai dans mon fauteuil, la tête dans les mains. Il se tenait immobile et me regardait. Quand j'en pris conscience, je levai les yeux.

« Elle t'a dit son nom, dit-il.

— Akasha. » Je rattrapai le nom in extremis dans le tourbillon d'un rêve presque dissipé. « Elle me l'a dit, oui ! Et j'ai répété tout haut : Akasha ! » Mon regard implorant lui demandait de répondre, de m'expliquer son attitude actuelle.

Si son visage restait de marbre, j'allais devenir fou.

« Es-tu fâché contre moi ? voulus-je savoir.

— Chut, tais-toi », dit-il.

Je n'entendais rien dans le silence. Sauf la mer et le vent peut-être. Les yeux de ceux que nous venions de quitter n'étaient pas plus morts que ceux de Marius à présent.

« Tu provoques chez eux une agitation », chuchotat-il.

Je me levai.

« Qu'est-ce que ça signifie ?

— Je ne sais pas, dit-il. Peut-être rien. Le tabernacle est resté ouvert et ils sont assis là, comme toujours. Qui sait ? »

Je devinai soudain qu'il brûlait de savoir depuis des années, des siècles, dirais-je même si ce mot avait eu une véritable réalité pour moi. Je devinai que depuis des lustres, il s'était efforcé de leur arracher un signe sans jamais rien obtenir. Il se demandait à présent pourquoi je lui avais arraché le secret de son nom, Akasha. Il s'était passé quelque chose jadis, à l'époque de Rome, des événements ténébreux, terribles. Des souffrances, des souffrances inexprimables.

Le blanc se fit dans mon esprit. Le silence.

« Marius ! » chuchotai-je.

Il sortit de sa transe et son visage lentement se réchauffa. Il me regarda avec affection, avec émerveillement presque.

« Oui, Lestat », répondit-il, avec une caresse rassurante.

Il s'assit et m'invita du geste à l'imiter. Nous étions à nouveau confortablement installés l'un en face de l'autre. Les lumières de la pièce et dehors le ciel nocturne me rassuraient.

Sa vivacité, sa bonne humeur lui revenaient.

« Il n'est pas encore minuit, dit-il, et tout est calme dans l'île. Si nous ne sommes pas dérangés, je crois que j'ai le temps de tout te raconter. »

HISTOIRE DE MARIUS

5

Cela s'est passé dans ma quarantième année, par une chaude nuit de printemps, dans la ville gallo-romaine de Massalia, où j'étais occupé à rédiger mon histoire du monde dans une taverne crasseuse du bord de mer.

Elle était délicieuse de saleté, cette taverne, et on s'y entassait ; c'était un repaire de marins et de vaga-bonds, de voyageurs tels que moi, m'imaginais-je, bien que la plupart fussent pauvres, alors que j'étais loin de l'être, et incapables de lire ce que j'écrivais lorsqu'ils regardaient par-dessus mon épaule.

Je m'étais arrêté à Massalia au cours d'un long et studieux périple à travers l'Empire : j'avais observé les habitants d'Alexandrie, Pergame et Athènes et à pré-sent je m'intéressais à ceux de la Gaule.

La taverne me plaisait encore plus que ma biblio-thèque à Rome. Partout, je cherchais les bouges de ce genre pour écrire, installant ma chandelle, mon encre et mes parchemins sur une table près du mur, de préférence au moment où la soirée battait son plein.

J'étais le fils illégitime d'un riche patricien romain, chez qui j'avais grandi, aimé et dorloté, n'en faisant qu'à ma guise. A mes frères légitimes de se préoccuper de mariage, de politique, de guerre. Moi, à vingt ans, j'étais un érudit et un chroniqueur, arbitrant dans les banquets les disputes d'ordre historique et militaire.

Je voyageais dans l'opulence, muni de documents qui m'ouvraient toutes les portes. La vie m'avait gâté, pour dire le moins, et j'étais extraordinairement heureux. Le plus important, c'était que la vie ne m'avait jamais ennuyé, ni vaincu.

Je portais en moi un sentiment d'invincibilité et d'émerveillement, aussi important pour moi que l'ont été pour toi ta colère et ta force.

Bref, si l'on avait pu dire qu'une chose m'avait manqué dans cette vie aventureuse — mais je n'y pensais pas tellement —, c'était l'amour de ma mère gauloise, morte à ma naissance. Je savais simplement que c'était une esclave, fille des guerriers qui avaient lutté contre Jules César. J'avais hérité d'elle mes cheveux blonds et mes yeux bleus, ainsi que ma haute stature. Tout jeune, je dépassais nettement mon père et mes frères.

Pourtant, ces ancêtres gaulois ne suscitaient en moi guère de curiosité. Je n'étais en Gaule qu'un Romain éduqué, conscient non pas de mon sang barbare, mais des convictions banales de mon temps : Auguste était un grand empereur et en cette époque bénie de la Pax Romana, les vieilles superstitions cédaient la place à la loi et à la raison à travers l'Empire. Nul endroit n'était trop misérable pour les routes romaines ni pour les soldats, érudits et marchands qui les empruntaient.

Ce soir-là, je griffonnais comme un possédé des descriptions de tous les clients de la taverne, descendants de multiples races, parlant une bonne douzaine de langues.

Sans raison apparente, j'étais hanté par une étrange idée de la vie, une curieuse préoccupation qui frisait l'obsession. Je me rappelle ce détail, parce que, sur le coup, il me parut lié à ce qui se passa ensuite, mais ce n'était pas le cas. J'eus d'abord l'idée et, par pure coïncidence, elle me vint au cours de mes dernières heures de liberté en tant que citoyen romain.

Cette idée, c'était simplement qu'il existait quelqu'un qui savait tout, qui avait tout vu. Non pas un Être suprême, mais une intelligence, une conscience ininterrompue. Cela m'excitait et m'apaisait tout à la fois. Quelqu'un avait su comment était Massalia, six siècles auparavant, lors de l'arrivée des marchands phéniciens ; comment était l'Égypte quand Kheops avait construit les pyramides ; quel temps il faisait quand Troie était tombée devant les Grecs et ce que se disaient les paysans dans leurs chaumières aux environs d'Athènes, juste avant que les Spartiates n'abattissent les murailles de la ville.

A qui ou à quoi appartenait cette conscience, je n'en savais trop rien, mais je trouvais réconfortante la notion que rien de spirituel — et le savoir est spirituel — n'était perdu pour nous.

Et l'histoire que j'écrivais était une imitation de cette conscience ininterrompue. Je m'efforçais dans mon œuvre de faire la synthèse de tout ce que j'avais vu, de rattacher mes observations à celles qui nous étaient parvenues des penseurs grecs — Xénophon, Hérodote, Posidonius — afin de fournir une conscience continue du monde de mon temps. Ce n'était qu'une pâle et médiocre imitation de la véritable conscience, mais j'étais content de moi.

Vers minuit, cependant, je commençai à me sentir fatigué et en levant les yeux, après un long moment de totale concentration, je me rendis compte que quelque chose avait changé.

La taverne était beaucoup plus calme, presque vide en fait. De l'autre côté de la table, chichement éclairé par la lueur vacillante de ma chandelle, était assis un grand homme blond qui tournait le dos à la salle et m'observait en silence. Je fus frappé non pas par son aspect — pourtant fort saisissant — mais par la certitude qu'il était là depuis un moment et que je ne l'avais pas remarqué.

Comme tous les Gaulois, c'était presque un géant, plus grand que moi. Il avait un long visage avec une puissante mâchoire, un nez en bec d'aigle et des yeux où brillait, sous les sourcils blonds embroussaillés, une intelligence enfantine. Je veux dire par là qu'il paraissait très malin, mais aussi très jeune et innocent. Et pourtant il n'était pas jeune. C'était déroutant.

La bizarrerie du personnage était encore accentuée par une épaisse crinière blonde qui lui tombait sur les épaules, au lieu d'être coupée court, à la mode romaine. En guise de toge — notre uniforme à l'époque — il arborait le vieux justaucorps de cuir ceinturé et les braies que portaient déjà les barbares au temps de César.

Il avait l'air d'un vrai rustre, avec ses yeux gris qui me transperçaient, et son aspect m'enchanta. Je notai en toute hâte les détails de son accoutrement, certain qu'il ne savait pas lire le latin.

Pourtant, son immobilité m'intimidait quelque peu. Ses yeux étaient écarquillés et ses lèvres frémissaient comme si ma vue le portait au comble de l'excitation. Sa main blanche, propre et délicate, posée sur la table, jurait étrangement avec le reste de sa personne.

Un rapide coup d'œil m'apprit que mes esclaves n'étaient pas là, mais je ne m'inquiétai pas pour autant, certain de les voir bientôt reparaître.

J'adressai un petit sourire forcé à mon étrange et silencieux compagnon et me remis à écrire. Il engagea aussitôt le dialogue.

« Tu es un homme éduqué, n'est-ce pas ? » demanda-t-il. Il parlait latin, mais avec un fort accent, en articulant soigneusement chaque mot.

Je lui dis que oui, que j'avais cette chance et je repris ma rédaction, pensant le décourager. Certes, il était très plaisant à regarder, mais je n'avais pas envie de lui parler.

« Et tu écris en grec et en latin ? » insista-t-il, en jetant un coup d'œil à la page qui s'étalait devant moi.

J'expliquai poliment que les phrases grecques qu'il pouvait voir n'étaient que des citations. Moi, j'écrivais en latin. Et je repris ma plume.

« Mais tu es un Keltoï, n'est-ce pas ? » dit-il. C'était ainsi que les Grecs appelaient les Gaulois.

« Non, pas vraiment. Je suis romain. répondis-je.

— Mais tu nous ressembles, objecta-t-il. Tu es grand, comme nous, et tu as la même démarche. »

Cette remarque me surprit, puisque cela faisait des

heures que j'étais assis à cette table. Où m'avait-il vu marcher ? Je reconnus, toutefois, que ma mère était gauloise et précisai que je ne l'avais pas connue. Mon père était un sénateur romain.

« Et qu'est-ce donc que tu écris en grec et en latin ? demanda-t-il. Qu'est-ce donc qui te passionne ? »

Je ne répondis pas tout de suite. Il commençait à m'intriguer. A quarante ans, cependant, je n'étais pas sans savoir que les connaissances de taverne sont intéressantes pendant quelques instants et puis ne tardent pas à vous assommer au-delà de tout.

« Tes esclaves disent que tu écris une grande histoire, fit-il gravement observer.

— Vraiment ? fis-je, un peu agacé. Où sont-ils donc, ces bavards, je me le demande ? » Je parcourus la pièce du regard. Toujours personne. J'admis que j'écrivais en effet une histoire.

« Et que tu es allé en Égypte », dit-il. Sa grande main était aplatie sur la table.

Je le considérai à nouveau attentivement. Il y avait chez lui quelque chose d'irréel dans sa façon de se tenir, de gesticuler avec cette seule main. C'est bien souvent le maintien compassé des peuples primitifs, qui donne l'impression de se trouver en présence de dépositaires d'une immense sagesse, alors qu'il ne s'agit que d'une immense conviction.

« Oui, dis-je, méfiant. Je suis allé en Égypte. »

Manifestement, ce détail le combla. Ses yeux s'agrandirent et ses lèvres remuèrent brièvement comme s'il se parlait.

« Sais-tu parler et écrire la langue égyptienne ? demanda-t-il avidement, les sourcils froncés. Connais-tu les cités égyptiennes ?

— La langue parlée, oui, je la connais. Mais quant à leur écriture picturale, je suis incapable de la lire et je ne connais personne qui sache. J'ai entendu dire que même les vieux prêtres égyptiens l'ignoraient. Ils seraient bien en peine de déchiffrer la moitié des textes qu'ils recopient. »

Il eut un rire des plus étranges. Impossible de dire si

mes propos le transportaient d'aise ou s'il savait quelque chose que j'ignorais. Il me sembla le voir respirer profondément, comme pour se calmer. Il avait vraiment très fière allure.

« Les dieux peuvent la lire, chuchota-t-il.

— Eh bien, j'aimerais beaucoup qu'ils m'apprennent, répondis-je, aimablement.

— C'est vrai? s'écria-t-il, d'une voix étranglée. Répète!

— Je plaisantais, dis-je. J'aimerais bien pouvoir lire cette écriture, voilà tout, parce qu'ainsi, j'apprendrais des vérités sur le peuple égyptien, au lieu de toutes les fadaises écrites par les historiens grecs. L'Égypte est un pays mal compris... » Je m'interrompis. Qu'est-ce qui me prenait de disserter sur l'Égypte?

« En Égypte, il y a encore de vrais dieux, dit-il gravement, des dieux qui s'y trouvent depuis toujours. Es-tu descendu tout en bas de l'Égypte? »

Curieuse formule. Je lui déclarai que j'avais remonté le Nil sur une assez longue distance et que j'avais vu de nombreuses merveilles. « Quant aux vrais dieux, dis-je, il m'est difficile de croire à la véracité de dieux à têtes d'animaux... »

Il secoua la tête, presque tristement.

« Les vrais dieux n'ont pas besoin de statues, dit-il. Ils ont des têtes d'homme et apparaissent quand ils le désirent. Ils vivent comme vivent les moissons qui sortent de terre, comme tout ce qui existe sous le soleil, même les pierres et la lune qui divise le temps par les grands silences de ses cycles immuables.

— C'est évident », marmonnai-je tout bas pour ne pas l'offenser. C'était donc au zèle religieux qu'il fallait imputer ce mélange d'astuce et de jeunesse. J'aurais dû m'en douter. Je me remémorai que dans ses écrits sur les Gaules, Jules César prétendait que les dieux descendaient de Dis Pater, dieu de la nuit. Mon étrange interlocuteur croyait-il à ces choses?

« Il y a d'anciens dieux en Égypte, dit-il doucement, et ici aussi pour ceux qui savent les vénérer. Je ne parle pas de vos temples où le sang des animaux souille les autels. Je parle d'un vrai culte, de vrais sacrifices, du seul sacrifice qu'il accepte.

— Tu veux dire les sacrifices humains, n'est-ce pas ? » demandai-je d'un ton uni. César avait décrit ces pratiques et cette seule pensée me glaçait. J'avais certes vu des morts atroces dans les arènes, mais cela faisait des siècles que nous n'offrions plus de sacrifices humains. Si nous l'avions jamais fait.

Soudain, je compris ce qu'était peut-être cet homme remarquable. Un druide, un de ces anciens prêtres gaulois, décrits aussi par César, dont la puissance était inégalée dans notre empire. Pourtant, on disait qu'ils n'existaient plus.

Certes, on dépeignait toujours les druides en longues robes blanches, occupés à cueillir du gui dans les forêts, avec leurs faucilles sacrées, alors que cet homme avait plutôt l'air d'un paysan ou d'un soldat. Il était toutefois évident qu'un druide n'allait pas s'aventurer en robe blanche dans une taverne du bord de mer. D'ailleurs, selon la loi, les druides n'avaient plus le droit d'être druides.

« Crois-tu vraiment à ces anciens cultes ? lui demandai-je en me penchant vers lui. Es-tu allé, toi aussi, tout en bas de l'Égypte ? »

Si cet homme était un vrai druide, la rencontre était d'importance. Peut-être pourrais-je le persuader de me révéler sur les Gaules des choses que nul ne savait. Mais qu'est-ce que l'Égypte avait à voir là-dedans ?

« Non, répondit-il, je ne suis pas allé en Égypte, mais c'est de cette contrée que sont venus nos dieux. Mon destin n'est point d'y aller, ni d'apprendre à lire sa langue ancienne. Celle que je parle suffit aux dieux. Ils l'écoutent.

— Et quelle est cette langue ?

— La langue des Keltoï, bien sûr, dit-il. Pourquoi le demander ?

— Et comment sais-tu que tes dieux t'écoutent ? »

Ses yeux s'agrandirent à nouveau et ses lèvres s'arquèrent en un sourire de triomphe.

« Mes dieux me répondent », dit-il tranquillement.

C'était sûrement un druide. Soudain, il me sembla qu'il dégageait une sorte de lueur. Je l'imaginai en robe blanche.

« Tu les as entendus toi-même ? demandai-je.

— J'ai posé les yeux sur mes dieux, dit-il, et ils m'ont parlé aussi bien avec des mots que dans le silence.

— Et que disent-ils ? Qu'est-ce qui les rend différents de nos dieux, en dehors de la nature du sacrifice ? »

Il se mit presque à psalmodier : « Ils font ce que les dieux ont toujours fait : ils séparent le bien du mal. Ils font pleuvoir les bienfaits sur leurs adorateurs, ils mettent leurs fidèles en harmonie avec tous les cycles de l'univers. Ils font fructifier la terre, mes dieux. Tout ce qui est bon procède d'eux. »

Eh oui, me dis-je, la vieille religion sous sa forme la plus simple. Et il y a encore beaucoup de peuplades à travers l'Empire, qui vivent sous son emprise.

« Mes dieux m'ont envoyé ici pour te chercher, continua-t-il.

— Moï ? » m'écriai-je. J'étais stupéfait.

« Tu comprendras toutes ces choses, assura-t-il, tout comme tu en viendras à connaître le vrai culte de l'Égypte ancienne. Les dieux t'apprendront.

— Pourquoi donc feraient-ils une chose pareille ? m'étonnai-je.

— Pour une raison bien simple, déclara-t-il. Tu vas devenir l'un deux. »

Au moment où j'allais répondre, je reçus un coup violent à la base du crâne et la douleur se mit à irradier dans toutes les directions, comme de l'eau. Je me sentis perdre conscience. Je vis la table venir à ma rencontre, puis le plafond tout là-haut. Je voulus dire : si c'est une rançon que vous voulez, emportez-moi chez moi, auprès de mon intendant.

Mais je savais déjà que les pratiques en vigueur dans mon univers familier n'étaient pas en jeu.

Lorsque je repris connaissance, il faisait jour et je me

trouvais dans un spacieux chariot, traîné à grande vitesse sur une route non pavée, au milieu d'une immense forêt. Je gisais sous une couverture, pieds et poings liés. A travers les parois d'osier tressé du véhicule, j'apercevais l'homme qui m'avait abordé, juché sur un cheval. Il y avait d'autres cavaliers, tous vêtus des braies et de la tunique en cuir ceinturée des Gaulois. Ils portaient de courtes épées et des bracelets de fer. Sous le soleil qui filtrait à travers les frondaisons, leurs cheveux paraissaient presque blancs. Ils cheminaient dans le plus grand silence.

La forêt était à l'échelle de véritables Titans. Les ramures des immenses vieux chênes s'entrecroisaient, empêchant presque toute la lumière de pénétrer jusqu'à nous et nous avançâmes pendant des heures au milieu d'un décor de feuilles humides, d'un vert profond, et d'ombres ténébreuses.

Je ne me rappelle ni villes, ni villages. Seulement une forteresse extrêmement rudimentaire. Lorsque nous eûmes franchi sa herse, je vis deux rangées de petites maisons aux toits de chaume et partout des barbares en tunique de cuir. On me porta à l'intérieur d'une des maisons, dans une pièce sombre et basse où l'on me laissa seul. J'avais de telles crampes dans les jambes que je tenais à peine debout et j'étais à la fois méfiant et furieux.

Je savais que nous étions très certainement dans une enclave insoumise des anciens Gaulois, ces guerriers qui avaient mis à sac le grand sanctuaire de Delphes, il y avait quelques siècles, et Rome elle-même peu après, ces êtres féroces qui contre César étaient montés à l'assaut tout nus sur leurs chevaux, en faisant sonner leurs trompettes, effrayant par leurs cris sauvages les légions romaines pourtant disciplinées.

En d'autres termes, j'étais hors de portée de tout ce sur quoi j'aurais pu compter et si cette idée de faire de moi un dieu signifiait que j'allais être immolé sur quelque autel ensanglanté au plus profond de la forêt, j'avais tout intérêt à essayer de me sauver au plus tôt.

6

Lorsque mon ravisseur reparut, il portait la robe blanche légendaire, son épaisse toison était bien coiffée et je le trouvai impressionnant et majestueux. D'autres hommes en robe blanche, jeunes et vieux, ayant tous la même chevelure blonde étincelante, entrèrent à sa suite dans la pièce sombre.

Ils formèrent autour de moi un cercle silencieux, puis au bout d'un long moment, une rafale de chuchotements s'éleva.

« Tu es parfait pour le dieu, déclara enfin le doyen, et je perçus le plaisir silencieux de celui qui m'avait amené en ce lieu. Tu es précisément tel qu'il l'a demandé. Tu resteras avec nous jusqu'à la grande cérémonie du Samhain, où tu seras conduit à la clairière sacrificielle pour y boire le Sang Divin. Tu deviendras alors un père des dieux, restaurateur de la magie que nous avons inexplicablement perdue.

— Mon corps mourra-t-il à ce moment-là ? » demandai-je. Je les regardais, étudiant leurs étroits visages, leurs yeux scrutateurs, la grâce de leurs hâves silhouettes. Cette race avait dû semer la terreur, lorsque ses guerriers avaient fondu sur les peuples méditerranéens. D'ailleurs, on parlait encore de leur intrépidité. Ceux-ci n'étaient point des guerriers, cependant, mais des prêtres, des juges, des précepteurs. C'étaient eux qui instruisaient la jeunesse, qui préservaient la poésie et les lois, toutes deux orales.

« Seule la partie mortelle de ton être mourra, dit celui qui m'avait parlé à l'auberge.

— C'est ennuyeux, car je n'en ai pas d'autre, dis-je.

— Ta forme extérieure restera et sera glorifiée. Tu verras. N'aie pas peur. D'ailleurs, tu n'y peux rien changer. Jusqu'à la cérémonie du Samhain, tu laisseras pousser tes cheveux, tu apprendras notre langue, nos chants et nos lois. Mon nom est Mael et c'est moi qui serai ton maître.

« — Mais je ne veux pas devenir un dieu, dis-je. Vos dieux ne veulent sûrement pas de moi contre mon gré.

— Le vieux dieu en décidera, répondit Mael. Mais je sais que quand tu boiras le Sang Divin, tu deviendras un dieu et tout sera clair pour toi. »

L'évasion était impossible.

J'étais gardé nuit et jour. Je n'avais pas de couteau pour me couper les cheveux ou me blesser. Une grande partie du temps, j'étais cloîtré dans ma petite pièce sombre, ivre de cervoise et gavé de viandes rôties. Je n'avais rien pour écrire et c'était pour moi la pire des tortures.

Par pur ennui, j'écoutais Mael quand il venait me donner ses leçons. Il me chantait des hymnes sacrés, me récitait les anciens poèmes et pérorait sur les lois. De temps en temps, je me moquais de lui en déclarant qu'un dieu aurait dû tout savoir.

Il le reconnaissait, mais persistait néanmoins.

« Tu pourrais m'aider à sortir d'ici et regagner Rome avec moi, lui dis-je. J'ai une villa au-dessus de la baie de Naples. Jamais tu n'as dû voir un aussi bel endroit et je te laisserais y vivre indéfiniment si tu m'aidais. Je te demanderais seulement de me répéter tes chants, tes prières et tes lois pour les noter par écrit.

— Pourquoi cherches-tu à me corrompre ? » demandait-il, mais je voyais bien qu'il était fasciné par le monde d'où je venais. Il m'avoua qu'il avait fouillé Massalia pendant plusieurs semaines avant de me trouver et qu'il aimait le vin romain et les grands navires aperçus dans le port et les curieux mets qu'il avait mangés.

« Je ne cherche point à te corrompre, protestai-je. Je ne crois pas ce que tu crois et tu m'as fait prisonnier. »

Je continuai, néanmoins, par ennui et par curiosité et aussi par vague crainte du sort qui m'attendait, à écouter ses prières.

Je me surpris à guetter sa venue, impatient de voir sa

forme blanche et spectrale illuminer la pièce nue, d'entendre sa voix paisible et mesurée déverser son torrent de mélodieuses absurdités.

Je m'aperçus vite que les vers qu'il me récitait ne présentaient pas une histoire continue des dieux, comme chez les Grecs et les Romains, mais que chaque déité acquérait néanmoins une identité au fil des strophes. Le panthéon de Mael regroupait les mêmes types de personnages que ceux d'autres mythologies.

Le dieu que je devais devenir, cependant, était celui qui exerçait la plus forte fascination sur mon mentor. Il n'avait pas de nom, mais de nombreux titres dont le plus souvent répété était Buveur de Sang. Mael l'appelait aussi Dieu de Blancheur, Dieu de la Nuit, Dieu du Chêne et Amant de la Mère.

A chaque pleine lune, il exigeait un sanglant sacrifice, mais c'était lors du Samhain (le jour des morts) qu'il acceptait le plus grand nombre de sacrifices humains, en présence de la tribu entière, pour assurer une bonne récolte, et qu'il prononçait aussi ses prédictions et ses sentences.

Il servait la Grande Mère, déité sans forme visible, mais néanmoins présente en toutes choses et mère de l'univers.

Mon intérêt croissait, mais mon inquiétude aussi. Le culte d'une déesse mère universelle se retrouvait sous une douzaine de formes à travers l'Empire, ainsi que celui de son fils, qui grandissait avec les récoltes, pour être moissonné avec elles, alors que la mère était éternelle. C'était l'ancien et doux mythe des saisons, mais il se caractérisait presque toujours par des cérémonies qui n'étaient rien moins que douces.

Car la Divine Mère était aussi la Mort, la terre qui engloutit les restes du jeune amant et nous engloutit tous. Et, dans l'esprit de cette vérité ancienne — aussi vieille que les semailles — se perpétraient mille rites sanglants.

A Rome, cette déesse se nommait Cybèle et j'avais vu ses prêtres se châtrer dans des accès de ferveur frénétique. Et les dieux des mythes connaissaient des

453

sorts plus funestes encore : Attis émasculé, Dionysos écartelé, Osiris dépecé avant que la Grande Mère Isis ne lui fût rendue.

Et c'était moi, à présent, qui devais devenir ce dieu de la Fertilité, dieu de la vigne, du blé, de l'arbre, et je savais que le sort qui m'attendait ne pouvait être qu'atroce.

Pourtant, que pouvais-je faire sinon m'enivrer et marmonner les hymnes avec Mael dont les yeux s'embuaient parfois de larmes, quand il me contemplait ?

« Aide-moi à sortir d'ici, gredin, lui dis-je un jour au comble de la rage. Pourquoi ne deviens-tu pas, toi, Dieu de l'Arbre ? A quoi dois-je cet honneur ?

— Je te l'ai dit, le dieu m'a confié sa volonté et ce n'est pas moi qu'il a choisi.

— Et si c'était le cas, tu te soumettrais ? » demandai-je.

J'en avais par-dessus la tête de l'entendre me ressasser qu'un homme menacé de maladie ou de malheur devait offrir un sacrifice humain et toutes sortes d'autres croyances sacro-saintes marquées par la même puérile barbarie.

« J'aurais peur, mais j'accepterais, chuchota-t-il. Mais sais-tu ce qu'il y a de pire dans ce qui t'attend ? C'est que ton âme sera à jamais enfermée dans ton corps. Elle n'aura pas cette possibilité de passer dans un autre corps que donne la mort naturelle. Non, pour l'éternité ton âme sera celle du dieu. Le cycle de la mort et de la renaissance sera achevé en toi. »

Malgré moi, malgré mon mépris envers la réincarnation, ces paroles me réduisirent au silence. Une tristesse m'envahit.

Mes cheveux poussaient, épaississaient, et la chaleur de l'été se dissipa dans la fraîcheur de l'automne. Le Samhain approchait.

Pourtant, je continuai à questionner Mael :

« Combien d'hommes as-tu ainsi transformés en dieux ? Pour quelle raison m'as-tu choisi ?

— Jamais je n'ai transformé d'homme en dieu, dit-il. Mais le dieu est vieux et on lui a volé sa magie. Il a été victime d'une affreuse calamité, mais je ne puis t'en parler. Il a choisi son successeur. » Il paraissait effrayé. Il m'en disait trop. Quelque chose remuait des peurs profondément enfouies en lui.

« Comment sais-tu qu'il voudra de moi ? As-tu donc soixante autres candidats enfermés dans cette forteresse ? »

Il secoua la tête et dit avec une franchise inhabituelle :

« Marius, si tu ne bois pas le sang, si tu n'engendres pas une nouvelle race de dieux, qu'adviendra-t-il de nous ?

— Je voudrais pouvoir te dire que je m'en soucie, mon ami...

— Ah, calamité ! » murmura-t-il. Puis il me parla doucement de la grandeur de Rome, de ses invasions et du déclin de son peuple qui vivait dans ces montagnes et ces forêts depuis la nuit des temps.

« Les civilisations s'élèvent et tombent, dis-je. Les vieux dieux cèdent la place aux jeunes.

— Tu ne comprends pas, Marius. Notre dieu n'a pas été vaincu par vos idoles lascives. Il était aussi beau que si la lune l'avait façonné de sa lumière, il parlait d'une voix aussi pure que cette lumière et il nous enseignait la fusion avec l'univers qui est le seul remède au désespoir et à la solitude. Une terrible calamité l'a frappé, cependant, et au nord d'ici d'autres dieux ont péri. C'était la vengeance du dieu Soleil, mais nous ne savons pas, et lui non plus, comment le soleil est entré en lui durant les heures d'obscurité et de sommeil. Tu es notre salut, Marius. Tu es le mortel Qui sait, Qui Peut Apprendre et Qui Peut Descendre Tout En Bas de l'Égypte. »

Aussitôt je songeai à Isis et à Osiris ; elle était la Terre nourricière et lui le blé et Typhon, meurtrier d'Osiris, était le feu du soleil.

Finalement, ma raison s'envola.

J'avais passé trop longtemps en proie à l'ivresse et à la solitude.

Allongé dans le noir, je chantais tout seul les chants

455

de la Grande Mère, mais elle n'était pas une déesse pour moi : ce n'était ni la Diane d'Éphèse, ni la sauvage Cybèle, ni même la douce Démèter, pleurant six mois de l'année le départ de sa fille Perséphone pour le royaume des Morts. Elle était la bonne et forte terre que je pouvais humer à travers les barreaux de ma petite fenêtre, portée par le vent tout chargé des senteurs humides et douces de la forêt verte et sombre. Elle était les fleurs de la prairie, l'herbe bruissante, l'eau que j'entendais jaillir parfois des sources montagnardes. Elle était tout ce qui me restait dans cette petite pièce nue où j'étais emprisonné. Et je savais seulement ce que savent tous les hommes : le cycle de l'hiver et du printemps et de la croissance universelle possède en soi une vérité sublime qui console sans besoin de mythe, ni de paroles.

A travers mes barreaux, je contemplais les étoiles. J'allais mourir de la façon la plus absurde et sotte qui fût, parmi des gens que je n'admirais point, victime de coutumes que j'eusse volontiers abolies. Pourtant le caractère sacré de la cérémonie m'avait infecté. Je me sentais céder, je me voyais au centre d'un événement pourvu de sa propre et sauvage beauté.

Un matin, je m'aperçus que mes cheveux me tombaient jusqu'aux épaules.

Les jours suivants furent marqués par un incessant remue-ménage. Des chariots arrivaient de partout, des milliers de gens à pied. Je les entendais à chaque heure du jour et de la nuit.

Je vis enfin apparaître Mael et huit autres druides. Leurs robes embaumaient, lavées à l'eau de source et séchées au soleil ; leurs chevelures bien peignées luisaient de propreté.

Avec le plus grand soin, ils me rasèrent le visage, me coupèrent les ongles, me brossèrent les cheveux et me revêtirent d'une robe blanche semblable aux leurs. Puis, me dissimulant à tous les regards derrière de longs voiles blancs, ils me firent sortir de la maison et monter dans un chariot tendu de blanc.

J'entrevis d'autres hommes en robe, contenant une

foule immense, et je compris que seuls quelques druides privilégiés avaient eu le droit de me voir.

Dès que Mael et moi fûmes installés dans le chariot, sur de grossiers bancs de bois, on assujettit les pans de toile pour nous cacher entièrement et le véhicule se mit en marche. Nous cheminâmes pendant plusieurs heures sans échanger une parole.

Parfois, des rayons de soleil perçaient le tissu blanc de notre bâche et lorsque j'approchais mon visage tout près de la toile, je distinguais la forêt, plus profonde, plus épaisse que je ne me la rappelais. Derrière nous s'allongeait une interminable procession et de grands chariots clos, pleins d'hommes cramponnés aux barreaux de bois, dont les voix, réclamant la liberté, s'élevaient en un chœur atroce.

« Qui sont-ils ? Pourquoi supplient-ils ainsi ? » finis-je par demander, incapable de supporter ces clameurs.

Mael parut s'arracher à un rêve. « Ce sont des malfaiteurs, des voleurs, des assassins, tous justement condamnés, qui vont périr, offerts en sacrifice.

— C'est immonde », marmonnai-je. Était-ce vraiment pire, cependant, que de les crucifier ou de les brûler comme nous le faisions à Rome ? Peut-être les Gaulois avaient-ils raison de ne pas gaspiller ainsi ces vies humaines.

Non, je délirais. Notre chariot se traînait. J'entendais des gens nous dépasser non seulement à cheval, mais à pied. Tous ces gens devaient assister au Samhain. J'allais mourir. Pourvu que ce ne fût pas par le feu ! Mael était blême et semblait apeuré. Les gémissements des autres prisonniers me rendaient fou.

A quoi penserais-je quand on allumerait le feu, quand les flammes m'atteindraient ? Je n'en pouvais plus.

« Que va-t-on me faire ? » criai-je brusquement. L'envie me prit d'étrangler Mael. Il releva la tête, les sourcils froncés.

« Et si le dieu était déjà mort... ? chuchota-t-il.

— Dans ce cas, nous partirons à Rome tous les deux et nous nous saoulerons au bon vin italien ! » répondis-je.

Le jour tombait quand le chariot s'immobilisa enfin. Tout autour de nous, des bruits s'élevaient comme une vapeur.

J'allais regarder au-dehors, sans que Mael fît un geste pour m'en empêcher. Nous étions dans une immense clairière, cernée de toutes parts par de gigantesques chênes. Tous les véhicules étaient rangés parmi les arbres et au centre de la clairière, une multitude de gens s'activaient, avec d'innombrables fagots, des cordes interminables et des centaines de troncs d'arbres, fraîchement coupés.

Les plus énormes troncs que j'eusse jamais vus avaient été dressés pour former deux X gigantesques.

Les bois grouillaient de spectateurs.

Je me rassis, en essayant de me persuader que je n'avais rien vu, rien compris. Avant la tombée de la nuit, les cris des prisonniers se firent plus forts et plus désespérés.

C'était le crépuscule. Lorsque Mael écarta enfin la bâche, je fixai d'un regard horrifié les deux colossales silhouettes — un homme et une femme, pour autant que je pusse en juger — faites de bois, d'osier et de corde et remplies jusqu'à la gueule des condamnés qui se tordaient dans leurs liens en hurlant des supplications.

Je restai muet de saisissement. Il était impossible de compter le nombre de corps qui se débattaient à l'intérieur de ces monstrueux géants, empilés dans les cavités de leurs jambes, leurs torses, leurs bras et même dans les énormes cages qu'étaient leurs têtes, couronnées de lierre et de fleurs. Les deux silhouettes frémissaient, comme si elles pouvaient choir à tout moment, mais je savais que les deux grandes croix qui leur servaient de support étaient solides. Au pied de chacune étaient empilés des monceaux de fagots et de bois enduit de poix.

« Tous ceux qui doivent mourir ont commis un méfait, c'est là ce que tu prétends ? » demandai-je à Mael.

Il opina avec sa gravité coutumière.

458

« Cela fait des mois, parfois des années qu'ils attendent d'être sacrifiés, me dit-il presque avec indifférence. Il en vient de tous les coins du pays. Ils ne peuvent pas plus échapper à leur sort que nous ne pouvons échapper au nôtre. Le leur est de périr sous la forme de la Grande Mère et de son Amant. »

J'étais aux abois et j'aurais tenté n'importe quoi pour m'évader. Mais une bonne vingtaine de druides entouraient notre chariot, derrière lesquels j'apercevais une légion de guerriers et au-delà, dans les bois, une foule si dense que je n'en voyais pas la fin.

La nuit tombait vite et partout on allumait des flambeaux.

J'entendais le rugissement des voix surexcitées, les hurlements des condamnés, de plus en plus perçants et lamentables.

Je restai immobile, en m'efforçant de ne pas céder à la panique. S'il m'était impossible de fuir, je devais affronter cette étrange cérémonie le plus calmement possible et lorsque la supercherie deviendrait manifeste, je le ferais savoir à haute et intelligible voix, avec dignité et courage. Ce serait mon dernier acte — l'acte d'un dieu — et il faudrait l'exécuter avec autorité, sinon il ne ferait rien pour changer l'ordre des choses.

Le chariot se remit en marche, au milieu d'un vacarme assourdissant, pour aller s'arrêter en pleine forêt, à une assez grande distance de la clairière. J'apercevais au loin les deux abominables géants et les flambeaux éclairaient le pitoyable grouillement humain à l'intérieur. Ces deux horreurs semblaient douées de vie et prêtes à se mettre en marche pour nous écraser tous. Les jeux d'ombres et de lumières sur les corps enfermés dans les deux têtes gigantesques faisaient croire à de hideux visages.

J'étais incapable de détourner les yeux de ce spectacle tragique, mais Mael m'empoigna le bras en m'annonçant qu'il était temps pour moi de gagner le sanctuaire du dieu avec les prêtres.

Les autres druides se pressèrent autour de nous,

dans l'intention évidente de me cacher à tous les yeux. Je compris que la foule ignorait tout de mon rôle. Sans doute savait-on seulement que l'heure des sacrifices était proche et les druides avaient-ils l'intention de revendiquer quelque manifestation divine.

Un seul d'entre eux portait un flambeau et à notre tête il s'enfonça encore plus profondément dans les ténèbres vespérales. Mael me tenait le bras et d'autres hommes en robe blanche marchaient à nos côtés, devant et derrière nous.

La forêt était calme, moite. Les arbres s'élevaient à des hauteurs si vertigineuses, contre l'éclat lointain du ciel qui se ternissait, qu'il me semblait les voir pousser sous mes yeux.

J'aurais pu me mettre à courir, mais jusqu'où irais-je avant que tout ce peuple de barbares ne me rattrapât ?

Nous venions de déboucher dans un bosquet et je vis, à la faible lueur de la torche, des visages terrifiants sculptés dans l'écorce des arbres et des crânes humains fichés sur des piquets, qui ricanaient dans l'ombre. Des troncs avaient été évidés pour loger d'autres crânes, empilés les uns sur les autres. L'endroit était un véritable charnier et le silence environnant semblait douer de vie ces crânes hideux, leur donner la parole.

Je luttai pour chasser l'illusion que ces têtes de mort nous observaient.

Nous nous étions arrêtés devant un chêne noueux d'une telle grosseur que je n'en crus pas mes yeux. Quel âge pouvait avoir cet arbre pour avoir atteint une telle circonférence ? Pourtant, en levant les yeux, je vis que ses branches débordaient de sève, ses feuilles étaient encore vertes et partout le gui s'y accrochait.

Les druides s'étaient regroupés à quelque distance, de part et d'autre ; seul Mael restait près de moi, à ma droite. J'étais face au chêne et je vis que des centaines de gerbes de fleurs avaient été déposées au pied de l'arbre, bien que l'on distinguât à peine la couleur des corolles dans l'obscurité grandissante.

Mael avait incliné la tête et fermé les yeux. Je crus voir les autres en faire de même, tout tremblants. Une brise fraîche agitait l'herbe verte et les feuilles, tout autour de nous, la propagèrent en un long et violent soupir qui mourut aussitôt que né.

Et alors, très distinctement, j'entendis dans les ténèbres des mots que nulle voix ne prononçait.

Ils sortaient sans méprise possible de l'arbre même et demandaient si celui qui devait boire cette nuit le Sang divin remplissait toutes les conditions.

Je crus, un bref instant, être devenu fou. On m'avait drogué. Mais non, je n'avais rien bu depuis le matin ! J'avais les idées claires, affreusement claires même. J'entendis à nouveau le pouls silencieux de l'être mystérieux qui s'était remis à interroger :

Est-ce un homme de savoir ?

La mince silhouette de Mael parut scintiller lorsqu'il répondit d'une voix ferme. Les visages des druides étaient recueillis, leurs yeux fixés sur le grand chêne. Seules bougeaient les flammes de la torche.

Peut-il descendre tout en bas de l'Égypte ?

Je vis Mael incliner la tête, les larmes lui montèrent aux yeux et je vis sa gorge pâle remuer lorsqu'il déglutit.

Oui, je vis, fidèle ami, et je parle ; tu as bien rempli ta tâche et je vais créer le nouveau dieu. Qu'il me rejoigne.

J'étais trop surpris pour parler. *Cela changeait tout.* Tout ce que j'avais cru, toutes mes certitudes étaient soudain remises en question. Je n'avais même plus peur ; j'étais paralysé par la stupéfaction. Mael me reprit le bras et avec l'aide des autres druides il m'entraîna de l'autre côté du gros chêne contre lequel était appuyé un énorme tas de pierres.

De ce côté aussi, il y avait des troncs sculptés, des rangées de crânes et j'aperçus les pâles silhouettes d'autres druides, dont certains avaient de longues barbes blanches. Ils s'approchèrent des pierres et se mirent à les écarter.

Mael et les autres se joignirent à eux, sans rien dire.

Finalement, ils mirent à nu à la base du chêne une lourde porte de fer fermée par d'énormes serrures. Mael tira une clef de sa robe et prononça quelques mots en gaulois, auxquels répondirent les autres prêtres. Sa main tremblait, mais il eut vite fait jouer toutes les serrures, après quoi quatre druides durent unir leurs efforts pour ouvrir la porte. Ensuite le porte-flambeau alluma une seconde torche qu'il plaça dans ma main et Mael dit :

« Entre, Marius. »

A la lueur vacillante des flammes, nous nous dévisageâmes. Il me parut impuissant, incapable de bouger, mais son cœur débordait d'émotion. J'avais désormais un fugitif aperçu des merveilles qui l'avaient façonné et embrasé. J'étais complètement humilié et dérouté.

De l'intérieur de l'arbre, des ténèbres tapies derrière ce grossier chambranle, la voix silencieuse sortit à nouveau :

N'aie pas peur, Marius. Je t'attends. Prends cette lumière et viens me rejoindre.

7

Dès que j'eus franchi la porte, les druides la refermèrent. Je vis que j'étais en haut d'un long escalier de pierre, configuration que j'allais retrouver à d'innombrables reprises au cours des siècles, que tu as déjà vue deux fois et que tu reverras : les degrés qui descendent au plus profond de la Terre Nourricière, dans les salles où Ceux Qui Boivent le Sang se cachent toujours.

L'intérieur du chêne formait une chambre basse et inachevée, mais l'être qui m'appelait se trouvait au pied de l'escalier. Il me répéta que je n'avais rien à craindre.

Je n'avais pas peur. J'étais plus exalté par ce qui m'arrivait que par mes rêves les plus fous. Je n'allais pas mourir aussi simplement que je me l'étais imaginé. Je m'enfonçais dans un mystère infiniment plus passionnant que je ne l'eusse cru.

Lorsque j'arrivai en bas des étroites marches, cependant, et que je me retrouvai dans la petite salle en pierre, le spectacle qui m'attendait me terrifia. Me terrifia et me révulsa, la peur et le dégoût me remontant au bord des lèvres pour me suffoquer ou me faire vomir.

En face de l'escalier, une créature était assise sur un banc de pierre et à la lumière de ma torche, je vis qu'elle avait forme humaine, mais qu'elle était entièrement calcinée, épouvantablement brûlée, la peau racornie jusqu'à l'os. On eût dit un squelette aux yeux jaunes, entièrement badigeonné de goudron à l'exception de sa longue crinière blanche. Il ouvrit la bouche pour parler et je vis luire deux longs crocs blancs. Je sentis ma main se crisper sur la torche, tandis que je faisais un violent effort pour ne pas hurler comme un dément.

« N'approche pas trop près, me dit la créature. Reste là où je puis te voir, pour autant que mes yeux voient encore. »

Je déglutis et tentai de reprendre mon souffle. Nul être humain n'aurait pu être brûlé à ce point et survivre. Et pourtant cette créature vivait, nue, ratatinée, noircie. Sa voix était basse et mélodieuse. Elle se leva et traversa lentement la pièce.

Elle tourna vers moi ses yeux jaunes et je vis, à la lumière de ma torche, qu'ils étaient teintés de rouge sang.

« Que voulez-vous de moi ? chuchotai-je malgré moi. Pourquoi m'a-t-on amené ici ?

— Une calamité, fit la créature de cette voix teintée d'émotion, si différente du grincement auquel je m'étais attendu de la part d'un tel être. Je vais te transmettre mon pouvoir, Marius, faire de toi un dieu et tu seras immortel. Mais quand ce sera fait, il faudra partir d'ici, échapper, comme tu le pourras, à nos fidèles adorateurs et descendre tout en bas de l'Égypte pour découvrir pourquoi... cette calamité... s'est abattue sur moi. »

Il paraissait flotter dans les ténèbres, sous le chaume blanc de ses cheveux. Lorsqu'il parlait, ses mâchoires tendaient à craquer la peau noire et flétrie qui adhérait à son crâne.

« Vois-tu, nous sommes les ennemis de la lumière, nous autres dieux des ténèbres, nous servons la Grande Mère et nous ne gouvernons qu'à la lueur de la lune. Le soleil, notre ennemi, a quitté sa voie naturelle pour nous attaquer. A travers tout le Nord, où l'on nous vénère, dans les bosquets sacrés des pays de neige et de glace, et jusque dans cette contrée fertile et à l'est d'ici, le soleil a trouvé le moyen de brûler vifs tous les dieux. Les jeunes ont péri sans recours et les vieux — ceux qui servent depuis longtemps la Grande Mère — continuent à bouger et parler comme je le fais, au prix de mille souffrances, épouvantant leurs fidèles adeptes par leur aspect.

Il faut un nouveau dieu, Marius, aussi fort et beau que je l'étais, pour devenir l'amant de la Mère, mais surtout pour échapper à nos adorateurs, sortir du chêne et se rendre en Égypte. Tu partiras pour Alexandrie et les autres anciennes cités, Marius, et tu y sommeras les dieux, par la voix silencieuse qui sera la tienne quand je t'aurai créé, de te dire qui est encore en vie et pourquoi cette calamité s'est abattue sur nous. »

Fermant les yeux, l'être s'immobilisa en vacillant comme s'il était fait de papier noir et je perçus, sans comprendre par quel miracle, un torrent d'images violentes : les dieux du Nord détruits par le feu. Mon esprit rationnel de Romain chercha à résister, à enregistrer ces images pour les analyser, plutôt qu'à s'y soumettre, mais l'être que j'avais devant moi était patient. Il continua à m'envoyer ses images : je vis l'Égypte, ses paysages ocre, brûlés par le soleil, le sable qui recouvrait tout et puis d'autres escaliers s'enfonçant dans les entrailles de la terre, des sanctuaires...

« Trouve-les, dit la voix. Découvre pourquoi et comment cela est arrivé et veille à ce que cela ne se reproduise jamais. Hante les rues d'Alexandrie jusqu'à ce que tu aies trouvé les anciens. Espérons qu'ils ont survécu, comme je l'ai fait. »

J'étais trop bouleversé, trop humilié par ce mystère

pour répondre. Peut-être même y eut-il un moment où j'acceptai mon destin, mais je n'en jurerais pas.

« Je sais, reprit l'être. Tu n'as pas de secret pour moi. Tu ne veux pas être le dieu du bosquet et tu veux t'échapper. Mais ce désastre, vois-tu, saura te retrouver partout à moins que tu n'en découvres la cause et le remède. Tu iras donc en Égypte, sinon toi aussi tu risquerais d'être consumé par ce soleil surnaturel dans les entrailles mêmes de la nuit et de la terre obscure. »

Il s'approcha, en raclant des pieds contre les pierres.

« Écoute bien à présent. Tu dois t'enfuir cette nuit même. Je dirai à nos adorateurs que tu dois partir pour l'Égypte, quérir notre salut, mais ils répugneront à se séparer de leur nouveau dieu. Il faut fuir pourtant et ne pas les laisser t'emprisonner dans le chêne après la cérémonie. Cours le plus vite possible, mais avant le lever du soleil, enfouis-toi dans la terre pour échapper à sa lumière. La terre te protégera. Viens, maintenant, que je te donne le sang et prie que j'aie encore le pouvoir de te transmettre ma force ancienne. Ce sera long. Je prendrai et je donnerai, prendrai et donnerai, mais il faut le faire. Tu dois devenir le dieu et faire ce que je t'ai dit. »

Sans attendre ma réponse, il se jeta sur moi, m'agrippant de ses doigts calcinés. Lâchant mon flambeau, je tombai à la renverse contre les marches, mais ses crocs étaient déjà plantés dans ma gorge.

Tu connais cela, la sensation éprouvée au moment où le sang est aspiré, la pâmoison. Je vis les sépultures et les temples d'Égypte. Je vis deux personnages, resplendissants, assis côte à côte sur un trône. Des voix me parlaient dans des langues inconnues. Et au-dessous, le commandement sans cesse répété : tu serviras la Mère, tu boiras le sang du sacrifice, tu présideras au culte unique, au culte éternel du bosquet.

Je me débattais comme on se débat dans les rêves, incapable de crier, de me libérer. Soudain, je m'aperçus que j'étais libre, que je n'étais plus plaqué au sol. Le dieu reparut. Il était toujours noir, mais robuste à présent, comme si le brasier l'avait simplement cuit

465

sans lui ôter sa force. Les traits de son visage étaient à nouveau reconnaissables et même beaux. Les yeux jaunes n'étaient plus exorbités et semblaient redevenus les portes de l'âme. Mais il était encore infirme, souffrant, incapable de bouger.

« Lève-toi, Marius, dit-il. Tu as soif et je vais t'abreuver. »

Tu connais aussi l'extase que je ressentis lorsque son sang coula en moi, inondant le moindre vaisseau de mon corps. L'atroce balancement du pendule ne faisait que commencer, cependant.

Je restai des heures dans ce chêne, durant lesquelles il me reprit ce sang pour me le rendre, à de multiples reprises. Quand j'étais vidé, je restais prostré à terre, à sangloter. Mes mains n'étaient plus que des os. J'étais aussi desséché qu'il l'avait été. Puis il m'abreuvait à nouveau et je sentais monter un orgasme de délicieuses sensations, qu'il interrompait aussitôt.

A chaque échange, il m'instruisait : j'étais immortel ; seuls le soleil et le feu pouvaient me détruire ; le jour, je dormirais dans la terre ; jamais je ne connaîtrais la maladie ni la mort naturelle ; jamais mon âme ne quitterait mon corps ; j'étais le serviteur de la Mère ; la lune me donnerait de la force.

Il me dit aussi que je me nourrirais du sang des malfaiteurs et même des innocents sacrifiés à la Mère ; que je jeûnerais entre les sacrifices, pour que mon corps se desséchât comme les champs en hiver et se gonflât de vie et de beauté avec le sang sacrificiel, comme les plantes au printemps.

Dans ma souffrance et mon extase se retrouverait le cycle des saisons. Quant à mes pouvoirs mentaux — lire la pensée et les intentions d'autrui — je m'en servirais pour guider mes adorateurs dans leur justice et leurs lois. Jamais je ne boirais d'autre sang que celui du sacrifice.

J'apprenais ces choses et les comprenais, mais ce qui me fut surtout inculqué durant ces heures fut ce que nous apprenons tous au moment de boire le sang : je n'étais plus un mortel, j'étais transformé en un être si puissant que ces vieux enseignements n'étaient guère à même de le contenir ni de l'expliquer. Mon destin était au-delà du savoir de quiconque, fût-il mortel ou immortel.

Le dieu, enfin, me prépara à ressortir de l'arbre. Il me prit tant de sang que je me soutenais à peine. J'étais un spectre, pleurant de soif. Je voulais du sang, je sentais le sang, je me serais rué sur lui pour le sucer si j'en avais eu la force. Mais la force, bien sûr, c'était lui qui l'avait.

« Tu es vide, comme tu le seras toujours au début de la cérémonie, me dit le dieu, afin que tu puisses boire ton plein de sang sacrificiel. Rappelle-toi mes paroles, cependant. Après avoir présidé aux rites, il faut parvenir à t'échapper. Quant à moi, tente de me sauver. Dis-leur que je dois rester avec toi, mais il est probable que mon temps touche à sa fin.

— Pourquoi ? Que veux-tu dire ? balbutiai-je.

— Tu verras. Il n'y a besoin que d'un dieu ici, dit-il. Si je pouvais te suivre en Égypte, je boirais le sang des anciens et je serais rétabli. Alors qu'ici, il me faudra des siècles. Or, je n'ai pas des siècles à vivre. Rappelle-toi : pars pour l'Égypte. Fais tout ce que j'ai dit. »

Il me poussa alors vers l'escalier. Le flambeau continuait à brûler dans un coin. En montant vers la porte, là-haut, je humai l'odeur du sang des druides qui attendaient et je faillis pleurer.

« Ils te donneront autant de sang que tu pourras en boire, dit la voix derrière moi. Remets-toi entre leurs mains. »

8

Tu imagineras sans peine mon aspect à ma sortie du chêne. Les druides avaient attendu de m'entendre frapper à la porte et de ma voix silencieuse, j'avais dit :

Ouvrez. C'est le dieu.

467

Ma mort humaine était passée depuis longtemps. La soif me consumait et mon visage devait avoir l'aspect d'une tête de mort, où brillaient deux yeux exorbités et des crocs sur lesquels mes lèvres étaient retroussées. Ma robe pendait comme sur un squelette et les druides me regardèrent émerger, pleins de crainte respectueuse à cette preuve de ma divinité.

Je ne voyais plus seulement leurs traits, cependant, je lisais à l'intérieur de leurs cœurs. Je discernai le soulagement de Mael en constatant que l'ancien dieu n'avait pas été trop faible pour me créer et sentis sa foi renforcée par ce phénomène.

Et j'eus aussi l'autre grande vision dont nous avons l'apanage : la grande profondeur spirituelle de chaque homme, enfouie loin à l'intérieur du chaud creuset de chair et de sang.

La soif me torturait. « Emmenez-moi jusqu'à l'autel, dis-je, la fête du Samhain va commencer. »

En poussant des cris glaçants, les druides se mirent en route à travers la forêt. De loin nous parvinrent les clameurs assourdissantes de la multitude qui attendait ce signal.

Notre procession gagna d'un pas rapide la grande clairière où une infinité de prêtres en robe blanche vinrent nous saluer et me couvrir de fleurs, en entonnant des chants de liesse.

Je n'ai point besoin de te dire comment m'apparaissait le monde avec mes nouveaux sens. Je distinguais chaque teinte, chaque contour sous le mince voile de l'obscurité, j'entendais chaque note des hymnes, chaque cri de la foule.

Marius s'était désintégré à l'intérieur d'un nouvel être.

Une sonnerie de trompettes retentit tandis que je gravissais les marches de l'autel et je me retournai pour faire face aux milliers de gens assemblés, qui levaient vers moi une mer de visages pleins d'espérance, se détachant sur les deux géants d'osier où les condamnés continuaient à se débattre en gémissant.

Devant l'autel était disposé un grand chaudron

d'argent rempli d'eau, vers lequel les prêtres amenèrent en chantant une longue file de prisonniers, les mains liées derrière le dos.

« Dieu de beauté, dieu puissant, psalmodiaient les druides, dieu des bois et des champs, bois le sang sacrificiel et à mesure que tes membres se gonfleront de vie, la terre aussi se renouvellera. Tu nous pardonneras alors d'avoir moissonné le blé et tu béniras les graines que nous semons. »

Je vis alors les trois hommes choisis pour être mes victimes, trois robustes jeunes gens, liés comme les autres, mais propres, vêtus de robes blanches et parés de fleurs. Dans leur beauté innocente, ils attendaient, épouvantés, la volonté du dieu.

Les trompettes me vrillaient les tympans, le rugissement de la foule était ininterrompu. Je lançai :

« Que le sacrifice commence ! » On poussa vers moi le premier jeune homme et je m'apprêtai à vider pour la première fois la coupe divine de la vie humaine. Au moment où j'ouvrais la bouche, en sentant palpiter entre mes doigts la chair tiède de ma victime, je vis qu'on mettait le feu aux deux géants et que l'on enfonçait dans le chaudron la tête des deux premiers prisonniers.

La mort par le feu, par l'eau et les crocs du dieu.

Les chants séculaires accompagnèrent mon extase :
« Dieu de la lune croissante et décroissante, toi qui es l'image même de la mort dans ta faim, puise des forces dans le sang de tes victimes, retrouve ta beauté pour que la Grande Mère t'accueille sur sa couche. »

Combien de temps cela dura-t-il ? Je ne sais. Une éternité. L'éclat des deux ardents brasiers, les hurlements des suppliciés, la longue procession des noyés. Je bus insatiablement, non seulement le sang des trois élus, mais celui d'une douzaine d'autres promis au feu ou à l'eau.

Partout, je ne voyais que ravissement sur les visages inondés de sueur, j'entendais les hymnes et les cris. La frénésie parut enfin se calmer, cependant. Les géants n'étaient plus que deux tas de braises où l'on déversait encore un reste de poix.

A présent, c'était l'heure des jugements. Des plaignants se présentaient pour me réclamer justice et je devais scruter leur âme avec mes nouveaux yeux. Je titubais. J'avais bu trop de sang, mais je sentais en moi une telle puissance que j'aurais pu franchir la clairière d'un bond pour me perdre dans la forêt.

Me soumettant, pour le moment, à ma destinée, je rendis les sentences, désignant le juste et l'injuste, l'innocent et le coupable.

Désormais, mon corps ne mesurait plus le temps en termes de lassitude, mais lorsque tous les arrêts eurent été rendus, je sus que le moment était venu d'agir.

Il fallait que j'obéisse au commandement du vieux dieu en échappant à l'emprisonnement à l'intérieur du chêne. Or, il ne restait plus qu'une heure avant l'aube.

Quant à ce qui m'attendait en Égypte, j'étais encore indécis. Je savais, toutefois, que si je laissais les druides m'enfermer, je mourrais de soif jusqu'à la pleine lune où l'on m'accorderait une petite offrande. Mes nuits ne seraient que soif et torture, hantées par ce que l'ancien dieu avait appelé les « rêves du dieu », où me seraient révélés le secret des arbres et de l'herbe qui poussent et celui de la Mère silencieuse.

Ces secrets n'étaient pas pour moi.

Les druides m'entourèrent à nouveau et nous repartîmes vers le bosquet sacré, au son d'une litanie en sourdine qui m'ordonnait de rester dans l'arbre pour sanctifier la forêt, d'en être le dieu tutélaire et d'aider de mes conseils les prêtres qui viendraient de temps en temps me consulter.

Je m'arrêtai avant d'avoir atteint les arbres. Un énorme bûcher brûlait au centre du bosquet, jetant une lumière fantomatique sur les troncs sculptés et les crânes hilares. Tous les druides s'étaient rassemblés là pour attendre ma venue. Un courant de terreur me parcourut avec toute la violence que peuvent avoir les émotions de ceux de notre race.

D'une voix autoritaire, je m'empressai d'annoncer aux prêtres que je voulais rester seul et que je m'enfermerais dans le chêne, à l'aube, en compagnie de l'ancien dieu. Je vis aussitôt que ma ruse était inutile. Ils me contemplaient froidement, en échangeant des regards méfiants.

« Mael ! lançai-je. Fais ce que je t'ordonne ! Dis à ces hommes de quitter le bosquet. »

Soudain, sans le moindre avertissement, la moitié de l'assemblée se précipita vers l'arbre tandis que l'autre m'empoignait.

Je tentai de me dégager, mais douze paires de bras m'immobilisaient.

Si j'avais mieux compris l'étendue de ma force, j'aurais pu facilement me libérer, mais je l'ignorais. Mon esprit était encore embrumé par la cérémonie et engourdi par la terreur à l'idée des horreurs que je pressentais. Tandis que je me débattais aux mains des druides, on tira du chêne le vieux dieu, nu et noir, et on le jeta dans le feu.

Je ne le vis que le temps d'un éclair, mais il n'était que résignation. Il ne fit pas un geste pour se défendre. Ses yeux restèrent obstinément fermés et, me rappelant ce qu'il m'avait confié de ses souffrances, je me mis à pleurer.

Je tremblais de tous mes membres en le regardant brûler, mais du milieu des flammes, sa voix me parvint : « Fais ce que je t'ai ordonné Marius. Tu es notre espoir. » Je devais m'enfuir.

Je me fis humble et docile entre les mains des prêtres, pleurant lamentablement, comme si j'étais la victime impuissante de toute cette magie. Lorsque je sentis leurs mains relâcher leur étreinte et que je vis leurs regards fixés sur le bûcher, je pivotai sur mes talons, m'arrachant à eux de toute ma force, et je partis à toutes jambes vers la forêt.

Au cours de cette ruée initiale, je constatai pour la première fois l'étendue de mes pouvoirs. En un instant, j'avais franchi une distance incroyable. Mes pieds touchaient à peine terre.

Cependant, le cri jaillit aussitôt : « LE DIEU S'EST ENFUI ! » et en l'espace de quelques secondes, il était répercuté par la multitude, tandis que des milliers de mortels fonçaient parmi les arbres.

Je ne m'arrêtai même pas pour arracher ma robe blanche, je m'en débarrassai sans cesser de courir, puis d'un bond je gagnai les branches d'un chêne et me mis à filer comme une flèche d'arbre en arbre.

En quelques minutes, je fus assez loin de mes poursuivants pour ne plus les entendre, mais je continuai à sauter comme un forcené d'une branche à l'autre, jusqu'à ce que je n'eusse plus rien à redouter, sinon le soleil du matin.

J'appris alors ce dont Gabrielle a fait l'expérience si tôt dans son existence vagabonde : il m'était facile de creuser la terre et de m'y enfouir pour me protéger de la lumière.

A mon réveil, la soif me consumait avec une violence qui m'étonna. Comment l'ancien dieu avait-il pu supporter son jeûne rituel ? J'étais obsédé par la pensée du sang humain.

Les druides, cependant, avaient eu toute la journée pour poursuivre leurs recherches et je devais me montrer très prudent.

Cette nuit-là, je dus parcourir la forêt sans pouvoir étancher ma soif avant le petit matin où je tombai sur le repaire d'une bande de voleurs. Ils me fournirent le sang d'un malfaiteur et de quoi me vêtir.

Au cours des instants qui précédaient l'aurore, je fis le point de ma situation. J'avais déjà appris beaucoup de choses sur mes pouvoirs et j'en apprendrais d'autres. J'irais en Égypte, non pas pour sauver les dieux et leurs adorateurs, mais pour découvrir la clef de l'énigme.

Tu vois donc que dès cette époque, voici plus de mille sept cents ans, nous avions commencé notre quête, nous rejetions les explications qu'on nous donnait, nous étions amoureux de notre magie et de notre pouvoir.

La troisième nuit de ma nouvelle vie, je visitai mon ancienne demeure à Massalia, où je retrouvai ma bibliothèque, mon écritoire, mes parchemins intacts. Mes fidèles esclaves m'accueillirent avec des transports d'allégresse. Mais tout cela n'était plus rien pour moi.

Je savais que je ne pouvais plus désormais être Marius, le citoyen romain, mais je lui prendrais néanmoins tout ce qu'il pouvait me donner. Je renvoyai à Rome mes esclaves bien-aimés, j'écrivis à mon père pour lui annoncer qu'une grave maladie m'obligeait à passer la fin de mes jours dans le climat sec et chaud de l'Égypte, j'adressai mes écrits d'histoire à ceux que cela pouvait intéresser et je partis pour Alexandrie avec de l'or dans ma bourse, les lettres d'introduction que m'avait jadis données mon père et deux esclaves à l'esprit lent qui ne s'étonnaient point de me voir voyager la nuit.

Moins d'un mois après la grande fête du Samhain, en Gaule, je hantais les ruelles tortueuses d'Alexandrie, appelant les anciens dieux de ma voix silencieuse.

J'étais fou, mais je savais que ma folie était passagère. Il me fallait trouver les anciens dieux. Tu sais pourquoi. Ce n'était pas seulement la menace de voir la calamité se reproduire, de voir le soleil me découvrir dans l'obscurité de mon sommeil diurne ou me foudroyer au milieu des ténèbres de la nuit.

Il me fallait trouver les dieux parce que je ne supportais pas d'être seul parmi les hommes. Je mesurais pleinement, désormais, toute l'horreur de ma situation et, bien que je ne tuasse que le malfaiteur, ma conscience était trop sensible pour me permettre de me leurrer. Comment accepter de me voir, moi, Marius, qui avais reçu tant d'amour dans ma vie, devenu le dispensateur de mort ?

9

Alexandrie n'était pas une cité ancienne ; elle n'existait que depuis trois siècles. Mais c'était un grand port et elle abritait les plus vastes bibliothèques de l'Empire romain. Les érudits venaient du monde entier y travailler, comme je l'avais fait moi-même dans une autre vie. A présent, j'étais de retour.

Si le dieu ne m'avait pas dit de m'y rendre, je me serais enfoncé plus profondément à l'intérieur de l'Égypte, « tout en bas », comme avait dit Mael, convaincu que les réponses à toutes les énigmes se trouvaient dans les monuments anciens.

Dès mon arrivée à Alexandrie, cependant, je fus envahi par la curieuse conviction que les dieux s'y trouvaient. Je savais que c'étaient eux qui guidaient mes pas vers les rues où s'alignaient les bordels et les repaires de voleurs.

La nuit, allongé sur mon lit, dans ma petite villa romaine, j'invoquais ces dieux. J'affrontais ma folie, je m'interrogeais, comme tu l'as fait, sur le pouvoir, la force et les émotions paralysantes que je possédais à présent. Une nuit, juste avant le matin, je vis à travers les voiles qui enveloppaient mon lit, auprès duquel brillait une unique lampe, une silhouette noire et immobile dans l'encadrement de la porte du jardin.

Un bref instant, je crus qu'il s'agissait d'un rêve, car cette apparition n'avait pas d'odeur, ne faisait pas un bruit, ne semblait même pas respirer. Aussitôt, je sus que c'était un dieu, mais elle avait déjà disparu et je restai assis dans mon lit, les yeux écarquillés, en essayant de me rappeler ce que j'avais vu : un corps nu et noir, avec un crâne chauve et de perçants yeux rouges, un être qui paraissait perdu dans sa propre immobilité, étrangement méfiant, mobilisant toutes ses forces pour bouger à la dernière seconde, avant d'être tout à fait découvert.

La nuit suivante, dans les rues, j'entendis une voix qui m'appelait, mais elle était moins nette que celle de l'arbre. Elle me faisait savoir que la porte était proche et bientôt vint le moment paisible et silencieux où je me trouvai devant la porte.

Ce fut un dieu qui me l'ouvrit et qui me dit : « Viens. »

J'avais peur en descendant l'inévitable escalier et en le suivant le long d'un tunnel fortement incliné. J'allumai la chandelle dont je m'étais muni et je vis que nous venions de pénétrer dans un temple souterrain, nettement plus ancien que la ville, un sanctuaire construit peut-être sous les pharaons, dont les murs étaient couverts de tout petits dessins dépeignant la vie de l'Égypte ancienne.

Continuant mon chemin, je me retrouvai dans une immense salle dont les hauts plafonds étaient soutenus par des piliers carrés. Là encore chaque pierre des murs était couverte de dessins.

Puis, du coin de l'œil, j'aperçus ce que je pris d'abord pour une statue, une silhouette noire, debout près d'un pilier, une main posée sur la pierre. Ce n'était pas une statue, cependant. Aucun des dieux égyptiens en diorite n'aurait pu se tenir ainsi, ni avoir les reins ceints d'un pagne de lin véritable.

Je lui fis face lentement, me cuirassant contre le spectacle qui m'attendait ; c'étaient la même peau brûlée que le dieu du chêne, la même chevelure opulente, mais noire au lieu de blanche, les mêmes yeux jaunes. Les lèvres racornies découvraient les dents et les gencives. Le souffle rauque sortait avec peine.

« Comment et d'où es-tu venu ? » demanda-t-il en grec.

Je me vis comme il me voyait, lumineux et fort, avec mes mystérieux yeux bleus. Je vis mes habits romains, ma toge blanche et mon manteau rouge. Mes longs cheveux blonds durent lui faire croire que j'étais un voyageur des forêts septentrionales, « civilisé » seulement en apparence.

Je le voyais mieux, à présent, je voyais sa chair couturée collée à ses côtés et moulée contre ses omoplates, je voyais les os saillants de ses hanches. Il n'était pas affamé. Il avait bu récemment du sang humain, mais sa souffrance émanait de lui comme une nappe de chaleur, comme si le feu le consumait encore au-dedans, comme s'il était un enfer ambulant.

« Comment as-tu échappé à la calamité ? me demanda-t-il. Qu'est-ce qui t'a sauvé ? Réponds !

— Rien ne m'a sauvé », répondis-je en grec, moi aussi.

Je m'approchai, écartant de lui ma chandelle

lorsque je vis son geste de recul. Il avait dû être très mince, avec de larges épaules, comme les anciens pharaons. Ses longs cheveux noirs étaient coupés en frange droite au milieu du front.

« Je n'avais pas encore été créé quand c'est arrivé, expliquai-je. Je l'ai été après, par le dieu du bosquet sacré, en Gaule.

— Il était donc intact, celui qui t'a créé ?

— Non, il était brûlé comme toi, mais il a eu la force de le faire. Il m'a pris et rendu le sang à plusieurs reprises et il m'a dit : Pars pour l'Égypte et découvre pourquoi cela est arrivé. Il m'a dit que tous les dieux des forêts, dans toutes les régions du nord, avaient été dévorés par le feu, certains dans leur sommeil et d'autres en état de veille.

— En effet. » Il opina, avec un rire sec et guttural qui le secoua tout entier. « Seuls les anciens ont été assez forts pour survivre et hériter de la souffrance éternelle. Nous souffrons donc. Mais voici que tu as été créé, que tu es venu. Tu en créeras d'autres à ton tour. Mais est-ce juste ? Le Père et la Mère auraient-ils toléré que cette calamité nous frappât si notre heure n'était pas venue ?

— Qui sont le Père et la Mère ? » demandai-je. Je savais qu'il ne s'agissait pas de la Terre nourricière.

« Les premiers d'entre nous, répondit-il, ceux dont nous descendons tous. »

Je tentai de me frayer un chemin dans sa pensée pour en saisir la vérité, mais il s'en rendit compte et son esprit se referma comme une fleur au crépuscule.

« Viens avec moi », dit-il. Il sortit d'un pas traînant et enfila un long couloir, entièrement décoré.

Sans savoir comment, j'étais sûr que nous étions dans un lieu plus ancien, construit avant le temple que nous venions de quitter. On n'y sentait pas le froid qui t'a enveloppé sur les marches de cette île. Il n'existe pas en Égypte. C'est autre chose. On sent dans l'air quelque chose de vivant.

A mesure que nous avancions, des preuves tangibles venaient confirmer mon intuition. Les peintures sur les murs étaient plus anciennes, les couleurs passées, le plâtre écaillé par endroits. Le style était différent, les chevelures noires de personnes plus longues et plus drues. Les dessins me paraissaient plus beaux, plus lumineux, plus recherchés.

J'entendais au loin de l'eau goutter sur de la pierre et son écho mélodieux se répercutait dans notre couloir. Les images sur les murs semblaient avoir capturé l'essence même de la vie. J'entendais des murmures là où il n'y en avait pas. Je sentais l'immense continuité de l'Histoire.

La noire silhouette qui m'accompagnait s'arrêta pour me laisser contempler les murs, puis elle me fit signe de la suivre à l'intérieur d'une nouvelle pièce rectangulaire, tout en longueur, et entièrement couverte d'habiles hiéroglyphes. En y pénétrant, on avait l'impression de s'incruster dans un manuscrit. Je vis contre le mur deux sarcophages anciens, tête contre tête.

Ils épousaient les contours des momies qu'ils abritaient et les effigies étaient soigneusement modelées et peintes. Les visages étaient dorés à la feuille, les yeux incrustés de lapis.

Je levai la chandelle. Péniblement, mon guide écarta les deux couvercles pour que je pusse voir à l'intérieur.

Je crus qu'il s'agissait de corps, mais en m'approchant je vis que ce n'étaient plus que deux tas de cendres, avec ici et là un croc blanc ou un morceau d'ossement.

« Aucune quantité de sang ne saurait les ressusciter, dit mon guide. Leurs vaisseaux sanguins ont été consumés. Tous ceux qui pouvaient se relever l'ont fait et il nous faudra des siècles pour guérir, pour ne plus souffrir. »

Avant qu'il ne refermât les sarcophages, je constatai que l'intérieur des couvercles avait été brûlé par le feu qui avait immolé les occupants. Je m'en détournai avec soulagement.

Il ressortit dans le couloir, mais avant de quitter la pièce, il se retourna pour jeter un dernier regard aux sarcophages.

« Quand leurs cendres seront dispersées, leur âme sera libre.

— Alors pourquoi ne pas les disperser ? demandai-je en m'efforçant de cacher ma détresse.

— Faut-il le faire ? demanda-t-il en ouvrant de grands yeux. Crois-tu qu'il faille ?

— Comment le saurais-je ? »

Il poussa un de ces rires secs qui semblaient teintés de souffrance et suivit le couloir jusqu'à une pièce éclairée.

C'était une bibliothèque, ce qui me réjouit, comme tu le penses, car c'était un endroit que je comprenais. C'était le seul lieu où je me sentais rentrer en possession de mon ancienne raison.

Je fus tout surpris d'apercevoir un autre dieu, assis derrière une écritoire, les yeux baissés.

Celui-là n'avait pas le moindre cheveu et, bien qu'il fût entièrement noir, sa silhouette était épanouie, sa peau lisse et luisante, comme si on l'avait huilée. Les traits de son visage étaient fort beaux, la main qui reposait contre son pagne de lin blanc gracieusement recourbée, les muscles de son torse nu bien définis.

Il se tourna pour lever les yeux vers moi et aussitôt un courant passa entre nous, plus silencieux que le silence, comme cela arrive souvent parmi les membres de notre race.

« Voici l'Ancien, dit la faible créature qui m'avait escorté en ce lieu. Tu vois toi-même comment il a supporté le feu, mais il refuse de parler. Il n'a pas prononcé un mot depuis la calamité. Pourtant, il sait sûrement où se trouvent la Mère et le Père et pourquoi tout ceci est arrivé. »

L'Ancien regardait à nouveau dans le vide, mais son visage avait revêtu une curieuse expression, faite de sarcasme et d'amusement, avec aussi un peu de mépris.

« Dès avant le désastre, continua mon guide, l'Ancien nous parlait rarement. Le feu ne l'a pas rendu plus communicatif. Il garde le silence et ressemble de plus en plus à la Mère et au Père. De temps en temps il lit, ou bien il se promène dans la ville. Il boit du sang, il écoute les chanteurs, il danse même parfois. Il parle à des mortels dans les rues d'Alexandrie, mais pas à nous. A nous, il ne trouve rien à dire. Mais il sait... il sait pourquoi cela nous est arrivé.

— Laisse-moi seul avec lui », dis-je.

J'étais animé par un sentiment courant dans ce genre de situation ; je croyais pouvoir le faire parler, réussir là où les autres avaient échoué. Mais ce n'était pas seulement la vanité qui me poussait. Cet être était celui qui était venu dans ma chambre. C'était lui qui m'avait regardé depuis le seuil.

J'avais d'ailleurs capté quelque chose de spécial dans son regard. Appelons cela de l'intelligence, de l'intérêt ou la conscience de quelque savoir commun. En tout cas, il y avait quelque chose.

Je savais que je portais en moi les possibilités d'un monde différent, inconnu du dieu du bosquet et même du dieu faible et blessé, à mes côtés, qui fixait sur l'Ancien un regard désolé.

Mon guide se retira, comme je l'en avais prié. Je m'approchai de l'écritoire et dévisageai l'Ancien.

« Que dois-je faire ? » demandai-je en grec.

Il leva brusquement les yeux et je vis sur son visage cette chose qu'on nomme intelligence.

« Mes questions serviront-elles à quelque chose ? » repris-je.

Je veillai à parler d'un ton soigneusement étudié, ni cérémonieux, ni révérend, mais au contraire plein de familiarité.

« Qu'est-ce au juste que tu cherches ? » jeta-t-il en latin d'un ton froid, les coins de sa bouche abaissés. Toute son attitude était marquée par la brusquerie et le défi.

Je fus soulagé de passer au latin.

« Tu as entendu ce que j'ai dit à l'autre, répondis-je sans me laisser impressionner. J'ai été créé par le dieu du bosquet au pays des Gaules et il m'a ordonné de découvrir pourquoi les dieux étaient morts brûlés.

— Tu n'es pas l'envoyé des dieux du bosquet ! »

répliqua-t-il de sa voix sardonique. Il n'avait pas relevé la tête, simplement les yeux, ce qui accentuait son air de défi et de mépris.

« Je le suis sans l'être, déclarai-je. Si nous pouvons périr ainsi, j'aimerais savoir pourquoi. Ce qui est arrivé une fois peut se reproduire. Je voudrais savoir si nous sommes vraiment des dieux et, dans ce cas, quelles sont nos obligations envers les hommes. La Mère et le Père sont-ils des êtres réels ou mythiques ? Comment tout a-t-il commencé ? C'est cela que j'aimerais le plus savoir, bien sûr.

— Par hasard, dit-il.

— Par hasard ? » Je me penchai vers lui, croyant avoir mal entendu.

« Tout a commencé par hasard, répéta-t-il d'un air froid et rébarbatif, laissant clairement comprendre que ma question était absurde. Par hasard, il y a quatre mille ans et depuis, nous sommes prisonniers de la magie et de la religion.

— Tu me dis bien la vérité ?

— Pourquoi pas ? Pourquoi voudrais-je te protéger de la vérité ? Pourquoi me donnerais-je la peine de te mentir ? Je ne sais même pas qui tu es et je m'en moque.

— Alors peux-tu m'expliquer ce que tu veux dire, quant tu prétends que c'est arrivé par hasard ? insistai-je.

— Je ne sais pas. Peut-être le ferai-je, peut-être pas. Je viens de prononcer plus de mots au cours de ces derniers instants que je n'en avais prononcé en l'espace de plusieurs années. L'histoire du hasard n'est peut-être pas plus vraie que les mythes qui fascinent les autres. Ils ont toujours choisi les mythes, eux. C'est cela que tu veux, en réalité, non ? » Sa voix s'enfla et il se leva à moitié de son siège, comme poussé par la colère.

« Tu voudrais une histoire de notre création, semblable à la Genèse des Hébreux, aux épopées d'Homère, aux babillages de tes poètes, Ovide et Virgile, un grand bourbier opaque de symboles d'où la vie aurait jailli ! » Il était debout à présent et criait presque ; les veines saillaient sur son front noir et son poing martelait l'écritoire. « C'est le genre de contes qui remplissent tous les ouvrages que tu vois ici. Veux-tu les entendre ? Ils sont aussi vrais qu'autre chose.

— Dis-moi ce que tu voudras », répondis-je. Je m'efforçai de rester calme. Le volume de sa voix me faisait mal aux oreilles. J'entendais des bruits au-dehors. D'autres dieux calcinés et racornis devaient errer dans le couloir.

« Tu pourrais d'ailleurs commencer, ajoutai-je d'un ton acide, par me confier pourquoi tu es venu chez moi l'autre nuit. C'est toi qui m'as guidé jusqu'ici. Pourquoi ? Pour m'invectiver ? Pour m'injurier quand je te demande comment tout a commencé ?

— Calme-toi !

— Je pourrais t'en dire autant. »

Il me toisa paisiblement, puis il sourit. Il tendit les deux mains, comme pour me saluer, puis il haussa les épaules.

« Je veux que tu me racontes ce qui s'est passé, dis-je. Je suis prêt à te supplier s'il le faut. »

Son visage subit plusieurs transformations remarquables. Je sentais ses pensées, mais je ne parvenais pas à les saisir. Lorsqu'il reprit la parole, sa voix s'était épaissie, comme s'il luttait contre un chagrin qui l'étranglait.

« Écoute notre ancienne histoire, dit-il. Dans les âges antérieurs à l'écriture, Osiris, dieu de bonté et pharaon d'Égypte, fut assassiné par des gredins. Une fois que son épouse, Isis, eut rassemblé toutes les parties de son corps, il devint immortel et régna au royaume des morts. C'est aussi le royaume de la lune et de la nuit et on lui apportait, pour la grande déesse, du sang sacrificiel qu'il devait boire. Les prêtres, cependant, voulurent lui voler le secret de son immortalité, si bien que son culte devint secret et que ses temples ne furent plus connus que de ceux qui le protégeaient du dieu Soleil, lequel pouvait à tout moment chercher à détruire Osiris de ses rayons brûlants. Tu discernes la vérité sous la légende. L'ancien roi découvrit quelque chose — ou plutôt fut la victime d'un sinistre événement — et il se trouva doué de pouvoirs surnaturels que d'autres auraient pu utiliser pour faire un mal incalculable. Il créa donc un culte, pour tenter de limiter le Pouvoir du Sang à ceux qui s'en serviraient uniquement pour la magie blanche. Voilà.

— La Mère et le Père sont donc Isis et Osiris ?

— Oui et non. Ce sont les deux premiers. Isis et Osiris sont les noms propagés par les mythes.

— Et le hasard, qu'était-ce ? Comment a-t-il découvert ce secret ? »

Il me contempla en silence un long moment, puis il se rassit et se remit à regarder dans le vide.

« Pourquoi te le dirais-je ? demanda-t-il, mais cette fois avec sincérité et comme s'il ne savait que me répondre. Pourquoi devrais-je intervenir ? Si la Mère et le Père ne veulent pas se lever des sables pour se sauver lorsque le soleil franchit l'horizon, pourquoi devrais-je bouger ? Parler ? Continuer ?

— C'est là ce qui est arrivé ? La Mère et le Père sont sortis sous le soleil ?

— On les a abandonnés au soleil, mon cher Marius, corrigea-t-il, et je fus surpris de constater qu'il connaissait mon nom. La Mère et le Père sont incapables de bouger seuls, sauf de temps à autre pour chuchoter ensemble ou renverser ceux d'entre nous qui voudraient leur prendre le sang qui guérit. Voici quatre mille ans qu'ils existent et notre sang devient plus fort avec chaque saison qui passe, avec chaque victime. Le jeûne lui-même le renforce. Mais la Mère et le Père ne se soucient plus de leurs enfants et à présent ils ne semblent même plus se soucier d'eux-mêmes. Peut-être souhaitaient-ils tout simplement voir le soleil après quinze mille nuits ! Depuis l'arrivée des Grecs en Égypte, ils n'ont plus eu une parole pour nous, plus un battement de paupières. Et qu'est donc l'Égypte désormais, sinon le grenier de Rome ? Lorsqu'ils frappent pour nous écarter des veines de leur cou, leurs mains de fer peuvent nous briser les os. »

Je le dévisageai un long moment.

« Ce serait donc cela qui aurait fait brûler les autres? C'est parce que le Père et la Mère ont été abandonnés au soleil? »

Il acquiesça.

« Notre sang nous vient d'eux, dit-il. C'est leur sang. Ce qui leur arrive nous arrive aussi.

— Nous sommes reliés à eux! chuchotai-je, stupéfait.

— Exactement, mon cher Marius, répondit-il en paraissant se délecter de ma crainte. C'est pour cela qu'on les garde depuis mille ans, qu'on leur amène des victimes en sacrifice, qu'on les vénère. Tout ce qui leur arrive nous arrive.

— Qui a fait cela? Qui les a abandonnés au soleil? »

Il rit silencieusement.

« Celui qui les gardait, dit-il, celui qui n'a plus pu supporter cette charge, car il la remplissait depuis trop longtemps, celui qui n'a pu persuader quiconque de le décharger de son fardeau et qui, pour finir, pleurant et frissonnant, les a emmenés dans le désert et les y a abandonnés comme deux statues.

— Et mon sort est lié à eux, murmurai-je.

— Oui, mais, vois-tu, je pense qu'il n'y croyait plus, celui qui les gardait. Ce n'était qu'un vieux conte. Ils étaient les objets de notre vénération, comme nous sommes les objets de celle des mortels, et personne n'eût osé les brûler avec un flambeau pour voir si cela nous brûlait aussi. Non. Il n'y croyait pas. Il les a abandonnés dans le désert et la nuit venue, quand il a ouvert les yeux dans son cercueil et s'est aperçu qu'il était calciné et méconnaissable, il a hurlé d'horreur.

— Vous les avez ramenés à l'intérieur?

— Oui.

— Et ils sont carbonisés, eux aussi?

— Non. » Il secoua la tête. « Leur peau a bruni, doré, comme la viande qui grille sur une broche. Ils sont aussi beaux qu'avant, comme s'ils avaient eu la

beauté en partage, comme si elle faisait partie intégrante de ce qu'ils doivent devenir. Ils ont les yeux
dans le vide, comme toujours, mais ils n'inclinent plus
leurs têtes l'une vers l'autre, ils ne chantonnent plus au
rythme de leurs échanges secrets, ils ne nous laissent
plus boire leur sang. Ils ne prennent plus les victimes
que nous leur amenons, à quelques exceptions près et
dans la solitude. Personne ne sait quand ils décideront
de boire. »

Je secouai la tête. Je ne savais que répondre ; j'avais
besoin de réfléchir.

Il me fit signe de prendre place sur la chaise placée
de l'autre côté de l'écritoire et j'obéis.

« N'était-ce pas écrit, Romain ? demanda-t-il.
N'était-il pas écrit qu'ils trouveraient la mort dans les
sables, muets, immobiles, comme les statues que jette
une armée conquérante après avoir mis une ville à sac ?
Et n'était-il pas écrit que nous mourrions aussi ? Car,
je te le redemande, qu'est l'Égypte à présent, sinon le
grenier de Rome ?

— Où sont-ils ? demandai-je.

— Pourquoi veux-tu le savoir ? fit-il avec un sourire
moqueur. Pourquoi te révélerais-je le secret ? On ne
peut les mettre en pièces, ils sont trop forts. Un
couteau leur entaillera à peine la peau. Pourtant qui
les coupe, nous coupe. Qui les brûle, nous brûle. Eux
ne sentent presque rien parce que leur âge les protège,
mais pour détruire chacun de nous, il suffit de les
contrarier. Ils ne paraissent même plus avoir besoin du
sang ! Peut-être leurs esprits sont-ils aussi rattachés
aux nôtres. Peut-être le chagrin, la détresse, l'horreur
que nous ressentons devant le sort du monde viennent-
ils aussi de leur esprit, lorsqu'ils rêvent, enfermés dans
leur chambre. Non. Je ne puis te dire où ils sont, tant
que je n'aurai pas décidé irrévocablement que je suis
indifférent, qu'il est temps pour nous de mourir.

— Où sont-ils ? répétai-je.

— Pourquoi ne pas les engloutir dans les profondeurs de la mer ? Jusqu'au moment où la terre elle-

même les vomira vers le soleil sur la crête d'une immense vague. »

Je ne répondis point. Je l'observais, confondu par son agitation que je comprenais, mais qui néanmoins m'impressionnait.

« Pourquoi ne pas les ensevelir au plus profond de la terre, là où ne parvient plus la moindre rumeur de vie, et ne pas les laisser reposer dans le silence, quoi qu'ils puissent penser et sentir ? »

Que répondre ? Je l'observai, attendant qu'il se calmât. Il me regarda d'un air apaisé, presque confiant.

« Dis-moi comment ils sont devenus le Père et la Mère, demandai-je.

— Pourquoi ?

— Tu sais fort bien pourquoi. Je veux savoir ! Pourquoi es-tu venu dans ma chambre, si tu n'avais pas l'intention de me le dire ?

— Et alors ? dit-il d'un ton amer. J'ai voulu voir le Romain de mes propres yeux, voilà tout. Nous mourrons, et toi avec nous, et je voulais voir notre magie sous une nouvelle forme. Qui nous vénère aujourd'hui ? Des guerriers à cheveux jaunes dans les forêts du Nord. De très vieux Égyptiens dans leurs cryptes secrètes sous les sables. Nous n'existons pas pour les Grecs et les Romains.

— Cela m'est bien égal, dis-je. Tu le sais. Nous sommes semblables, toi et moi. Je ne retournerai pas dans les forêts nordiques afin de créer une race de dieux pour ces peuplades ! Mais je suis venu ici pour savoir et tu dois me dire.

— Fort bien. Afin que tu comprennes la futilité de tout, le silence de la Mère et du Père, je vais parler. Écoute-moi bien, cependant, je puis encore nous anéantir tous. Brûler la Mère et le Père dans la chaleur d'une fournaise ! Mais, à présent, foin des initiations et des belles paroles, foin des mythes morts dans le sable le jour où le soleil a brillé sur la Mère et le Père. Je vais te dire ce que révèlent tous les manuscrits qu'ils nous ont laissés. Pose ta chandelle et écoute-moi. »

10

« Ce que te révéleraient ces manuscrits, si tu pouvais les lire, c'est qu'il y a eu jadis deux humains, Akasha et Enkil, venus en Égypte d'une autre contrée plus ancienne, avant l'écriture, avant les pyramides, à une époque où les Égyptiens étaient encore des cannibales qui mangeaient leurs ennemis.

Akasha et Enkil les détachèrent de ces pratiques. Ils adoraient notre Bonne Mère la Terre et ils apprirent aux Égyptiens à semer la graine en son sein et à élever des troupeaux qui leur fournissaient de la viande, des peaux et du lait.

Ils n'étaient sans doute pas seuls, mais plutôt les chefs d'un peuple venu avec eux d'anciennes cités dont les noms sont désormais perdus sous les sables du Liban, les monuments détruits.

Ils étaient, en tout cas, des souverains bienveillants, ayant pour valeurs suprêmes le bien d'autrui et la paix universelle. C'étaient eux qui tranchaient toutes les questions de justice.

Peut-être seraient-ils passés à l'état de bienfaiteurs mythiques, s'il n'y avait eu dans la maison de leur intendant un démon briseur de meubles.

Ce n'était qu'un démon ordinaire, comme on en a vu de tout temps, dans tous les pays. Ils font une vie d'enfer à ceux qui vivent dans un lieu donné à un moment donné, il arrive même qu'ils pénètrent dans le corps d'un innocent et hurlent des horreurs par sa bouche. As-tu entendu parler de tels phénomènes? »

Je fis signe que oui et dis qu'on en parlait aussi à Rome, mais que je n'y avais jamais attaché foi.

« Bien sûr! fit-il d'un ton lourd d'ironie. Aucun homme intelligent et sensé n'y croit, pourtant ces histoires se propagent et elles ont tout au moins ceci de remarquable, c'est qu'elles n'affectent nullement le cours des événements humains. Le démon se contente de tourmenter une maisonnée ou une personne, puis il sombre dans l'oubli et tout redevient comme avant.

— C'est juste, convins-je.

— Tu comprendras, toutefois, que dans l'ancienne Égypte où les hommes se cachaient au bruit du tonnerre et mangeaient les cadavres pour absorber leur âme, il en allait autrement.

— Je comprends, dis-je.

— Le bon roi Enkil décida donc de s'adresser lui-même au démon qui occupait la maison de son intendant, afin de l'aider à se mettre en harmonie avec le monde qui l'entourait. Ses magiciens le supplièrent, bien sûr, de les laisser chasser l'intrus, mais le monarque voulait faire le bien de tous. Il était hanté par la vision d'un monde uni dans le bien, où chacun suivrait le même cours divin. Il voulait parler à ce démon et tenter de détourner son pouvoir vers le bien général, en quelque sorte. Si cela s'avérait impossible, il consentirait à ce qu'on le chassât.

Il se rendit donc dans la maison de l'intendant où les meubles étaient précipités contre les murs, les jarres brisées, les portes claquées, et il se mit à inviter le démon à lui parler. Tout le monde s'enfuit.

La nuit entière passa avant qu'il ne ressortît de la maison hantée pour tenir des discours stupéfiants :

« Ces démons sont comme des enfants, annonça-t-il, mais j'ai étudié leur comportement et compris la cause de leur rage. Ils sont fous furieux de ne pas avoir de corps et de ne pas sentir comme nous. Ils sont obsédés par la chair qu'ils ne peuvent envahir et c'est ce désir d'être charnel qui est à l'origine de leur colère, laquelle n'est que l'indication de leur souffrance. » Ayant dit, il s'apprêta à retourner s'enfermer dans les chambres hantées.

Son épouse s'interposa, cependant. Elle ne voulait pas qu'il restât en compagnie des démons, car durant les quelques heures passées seul dans la maison, il avait beaucoup vieilli.

Voyant qu'elle ne pourrait le détourner de son but, elle le suivit dans la maison et tous ceux qui étaient restés à l'extérieur entendirent un vacarme épouvantable et virent des fissures apparaître dans les murs.

Redoutant à tout moment d'entendre hurler le roi et la reine, ils s'enfuirent tous, à l'exception d'un petit groupe d'hommes malintentionnés, qui étaient, depuis le début de leur règne, ennemis des deux souverains. C'étaient en effet d'anciens guerriers, chefs des cannibales, que la bonté du roi insupportait, de même que le culte de la Terre nourricière et les occupations agricoles. Il leur semblait que cette histoire, qui mettait en relief les sottes notions du roi, leur fournissait une excellente occasion d'agir.

Une fois la nuit tombée, ils s'introduisirent subrepticement dans la maison, car ils étaient sans peur. Ayant découvert Enkil et Akasha dans une pièce où les objets volaient à travers les airs, ils se jetèrent sur eux et poignardèrent le roi, puis ils assassinèrent son épouse, seul témoin du meurtre.

Le roi leur cria : « Non, ne voyez-vous pas ce que vous avez fait ? Vous avez fourni un passage aux esprits ! Vous leur avez ouvert mon corps ! » Mais les agresseurs s'enfuirent, certains d'avoir occis les souverains. La reine était à genoux auprès de son époux, dont elle serrait la tête contre elle, et tous deux perdaient leur sang par plus de blessures qu'on n'en pouvait compter.

Les conspirateurs coururent aussitôt soulever la populace, en annonçant partout que le roi et la reine avaient été tués par les démons, et tout le monde regagna la maison maléfique à la lueur des flambeaux.

Les assassins pressèrent les magiciens d'entrer, mais ceux-ci avaient peur. « Dans ce cas, c'est nous qui irons voir ce qui est arrivé », déclarèrent les traîtres en entrant dans la demeure.

Le roi et la reine les attendaient, fixant sur eux leurs yeux paisibles ; toutes leurs blessures étaient miraculeusement guéries. Leurs regards brillaient d'un éclat irréel, leur peau semblait scintiller de blancheur, leurs cheveux luisaient magnifiquement. Les assassins s'enfuirent, terrifiés, et les souverains renvoyèrent le peuple et les prêtres pour regagner seuls leur palais.

Le démon était entré en eux par leurs plaies béantes,

au moment même où la vie allait s'en échapper. C'était dans leur sang, cependant, que le démon avait pénétré, en cet instant crépusculaire où le cœur avait presque cessé de battre. Peut-être était-ce la substance qu'il avait toujours voulu faire couler dans ses crises de rage, en cherchant à blesser ses victimes. Toujours est-il qu'il était à présent dans le sang et que celui-ci n'était plus simplement ni le démon, ni le sang des souverains, mais un mélange d'humain et d'inhumain, différent de l'un comme de l'autre.

Il ne restait plus du roi et de la reine que ce que ce sang nouveau était capable d'animer, ce où il pouvait circuler. Autrement leurs corps étaient morts. Le sang, toutefois, irriguait le cerveau, le cœur, la peau, si bien que les monarques conservèrent leur intelligence. L'âme demeurait, si tu veux. Et bien que le démon n'eût pas d'intelligence propre, il rehaussait celle du couple royal, car il coulait à travers les organes de la pensée. Il ajoutait à leurs facultés son pouvoir purement spirituel, leur permettant d'entendre penser les mortels, de percevoir et de saisir des choses inaccessibles à ces derniers.

Bref, le démon avait ajouté d'un côté et soustrait d'un autre et le roi et la reine étaient des êtres nouveaux. Ils ne pouvaient plus manger de nourriture, ni vieillir, ni mourir, ni avoir d'enfants, mais ils sentaient en revanche avec une intensité qui les terrifiait. Car le démon avait voulu un corps pour *sentir*.

Vint alors la découverte encore plus terrible que pour rester animés, il leur fallait alimenter ce sang en lui donnant davantage de sang à charrier à travers les vaisseaux où il éprouvait toutes ces merveilleuses sensations.

La plus délicieuse de toutes, cependant, c'était cette absorption grâce à laquelle il se renouvelait, se nourrissait, s'enrichissait. Lorsque les souverains buvaient, le démon sentait la mort de la victime, le moment où il aspirait si puissamment le sang de celle-ci que le cœur s'arrêtait.

Nul ne sait si le démon avait conscience de posséder

le roi et la reine, mais eux savaient fort bien qu'il était au-dedans d'eux et qu'ils ne pouvaient se débarrasser de lui, sous peine de mourir, car leurs corps étaient déjà morts. Ils apprirent tout de suite que ces corps morts, réceptacles du fluide démoniaque, ne résistaient ni au feu, ni à la lumière du soleil.

On a dit qu'aux premiers jours, ils ne supportaient même pas la moindre illumination et que la proximité d'un feu faisait fumer leur peau.

Quoi qu'il en soit, ils appartenaient à une race nouvelle, douée de pensées nouvelles, et ils s'efforçaient de comprendre les phénomènes qui régissaient leur nouvel état.

Leurs découvertes n'ont pas toutes été enregistrées. Nulle part, ni sous forme écrite, ni sous forme orale, il n'est question de la première fois où ils décidèrent de transmettre le sang, ni de la façon dont ils s'assurèrent de la méthode selon laquelle procéder : la victime devait être saignée jusqu'au moment crépusculaire qui la mettait au bord du trépas, sans quoi le sang démoniaque ne pouvait prendre possession d'elle.

Nous savons en revanche, par la tradition orale, que le roi et la reine s'efforcèrent de garder secrète leur métamorphose, mais que leurs absences diurnes excitèrent les soupçons. Il ne leur était plus possible, en effet, d'assister aux cérémonies religieuses.

Avant même de pouvoir prendre leurs décisions en toute connaissance de cause, ils durent inciter le peuple à célébrer le culte de la Terre nourricière au clair de lune.

Ils ne pouvaient, cependant, se protéger des conspirateurs qui ne comprenaient toujours pas leur mystérieux rétablissement, mais qui cherchaient toujours à les supprimer. Leur attaque eut lieu, malgré toutes les précautions, mais la force nouvelle des souverains, jointe à leur propre terreur lorsqu'ils constatèrent que les blessures qu'ils parvenaient à infliger se refermaient miraculeusement et instantanément, eut raison d'eux. En voyant le roi rattacher son bras tranché à son épaule, les conjurés s'enfuirent.

Par la faute de ces agressions, de ces luttes, le secret fut connu non seulement des ennemis du roi, mais des prêtres.

A présent, on ne voulait plus détruire les souverains, mais les faire prisonniers pour leur arracher le secret de l'immortalité. On chercha à leur prendre le sang, mais les premières tentatives échouèrent.

Les buveurs, en effet, n'étaient pas au seuil de la mort, si bien qu'ils devinrent des créatures hybrides — mi-dieux, mi-humains — et périrent d'atroce façon. Et puis, certains réussirent. Peut-être s'étaient-ils vidé les veines avant de boire, car on a noté depuis que c'était un sûr moyen de voler le sang.

Peut-être aussi le Père et la Mère avaient-ils choisi de créer des novices ; par solitude ou par peur, ils avaient décidé de transmettre le secret à des êtres intègres et probes, en qui ils pouvaient avoir toute confiance. Là encore, nous n'avons aucune certitude, sinon que la race des Buveurs de Sang fut créée, selon une méthode que l'on en vint à connaître.

Les manuscrits nous enseignent que la Mère et le Père voulurent triompher dans l'adversité. Pour justifier ce qui leur était arrivé, ils voulurent employer leurs sens surnaturels au service du bien.

Ils devaient sanctifier et contenir le phénomène grâce au mystère, sinon les Égyptiens risquaient de devenir une race de démons, divisant le monde en Buveurs de Sang et en créatures uniquement destinées à les nourrir, tyrannie dont les simples mortels ne parviendraient jamais à secouer seuls le joug, si elle s'établissait.

Ils choisirent donc la voie du rituel, du mythe. Ils virent dans le fait de boire le sang l'incarnation du dieu qui accepte le sacrifice qu'on lui fait. Ils enveloppèrent de symboles et de mystère ce qui ne pouvait être révélé à tous et ils se dérobèrent aux regards des hommes au fond de temples où n'avaient accès que les fidèles qui leur procuraient des victimes. Ils buvaient le sang pour le bien de tous et ils utilisaient leurs pouvoirs supérieurs pour prédire et juger.

Ils mirent en branle la légende d'Osoris où se retrouvaient beaucoup de leurs propres souffrances : l'attaque des traîtres, le rétablissement, la nécessité de vivre dans les ténèbres, le monde au-delà de la vie. Ils y greffèrent des histoires plus anciennes — sur les dieux qui s'élèvent et retombent dans l'amour de la Mère — qu'ils avaient apportées de leur contrée.

Ce fut ainsi que ces légendes nous furent transmises et se propagèrent au-delà des endroits secrets où ceux qu'avaient créés le Père et la Mère les vénéraient.

Ils étaient déjà vieux lorsque le premier pharaon construisit la première pyramide. Les textes les plus anciens parlent d'eux en termes obscurs et étranges.

Cent autres dieux régnèrent sur l'Égypte, mais le culte de la Mère et du Père et de Ceux Qui Boivent le Sang resta puissant et secret ; les fidèles se rendaient dans les temples pour entendre les voix silencieuses des dieux et rêver leurs rêves.

Nous ne savons pas qui furent les premiers novices créés par la Mère et le Père. Nous savons seulement qu'ils étendirent leur religion aux îles de la grande mer, au pays des deux fleuves et aux forêts du Nord. Partout régnait un dieu de la lune qui buvait du sang sacrificiel et sondait le cœur des hommes. Durant les périodes de jeûne, entre les sacrifices, son esprit quittait son corps, s'élevait jusqu'aux cieux et apprenait des milliers de choses. Les mortels doués de cœurs purs pouvaient entendre la voix du dieu et se faire entendre de lui.

Dès avant mon époque, cependant, il y a mille ans, le récit était très ancien et incohérent. Cela faisait trois mille ans que les dieux de la lune survivaient en Égypte, malgré les attaques.

Lorsque les prêtres égyptiens se convertirent au culte du dieu solaire, Amon Râ, ils ouvrirent les cryptes du dieu de la lune pour le réduire en cendres. Beaucoup de nos frères de race furent détruits.

A présent, le bavard oracle de Delphes règne à notre place. Notre dernier sanctuaire se trouve dans les forêts du Nord, parmi ceux qui inondent encore nos autels du sang des malfaiteurs, et dans quelques villages d'Égypte où un ou deux prêtres fournissent des victimes au dieu ; ils ne prennent pas d'innocents pour ne pas éveiller les soupçons, mais on ne manque jamais de malfaiteurs.

Notre histoire, cependant, est ponctuée de récits concernant des dévoyés, des Buveurs de Sang qui refusent de se laisser guider par la déesse et utilisent leur pouvoir pour eux-mêmes.

Il en vivait à Rome et à Athènes, de ces êtres sans foi ni loi, qui ne songeaient qu'à servir leurs propres intérêts.

Eux aussi sont morts par le feu dans d'horribles souffrances, comme les dieux des bosquets et des sanctuaires. Si certains ont survécu, ils ne savent sûrement pas pourquoi ils ont été soumis à la morsure de la flamme, ni que la Mère et le Père ont été abandonnés au soleil. » Il s'était tu.

Il étudiait ma réaction. La bibliothèque était silencieuse et si les autres erraient au-dehors, je ne les entendais plus.

« Je n'en crois pas un traître mot ! » lançai-je.

Il me contempla un instant, muet de stupeur, puis il éclata d'un rire inextinguible.

Fou de rage, je quittai la bibliothèque, longeai le couloir jusqu'au temple, remontai le tunnel et sortis dans la rue.

11

Cela ne me ressemblait pas du tout, de partir ainsi sur un coup de colère. Jamais je n'avais fait ce genre de chose du temps où j'étais mortel. Mais, comme je l'ai dit, j'étais au bord de la folie, cette folie première dont nous sommes nombreux à souffrir, surtout ceux d'entre nous recrutés par la force.

Je regagnai ma petite villa proche de la grande bibliothèque d'Alexandrie et m'allongeai sur mon lit.

« Quel tissu de sottises! » grommelai-je tout bas.

Plus je songeais à ce récit, cependant, plus tout me semblait logique. Logique que j'eusse dans le sang quelque chose qui m'incitait à boire du sang. Logique que cela renforçât toutes mes sensations et fît fonctionner mon corps, alors qu'il aurait dû s'arrêter. Logique que cet esprit sans intelligence eût un pouvoir, une volonté de vivre propres.

Logique enfin que nous fussions tous liés à la Mère et au Père, puisque ce phénomène était spirituel et n'avait aucune limite corporelle, sinon celles des divers corps dont il s'était assuré le contrôle.

C'était pour cela que nous nous entendions si clairement, nous autres dieux, pour cela que j'avais su que les autres se trouvaient à Alexandrie, avant même qu'ils ne se fussent manifestés. C'était pour cela aussi qu'ils avaient trouvé ma villa et avaient pu me guider jusqu'à la porte secrète.

Bon. C'était peut-être vrai. Et c'était en effet par hasard qu'avait eu lieu cette fusion d'une force sans nom et de corps et d'esprits humains, dont avaient résulté ces êtres nouveaux.

Cela dit, l'histoire me déplaisait quand même.

Elle me révoltait parce que j'étais, par-dessus tout, un être individuel, doué d'un sens aigu de ses droits et de ses prérogatives. Je ne parvenais pas à me convaincre que j'abritais désormais une entité parasitaire. J'étais toujours Marius.

Pour finir, une seule pensée s'imposa à mon esprit : si j'étais lié à la Mère et au Père, il fallait que je les visse et que je les susse en sécurité. Je ne pouvais vivre avec l'idée que je risquais de mourir à tout moment par la faute d'une alchimie que je ne pouvais ni contrôler, ni comprendre.

Je ne retournai pas au temple souterrain. Je passai les nuits suivantes à me gaver de sang et à lire.

Un peu de ma folie se dissipa. Je cessai de regretter ma famille mortelle. J'oubliai ma colère envers l'Ancien et je m'intéressai plutôt à cette force nouvelle que je sentais en moi. J'allais vivre des siècles, connaître les réponses à toutes sortes de questions. Et tant que je ne tuais que des malfaiteurs, je pouvais supporter ma soif et même en jouir. Et en temps voulu, je me créerais des compagnons et je les créerais bien.

Que me restait-il à faire ? Retourner trouver l'Ancien et découvrir où il avait caché la Mère et le Père, afin de les voir de mes propres yeux. Et mettre à exécution la menace de l'Ancien, en les enfonçant si profondément dans les entrailles de la terre que nul ne pourrait jamais plus les exposer à la lumière.

Cinq nuits après ma visite à l'Ancien, toutes ces pensées ayant eu le temps de s'épanouir en moi, je reposais dans ma chambre ; comme la fois précédente, la lampe brillait à travers les voiles qui entouraient mon lit. Dans l'or de cette lumière filtrée, j'écoutais dormir Alexandrie, en glissant par moments dans de chatoyantes rêveries. Je me demandais si l'Ancien allait revenir et au moment même où cette pensée s'imposait à mon esprit, je pris conscience du fait que quelqu'un se tenait à nouveau dans l'embrasure de la porte.

On m'observait, je le sentais. Je n'avais qu'à tourner la tête pour voir l'intrus et l'accabler de sarcasmes : *Te voici donc sorti de ta solitude et de ta désillusion pour continuer ton récit ? Eh bien, retourne plutôt t'asseoir en silence au milieu de la fraternité des Cendres.* Je n'avais, bien sûr, nulle intention de rien dire de tel, mais il ne me déplaisait pas de lui laisser entendre ces pensées, si c'était bien lui qui était de retour.

Mon visiteur ne s'en alla point pour autant.

Lentement je tournai les yeux vers la porte et je vis une femme ou plutôt une splendide Égyptienne à la peau ambrée, vêtue et parée comme une reine de l'Antiquité ; dans sa chevelure noire qui lui tombait sur les épaules étaient tressés des fils d'or. Elle dégageait une force colossale, un sentiment impalpable et irrésistible de sa présence dans cette petite pièce insignifiante.

Je m'assis dans mon lit et écartai le voile. La lampe

s'éteignit et je vis des tortillons de fumée grise monter jusqu'au plafond avant de s'évanouir. Elle était toujours là et dans la pénombre je distinguai à peine son visage inexpressif, les joyaux qui étincelaient à son cou et ses grands yeux en amande. Elle me dit silencieusement :

Marius, emmène-nous hors d'Égypte.

Puis elle disparut.

Mon cœur battait la chamade. Je sortis dans le jardin pour la chercher, bondis par-dessus le mur et restai un instant, l'oreille aux aguets, dans la ruelle vide.

Je me mis à courir en direction du temple secret pour aller dire à l'Ancien qu'il devait me mener auprès d'elle, que je l'avais vue, qu'elle avait bougé, qu'elle m'avait parlé ! Je délirais, mais une fois devant la porte, je sus que pour la trouver je n'avais qu'à sortir de la ville et gagner les sables du désert. Déjà, elle me guidait vers sa retraite.

Je partis sous la lumière des étoiles, faisant appel à toute ma force et ma vélocité nouvelles, pour ne m'arrêter que devant un temple en ruine près duquel je me mis à creuser dans le sable. Très vite je dégageai une porte secrète que j'ouvris, ce qui aurait pris des heures à des mortels bien outillés.

L'escalier en colimaçon et les couloirs tortueux n'étaient pas éclairés et je me maudis de ne pas m'être muni d'une chandelle, de m'être lancé impétueusement à sa poursuite, comme un amoureux transi.

« Aide-moi, Akasha », chuchotai-je. Tendant les bras devant moi, je tâchai de chasser la peur que m'inspiraient ces ténèbres qui m'aveuglaient.

Mes mains rencontrèrent une surface dure. Je m'arrêtai, hors d'haleine, en tentant de me ressaisir. Je fis glisser mes doigts le long de l'obstacle et crus deviner le torse d'une statue, ses épaules, ses bras. Pourtant, la matière était beaucoup plus élastique que de la pierre. Et quand mes mains montèrent jusqu'au visage, je trouvai les lèvres plus douces que le reste et reculai vivement.

J'entendais battre mon cœur. Je me sentais humilié

par ma couardise. Je n'osais prononcer le nom d'Akasha. J'avais touché un corps d'homme. C'était Enkil.

Je fermai les yeux, en m'efforçant de rassembler mes esprits, de trouver autre chose à faire que de m'enfuir comme un dément; lorsque j'entendis un craquement sec et vis du feu contre mes paupières closes.

Une torche allumée était accrochée au mur, à la lueur de laquelle surgit la forme sombre d'Enkil, dont les yeux vivants me regardaient, impavides. Le reste de sa personne était mort, les bras le long du corps. Il était aussi richement paré que son épouse, avec de l'or tressé dans les cheveux. Sa peau était couleur de bronze doré. Dans son immobilité, il me parut l'incarnation de la menace.

Derrière lui, elle était assise sur un rebord de pierre, la tête inclinée, les bras ballants, comme un corps jeté là sans vie. Du sable adhérait à son vêtement et à ses sandales. Son regard était vide et fixe. Parfaite image de la mort.

Telle une sentinelle, Enkil me barrait le chemin.

Aucune pensée n'émanait d'eux et il me sembla que j'allais mourir de peur.

Pourtant, ce sable était la preuve de sa venue chez moi !

Quelqu'un marchait dans le couloir derrière moi, d'un pas traînant. Me retournant, je vis entrer un des dieux brûlés, un squelette dont on distinguait les gencives noircies d'où sortaient deux crocs qui perçaient le raisin noir de la lèvre inférieure.

Sans paraître me voir, il leva la main pour repousser Enkil.

« Non, non, retourne dans la chambre ! caqueta-t-il. Non, non ! » Chaque syllabe semblait l'épuiser. Ses bras osseux poussaient désespérément, incapables de mouvoir la haute silhouette.

« Aide-moi ! me lança-t-il. Ils ont bougé. Pourquoi ? Fais-les rentrer. Plus ils avancent loin, plus il est difficile de les faire rentrer. »

En regardant Enkil, j'éprouvai l'horreur que tu as ressentie à voir cette vivante statue, qui ne pouvait ou ne voulait pas bouger. Le fantôme noirci s'agitait comme un forcené et le spectacle de cet être qui aurait dû être mort s'acharnant contre la totale immobilité de ce personnage divin et magnifique était à la limite du supportable.

« Aide-moi! glapissait le squelette. Fais-les rentrer là où ils doivent rester. »

Comment aurais-je osé porter la main sur cet être de splendeur, le repousser là où il ne voulait pas aller?

« Si tu m'aides, tout ira bien, poursuivit l'autre. Ils seront ensemble et en paix. Pousse-le! Allez! Pousse! Oh, et elle, regarde-la, que lui est-il arrivé? »

Accablé de honte, je posai les mains sur Enkil et tentai de le repousser, mais c'était impossible. Ma force restait sans effet et le dieu calciné m'exaspérait avec ses exclamations.

Brusquement, il émit un caquètement étranglé et leva au ciel ses bras noircis.

« Qu'as-tu donc? » demandai-je, au bord de la panique. Au même instant, je la vis.

Elle était venue se placer directement derrière Enkil et me regardait par-dessus son épaule. Je vis le bout de ses doigts sur le bras musclé. Ses yeux superbes étaient toujours aussi vides, mais, lentement, elle faisait reculer son époux, leurs pieds se soulevant à peine.

Je tentai de m'éclaircir les idées.

Le dieu brûlé était près de s'effondrer. Il était tombé à genoux et je savais pourquoi. Il les avait souvent retrouvés dans différentes positions, mais jamais il ne les avait vus bouger.

Moi, je connaissais la raison de ce phénomène. Elle était venue me voir. Pourtant mon orgueil et mon exaltation cédèrent vite la place à une sainte terreur, qui se transforma en désespoir.

Je me mis à pleurer, sans pouvoir me contrôler, comme je n'avais pas pleuré depuis ma rencontre avec le dieu du bosquet, depuis que cette lumineuse et puissante malédiction s'était abattue sur moi. Je pleurais de les voir immobiles et isolés dans cette affreuse petite pièce où ils restaient assis, les yeux perdus dans l'obscurité, tandis que l'Égypte se mourait au-dessus de leur tête.

La déesse, la Mère, me regardait. Ce n'était pas une illusion. Ses grands yeux brillants, ourlés d'une frange de cils noirs, étaient fixés sur moi. Et sa voix me parvint à nouveau, faiblement, comme une pensée au-delà du langage.

Fais-nous sortir d'Égypte, Marius. L'Ancien veut nous détruire. Garde-nous, Marius. Ou nous allons périr.

« Est-ce du sang qu'ils veulent ? s'écria l'être calciné. Ont-ils bougé pour réclamer un sacrifice ?

— Va leur chercher une victime, dis-je.

— Je ne peux pas. Je n'en ai pas la force. Et ils me refusent le sang qui guérit. Quelques gouttes suffiraient à renouveler le sang dans mes veines et je leur apporterais de superbes victimes...

— Essaie encore de boire leur sang », dis-je dans un élan de monstrueux égoïsme. Je voulais voir ce qui arriverait.

Je fus mortifié de le voir aussitôt s'approcher d'eux, prosterné, sanglotant, les suppliant de lui donner un peu de leur sang magique pour guérir plus vite ses brûlures, leur jurant qu'il était innocent et que c'était l'Ancien qui les avait abandonnés dans le sable. Ne pouvait-il puiser à la source originelle ?

Puis, consumé par une soif dévorante, il se jeta sur Enkil, les griffes en avant, la bouche grande ouverte sur ses crocs.

Le bras du Père se leva et l'expédia à l'autre bout de la pièce avant de retomber.

Le malheureux brûlé sanglotait, ce qui mit un comble à ma honte. Il était trop faible pour chasser les victimes et les amener ici et je n'avais rien trouvé de mieux que de l'inciter à cette sotte tentative. La pénombre ambiante, le sable qui crissait sous le pied, la nudité de la pièce, l'odeur de résine qui vous prenait à la gorge et la laideur de cette créature noircie étaient démoralisants au possible.

« Eh bien, bois donc mon sang », dis-je. Je frissonnai en voyant approcher ses crocs distendus, en sentant ses mains sur mon cou, mais c'était le moins que je pusse faire.

12

Dès que j'en eus fini avec cette créature, je lui ordonnai, en faisant appel à toute mon autorité, de ne laisser personne pénétrer dans la crypte et je quittai les lieux en toute hâte.

Je regagnai Alexandrie et m'introduisis par effraction dans la boutique d'un marchand d'objets anciens, pour y voler deux superbes sarcophages en bois merveilleusement peints et plaqués d'or à l'intérieur. Je me procurai ensuite une importante quantité de bandelettes de lin pour envelopper les dieux et je regagnai la crypte du désert.

Mon courage et ma peur étaient pareillement à leur comble.

Comme il arrive souvent lorsqu'il y a échange de sang avec un membre de notre race, j'avais, pendant que les crocs du dieu calciné étaient plantés dans mon cou, eu des visions, fait des rêves, où il était question de l'Égypte, de son Antiquité, du fait qu'en quatre mille ans, ce pays n'avait guère connu de changements dans le domaine linguistique, religieux ou artistique. Pour la première fois, cela me devenait compréhensible et me mettait en profonde harmonie avec la Mère et le Père, en qui je voyais à présent des reliques de cette fascinante contrée, au même titre que les pyramides. Cela intensifiait ma curiosité et la rapprochait de la dévotion.

En toute honnêteté, cependant, je dois avouer que j'étais prêt à enlever la Mère et le Père à seule fin de survivre.

Ce nouveau savoir, ce nouvel attachement m'inspiraient au moment où je m'approchais d'Akasha et d'Enkil, afin de les placer dans les sarcophages de bois, sachant parfaitement que la déesse se laisserait faire et qu'un seul coup du dieu suffirait à me fracasser le crâne.

Enkil, cependant, se montra aussi docile que son épouse. Je pus les envelopper tous deux dans les bandelettes de lin, pour leur donner l'apparence de momies, puis les placer dans les cercueils richement décorés pour les emporter avec moi à Alexandrie.

Je laissai leur gardien dans un état d'affolement complet.

Dès mon retour en ville, je louai les services de plusieurs porteurs qui acheminèrent les sarcophages jusque chez moi avec tout le respect qui leur était dû, puis j'ensevelis les deux fugitifs dans mon jardin, en leur expliquant qu'ils ne resteraient pas longtemps en terre.

La nuit suivante, j'osai à peine m'éloigner d'eux. Je chassai le plus près possible de mon domicile, puis j'envoyai mes esclaves acheter des chevaux et un chariot et je leur ordonnai de tout préparer pour un voyage le long de la côte jusqu'à Antioche, sur l'Oronte. C'était une ville que je connaissais bien et qui m'était chère ; nous y serions en sécurité.

Comme je le redoutais, l'Ancien vint me trouver. Je l'attendais dans la pénombre de ma chambre, assis sur ma couche, une lampe près de moi et un vieux recueil de poèmes latins entre les mains. Je me demandais s'il devinerait où étaient cachés Akasha et Enkil et j'emplis délibérément mon cerveau de fausses pensées, en espérant ainsi le dérouter.

Le rêve de l'Égypte, que m'avait communiqué le dieu calciné, ne m'avait pas quitté : une contrée où les lois et les croyances subsistaient depuis des temps immémoriaux, où les hiéroglyphes, les pyramides et le mythe d'Isis et d'Osiris prospéraient déjà à l'époque où la Grèce était encore plongée dans les ténèbres et où Rome n'existait même pas. Je vis les crues du Nil, sa vallée, encaissée au milieu des montagnes. J'envisageais le temps d'une façon tout à fait différente. Il n'y avait pas que le rêve, d'ailleurs, qui alimentât ces réflexions, mais aussi tout ce que je connaissais de l'Égypte et le sentiment que tout y avait commencé, sentiment dérivé de mes lectures bien avant de devenir l'enfant de la Mère et du Père que j'allais emmener.

« Qu'est-ce qui te laisse penser que nous serions prêts à te les confier ? » me demanda l'Ancien en venant s'encadrer dans l'embrasure de ma porte.

Il me parut gigantesque, dans son simple pagne de lin blanc. Son crâne chauve, son visage rond et ses yeux exorbités luisaient à la lumière de ma lampe. « Comment as-tu osé emmener la Mère et le Père ? Qu'en as-tu fait ? tonna-t-il.

— C'est toi qui les as mis au soleil, répondis-je, qui as tenté de les détruire. Toi qui ne croyais pas aux récits anciens. Tu étais leur gardien et tu m'as menti. C'est toi qui as fait périr notre race d'un bout du monde à l'autre. Tu m'as menti ! »

Il était muet de saisissement. Il me trouvait d'une présomption intolérable, mais cela m'importait peu. Car c'était à moi que la Mère avait demandé de l'aide ! A moi !

« Je ne savais pas ce qui allait se passer ! » lança-t-il, les poings serrés, les veines saillant sur son front. On eût dit quelque géant nubien, cherchant à m'intimider. « Je te le jure par tout ce qui est sacré ? Et puis, tu ne peux pas savoir ce que c'est que d'être leur gardien, de les voir pendant des années, des décennies, des siècles, en sachant qu'ils peuvent parler, bouger et qu'ils s'y refusent. »

Ses jérémiades ne me touchaient pas. Il n'était pour moi qu'un énigmatique personnage planté au milieu de ma petite chambre, occupé à me dépeindre des souffrances inimaginables.

« C'est moi qui en avais hérité ! continua-t-il. C'est à moi qu'on les avait confiés. Que pouvais-je faire ? Comment supporter leur silence maléfique, leur refus de gouverner la tribu qu'ils avaient lâchée sur le monde ? Et d'abord, pourquoi ce silence ? Par vengeance, te dis-je, pour se venger de nous. Et pourquoi? Qui se rappelle encore des torts portés voici quatre mille ans? Personne. Qui peut comprendre? Les anciens dieux sortent au soleil, se jettent dans le feu, périssent par la violence ou s'enterrent si profondément qu'ils ne se relèvent jamais, mais la Mère et le Père continuent indéfiniment, sans parler. Pourquoi ne vont-ils pas s'ensevelir en sécurité quelque part? Pourquoi se contentent-ils d'observer et d'écouter, sans jamais dire un mot? Ce n'est que lorsqu'on tente d'enlever Akasha à Enkil qu'il bouge, qu'il frappe et broie comme un colosse de pierre. Quand je les ai laissés dans le sable, ils n'ont pas fait un geste pour se sauver! Ils sont restés immobiles, face au fleuve.

— Tu l'as fait pour voir ce qui arriverait? S'ils bougeraient?

— Pour me libérer! Pour dire: Je ne veux plus vous garder. Bougez. Parlez! Pour voir si le vieux conte était vrai! »

Il était épuisé. D'une voix affaiblie, il conclut: « Tu n'as pas le droit de les emmener. Comment as-tu pu croire que je te laisserais faire? Toi qui ne dureras peut-être pas un siècle, qui t'es dérobé à tes obligations envers le dieu du bosquet. Tu ne sais pas vraiment qui ils sont. Je t'ai menti, tu le sais! »

— Écoute bien ce que je vais te dire, rétorquai-je. Tu es libre à présent. Tu sais que nous ne sommes ni des dieux, ni des hommes. Nous ne servons pas la Terre nourricière dont les fruits ne sauraient nous nourrir, ni le giron nous accueillir. Je quitte l'Égypte sans obligation envers toi et je les emporte parce qu'ils me l'ont demandé et que je ne veux pas qu'ils souffrent, ni qu'ils soient détruits. »

Il resta encore une fois muet. Comment m'avaient-ils sollicité? Il était si empli de rage et de haine, si plein de ténébreux secrets dont je n'avais pas le moindre aperçu, que les mots lui manquaient. Il était aussi éduqué que moi et il connaissait sur notre pouvoir des choses dont je n'avais pas la plus petite idée. Jamais je n'avais tué un autre homme, du temps où j'étais mortel. J'étais incapable d'occire un être vivant, sinon dans mon tendre et impénitent besoin de sang.

Il savait utiliser au mieux sa force surnaturelle. Ses yeux n'étaient plus que deux fentes minuscules et tout son corps s'était durci. Le danger irradiait de tout son être.

Il s'avança vers moi, devancé par ses intentions ; d'un bond je fus sur mes pieds pour tenter de parer ses coups. M'empoignant à la gorge, il me lança contre le mur de pierre et je sentis se briser les os de mon épaule et de mon bras droits. A travers l'atroce douleur, je savais qu'il voulait me fracasser la tête contre la pierre et me réduire en bouillie, avant de verser sur moi l'huile de la lampe et d'y mettre le feu, m'expédiant hors de cette éternité où j'avais osé faire irruption.

Je luttai de toutes mes forces nouvelles, mais mon bras cassé me faisait souffrir le martyre et mon adversaire m'était aussi supérieur que je pourrais l'être pour toi. Cependant, au lieu de céder à l'instinct d'agripper ses mains lorsqu'elles se refermèrent autour de mon cou, je lui enfonçai mes pouces dans les yeux, en bandant tous mes muscles malgré la douleur lancinante.

Il me lâcha en hurlant. Le sang coulait à flots sur son visage. Je n'arrivais pas à reprendre ma respiration, cependant, et, après un tel effort, mon bras droit pendait, inutile, à mon côté. Au même instant, du coin de l'œil, j'entrevis par la porte ouverte sur le jardin des phénomènes déroutants. Un véritable geyser de terre jaillit du sol, suivi d'une épaisse fumée. Je m'effondrai contre le chambranle de la porte, comme balayé par un ouragan, et je vis l'Ancien marcher sur moi, les yeux étincelant de haine loin au fond des orbites, en me lançant des injures en égyptien.

Soudain, son visage se figea en un masque de terreur et il s'immobilisa, dans une attitude d'alarme presque comique.

Je vis alors ce qu'il voyait : la fine silhouette d'Akasha qui entrait à ma droite. Elle avait arraché ses bandelettes et elle était couverte de terre sablonneuse. Elle avançait sur lui avec une lenteur terrifiante, le regard toujours aussi vide et inexpressif. L'horreur le clouait sur place.

Finalement, tombant à genoux, il s'adressa à elle en égyptien, sur un ton où la stupéfaction céda vite la place à l'incohérence. Elle approchait inexorablement, laissant derrière elle un sillage de sable que balayaient les bandelettes pendantes. Se détournant, il voulut s'éloigner à quatre pattes comme si elle l'empêchait de se relever par une force invisible. C'était d'ailleurs certainement le cas, car il finit par s'écrouler à plat ventre, les coudes faisant saillie, incapable de bouger.

Lentement, posément, elle mit le pied sur la pliure du genou droit de l'Ancien et le broya sous elle ; je vis le sang gicler sous son talon. Au pas suivant, elle lui pulvérisa le bassin, tandis qu'il hurlait comme une bête qu'on égorge. Le sang se mit à couler dans toutes les directions. Ce fut ensuite le tour de l'épaule, puis de la tête qui explosa sous le poids d'Akasha comme un fruit trop mûr. Les cris cessèrent.

En se retournant, Akasha me révéla toujours le même visage impassible, ne trahissant aucune conscience du récent carnage et reflétant même une parfaite indifférence envers le témoin horrifié que j'étais, plaqué contre le mur. Elle piétina les sanglants vestiges d'un pas lent et tranquille.

Quand elle eut fini, il ne restait plus sur le sol qu'une pulpe sanguinolente qui n'avait même plus forme humaine, mais qui semblait pourtant s'enfler et se contracter comme par l'effet d'un frémissement de vie.

J'étais frappé d'horreur, sachant bien qu'il y avait en effet un souffle vital dans ce magma immonde. Voilà donc ce que pouvait devenir l'immortalité.

Akasha s'était arrêtée. Toujours avec la même lenteur, elle leva la main et la lampe à côté du lit fut projetée jusqu'à ce qui restait de l'Ancien ; le feu prit aussitôt à l'huile qui s'était renversée.

Le cadavre brûla comme un bloc de graisse, sur lequel dansaient des flammes que le sang paraissait alimenter. Une fumée âcre s'éleva, dont la puanteur n'était pas due à l'huile.

J'étais tombé à genoux contre la porte, au bord de

l'évanouissement. Je regardai brûler l'Ancien jusqu'à ce qu'il n'en restât rien et je la regardai, elle, au-delà des flammes, sans distinguer sur son visage de bronze la moindre lueur d'intelligence, de triomphe ou de volonté ?

Je retenais mon souffle, m'attendant à voir ses yeux se poser sur moi, mais il n'en fut rien. Au moment où le feu fut près de s'éteindre, je m'aperçus qu'elle avait cessé de bouger, elle était retombée dans son état de silence et d'immobilité absolus.

La pièce était obscure à présent. L'odeur de l'huile brûlée m'écœurait. Dans ses bandelettes déchirées, elle ressemblait à quelque fantôme égyptien, dressé devant les braises rougeoyantes.

Je me relevai. Mon épaule et mon bras blessés étaient parcourus de douloureux élancements. Je sentais le sang affluer vers le siège de ma blessure pour la guérir, mais elle était grave et j'ignorais combien de temps il faudrait compter.

Bien sûr, si je buvais le sang d'Akasha, le rétablissement serait beaucoup plus prompt, voire instantané, et nous pourrions quitter Alexandrie dès ce soir.

Brusquement, je me rendis compte que c'était *elle* qui me soufflait cette idée. J'aspirais avec volupté ces mots lointains.

Et je lui répondis : *J'ai voyagé à travers le monde et je saurai te mettre en sécurité.* Peut-être, cependant, ce dialogue était-il purement de mon fait. Peut-être le doux sentiment d'amour et de soumission envers elle l'était-il aussi. Je sentais ma raison s'égarer complètement, sachant que ce cauchemar ne se terminerait jamais, sinon dans un feu tel que celui que je venais de voir, que nulle vieillesse, nulle mort naturelles ne viendraient jamais apaiser mes craintes et soulager mes souffrances.

Cela n'avait plus d'importance. Ce qui comptait, c'était que j'étais seul avec elle et que, dans la pénombre, j'avais l'impression d'avoir auprès de moi une vraie femme, une jeune femme pleine de vitalité, débordant d'idées et de rêves merveilleux.

Je m'approchai d'elle et il me sembla trouver en elle
une créature docile et consentante ; il me sembla
qu'elle savait qui j'étais et que je lui plaisais. Pourtant
j'avais peur. Elle pouvait me broyer comme elle avait
broyé l'Ancien. Non, c'était absurde, car j'étais son
gardien, à présent. Jamais elle ne laisserait personne
me faire de mal. Je devais m'en persuader. Je m'approchai de plus en plus près, jusqu'à ce que mes lèvres
fussent sur le point d'effleurer sa gorge dorée. Ce fut la
ferme et fraîche pression de sa main sur ma nuque qui
me décida.

13

Je ne tenterai même pas de décrire l'extase. Tu la
connais. Tu l'as ressentie en buvant le sang de Magnus, en buvant le mien au Caire. Tu la ressens aussi
en buvant celui de chaque victime. Et tu me comprendras si je te dis que c'était mille fois cela.

C'était le bonheur, la satisfaction absolue.

J'avais l'impression de me trouver dans de nombreux autres lieux sortis du passé, d'entendre discourir
des voix, de voir se perdre des batailles. Quelqu'un
pleurait au comble de la souffrance. Quelqu'un criait :
Je ne comprends pas, je ne comprends pas. Un océan
d'obscurité s'ouvrit et je me sentis invité à m'y laisser
tomber, tomber, tomber toujours plus bas. Elle soupi-
ra et dit : *Je ne peux plus lutter.*

A ces mots je me réveillai pour me retrouver étendu
sur mon lit. Elle se tenait au centre de la pièce,
toujours immobile, et la nuit était déjà fort avancée.
Autour de nous, la cité d'Alexandrie murmurait dans
son sommeil.

Je savais une multitude d'autres choses.

Je savais tant de choses qu'il m'aurait fallu des
heures, sinon des nuits entières pour les apprendre du
temps où j'étais mortel. Je n'avais pas la moindre idée
du temps écoulé.

Je savais que des milliers d'années auparavant, il y avait eu de grandes batailles parmi les Buveurs de Sang, car après leur création beaucoup d'entre eux étaient devenus d'impitoyables tueurs. A l'encontre des doux amants de la Mère nourricière, qui jeûnaient en attendant les sacrifices rituels, ces impies étaient des anges de la mort, capables de fondre à tout moment sur l'innocent comme sur le coupable, proclamant orgueilleusement leur conviction de faire partie d'un rythme universel au sein duquel nulle vie humaine n'avait d'importance, la vie et la mort étaient égales et c'était à eux qu'il appartenait d'infliger souffrance et massacre, selon leur bon plaisir.

Ces terribles dieux avaient parmi les hommes leurs dévoués sectateurs, leurs esclaves qui les pourvoyaient en victimes et tremblaient à tout instant de tomber sous les crocs capricieux de leur idole.

Ces dieux qui avaient naguère sévi à Babylone et en Assyrie s'étaient à présent installés en Orient, monde inconnu de Rome. On les trouvait aussi en Perse, dont les habitants rampaient devant leur roi, alors que les Grecs qui les avaient combattus étaient libres.

Quels que fussent nos excès, le plus humble paysan valait quelque chose à nos yeux. La vie était précieuse. Et la mort n'était que la fin de la vie. Elle n'avait aucune grandeur, aucune signification particulières et elle n'était certes pas un état préférable à la vie.

Bien qu'Akasha me les eût révélés dans tout leur sublime mystère, je trouvais ces dieux atroces. Je me sentais incapable de les adorer, ni maintenant, ni jamais, et je savais que les philosophies qui en découlaient ou qui les justifiaient ne sauraient jamais me consoler d'être devenu un Buveur de Sang. Mortel ou immortel, j'étais un enfant de l'Occident, dont j'épousais pleinement les idées. Je serais toujours *coupable* de mes actes.

Je percevais néanmoins le pouvoir de ces dieux, leur beauté incomparable. Méprisant comme ils le faisaient tous ceux qui les contestaient, ils jouissaient d'une liberté que je n'aurais jamais.

Je les vis en Égypte pour voler le sang tout-puissant de la Mère et du Père et s'assurer que ces derniers ne s'immoleraient pas volontairement par le feu, pour mettre fin au règne de ces dieux des ténèbres.

Je vis le Père et la Mère captifs, dans une crypte souterraine, ensevelis sous des blocs de diorite et de granit d'où ne dépassaient que leur tête et leur cou. Ainsi, les dieux des ténèbres pouvaient leur faire absorber le sang humain dont ils avaient besoin et puiser eux-même le précieux élixir à la source originelle.

Le Père et la Mère hurlaient de douleur, suppliaient leurs bourreaux, mais ceux-ci jouissaient de les voir souffrir. Ils portaient des crânes accrochés à leurs ceintures et leurs vêtements étaient teints dans le sang humain. Les prisonniers finirent par refuser de boire le sang sacrificiel, mais cela ne fit qu'accroître leur impuissance, car ce sang aurait pu leur donner la force de repousser les pierres qui les emprisonnaient.

Leur force continua néanmoins à s'accroître.

Des années et des années de cette torture, des conflits parmi les dieux, des guerres parmi les adorateurs de la vie et ceux de la mort.

Des années innombrables jusqu'au jour où la Mère et le Père sombrèrent finalement dans le silence, jusqu'au jour où il n'exista plus personne qui se souvînt les avoir vus supplier, lutter, parler. Vint ensuite le temps où plus personne ne savait qui avait emprisonné la Mère et le Père, ni pourquoi il ne fallait jamais les libérer. Certains ne croyaient même plus qu'ils fussent à l'origine de la race des Buveurs de Sang, ni que de leur sort dépendît celui de toute la race. Ce n'était qu'un vieux conte.

Vint enfin la nuit où l'on s'aperçut que la Mère et le Père s'étaient libérés des blocs qui pesaient sur eux. Dans le silence, leur force avait passé toute mesure. On eût dit, cependant, deux statues qui s'étreignaient au milieu de la petite pièce sale et sombre où ils étaient confinés. Leurs corps nus scintillaient d'un doux éclat, car leurs habits étaient depuis longtemps tombés en poussière.

Lorsqu'il leur arrivait de prendre les victimes qu'on leur offrait, ils se mouvaient avec une lenteur de reptiles en hiver, comme si les années étaient pour eux des nuits, les siècles des années.

L'ancienne religion demeurait toujours aussi forte, ne participant ni des rites orientaux, ni des occidentaux. Les Buveurs de Sang restaient des symboles du bien, la lumineuse image d'une vie dans l'au-delà, que tout Égyptien, si humble fût-il, pouvait convoiter.

Seuls les malfaiteurs alimentaient les sacrifices, ce qui permettait aux dieux d'extraire le mal du peuple et de protéger ce dernier. La voix silencieuse des dieux consolait les faibles, leur transmettant les vérités qu'ils apprenaient durant leurs jeûnes : le monde était plein de beauté durable, aucune âme ici-bas n'était vraiment seule.

La Mère et le Père étaient désormais gardés dans un merveilleux sanctuaire, où tous les autres dieux se rendaient pour leur prendre, avec leur consentement, quelques gouttes du précieux sang.

Ce fut alors que survint l'impossible : le déclin de l'Égypte. Des choses que l'on avait crues immuables allaient changer radicalement. Alexandre vint, puis César, puis Antoine, rudes et étranges protagonistes du drame qui se jouait.

Et finalement, on vit apparaître le sinistre et maléfique Ancien, cynique dans sa désillusion, qui abandonna au soleil la Mère et le Père.

Je quittai mon lit pour contempler la silhouette immobile et rigide d'Akasha. Les bandelettes salies qui pendaient de ses membres semblaient un outrage. Ma tête bourdonnait d'anciens poèmes. J'étais inondé d'amour.

Mon corps ne se ressentait plus de ma lutte contre l'Ancien. Les os s'étaient ressoudés. Tombant à genoux, je baisai la main d'Akasha et, en levant les yeux, je vis qu'elle me regardait, la tête penchée, avec une expression étrange, qui me parut aussi pure dans sa souffrance que le bonheur que je venais de connaître.

Puis, avec une lenteur inhumaine, sa tête se redressa et elle se remit à regarder droit devant elle. Je sus à cet instant que l'Ancien n'avait jamais connu de telles manifestations.

Tout en remettant les bandelettes en place, j'étais en transe. Plus que jamais, je me sentais tenu de m'occuper d'elle et d'Enkil. Le sang qu'elle m'avait donné avait accru mon exaltation en même temps que ma force physique.

Tout en m'apprêtant à quitter Alexandrie, je rêvais de sortir mes deux protégés de leur torpeur, de les voir retrouver au cours des années à venir toute la vitalité qu'on leur avait volée. Nous établirions alors des rapports si intimes et étonnants qu'ils feraient pâlir les rêves de savoir et d'expérience que m'avait communiqués le sang.

Mes esclaves m'avaient trouvé des chevaux et un chariot, ainsi que des sarcophages de pierre, des chaînes et des cadenas, comme je le leur avais ordonné.

Je plaçai chacun des sarcophages en bois contenant la Mère et le Père dans les sarcophages de pierre, logés côte à côte dans le chariot ; je les fermai hermétiquement avec les chaînes et les cadenas et étendis dessus des couvertures. Puis nous nous mîmes en route vers la porte du temple souterrain.

J'y laissai mes esclaves, après leur avoir recommandé de donner l'alarme si quiconque approchait, puis je m'enfonçai à l'intérieur du temple, muni d'une grande sacoche de cuir, et gagnai la bibliothèque où j'avais rencontré l'Ancien. Je mis dans ma sacoche tous les parchemins que je pus trouver, regrettant amèrement de ne pouvoir emporter les pierres couvertes de hiéroglyphes.

Les quelques dieux calcinés qui restaient avaient trop peur pour se montrer. Ils savaient que j'avais volé la Mère et le Père et savaient sans doute aussi que l'Ancien était mort.

Peu m'importait. J'étais sur le point de quitter l'antique Égypte, emportant avec moi la source de tout notre pouvoir. J'étais jeune, sot et amoureux.

Lorsque j'atteignis enfin Antioche — grande et merveilleuse cité, digne de rivaliser avec Rome sur le plan de la population et de la richesse — je lus tous les vieux papyrus. Ils racontaient tout ce qu'Akasha m'avait révélé.

J'édifiai pour Enkil et elle la première des nombreuses chapelles que j'allais leur construire en Asie et en Europe. Ils savaient que je m'occuperais toujours d'eux et je savais, moi, qu'ils me protégeraient des attaques.

Bien des siècles plus tard, quand je fus agressé par les Enfants des Ténèbres à Venise, j'étais trop loin d'Akasha pour qu'elle pût me venir encore une fois en aide. Lorsque j'atteignis enfin le sanctuaire, endurant la souffrance qu'avaient connue jadis les dieux calcinés, elle me laissa boire son sang jusqu'à ce que je fusse guéri.

A la fin du premier siècle de notre séjour à Antioche, je n'espérais déjà plus les voir « revenir à la vie ». Leur silence et leur immobilité étaient presque aussi complets qu'ils le sont à présent. Seule la couleur de leur peau subit un important changement, au fil des siècles, et ils finirent par retrouver cette blancheur d'albâtre que tu leur as vue.

Le temps de comprendre tout cela, j'étais plongé au cœur même de la vie d'Antioche. J'étais follement amoureux d'une ravissante courtisane grecque qui s'appelait Pandore. Elle avait les plus beaux bras que j'aie jamais vus et elle sut, dès le premier instant où elle posa les yeux sur moi, ce que j'étais. Elle attendit de m'avoir ébloui, ensorcelé pour me persuader de partager avec elle mes pouvoirs magiques. Elle fut alors autorisée à boire le sang d'Akasha et devint l'une des créatures surnaturelles les plus puissantes qui fussent. Pendant deux cents ans je vécus avec Pandore, alternant les conflits et l'amour.

Je pourrais te faire des millions de récits sur les siècles que j'ai traversés depuis ; sur mes voyages d'Antioche à Constantinople, pour revenir ensuite à

Alexandrie, puis partir en Inde et passer de là en Italie ; sur mes périples de Venise jusqu'aux glaciales hautes terres du nord de l'Écosse ; et sur la façon dont je suis arrivé dans cette île de la mer Égée où nous nous trouvons en ce moment.

Je pourrais te décrire les infimes changements que j'ai constatés chez Enkil et Akasha, les choses surprenantes qu'ils font et les mystères qu'ils laissent entiers.

Peut-être dans un lointain avenir, quand tu seras revenu, te parlerai-je de divers immortels, créés comme moi par les derniers dieux survivants, servant tantôt le bien, tantôt le mal.

Je pourrais te conter comment Mael, mon pauvre druide, a fini par boire le sang d'un dieu blessé et par perdre instantanément sa foi pour devenir un des dévoyés les plus résistants et les plus dangereux de notre race. Je pourrais t'expliquer comment la légende de Ceux Qu'il Faut Garder s'est répandue dans le monde entier. Te parler de toutes les fois où d'autres immortels ont voulu me les prendre par orgueil ou par pure envie de détruire, quitte à causer notre perte à tous.

Je pourrais te dire aussi ma solitude, t'énumérer tous ceux que j'ai créés et les fins qu'ils ont connues. T'expliquer comment je me suis terré avec Ceux Qu'il Faut Garder, pour ressortir du sol grâce à la puissance de leur sang et vivre l'espace de plusieurs vies humaines avant de repartir sous terre. Te faire connaître les autres vrais immortels que je revois de temps à autre. La dernière fois que j'ai vu Pandore, c'était à Dresde, en compagnie d'un autre puissant et maléfique vampire venu de l'Inde. Nous nous sommes querellés, séparés et j'ai retrouvé trop tard, au fond d'une valise, une lettre d'elle me suppliant de la rejoindre à Moscou.

Je t'ai confié, cependant, les deux choses les plus importantes : comment je suis entré en possession de Ceux Qu'il Faut Garder et qui nous sommes.

A présent il est crucial que tu comprennes bien ceci.

Au moment du déclin de l'Empire romain, tous les

dieux païens ont été considérés comme des démons par les chrétiens qui s'élevaient à leur tour. Ce fut en vain que certains tentèrent de leur faire comprendre que leur Christ n'était qu'un dieu du bosquet, mourant et ressuscitant, comme Dionysos et Osiris avant lui. Que la Sainte Vierge était un nouvel avatar de la Terre nourricière. On traversait une nouvelle époque de foi et de conviction, durant laquelle nous devînmes des diables à mesure que l'ancien savoir était oublié ou mal interprété.

C'était inévitable. Comment les chrétiens auraient-ils pu considérer comme « bénéfiques » des dieux qui s'abreuvaient de sang humain ?

La véritable perversion eut lieu lorsque les Enfants des Ténèbres se persuadèrent qu'ils servaient le diable chrétien et que le mal avait sa valeur, sa place dans le monde.

Crois-moi, lorsque je te répète : *Le mal n'a jamais eu sa juste place dans le monde occidental.* Jamais on n'y a accepté la mort.

En dépit de la violence, des guerres atroces, des persécutions, des injustices perpétrées depuis la chute de Rome, la vie humaine est devenue de plus en plus précieuse.

Paradoxalement, c'est la foi en la valeur de la vie humaine qui a donné naissance aux chambres de torture, à la question et à tous les atroces modes d'exécution auxquels on commence actuellement à renoncer à travers l'Europe. Et c'est elle qui éloigne à présent l'homme de la monarchie pour embrasser la république déjà établie en Amérique et en France.

Nous voici de nouveau à l'apogée d'une ère athée ; la foi chrétienne perd son emprise, comme jadis le paganisme a perdu la sienne. Le nouvel humanisme, la foi en l'homme, en ses réussites, en ses droits, sont plus forts que jamais.

Nous ne savons pas, bien sûr, ce qui se passera lorsque la vieille religion s'éteindra tout à fait. Le christianisme est sorti des cendres du paganisme pour perpétuer les anciens cultes sous une forme nouvelle.

Peut-être va-t-on voir naître une nouvelle religion, sous peine de voir l'homme sombrer dans le cynisme et l'égoïsme.

Peut-être aussi, surviendra-t-il un phénomène plus merveilleux : le monde progressera réellement, pour se porter au-delà des dieux et des déesses, des démons et des anges. Or, dans un tel univers, Lestat, notre place sera encore plus réduite.

Les histoires que je viens de te raconter sont, tout compte fait, aussi inutiles que peut l'être le savoir ancien pour l'homme et pour nous-mêmes. Les images, la poésie peuvent en être belles ; elles peuvent nous faire frissonner en reconnaissant des choses que nous avons toujours subodorées ou senties. Elles peuvent nous ramener à une époque où la terre était pour l'homme un continent nouveau et merveilleux. Mais il faut toujours en revenir à ce qu'est le monde aujourd'hui.

Dans cet univers, le vampire n'est qu'un Dieu Ténébreux. Un Enfant des Ténèbres. Il ne saurait en être autrement. Et s'il exerce un pouvoir sur les esprits des hommes, c'est uniquement parce que l'imagination humaine est un endroit secret, peuplé de souvenirs primitifs et de désirs inavoués. L'esprit de chaque homme est un Jardin sauvage, pour reprendre ton expression, où toutes sortes de créatures s'élèvent et retombent, où l'on chante des cantiques et où l'on imagine des choses qu'il faudra en définitive condamner et rejeter.

Pourtant les hommes nous aiment, lorsqu'ils en viennent à nous connaître. Même maintenant, ils nous aiment. Les foules parisiennes adorent ce qu'elles voient sur la scène du Théâtre des Vampires. Et ceux qui ont vu ton double parcourir les salles de bal du monde entier, le pâle et meurtrier seigneur en cape de velours, se sont prosternés à tes pieds.

La possibilité de l'immortalité les transporte, celle aussi qu'un être grandiose et beau pourrait être totalement mauvais, qu'il pourrait tout sentir, tout savoir et choisir pourtant de nourrir ses ténébreux appétits.

Peut-être aimeraient-ils être cette créature voluptueusement mauvaise. Que tout cela paraît simple ! C'est cette simplicité qu'ils veulent.

Mais qu'on leur offre le Don ténébreux et il n'y en aura qu'un sur une multitude qui ne sera pas aussi malheureux que toi.

Que puis-je dire, enfin, qui ne risque point de confirmer tes pires craintes ? Je vis depuis plus de mille huit cents ans et je puis te dire que la vie n'a pas besoin de nous. Jamais je n'ai eu de véritable but. Nous n'avons pas notre place. »

14

Marius se tut.

Pour la première fois, il détourna les yeux de mon visage pour contempler le ciel, par la fenêtre, comme s'il écoutait des voix insulaires que je ne pouvais entendre.

« J'ai encore des choses à te dire, reprit-il, des choses importantes, quoique purement pratiques... » Nouvel accès de distraction. « Il y a des promesses, aussi, que je dois exiger... »

Il s'immobilisa pour écouter, son visage péniblement semblable à ceux d'Enkil et d'Akasha.

Il y avait mille questions que j'eusse voulu poser. Il y avait surtout mille déclarations qu'il venait de faire et que j'eusse aimé répéter ; il me semblait que j'avais besoin de les dire tout haut pour vraiment les saisir.

Je me renversai contre le frais brocart, les yeux dans le vide, comme si son récit y était écrit pour que je pusse le relire à loisir. Je songeai à la vérité de ses affirmations sur le bien et le mal et combien j'eusse été horrifié et déçu s'il s'était efforcé de me démontrer le bien-fondé de la philosophie des terribles dieux orientaux.

Moi aussi, j'étais un enfant de l'Occident et durant

ma brève existence, j'avais lutté avec toute l'incapacité occidentale d'accepter le mal et la mort.

Au-dessous de toutes ces considérations, cependant, il y avait une terrifiante réalité : en détruisant Akasha et Enkil, Marius pouvait tous nous annihiler et débarrasser ainsi le monde d'une forme du mal désuète et inutile.

Quant à l'horreur ressentie devant Ceux Qu'il Faut Garder... Qu'en dire sinon que j'avais entrevu, moi aussi, une vague lueur de ce que Marius avait éprouvé jadis : j'étais capable de les tirer de leur torpeur, de les faire parler, bouger peut-être. Ou, plus exactement, j'avais senti en les voyant que quelqu'un pouvait. Quelqu'un pouvait les empêcher de dormir les yeux grands ouverts.

Que seraient-ils s'ils se remettaient à marcher et parler ? De très anciens monstres égyptiens ? Que feraient-ils ?

Tout à coup, les deux possibilités — les réveiller ou les détruire — me paraissaient séduisantes. J'aurais voulu pénétrer en eux, communier avec eux et pourtant je comprenais la folie irrésistible qui poussait à vouloir les anéantir. A vouloir se jeter dans une fournaise qui détruirait toute notre race de damnés.

« N'es-tu jamais tenté de le faire ? » demandai-je. Il y avait de la douleur dans ma voix. M'entendaient-ils depuis leur chapelle ?

Il parut sortir de son rêve et secoua la tête : Non.

« Bien que tu saches mieux que quiconque que nous n'avons pas de place ? »

Nouvelle dénégation : Non.

« Je suis immortel, *vraiment* immortel. Je ne sais pas ce qui pourrait me tuer aujourd'hui, mais là n'est pas la question. J'ai envie de continuer. Je n'y pense même pas. Je suis pour moi-même la conscience ininterrompue dont je rêvais jadis et je suis toujours aussi épris des progrès de l'humanité. Je veux savoir ce qu'il adviendra à présent que l'homme se remet à contester ses dieux. Rien ne saurait me persuader de fermer les yeux à jamais. »

J'opinai.

« Mais je n'endure pas tes souffrances, dit-il. Lorsque j'ai été créé, dans le bosquet gaulois, je n'étais plus jeune. Depuis j'ai été seul, presque fou parfois, j'ai éprouvé des angoisses indescriptibles, mais jamais je n'ai été tout à la fois immortel et jeune. J'ai fait d'innombrables fois ce que tu n'as pas encore fait, ce qui va t'éloigner de moi très bientôt.

— M'éloigner ? Mais je ne veux pas...

— Il le faut, Lestat, coupa-t-il. Et très bientôt, je te l'ai dit. Tu n'es pas encore prêt pour rester ici avec moi. C'est l'une des choses les plus importantes qu'il me reste à te dire et il faut l'écouter aussi attentivement que le reste.

— Marius, il m'est impossible de partir à présent. Je ne peux même pas... » Brusquement, la colère me prit. Pourquoi m'amener ici, si c'était pour m'en chasser ? Je me remémorai toutes les mises en garde d'Armand. Il n'y avait qu'avec les anciens que nous pouvions communier, pas avec ceux que nous avons créés. Or, j'avais trouvé Marius. Mais ce n'étaient là que des mots qui n'effleuraient même pas la réalité de ce que j'éprouvais, de ma douleur et de ma peur de la séparation.

« Écoute, dit-il doucement. Avant d'être capturé par les Gaulois, j'avais eu une bonne vie, bien remplie. Après avoir fait sortir d'Égypte Ceux Qu'il Faut Garder, j'ai de nouveau mené à Antioche, pendant des années, la vie qu'aurait pu avoir un riche érudit romain. J'avais une maison, des esclaves et l'amour de Pandore. En profitant ainsi au maximum de cette existence, j'ai acquis la force d'en avoir d'autres ensuite. De vivre dans le monde à Venise, comme tu le sais. De régner sur cette île comme je le fais. Toi, comme beaucoup de ceux qui sont vite consumés par le feu ou le soleil, tu n'as pas eu de vraie vie.

Jeune homme, tu n'as vraiment joui de la vie que pendant six mois à Paris. Vampire, tu es devenu un vagabond, un intrus.

Si tu as l'intention de survivre, il te faut vivre des

existences entières le plus tôt possible. En cherchant un raccourci, tu risques de tout perdre, de désespérer et de te terrer pour ne plus jamais resurgir. Ou pis encore...

— Je veux bien, je comprends, assurai-je. Pourtant quand ils m'ont proposé à Paris de rester au théâtre, je n'ai pas pu.

— Parce que ce n'était pas l'endroit qui te convenait. D'ailleurs, le Théâtre des Vampires est un clan. Ce n'est pas plus le véritable monde que cette île qui me sert de refuge. Et puis trop d'horreurs t'y étaient arrivées.

Mais dans ce sauvage nouveau monde vers lequel tu t'étais mis en route, dans cette petite ville barbare qui a nom La Nouvelle-Orléans, peut-être pourras-tu pénétrer dans le monde comme jamais auparavant. Tu t'y établiras, comme tu as déjà tant de fois cherché à le faire lors de tes pérégrinations avec Gabrielle. Il n'y aura pas d'ancien clan pour te tourmenter. Et lorsque tu créeras d'autres vampires — et tu le feras, ne fût-ce que par solitude — tâche de les garder le plus humains possible. Qu'ils deviennent les membres de ta famille. Efforce-toi de comprendre les époques que tu traverseras. Comprends ce que c'est que de sentir le passage du temps !

— Oui et de sentir la douleur de voir mourir les autres...

— Bien sûr, tu es fait pour triompher du temps, pas pour le fuir. Tu souffriras de porter en toi le secret de ta monstruosité et d'être obligé de tuer. Tu tenteras de ne te nourrir que du sang du malfaiteur, pour apaiser ta conscience, et tu réussiras peut-être. Mais, si tu parviens à garder ton secret, tu t'approcheras tout près de la vie. Tu es l'imitation d'un homme.

— Je veux y parvenir, je le veux...

— Alors suis mon conseil. Et comprends aussi que l'éternité consiste tout simplement à enchaîner les vies, l'une après l'autre. Il y a des périodes de retraite, d'observation, bien sûr, mais toujours nous replongeons dans le fleuve pour y nager le plus longtemps possible, jusqu'à ce que le temps ou la tragédie nous fassent perdre pied, comme aux mortels.

— Tu le feras, toi ? Tu quitteras cette île pour replonger ?

— Certainement. Lorsque le moment sera venu. Lorsque le monde sera trop intéressant pour que je résiste. Alors je prendrai un nom, j'agirai.

— Alors viens avec moi, maintenant ! » Ah, douloureux écho d'Armand. Et de Gabrielle, dix ans plus tard.

« L'invitation est plus tentante que tu ne l'imagines, dit-il, mais je te rendrais un bien mauvais service en acceptant. Je m'interposerais, sans même le vouloir, entre le monde et toi. »

Je secouai la tête et détournai les yeux, plein d'amertume.

« Veux-tu continuer ? demanda-t-il. Ou veux-tu que se réalisent les prédictions de Gabrielle ?

— Je veux continuer.

— Alors, il faut partir, dit-il. Dans un siècle, peut-être moins, nous nous reverrons. Pas sur cette île. J'aurai emmené ailleurs Ceux Qu'il Faut Garder. Mais où que nous soyons, l'un et l'autre, je te retrouverai. Et alors ce sera moi qui ne voudrai plus te quitter, qui te supplierai de rester. Je serai amoureux de ta compagnie, ta conversation, ta beauté, ta vigueur, ton intrépidité et ton absence de foi. Tout ce que j'aime déjà trop cher chez toi. »

J'avais envie de pleurer, de le supplier de me garder auprès de lui.

« Est-ce vraiment impossible, Marius ? Ne peux-tu m'accorder cette vie-ci ?

— Non, c'est impossible, répondit-il. Je pourrais te raconter des histoires à n'en plus finir, mais elles ne remplacent pas la vie. Crois-moi. J'ai tenté de le faire pour d'autres. Je ne puis enseigner ce qu'enseigne la vie. Jamais je n'aurais dû prendre Armand si jeune et ses siècles de sottise et de souffrance sont encore pour moi une dure pénitence. Tu lui as rendu un fier service en le propulsant dans le Paris d'aujourd'hui, mais je

520

crains qu'il ne soit trop tard. Crois-moi, Lestat, tu dois vivre ta vie jusqu'au bout, sinon tu erreras insatisfait jusqu'à ce que tu puisses la vivre quelque part ou être détruit.

— Et Gabrielle alors ?

— Gabrielle a eu sa vie et presque sa mort. Elle est assez forte pour rentrer dans le monde quand elle le voudra ou pour rester indéfiniment à la périphérie.

— Crois-tu qu'elle y rentrera ?

— Je ne sais pas, fit-il. Je ne la comprends pas. Non par manque d'expérience, car elle ressemble infiniment à Pandore. Mais justement, je n'ai jamais compris Pandore. A vrai dire, la plupart des femmes, mortelles ou immortelles, sont faibles, mais quand elles sont fortes, elles sont quasiment imprévisibles. »

Je secouai la tête. Je ne voulais plus penser à Gabrielle. Elle était partie pour de bon.

Je ne pouvais toujours pas accepter mon départ. Cette île m'apparaissait comme un éden. Je ne discutai plus, cependant. Je le savais résolu, mais je savais aussi qu'il ne me forcerait pas. Il me laisserait me tourmenter au sujet de mon père mortel et, finalement, j'irais le trouver pour lui dire que je devais partir. J'avais encore quelques nuits.

« Oui, dit-il doucement. Et j'ai d'autres choses à te dire. »

Il me regardait d'un air patient, affectueux. J'éprouvais le sourd tourment de l'amour aussi fortement que je l'avais ressenti envers Gabrielle. Et je sentis poindre les larmes inévitables que je fis de mon mieux pour refouler.

« Tu as beaucoup appris d'Armand, dit-il d'un ton neutre. Et tu as encore plus appris tout seul. Mais je puis néanmoins t'enseigner certaines choses.

— Oh, oui, je t'en prie.

— Eh bien, par exemple, dit-il, tu possèdes des pouvoirs extraordinaires, mais tu ne peux t'attendre à trouver les mêmes chez ceux que tu créeras au cours des cinquante prochaines années. Déjà ton deuxième enfant était loin d'avoir la force de Gabrielle et ceux qui viendront ensuite en auront encore moins. Le sang que je t'ai donné fera une certaine différence. Si tu bois... si tu bois celui d'Akasha et d'Enkil, ce que tu choisiras peut-être de ne pas faire... cela fera aussi une différence. En tout cas, on ne peut créer qu'un certain nombre d'enfants au cours d'un siècle. Et les nouveau-nés seront faibles. Cela n'est pas forcément une mauvaise chose, cependant. La règle de l'ancien clan avait de la sagesse ; la force doit venir petit à petit. Et puis, il y a aussi l'ancienne vérité : on peut créer des titans ou des imbéciles, sans que personne sache pourquoi.

Ce qui doit arriver arrive, mais choisis tes compagnons avec soin. Choisis-les parce que tu aimes leur aspect, leur voix et qu'ils ont en eux de profonds secrets que tu désires connaître. Bref, choisis-les parce que tu les aimes, autrement tu ne les supporteras pas bien longtemps.

— Je comprends, dis-je. Il faut les créer dans l'amour.

— Précisément. Et veille à ce qu'ils aient déjà vécu un certain temps avant de les créer. Ne prends jamais, jamais quelqu'un d'aussi jeune qu'Armand. C'est la pire faute que j'aie commise.

— Mais tu ne pouvais pas savoir que les Enfants des Ténèbres viendraient vous séparer.

— Non, mais j'aurais dû m'y attendre. C'est la solitude qui m'a poussé et la malléabilité d'Armand. Il était de l'argile entre mes mains. Rappelle-toi qu'il faut se méfier d'un tel pouvoir et de celui qu'on a sur les mourants. Chez nous la solitude et le sentiment de notre pouvoir peuvent être aussi forts que la soif de sang. Sans Enkil pas d'Akasha, sans Akasha pas d'Enkil.

— Oui. Mais à t'entendre, j'ai eu l'impression qu'Enkil ne désirait qu'Akasha et que c'était elle qui de temps à autre...

— C'est vrai. » Brusquement son visage se rembrunit et il parut réfléchir un instant. « Qui sait ce que ferait Akasha s'il n'y avait pas Enkil pour la retenir ? chuchota-t-il. Pourquoi donc est-ce que je feins de croire qu'il ne peut entendre ce que je pense ? Pourquoi chuchoter ? Il peut me détruire à sa guise. Peut-être est-ce Akasha qui l'en empêche. Pourtant que deviendraient-ils sans moi ?

— Pourquoi ont-ils laissé le soleil les brûler ?

— Comment le savoir ? Peut-être savaient-ils qu'ils ne risquaient rien. Peut-être dans leur état mettent-ils très longtemps à comprendre ce qui se passe à l'extérieur. Peut-être n'ont-ils recommencé à bouger après que parce que le soleil les avait stimulés. A présent, ils se sont rendormis les yeux ouverts, ils rêvent et ils ne boivent même plus.

— Pourquoi as-tu dit que je choisirais peut-être de ne pas boire leur sang ? demandai-je. Il faudrait être fou.

— C'est une chose à laquelle nous devons réfléchir tous les deux, dit-il. Et n'oublions pas qu'ils ne te laisseront peut-être pas boire. »

Je frissonnai en imaginant un de ces bras me projetant à travers la chapelle ou m'enfonçant dans le sol.

« Elle t'a dit son nom, Lestat, dit-il. Je crois qu'elle te laissera boire, mais si tu absorbes son sang, tu deviendras encore plus résistant que tu ne l'es déjà. Quelques gouttelettes te rendraient plus fort, mais si tu en prends une pleine mesure, il n'existe pratiquement aucune force au monde qui pourra te détruire. Il faut donc être tout à fait sûr.

— Pourquoi ne le serais-je pas ? dis-je.

— Souhaites-tu être brûlé au dernier degré et continuer à vivre en souffrant le martyre ? Être mis en pièces, tailladé, et subsister à l'état de lamentable loque, incapable de pourvoir à ses propres besoins ? Crois-moi, Lestat, cela peut être atroce.

— Mais je guérirais plus vite, non ?

— Pas forcément. Pas sans une nouvelle infusion du sang d'Akasha peu après la blessure. Le temps, ponctué par un apport constant de sang humain, et le sang des anciens ne sont que de simples remontants. Tu regretteras peut-être de ne pas mourir, Réfléchis bien. Prends ton temps.

— Que ferais-tu à ma place ?

— Je boirais le sang de Ceux Qu'il Faut Garder, bien sûr, pour être plus fort, plus proche encore de l'absolue immortalité. Je supplierais Akasha à deux genoux de me laisser boire et j'irais me blottir entre ses bras. Mais c'est facile à dire. Jamais elle ne m'a frappé, ni repoussé. Et moi, je sais que je veux vivre toujours. Je suis prêt à endurer le feu une nouvelle fois ou même le soleil ou toutes sortes de souffrances pour continuer. Tu n'es peut-être pas aussi certain de vouloir l'éternité.

— Si, je la veux, dis-je. Je pourrais feindre de réfléchir, avec astuce et sagacité, en pesant le pour et le contre, mais tu ne t'y laisserais pas prendre, n'est-ce pas ? Tu savais ce que j'allais dire. »

Il sourit.

« Dans ce cas, avant ton départ, nous redescendrons dans la chapelle demander humblement à Akasha de te donner son sang.

— Et à présent, aurais-tu d'autres réponses ? » demandai-je.

Il me fit signe de l'interroger.

« J'ai vu des fantômes, dis-je. J'ai vu des démons tels que tu en as décrit posséder des mortels et leurs demeures.

— Je n'en sais pas plus long que toi là-dessus. La plupart des fantômes semblent n'être que des apparitions qui ne savent même pas qu'on les regarde. Jamais je n'ai eu de rapports avec un fantôme. Quant aux démons, je ne peux rien ajouter à l'ancienne explication d'Enkil ; ils enragent de ne point avoir de corps. Mais il existe d'autres immortels plus intéressants.

— Qui donc ?

— Il y en a au moins deux en Europe qui ne boivent pas et n'ont jamais bu de sang. Ils peuvent sortir le jour aussi bien que la nuit, ils ont des corps et sont d'une force inouïe. On dirait tout à fait des hommes. Il y en avait un dans l'ancienne Égypte que la cour égyptienne appelait Ramsès le Damné. Après sa disparition, on a retiré son nom des monuments royaux. Tu sais que c'était une habitude des Égyptiens : effacer le nom pour tenter d'annihiler la personne. Je ne sais pas ce qui lui est arrivé. Les anciens papyrus restent muets là-dessus.

— Armand m'a parlé de lui, dis-je. Il disait que c'était un vampire très ancien.

— En fait non, ce n'était pas un vampire, mais il a fallu que je voie les deux autres de mes propres yeux pour croire ce que j'avais lu à son sujet. Là encore, je n'ai pu communiquer avec eux. Je n'ai fait que les voir et ils se sont enfuis devant moi, terrifiés. Je les redoute parce qu'ils peuvent aller sous le soleil. Ils sont puissants et imprévisibles, mais on peut vivre des siècles sans jamais les voir.

— Mais quel âge ont-ils ?

— Ils sont très vieux, sans doute aussi vieux que moi. Ils mènent une existence d'hommes riches et puissants. Pandore m'a dit un jour qu'il y avait aussi une femme, mais nous étions en complet désaccord sur leur compte. Pandore croyait qu'ils avaient été ce que nous sommes et qu'ils avaient cessé de boire le sang, comme la Mère et le Père, mais je ne partage pas son avis. Ce sont des êtres d'une autre nature, dépourvus de sang. Ils ne réfléchissent pas la lumière comme nous, ils l'absorbent. Ils sont juste un peu plus bruns que les mortels, denses et forts. Peut-être ne les verras-tu jamais, mais j'aime mieux te prévenir. Qu'ils ne sachent jamais où tu dors, car ils peuvent être encore plus dangereux que les humains.

— Mais les humains peuvent-ils être vraiment dangereux ? Je les ai trouvés si aisés à berner.

— Bien sûr qu'ils sont dangereux. S'ils savaient, ils nous détruiraient tous. Ils pourraient nous traquer le jour. Ne sous-estime jamais cet avantage. Les lois de l'ancien clan étaient encore une fois empreintes de sagesse. Ne jamais rien révéler aux humains. Il est absurde de croire qu'on peut les contrôler. »

J'opinai, tout en ayant le plus grand mal à imaginer qu'il fallait redouter les mortels.

« Le Théâtre des Vampires lui-même se montre

circonspect, me fit-il remarquer. Il se cache derrière les traditions populaires et l'illusion. Il dupe son public. »

C'était vrai et c'était justement ce besoin de mystère qui m'oppressait.

Je me fouillai le crâne pour savoir si j'avais déjà vu les deux êtres dépourvus de sang... Peut-être les avais-je pris pour des vampires renégats.

« En ce qui concerne les êtres surnaturels, reprit Marius, je soupçonne, sans en être sûr, que lorsque nous sommes brûlés, entièrement détruits, nous revenons sous une autre forme. Je ne parle pas de la réincarnation, car j'ignore tout de la destinée des âmes humaines, mais nous sommes vraiment éternels et je crois que nous revenons.

— Pourquoi crois-tu cela ? » Je ne pouvais m'empêcher de penser à Nicolas.

— Parce qu'il y a des vampires qui prétendent se rappeler d'autres vies. Ils viennent nous trouver sous une forme mortelle, en disant qu'ils ont jadis fait partie de notre race et en réclamant une nouvelle fois le Don ténébreux. Pandore était de ceux-là. Elle savait de nombreuses choses de façon inexplicable. En tout cas, ces anciens vampires ne sont guère nombreux. Peut-être les autres n'ont-ils pas la force de revenir. Ou bien ne veulent-ils pas. Pandore était convaincue qu'elle était morte quand l'Ancien avait abandonné la Mère et le Père au soleil.

— Grand Dieu, ils renaissent sous forme mortelle et ils *désirent* redevenir vampires ? »

Marius sourit.

« Tu es jeune, Lestat, et tu te contredis. Crois-tu vraiment que tu aimerais retourner à l'état de mortel ? Penses-y quand tu reverras ton vieux père. »

Je reconnus intérieurement qu'il avait raison, mais je voulais continuer à pleurer ma mortalité perdue. Et je savais que mon amour des mortels était lié à mon absence de peur envers eux.

Marius détourna les yeux, à nouveau distrait, l'oreille tendue, puis il reporta son attention sur moi.

« Lestat, nous n'avons que deux ou trois nuits, dit-il tristement.

— Marius ! » murmurai-je, ravalant les mots qui voulaient sortir.

Ma seule consolation était l'expression de son visage. Il me semblait soudain qu'il n'avait jamais eu l'air le moins du monde inhumain.

« Tu ne peux savoir combien je voudrais que tu restes, reprit-il, mais ta vie est là-bas, pas ici. A notre prochaine rencontre, je t'en dirai davantage, mais pour le moment tu en sais suffisamment. Tu dois partir en Louisiane et rester auprès de ton père jusqu'à sa mort pour en tirer d'utiles leçons. J'ai vu de nombreux mortels vieillir et mourir, pas toi. Crois-moi, mon jeune ami, je désire désespérément te garder auprès de moi. Je te promets de te retrouver, le moment venu.

— Mais pourquoi ne puis-je revenir ? Vas-tu partir d'ici ?

— Il en est temps, dit-il. Voici trop longtemps que je règne sur ces gens ; cela éveille des soupçons. Et puis, ces eaux sont de plus en plus fréquentées. Il faut que je cherche quelque autre refuge, plus à l'écart et plus susceptible de le rester. D'ailleurs, je te le dis en toute franchise, jamais je ne t'aurais amené ici, si j'avais eu l'intention d'y rester.

— Pourquoi ?

— Tu le sais très bien. Je ne veux pas que quiconque sache où se trouvent Ceux Qu'il Faut Garder. Ce qui nous amène aux promesses très importantes que je veux de toi.

— Tout ce que tu voudras, m'écriai-je.

— C'est très simple. *Ne confie jamais à personne ce que je t'ai raconté*. Ne parle jamais de Ceux Qu'il Faut Garder, des anciennes légendes. Ne dis à personne que tu m'as vu. »

J'acquiesçai gravement. Je m'y attendais, mais je savais, sans même réfléchir, que la promesse serait bien dure à tenir.

« Si tu en dévoiles ne fût-ce qu'une partie, le reste suivra, déclara-t-il. Or, en révélant le secret de Ceux

Qu'il Faut Garder, tu accrois les risques de les voir découvrir.

— Certes, dis-je. Mais les légendes, nos origines... Ne pourrai-je dire aux enfants que je créerai...?

— Rien. Je te le répète, si tu en révèles une partie, tu diras tout. En outre, si tes créations sont des enfants du dieu chrétien, empoisonnés comme Nicolas par des notions de péché originel et de culpabilité, les anciens récits risquent de les exaspérer et de les décevoir. Contente-toi de bien écouter leurs questions et d'y donner des réponses qui les satisfassent. Et si tu ne peux mentir, ne dis rien du tout. Tâche de les rendre aussi forts que les athées d'aujourd'hui. Mais rappelle-toi : ne raconte jamais les vieilles légendes. Elles m'appartiennent, et à moi seul !

— Que me feras-tu si je parle ? » voulus-je savoir.

Cette question le surprit. Il resta interdit une bonne seconde, puis il se mit à rire.

« Tu es vraiment épouvantable, Lestat, murmurat-il. Tu sais fort bien que je puis te punir à ma guise. Te fouler aux pieds, comme Akasha a broyé l'Ancien, te consumer par la seule force de mon esprit. Mais je ne veux pas te menacer ainsi, je veux te voir revenir. Je refuse toutefois que ces secrets soient divulgués. Je refuse de voir une autre bande d'immortels venir m'agresser, comme ils l'ont fait à Venise. Je ne veux pas être connu de notre race. Jamais — ni volontairement ni accidentellement — tu ne devras inciter quiconque à partir en quête de Ceux Qu'il Faut Garder ou de Marius. Jamais tu ne diras mon nom à quiconque.

— Je comprends, dis-je.

— En es-tu sûr ? demanda-t-il. Ou bien dois-je après tout te menacer ? Te préciser que ma vengeance sera terrible ? Qu'elle te frapperait, toi, mais aussi tous ceux qui seraient en possession du secret. Lestat, j'ai déjà détruit des frères de race parce qu'ils me cherchaient, parce qu'ils connaissaient les anciennes légendes et le nom de Marius et refusaient de renoncer.

— Je te jure que je ne dirai jamais rien, murmurai-je. Mais, bien sûr, j'ai peur de ce que d'autres pourront lire dans ma pensée. J'ai peur qu'ils ne prennent les images que j'ai dans la tête. Armand en était capable. Alors...

— Tu peux cacher ces images sous d'autres, tu le sais. Fermer ton esprit. C'est un talent que tu possèdes déjà. Allons, trêve de menaces et d'admonestations. Je t'aime. »

J'hésitai un instant avant de dire :

« Marius, n'éprouves-tu jamais le désir de tout dire à tout le monde, je veux dire à toute notre race, pour qu'elle se réunisse ?

— Grand Dieu, non, Lestat. Pourquoi irais-je faire une chose pareille ? » Il semblait sincèrement perplexe.

« Pour que nous puissions posséder nos légendes, que nous puissions au moins réfléchir aux énigmes de notre histoire, comme le font les hommes. Pour pouvoir partager nos expériences et notre pouvoir...

— Et nous unir pour nous en servir comme l'ont fait les Enfants des Ténèbres contre moi ?

— Non... pas ainsi, bien sûr.

— Lestat, dans l'éternité, les clans sont plutôt rares. La plupart des vampires sont des êtres méfiants et solitaires et ils n'aiment guère les autres. Ils n'ont jamais plus d'un ou deux compagnons soigneusement choisis à la fois et ils gardent jalousement leur terrain de chasse, comme je le fais moi-même. Ils n'ont pas envie de se réunir et s'ils parvenaient à surmonter la cruauté et la méfiance qui les séparent, leur rassemblement se solderait par de terribles combats et des luttes pour la suprématie. Au fond, nous sommes mauvais. Nous sommes des tueurs. Mieux vaut que ce soient les mortels qui s'unissent ici-bas et pour le bien général. »

J'acceptai cela, mais déjà tout un autre champ de possibilités m'obsédait.

« Et les mortels, Marius ? N'as-tu jamais eu envie de leur révéler ta vraie nature et de tout leur raconter ? »

Il parut de nouveau dérouté.

« N'as-tu jamais eu envie que le monde sache ce que nous sommes, pour le meilleur ou pour le pire ? Plutôt que de vivre éternellement dans le secret. »

Il baissa les yeux, le menton dans la main. Pour la première fois, il me communiqua des images et je sus qu'il le faisait parce qu'il ne savait pas vraiment quoi répondre. Il se rappelait les tous premiers temps, à l'époque où Rome régnait encore sur le monde et où il vivait encore dans les limites d'une vie normale.

« Tu te souviens que tu avais envie de le crier à la face du monde, ce monstrueux secret ! m'écriai-je.

— Peut-être tout au début, répondit-il lentement, ai-je éprouvé un besoin presque maladif de communiquer.

— Communiquer, oui », dis-je me délectant de ce mot. Je me revis en train de terrifier les spectateurs du théâtre de Renaud.

« Mais cela n'a pas duré », dit-il lentement, presque en se parlant à lui-même. « Ce serait de la folie, de la sottise. Si nous parvenions à convaincre les hommes, ils nous détruiraient. Or, je ne veux pas être détruit. Ce genre de danger et de calamité ne m'intéresse pas. »

Je ne répondis rien.

« Tu n'éprouves pas vraiment le besoin de tout révéler », me dit-il d'un ton apaisant.

Mais si, pensai-je. Je sentis ses doigts sur le dos de ma main. Je passai en revue mon court passé et je me sentis paralysé par la tristesse.

« Ce que tu ressens c'est de la solitude et le sens de ta monstruosité, m'assura-t-il. Tu es plein d'impulsivité et de défi.

— C'est vrai.

— Mais cela rimerait à quoi de tout révéler ? Personne ne peut ni pardonner ni racheter. Il n'y a ni justice ni compréhension. »

J'acquiesçai.

Je sentis sa main se refermer sur la mienne. Il se leva lentement et je l'imitai à contrecœur, mais sans me faire prier.

« Il se fait tard, dit-il gentiment, les yeux embués de compassion. Nous avons assez parlé pour cette nuit. Il faut que je descende parmi mon peuple. Il y a des troubles au village et il me faudra tout le temps dont je dispose jusqu'à l'aube et peut-être encore plusieurs heures la nuit prochaine... »

Il était à nouveau distrait, écoutant la tête basse.

« Oui, il faut que j'y aille », dit-il. Nous échangeâmes une chaleureuse étreinte.

J'aurais voulu aller avec lui, voir ce qui se passait au village, mais en même temps j'avais envie de me retirer dans mes appartements pour contempler la mer et dormir.

« Tu auras soif à ton réveil, dit-il. Je prévoirai une victime pour toi. Attends-moi patiemment.

— Bien sûr...

— Et en m'attendant, considère-toi comme chez toi, dit-il. Tu trouveras les anciens parchemins dans la bibliothèque. Visite toutes les pièces. Évite seulement le sanctuaire de Ceux Qu'il Faut Garder. N'y descends surtout pas tout seul. »

J'acquiesçai.

J'aurais voulu lui poser une dernière question. Quand allait-il chasser et boire ? Son sang m'avait soutenu pendant deux nuits, peut-être plus, mais quel sang le soutenait, lui ? Avait-il pris une victime plus tôt ? J'éprouvai le soupçon croissant qu'il n'avait plus autant besoin de sang que moi, qu'il buvait de moins en moins, comme Ceux Qu'il Faut Garder. J'aurais voulu être fixé.

Il sortit sur la terrasse et disparut. Je crus qu'il avait tourné à droite ou à gauche, une fois passé la porte, mais en allant voir, je constatai que la terrasse était vide. Je me penchai par-dessus la rambarde et je vis la tache de couleur de son habit contre les rochers loin au-dessous de moi.

Je me détournai et traversai la demeure afin de regagner ma chambre. Je m'y assis pour regarder la mer et le ciel jusqu'à ce que le jour commençât à poindre. Lorsque j'ouvris le petit couloir où était caché le sarcophage, j'y trouvai des fleurs fraîches. Je mis le masque d'or et sa capuche, puis la paire de gants, et je m'allongeai dans le cercueil de pierre. En fermant les yeux, je sentais encore le parfum des fleurs.

Le moment terrible arrivait. La perte de conscience. Au bord du rêve, j'entendis rire une femme, d'un rire léger et prolongé de femme très heureuse en train de converser. Juste avant de sombrer dans l'obscurité, je vis sa gorge blanche lorsqu'elle renversa la tête en arrière.

15

Lorsque j'ouvris les yeux, j'avais une idée. Elle me vint toute formée et m'obséda immédiatement, si bien que j'avais à peine conscience de la soif qui me vrillait les veines.

« Vanité que tout cela », murmurai-je, mais elle avait une séduisante beauté, cette idée.

Non, oublions-la. Marius m'avait dit de me tenir à l'écart du sanctuaire ; il serait de retour vers minuit et je pourrais alors lui soumettre l'idée. Et il... que ferait-il ? Il secouerait tristement la tête.

Je sortis de ma chambre. La maison était comme la veille, toutes chandelles allumées, fenêtres grandes ouvertes sur le jour mourant. Il me semblait impossible que je fusse sur le point de partir pour ne jamais revenir, que Marius lui-même fût en passe de quitter cet endroit extraordinaire.

Je me sentais triste et malheureux. Et puis, il y avait cette idée.

Ne pas agir en sa présence, mais silencieusement et secrètement, pour ne pas me sentir stupide. Y aller tout seul.

Non. N'y va pas. De toute façon, c'est inutile.

Je refis le tour de la maison : la bibliothèque, la galerie, la pièce pleine d'oiseaux et de singes et d'autres pièces que je n'avais pas encore vues.

L'idée pourtant me trottait dans la tête. Et je souffrais des tiraillements de la soif, qui me rendaient un peu plus impulsif, un peu plus agité, un peu moins capable de réfléchir à tout ce que Marius m'avait dit.

Il n'était pas dans la maison dont j'avais parcouru toutes les pièces. L'endroit où il dormait restait secret, ainsi que certaines issues cachées.

Je n'eus, en revanche, aucun mal à retrouver la porte de l'escalier qui menait à Ceux Qu'il Faut Garder. Elle n'était pas fermée à clef.

Il n'était que sept heures du soir. Encore cinq heures avant son retour. Cinq heures de soif brûlante. Et cette idée...

Je ne décidai pas consciemment de la mettre à exécution. Je savais qu'elle avait dû venir à des centaines de gens avant moi. Marius avait d'ailleurs merveilleusement décrit l'orgueil ressenti en croyant pouvoir les éveiller, les faire bouger.

Je regagnai ma chambre et, dans la lumière incandescente qui s'élevait de la mer, j'ouvris l'étui à violon et contemplai le Stradivarius.

Je ne savais pas en jouer, bien sûr, mais comme l'avait dit Marius, nous possédons une concentration et des talents inhabituels. J'avais si souvent regardé jouer Nicolas.

Je tendis les crins de l'archet et les enduisis de colophane, comme je l'avais vu faire à mon ami.

Quarante-huit heures auparavant, je n'aurais pu supporter l'idée de toucher à cet instrument, j'aurais souffert de l'entendre.

Pourtant, je le sortis sans hésiter de l'étui et, sans plus songer à la vanité de mon entreprise, je me précipitai aussi vite que je pus vers la porte de l'escalier secret.

J'avais l'impression qu'ils m'attiraient vers eux, que je n'avais plus de volonté propre. Marius ne comptait plus. Rien ne comptait hormis ma course échevelée jusqu'en bas de cet escalier, laissant derrière moi les fenêtres par où arrivaient les embruns et la lumière du début de soirée.

En fait, ma griserie était si violente, si totale que je

m'arrêtai net pour me demander si elle avait bien en moi son origine. Non, je déraisonnais. Qui aurait pu me souffler cette idée? Ceux Qu'il Faut Garder? Là, je péchais vraiment par vanité et, de toute façon, comment eussent-ils su ce qu'était ce délicat petit instrument de bois?

Le son qu'il produisait avait été inconnu des temps anciens, ce son si humain, qui agissait si puissamment sur les hommes que certains y voyaient l'œuvre du diable et accusaient les grands virtuoses d'êtres ses créatures.

J'avais comme un vertige.

Comment avais-je pu descendre jusque-là sans même me rappeler que la porte du sanctuaire était fermée de l'intérieur? Dans cinq cents ans, je serais peut-être capable d'actionner le verrou, mais pour le moment, il n'y fallait point songer.

Pourtant, je continuai sur ma lancée, tandis que mes pensées surgissaient et se désintégraient aussitôt. Je brûlai d'un feu intérieur que la soif attisait sans qu'il lui fût dû.

En tournant le dernier coin, je vis que les portes de la chapelle étaient béantes. La lueur des lampes se déversait sur les dernières marches de l'escalier. Le parfum des fleurs et de l'encens me prit à la gorge.

Je m'approchai, serrant le violon contre ma poitrine. Les portes du tabernacle étaient ouvertes, ils étaient devant moi.

On leur avait apporté des fleurs et on avait placé de l'encens sur des plats en or.

A peine franchie la porte de la chapelle, je m'immobilisai pour les contempler et j'eus de nouveau l'impression qu'ils me regardaient droit dans les yeux.

Ils étaient d'une blancheur telle que je ne parvenais pas à les imaginer dorés, et aussi durs que les pierres dont ils étaient parés. Elle avait au poignet un bracelet en forme de serpent et un lourd collier ouvragé ornait sa gorge.

Son visage était plus mince que celui de son époux, son nez un peu plus long. Enkil avait les yeux légèrement plus grands. Leurs longues chevelures noires étaient identiques.

J'avais du mal à respirer. Je me sentais faible et j'aspirais à pleins poumons le parfum des fleurs et de l'encens.

La lumière des lampes faisait briller des milliers de petits taches d'or dans les fresques.

Je baissai les yeux vers le violon, en m'efforçant de me cramponner à mon idée, et je caressai le bois satiné, en me demandant ce qu'ils pouvaient bien penser de l'instrument.

D'une voix étouffée, je leur expliquai que je voulais le leur faire entendre sans savoir vraiment en jouer.

Je calai alors le violon sous son menton et levai l'archet. Fermant les yeux, je me rappelai la musique de Nicolas, la façon dont son corps la suivait et dont ses doigts martelaient les cordes, laissant ses mains communiquer le message à son âme.

Je me jetai à l'eau et la musique monta soudain vers le plafond en gémissant avant de redescendre dans un ruissellement, à mesure que mes doigts dansaient sur les cordes. Le son pur et riche soulevait des échos retentissants dans la petite pièce, avec ces accents poignants, suppliants qui n'appartiennent qu'au violon. Je continuai comme un dément, me balançant d'avant en arrière, oubliant Nicolas, oubliant tout hormis la sensation de mes doigts sur les cordes et la conscience que c'était moi qui créais cette musique dont le volume s'enflait démesurément sous mes coups d'archet frénétiques.

Je l'accompagnai de la voix, fredonnant d'abord, puis chantant à gorge déployée. Soudain, il me sembla que ma voix, inexplicablement, gagnait encore en force pour atteindre une note aiguë d'une grande pureté dont je me savais tout à fait incapable. Pourtant je l'entendais, cette superbe note tenue, dont le volume augmentait de plus en plus, jusqu'à me blesser les oreilles. Je jouai plus fort, avec une frénésie croissante, et j'entendis ma propre voix s'étrangler. Ce n'était pas moi qui chantais !

Sans cesser de jouer, sans me laisser distraire par la douleur qui me laminait le crâne, je levai les yeux et je vis qu'Akasha s'était levée, les yeux écarquillés, la bouche grande ouverte. C'était elle qui produisait cette note aiguë tout en sortant du tabernacle pour s'avancer vers moi, les bras tendus. Sa voix me perça les tympans comme une lame d'acier.

Je n'y voyais plus. J'entendis le violon heurter le sol de pierre. Mes mains étaient crispées contre mes oreilles. Je hurlais comme un possédé, mais la voix d'Akasha couvrait mes cris.

« Assez! Assez! » rugis-je. Mes yeux se rouvrirent et je la vis devant moi, s'apprêtant à m'empoigner.

« Oh, mon Dieu, Marius! » Me retournant, je voulus fuir, mais les portes se refermèrent à la volée et je les percutai si violemment que je tombai à genoux. Sous le perçant continuo s'élevaient mes sanglots.

« Marius! Marius! Marius! »

Me tournant à nouveau pour faire face au danger, je vis Akasha broyer le violon sous son pied, mais la note aiguë s'éteignait, me laissant soudain dans le silence, la surdité, incapable d'entendre mes propres cris tandis que je me relevais péniblement.

Un silence retentissant, vibrant. Elle se dressait devant moi, ses sourcils noirs délicatement froncés plissant à peine sa peau si blanche, ses yeux pleins de tourment et d'interrogation, ses lèvres roses ouvertes sur ses crocs.

« Au secours, au secours, Marius, au secours », balbutiai-je. Soudain, les bras d'Akasha m'entourèrent et elle m'attira contre elle. Comme Marius jadis, je sentis sa main s'arrondir doucement, très doucement contre ma nuque et mes crocs effleurèrent son cou.

Je n'eus aucune hésitation. Sans une pensée pour les bras qui m'encerclaient et qui auraient pu m'étouffer instantanément, j'enfonçai mes dents dans sa peau qui céda comme une croûte de glace et le sang tiède gicla dans ma bouche.

J'avais passé un bras autour de son cou et je me

cramponnais à elle, ma statue vivante. Je ne me souciais point qu'elle fût plus dure que le marbre, elle
était parfaite. C'était ma mère, mon amante et son
sang faisait courir son fil brûlant à travers chaque
parcelle de mon corps. Je sentis ses dents contre ma
gorge. Elle la baisait, baisait l'artère où coulait le flot
violent de son propre sang. Ses lèvres s'ouvrirent et
tandis que j'aspirais son sang de toute ma force, suçant
voluptueusement chaque gorgée pour la sentir ensuite
se répandre en moi, ses crocs me percèrent le cou.

Je sentis vibrer mes vaisseaux lorsqu'elle aspira avec
vigueur sa première gorgée.

Un divin échange s'établit le long d'un scintillant
circuit où rien n'existait en dehors de nos deux
bouches, soudées à la gorge l'une de l'autre, et de la
progression inexorable du sang. Il n'y avait pas de
rêves, pas de visions, rien que cet échange voluptueux,
assourdissant, brûlant qui n'aurait jamais dû finir.

Pourtant, un bruit horrible faisait intrusion, un vilain bruit comme celui de pierres qu'on casse. Marius
arrivait. Non, Marius, ne viens pas. Va-t'en. Ne nous
sépare pas!

Mais ce n'était pas Marius qui faisait ce bruit affreux, qui s'interposait, qui interrompait notre
échange en m'empoignant les cheveux pour m'arracher à l'étreinte d'Akasha avec une brusquerie qui fit
gicler le sang hors de ma bouche. C'était Enkil, dont
les mains puissantes me serraient les tempes comme un
étau.

Le sang me dégoulinait sur le menton. Je vis Akasha, bouleversée, tendre les bras vers son époux, les
yeux brillants de colère. Je vis ses membres si blancs
s'agiter soudain, tandis qu'elle s'efforçait d'attraper
les mains qui me serraient la tête. J'entendis sa voix
s'élever, s'enfler en un cri assourdissant. Le sang lui
coulait des commissures.

La clameur était si violente qu'elle me rendit non
seulement sourd, mais aveugle. Je fus happé dans un
tourbillon d'obscurité. Mon crâne allait éclater.

Enkil me fit ployer les genoux, penché sur moi, et je

vis son visage, toujours aussi impassible. Toute la vie qui était en lui semblait concentrée dans les muscles de son bras droit.

Par-dessus le vacarme des cris d'Akasha, j'entendis la porte de la chapelle derrière moi ébranlée par Marius qui frappait à coups redoublés, en hurlant à pleins poumons.

Soudain, l'étau de pierre qui m'enserrait les tempes se relâcha. Je m'écroulai à plat dos sur le sol et je sentis la froide pression du pied d'Enkil sur ma poitrine. Il allait me faire éclater le cœur. En poussant des cris de plus en plus forts et perçants, Akasha se suspendit à son dos, un bras passé autour de son cou. Je voyais ses sourcils froncés, ses cheveux qui volaient.

Ce fut Marius, cependant, qui lui parla à travers la porte :

Si tu le tues, Enkil, je t'enlèverai à tout jamais Akasha et elle m'aidera ! J'en fais le serment !

Un brusque silence. J'étais à nouveau sourd et je sentais le sang couler de mes oreilles le long de mon cou.

Akasha s'écarta d'Enkil et regarda droit vers la porte dont les deux battants s'ouvrirent simultanément. Presque aussitôt, Marius vint se pencher sur moi, les deux mains sur les épaules d'Enkil qui paraissait soudain incapable de bouger.

Le pied du dieu glissa, me meurtrit le ventre et se reposa sur le sol. Marius me dit silencieusement : *Va-t'en, Lestat ! Déguerpis !*

Je m'assis péniblement et je vis qu'il les faisait reculer lentement, tous les deux, vers le tabernacle. Leurs yeux étaient fixés non pas droit devant eux comme d'habitude, mais sur lui. Akasha tenait le bras de son époux et leurs visages étaient inexpressifs. Pour la première fois, cependant, cette impassibilité ressemblait à de la lassitude : ce n'était pas le masque de la curiosité, mais celui de la mort.

« Lestat, déguerpis ! » redit Marius sans même se retourner. J'obéis.

16

Lorsque Marius pénétra enfin dans le salon éclairé, je m'étais réfugié dans le coin le plus éloigné de la terrasse. J'avais encore dans les veines une chaleur qui semblait douée d'une vie propre. Et j'y voyais bien au-delà des contours flous des îles tapies à la surface des flots. J'entendais la progression d'un navire le long d'une côte éloignée. Ma seule pensée, cependant, était que si Enkil revenait à l'attaque, je franchirais d'un bond la balustrade, pour gagner la mer et m'enfuir à la nage. Je croyais encore sentir ses mains autour de ma tête, son pied sur ma poitrine.

Adossé à la rambarde de pierre, je frissonnai. J'avais encore les mains tachées de sang, alors que les meurtrissures de mon visage étaient déjà complètement guéries.

« Je te demande pardon, je suis désolé, lançai-je à Marius dès son entrée. Je ne sais pas ce qui m'a pris. Jamais je n'aurais dû faire une chose pareille. Je suis désolé, je t'assure, Marius. Je te promets de ne jamais plus aller contre ta volonté. »

Immobile, les bras croisés, il me foudroyait du regard.

« Lestat, que t'avais-je dit la nuit dernière? fulminait-il. Tu es vraiment *imbuvable*.

— Pardonne-moi, Marius. Je t'en prie. Je ne pensais pas que ça tournerait mal. J'étais sûr que tout irait très bien... »

Il me fit signe de me taire et de le suivre parmi les rochers. Il bondit par-dessus la balustrade et je le suivis. Je sentais encore partout sur ma personne la présence d'Akasha, comme un parfum. Comme elle m'avait paru étrangement fragile, malgré sa dureté marmoréenne!

Nous dégringolâmes de rocher en rocher jusqu'à la grève pâle que nous longeâmes en silence, les yeux fixés sur l'écume neigeuse qui jaillissait contre la roche ou bien filait vers nous sur l'ivoire lisse du sable. Le vent qui me rugissait aux oreilles m'imprégnait d'un sentiment de solitude.

Je sentais le calme me gagner, mais en même temps je me sentais de plus en plus malheureux.

Marius avait passé son bras autour de ma taille, comme le faisait jadis Gabrielle. Je me laissai guider sans rien regarder et fus tout surpris de me retrouver dans une minuscule crique, où était mouillé un long bateau équipé d'une paire de rames.

Nous nous arrêtâmes et je répétai : « Je suis vraiment désolé. Je t'assure. Je ne croyais pas...

— Ne me dis pas que tu regrettes, dit Marius calmement. Tu n'es pas du tout désolé de ce qui s'est passé, ni d'en avoir été la cause, à présent que te voilà sain et sauf et non pas réduit à l'état de bouillie sur le sol de la chapelle.

— Non, tu te trompes ! » m'écriai-je. Je me mis à pleurer. Je croyais encore sentir la main d'Akasha sur ma nuque, puis celles d'Enkil contre mes tempes. Si Marius n'était pas arrivé...

« Mais que s'est-il passé, Marius ? Qu'as-tu vu ?

— Je voudrais pouvoir me mettre hors de portée de voix d'Enkil, dit Marius d'un ton las. C'est de la folie de dire ou de penser quoi que ce soit qui risque de le perturber encore davantage. Il faut le laisser retomber dans son immobilité. »

Il paraissait vraiment furieux et me tourna le dos.

Mais comment ne pas y songer ? Il aurait fallu que je pusse m'ouvrir la tête pour en extirper les pensées qui filaient à travers mon corps comme le sang d'Akasha. A l'intérieur, elle avait encore une volonté, des appétits, un éclatant noyau spirituel dont la chaleur m'avait envahi comme de la foudre liquide. Quant à Enkil, il exerçait indéniablement sur elle une emprise mortelle ! Je le haïssais. J'aurais voulu le détruire. Toutes sortes de folles notions me traversaient le cerveau pour trouver le moyen de l'annihiler sans danger pour ne garder qu'elle !

« Arrête, mon petit ! » lança Marius.

Je me remis à sangloter. J'avais encore la saveur du sang d'Akasha sur les lèvres. Je sentis un hurlement s'enfler dans ma gorge.

Les effets de son sang s'atténuaient déjà. Peut-être me sentais-je un peu plus fort, mais la magie se dissipait.

« Marius, que s'est-il passé ? répétai-je en hurlant pour dominer le vent. Ne sois pas fâché contre moi, ne te détourne pas de moi. Je ne peux pas...

— Chut, Lestat, dit-il. Ne t'inquiète donc pas de ma colère. Elle n'a aucune importance et elle n'est pas dirigée contre toi. Laisse-moi encore un moment pour me ressaisir.

— Mais as-tu vu ce qui s'est passé entre elle et moi ?

— Oui, j'ai vu, dit-il.

— J'ai pris le violon, je voulais leur en jouer un air. Je pensais...

— Mais oui, je sais bien, voyons...

— ...que la musique les toucherait, surtout ce son étrange et surnaturel qu'est la voix du violon...

— Oui...

— Marius, elle m'a donné... et elle a pris...

— Je sais.

— C'est lui qui l'oblige à rester là ! Prisonnière !

— Lestat, je t'en conjure... » Il avait un sourire triste et las.

Emprisonne-le, Marius, comme ils l'ont fait jadis, mais elle, laisse-la libre !

« Tu rêves, mon enfant, dit-il. Tu rêves. »

Me faisant signe de le laisser seul, il descendit tout au bord de l'eau et se mit à arpenter le sable, tandis que je m'efforçais de reprendre mon calme.

Au bout d'un long moment, il me rejoignit.

« Écoute, dit-il, directement à l'ouest d'ici, tu trouveras une île qui n'est pas sous ma protection. A l'extrémité nord de cette île, il y a une vieille cité grecque où les bouges fréquentés par les marins restent ouverts toute la nuit. Vas-y avec ce bateau, chasse et oublie ce qui vient de se passer. Essaie d'évaluer les nouveaux pouvoirs que tu tiens d'elle, mais efforce-toi de ne penser ni à elle, ni à lui. Et surtout abstiens-toi de comploter contre lui. Regagne la maison avant l'aube : de nombreuses portes ou fenêtres restent ouvertes. A présent, obéis, pour l'amour de moi. »

J'inclinai la tête. C'était sans doute la seule chose au monde susceptible de me distraire de mes préoccupations. Le sang humain, la lutte, la mort.

Sans un murmure de protestation, je me dirigeai vers le bateau.

Aux premières heures du matin, je contemplai mon reflet dans un morceau de miroir accroché au mur d'une infecte chambre de marin, dans une petite auberge. Je me vis, en habit de brocart et dentelle blanche, le visage encore tout coloré d'avoir bu, et je vis derrière moi ma victime, affalée sur la table. C'était un marin qui tenait encore à la main le couteau avec lequel il avait tenté de m'égorger. Je vis aussi la bouteille de vin drogué que j'avais obstinément refusé, avec des protestations enjouées, jusqu'à ce que, perdant patience, il se jetât sur moi. Sa compagne gisait sur le lit, morte.

Je dévisageai le jeune libertin blond, dans le miroir.

« Tiens, tiens, ne serait-ce pas Lestat le vampire ? » murmurai-je.

Tout le sang du monde, cependant, n'aurait su écarter le sentiment d'horreur qui s'abattit sur moi lorsque j'eus regagné mon sarcophage.

Je ne pouvais cesser de penser à elle, de me demander si c'était son rire que j'avais entendu dans mon sommeil, la nuit précédente. Je m'étonnais aussi qu'elle ne m'eût rien communiqué au moment de l'échange, mais dès que j'eus fermé les yeux, des visions incohérentes et magiques s'imposèrent. Nous parcourions ensemble un immense vestibule dans un palais d'Allemagne où Haydn avait beaucoup composé et elle me parlait avec la plus grande familiarité. Elle portait un chapeau noir orné d'une grande plume blanche et d'une voilette blanche et son visage était jeune et innocent.

En ouvrant les yeux, je savais que Marius m'attendait dans ma chambre. Je le trouvai à côté de l'étui à violon vide, tournant le dos à la fenêtre ouverte.

« Il faut que tu partes, mon petit, dit-il tristement. J'avais espéré prolonger un peu ton séjour, mais c'est impossible. Le bateau t'attend.

— C'est à cause de ce que j'ai fait... », dis-je, désolé. Ainsi, il me chassait.

« Il a détruit des objets dans la chapelle », expliqua Marius d'une voix apaisante. Il passa son bras autour de mes épaules et prit ma valise dans son autre main, avant de m'entraîner vers la porte. « Je veux que tu partes, parce que c'est la seule chose qui le calmera et je veux que tu te rappelles non pas sa colère, mais tout ce que je t'ai confié et que tu croies fermement que nous nous reverrons, comme convenu.

— Mais as-tu peur de lui, Marius ?

— Non, Lestat. Tu peux écarter cette crainte. Ce n'est pas la première fois qu'il se conduit ainsi. Il ne sait pas vraiment ce qu'il fait, j'en suis convaincu. Il sait seulement que quelqu'un s'est interposé entre Akasha et lui. Il faut à présent lui laisser le temps de retomber dans son immobilité.

— Et elle reste assise là, comme si elle n'avait jamais bougé ? demandai-je.

— Je veux que tu t'en ailles pour ne plus provoquer, dit Marius en m'entraînant hors de la maison vers les marches taillées dans la falaise. Notre faculté de mouvoir les objets ou de détruire et blesser les êtres vivants par la seule force de notre volonté ne s'étend guère au-delà de l'endroit où nous nous trouvons. C'est pour cela que je veux que tu prennes dès cette nuit le chemin de l'Amérique. Tu ne m'en reviendras que plus tôt, lorsqu'il sera calmé et aura oublié. Moi, en revanche, je me rappellerai tout et je t'attendrai. »

En arrivant au bord de la falaise, j'aperçus la galère en bas dans la baie.

« Ce n'est pas la peine de m'accompagner jusqu'en bas », dis-je à Marius, en prenant ma valise. Je m'efforçai de parler sans amertume et sans détresse. Tout n'était-il pas de ma faute? « J'ai horreur de pleurer devant les autres. Laisse-moi.

— J'aurais voulu avoir encore quelques nuits pour considérer calmement avec toi ce qui vient de se passer, mais mon amour t'accompagne. Tâche de te rappeler tout ce que je t'ai révélé. A notre prochaine rencontre, nous aurons bien des choses à nous dire... » Il s'interrompit.

« Qu'y a-t-il, Marius?

— Réponds-moi franchement, regrettes-tu que je sois venu te chercher au Caire et que je t'aie amené ici?

— Comment le pourrais-je? m'exclamai-je. La seule chose que je regrette, c'est de devoir partir. Qu'adviendra-t-il si nous ne parvenons pas à nous retrouver?

— Quand le moment sera venu, je te retrouverai, affirma-t-il. Et n'oublie jamais que tu as le pouvoir de m'appeler, comme tu l'as déjà fait. En attendant ton appel, je pourrai franchir pour te répondre des distances qui seraient trop grandes en temps normal. Si le moment est venu, je répondrai. Sois-en sûr. »

J'acquiesçai. J'avais tant de choses à dire qu'il me fut impossible d'articuler un seul mot.

Nous nous étreignîmes un long moment, puis je me détournai et commençai lentement ma descente, sachant qu'il comprendrait pourquoi je ne jetais pas un seul regard en arrière.

17

Je ne savais pas à quel point j'avais envie du « monde », jusqu'au moment où mon navire remonta enfin les eaux boueuses du bayou St. Jean, pour gagner le port de La Nouvelle-Orléans, et où je vis la ligne noire et déchiquetée du marais se découper sur le ciel lumineux.

La pensée que j'étais le premier de notre race à pénétrer dans cette contrée sauvage m'emplissait tout à la fois d'excitation et d'humilité.

Dès avant le lever du jour, en ce premier matin, j'étais tombé amoureux de ce pays plat et humide et au fil des ans j'en vins à le préférer à tout autre endroit du globe.

Les parfums y étaient si capiteux que l'on sentait le vert cru des feuilles tout autant que les fleurs roses et jaunes. Le grand fleuve brun déferlant devant la malheureuse petite place d'Armes et sa minuscule cathédrale éclipsait tous les autres cours d'eau que j'avais vus, fût-ce les plus fabuleux.

Discrètement, j'explorai la petite colonie croulante avec ses rues boueuses et les soldats espagnols crasseux vautrés autour de la prison. Je me perdais dans les dangereux bouges du bord de l'eau, hantés par les bateliers joueurs et querelleurs et les superbes mulâtresses, et j'en sortais pour contempler les éclairs, écouter le tonnerre et sentir sur ma peau la douceur soyeuse de la pluie d'été.

Les toits peu élevés des chaumières luisaient sous la lune. J'allais paresseusement le long des remparts, regardant par les fenêtres les meubles dorés et les bibelots émaillés, gages de richesse et de civilisation, qui, dans ce lieu barbare, semblaient d'autant plus inestimables et poignants.

Je savais que j'avais atteint l'avant-poste le plus désolé du Jardin sauvage et que j'avais trouvé ma patrie. Je resterais à La Nouvelle-Orléans, si celle-ci parvenait à survivre. Mes souffrances seraient moindres dans ce haut lieu de l'anarchie et ce dont j'aurais envie me paraîtrait plus savoureux une fois obtenu.

Les vérités anciennes et l'ancienne magie, la révolution et l'invention conspirent toutes à nous distraire de la passion qui, d'une manière ou d'une autre, est notre vainqueur à tous.

Finalement, las de cette complexité, nous rêvons de cet instant depuis longtemps révolu où nous pouvions nous asseoir sur les genoux de notre mère et où chaque baiser était le parfait exaucement de notre désir. Que faire d'autre, sinon rechercher l'étreinte qui contenait à présent le ciel et l'enfer : notre fatal destin, encore, et encore, et toujours.

ÉPILOGUE
ENTREVUE AVEC LE VAMPIRE

1

Me voici donc arrivé au bout de l'éducation et des aventures de jeunesse de Lestat le vampire. Voici que s'étale devant vous le récit de la magie et des mystères que j'ai choisi, au mépris de tous les interdits et de toutes les mises en garde, de révéler.

Mon histoire n'est pas encore achevée, cependant, malgré toute la répugnance que j'éprouve à poursuivre. Il me faut à présent considérer les douloureux événements qui m'ont amené à me terrer en 1929.

Cent quarante ans s'étaient écoulés depuis que j'avais quitté l'île de Marius. Je n'avais plus revu ni ce dernier, ni Gabrielle. Elle s'était évanouie, lors de cette fameuse nuit au Caire, et personne, mortel ou immortel, n'en avait plus jamais entendu parler.

Lorsque je creusai ma tombe, en ce début du xxe siècle, j'étais seul, las et grièvement blessé au physique comme au moral.

J'avais vécu le cours « naturel » de ma vie, comme me l'avait conseillé Marius, mais je ne pouvais en vouloir à celui-ci des lamentables erreurs que j'avais commises.

Plus que tout autre trait, la volonté avait contribué à forger mon expérience. Malgré les conseils et les prédictions, j'allai, comme je l'avais toujours fait, au-devant de la tragédie et du désastre, même si je connus aussi la félicité. Pendant près de soixante-dix ans, j'eus auprès de moi deux enfants que j'avais créés, Louis et Claudia, deux merveilleux immortels.

Peu après mon arrivée en Louisiane, je tombai éperdument amoureux de Louis, un jeune propriétaire beau parleur et raffiné, dont le cynisme et le penchant pour l'autodestruction me faisaient irrésistiblement penser à Nicolas.

Il possédait la même effrayante intensité, le même esprit rebelle, la même douloureuse faculté de croire et ne pas croire tout à la fois, pour finalement désespérer.

Il prit sur moi un ascendant bien supérieur à celui de Nicolas. Même dans ses moments de pire cruauté, il savait toucher ma tendresse, me séduire par sa confondante dépendance, sa fascination pour mes moindres gestes et paroles.

Je trouvais irrésistibles sa naïveté, son étrange conviction bourgeoise que Dieu était toujours Dieu, même s'il nous repoussait, que la damnation et le salut établissaient les limites d'un monde étriqué et sans espoir.

Louis était voué à souffrir, il aimait les mortels encore plus que moi. Je me demande parfois si je ne l'ai pas trouvé pour me punir de ce qui était arrivé à Nicolas, si je ne l'ai pas créé pour être ma conscience et m'administrer le châtiment que j'estimais mériter.

Je l'aimais, purement et simplement. Et ce fut pour tenter désespérément de le garder, de le lier à moi plus étroitement que je commis l'acte le plus égoïste et le plus impulsif de toute ma vie de mort vivant. Ce crime allait d'ailleurs me perdre. Ce fut la création avec Louis, et pour lui, de Claudia, un vampire enfant d'une extraordinaire beauté.

Elle n'avait pas six ans lorsque je l'avais prise et, en dépit du fait qu'elle serait morte si je ne l'avais pas fait (tout comme Louis, d'ailleurs), c'était un défi envers les dieux qu'elle et moi allions payer fort cher.

Tout au long de nos soixante-cinq années de vie commune, nous fûmes des êtres à part, un trio de chasseurs meurtriers, vêtus de soie et de velours, nous délectant de notre secret.

Quant aux mensonges de Louis, à ses erreurs, je les lui pardonnai, les mettant sur le compte de son imagination excessive, de son amertume et de sa vanité, pourtant assez faible.

Il n'avait d'ailleurs pas pleinement conscience de sa beauté et de son charme exceptionnels et sa modestie confinait parfois à la sottise. Il était persuadé que je n'étais qu'un paysan, ce qui se comprenait, car il était lui-même issu de la bourgeoisie des planteurs coloniaux qui aspiraient à devenir des aristocrates, sans en avoir seulement rencontré un, alors que je descendais d'une longue lignée de seigneurs féodaux, habitués à manger avec leurs doigts et à jeter leurs os aux chiens tout en dînant.

Il croyait que je me jouais d'innocents étrangers, que j'en faisais des amis pour les tuer ensuite. Mais comment eût-il su que je chassais presque exclusivement parmi les voleurs et les assassins, me montrant plus fidèle que je ne l'aurais espéré à mon vœu de ne frapper que les malfaiteurs ?

D'une façon très réelle, Louis fut toujours la somme de ses défauts, le démon le plus trompeusement et délicieusement humain que j'aie jamais connu. Marius lui-même n'aurait pu imaginer un être aussi compatissant et contemplatif, d'une parfaite éducation, apprenant même à Claudia comment se servir de ses couverts, elle qui n'avait jamais touché ni un couteau ni une fourchette.

Son aveuglement envers les motivations et les souffrances d'autrui faisait partie intégrante de son charme, au même titre que son épaisse chevelure noire ou l'expression éternellement troublée de ses grands yeux verts.

Combien de fois vint-il me trouver malade d'angoisse, en me suppliant de ne jamais le quitter, combien de fois avons-nous cheminé ensemble, bavardé ensemble, donné la comédie pour distraire Claudia, combien de fois sommes-nous partis, bras dessus, bras dessous, chasser dans les bouges du bord de l'eau ou danser avec les beautés à peau brune des célèbres bals de quarterons ?

L'important, c'est que je l'avais trahi en le créant, de même que j'avais trahi Claudia. J'avais ce que je voulais, ce que j'avais toujours voulu ; je les avais, *eux*. Ainsi, de temps en temps, parvenais-je à oublier Gabrielle et Nicolas et même à oublier Marius et le visage impassible et figé d'Akasha, le contact glacé de sa main sur ma nuque, la délicieuse tiédeur de son sang.

Mais j'avais toujours désiré beaucoup de choses. Comment expliquer que notre association ait duré aussi longtemps?

Tout au long du XIXᵉ siècle, les vampires furent « découverts » par les écrivains européens. Lord Ruthven, création du Dr Polidori, céda la place à Sir Francis Varney dans les journaux bon marché ; vint ensuite la magnifique et sensuelle comtesse Carmilla Karnstein, de Sheridan Le Fanu, et, finalement, le croque-mitaine du monde vampirique, le comte Dracula, un Slave hirsute qui se transformait à volonté en chauve-souris. Tous ces êtres imaginaires et bien d'autres alimentaient l'insatiable appétit des amateurs de récits « fantastiques ».

Nous étions, tous les trois, l'essence même de cette invention du XIXᵉ siècle : des aristocrates distants, d'une élégance inaltérable, toujours impitoyables, solidaires les uns des autres, dans ce pays mûr pour les représentants de notre race, mais libre de leur présence.

Peut-être avions-nous trouvé le moment parfait de l'histoire, le juste équilibre entre le monstrueux et l'humain, l'époque où le « romanesque vampirique », né dans mon imagination parmi les brocarts aux riches couleurs de l'Ancien Régime, allait trouver sa parfaite incarnation dans l'ample cape noire et le chapeau haut de forme et dans les boucles lumineuses de la fillette s'échappant de leur ruban violet jusqu'aux manches de sa robe de soie diaphane.

Qu'avais-je fait à Claudia ? Quand me faudrait-il expier ? Combien de temps se contenterait-elle d'être le mystère qui nous liait si étroitement l'un à l'autre, Louis et moi, la muse de nos heures au clair de lune, l'unique objet de notre dévouement.

Était-il inévitable que cet être qui n'aurait jamais un corps de femme se vengeât du père démoniaque qui l'avait condamnée à rester éternellement confinée dans le corps d'une poupée de porcelaine ?

J'aurais dû écouter la mise en garde de Marius, m'arrêter un instant pour y réfléchir, alors que j'étais au bord de cette immense et enivrante expérience.

Mais ç'avait été comme de jouer du violon pour Akasha.

J'avais eu *envie* de le faire, de voir ce qui se passerait avec une aussi belle petite fille.

Oh, Lestat, tu mérites tout ce qui t'est arrivé. Tâche donc de ne pas mourir. Tu risquerais d'aller en enfer.

Pourquoi fallait-il que, pour des raisons purement égoïstes, je n'écoutasse jamais les conseils qu'on me donnait ? Pourquoi étais-je incapable de retenir les leçons des autres, Gabrielle, Armand, Marius ? Il est vrai que je ne veux jamais écouter personne. Je ne sais pourquoi, cela m'est impossible.

D'ailleurs, même aujourd'hui, je ne puis dire que je regrette d'avoir créé Claudia, de l'avoir tenue dans mes bras, d'avoir chuchoté des secrets dans sa petite oreille et entendu son rire perlé s'élever dans la demeure où nous nous étions installés parmi les meubles laqués, les tableaux sinistres, les cache-pot en cuivre. Claudia était mon enfant ténébreuse, mon amour, le mal issu du mal que je portais en moi. Elle m'a brisé le cœur.

C'est par une nuit orageuse du printemps de 1860 qu'elle s'est finalement vengée. Elle m'a pris au piège de ses grâces pour plonger, à d'innombrables reprises, un couteau dans mon corps plein de drogue et de poison, jusqu'à ce que la dernière goutte, ou presque, de sang vampirique eût jailli de mes blessures avant qu'elles n'eussent eu les précieuses secondes qui leur auraient permis de se refermer.

Je ne lui en veux pas. C'était le genre de choses que j'aurais pu faire, moi aussi.

Ces moments de délire, jamais je ne les oublierai, jamais je ne les consignerai dans quelque casier inexploré de ma mémoire. Ce furent sa ruse et sa volonté qui m'abattirent aussi sûrement que la lame qui me tranchait la gorge et me perçait le cœur. Je songerai à ces moments toutes les nuits, aussi longtemps que je continuerai ; je songerai à l'abîme qui s'ouvrit alors sous mes pieds, au plongeon dans cette mort qui fut presque mienne. Cela, c'est à Claudia que je le dois.

Cependant, tandis que le sang coulait, entraînant avec lui mes facultés de voir, d'entendre, de bouger, mes pensées remontèrent loin, très, très loin, au-delà de la

553

création de notre famille de vampires vouée au désastre, dans son paradis de papier peint et de rideaux de dentelles, jusqu'à la vision floue des bosquets d'anciennes contrées où le vieux dieu dionysien avait aussi senti sa chair déchirée, son sang versé.

Peut-être cette vision était-elle dépourvue de signification, mais elle n'en possédait pas moins un verni de cohérence, dû à l'étonnante répétition du *même ancien thème*.

Le dieu meurt. Le dieu ressuscite, mais cette fois personne n'est racheté.

Avec le sang d'Akasha, m'avait dit Marius, tu survivras à des désastres qui détruiraient bien des membres de notre race.

Plus tard, abandonné dans la puanteur et l'obscurité du marais, j'avais senti la soif définir mes proportions, me propulser hors de la mort. J'avais senti mes mâchoires s'ouvrir dans l'eau fétide pour enfoncer mes crocs dans les créatures à sang qui allaient me mettre sur la longue voie de la guérison.

Trois nuits après, lorsque j'eus été de nouveau vaincu et que mes enfants m'eurent abandonné une fois pour toutes dans le brasier qu'ils avaient fait de notre demeure, ce fut le sang des anciens, Magnus, Marius et Akasha, qui me donna la force de ramper à l'abri des flammes.

Toutefois, privé d'un nouvel apport de ce sang curatif, il fallait laisser au temps le soin de panser mes blessures.

Pendant des années, je chassai à la périphérie du troupeau humain, monstre hideux, éclopé, à peine capable de s'attaquer aux très jeunes ou aux invalides. Sans cesse menacé par la moindre rébellion de mes victimes, je devins l'antithèse du démon romantique, apportant non pas l'extase mais la terreur, semblable aux anciens du cimetière des Innocents, dans leurs haillons crasseux.

Les blessures reçues avaient affecté jusqu'à mes facultés mentales, jusqu'à ma faculté de raisonner. Et ce que j'apercevais dans les miroirs à chaque fois que j'osais m'y contempler flétrissait mon âme.

Pourtant, pas une fois je n'eus l'idée de tenter d'appeler Marius, de le supplier de me donner un peu de son sang bienfaisant. Non, je préférais un siècle de purgatoire aux reproches de Marius. Je préférais endurer la plus cruelle solitude, la pire angoisse, que de découvrir qu'il savait tout ce que j'avais fait et m'avait depuis longtemps tourné le dos.

Quant à Gabrielle, qui m'eût tout pardonné et dont le sang était assez puissant pour hâter tout du moins ma guérison, je ne savais même pas où la chercher.

Une fois suffisamment rétabli pour entreprendre le long voyage jusqu'en Europe, je me tournai vers le seul être qui me restât désormais : Armand. Il vivait toujours dans la tour que je lui avais donnée, la tour où Magnus m'avait créé, et il était toujours le maître du clan prospère du Théâtre des Vampires, un établissement dont je restais le propriétaire. Après tout, je ne devais à Armand nulle explication, mais lui, en revanche, ne me devait-il pas quelque chose ?

Ce fut un véritable choc de le revoir, lorsqu'il vint m'ouvrir la porte.

On eût dit quelque jeune héros d'un roman de Dickens, en habit sombre, sobrement coupé. La toison de boucles acajou était désormais courte. Son visage éternellement jeune possédait à la fois l'innocence d'un David Copperfield et l'orgueil d'un Steerforth, également trompeurs quant à la véritable nature enfouie à l'intérieur.

Une lueur brillante l'éclaira un bref instant, lorsqu'il m'aperçut. Puis, ses yeux se posèrent avec insistance sur les cicatrices qui me couvraient le visage et les mains et il dit d'une voix douce, presque apitoyée :

« Entre, Lestat. »

Il me prit la main et nous parcourûmes la demeure qu'il avait fait bâtir au pied de la tour, endroit sombre et morne bien dans la note des horreurs byroniennes de cette époque étrange.

« Figure-toi que l'on raconte que tu as trouvé ta fin quelque part en Egypte ou en Extrême-Orient, me dit-il avec une animation que je ne lui avais jamais vue et qui le faisait paraître tout à fait humain. Tu as disparu avec le xviiie siècle et personne n'a plus jamais entendu parler de toi.

— Et Gabrielle ? demandai-je aussitôt, tout étonné de ne pas avoir lâché cette question avant même d'avoir franchi la porte.

— Personne ne sait plus rien d'elle depuis que vous avez quitté Paris », me dit-il.

Une fois de plus ses yeux me caressèrent et je devinai chez lui une excitation à peine voilée, une fièvre qui m'enveloppait comme la chaleur du feu tout proche. Je savais qu'il s'efforçait de lire mes pensées.

« Que t'est-il arrivé ? » demanda-t-il.

Mes cicatrices l'intriguaient. Elles étaient trop nombreuses, trop enchevêtrées, vestiges de blessures qui auraient dû entraîner la mort. Je fus soudain pris de panique à l'idée de tout lui révéler dans mon trouble, tout ce dont Marius m'avait interdit de parler.

Ce fut pourtant l'histoire de Louis et Claudia qui jaillit de mes lèvres comme un torrent de bégaiements et de demi-vérités.

Je lui expliquai que mes enfants s'étaient finalement révoltés contre moi, comme il l'avait prédit. Je lui parlai franchement, sans ruse et sans orgueil, et lui confiai pour finir que c'était de son sang que j'avais besoin. Quelle douleur atroce de tout lui exposer, de le regarder considérer la situation, de lui dire : Oui, tu avais raison. Dans l'ensemble, tu avais raison.

Était-ce de la tristesse que je percevais sur son visage ? Ce n'était quand même pas du triomphe ! Sans y paraître, il observait mes mains tremblantes. Il attendait patiemment lorsque je balbutiais, incapable de trouver mes paroles.

Un peu de son sang hâterait ma guérison, m'éclaircirait les idées. Je lui rappelai le plus discrètement possible qu'il était mon débiteur, mais il me semblait entendre percer, sous les paroles embrouillées de l'être faible, assoiffé, apeuré que j'étais devenu, une vilaine naïveté. L'éclat du feu m'angoissait. Les jeux de lumière sur les sombres boiseries de cette pièce étouffante me donnaient l'impression de voir apparaître et disparaître des visages grimaçants.

« Je ne veux pas rester à Paris, dis-je. Je ne veux pas vous déranger, ni toi ni le clan. Je te demande seulement... » Le courage et les mots me manquèrent tout à la fois.

Il y eut un long silence.

« Reparle-moi de ce Louis », dit Armand.

De honteuses larmes me montèrent aux yeux. Je murmurai imprudemment des sottises concernant l'humanité, la compréhension de Louis, je laissai parler mon cœur. Ce n'était pas Louis qui m'avait attaqué, c'était Claudia, la femme...

« On les a vus à Paris, dit-il doucement. Mais ce n'est pas une femme, cette créature, c'est un vampire enfant. »

Je ne me rappelle plus ce qui suivit. Je dus supplier, tergiverser, réclamer. Je me souviens en tout cas d'avoir été totalement humilié, tandis que je devais l'accompagner au Théâtre des Vampires.

« Non, tu ne comprends pas, protestai-je. Je ne peux pas y aller. Je ne veux pas que les autres me voient aussi. Arrête cette voiture. Fais ce que je te demande.

— Il n'en est pas question », répondit-il de sa voix la plus tendre. Nous étions déjà dans les rues encombrées de la capitale. Où était la ville dont j'avais gardé le souvenir? Jamais la fumée et la saleté de l'ère industrielle ne m'avaient paru aussi laides.

Je me rappelle vaguement avoir été poussé hors de la voiture par Armand et propulsé vers la porte du théâtre. Quel était donc cet énorme édifice? Étions-nous bien boulevard du Temple? Nous descendîmes ensuite dans une cave hideuse, remplie de vilaines còpies des peintures les plus sanglantes de Goya, Bruegel et Bosch.

Je me souviens enfin d'avoir été torturé par la soif, gisant à même le sol d'une cellule en briques, n'ayant même plus la force d'invectiver Armand.

Parfois, dans le noir, je découvrais une victime, mais déjà morte, toujours morte. Du sang froid, répugnant. Quels repas atroces je fis là, vautré sur ces cadavres pour sucer le peu qui restait!

Et puis Armand revint, je le vis immobile dans l'ombre, impeccable dans son linge blanc et son habit de laine noire. Il me parla à mi-voix de Louis et de Claudia, m'expliquant qu'un procès allait avoir lieu. Il vint s'agenouiller à côté de moi, oubliant un instant d'être humain. « Tu déclareras devant les autres que c'est elle qui a tout fait », m'ordonna-t-il. Et les autres, les nouveaux, défilèrent à la porte pour me contempler.

« Allez lui chercher des vêtements, lança Armand. Notre seigneur perdu doit être présentable, lui toujours si élégant. »

Tout le monde rit quand je demandai à parler à Éleni ou Félix ou Laurent. Ils ne connaissaient pas ces noms. Gabrielle, ils n'en avaient jamais entendu parler.

Où était Marius ? Combien de pays, de fleuves, de montagnes nous séparaient ? Voyait-il tout cela, l'entendit-il ?

Je rêvai de m'évader de ce lieu, de regagner la Louisiane, de laisser le temps faire son œuvre inévitable. Je rêvai de m'ensevelir à nouveau dans la terre, très loin dans ses fraîches profondeurs que j'avais connues si brièvement au Caire. Je rêvai de Louis et de Claudia. Cette dernière s'était inexplicablement muée en une ravissante femme et elle me disait en riant : « Voici ce que je suis venue découvrir en Europe, comprends-tu, comment grandir ! »

Je redoutais de ne pouvoir jamais sortir de ma prison, d'y être emmuré comme les malheureux jadis, sous le cimetière des Innocents, d'avoir commis une erreur fatale. Je bégayais, je pleurais, j'essayais de parler à Armand, avant de m'apercevoir qu'il n'était même pas là. S'il était venu, il était reparti tout aussi vite. J'avais des hallucinations.

Soudain une victime, une victime chaude. « Donnez-la-moi, je vous en prie ! » Et Armand disant :

« Tu diras ce que je t'ai ordonné de dire ? »

Puis une espèce de tribunal du peuple, avec des monstres glapissant des accusations, Louis plaidant désespérément, Claudia, muette, ne me quittant pas des yeux, et moi disant, oui, oui, c'est elle qui a tout fait, puis maudissant Armand qui me repoussait aussitôt dans l'ombre, son visage innocent toujours aussi radieux.

« Mais c'est très bien, Lestat. Je suis content de toi. »

Qu'avais-je fait ? Porté témoignage contre eux pour avoir enfreint les anciennes lois ? Pour s'être soulevés contre leur maître de clan? Mais qu'auraient-ils su des anciennes lois? Je réclamai Louis, en hurlant. Et puis je bus du sang dans les ténèbres, encore du sang chaud d'une autre victime. Mais ce n'est pas du sang salvateur, ce n'était que du sang.

Nous étions à nouveau dans la voiture et il pleuvait. De retour dans la tour de Magnus, nous montâmes jusqu'à la plate-forme du chemin de ronde. J'avais la robe jaune toute sanglante de Claudia entre les mains. J'avais vu cette dernière enfermée dans un lieu étroit et mouillé où elle avait été brûlée par le soleil. « Dispersez les cendres! » avais-je dit, mais personne n'avait bougé. La robe jaune déchirée avait été jetée sur le sol de la cave. « Ils disperseront les cendres, n'est-ce pas? insistai-je.

— Ne réclamais-tu pas justice? » me rétorqua Armand, serrant contre lui les pans de sa cape noire.

Qu'avait à voir cette exécution avec la justice? Pourquoi tenais-je entre mes poings cette petite robe.

Immobile contre la balustrade de pierre, Armand m'observait et il me parut soudain aussi jeune que l'avait été Claudia. *Et veille à ce qu'ils aient déjà vécu un certain temps avant de les créer. Ne prends jamais quelqu'un d'aussi jeune qu'Armand.* Dans la mort, elle n'avait rien dit. Elle avait regardé tous ceux qui l'entouraient, comme s'il s'était agi de géants discourant dans une langue inconnue.

Les yeux d'Armand étaient rouges.

« Et Louis, où est-il? demandai-je. Ils ne l'ont pas tué. Je l'ai vu. Il est sorti sous la pluie...

— Ils sont à ses trousses, répondit-il. Il est d'ores et déjà détruit. »

Menteur, avec son visage d'enfant de chœur.

« Arrête-les, il le faut! S'il en est encore temps... »

Il secoua la tête.

« Pourquoi ne peux-tu les arrêter? Pourquoi as-tu fait tout ça, ce procès? Que t'importe ce qu'ils m'ont fait?

— C'est fini. »

Sous le rugissement du vent nous parvint le sifflet perçant d'un train qui passait. Mes idées s'embrouillaient, se troublaient. Louis, reviens!

« Tu n'as pas l'intention de m'aider, hein ? » Désespoir.

Armand se pencha vers moi et son visage se métamorphosa, comme il l'avait fait jadis, il y avait si longtemps, comme si la rage le faisait fondre de l'intérieur.

« Toi, toi qui nous as tous détruits, qui as tout pris ! Qu'est-ce qui a bien pu te faire croire que je t'aiderais ? » Il se rapprocha, le visage convulsé. « Toi qui nous as mis sur ces affiches infâmes, qui nous as exposés à toutes les hontes, à tous les ridicules !

— Ce n'est pas vrai. Tu le sais. Je jure... Ce n'était pas moi !

— Toi qui as étalé tous nos secrets en pleine lumière. Toi, l'homme à la mode, le marquis avec ses gants blancs, le démon en cape de velours !

— Tu es fou de me rendre responsable. Tu n'as pas le droit ! » protestai-je, mais mes lèvres tremblaient si fort que je ne comprenais pas moi-même ce que je disais.

Sa voix jaillit comme une langue de serpent.

« Nous avions notre éden sous le vieux cimetière, notre foi, notre but. Et c'est toi qui nous en as chassés avec ton glaive de feu. Qu'avons-nous à présent ? Réponds ! Rien que l'amour que nous nous portons les uns aux autres et qu'est-ce que cela signifie pour des créatures telles que nous ?

— Non, ce n'est pas vrai, le processus était déjà entamé. Tu ne comprends rien. Tu n'as jamais rien compris. »

Mais il ne m'écoutait pas. Peu importait d'ailleurs. Il se rapprochait de moi et, avec la vitesse d'un éclair noir, sa main surgit, ma tête fut projetée en arrière et je partis à la renverse.

Je me sentis tomber, de plus en plus bas, pour aller m'écraser sur le sentier dallé en bas de la tour et tous les os de mon corps se brisèrent dans leur mince enveloppe de peau surnaturelle.

2

Deux années passèrent avant que je ne fusse suffisamment fort pour m'embarquer pour la Louisiane. J'étais toujours complètement infirme, couturé de partout, mais il fallait que je quittasse l'Europe où nulle rumeur ne m'était parvenue de ma Gabrielle, à jamais perdue, ni du grand et puissant Marius, qui avait certainement rendu son verdict sur son compte.

Je voulais rentrer chez moi. Or, chez moi, c'était la Nouvelle-Orléans, où il faisait chaud, où les fleurs s'épanouissaient tout au long de l'année, où j'étais toujours propriétaire, grâce à mon inépuisable trésor, d'une bonne douzaine de vieilles demeures vides et décrépites.

Je passai les dernières années du XIXe siècle dans la solitude la plus complète, au milieu du vieux Garden District, à deux pas du Cimetière Lafayette, dans la plus belle de mes maisons, qui sommeillait sous les chênes.

A la lumière d'une chandelle ou d'une lampe à huile, je lisais tous les livres que je parvenais à me procurer, comme jadis Gabrielle cloîtrée dans sa chambre, au fin fond de l'Auvergne. A chaque fois qu'une pièce était remplie de piles de livres montant jusqu'au plafond, je passais dans une autre. De temps en temps, je me sentais assez fort pour m'introduire dans une bibliothèque ou une librairie, afin d'y dérober quelques volumes, mais je sortais de moins en moins. Je me faisais expédier des périodiques. Je faisais provision de chandelles, de bouteilles et d'huile pour mes lampes.

Je ne me rappelle pas l'arrivée du XXe siècle, mais seulement que tout devenait plus laid, plus sombre et que la beauté que j'avais connue dans l'ancien univers du XVIIIe siècle ressemblait de plus en plus à un pur fantasme. C'étaient les bourgeois qui gouvernaient le monde à présent, selon de mornes principes, avec une féroce méfiance de la sensualité et des excès que l'Ancien Régime avait tant aimés.

Ma vision et mes pensées se brouillaient, cependant, de plus en plus. Je ne chassais plus les humains, or, un vampire ne saurait prospérer sans le sang humain, sans la mort d'êtres humains. Je survécus en attirant les animaux familiers du quartier, chats et chiens bien nourris. Et puis, quand ils commencèrent à se faire rares, il y eut la vermine que j'appelais à moi comme le joueur de flûte, les rats gris à longue queue.

Une nuit, je me forçai à parcourir les rues vides jusqu'à un minable petit établissement, au bord de l'eau, près des taudis. Je voulais voir cette nouvelle invention qu'on appelait le cinématographe. Je portais une ample pèlerine ; un cache-nez dissimulait mon visage émacié et des gants mes mains squelettiques. Même dans ces images si imparfaites, la vue du ciel diurne me terrifia, mais je trouvai, en revanche, que la sinistre grisaille de ces images en noir et blanc convenait parfaitement à cette époque insipide.

Je ne pensais jamais aux autres immortels. De temps en temps, un vampire, lancé à la recherche du légendaire Lestat pour connaître ses secrets, découvrait ma tanière. Je haïssais ces intrusions.

Le seul timbre d'une voix surnaturelle m'était insupportable. Pourtant, si grande que fût la douleur, je scrutais chaque nouvel esprit pour avoir des nouvelles de ma Gabrielle. Jamais je n'en obtins. Ensuite, il ne me restait plus qu'à ignorer les pauvres victimes humaines que le démon traînait auprès de moi pour tenter de hâter mon rétablissement.

Heureusement, ces rencontres ne duraient guère. Effrayé, ulcéré, glapissant des injures, l'envahisseur battait en retraite, me laissant à mon délicieux silence.

Gisant dans le noir, je me détachais de plus en plus du monde.

Je ne lisais presque plus, sinon quelques romans policiers mettant en scène les hommes si laids du XXe siècle : les crapules en costume gris, les dévaliseurs de banques, les détectives. Mais j'étais si faible, si las.

Et puis, un soir, tôt, Armand se présenta.

Je crus d'abord être le jouet d'une illusion, en voyant cette silhouette debout à mes côtés, les yeux baissés vers moi, mais je réfléchis que si je devais convoquer un visiteur imaginaire, ce ne serait certes pas Armand.

Je le dévisageai et me sentis vaguement honteux d'être si laid, d'être devenu ce squelette aux yeux exorbités. Puis je me remis à lire *Le Faucon maltais*.

Quand je relevai les yeux, Armand était toujours là. Dieu sait combien de temps s'était écoulé.

Il parlait de Louis.

Je compris soudain qu'il m'avait menti à Paris. Depuis toutes ces années, Louis était avec Armand et Louis me cherchait à présent. Il s'était rendu dans le centre, près de la vieille demeure où nous avions vécu si longtemps, et finalement, il était venu jusqu'ici et m'avait aperçu par la fenêtre.

Je m'efforçai de me pénétrer de cette nouvelle. Louis était vivant. Il était tout près d'ici et je ne l'avais même pas su.

Je ris. Je ne parvenais pas à me persuader du fait que Louis n'avait pas été brûlé. Quel bonheur que d'apprendre que ce beau visage, cette expression poignante, cette voix tendre et implorante existaient toujours! Mon Louis était vivant et non disparu à jamais, comme Nicolas et Claudia.

Mais pouvais-je croire Armand? Peut-être était il mort. Je me remis à lire, quoique gêné par l'ombre que projetaient les volubilis et la glycine, empêchant le clair de lune d'entrer. Armand devrait bien aller les arracher puisqu'il était si fort.

Je me rappelle vaguement qu'il me confia que Louis le quittait et que lui-même n'avait plus envie de continuer. Il sonnait creux. Sec. Et pourtant sa voix possédait encore les accents d'antan, ces accents de pure douleur.

Je n'émis pas un son. Mais mon rire, pour silencieux qu'il fût, me combla. J'ai gardé une image très claire dans mon esprit. Celle d'Armand, debout au milieu de cette pièce sale où il n'y avait rien que des colonnes de livres montant jusqu'au plafond, certaines colmatées, soudées par la pluie qui avait fui du plafond. Je savais que les autres pièces de la maison étaient pareillement pleines, mais je n'y avais pas songé avant de voir Armand environné par tous ces livres. Cela faisait des années que je n'avais pas pénétré dans les autres pièces.

Il revint plusieurs fois chez moi, après cette nuit.

Je ne le voyais jamais, mais je l'entendais errer à travers le jardin, me cherchant par la pensée, comme avec un rayon de lumière.

Louis était parti vers l'ouest.

Une nuit, où je gisais dans les plâtras sous les soubassements de la maison, Armand vint me regarder à travers une grille. Quand je levai les yeux vers lui, il me traita de tueur de rats.

Tu es devenu fou, toi, celui qui savait tout, qui se moquait de nous! Tu es fou et tu te nourris de rats. Tu sais comment on appelait tes ancêtres jadis, en France, les petits hobereaux de province; on les appelait les tueurs de lièvres, parce qu'ils les chassaient pour ne pas mourir de faim. Eh bien, à présent te voici devenu un tueur de rats, espèce de spectre dépenaillé. Tu es aussi fou que tous les anciens qui parlent à tort et à travers et jacassent à tous les vents. Et tu chasses les rats, parce que tu étais né pour le faire.

Encore une fois, je me mis à rire, à rire aux éclats. Je me souvins des loups et je hurlai de rire.

« Tu m'as toujours diverti, lui dis-je. Sous le cimetière des Innocents, j'avais envie de rire, mais je ne voulais pas te vexer. Et même quand tu m'as maudit et que tu m'as reproché de vous avoir exposés à la curiosité des gens, c'était hilarant. J'aurais ri si tu n'avais pas été sur le point de me jeter à bas de la tour. Tu m'as toujours fait rire. »

Elle était délicieuse, me dis-je, cette haine qui existait entre nous. Quelle ivresse inaccoutumée que de l'avoir devant moi, objet de ridicule et de mépris.

Soudain, le décor changea. Au lieu d'être allongé dans les plâtres, je parcourais la maison. Et je ne portais plus les guenilles qui m'habillaient depuis tant d'années, mais un superbe habit noir et une cape doublée de satin. La maison était une somptueuse demeure et tous les livres étaient à leur place sur les étagères. Le parquet luisait sous la lumière du lustre et de partout m'arrivaient des flots de musique, une valse viennoise portée sur le son mélodieux des violons. A chaque pas, je sentais la force me revenir, avec une légèreté si merveilleuse que j'avais l'impression de pouvoir voler à travers les ténèbres, déployant ma cape comme des ailes.

Je m'élevai dans l'obscurité et rejoignis Armand au faîte du toit. Il était radieux, en habit noir lui aussi, et nous contemplâmes, au-delà des frondaisons sombres et bruissantes, la lointaine courbe argentée du fleuve et le ciel bas où les étoiles brillaient à travers les nuées gris perle.

La pure beauté de ce panorama me fit pleurer, ainsi que

la sensation du vent humide sur mon visage. Armand se dressait à mes côtés, un bras passé autour de mes épaules. Il parlait de pardon, de tristesse, de sagesse et des enseignements de la douleur. « Je t'aime, mon frère ténébreux », murmura-t-il.

Ces mots me parcoururent comme le sang lui-même.

« Je ne voulais pas me venger », chuchota-t-il. Son visage était contracté, son cœur brisé. « Mais tu es venu pour pouvoir guérir et non parce que tu voulais me revoir ! Cela faisait un siècle que je t'attendais et tu ne voulais pas de moi ! »

Je sus alors, comme je l'avais su tout au long, que mon rétablissement n'était qu'une illusion, que j'étais toujours un squelette en haillons dans une maison en ruine. Et que dans l'être surnaturel qui me tenait entre ses bras résidait la puissance qui pouvait me rendre le ciel et le vent.

« Aime-moi et mon sang est à toi, dit-il. Ce sang que je n'ai jamais donné à personne. » Je sentis ses lèvres sur mon visage.

« Je ne veux pas te tromper, répondis-je. Je ne puis t'aimer. Pourquoi veux-tu que je t'aime ? Tu es un être mort, avide de s'approprier la puissance et la passion des autres. Tu es l'incarnation de notre soif ! »

Et dans un éclair de force incalculable, ce fut moi cette fois qui le fis basculer du toit. Il était léger comme une plume et sa silhouette se fondit dans la nuit grise.

Qui était le vaincu, cependant ? Qui tomba à nouveau, plus bas, toujours plus bas, à travers les douces branches des arbres, jusqu'à cette terre qui aurait dû l'abriter, pour retourner à ses guenilles et à sa crasse, sous la vieille maison ? Qui se retrouva finalement couché dans les plâtras, les mains et le visage contre le sol si frais ?

Pourtant la mémoire nous joue des tours. Peut-être les avais-je imaginées, cette dernière invitation d'Armand et la détresse qui l'avait suivie, les pleurs. En tout cas, durant les mois suivants, il resta dans les parages. Je l'entendais, de temps à autre, arpenter simplement les rues du Garden District. J'aurais voulu l'appeler, lui dire que je lui avais menti, que je l'aimais.

Mais l'heure était venue pour moi d'être en paix avec

l'univers et ses créatures. De mourir d'inanition et de m'enfouir enfin au plus profond de la terre pour y rêver peut-être les rêves du dieu. Or comment aurais-je pu parler à Armand des rêves du dieu ?

Il n'y avait plus ni chandelles ni huile pour les lampes. Quelque part se trouvait un coffre-fort plein d'argent, de bijoux et de lettres à mes avocats et mes banquiers qui continueraient éternellement à administrer mes biens, en raison des sommes colossales que je leur avais confiées.

Alors pourquoi ne pas me terrer, en sachant que personne ne viendrait me déranger dans cette vieille cité avec ses édifices en ruine, datant d'autres siècles ? Tout se perpétuerait indéfiniment.

À la lueur des étoiles, je lus encore quelques pages de l'histoire de Sam Spade et du *Faucon maltais*. Je regardai la date qui figurait sur le magazine : 1929. Oh, non, ce n'est pas possible ! me dis-je. Et j'attrapai suffisamment de rats pour avoir la force de creuser un trou vraiment profond.

La terre me retenait. Des créatures vivantes glissaient entre ses mottes denses et humides pour effleurer ma peau desséchée. Je pensai : si jamais je ressors de terre, si jamais je revois la moindre parcelle du ciel étoilé, je jure de ne plus jamais tuer d'innocents. Je le jure. Jamais, jamais plus je n'octroierai le Don ténébreux. Je serai simplement une « conscience continue ».

La soif. La douleur, aussi limpide que la lumière.

Je vis Marius. Ma vision était si nette que je me dis : Ce ne peut pas être un rêve ! Mon cœur se gonfla douloureusement. Marius était superbe, dans un complet moderne en velours rouge. Son épaisse chevelure blanche était coupée court et brossée en arrière. Il avait un éclat, ce Marius moderne, et une vivacité que son costume d'antan avait dû cacher.

Il faisait des choses remarquables. Dans un studio, sous des lumières éblouissantes, il actionnait une caméra noire sur son trépied et donnait ses ordres aux mortels qui interprétaient ses films. J'étais fasciné de le voir faire.

Non, ce n'est pas un rêve, me dis-je. C'est vrai. Il est

dans ce studio et si seulement je parviens à voir la ville par les vitres du studio ou à entendre la langue qu'il parle... « Marius ! » appelai-je, mais la terre qui m'enveloppait avala le mot.

La vision changea.

Marius descendait en ascenseur jusqu'à une cave. Des portes métalliques grincèrent et claquèrent et il entra dans le vaste sanctuaire de Ceux Qu'il Faut Garder. Que tout était donc différent ! Le décor égyptien avait cédé la place à des fresques résolument modernes, avec des aéroplanes survolant des villes ensoleillées, des gratte-ciel, des ponts de métal, des navires en fer gris sur les flots argentés. Cet univers qui vibrait sur les murs entourait les silhouettes immobiles d'Enkil et Akasha.

Marius s'avança dans la chapelle, au milieu de téléphones et de machines à écrire, pour aller placer devant Ceux Qu'il Faut Garder un luxueux gramophone. Délicatement, il posa la petite aiguille sur le disque qui tournait. Le son rauque et aigrelet d'une valse viennoise s'éleva du pavillon métallique.

Je ris de voir cette incroyable invention posée devant eux comme une offrande. La valse était-elle distillée dans l'air ambiant, comme de l'encens ?

Marius n'avait pas terminé, cependant. Il avait déroulé un écran blanc et, depuis une haute plate-forme dressée derrière le couple assis, il y projeta des films où l'on voyait évoluer des mortels. Ceux Qu'il Faut Garder, muets, avaient les yeux fixés droit sur l'écran.

Il se passa alors quelque chose de merveilleux. Les petits personnages du film, aux gestes saccadés, se mirent à parler, par-dessus le grincement de la valse.

Tandis que je regardais, figé par le saisissement, par la joie de les voir tous les trois, une immense tristesse m'engloutit soudain, la conscience d'une réalité écrasante. Tout cela n'était qu'un rêve, car les petits personnages du film n'auraient jamais dû parler.

La chapelle et toutes ses merveilles perdirent leur consistance, devinrent floues.

Hideuse petite imperfection, affreux indice prouvant que j'avais tout inventé. Tout inventé à partir de petits bouts de la vérité : les films muets que j'avais vus, les gramophones que j'avais entendus tout autour de moi dans le noir. Et la valse viennoise, empruntée au sortilège que m'avait jeté Armand ; elle me brisait le cœur. Pourquoi n'avais-je pas su me berner un peu plus habilement ? J'aurais pu me persuader que la vision était vraie.

Mais j'avais à présent la preuve irréfutable de mon invention, de mon audacieux délire : Akasha, ma bien-aimée me parlait.

Elle se tenait à la porte de la chapelle, scrutant le couloir souterrain qui menait à l'ascenseur par lequel Marius était remonté à la surface. Ses cheveux noirs tombaient en épaisses vagues sur ses épaules d'albâtre. Elle leva sa main froide et blanche pour me faire signe. Sa bouche était rouge.

« Lestat, chuchota-t-elle, viens ! »

Ses pensées coulaient silencieusement hors d'elle, portées par les paroles que la vieille reine avait prononcées jadis, sous le cimetière des Innocents, bien des années auparavant :

Sur mon oreiller de pierre, j'ai rêvé du monde mortel au-dessus de nous ; ses voix et ses musiques m'ont bercée ; j'ai eu la vision de ses fantastiques découvertes, l'intuition de son courage, dans le sanctuaire éternel de mes pensées. Et bien que ses formes éblouissantes me soient impénétrables, j'ai ardemment souhaité la venue d'un être assez fort pour le parcourir sans crainte, pour en traverser le cœur le long de la Voie du Diable.

« Lestat ! chuchota-t-elle à nouveau, son visage marmoréen éclairé par une expression tragique. Viens !

— Ô, mon amour, dis-je en sentant la saveur amère de la terre entre mes lèvres, si seulement je pouvais. »

Lestat de Lioncourt
L'année de sa résurrection
1984

568

DIONYSOS À SAN FRANCISCO
1985

1

Leur première tentative d'intimidation eut lieu la semaine qui précéda la sortie de notre album ; *ils* nous menacèrent par téléphone.

Le secret absolu entourant le nouveau groupe rock, Lestat le Vampire, avait été coûteux, mais quasiment impénétrable. Il n'y avait pas jusqu'aux éditeurs de mon autobiographie qui n'eussent scrupuleusement coopéré. Durant les longs mois de tournage et d'enregistrement à La Nouvelle-Orléans, je n'avais vu ni entendu aucun d'entre *eux*.

Pourtant, Dieu sait comment, *ils* avaient obtenu notre numéro secret et laissé leurs menaces et leurs admonestations sur notre répondeur.

« Proscrit. Nous savons ce que tu fais. Nous t'ordonnons de cesser. » « Sors donc en pleine lumière. Nous te mettons au défi d'oser te montrer. »

J'avais caché mon groupe dans une superbe vieille plantation au nord de la ville. Le Dom Pérignon y coulait à flots et ils avaient une ample provision de cigarettes au haschisch. Nous étions tous las de nos préparatifs et attendions avec impatience le jour du premier spectacle en public à San Francisco.

Et puis mon avocat, Christine, m'ayant fait parvenir le premier message téléphonique, je conduisis mes musiciens jusqu'à l'aéroport, en plein milieu de la nuit, et nous nous envolâmes vers l'ouest.

Après cela, Christine ne sut plus où nous nous cachions. Mes trois musiciens eux-mêmes n'en savaient trop rien. Ce fut dans un luxueux ranch de la vallée de Carmel que nous entendîmes pour la première fois notre musique à la radio. Et nous nous mîmes à danser en voyant notre premier vidéo-clip passer dans tout le pays sur une chaîne de câblovision.

Chaque soir, je me rendais seul jusqu'à la petite ville côtière de Monterey pour y recevoir les communications de Christine. Puis je filais plus au nord, pour chasser.

Dans ma Porsche noire, je fonçais jusqu'à San Francisco, en prenant les épingles à cheveux de la corniche à une vitesse grisante. Et dans l'obscurité jaunâtre de la grande cité, je traquais mes tueurs, avec un peu plus de cruauté et de lenteur qu'avant.

La tension devenait insupportable.

Pourtant, je ne voyais toujours pas les autres. Je ne les entendais même pas. Je n'avais que ces messages téléphoniques d'immortels que je ne connaissais pas :

« Nous t'avertissons. Ne t'obstine pas dans cette folie. Tu joues un jeu plus dangereux que tu ne le crois. » Et puis le murmure que nulle oreille mortelle ne pouvait percevoir :

« Traître ! » « Proscrit ! » « Montre-toi, Lestat ! »

S'ils chassaient à San Francisco, je ne les vis point. Il faut dire que c'est une ville populeuse et que j'étais toujours aussi sournois et silencieux.

Finalement les télégrammes commencèrent à déferler dans la boîte postale de Monterey. Nous avions réussi. Nos ventes battaient tous les records, aux États-Unis et en Europe. Nous pouvions nous produire où nous voulions après San Francisco. Mon autobiographie était en vente dans toutes les librairies d'Amérique. *Lestat le Vampire* était premier au hit-parade.

Après ma chasse nocturne à San Francisco, je suivais sur toute sa longueur Divisadero Street, conduisant la Porsche au ralenti devant les vieilles maisons en ruine, en me demandant dans laquelle Louis avait, comme il le racontait dans ses pages, écrit le livre où il parlait de nous. Je pensais constamment à lui et à Gabrielle. A Armand aussi. Et surtout à Marius, Marius que j'avais trahi en dévoilant tout.

Notre chanson, *Lestat le Vampire,* déployait-elle suffisamment loin ses tentacules électroniques pour les atteindre tous? Avaient-ils vu les vidéo-clips intitulés *Le Legs de Magnus, Les Enfants des Ténèbres, Ceux Qu'il Faut Garder?* Je pensais aux autres anciens dont j'avais révélé les noms: Mael, Pandore, Ramsès le Damné.

Il est certain que Marius aurait pu me retrouver, malgré tous les mystères et les précautions. L'Amérique elle-même n'était pas assez vaste pour amputer ses pouvoirs. S'il me cherchait...

Je me remémorai mon ancien rêve de Marius actionnant sa caméra, du film qu'il passait à Ceux Qu'il Faut Garder. L'incroyable lucidité de mon souvenir me faisait le cœur.

Peu à peu, j'en vins à comprendre que je possédais une nouvelle conception de la solitude, une nouvelle méthode pour mesurer le silence qui s'étendait jusqu'à la fin du monde. Pour le rompre, je n'avais que ces voix surnaturelles proférant leurs menaces de plus en plus virulentes:

« Ne te risque surtout pas à paraître en scène à San Francisco. Nous t'avertissons. Ton défi est par trop vulgaire, par trop méprisant. Nous sommes prêts à tout braver, fût-ce un scandale public, pour te châtier. »

Je me demandai à quoi ressemblaient ces vampires modernes. Adoptaient-ils un certain style à partir du moment où ils faisaient partie des non-morts? Vivaient-ils en clans ou bien se promenaient-ils seuls à moto, comme je l'avais fait?

Je sentais l'excitation monter en moi de façon incontrôlable. Seul dans ma voiture, sur les routes vides au milieu de la nuit, la radio hurlant notre musique, je sentais croître en moi un enthousiasme purement humain.

Je voulais paraître en public, tout autant que mes trois jeunes mortels. Par moments, je me rappelais avec une douloureuse clarté ces soirées si lointaines, au petit théâtre de Renaud. Les détails les plus incongrus me revenaient: le contact du fard blanc que j'étalais sur ma peau, l'odeur de la poudre, le pincement au cœur au moment d'entrer en scène.

Oui, tout convergeait vers ce moment suprême et si le courroux de Marius faisait partie du tout, je ne pouvais pas dire qu'il était immérité !

San Francisco me charmait, m'apaisait un peu. Je n'avais aucun mal à imaginer Louis dans les rues étroites de la vieille ville, qui avaient un côté presque vénitien avec leurs demeures multicolores.

Chaque nuit, en regagnant la vallée de Carmel, je chargeais dans la Porsche les sacs entiers de lettres d'admirateurs, dans lesquels je fouillais ensuite, à la recherche d'une écriture de vampire : des caractères un peu trop nets, légèrement vieillots, trop ornementés même. Mais je n'y trouvais que les ferventes protestations de dévouement de mortels.

Cher Lestat, mon amie Sheryl et moi t'aimons beaucoup, mais nous n'avons pas pu avoir de places pour ton concert à San Francisco, même après avoir fait la queue pendant dix heures. Envoie-nous deux billets, s'il te plaît. Nous serons tes victimes, nous te laisserons boire notre sang.

Trois heures du matin, la nuit précédant le concert.

Le vert et frais paradis de la vallée de Carmel sommeillait. Je m'étais assoupi dans mon gigantesque « bureau », devant la paroi de verre qui donnait sur les montagnes. Je rêvais par intermittence de Marius. Dans mon rêve, il disait :

« Pourquoi as-tu risqué ma vengeance ?

— Tu m'as tourné le dos, répondais-je.

— Ce n'est pas la véritable raison, reprenait-il. Tu agis sur des coups de tête, tu veux tout casser.

— Je veux agir sur les choses, les provoquer ! » Dans mon rêve, je hurlais et je sentis soudain, tout autour de moi, la présence de la vallée de Carmel. Ce n'était qu'un rêve, un songe diaphane.

Pourtant, il y avait quelque chose, quelque chose d'autre... une brusque « transmission », une voix qui disait : *Danger ! Danger pour nous tous.*

L'espace d'une seconde, une vision de neige, de glace. Le vent hurlait. Du verre brisé sur un sol de pierre. *Lestat! Danger!*

Je me réveillai.

Je n'étais plus allongé sur mon canapé. J'étais debout, les yeux fixés sur les portes en verre. Je n'entendais rien, je ne voyais rien que les contours flous des collines, la forme noire de l'hélicoptère qui patrouillait comme une mouche géante.

J'écoutai avec mon âme, j'y mis une telle intensité que la sueur perla sur mon front. Non, plus de « transmission », plus d'images.

Et puis vint progressivement la conscience qu'il y avait une créature, dehors, dans les ténèbres. J'entendais des bruits presque imperceptibles.

Quelqu'un marchait dans l'ombre. Pas d'odeur humaine.

C'était un d'*eux*. Il avait pénétré le secret et s'approchait de la maison à travers l'herbe haute.

J'écoutai encore ; non, pas la moindre vibration ne venait renforcer le message de danger. L'esprit de cet être m'était même soigneusement fermé. Je ne recevais que les signaux inévitables de son passage dans l'espace.

La grande maison dormait tout autour de moi, comme un aquarium géant. Dure-à-cuire et Alex reposaient dans les bras l'un de l'autre, sur le tapis devant la cheminée vide. Larry dormait dans sa chambre avec une groupie appelée Salamandre, douée d'un insatiable appétit sexuel, qu'ils avaient « ramassée » à La Nouvelle-Orléans. Dans d'autres chambres sommeillaient des gardes du corps, ainsi que dans la petite salle de garde, au-delà de la piscine d'un bleu nacré.

Sous le ciel noir et limpide, cette créature avançait vers nous à pied, en provenance de la grand-route. Je sentais à présent qu'elle était totalement seule. J'entendais battre dans les ténèbres un cœur surnaturel. Oui, je l'entendais très distinctement. Les collines au loin avaient un aspect fantomatique, les fleurs jaunes des acacias luisaient sous les étoiles avec un éclat blanc.

L'intrus n'avait peur de rien, semblait-il. Il avançait.

Ses pensées étaient totalement impénétrables. C'était peut-être un des anciens, les plus habiles, mais alors pourquoi piétinait-il l'herbe aussi nettement ? Il bougeait presque comme un humain. Non, ce vampire, c'était moi qui l'avais « créé ».

Mon cœur battait. Je jetai un coup d'œil aux minuscules lampes du signal d'alarme dont la boîte était à demi cachée dans un coin derrière des draperies. Des sirènes se déclencheraient si quiconque, mortel ou immortel, tentait de pénétrer dans la maison.

Il apparut à la lisière du béton blanc, haute et mince silhouette aux courts cheveux bruns. Il s'arrêta, comme s'il pouvait me voir dans la brume bleutée de la lumière électrique, derrière la paroi de verre.

Oui, il me voyait. Et il avança vers moi, vers la lumière.

Il était agile, marchant un tout petit peu trop légèrement pour un mortel. Cheveux noirs, yeux verts et ces membres d'une soyeuse délicatesse sous la tenue négligée : un chandail noir élimé qui pendait, informe, de ses épaules, un jean noir moulant les jambes longilignes.

Je sentis ma gorge se nouer. Je tremblais. Je tentai de me rappeler les choses importantes : scruter la nuit pour m'assurer qu'il n'y avait personne d'autre, faire attention. *Danger*. Non, plus rien de tout cela ne comptait à présent, je le savais. Je fermai les yeux, une seconde. Cela ne servit à rien.

Ma main se tendit vers le signal d'alarme et l'éteignit. J'ouvris les immenses portes de verre et l'air frais entra dans la pièce.

Il marchait comme un danseur, la tête rejetée en arrière, les pouces négligemment accrochés à ses poches. J'apercevais à présent son visage. Il souriait.

Nos souvenirs eux-mêmes peuvent nous jouer des tours. Il en était la preuve, aussi délicat et aveuglant qu'un rayon laser, réduisant en poussière toutes les vieilles images.

Je rallumai le système d'alarme, refermai la porte sur mes mortels et tournai la clef dans la serrure. L'espace d'une seconde, je me dis : je ne vais pas pouvoir supporter cette rencontre. Et ce n'est qu'un début. S'il est ici, lui, à quelques pas de moi, les autres viendront sûrement aussi. Tout le monde viendra.

Je me dirigeai vers lui et, pendant un court instant de silence, je l'examinai à la lumière bleutée qui nous arrivait à travers la paroi de verre. Puis je dis d'une voix tendue :

« Où sont la cape noire et l'uniforme du parfait vampire ? »

Nos regards s'accrochèrent et ne se lâchèrent plus.

Il rompit enfin son immobilité en riant silencieusement, mais sans cesser de me dévisager d'un air extasié qui me comblait d'une joie secrète. Puis, avec une hardiesse d'enfant, il tendit la main et caressa le revers de mon veston de velours gris.

« Comment va la légende vivante ? » chuchota-t-il. J'entendais clairement son accent français, alors que je n'avais jamais pu entendre le mien.

J'oubliai toutes les phrases hargneuses et maussades que je m'étais proposé de prononcer et je le pris dans mes bras.

Nous nous étreignîmes comme nous ne l'avions jamais fait jadis. Je le serrai contre moi comme j'aurais serré Gabrielle, puis je laissai mes mains courir sur ses cheveux, son visage, le dévorant des yeux comme s'il m'appartenait. Il en faisait autant de son côté. Je le sentais déborder d'affection et d'une fiévreuse satisfaction presque aussi violente que la mienne.

Brusquement, il retrouva son calme, son visage se figea.

« Je te croyais mort et disparu depuis longtemps, dit-il d'une voix à peine audible.

— Comment as-tu fait pour me retrouver ici ? demandai-je.

— C'est toi qui l'as voulu », répondit-il. Je perçus un éclair d'innocente perplexité. Il haussa les épaules.

Ses moindres gestes m'hypnotisaient, exactement comme il y avait un siècle.

« Tu t'es laissé voir et suivre, continua-t-il. Tu es venu jusqu'à Divisadero Street pour me chercher.

577

— Tu y étais encore ?

— C'était l'endroit le plus sûr du monde, dit-il. Je n'en suis jamais parti. Ils sont venus m'y chercher et n'ayant pas su me trouver, ils sont repartis. A présent, j'évolue parmi eux quand je veux et ils ne savent même pas qui je suis. Ils n'ont jamais su exactement à quoi je ressemblais.

— Ils te détruiraient s'ils savaient, dis-je.

— Certes, mais cela ils s'efforcent de le faire depuis le Théâtre des Vampires. Mon livre n'a fait que les exaspérer davantage. D'ailleurs ils n'ont pas besoin de raisons pour jouer à leurs petits jeux ; il leur faut cet élan, cette excitation. Ils s'en nourrissent comme si c'était du sang. »

Sa voix s'étrangla et il s'interrompit pour respirer à fond.

« Mais pour le moment, reprit-il, tu es leur principale cible. Et toi, ils savent à quoi tu ressembles. » Petit sourire. « Tout le monde te connaît à présent, Monsieur la Vedette de Rock. »

Le sourire s'épanouit, mais la voix était toujours aussi polie et feutrée. Le visage resplendissait d'émotion contenue. Il n'avait vraiment pas changé. Peut-être ne changerait-il jamais.

Je passai mon bras autour de ses épaules et nous nous éloignâmes des lumières de la maison.

Je crois qu'être heureux, c'est être malheureux, que de ressentir un pareil plaisir, c'est comme de brûler.

« Tu vas vraiment aller jusqu'au bout ? me demanda-t-il. Avec ce concert demain soir ? »

Danger pour nous tous. Était-ce une mise en garde ou une menace ?

« Oui, bien sûr, répondis-je. Qu'est-ce qui m'en empêcherait ?

— Moi, j'aimerais t'empêcher, dit-il. Je serais venu plus tôt si j'avais pu. Je t'ai repéré il y a une semaine et puis je t'ai perdu.

— Et pourquoi voudrais-tu m'en empêcher ?

— Tu sais parfaitement pourquoi, déclara-t-il. Je veux te parler. » Ils étaient si simples, ces quelques mots et pourtant si lourds de signification.

« Il y aura bien le temps après, répliquai-je. Il ne va rien se passer, tu verras. » Je lui jetai des petits regards presque furtifs, comme si ses yeux verts me faisaient mal. Il me semblait meurtrier et délicat. Ses victimes l'avaient toujours adoré.

« Comment peux-tu en être sûr, Lestat ? » voulut-il savoir. Je me sentis encore plus proche de lui en entendant mon nom dans sa bouche. Je n'arrivais pas à prononcer le sien. Nous cheminions lentement, au hasard, nous tenant par les épaules.

« J'ai une véritable armée de mortels pour nous garder. Un hélicoptère, une limousine blindée. Moi, je voyagerai seul dans ma Porsche pour pouvoir me défendre plus facilement le cas échéant. D'ailleurs que pourraient faire une poignée de novices du XXᵉ siècle ? Ces imbéciles m'ont menacé par téléphone !

— Il y en a plus d'une poignée, dit-il. Mais tu ne parles pas de Marius. Tes ennemis du dehors n'arrivent pas à décider si l'histoire de Marius est vraie, si Ceux Qu'il Faut Garder existent ou non...

— Ça ne m'étonne pas. Et toi, tu y as cru ?

— Oui, dès que je l'ai lue », assura-t-il. Il y eut un silence durant lequel nous évoquâmes sans doute l'immortel de jadis, si plein de curiosité, qui m'avait demandé sans se lasser : « Comment tout cela a-t-il commencé ? »

Non, c'était trop douloureux pour y songer. C'était comme de retrouver au grenier des tableaux encore pleins de vie, sous la poussière. Seulement, au lieu de représenter des ancêtres morts depuis longtemps, ils nous représentaient, nous.

« Pourquoi es-tu si convaincu que Marius ne va pas mettre fin à ton expérience dès que tu paraîtras en scène demain soir ? voulut-il savoir.

— Crois-tu vraiment qu'un seul des anciens ferait une chose pareille ? » rétorquai-je.

Il réfléchit un long moment, profondément absorbé dans ses pensées, comme jadis. Pour un peu j'aurais cru le revoir sous la lueur vacillante de l'éclairage au gaz, dans le salon de notre ancienne demeure de La Nouvelle-Orléans, vestige d'une autre époque, où tout vieil-lissait hormis nous.

Mais le Louis que j'avais sous les yeux portait l'uni-forme d'un enfant du siècle, chandail avachi et jeans élimés, les cheveux ébouriffés, les yeux brillant d'un feu intérieur. Il détourna le regard des collines, à l'horizon, comme s'il revenait à la vie.

« Non, je crois que si les anciens se soucient de l'affaire, ils seront trop intéressés pour t'arrêter.

— Et toi, ça t'intéresse ?

— Oui, tu le sais bien », dit-il.

Son visage se colora légèrement, devint plus humain. Jamais je n'avais vu un membre de notre race ressembler autant à un mortel. « Je suis venu, non ? » ajouta-t-il. Je devinai chez lui une douleur qui courait à travers tout son être comme un filon de minerai, capable de faire surgir des émotions dans les profondeurs les plus froides.

J'acquiesçai. Je respirai à fond, en détournant les yeux de lui. J'aurais tant voulu pouvoir dire ce que j'avais vraiment envie de dire. Que je l'aimais. Mais les mots ne voulaient pas sortir. Le sentiment était trop fort.

« Je ne sais pas ce qui se passera, mais cela en vaudra la peine, dis-je. Enfin, si toi et moi et Gabrielle et Armand... et Marius nous retrouvons tous ensemble, fût-ce pour quelques instants. Imagine que Pandore se montre et Mael et tous les anciens. Ce sera fantastique, Louis. Quant au reste, je m'en fiche.

— Non, tu ne t'en fiches pas, fit-il en souriant, fasci-né. Tu es persuadé que ce sera passionnant et que, si rude que soit la bataille, c'est toi qui gagneras. »

Je me mis à rire et poursuivis mon chemin dans l'herbe haute, les mains dans les poches à la façon des mortels d'aujourd'hui. Même dans la fraîcheur de cette nuit californienne, le pré sentait le soleil. Je ne parlai pas de mon envie de me produire en scène, de l'espèce de folie qui s'était emparée de moi en me voyant à la télévision.

« Si les anciens voulaient me détruire, repris-je, ne crois-tu pas que ce serait déjà fait ?

— Non, dit-il. Je t'ai vu et je t'ai suivi, mais avant, je ne parvenais pas à te trouver. Dès que j'ai entendu dire que tu étais en Californie, j'ai essayé.

— Comment l'as-tu entendu dire ?

— Dans les grandes villes, il y a des lieux où les vampires se réunissent, dit-il. Tu dois quand même le savoir.

— Non, pas du tout. Raconte.

— Ce sont des bars que nous appelons le réseau vampirique, dit-il avec un petit sourire ironique. Ils sont fréquentés par des mortels, bien sûr, et nous les connaissons par leurs noms. Il y a le Dr Polidori à Londres et le Lamia à Paris. Le Bela Lugosi à Los Angeles et à New York le Carmilla et le Lord Ruthven. Et ici, à San Francisco, nous avons peut-être le plus beau de tous. La Fille de Dracula, dans Castro Street. »

Je me mis à rire et je vis une lueur d'amusement dans les yeux verts de Louis.

« En ce moment, ils passent tous tes vidéo-clips au bar de Castro Street, continua-t-il. Les mortels les réclament. Ils te portent des toasts, avec leurs bloody marys, et *La Danse des Innocents* ébranle les murs. Mais même parmi la clientèle immortelle de l'arrière-boutique, tu as fait des ravages. » Il affichait toujours le plus grand sérieux, mais avait du mal à ne pas sourire.

« Comment cela ? demandai-je.

— Le Don ténébreux, la Voie du Diable, ils ont tous ton jargon à la bouche, même les plus novices de tous les novices. Tout en condamnant ton livre, ils ne cessent de l'imiter. Ils se couvrent de bijoux égyptiens et de velours noir.

— Tu m'en vois flatté, dis-je. A quoi ressemblent ces endroits ?

— Ils sont bourrés d'objets concernant les vampires. Les murs sont couverts d'affiches de films de vampires et il y a de grands écrans où ces films passent en permanence. Les mortels qui les fréquentent sont du genre marginal : des jeunes punks, des artistes et même des espèces de désaxés en cape noire et crocs de plastique. Ils ne font même pas attention à nous qui sommes bien ternes en comparaison, malgré les bijoux égyptiens et le velours noir. Inutile de te dire que personne ne s'attaque à ces clients mortels. Nous fréquentons les bars de vampires pour nous informer. Ce sont des endroits où les mortels sont en parfaite sécurité. Interdit de tuer dans les bars du réseau vampirique.

— C'est drôle qu'on n'y ait pas pensé avant, dis-je.

— Mais si, on y a pensé, dit-il. A Paris, au Théâtre des Vampires.

— C'est pourtant vrai ! m'exclamai-je.

— Il y a un mois, le bruit a couru dans tous les établissements du réseau que tu étais de retour et la nouvelle était déjà vieille. On disait que tu chassais à La Nouvelle-Orléans et puis bientôt, on a su ce que tu te proposais de faire. Ils ont obtenu des exemplaires de ton autobiographie avant sa sortie et ils ne parlaient que des vidéo-clips.

— Et pourquoi n'ai-je vu personne à La Nouvelle-Orléans ?

— Parce que depuis un demi-siècle, La Nouvelle-Orléans est le fief d'Armand. Personne d'autre n'ose y chasser. Ils ont eu toutes les nouvelles par l'entremise de mortels à Los Angeles et New York.

— Je n'ai pas vu Armand à La Nouvelle-Orléans, fis-je remarquer, le cœur serré.

— Je sais, dit-il en se troublant légèrement. Personne ne sait où il est vraiment, mais quand il est arrivé dans la ville, il a tué tous les jeunes vampires. Alors ils ont préféré lui abandonner le terrain. On dit qu'il y a beaucoup d'anciens qui font cela, qui tuent les jeunes. On le dit même de moi, mais ce n'est pas vrai. Je hante San Francisco comme un fantôme. Je ne cherche noise à personne, sinon à mes pauvres victimes mortelles. »

Rien de tout cela ne m'étonnait vraiment.

« Nous sommes trop nombreux, comme toujours, reprit Louis, alors les conflits font rage. L'existence d'un clan dans une ville signifie seulement que trois ou quatre puissants vampires se sont mis d'accord pour ne pas se détruire mutuellement et pour se partager le territoire selon les lois.

— Ah les lois, les sempiternelles lois ! m'écriai-je.

— Elles sont différentes à présent et encore plus strictes. Il ne faut jamais laisser derrière soi la moindre trace. Les mortels ne doivent pas avoir un seul cadavre à examiner.

— Évidemment.

— Et il ne faut pas non plus s'exposer devant les objectifs, ni prendre aucun risque susceptible de mener à la capture, l'incarcération et l'examen scientifique d'un immortel par les mortels. »

J'opinai, mais je me sentais tout excité. J'adorais être le hors-la-loi, celui qui avait déjà transgressé tous les règlements. Ainsi, on imitait mon livre ? Donc tout était déjà en branle. L'affaire était lancée.

« Lestat, tu crois comprendre, me dit Louis patiemment, mais comprends-tu vraiment ? Que les mortels disposent du moindre petit bout de nos tissus pour leurs microscopes et il n'y aura plus de discussion pour savoir s'il s'agit d'une légende ou d'une superstition. Ils auront la preuve de notre existence.

— Je ne suis pas de ton avis, Louis. Ce n'est pas si simple.

— Ils ont les moyens de nous identifier et de nous classer, de galvaniser la race humaine contre nous.

— Non, Louis. Les scientifiques d'aujourd'hui sont des espèces d'apprentis sorciers, en guerre perpétuelle les uns contre les autres. Ils s'empoignent sur les sujets les plus rudimentaires. Il faudrait que chacun d'entre eux ait un peu de ce tissu surnaturel sous son microscope et même alors le grand public n'y croirait peut-être pas.

Il réfléchit un instant.

« Une capture alors, dit-il. Un spécimen vivant entre leurs mains.

— Même cela n'y suffirait pas. Et puis, comment pourraient-ils me garder prisonnier ? »

Cette seule idée m'enivrait, cependant : la poursuite, les intrigues, la capture possible, l'évasion.

Louis me souriait à présent d'un air étrange, à mi-chemin entre la désapprobation et l'allégresse.

« Tu es plus fou que jamais, dit-il tout bas. Encore plus fou que quand tu hantais jadis La Nouvelle-Orléans pour faire peur aux gens. »

Je me mis à rire, immodérément, puis je me calmai

583

sans transition. Il ne nous restait guère de temps avant le matin. J'aurais tout loisir de rire en allant à San Francisco le lendemain.

« Louis, j'ai étudié la situation sous tous les angles, dis-je. Il sera plus difficile que tu ne l'imagines de déclencher une véritable guerre contre les mortels...

— Et tu es bien décidé à la déclencher, n'est-ce pas ? Tu veux que tout le monde, mortels et immortels, se lance à tes trousses.

— Pourquoi pas ? dis-je. Que la fête commence ! Et qu'ils tentent donc de nous détruire comme ils ont détruit leurs autres diables. Qu'ils tentent de nous éliminer. »

Il me contemplait avec cette ancienne expression de crainte respectueuse et d'incrédulité que je lui avais vue des milliers de fois. J'étais incapable d'y résister.

Le ciel pâlissait au-dessus de nos têtes, l'éclat des étoiles s'estompait. Nous n'avions plus que quelques précieux instants à passer ensemble avant le lever de ce jour de printemps.

« Alors, tu veux vraiment qu'il arrive quelque chose ? demanda-t-il d'un ton radouci.

— Louis, je veux qu'il arrive n'importe quoi, tout, répondis-je. Je veux que tout ce qui nous concerne change ! Nous ne sommes pour le moment que des sangsues, immondes, dissimulées, sans raison d'être ! L'ancien romantisme s'en est allé. Alors prenons donc une nouvelle signification. J'ai besoin de lumières vives tout autant que de sang. J'ai besoin d'être vu. J'ai besoin de guerre.

— Le nouveau mal, pour reprendre ton expression, dit-il. Et cette fois-ci, c'est le mal du xxe siècle.

— Exactement », fis-je. En mon for intérieur, cependant, je repensai à mon besoin purement mortel, purement vaniteux, de gloire et de célébrité. Je rougis légèrement. Que de plaisir m'attendait !

« Mais pourquoi, Lestat ? demanda-t-il d'un ton soupçonneux. Pourquoi t'exposer au danger, prendre des risques ? Car enfin, te voilà de retour, plus fort que jamais. Tu portes en toi l'ancienne flamme, comme si tu ne l'avais jamais perdue, et tu sais à quel point elle est précieuse, cette volonté de continuer. Alors pourquoi aller la risquer aussitôt ? As-tu donc oublié ce que nous ressentions quand le monde nous appartenait et que personne ne pouvait nous atteindre ?

— Serait-ce une offre, Louis ? Es-tu revenu auprès de moi à titre d'amant, disons ? »

Il se rembrunit et détourna les yeux.

« Je ne me moque pas de toi, Louis, insistai-je.

— C'est toi qui es revenu auprès de moi, Lestat, dit-il posément, en me regardant droit dans les yeux. Quand j'ai entendu la première rumeur te concernant à La Fille de Dracula, j'ai eu l'impression que quelque chose que je croyais disparu à jamais...

Les mots lui manquèrent, mais je savais ce qu'il voulait dire. Je l'avais déjà compris en voyant le désespoir d'Armand après la dissolution de l'ancien clan. L'excitation, le désir de continuer étaient pour nous des sentiments inestimables. Raison de plus pour donner mon concert, pour continuer, pour déclencher une guerre.

« Lestat, ne monte pas sur cette scène demain soir, me supplia-t-il. Que les clips et le livre accomplissent ton dessein, mais protège-toi. Retrouvons-nous et parlons tous ensemble. Profitons les uns des autres dans ce siècle comme nous ne l'avons encore jamais fait.

— C'est tout à fait tentant, ma beauté, lui dis-je. Il y a eu des moments au siècle dernier où j'aurais donné presque n'importe quoi pour t'entendre parler ainsi. D'ailleurs nous allons nous réunir, nous parler, profiter les uns des autres. La vie sera plus splendide que jamais. Mais je monterai quand même sur cette scène pour m'exhiber aux yeux de tous. Je serai un symbole, un hors-la-loi, un monstre, un être qu'on adore et qu'on méprise. Je ne peux pas y renoncer, te dis-je. Et franchement, je n'ai absolument pas peur. »

Je me blindai contre la froideur ou la tristesse que je pressentais chez lui, haïssant plus que jamais ce soleil tout près de poindre. Louis lui tourna le dos. La lumière naissante lui était déjà pénible, mais son visage était toujours aussi chaleureusement expressif.

« Fort bien, dit-il. Je voudrais aller à San Francisco avec toi. Je te le dis du fond du cœur. Acceptes-tu de m'emmener ? »

Je ne pus répondre tout de suite. Encore une fois, l'excitation me serrait douloureusement la gorge et l'amour que j'éprouvais envers lui était carrément humiliant.

« Bien sûr que je t'emmène », dis-je enfin.

Nous nous dévisageâmes un instant. L'atmosphère était tendue à craquer. Louis devait partir à présent. La lumière était devenue trop vive pour lui.

« Une dernière chose, Louis, dis-je.

— Oui ?

— Ton accoutrement. Il est impossible. Demain soir, je ne veux pas te voir mis comme un clochard, entendu ? »

Après son départ, le petit matin me parut atrocement vide. Je restai un moment immobile, en songeant au fameux message : *Danger*. Je scrutai les lointaines montagnes, les champs qui s'étendaient à perte de vue. Menaces, mises en garde, qu'importait ? Les jeunes se pendaient au téléphone. Les anciens élevaient leurs voix surnaturelles. Était-ce donc si étrange ?

Je ne pouvais penser qu'à Louis, à son retour auprès de moi. Et j'essayais d'imaginer quel effet cela me ferait de retrouver les autres.

2

Les immenses parkings du San Francisco Cow Palace étaient déjà bondés de mortels frénétiques, lorsque nos véhicules franchirent les grilles. Mes musiciens avaient pris place dans la limousine de tête, Louis était dans la Porsche à côté de moi. Il portait l'habit et la cape noirs que notre groupe avait adoptés comme costume de scène et paraissait sorti des pages de son propre livre. Une lueur d'inquiétude brillait au fond de ses yeux verts, tandis qu'il contemplait les jeunes surexcités et les motards du service d'ordre chargés de les contenir.

Toutes les places étaient vendues depuis plus d'un mois ; les malchanceux qui n'avaient pu obtenir de billets réclamaient qu'on diffusât le concert à l'extérieur. Le sol était jonché de boîtes de bière. Des adolescents étaient assis sur les toits, les coffres et les capots des voitures, faisant hurler leurs radios où l'on passait évidemment *Lestat le Vampire*.

Notre manager courait à côté de la Porsche en m'expliquant que l'on allait installer à l'extérieur des écrans vidéo et des haut-parleurs. La police avait donné l'autorisation afin d'éviter une émeute.

Je sentais l'inquiétude croissante de Louis. Une bande de fans parvint à franchir le barrage de police pour venir coller le nez à la vitre de sa portière, tandis que nous nous dirigions vers l'affreux édifice tubulaire.

Pour ma part, j'étais sous le charme. J'étais prêt à n'importe quoi. A de multiples reprises, des jeunes vinrent entourer notre voiture avant d'être refoulés et je commençai à me rendre compte que j'avais lamentablement sous-estimé la portée de mon expérience.

Les films de concerts rock que j'avais vus ne m'avaient nullement préparé à l'électricité de l'atmosphère, qui me parcourait déjà, à la musique qui déferlait dans ma tête, à la façon dont s'évaporait toute ma honte de n'être qu'un cabotin.

Nous eûmes toutes les peines du monde à nous frayer un passage à l'intérieur, écrasés entre deux rangées de gardes. Dure-à-cuire était cramponnée à mon bras et Alex poussait Larry devant lui.

Les fans essayaient d'attraper nos cheveux, nos capes. Je me retournai pour prendre Louis par les épaules et le faire entrer avec nous.

Ayant enfin gagné ma loge, j'entendis pour la première fois le bruit bestial de la foule : quinze mille êtres humains déchaînés, chantonnant et hurlant en chœur.

Non, je ne la contrôlais absolument pas, cette joie féroce qui me faisait trembler de la tête aux pieds.

587

Jamais auparavant, je n'avais été ainsi au bord de l'hilarité.

Je m'avançai jusqu'au rideau baissé pour regarder discrètement la longue salle ovale. Des mortels de chaque côté, montant jusqu'au plafond. Et dans le grand espace ouvert du milieu, des milliers de spectateurs occupés à danser, à se caresser, à agiter les poings dans l'air bleu de fumée, chacun s'efforçant de jouer des coudes pour s'approcher de la scène. L'odeur du haschisch, de la bière, du sang humain était partout.

Les techniciens hurlaient que tout était prêt. Nos maquillages avaient été retouchés, nos capes brossées. Inutile de faire attendre ce public surexcité.

Ordre fut donné d'éteindre la salle. Une immense clameur s'éleva dans l'obscurité, faisant vibrer le sol sous mes pieds. Un vrombissement électronique annonça que notre équipement était branché.

La vibration me montait jusqu'aux tempes. Je serrai Louis dans mes bras et l'embrassai longuement avant de m'avancer vers le plateau.

De l'autre côté du rideau, tout le monde avait allumé son briquet et des milliers de petites flammes vacillaient dans les ténèbres. Il y eut une bourrasque d'applaudissements scandés qui s'évanouirent. Le rugissement de la foule montait et descendait, percé parfois de cris stridents. La tête me tournait.

J'avais l'impression de me trouver à l'intérieur du Colisée, sur le point d'être jeté aux bêtes. L'enregistrement de nos clips et de notre album avait été si calme, si contrôlé. Rien à voir avec ce déchaînement.

Le régisseur donna le signal et nous bondîmes de derrière le rideau. Je pris place sur le devant de la scène, au-dessus de la marée de têtes hurlantes, qui s'agitaient frénétiquement. Alex était à la batterie, Dure-à-cuire brandissait sa guitare et Larry avait pris place au milieu du vaste clavier circulaire de son synthétiseur.

Je me retournai pour jeter un coup d'œil aux écrans géants qui allaient simultanément retransmettre notre image, puis je fis à nouveau face au public écumant.

Le bruit déferlait sur nous comme des vagues depuis l'obscurité de la salle. Je sentais la chaleur et le sang.

Puis une longue rangée de projecteurs s'alluma tout en haut. Des rayons argentés, bleus et rouges, s'entrecroisaient et les cris atteignirent un niveau assourdissant. Tout le monde était debout.

Je sentais la lumière inonder ma peau blanche, exploser sur mes cheveux d'or. Mes trois musiciens étaient transfigurés eux aussi, perchés sur leurs échafaudages, au milieu des câbles.

La sueur perla sur mon front. Partout, je voyais des poings brandis par des jeunes déguisés en vampires, du sang artificiel leur coulant de la bouche. Certains s'étaient dessiné des cercles noirs autour des yeux pour avoir l'air encore plus terrifiants. Des glapissements s'élevèrent par-dessus le tumulte général.

Non, vraiment, cela n'avait rien à voir avec les séances d'enregistrement dans les studios insonorisés. C'était une expérience vampirique, comme notre musique.

Je frissonnai de pure exaltation et la sueur rougeâtre me dégoulinait le long du visage.

Les projecteurs balayèrent la salle, nous laissant momentanément baignés dans un crépuscule mercurique. Tous ceux que la lumière frappait de ses rayons se convulsaient et redoublaient de frénésie.

Qu'évoquaient donc ces cris? Ils indiquaient une foule devenue folle, comme celle qui avait dû jadis entourer la guillotine ou peupler les gradins des cirques romains. Comme les anciens Gaulois qui avaient attendu Marius, le dieu, dans la forêt. Leurs torches avaient-elles eu le même éclat terrifiant que nos projecteurs? Les hideux géants d'osier étaient-ils plus grands que ces immenses échelles d'acier de chaque côté de nous, auxquelles étaient fixés haut-parleurs et projecteurs?

Seulement ici, il n'y avait ni violence, ni mort; simplement cette exubérance enfantine que déversaient ces jeunes bouches et ces jeunes corps, cette énergie qui pouvait être concentrée et contenue aussi facilement qu'elle se déchaînait.

Nouvelle vague de haschisch en provenance des premiers rangs où j'apercevais des motards à cheveux longs, bardés de cuir, les poignets enserrés dans des bracelets cloutés. Ils me faisaient penser aux hordes barbares des temps anciens. Et, venu de tous les coins de la vaste salle, l'amour nous baignait.

A présent la foule hurlait à l'unisson, de plus en plus fort : « LESTAT, LESTAT, LESTAT ! »

Ah, c'était divin. Quel mortel aurait su résister à un tel délice, à cette idolâtrie ? J'empoignai les bords de ma cape — c'était le signal pour mes musiciens — et je secouai hystériquement mes boucles blondes. Ces gestes firent passer un courant qui provoqua un nouveau concert de hurlements.

Les projecteurs convergèrent à nouveau vers la scène. Je déployai ma cape de part et d'autre comme des ailes de chauve-souris.

Les cris se fondirent en un gigantesque rugissement.

« JE SUIS LESTAT LE VAMPIRE ! » clamai-je de toute la puissance de mes poumons, en m'écartant du micro. Le bruit, presque palpable, parcourut la salle ovale et la voix de la foule s'éleva encore plus fort comme pour avaler ses vibrations.

« ALLONS, JE VEUX VOUS ENTENDRE ! VOUS M'AIMEZ ! » hurlai-je soudain, sans même réfléchir. Tout le monde se mit à taper des pieds, qui sur le sol de béton, qui sur les sièges en bois.

« COMBIEN D'ENTRE VOUS VOUDRAIENT DEVENIR DES VAMPIRES ? »

Le rugissement devint tonnerre. Plusieurs fans voulurent grimper sur la scène et furent repoussés par nos gorilles. Un grand motard hirsute bondissait sur place, une boîte de bière dans chaque main.

Les lumières s'intensifièrent encore, comme une explosion, et les haut-parleurs se mirent soudain à diffuser, à un volume abrutissant, le bruit d'un moteur de locomotive. Il dévora tous les autres bruits, laissant brusquement fuser la fureur perçante et nasillarde de la guitare électrique. La batterie lança son rythme tonitruant et la locomotive du synthétiseur atteignit son paroxysme, avant de se dissiper dans une sorte de bouillonnement sonore accordé au rythme de la batterie. Il était temps de commencer mon chant, en mineur. Ses paroles puériles bondirent par-dessus l'accompagnement.

JE SUIS LESTAT LE VAMPIRE, LESTAT
VOUS ÊTES VENUS POUR UN SABBAT
IL SE TERMINERA EN COMBAT

J'empoignai le micro et courus d'un bout à l'autre de la scène, ma cape volant derrière moi.

VOUS ÊTES AUX MAINS DES SEIGNEURS TÉNÉBREUX
NULLE PITIÉ NE LUIRA DANS LEURS YEUX
CAR VOTRE TERREUR LES REND HEUREUX

Ils cherchaient à m'attraper les chevilles, ils m'envoyaient des baisers, certains garçons soulevaient leurs amies à bout de bras pour qu'elles pussent toucher ma cape qui virevoltait au-dessus de leurs têtes.

AMOUREUSEMENT NOUS VOUS PRENDRONS
VOLUPTUEUSEMENT NOUS VOUS BRISERONS
DANS LA MORT NOUS VOUS LIBÉRERONS

IL NE SERA PAS DIT
QUE VOUS N'ÊTES PAS AVERTIS

Dure-à-cuire, grattant furieusement sa guitare, dansait à mes côtés. La mélodie culmina en un glissando perçant, tempétueusement souligné par les tambours et les cymbales, sous lesquels le synthétiseur continuait à bouillonner.

Je me lançai dans ma danse, me déhanchant avec élasticité tout en m'approchant du bord de la scène avec ma partenaire. Nous avions repris les contorsions improvisées et érotiques de Polichinelle et d'Arlequin. Les instruments aussi improvisaient, se détachant de la mélodie, pour mieux la retrouver. Notre danse se fit de plus en plus frénétique, mais nous n'avions rien répété. Tout était parfaitement conforme à nos personnages, parfaitement nouveau.

Les gorilles refoulaient brutalement tous ceux qui tentaient de s'approcher, mais nous nous penchions au-dessus d'eux en dansant comme pour les narguer, faisant voler nos cheveux, nous retournant pour nous regarder sur les écrans géants. Le bruit me parcourait comme une boule d'acier s'engouffrant dans toutes les poches de mon corps : les hanches, les épaules. Tout à coup je sentis que je m'envolais dans un bond démesuré, mais plein de lenteur, pour retomber sans un bruit, dans un grand envol de cape noire, la bouche grande ouverte pour révéler mes crocs.

Ce fut l'euphorie. Des acclamations assourdissantes.

Partout, je voyais se tendre des gorges mortelles, dénudées. Certains y avaient même dessiné des blessures au rouge à lèvres. Ils me faisaient signe de venir les prendre, m'y invitaient, me suppliaient. Des filles pleuraient.

L'odeur de sang était aussi épaisse dans l'air que de la fumée. Toute cette chair étalée sous mes yeux ! Et partout, cette innocence, cette conviction que c'était de l'art, de l'artifice, rien d'autre ! Personne ne serait blessé. On ne risquait rien à s'abandonner à cette hystérie collective.

Quand je hurlais, ils croyaient que c'étaient les amplis. Quand je bondissais, que c'était un trucage. C'était bien normal, car la magie technologique nous environnait.

Marius, je voudrais que tu voies ce spectacle ! Gabrielle, où es-tu ?

Les paroles de notre chanson retentissaient, chantées à l'unisson par nos quatre voix, les notes aiguës de Dure-à-cuire dominant les autres. Elle se pencha en agitant la tête, ses cheveux traînaient par terre, le manche de sa guitare faisait une saillie obscène, comme un phallus géant. Les milliers de fans nous accompagnaient en tapant des pieds et en frappant dans leurs mains.

« JE SUIS UN VAMPIRE, UN VAMPIRE, VOUS DIS-JE ! » hurlai-je.

L'extase, le délire.

« JE SUIS MALÉFIQUE ! MAUVAIS !

— Oui, oui, *oui, oui,* OUI, OUI, OUI ! »

J'ouvris tout grands les bras.

592

Le grand motard à cheveux crépus recula pour prendre de l'élan, renversant plusieurs personnes derrière lui, et bondit sur scène. Les gorilles se précipitèrent, mais je le tenais déjà, serré contre ma poitrine, le soulevant de terre d'un seul bras, tandis que ma bouche se refermait sur son cou, les crocs délicatement appuyés contre le geyser de sang prêt à jaillir vers le plafond !

Il fut arraché de mes bras et rejeté par-dessus bord comme un poisson dans la mer. Je connaissais à présent tout ce qu'on avait omis de mentionner dans ce que j'avais lu sur les chanteurs de rock : ces noces démentes du primitif et du scientifique, cette frénésie religieuse. Nous étions bel et bien dans le bosquet sacré, avec tous les anciens dieux.

La lumière s'éteignit brièvement, après la première chanson, puis nous enchaînâmes avec la deuxième. La foule nous accompagna en hurlant les paroles apprises avec l'album et les vidéo-clips. Je chantai en duo avec Dure-à-cuire, scandant à coups de pied :

ENFANTS DES TÉNÈBRES
VOICI LES ENFANTS DE LA LUMIÈRE

ENFANTS DE L'HOMME
COMBATTEZ LES ENFANTS DE LA NUIT

Nouvelles acclamations, nouveaux beuglements, nouveaux gémissements inarticulés. L'ancien culte gaulois avait-il donné lieu à de plus féroces ululements avant le massacre ?

Mais il n'y avait toujours pas de massacre, pas de sacrifice.

La passion n'allait pas vers l'image du mal, pas vers le mal lui-même. Elle embrassait l'image de la mort, pas la mort elle-même. L'amphithéâtre devint une âme immense et implorante.

Délivrez-moi de mon amour du spectacle, pour lequel je suis prêt à tout oublier, à tout sacrifier. Je vous veux, mes petits chéris. Je veux votre sang, votre sang innocent. Je veux votre adoration au moment où j'enfoncerai mes crocs. Oui, je suis au-delà de la tentation.

Ce fut dans ce moment de précieuse immobilité et de honte que je les vis pour la première fois, les vrais vampires qui se trouvaient dans la salle. De tout petits visages blêmes, ballottés comme des masques sur les vagues de visages mortels informes, aussi distincts que le visage de Magnus parmi les spectateurs de chez Renaud. Je savais que Louis les avait aussi repérés depuis la coulisse. Mais chez eux, je ne voyais, je ne sentais émaner que de l'étonnement et de la crainte.

« ET VOUS, LES VRAIS VAMPIRES, LA-BAS, hurlai-je, DÉMASQUEZ-VOUS ! » Ils ne bougèrent pas et les mortels peinturlurés autour d'eux devinrent fous.

Pendant trois heures de suite, nous dansâmes, nous chantâmes, nous jouâmes comme des forcenés. Le whisky coulait à flots entre Alex, Larry et Dure-à-cuire. La foule déferlait inlassablement vers nous et il fallut doubler les rangs de la police et éclairer la salle. Tout en haut, on cassait les sièges de bois, des boîtes de bière roulaient sur le béton. Les vrais vampires ne firent pas un pas vers nous. Certains disparurent même.

Des cris ininterrompus, comme si quinze mille marins ivres morts étaient en bordée à travers la ville, nous accompagnèrent jusqu'au bout, jusqu'à la ballade du dernier clip, *L'Âge de l'innocence.*

La musique s'adoucit, la batterie se tut, puis la guitare, et le synthétiseur lança les ravissantes notes translucides d'un clavecin électrique, à la fois si légères et en telle profusion qu'on eût dit une pluie d'or.

Un unique projecteur m'auréolait de sa chaude lumière, baigné de sueur sanglante, les cheveux trempés, emmêlés, ma cape pendant d'une seule épaule.

Dans l'immense bâillement d'une soudaine attention, je me mis à chanter.

Nous vivons l'âge de l'innocence
L'innocence véritable
Tous vos démons sont visibles
Tous vos démons sont matériels
Nommez-les Douleur
Nommez-les Faim
Nommez-les Guerre
Plus besoin d'un Mal mythique.
Chassez les vampires et les diables
Avec les dieux que vous n'adorez plus.
Rappelez-vous :
L'homme aux crocs porte une cape.
Ce qui passe pour du charme
Est un charme.
Comprenez donc ce que vous voyez
Quand vous me regardez !
Tuez-nous, mes frères, mes sœurs,
La guerre est déclarée
Comprenez donc ce que vous voyez
Quand vous me regardez !

Je fermai les yeux devant les murs d'applaudissements. Pourquoi ces acclamations ? Que célébraient-ils donc ?

Toutes les lumières furent rallumées dans l'immense nef du Cow Palace. Les vrais vampires disparurent dans la bousculade. Des policiers en uniforme étaient montés sur la scène pour former devant nous un cordon infranchissable. Alex me tirait vers les coulisses :

« Viens, mon pote, il faut se tirer en vitesse. Ils prennent d'assaut la foutue limousine. Pour ce qui est de regagner ta Porsche, c'est râpé. »

Je lui assurai que non, mais qu'eux devaient partir tous les trois immédiatement dans la limousine.

A ma gauche, j'aperçus le dur visage blanc d'un vrai vampire qui se frayait un chemin à travers la foule. Il portait l'uniforme de cuir noir des bandes de motards et sa soyeuse chevelure noire d'être surnaturel luisait dans la lumière crue.

Louis était à mes côtés et je vis à ma droite un autre immortel, maigre, hilare, avec de tout petits yeux noirs.

Des bouffées d'air froid nous frappèrent le visage, lorsque nous débouchâmes dans le parking, où une véritable horde de mortels se trémoussait et se débattait, tandis que les policiers s'efforçaient de maintenir l'ordre et que la limousine tanguait comme un bateau. On poussa Dure-à-cuire, Alex et Larry à l'intérieur et elle démarra. Un des gardes du corps avait mis la Porsche en route, mais elle était environnée de fans qui tapaient sur le capot et sur le toit.

Derrière le vampire à cheveux noirs, je vis apparaître un troisième démon, femelle cette fois. Ils se rapprochaient inexorablement. A quoi jouaient-ils, ces abrutis?

Le moteur de la limousine grondait comme un lion et les gardes du corps à moto faisaient pétarader leurs engins pour essayer de disperser la foule qui l'empêchait d'avancer.

Brusquement, le trio de vampires entoura la Porsche et le grand motard, le visage défiguré par la haine, donna une violente poussée. La voiture allait se retourner, malgré les jeunes qui s'y cramponnaient. Je sentis soudain un bras autour de ma gorge. Louis pivota et j'entendis le bruit de son poing s'écrasant sur un visage surnaturel derrière moi, suivi d'un juron.

Partout les mortels s'étaient mis à hurler. Par l'entremise d'un haut-parleur, un policier exhortait la foule à se disperser.

Je bondis en avant, renversant plusieurs jeunes gens, et je réussis juste à temps à remettre la Porsche d'aplomb. Je tentai d'ouvrir la portière, pressé de tous côtés par la foule. Nous étions au bord de l'émeute.

Sifflets, hurlements, sirènes. Louis et moi coincés par d'innombrables corps. Soudain le vampire en cuir noir se dressa de l'autre côté de la Porsche, en faisant tournoyer autour de sa tête une énorme faux d'argent qui étincelait sous les projecteurs. J'entendis le cri d'alarme de Louis. Du coin de l'œil je vis briller une autre faux.

Tout à coup, un cri surnaturel domina la cacophonie et, dans un éclair aveuglant, le vampire motard s'enflamma comme une torche. Un second brasier explosa tout près de moi. Une faux tomba sur le sol. A quelques mètres de là, le troisième vampire prit feu à son tour.

Ce fut une panique instantanée. Une partie de la foule reflua vers la salle de concert, tandis qu'une autre se ruait hors du parking, chacun fonçant droit devant lui pour tenter de fuir ces silhouettes tordues qui se consumaient et fondaient pour ne laisser qu'un tas d'ossements noircis. Je vis d'autres immortels disparaître à une vitesse incroyable à travers la foule humaine.

Louis tourna vers moi un visage confondu et la stupéfaction qu'il lut sur le mien ne fit que l'étonner davantage. Ni lui ni moi n'étions responsables de ce phénomène ! Nous n'en étions pas capables ! Je ne connaissais qu'un seul immortel qui le fût.

Brusquement la portière de la Porsche s'ouvrit à la volée et une petite main blanche et délicate me tira à l'intérieur.

« Dépêchez-vous tous les deux ! dit une voix de femme en français. Qu'est-ce que vous attendez ? Que l'Église ait certifié qu'il s'agit bien d'un miracle ? » Avant d'avoir compris ce qui m'arrivait, je m'écroulai sur le siège de cuir, entraînant Louis à ma suite, si bien qu'il dut me passer dessus pour gagner le minuscule siège arrière.

La Porsche bondit en avant et les mortels s'éparpillèrent dans la lumière de ses phares. Je regardai fixement la mince silhouette de la conductrice à côté de moi, avec sa masse de cheveux blonds lui tombant sur les épaules et un vieux feutre crasseux et cabossé enfoncé sur sa tête.

J'aurais voulu la serrer dans mes bras, l'étouffer de baisers, la presser contre mon cœur et oublier tout le reste. Au diable ces novices imbéciles ! Mais la Porsche faillit faire un tonneau lorsqu'elle vira brutalement à droite à la sortie du parking.

« Gabrielle, arrête ! hurlai-je en lui prenant le bras. Ce n'est pas toi qui as fait ça, qui les as brûlés...

— Bien sûr que non ! » aboya-t-elle toujours en français, sans même me regarder. Elle était irrésistible, manœuvrant son volant du bout des doigts pour prendre un nouveau virage à angle droit. Nous nous dirigions vers l'autoroute.

« Alors tu nous éloignes de Marius ! m'écriai-je. Arrête.

« — Dans ce cas que Marius fasse sauter la camionnette qui nous file le train ! lança-t-elle. Après ça, je m'arrêterai volontiers ! » Elle avait le pied au plancher, les yeux fixés sur la route devant elle, les mains crispées sur le volant.

Je me retournai pour regarder par-dessus l'épaule de Louis un monstrueux véhicule qui fonçait derrière nous à une vitesse surprenante ; on aurait dit un corbillard géant, une énorme masse noire, dont le capot avant, trop court, était bardé de dents de chrome. Derrière le pare-brise, j'apercevais quatre non-morts qui nous grimaçaient d'ignobles sourires.

« Avec toute cette circulation, on ne pourra jamais se dégager suffisamment pour les semer ! dis-je. Fais demi-tour, Gabrielle ! »

Mais elle continua droit devant elle, zigzaguant à une allure folle entre les autocars.

La camionnette se rapprochait.

« C'est un engin de guerre ! s'exclama Louis. Ils ont fixé un butoir en fer à l'avant pour nous rentrer dedans, les monstres ! »

Ah, comme j'avais mal joué mon coup. Je les avais sous-estimés. Je n'avais pas réfléchi qu'eux aussi disposeraient de ressources modernes.

Et nous nous éloignions de plus en plus du seul immortel capable de les expédier jusqu'en enfer. Ma foi, je me ferais un plaisir de leur régler leur compte. J'allais commencer par faire voler leur pare-brise en éclats, puis je leur arracherais la tête, l'une après l'autre. Je baissai ma fenêtre et me penchai au-dehors, cheveux au vent, pour mieux regarder leurs vilaines faces blafardes derrière la paroi de verre.

Lorsque nous nous engageâmes sur la bretelle de l'autoroute, ils étaient presque sur nous. Encore un tout petit peu et je pourrais bondir. Mais notre véhicule se mit soudain à ralentir en dérapant. Devant nous, la voie était bloquée.

« Attention, ils nous foncent dessus ! hurla Gabrielle.

— Qu'ils viennent, je les attends ! » répondis-je en m'apprêtant à sauter de la Porsche pour foncer sur eux.

Je n'en eus pas le temps. Ils nous heurtèrent de plein fouet ; je fus projeté dans les airs et plongeai par-dessus le remblai de l'autoroute, tandis que la Porsche jaillissait vers l'avant et quittait le sol.

Je vis Gabrielle sauter par sa portière avant que le véhicule ne fût retombé. Nous roulâmes tous les deux sur la pente herbeuse, tandis que la voiture faisait plusieurs tonneaux et explosait dans un bruit assourdissant.

« Louis ! » hurlai-je, en me ruant vers le brasier dans lequel j'étais prêt à me précipiter pour le sauver, mais au même instant la vitre arrière vola en éclats pour lui livrer le passage. Il s'abattit à mes pieds sur le remblai et je me servis de ma cape pour éteindre le feu qui commençait à prendre à ses vêtements.

La camionnette s'était arrêtée sur la bretelle au-dessus de nous et ses occupants se laissaient tomber le long du remblai, comme de gros insectes blancs, pour se lancer à l'attaque.

Cette fois, je les attendais.

Encore une fois, cependant, au moment où le premier d'entre eux fonçait sur nous en levant sa faux, j'entendis ce terrible cri surnaturel et le même éclair blanc jaillit. Le vampire s'enflamma. Son visage n'était plus qu'un masque noir dévoré par des flammes orange, son corps se convulsa dans une danse atroce.

Les autres firent volte-face et détalèrent.

Je voulus me lancer à leurs trousses, mais Gabrielle m'avait empoigné à bras-le-corps. Sa force m'exaspérait et me stupéfiait.

« Arrête, bougre d'idiot ! ordonna-t-elle. Louis, aide-moi !

— Lâche-moi ! grondai-je, furieux. Je veux m'en offrir un, rien qu'un. Je peux rattraper le dernier de la bande ! »

Mais elle refusa de me libérer et je ne voulais pas lutter avec elle. Louis se joignit à ses protestations irritées.

« Laisse tomber, Lestat ! Ça suffit comme ça. Nous avons intérêt à filer au plus vite.

« — Bon, d'accord ! » dis-je de mauvaise grâce. De toute façon, il était trop tard. Le brûlé avait déjà expiré et les autres s'étaient fondus dans le silence sans laisser de traces.

Tout autour de nous, la nuit était vide, à l'exception du rugissement de la circulation sur l'autoroute, au-dessus de nous. Nous restions là, tous les trois, dans la lumière rougeoyante de notre voiture en flammes.

D'un geste las, Louis essuya son visage noirci. Son plastron amidonné était tout sale, sa longue cape déchirée et roussie.

Gabrielle était toujours la même. On aurait dit un gamin poussiéreux et dépenaillé, avec son costume kaki élimé et son feutre brun informe posé de travers.

Tranchant sur la cacophonie ambiante, nous entendîmes le couinement des sirènes, qui se rapprochait.

Pourtant, aucun de nous trois ne bougeait ; nous attendions, en échangeant des regards perplexes. Nous scrutions l'obscurité en espérant apercevoir Marius. C'était sûrement Marius. Ce ne pouvait être que lui. Et il était de notre côté. Il allait nous répondre, à présent.

Je dis son nom tout bas. Je sondai les ténèbres du tunnel qui passait sous l'autoroute, je contemplai l'infinité de petites maisons qui se dressaient sur les pentes voisines.

Je n'entendais que les sirènes de plus en plus fortes et un murmure de voix humaines, celles des mortels attirés par notre véhicule en feu.

Je lus la peur sur le visage de Gabrielle. Je m'approchai d'elle, les bras tendus, sans prendre garde au hideux tumulte, aux mortels qui arrivaient, aux voitures arrêtées là-haut sur l'autoroute.

Son étreinte fut soudaine et chaleureuse, mais elle me fit signe de me dépêcher. « Nous sommes en danger ! Tous autant que nous sommes ! chuchota-t-elle. Un danger terrible ! Viens ! »

Il était cinq heures du matin et je me tenais seul devant les grandes portes vitrées du ranch de la vallée de Carmel. Gabrielle et Louis s'étaient enfoncés ensemble dans les collines pour y trouver le repos.

Un coup de téléphone dans le Nord m'avait appris que mes trois musiciens étaient en sécurité dans leur nouveau refuge secret de Sonoma et se livraient à une bacchanale effrénée derrière les barbelés électrifiés. Quant à la police et à la presse, avec leurs questions inévitables, elles attendraient.

A présent, j'attendais seul le lever du jour, comme je l'avais toujours fait, en me demandant pourquoi Marius ne s'était pas montré, pourquoi il nous avait sauvés pour disparaître aussitôt.

« Peut-être que ce n'était pas Marius, avait suggéré Gabrielle avec anxiété, en faisant les cent pas. Je te dis que j'ai éprouvé une irrésistible sensation de menace. J'ai senti du danger pour nous tout autant que pour eux. Je l'ai senti en quittant le parking et je l'ai senti en regardant brûler la voiture. Ce n'était pas Marius, j'en suis sûre...

— Il y avait quelque chose de presque barbare, avait renchéri Louis. Presque, mais pas tout à fait.

— Oui, d'un peu sauvage, avait-elle repris en lui lançant un regard approbateur. Et même si c'était Marius, peut-être t'a-t-il sauvé uniquement pour exercer à sa guise sa propre vengeance.

— Non, m'étais-je exclamé en riant doucement. Marius ne veut pas se venger, ou il l'aurait déjà fait. Je sais au moins cela. »

J'avais été surexcité de revoir Gabrielle, cependant ; je retrouvais sa démarche, chacun de ses gestes. Au bout de deux cents ans, elle était toujours l'intrépide explorateur en costume kaki. Elle s'était assise à califourchon sur sa chaise, le menton appuyé sur sa main qui reposait sur le dossier.

Nous avions tant de choses à discuter, à nous raconter et j'avais été trop heureux pour avoir peur.

D'ailleurs, je ne voulais pas songer à ma peur, parce qu'elle était trop atroce. Je savais à présent que j'avais fait une autre erreur monumentale. Je m'en étais rendu compte au moment où la Porsche avait explosé avec Louis à l'intérieur. Ma petite guerre allait mettre en danger tous ceux que j'aimais. Quel imbécile j'avais été de croire que je pouvais attirer sur moi tout le venin !

Oui, il fallait nous concerter. Il fallait ruser. Il fallait surtout être très prudents.

Pour le moment, nous étions en sûreté. Je le leur avais dit pour les apaiser. Ici, ni Gabrielle ni Louis ne sentaient plus la menace ; elle ne nous avait pas suivis dans la vallée. Quant à moi, je ne l'avais jamais ressentie. Et nos jeunes idiots d'ennemis immortels s'étaient dispersés, persuadés que nous étions capables de les incinérer à volonté.

« Sais-tu qu'un millier de fois, un millier de fois au moins, je me suis représenté nos retrouvailles, s'était exclamée Gabrielle, et que jamais je ne les ai imaginées ainsi !

— Moi, je trouve que tout s'est merveilleusement passé, avais-je déclaré. Et ne crois surtout pas que je n'aurais pas pu nous tirer tout seul de ce guêpier ! J'étais sur le point de tordre le cou du premier vampire à la faux et de le balancer par-dessus le Cow Palace. Et j'avais vu le second qui arrivait. J'étais prêt à le casser en deux. Au fond, ce qu'il y a de plus frustrant dans toute cette histoire, c'est que je n'ai pas eu l'occasion...

— Toi, mon garçon, tu es le roi des filous ! s'était-elle écriée. Tu es impossible ! Tu es — comment donc disait Marius ! —, tu es imbuvable. Je suis tout à fait de son avis. »

Je m'étais tenu les côtes, ravi. C'était trop de compliments !

Louis, assis un peu à l'écart, dans l'ombre, l'avait regardée, fasciné, mais en même temps réticent, rêveur, comme toujours. Il était à nouveau impeccable, à croire qu'il était capable de se faire obéir de ses habits ! On

602

aurait juré qu'il sortait tout juste du dernier acte de *La Traviata,* pour regarder les mortels boire leur champagne aux tables de marbre des cafés, tandis que les belles voitures défilaient devant eux dans un sourd roulement.

Il m'avait semblé qu'un nouveau clan venait de se former, plein d'une magnifique énergie, niant la réalité humaine. Nous trois contre toutes les tribus du monde, de tous les mondes. Un profond sentiment de sécurité, d'irrésistible élan s'était emparé de moi. Comment le leur expliquer ?

« Mère, cesse donc de te tourmenter, avais-je dit enfin, en espérant lui rendre le calme, lui donner un moment de parfait équilibre intérieur. Cela ne sert à rien. Une créature assez puissante pour brûler ses ennemis à distance, par la seule force de sa volonté, peut nous retrouver à sa guise et faire de nous ce qu'elle voudra.

— Et tu trouves que ça doit m'empêcher de me tourmenter ! » s'était-elle exclamée.

Louis avait secoué la tête.

« Je n'ai pas tes pouvoirs, avait-il dit tranquillement, mais pourtant j'ai senti cette influence et je t'assure qu'elle était étrangère à notre monde, elle n'était pas du tout civilisée, elle m'a paru barbare, faute d'un meilleur mot.

— C'est cela, tu as parfaitement raison, avait assuré Gabrielle. Elle était totalement étrangère, comme si elle provenait d'un être si éloigné de nous...

— Or ton Marius est au contraire trop civilisé, trop lourdement chargé de philosophie. C'est d'ailleurs pour cela que tu sais qu'il ne cherche pas à se venger.

— Étrangère ? Barbare ? » Je les avais regardés tour à tour. « Mais pourquoi ne l'ai-je pas sentie, moi, cette menace ?

— Mon Dieu, ç'aurait pu être n'importe quoi, avait fini par dire Gabrielle. Il faut dire que ta musique pourrait réveiller les morts ! »

J'avais songé à l'énigmatique message de la veille au soir — *Lestat ! Danger !* — mais l'aube avait été trop proche pour me permettre de les inquiéter de ce sujet.

603

De toute façon, il n'expliquait rien. Ce n'était qu'un morceau du puzzle et peut-être même n'en faisait-il pas partie.

À présent, ils s'en étaient allés, tous les deux et je me tenais seul devant les portes de verre pour regarder la première lueur se faire de plus en plus vive sur les monts Santa Lucia. Je répétais tout bas :

« Marius, où es-tu ? Pourquoi ne te montres-tu pas ? » Peut-être tout ce que Gabrielle avait dit était-il parfaitement vrai. « Serait-ce vraiment un jeu pour toi ? »

Et pour moi, était-ce aussi un jeu, puisque je ne l'appelais pas vraiment ? Je veux dire, puisque je ne donnais pas la pleine puissance de ma voix, comme il m'avait dit que je pouvais le faire, il y avait deux siècles.

Tout au long de mes tribulations, c'était devenu pour moi une affaire d'orgueil de ne pas l'appeler, mais qu'importait l'orgueil à présent ?

Peut-être désirait-il justement cet appel. Peut-être même l'exigeait-il de moi. Désormais toute la vieille amertume, le vieil entêtement m'avaient quitté. Pourquoi ne pas faire cet effort ?

Fermant les yeux, je fis une chose que je n'avais plus jamais faite depuis les nuits du XVIIIe siècle où je lui avais parlé tout haut dans les rues du Caire ou de Rome. Silencieusement, je l'appelai. Et je sentis mon cri insonore quitter ma gorge et s'enfoncer dans l'oubli. Il me semblait presque le voir traverser un monde palpable et s'amenuiser de plus en plus avant de s'éteindre.

Et de nouveau, l'espace d'une seconde, je revis l'endroit lointain et inconnu que j'avais entrevu la veille. De la neige, une étendue de neige illimitée et une bâtisse en pierre, avec une croûte de givre sur les vitres. Sur un promontoire élevé, un curieux matériel moderne, une grande soucoupe de métal gris tournant sur un axe pour attirer vers elle les ondes invisibles qui quadrillent nos cieux.

Une antenne de télévision ! Qui se tendait dans ce désert neigeux vers le satellite. Et le verre brisé par terre, c'était celui d'un écran de télévision. Je voyais tout cela. Un banc de pierre... un écran en miettes... du bruit...

La vision s'estompa.

MARIUS!

Danger, Lestat. Tous en danger. Elle a... je ne peux pas... La glace. Enseveli sous la glace. L'éclat du verre brisé sur un sol de pierre, le banc vide, le vacarme et les vibrations de *Lestat le Vampire* diffusés par les baffles. « *Elle a... Lestat, à l'aide! Tous. En danger. Elle a...* »

Le silence. Rupture de la communication.

MARIUS!

Un vague écho, mais trop faible. Trop faible malgré son intensité!

MARIUS!

Je me pressai contre la vitre, scrutant obstinément la lumière matinale qui devenait plus prononcée. Mes yeux se mouillaient, le bout de mes doigts me brûlait presque contre le verre.

Réponds-moi, est-ce Akasha? Es-tu en train de me dire que c'est Akasha, que c'est elle qui a tout fait?

A présent le soleil se levait. Ses rayons fatals se déversaient dans la vallée, en découvraient le fond.

Je quittai la maison en courant, traversai le pré en direction des collines, le bras levé pour me protéger les yeux.

En un clin d'œil, j'eus atteint ma crypte souterraine. Je fis basculer le rocher qui en dissimulait l'entrée et descendis le grossier petit escalier creusé à même le roc. Un dernier tournant et j'étais en sécurité dans la fraîcheur des ténèbres, avec leur bonne odeur de terre. Je m'allongeai sur le sol de la pièce minuscule, le cœur battant, tremblant de tous mes membres. Akasha! *Il faut dire que ta musique pourrait réveiller les morts!* avait dit Gabrielle. J'avais récidivé!

Si seulement je parvenais à garder les yeux ouverts, à réfléchir, si seulement le soleil ne se levait pas.

Elle était donc ici, à San Francisco, tout près de nous, et c'était elle qui avait brûlé nos ennemis. *Étrangère,* certes.

Mais pas barbare, non, pas cela. Elle était civilisée, ma déesse, et elle venait enfin de se réveiller une nouvelle fois, de s'extraire tel un superbe papillon de sa chrysalide. Qu'était donc notre monde à ses yeux ? Comment nous avait-elle rejoints ? Quel était son état d'esprit ? *Danger pour nous nous.* Non. Je n'en crois rien ! Elle a abattu nos ennemis. Elle est venue nous retrouver.

A présent, je ne pouvais plus lutter contre la torpeur, contre la lourdeur de mes paupières. Cette pure sensation chassait tout émerveillement, toute excitation. Mon corps devint flasque et sans défense, gisant immobile contre la terre.

Et puis, je sentis soudain une main se refermer sur la mienne.

Elle était froide comme le marbre et puissante comme lui.

Mes yeux s'ouvrirent dans l'obscurité. La main serra plus fort. Une masse de cheveux soyeux me balaya le visage. Un bras glacé se posa en travers de ma poitrine.

Oh, je t'en prie, mon amour, ma beauté, je t'en prie ! aurais-je voulu dire, mais mes yeux se fermaient. Mes lèvres refusaient de bouger. Je perdais conscience. Au-dessus de la crypte le soleil s'était levé.

Achevé d'imprimer en mai 1995
sur les presses de l'Imprimerie Bussière
à Saint-Amand (Cher)

POCKET - 12, avenue d'Italie - 75627 Paris Cedex 13
Tél. : 44-16-05-00

— N° d'imp. 1227. —
Dépôt légal : octobre 1990.
Imprimé en France